ASESINO DE BRUJAS

SHELBY MAHURIN

LOS HIJOS DEL REY

Traducción de Estíbaliz Montero

Argentina – Chile – Colombia – España
Estados Unidos – México – Perú – Uruguay

Título original: *Blood & Honey*
Editor original: HarperTeen, un sello de HarperCollins*Publishers*
Traductora: Estíbaliz Montero

1.ª edición: septiembre 2024

© 2020 *by* Shelby Mahurin
Publicado en virtud de un acuerdo con Harper Collins Children's Books,
un sello de HarperCollins*Publishers*
All Rights Reserved
© de la traducción 2020 Estíbaliz Montero
© 2021, 2024 by Urano World Spain, S.A.U.
Plaza de los Reyes Magos, 8, piso 1.° C y D – 28007 Madrid
www.mundopuck.com

ISBN: 978-84-19252-96-8
E-ISBN: 978-84-18259-41-8
Depósito legal: M-16.177-2024

Fotocomposición: Urano World Spain, S.A.U.

Impreso por: Rodesa, S.A. – Polígono Industrial San Miguel
Parcelas E7-E8 – 31132 Villatuerta (Navarra)

Impreso en España – *Printed in Spain*

Para Beau, James y Rose, *a quienes amo incondicionalmente…*

Primera Parte

Il n'y a pas plus sourd que celui qui ne veut pas entendre.

No hay peor sordo que el que no quiere oír.

—PROVERBIO FRANCÉS

Capítulo 1

Mañana

Lou

Unas nubes oscuras se arremolinaron sobre nosotros. Aunque no podía ver el cielo a través del grueso dosel de La Fôret des Yeux, ni sentir el viento cortante que se levantaba más allá de nuestro campamento, sabía que se estaba gestando una tormenta. Los árboles se mecían en el crepúsculo gris, y los animales habían buscado refugio. Varios días atrás, nos habíamos cobijado en nuestra propia guarida: una peculiar cuenca en el suelo del bosque, donde los árboles habían echado raíces como si fueran dedos que se introducían y emergían de la fría tierra. Lo había llamado, cariñosamente, el Hueco. Aunque la nieve cubría como polvo todo lo que había fuera, los copos se derretían al contacto con la magia protectora que madame Labelle había conjurado.

Ajustando la piedra de hornear sobre el fuego, pinché con esperanza el bulto deforme que se hallaba encima. No se lo podía llamar *pan* exactamente, ya que había preparado el mejunje con nada más que corteza molida y agua, pero me negaba a ingerir otra comida a base de piñones y raíz de cardo lechero. Sencillamente, me negaba. Una chica debía llevarse algo sabroso a la boca de vez en cuando, y no me refería a las cebollas silvestres que Coco había encontrado esa mañana. Mi aliento todavía olía como el de un dragón.

—No pienso comerme eso —dijo Beau con rotundidad, mirando el pan de pino como si de pronto fueran a brotarle piernas y lo fuera a atacar. Su pelo negro, que normalmente llevaba peinado de un modo impecable, se agitaba en ondas despeinadas, y varias salpicaduras de suciedad le cubrían la curtida mejilla. Aunque su traje de terciopelo habría sido la última moda en Cesarine, también estaba cubierto de mugre.

Le sonreí.

—Bien. Muérete de hambre.

—¿Es...? —Ansel se acercó, arrugando la nariz con disimulo. Con los ojos brillantes por el hambre y el pelo enredado por el viento, no le había ido mucho mejor que a Beau en plena naturaleza. Pero Ansel, con su piel aceitunada y su complexión de sauce, sus pestañas rizadas y su sonrisa genuina, siempre sería atractivo. No podía evitarlo—. ¿Crees que es...?

—¿Comestible? —contribuyó Beau, arqueando una ceja oscura—. No.

—¡No iba a decir eso! —Las mejillas de Ansel se tiñeron de rosa, y me dirigió una mirada de disculpa—. Iba a decir... bueno. ¿Crees que está bueno?

—La respuesta a eso también es no. —Beau se dio la vuelta para hurgar en su morral. Triunfante, se enderezó un momento después con un puñado de cebollas y se llevó una a la boca—. *Esta* será mi cena esta noche, gracias.

Cuando abrí la boca para responderle de forma mordaz, Reid me pasó un brazo por los hombros; pesado, cálido y reconfortante. Me dio un beso en la sien.

—Estoy seguro de que el pan está delicioso.

—Así es. —Me incliné hacia él, pavoneándome ante el cumplido.

—*Estará* delicioso. Y no oleremos a capu..., esto... a *cebolla*, toda la noche. —Sonreí con dulzura a Beau, que se detuvo con la mano a medio camino de la boca, frunciendo el ceño tras su cebolla—. Vas a estar apestando por lo menos un día entero.

Reid se rio, se agachó para besarme el hombro y su voz, lenta y profunda, retumbó contra mi piel.

—¿Sabes? Hay un arroyo siguiendo el camino.

Instintivamente, estiré el cuello y él me dio otro beso en la garganta, justo debajo de la mandíbula. Se me aceleró el pulso contra su boca. Aunque Beau frunció los labios en señal de disgusto por nuestra exhibición pública, lo ignoré, deleitándome en la cercanía de Reid. No habíamos estado solos en condiciones desde que me había despertado después de Modraniht.

—Tal vez deberíamos ir a verlo —dije sin aliento. Como de costumbre, Reid se alejó demasiado pronto—. Podríamos llevarnos el pan y... hacer un pícnic.

Madame Labelle volvió la cabeza hacia nosotros desde el otro lado del campamento, donde ella y Coco discutían entre las raíces de un abeto centenario. Aferraban un trozo de pergamino entre las dos, tenían los hombros tensos y el rostro macilento. Tinta y sangre salpicaban los dedos de Coco. Ya había enviado dos misivas a La Voisin, al campamento de sangre, suplicando refugio. Su tía no había respondido a ninguna de las dos. Dudaba que una tercera misiva la hiciera cambiar de opinión.

—Rotundamente no —dijo madame Labelle—. No podéis abandonar el campamento. Lo he prohibido. Además, se avecina una tormenta.

Lo he prohibido. Esas palabras me exasperaron. Nadie me había *prohibido* hacer nada desde que tenía tres años.

—Permitidme que os recuerde —continuó con la cabeza alta y un tono insufrible—, que el bosque todavía está lleno de cazadores, y aunque no las hemos visto, las brujas no pueden estar muy lejos. Eso sin mencionar a la guardia del rey. Se ha corrido la voz sobre la muerte de Florin en Modraniht —Reid y yo nos pusimos tensos en brazos del otro—, y las recompensas son más cuantiosas. Hasta los campesinos conocen vuestro rostro. No abandonaréis el campamento hasta que hayamos ideado algún tipo de estrategia ofensiva.

No me pasó desapercibido el sutil énfasis que puso en *vuestro*, o la forma en que nos miró a Reid y a mí. *Nosotros* éramos los que teníamos prohibido dejar el campamento. *Nosotros* éramos los que aparecíamos en carteles por todo Saint-Loire. Y a esas alturas, probablemente también en cualquier otro pueblo del reino. Coco y Ansel habían robado un par de carteles de «SE BUSCA» después de ir a Saint-Loire a por provisiones. Uno mostraba el atractivo rostro de Reid, con el pelo teñido de rojo, y el otro mostraba el mío.

El dibujante me había puesto una verruga en la barbilla.

Fruncí el ceño al recordarlo mientras le daba la vuelta a la barra de pan de pino y dejaba al descubierto la corteza quemada y ennegrecida de la parte inferior. Todos la contemplamos con fijeza un momento.

—Tienes razón, Reid. Tremendamente delicioso. —Beau sonrió ampliamente. Detrás de él, Coco apretó la mano y la sangre goteó de su palma y cayó sobre la misiva. Las gotas chisporrotearon y humearon al posarse, quemando el pergamino hasta que no quedó ni rastro. Transportándolo al lugar donde La Voisin y las *Dames rouges* estuvieran acampadas. Beau agitó el resto de sus cebollas directamente bajo mi nariz, queriendo que le prestara atención.

—¿Estás segura de que no quieres una?

Le di un manotazo para que se le cayeran.

—Vete a la mierda.

Tras darme un apretón en los hombros, Reid levantó el pan chamuscado de la piedra y cortó una rebanada con una precisión impecable.

—No tienes que comértelo —dije hoscamente.

Esbozó una sonrisa.

—*Bon appétit.*

Nos quedamos mirando, paralizados, cómo se metía el pan en la boca y se atragantaba.

Beau estalló en carcajadas.

Con los ojos llorosos, Reid se apresuró a tragar mientras Ansel le golpeaba en la espalda.

—Está bueno —me aseguró, sin dejar de toser e intentando masticar—. De verdad. Sabe como a... como...

—¿Carbón? —Beau se partió de risa al ver mi expresión, y Reid, de un rojo brillante porque todavía estaba atragantándose, levantó un pie para darle una patada en el culo. Literalmente. Beau perdió el equilibrio y cayó sobre el musgo y el liquen del suelo del bosque, con una huella de bota claramente visible en la parte trasera de sus pantalones de terciopelo.

Escupió barro por la boca al tiempo que Reid conseguía tragarse por fin el pan.

—Imbécil.

Antes de que pudiera dar otro mordisco, volví a tirar el pan al fuego.

—Tu caballerosidad es notoria, esposo mío, y por tanto será recompensada.

Me abrazó, y esta vez esbozó una sonrisa genuina. Y vergonzosamente aliviada.

—Me lo habría comido.

—Debería haberte dejado.

—Y ahora todos vosotros pasaréis hambre —dijo Beau.

Ignoré el traicionero gruñido de mi estómago y saqué la botella de vino que había escondido en el morral de Reid. No había tenido la ocasión de hacer las maletas para el viaje yo misma, por aquello de que Morgane me había secuestrado en los escalones de la catedral Saint-Cécile d'Cesarine. Por suerte, el día anterior me había alejado un poco del campamento y había conseguido un puñado de objetos útiles de una vendedora ambulante que pasaba por allí. El vino había sido indispensable. Al igual que la ropa nueva. Aunque Coco y Reid habían improvisado un atuendo para que pudiera despojarme de mi sangriento vestido ceremonial, las prendas me quedaban sueltas, pues mi complexión, ya de por sí delgada, había adoptado una apariencia esquelética tras mi estancia en el Chateau. Hasta aquel momento, me las había arreglado para mantener ocultos los frutos de mi pequeña excursión, tanto en el morral de Reid como bajo la capa que madame Labelle me había prestado, pero en algún momento tendría que retirarles la venda de los ojos.

No había mejor momento que el presente.

Reid reparó en la botella de vino, y su sonrisa se desvaneció.

—¿Qué es eso?

—Un regalo, por supuesto. ¿No sabes qué día es hoy? —Decidida a salvar la noche, coloqué la botella en las manos desprevenidas de Ansel. Cerró los dedos alrededor del cuello, y sonrió, ruborizándose de nuevo. Una sensación cálida me inundó el corazón.

—*Bon anniversaire, mon petit chou!*

—No es mi cumpleaños hasta el mes que viene —dijo con timidez, pero de todas formas sostuvo la botella contra el pecho. El fuego arrojó una luz parpadeante sobre su expresión sosegada de alegría—. Nunca nadie... —Se aclaró la garganta y tragó con fuerza—. Nunca antes me habían hecho un regalo.

La felicidad de mi pecho se atenuó ligeramente.

De niña, mis cumpleaños se celebraban como si fueran días festivos. Muchas brujas de todo el reino viajaban a Chateau le Blanc para celebrarlo, y juntas, bailábamos bajo la luz de la luna hasta que nos dolían los pies. La magia cubría el templo con su afilado aroma, y mi madre me colmaba de regalos extravagantes: una diadema de diamantes y perlas un año, un ramo de orquídeas fantasmas eternas al siguiente. Una vez separó las aguas de L'Eau Mélancolique para que yo caminara por el lecho marino, y las melusinas apoyaron sus hermosos y espeluznantes rostros contra las paredes de agua para observarnos, ahuecándose el brillante cabello y haciendo destellar sus colas plateadas.

Ya entonces sabía que mis hermanas celebraban más mi muerte que mi vida, pero luego me preguntaría (en mis momentos de debilidad) si lo mismo había sucedido con mi madre.

«Tú y yo somos personajes trágicos», había murmurado en mi quinto cumpleaños, antes de darme un beso en la frente. Aunque no podía recordar los detalles con claridad (tan solo las sombras de mi dormitorio, el frío aire nocturno sobre mi piel, el aceite de eucalipto en mi pelo), pensé que una lágrima había rodado por su mejilla. En esos momentos de más debilidad, había sabido que Morgane no celebraba mis cumpleaños en absoluto.

Los lloraba.

—Creo que la respuesta adecuada es «gracias». —Coco se acercó a examinar la botella de vino, colocándose los rizos negros por encima del hombro. El rubor de Ansel se hizo más intenso. Con una sonrisa, ella deslizó un dedo de forma sugerente por la curva de la botella, apoyando sus propias curvas contra el delgado cuerpo de él—. ¿De qué cosecha es?

Beau puso los ojos en blanco ante su numerito, que resultaba más que obvio, y se inclinó para recuperar sus cebollas. Ella lo miró por el rabillo de sus ojos oscuros. No se habían dirigido una sola palabra cortés en días. Al principio había sido entretenido, ver cómo Coco le bajaba los humos al príncipe con sus ocurrencias, pero en los últimos días había involucrado a Ansel en el enfrentamiento. Tendría que hablar con ella del asunto. Dirigí la mirada a Ansel, que aún sonreía de oreja a oreja mientras miraba el vino.

Al día siguiente. Hablaría con ella al día siguiente.

Coco colocó los dedos sobre los de Ansel y levantó la botella para estudiar la deteriorada etiqueta. La luz del fuego iluminó las innumerables cicatrices de su piel tostada.

—*Boisaîné* —leyó despacio, esforzándose por distinguir las letras. Frotó un poco la suciedad con el dobladillo de su capa—. Elderwood.

—Me miró—. Nunca he oído hablar de ese lugar. Aunque parece antiguo. Debe de haber costado una fortuna.

—Mucho menos de lo que crees, en realidad. —Sonriendo de nuevo ante la expresión suspicaz de Reid, le quité la botella con un guiño. Un imponente roble florecido adornaba su etiqueta, y a su lado, un hombre monstruoso con cuernos y pezuñas llevaba una corona de ramas. Sus ojos estaban pintados en un tono amarillo fluorescente, y sus pupilas eran como las de un gato.

—Tiene un aspecto aterrador —comentó Ansel, inclinándose sobre mi hombro para ver más de cerca la etiqueta.

—Es el Hombre Salvaje. —La nostalgia se apoderó de mí de forma inesperada—. El ser de los bosques, el rey de toda la flora y la fauna. Morgane solía contarme historias sobre él cuando yo era pequeña.

El efecto del nombre de mi madre fue instantáneo. Beau dejó de fruncir el ceño de inmediato. Ansel dejó de sonrojarse, y Coco dejó de sonreír. Reid escudriñó las sombras a nuestro alrededor y echó una mano al Balisarda que llevaba en la bandolera. Incluso las llamas del fuego se evaporaron, como si la misma Morgane hubiera soplado con su aliento frío a través de los árboles para extinguirlas.

Mi sonrisa permaneció impertérrita.

No habíamos oído ni una palabra de Morgane desde Modraniht. Habían pasado días, pero no habíamos atisbado ni una sola bruja. Para ser justos, no habíamos visto mucho más que aquella jaula de raíces. Sin embargo, en realidad no podía quejarme del Hueco. De hecho, a pesar de la falta de privacidad y el gobierno autocrático de madame Labelle, casi me sentí aliviada al no haber recibido noticias de La Voisin. Se nos había concedido un indulto. Y allí teníamos todo lo que necesitábamos, de todos modos. La magia de madame Labelle nos mantenía a salvo, calentándonos, ocultándonos de los ojos de los espías, y Coco había encontrado cerca de allí un arroyo que fluía desde las montañas. La corriente evitaba que el agua se congelara, y seguro que Ansel pescaría un pez el día menos pensado. En ese momento, era como si viviéramos en un tiempo y espacio separados del resto del mundo. Morgane y sus *Dames blanches*, Jean Luc y sus *chasseurs*, incluso el rey Auguste, habían dejado de existir. Nadie podía hacernos nada. Era… extrañamente pacífico.

Como la calma antes de una tormenta.

Madame Labelle se hizo eco de mi miedo no expresado.

—Sabes que no podemos escondernos para siempre —dijo, repitiendo la cantinela de siempre. Coco y yo intercambiamos una mirada de agravio cuando se unió a nosotros y confiscó el vino. Si oía otra de sus advertencias, pondría la botella cabeza abajo y la ahogaría con su contenido—. Tu madre te encontrará. Nosotros solos no podemos protegerte. Sin embargo, si reuniéramos aliados, y otros se unieran a nuestra causa, tal vez podríamos...

—El silencio de las brujas de sangre no podría ser más ensordecedor. —Le quité la botella de las manos y me peleé con el corcho—. No se arriesgarán a desatar la ira de Morgane por *unirse a nuestra causa*. Sea cual fuere nuestra *causa*.

—No seas terca. Si Josephine se niega a ayudarnos, hay otras personas poderosas a las que podemos...

—Necesito más tiempo —interrumpí en voz alta, haciendo caso omiso y gesticulando hacia mi garganta. Aunque la magia de Reid había cerrado la herida, salvándome la vida, quedaba una gruesa costra. Todavía me dolía a rabiar. Pero esa no era la razón por la que quería quedarme allí—. Apenas te has recuperado, Helene. Planearemos una estrategia mañana.

—Mañana. —Entornó los ojos al oír aquella promesa vacía. Llevaba días diciendo lo mismo. Esa vez, sin embargo, incluso yo me daba cuenta de que las palabras sonaban diferentes, verdaderas. Madame Labelle no aceptaría demorarlo más.

Como para confirmar mis pensamientos, dijo:

—Mañana *hablaremos,* tanto si La Voisin responde a nuestra llamada como si no. ¿De acuerdo?

Hundí mi cuchillo en el corcho de la botella y lo hice girar con brusquedad. Todos se estremecieron. Volviendo a sonreír, bajé la barbilla en el más breve de los asentimientos.

—¿Quién tiene sed? —Le tiré el corcho a la nariz a Reid, y él lo apartó exasperado—. ¿Ansel?

Este abrió los ojos de par en par.

—Ah, yo no...

—Tal vez deberíamos agenciarnos un pezón. —Beau le arrebató la botella de debajo de la nariz a Ansel y pegó un buen trago—. Puede que así le parezca más apetecible.

Me atraganté de risa.

—Basta, Beau...

—Tienes razón. No tendría ni idea de qué hacer con un pecho.

—¿Has bebido antes, Ansel? —preguntó Coco con curiosidad.

Con la expresión ensombrecida, Ansel le arrebató el vino a Beau y bebió un largo trago. En vez de beber a borbotones, fue como si desencajara la mandíbula y se tragara la mitad de la botella. Cuando terminó, se limpió la boca con el dorso de la mano y le pasó la botella a Coco. Sus mejillas aún estaban rosadas.

—Se deja beber muy bien.

No sabía qué era más gracioso: las expresiones patidifusas de Coco y Beau o la expresión petulante de Ansel. Aplaudí con alegría.

—Bien hecho, Ansel. Cuando me dijiste que te gustaba el vino, no sabía que te referías a que podías beber como un cosaco.

Se encogió de hombros y miró hacia otro lado.

—He vivido en Saint-Cécile durante años. Es un gusto adquirido. —Volvió la vista a la botella que Coco tenía en las manos—. Pero este sabe mucho mejor que cualquier brebaje del santuario. ¿Dónde lo has conseguido?

—Sí —dijo Reid. A pesar del ambiente festivo, su voz no sonaba demasiado alegre—. ¿De *dónde* lo has sacado? Está claro que Coco y Ansel no lo trajeron con el resto de las provisiones.

Ambos tuvieron la decencia de parecer pesarosos.

—Ah. —Le dediqué una mirada seductora mientras Beau ofrecía la botella a madame Labelle, que negó con la cabeza bruscamente. Esperó mi respuesta con los labios fruncidos—. No me hagas preguntas, *mon amour*, y no te diré ninguna mentira.

Cuando Reid apretó la mandíbula, intentando, a todas luces, no perder los estribos, me preparé para el interrogatorio. Aunque ya no usaba su uniforme azul, no podía evitarlo. La ley era la ley. No importaba de qué lado estuviera. Bendito fuera.

—Dime que no lo has robado —me pidió—. Dime que lo encontraste en un agujero en alguna parte.

—De acuerdo. No lo he robado. Lo encontré en un agujero en alguna parte.

Se cruzó de brazos, y me dirigió una mirada severa.

—Lou.

—¿Qué? —pregunté en tono inocente. En un gesto de ayuda, Coco me ofreció la botella, y yo tomé un largo trago, admirando sus bíceps, su mandíbula cuadrada, su boca carnosa y su pelo cobrizo con un aprecio desvergonzado. Le di una palmadita en la mejilla—. No has pedido la verdad.

Me atrapó la mano.

—Ahora sí.

Lo miré fijamente, el impulso de mentir trepaba de forma arrolladora por mi garganta. Pero... no. Fruncí el ceño, y analicé aquel instinto básico. Confundió mi silencio con una negativa y se acercó para convencerme de que respondiera.

—¿Lo robaste, Lou? La verdad, por favor.

—Bueno, eso ha sido de lo más condescendiente por tu parte. ¿Lo intentamos de nuevo?

Con un suspiro exasperado, giró la cabeza para besarme los dedos.

—Eres imposible.

—Soy poco práctica e improbable, pero nunca imposible. —Me puse de puntillas y presioné mis labios contra los suyos. Sacudiendo la cabeza y riéndose a pesar de sí mismo, se inclinó para abrazarme y hacer más profundo el beso. Un delicioso calor me invadió, y tuve que contenerme para no tirarlo al suelo y llevarlo por el camino de la perversión.

—Dios mío —dijo Beau, con la voz teñida de asco—. Parece que le está comiendo la cara.

Pero madame Labelle no le prestó atención. Sus ojos, tan familiares y azules, relampagueaban de ira.

—Responde a la pregunta, Louise. —Me puse rígida ante su tono cortante. Para mi sorpresa, Reid también se tensó. Se giró lentamente para mirarla—. ¿Saliste del campamento?

Por el bien de Reid, mantuve mi propio tono de voz agradable.

—No he robado nada. Al menos —me encogí de hombros, obligándome a mantener una sonrisa relajada—, no he robado el *vino*. Se lo he comprado a una vendedora ambulante que ha pasado cerca de aquí esta mañana con algunas *couronnes* de Reid.

—¿Le has robado a mi hijo?

Reid extendió una mano en actitud tranquilizadora.

—Tranquila. No me ha robado na...

—Es mi *marido*. —Me dolía la mandíbula de sonreír de un modo tan forzado, y levanté la mano izquierda para enfatizarlo. Su propia piedra nacarada aún brillaba en mi dedo anular—. Lo que es mío es suyo, y lo que es suyo es mío. ¿No forma eso parte de los votos que hicimos?

—Sí, así es. —Reid asintió rápidamente, lanzándome una mirada tranquilizadora, antes de mirar a madame Labelle—. Puede disponer de cualquier cosa que yo posea.

—Por supuesto, hijo. —Ella esbozó también una sonrisa tensa—. Aunque me siento obligada a señalar que vosotros dos nunca habéis estado legalmente casados. Louise usó un nombre falso en la licencia de matrimonio, por lo que el contrato queda anulado. Por supuesto, si aun así decides compartir tus posesiones con ella, eres libre de hacerlo, pero no te sientas obligado de ninguna manera. Especialmente si ella insiste en poner en peligro tu vida, *todas* nuestras vidas, con su comportamiento impulsivo y temerario.

Mi sonrisa acabó por esfumarse.

—La capucha de tu capa me ocultaba la cara. La mujer no me ha reconocido.

—¿Y si lo ha hecho? ¿Y si los *chasseurs* o las *Dames blanches* nos emboscan esta noche? ¿Entonces qué? —Cuando no hice ningún movimiento para responderle, suspiró y continuó en voz baja—: Entiendo tu reticencia a enfrentarte a esto, Louise, pero cerrar los ojos no hará que los monstruos no te vean. Solo te dejará ciega. —A continuación, dijo en un tono más suave aún—: Ya te has escondido suficiente.

De repente, incapaz de mirar a nadie, dejé caer los brazos del cuello de Reid. Estos añoraron de inmediato su calor. Aunque se acercó como para atraerme hacia él, en vez de eso tomé otro trago de vino.

—Está bien —dije al final, obligándome a enfrentarme a su mirada de piedra—. No debería haber dejado el campamento, pero no podía pedirle a Ansel que se comprara un regalo de cumpleaños él mismo. Los cumpleaños son sagrados. Idearemos una estrategia mañana.

—De verdad —dijo Ansel con seriedad—, no es mi cumpleaños hasta el mes que viene. Esto no es necesario.

—*Es* necesario. Puede que no estemos aquí... —Me detuve un momento, mordiéndome la lengua, pero era demasiado tarde. Aunque no había pronunciado las palabras en voz alta, resonaron en el campamento de todos modos. *Puede que no estemos aquí el mes que viene.* Le devolví el vino y lo intenté de nuevo—. Déjanos celebrarlo, Ansel. No todos los días cumples diecisiete años.

Dirigió la mirada a madame Labelle como si pidiera permiso.

Ella asintió con rigidez.

—*Mañana*, Louise.

—Por supuesto. —Acepté la mano de Reid, permitiéndole que me acercara a él mientras fingía otra horrible sonrisa—. Mañana.

Reid me besó otra vez, más fuerte, esta vez, como si tuviera algo que demostrar. O algo que perder.

—Esta noche, estamos de celebración.

El viento se levantó cuando el sol se sumergió tras los árboles, y las nubes continuaron haciéndose más densas.

CAPÍTULO 2

MOMENTOS ROBADOS

Reid

L ou durmió como un tronco. Con la mejilla pegada a mi pecho y su melena extendida sobre mi hombro, respiraba profundamente. Rítmicamente. Era una paz que rara vez alcanzaba estando despierta. Le acaricié la espalda. Saboreé su calor. Impelí a mi mente a permanecer en blanco, a mis ojos a continuar abiertos. Ni siquiera parpadeaba. Solo miraba fijamente al infinito, mientras los árboles se mecían sobre mi cabeza. Sin ver nada. Sin *sentir* nada. Entumecido.

El sueño me había evadido desde Modraniht. Y cuando no lo hacía, deseaba que lo hubiera hecho.

Mis sueños se habían convertido en algo oscuro y perturbador.

Una pequeña sombra se separó de los pinos y se sentó a mi lado, meneando la cola. Lou lo había bautizado como Absalón. En una ocasión, yo había creído que era un simple gato negro. Ella me había corregido rápidamente. No era un gato en absoluto, sino un *matagot*. Un espíritu inquieto, incapaz de cruzar al más allá, que tomaba la forma de un animal.

«Se sienten atraídos por criaturas similares —me había informado Lou, frunciendo el ceño—. Almas atormentadas. Alguien de aquí debe de haberle atraído».

Su mirada penetrante había dejado claro quién creía que era ese *alguien*.

—Vete. —Le di un codazo a la criatura antinatural—. Fuera.

Me dirigió un parpadeo de sus siniestros ojos ambarinos. Cuando suspiré, cediendo, se acurrucó a mi lado y se durmió.

Absalón. Le acaricié la espalda con un dedo, disgustado cuando empezó a ronronear. *No estoy atormentado.*

Contemplé fijamente los árboles una vez más, sin convencer a nadie.

Perdido en la parálisis de mis pensamientos, no me di cuenta cuando Lou comenzó a moverse unos momentos después. Su pelo me hacía cosquillas en la cara mientras se incorporaba sobre un codo y se inclinaba sobre mí. Su voz sonó baja. Suave a causa del sueño, dulce por el vino.

—Estás despierto.

—Sí.

Escudriñó mi mirada, vacilante, preocupada, y la garganta se me contrajo inexplicablemente. Cuando abrió la boca para hablar, para preguntar, la interrumpí con las primeras palabras que me vinieron a la cabeza.

—¿Qué le pasó a tu madre?

Parpadeó.

—¿Qué quieres decir?

—¿Siempre fue tan...?

Con un suspiro, apoyó la barbilla en mi pecho. Hizo girar el anillo de nácar que le rodeaba el dedo.

—No. No lo sé. ¿Puede la gente nacer malvada? —Negué con la cabeza—. Yo tampoco lo creo. Creo que se perdió en algún lugar del camino. Es fácil que pase con la magia. —Cuando me puse tenso, se giró hacia mí—. No es lo que crees. La magia no es... Bueno, es como cualquier otra cosa. Si se abusa de algo bueno acaba convertido en algo malo. Puede ser adictivo. Mi madre, ella... A ella le encantaba el poder, supongo. —Dejó escapar una carcajada. Fue una risa amarga—. Y cuando *todo* es cuestión de vida o muerte para nosotras, lo que está en juego es mayor. Cuanto más ganamos, más perdemos.

Cuanto más ganamos, más perdemos.

—Ya veo —dije, pero no era verdad. Nada de aquello me atraía. ¿Por qué arriesgarse a hacer magia?

Como si presintiera mi disgusto, se levantó de nuevo para contemplarme.

—Es un regalo, Reid. Hay mucho más de lo que has visto. La magia es preciosa y salvaje y libre. Entiendo tu reticencia, pero no puedes esconderte de ella para siempre. Es parte de ti.

No pude responder. Las palabras se me quedaron atascadas en la garganta.

—¿Estás listo para hablar de lo que pasó? —preguntó ella con suavidad.

Le rocé el pelo con los dedos y la frente con los labios.

—Esta noche no.

—Reid...

—Mañana.

Suspiró de nuevo, pero por fortuna no insistió. Después de rascarle la cabeza a Absalón, Lou se recostó y, juntos, contemplamos los fragmentos de cielo que se veían a través de los árboles. Volví a retraerme en mi mente, a su cuidadoso y vacío silencio. No era consciente de si pasaban meros momentos u horas.

—¿Crees que...? —La suave voz de Lou me sorprendió y me devolvió al presente—. ¿Crees que se celebrará un funeral?

—Sí.

No pregunté a quién se refería. No era necesario.

—¿Incluso con todo lo que pasó al final?

Una bruja hermosa, disfrazada de damisela, pronto llevó al hombre hacia el Infierno. Me dolió el pecho al recordar la actuación de las hermanas Olde. La narradora rubia. De trece años, catorce a lo sumo. El mismísimo diablo, disfrazado no de damisela, sino de doncella. Tenía un aspecto muy inocente cuando dictó nuestra sentencia. Casi angelical.

Pronto, una visita por parte de la bruja que él había criticado llegó con la peor noticia... Había dado a luz a su hija.

—Sí.

—Pero... él era mi padre. —Al oírla tragar, me giré y le coloqué una mano en la nuca. La acerqué a mí mientras la emoción amenazaba con ahogarme. Luché con desesperación por recuperar la fortaleza que había construido, para retirarme a sus felices y totalmente huecas profundidades—. Se acostó con la *Dame des Sorcières*. Una bruja. Es imposible que el rey vaya a honrarlo.

—Nadie podrá demostrar nada. El rey Auguste no condenará a un hombre muerto por la palabra de una bruja.

Las palabras se me escaparon antes de que pudiera detenerlas. *Un hombre muerto.* Me aferré a Lou, y ella me agarró por la mejilla, no para obligarme a mirarla a la cara, sino simplemente para tocarme. Para anclarme. Me apoyé en su palma.

Me miró fijamente durante un largo momento, y su caricia fue infinitamente gentil. Infinitamente paciente.

—Reid.

La palabra sonó pesada. Expectante.

No podía mirarla. No podía enfrentarme a la devoción que se reflejaría en esos ojos familiares. Los ojos de él. Aunque no se diera cuenta, aunque no le importara, algún día me odiaría por lo que había hecho. Era su padre.

Y yo lo había matado.

—Mírame, Reid.

El recuerdo acudió a mí de repente, sin invitación. Mi cuchillo incrustado en sus costillas. Su sangre corriendo por mi muñeca. Cálida, espesa y húmeda. Cuando me giré hacia ella, la mirada de esos ojos verdiazulados era firme. Resuelta.

—Por favor —susurré. Para mi vergüenza, mi humillación, la voz se me quebró con aquellas palabras. El calor me inundó el rostro. Ni siquiera yo sabía lo que quería de ella. *Por favor, no me lo pidas. Por favor, no me hagas decirlo.* Y entonces, más fuerte que el resto, un agudo lamento se elevó bruscamente a través del dolor...

Por favor, haz que desaparezca.

Una oleada de emoción destelló en su expresión, casi demasiado rápida para que yo la viera. Entonces levantó el mentón. Un brillo taimado iluminó sus ojos. Y un segundo después se giró para sentarse a horcajadas sobre mí, antes de pasarme un único dedo por la boca. La suya se entreabrió, y su lengua se asomó para humedecerse el labio inferior.

—*Mon petit oiseau*, pareces... frustrado estos últimos días. —Se inclinó hacia delante y me rozó la oreja con la nariz. Distrayéndome. Respondiendo a mi súplica tácita—. Ya sabes que podría ayudarte con eso.

Absalón siseó indignado y se desmaterializó.

Cuando empezó a tocarme, a moverse contra mí (con ligereza, de forma enloquecedora), la sangre de mi cara se precipitó a una parte más baja de mi cuerpo, y cerré los ojos, tensando la mandíbula por la sensación. Por el calor. Le clavé los dedos en las caderas para que no se moviera de ahí.

Detrás de nosotros, alguien suspiró con suavidad mientras dormía. —No podemos hacerlo aquí. —Mi tenso susurro resonó demasiado fuerte en el silencio. A pesar de mis palabras, ella sonrió y se acercó más, *por todas partes*, hasta que mis propias caderas se arquearon en respuesta, apretándola contra mí. Una vez. Dos veces. Tres veces. Despacio al principio, luego más rápido. Dejé caer la cabeza en el suelo frío, respirando con dificultad, con los ojos todavía cerrados. Un gemido sordo se me formó en la garganta.

—Alguien podría vernos.

Lou tiró de mi cinturón como respuesta. Abrí los ojos de par en par para mirar, y me incliné hacia su roce, deleitándome en él. En *ella*.

—Que nos vean —dijo, cada respiración convertida en un jadeo. Se oyó otra tos—. No me importa.

—Lou...

—¿Quieres que pare?

—No. —La aferré con más fuerza de las caderas, y me senté rápidamente, aplastando sus labios con los míos.

Otra tos, más fuerte esta vez. Ni me di cuenta. Metiéndome la mano en los pantalones desabrochados, y deslizando su lengua caliente contra la mía, no podría haber parado aunque lo hubiera intentado. Es decir, hasta...

—Para. —La palabra se me escapó de la garganta, y me tambaleé hacia atrás, levantándole las caderas en el aire, alejándolas de las mías. No quería llegar tan lejos, tan rápido, con *tanta* gente a nuestro alrededor. Cuando maldije, en tono bajo y violento, ella parpadeó confundida, y se agarró a mis hombros rápidamente para mantener el equilibrio. Tenía los labios hinchados. Las mejillas encendidas. Una vez más cerré los ojos (apretando, apretando, *apretando*), y pensé en todo menos en Lou. Carne podrida. Langostas carnívoras. Piel arrugada y flácida y la palabra «húmeda» o «requesón» o «flema». Flema que gotea, o, o...

Mi madre.

El recuerdo de nuestra primera noche allí resplandeció de forma cristalina.

—*En serio* —me advierte madame Labelle, apartándome a un lado—, *no podéis escabulliros para ningún encuentro secreto. El bosque es peligroso. Los árboles tienen ojos.*

La risa de Lou resuena, clara y alegre, mientras yo balbuceo, mortificado.

—Sé que vosotros dos mantenéis relaciones carnales, no intentes negarlo —añade madame Labelle cuando me sonrojo—, pero vuestros impulsos corporales no importan, el peligro que acecha más allá del campamento es demasiado grande. Tengo que pediros que, de momento, os contengáis.

Me alejo sin decir nada, la risa de Lou sigue resonando en mis oídos. Madame Labelle me sigue, sin inmutarse.

—Es perfectamente natural tener tales impulsos. —Se apresura a seguirme el ritmo, rodeando a Beau. Él también tiembla de risa—. La verdad, Reid, esta inmadurez es muy desagradable. Estás siendo cuidadoso, ¿no es así? Quizás deberíamos tener una charla sincera sobre los anticonceptivos...

Bien. Conseguido.

La enorme presión se desvaneció, convirtiéndose en un dolor sordo.

Exhalando fuerte, bajé con lentitud a Lou hasta mi regazo. Se oyó otra tos en la dirección de Beau. Más fuerte esta vez. Intencionada. Pero Lou perseveró. Deslizó la mano hacia abajo una vez más.

—¿Va algo mal, esposo?

Le sujeté la mano a la altura de mi ombligo y la fulminé con la mirada. Nariz contra nariz. Labios contra labios.

—Descarada.

—Te voy a *enseñar* lo que es una mujer descarada...

Con un gemido agraviado, Beau se incorporó e interrumpió en voz alta:

—¡Hola! ¡Sí, perdón! Como parece que se os ha pasado por alto, ¡hay *más gente aquí!* —Refunfuñando en tono más bajo, añadió—: Aunque está claro que esas otras personas pronto se marchitarán y morirán de abstinencia.

La sonrisa de Lou se volvió taimada. Levantó la mirada hacia el cielo, de un espeluznante gris antes del amanecer, y a continuación me rodeó el cuello con los brazos.

—Casi ha amanecido —me susurró al oído. Se me erizó el vello de la nuca—. ¿Nos acercamos al arroyo y... nos bañamos?

A regañadientes, eché un vistazo a madame Labelle. Nuestro escarceo no la había despertado, ni el arrebato de Beau. Incluso dormida, exudaba una gracia real. Una reina disfrazada de madame, presidiendo no un reino, sino un burdel. ¿Habría sido diferente su vida si hubiera conocido a mi padre antes de que se casara? ¿Lo habría sido la *mía*? Miré hacia otro lado, asqueado de mí mismo.

—Madame Labelle nos prohibió salir del campamento.

Lou me chupó suavemente el lóbulo de la oreja y me provocó un estremecimiento.

—No se disgustará si no se entera. Además... —Tocó con un dedo la sangre seca de detrás de mi oreja, la de mi muñeca, igual que las marcas de mis codos, mis rodillas, mi garganta. Las mismas marcas que todos llevábamos desde Modraniht. Una precaución—. La sangre de Coco nos esconderá.

—El agua se la llevará.

—Sabes que yo también tengo magia, y tú también. Podemos protegernos si es necesario.

Y tú también.

Aunque traté de reprimirla, ella advirtió mi vacilación. Entrecerró los ojos.

—Tendrás que aprender a usarla en algún momento. Prométeme que lo harás.

Esbocé una sonrisa forzada y le di un apretón suave.

—No hay problema.

Sin estar convencida del todo, bajó de mi regazo y abrió un saco de dormir.

—Genial. Ya has oído a tu madre. Mañana, todo esto acabará.

Un sentimiento que no presagiaba nada bueno me inundó al oír sus palabras, al ver su expresión. Aunque yo sabía que no podíamos quedarnos allí indefinidamente, que no podíamos esperar sin más a que Morgane o los *chasseurs* nos encontraran, no teníamos ningún plan. Ni aliados. Y a pesar de la confianza de mi madre, no creía que fuéramos a encontrar alguno. ¿Por qué iba alguien a unirse a nosotros en una lucha contra Morgane? Los planes de ella eran los mismos que de ellos, la muerte de todos los que los habían perseguido.

Con un profundo suspiro, Lou se dio la vuelta y se acurrucó sobre sí misma. Su cabello se desplegó a su espalda en un sendero castaño y dorado. Deslicé los dedos a través de él, intentando calmarla. Para atenuar la repentina tensión de sus hombros, la desesperanza de su voz.

Una Lou desesperada era antinatural, como un Ansel materialista o una Cosette fea.

—Ojalá... —susurró—. Ojalá pudiéramos vivir aquí para siempre. Pero cuanto más tiempo nos quedamos, más parece que estamos robando momentos de felicidad. Como si esos momentos no fueran nuestros en absoluto. —Apretó los puños a sus costados—. Ella acabará por arrebatárnoslos. Incluso si tiene que arrancárnoslos del corazón.

Dejé de mover los dedos por su pelo. Respirando de forma pausada, tragándome la furia que me invadía cada vez que pensaba en Morgane, coloqué una mano en la barbilla de Lou y la obligué a mirarme. Para que *sintiera* mis palabras. Mi promesa.

—No debes temerle. No dejaremos que te pase nada.

Se rio con desprecio hacia sí misma.

—No le temo. Yo... —De repente, apartó la barbilla de mi mano—. No importa. Es patético.

—Lou. —Le masajeé el cuello, para que se relajara—. Puedes decírmelo.

—Reid. —Imitó mi tono suave y me dedicó una dulce sonrisa por encima del hombro. Se la devolví, asintiendo con la cabeza para animarla. Aún sonriendo, me dio un fuerte codazo en las costillas—. Vete a la mierda.

Endurecí el tono de voz.

—Lou...

—Déjalo estar —dijo ella—. No quiero hablar de ello. —Nos miramos el uno al otro un largo momento; yo me froté la costilla magullada con rebeldía, antes de que ella se desinflara visiblemente—. Mira, olvida lo que he dicho. No es importante ahora mismo. Los otros se levantarán pronto, y podremos empezar a idear un plan. Estoy bien. De verdad.

Pero no estaba bien. Y yo tampoco. Dios. Solo quería abrazarla.

Me restregué una mano inquieta por la cara antes de mirar a madame Labelle. Seguía dormida. Incluso Beau había vuelto a su saco de dormir, olvidándose del mundo una vez más. Perfecto. Antes de que pudiera cambiar de opinión, tomé a Lou en brazos. El arroyo no estaba lejos. Podíamos ir y volver antes de que alguien se diera cuenta de que nos habíamos ido.

—Todavía no es mañana.

CAPÍTULO 3

SEÑAL DE ALARMA

Reid

Lou flotaba sobre el agua con perezosa satisfacción. Tenía los ojos cerrados. Los brazos abiertos. Su melena se agitaba densa y pesada a su alrededor. Los copos de nieve caían con suavidad. Se arremolinaban en sus pestañas, en sus mejillas. Aunque nunca había visto una melusina (solo había leído sobre ellas en las antiguas tumbas de Saint-Cécile), imaginé que se parecían a ella en ese momento. Hermosas. Etéreas.

Desnudas.

Nos habíamos despojado de nuestra ropa en las heladas orillas del arroyo. Absalón se había materializado poco después y se había acurrucado entre nuestras prendas. No sabíamos a dónde iba cuando perdía su forma corporal. A Lou le importaba más que a mí.

—La magia tiene sus ventajas, ¿no? —murmuró, arrastrando distraídamente un dedo por el agua. El vapor formó espirales ante su contacto—. Ahora mismo deberíamos tener las partes nobles congeladas. —Sonrió y abrió un ojo—. ¿Quieres que te lo enseñe?

Arqueé una ceja.

—Desde aquí lo veo estupendamente.

Ella sonrió.

—Cerdo. Me refería a la magia. —Cuando no dije nada, se inclinó hacia delante y avanzó por el agua. No podía tocar el fondo del arroyo, aunque yo sí podía. El agua me lamió la garganta—. ¿Quieres aprender a calentar el agua? —preguntó.

Esta vez, estaba preparado para ello. No me acobardé. No dudé. Sin embargo, tragué con fuerza.

—Por supuesto.

Me estudió con los ojos entrecerrados.

—No se te ve muy entusiasmado precisamente, Chass.

—Fallo mío. —Me hundí más en el agua, nadando hacia ella lentamente. Como un lobo—. Oh, radiante mujer, te ruego que me muestres tu gran destreza mágica. No puedo esperar ni un momento más para presenciarla, o seguramente moriré. ¿Será suficiente con eso?

—Así está mejor —resopló, levantando la barbilla—. Veamos, ¿qué sabes sobre la magia?

—Lo mismo que el mes pasado. —¿Había pasado solo un mes desde la última vez que me había hecho esa pregunta? Parecía toda una vida. Ahora todo era diferente. Parte de mí deseaba que no lo fuera—. Nada.

—Tonterías. —Abrió los brazos cuando fui hacia ella, y me los puse alrededor del cuello. Me envolvió la cintura con las piernas. La posición debería haber sido sexual, pero no lo fue. Era solo... íntima. Así de cerca, podía contar cada una de las pecas de su nariz. Podía ver las gotas de agua que se aferraban a sus pestañas. Me costó horrores no volver a besarla—. Sabes más de lo que crees. Has estado con tu madre, Coco y conmigo durante casi quince días, y en Modraniht, tú... —Se detuvo de golpe, y luego fingió un fuerte ataque de tos. Se me cayó el alma a los pies. *Y en Modraniht, mataste al arzobispo con magia.* Se aclaró la garganta—. Yo... Yo solo sé que has estado prestando atención. Tu mente es una trampa de acero.

—Una trampa de acero —repetí, retirándome a esa fortaleza una vez más.

No sabía cuánta razón tenía.

Me llevó varios segundos darme cuenta de que estaba esperando mi respuesta. Aparté la mirada, incapaz de contemplar esos ojos. En aquel momento estaban azules. Casi grises. Tan familiares. Tan... traicionados.

Como si me leyeran el pensamiento, los árboles crujieron a nuestro alrededor y, en el viento, juraría que escuché su voz en un susurro...

Eras como un hijo para mí, Reid.

Se me puso la piel de gallina por todo el cuerpo.

—¿Has oído eso? —Me di la vuelta y me acerqué más a Lou. Ella no tenía la carne de gallina—. ¿Lo has oído?

Dejó de hablar a mitad de la frase. Todo su cuerpo se tensó y miró a su alrededor con los ojos abiertos de par en par.

—¿A quién?

—Me ha parecido oír... —Negué con la cabeza. No podía ser. El arzobispo estaba muerto. Un producto de mi imaginación había cobrado vida para atormentarme. Al cabo de un instante, los árboles se quedaron decididamente quietos, y la brisa, si es que la había habido, guardó silencio—. Nada. —Negué con más fuerza, repitiendo la palabra como si eso fuera a hacerla realidad—. No ha sido nada.

Y sin embargo... en el cortante aire con aroma a pino... una presencia se hizo visible. Una conciencia. Nos miraba.

Estás siendo ridículo, me regañé a mí mismo. No solté a Lou.

—Los árboles de este bosque tienen ojos —susurró, repitiendo las palabras anteriores de madame Labelle. Todavía miraba a su alrededor con recelo—. Pueden... ver cosas, dentro de tu cabeza, y retorcerlas. Convertir los miedos en monstruos. —Se estremeció—. Cuando hui la primera vez, la noche de mi decimosexto cumpleaños, pensé que me estaba volviendo loca. Las cosas que vi...

Su voz se fue apagando, y su mirada me dejó saber que se había encerrado en sí misma.

Apenas me atreví a respirar. Nunca me había contado aquello antes. Nunca me había dicho nada sobre su pasado antes de Cesarine. Pese a su piel desnuda, usaba los secretos como armadura, y no se deshacía de ellos por nadie. Ni siquiera por mí. *Sobre todo* por mí. El resto del entorno desapareció (el agua, los árboles, el viento), y solo quedó el rostro de Lou, su voz, mientras se perdía en sus recuerdos.

—¿Qué viste? —pregunté en voz baja.

Ella dudó.

—A tus hermanos y hermanas.

Una respiración entrecortada.

La mía.

—Fue horrible —continuó después de un momento—. Estaba ciega de pánico, sangraba por todas partes. Mi madre me acechaba. Oía su voz a través de los árboles, en una ocasión me había dicho entre risas que eran sus espías, pero yo no sabía lo que era real y lo que no. Solo sabía que tenía que escapar. Entonces empezaron los gritos. Eran escalofriantes. Una mano salió disparada del suelo y me agarró del tobillo. Me caí, y un... cadáver se me subió encima. —Una oleada de náuseas me invadió ante aquellas imágenes, pero no me atreví a interrumpir—. Tenía el pelo dorado, y su garganta... Se parecía a la mía. Me arañó, me rogó que lo ayudara, excepto que su voz sonaba extraña, por supuesto, debido a la... —se llevó la mano a su cicatriz— la sangre. Me las arreglé para alejarme de él, pero había otros. Muchos otros. —Retiró las manos de mi cuello para dejarlas flotar entre nosotros—. Te ahorraré los detalles sangrientos. Nada de aquello fue real, de todos modos.

Le miré las palmas de las manos, que reposaban hacia arriba en el agua.

—Has dicho que los árboles son espías de Morgane.

—Eso es lo que ella afirmó. —Levantó una mano en un movimiento distraído—. Pero no me preocupa. Madame Labelle nos esconde dentro del campamento, y Coco...

—Pero aun así nos han visto hace un momento. Los árboles. —Le agarré la muñeca y examiné la mancha de sangre. El agua ya la había desvanecido en algunos lugares. Eché un vistazo a mis propias muñecas—. Tenemos que irnos. Ya.

Lou se fijó en mi piel limpia con horror.

—Mierda. Te he dicho que tuvieras cuidado.

—Lo creas o no, tenía otras cosas en la cabeza —le dije, arrastrándola hacia la orilla. Estúpidos. Habíamos sido muy *estúpidos*. Demasiado distraídos, demasiado perdidos el uno en el otro (en el *hoy*) para darnos cuenta del peligro. Ella se retorció mientras trataba de liberarse—. ¡Basta! —Intenté que dejara de sacudirse—. Mantén las muñecas y la garganta por encima del agua, o ambos...

Se quedó quieta en mis brazos.

—*Gracias...*

—Cállate —siseó, mirando fijamente por encima de mi hombro. Yo apenas me había girado, apenas había vislumbrado unos retazos de abrigos azules a través de los árboles, antes de que me metiera la cabeza bajo el agua.

El fondo del arroyo estaba oscuro. Demasiado oscuro para ver algo que no fuera el rostro de Lou, apagado y pálido bajo el agua. Me agarró de los hombros con un apretón de los que causan moretones, cortándome la circulación. Cuando me encogí, incómodo, se agarró con más fuerza, negando con la cabeza. Todavía miraba por encima de mi hombro, con los ojos abiertos y vacíos. En combinación con su piel pálida y su pelo flotante, el efecto resultaba... espeluznante.

La sacudí ligeramente. Seguía sin enfocar la mirada.

La sacudí de nuevo. Ella frunció el ceño, y hundió las manos más profundamente en mi piel.

Si hubiera podido, habría exhalado un suspiro de alivio. Pero no podía.

Mis pulmones aullaban.

No me había dado tiempo a tomar una bocanada de aire antes de que me empujara hacia abajo, no había tenido la posibilidad de prepararme contra el repentino y penetrante frío. Unos dedos helados se deslizaron por mi piel, aturdiéndome. *Arrebatándome* los sentidos. La magia que Lou había llevado a cabo para calentar el agua, fuera la que fuere, se había desvanecido. Un debilitante entumecimiento me recorrió los dedos de las manos. Los dedos de los pies. El pánico se apoderó rápidamente de ellos.

Y entonces, igual de repentinamente, dejé de ver. El mundo se volvió negro.

Forcejeé con Lou, y dejé escapar el poco aliento que me quedaba, pero ella se aferró a mí, me rodeó el torso con las extremidades y apretó, anclándonos al fondo del arroyo. Las burbujas explotaron a nuestro alrededor mientras yo luchaba. Me sostenía con una fuerza antinatural, frotando su mejilla contra la mía como si quisiera calmarme. Para consolarme.

Pero nos estaba ahogando a los dos, y yo tenía el pecho demasiado tenso, se me cerraba la garganta. No había calma. No había comodidad. Notaba los miembros más pesados con cada segundo que transcurría. En un último y desesperado intento, me impulsé hacia arriba tras patear el suelo con todas mis fuerzas. Al tirar del cuerpo de Lou, el cieno se solidificó alrededor de mis pies. Atrapándome.

Luego me dio un puñetazo en la boca.

Me balanceé hacia atrás, desconcertado, mientras mis pensamientos se desvanecían, preparado para que el agua entrara, para que me inundara los pulmones y acabara con aquella agonía. Tal vez ahogarse fuera pacífico. Nunca lo había pensado. Cuando imaginaba mi propia muerte, era ante la punta de una espada. O sucumbiendo ante una bruja. Finales violentos y dolorosos. Ahogarse sería mejor. Más fácil.

En el momento crítico, mi cuerpo inhaló de forma involuntaria. Cerré los ojos, que ya no veían. Envolví a Lou con los brazos, enterré la nariz en su cuello. Por lo menos Morgane no nos capturaría. Por lo menos no tendría que vivir sin ella. Pequeñas victorias. Victorias importantes.

Pero el agua no llegó a entrar. En vez de eso, un aire imposiblemente fresco me inundó la boca, y con él, llegó el más dulce alivio. Aunque todavía era incapaz de ver, aunque el frío seguía debilitándome, podía *respirar*. Podía *pensar*. La coherencia volvió a mí en una oleada desconcertante. Volví a respirar hondo una vez. Luego otra, y otra. Aquello... era imposible. Estaba *respirando bajo el agua*. Como el pez de Jonás. Como las melusinas. Como...

Como si fuera magia.

Una punzada de decepción me atravesó el pecho. Inexplicable y rápida. A pesar del agua que me rodeaba, me sentí... sucio, de alguna manera. Inmundo. Había odiado la magia toda mi vida, y ahora era lo único que me salvaba de aquellos a los que una vez había llamado hermanos. ¿Cómo había llegado a aquel punto?

Las voces estallaron a nuestro alrededor, interrumpiendo mis pensamientos. Voces claras. Como si estuviéramos junto a sus dueños en la orilla, y no anclados bajo metros de agua. Más magia.

—Dios, necesito mear.

—¡En el arroyo no, idiota! ¡Ve río abajo!

—Date prisa. —Una tercera voz, esta impaciente—. El capitán Toussaint nos espera dentro de poco en la aldea. Una última batida, y saldremos al amanecer.

—Gracias a Dios que está ansioso por volver con su chica. —Uno de ellos se frotó las palmas de las manos debido al frío. Fruncí el ceño. ¿Su *chica?*—. No fingiré que lamento marcharme de este miserable lugar. Llevamos días patrullando sin que hayamos conseguido otra cosa que congelarnos y...

Una cuarta voz.

—¿Eso es... ropa?

Esta vez Lou me hizo sangre con las uñas. Apenas lo noté. El latido de mi corazón me rugía en los oídos. Si examinaban la ropa, si levantaban mi abrigo y mi camisa, encontrarían mi bandolera.

Encontrarían mi Balisarda.

Las voces se hicieron más fuertes a medida que los hombres se acercaban.

—Parece que hay dos montones.

Una pausa.

—Bueno, no pueden estar ahí. El agua está demasiado fría.

—Morirían por congelación.

Aunque no los veía, los imaginé más cerca del agua, buscando en sus someras profundidades azules señales de vida. Pero los árboles mantenían el arroyo en sombra, incluso aunque estuviera amaneciendo, y el cieno enturbiaba el agua. La nevada habría cubierto nuestros pasos.

Al final, el primero murmuró:

—Nadie puede aguantar la respiración tanto tiempo.

—Una bruja sí.

Otra pausa, esta más larga que la anterior. Más ominosa. Contuve la respiración, conté cada rápido latido de mi corazón.

Bum-bum. Bum-bum.

Bum-bum.

—Pero... esta es ropa de hombre. Mira. Pantalones.

Una neblina roja atravesó la interminable oscuridad. Si encontraban mi Balisarda, sacaría los pies del cieno a la fuerza. Incluso si eso significara perder dichos pies.

Bum-bum. Bum-bum.

No permitiría que se llevaran mi Balisarda.

Bum-bum.

Los dejaría a todos inconscientes.

Bum-bum.

No lo perdería.

—¿Crees que se han ahogado?

—¿Sin su ropa?

—Tienes razón. La explicación más lógica es que estén vagando desnudos en la nieve.

Bum-bum.

—Tal vez una bruja los arrastrara hacia el fondo.

—Por supuesto, entra y compruébalo.

Un resoplido indignado.

—Está helada. ¿Y quién sabe qué podría estar al acecho ahí dentro? De todos modos, si una bruja los ha hundido, ya se habrán ahogado. No tiene sentido añadir mi cadáver a la lista.

—Menudo *chasseur* estás hecho.

—No veo que tú te ofrezcas como voluntario.

Bum-bum.

Una parte distante de mi cerebro se dio cuenta de que los latidos de mi corazón estaban disminuyendo. Reconoció el frío que reptaba por mis brazos, por mis piernas.

Hizo sonar una señal de alarma. Lou aflojó las extremidades lentamente. Yo la apreté con más fuerza en respuesta. Fuera lo que fuere que estuviese haciendo para que siguiéramos respirando, para aumentar nuestra capacidad auditiva, la estaba drenando. O tal vez era el frío. De cualquier manera, notaba cómo se desvanecía. Tenía que hacer algo.

De forma instintiva, busqué la oscuridad que había sentido solamente en una ocasión anterior. El abismo. El vacío. Ese lugar al que había caído mientras Lou moría, ese lugar que había cerrado cuidadosamente con llave e ignorado. Ahora busqué a tientas para desatarlo, hurgué en mi subconsciente. Pero no estaba allí. No lo encontraba. El pánico se intensificó, incliné la cabeza de Lou hacia atrás y llevé mi boca hasta la suya. Introduje mi aliento en sus pulmones. Seguí buscando, pero no hallé cuerdas doradas. Ni *patrones*. Solo había agua helada y ojos que no veían y la cabeza de Lou inclinada sobre mi brazo. Dejó de aferrarme los hombros, y noté cómo su pecho se detenía.

La sacudí, el pánico se transformó en un miedo crudo y debilitante, y me estrujé el cerebro en busca de algo, *cualquier cosa*, que pudiera hacer. Madame Labelle había mencionado el equilibrio. Tal vez, tal vez pudiera...

El dolor me atravesó los pulmones antes de que se me ocurriera algo, y me quedé sin aliento. El agua me inundó la boca. De repente volvía a ver, y el cieno que me envolvía los pies se disolvió, lo que significaba... Lou había perdido el conocimiento.

No me detuve a pensar, a ver cómo los destellos dorados que titilaban en los bordes de mi campo visual tomaban forma. Agarré su cuerpo inerte y me impulsé hacia la superficie.

Capítulo 4

Porcelana bonita

Lou

Mi cuerpo irradiaba calor. Lentamente al principio, luego todo a la vez. Las extremidades me hormigueaban de forma casi dolorosa, regañándome para que recuperara la conciencia. Maldiciendo los pinchazos (y la nieve, y el viento, y el hedor a cobre en el aire), gemí y abrí los ojos. Notaba la garganta en carne viva, tensa. Como si alguien me hubiera introducido un atizador al rojo vivo por el gaznate mientras dormía.

—¿Reid? —La palabra salió como un graznido. Tosí... un sonido horrible y húmedo que hizo que me temblara el pecho, y lo intenté de nuevo—. ¿Reid?

Solté una maldición cuando no respondió y me di la vuelta.

Un grito estrangulado surgió de mi garganta, y me tambaleé hacia atrás. Un *chasseur* sin vida me miraba fijamente. Su cuerpo exangüe yacía en la orilla helada del arroyo, ya que la mayor parte de su sangre había derretido la nieve de debajo y se había filtrado en la tierra y el agua.

A sus tres compañeros no les había ido mucho mejor. Sus cadáveres estaban en la orilla, rodeados por los cuchillos que había empleado Reid.

Reid.

—¡Joder! —Me puse de rodillas, con las manos revoloteando sobre la enorme figura de pelo cobrizo a mi otro lado. Estaba tendido boca abajo sobre la nieve, con los pantalones abrochados descuidadamente, con el brazo y la cabeza dentro de su camisa como si se hubiera desplomado antes de terminar de vestirse.

Le di la vuelta mientras soltaba otra maldición. El pelo se le había congelado sobre la cara salpicada de sangre, y su piel se había vuelto de un azul grisáceo ceniciento. Oh, Dios.

Oh, Dios, oh, Dios, oh, Dios.

Desesperada, apoyé la oreja contra su pecho y casi lloré de alivio cuando oí un latido. Era débil, pero ahí estaba. Mi propio corazón hacía resonar un traicionero latido en mis oídos, sano y fuerte, y tenía el pelo y la piel imposiblemente calientes y secos. Al comprender lo que había pasado sentí una oleada de náuseas. El muy idiota casi se había matado al tratar de salvarme.

Apoyé con fuerza las palmas de las manos en su pecho, y el oro explotó ante mí en una red de infinitas posibilidades. Salté a través de ellas apresuradamente, demasiado asustada para retrasarlo, para pensar en las consecuencias, y me detuve cuando un recuerdo se desplegó en el ojo de mi mente: mi madre cepillándome el pelo la noche anterior a mi decimosexto cumpleaños, la ternura de su mirada, la calidez de su sonrisa.

Calidez.

Cuídate, querida, mientras estamos separadas. Cuídate hasta que nos encontremos de nuevo.

¿Te acordarás de mí, Maman?

Nunca podría olvidarte, Louise. Te quiero.

Con un gesto de vacilación ante sus palabras, tiré de la cuerda dorada y esta se retorció. El recuerdo cambió dentro de mi mente. Sus ojos se endurecieron y se convirtieron en trozos de hielo esmeralda; se burló de la esperanza que reflejaba mi expresión, la desesperación que desprendía mi voz. Se me descompuso el rostro de dieciséis años. Las lágrimas brotaron.

Por supuesto que no te quiero, Louise. Eres la hija de mi enemigo. Fuiste concebida para un propósito más elevado, y no envenenaré ese propósito con amor.

Por supuesto. Por supuesto que ella no me había querido, ni siquiera entonces. Sacudí la cabeza, desorientada, y cerré el puño. El recuerdo se disolvió en polvo dorado, y su calidez inundó a Reid. Su pelo y su ropa se secaron con una ráfaga de calor. El color volvió a su piel, y su respiración se hizo más profunda. Abrió los ojos cuando intenté meterle el otro brazo en la manga.

—Deja de darme tu calor corporal —le dije, bajándole la camisa por el abdomen con violencia—. Te estás matando.

—Yo... —Aturdido, parpadeó varias veces y captó la sangrienta escena que nos rodeaba. El color que había recuperado su piel se desvaneció al ver a sus hermanos muertos.

Giré su rostro hacia el mío, ahuecando las manos sobre sus mejillas y obligándolo a sostenerme la mirada.

—Concéntrate en mí, Reid. No en ellos. Tienes que romper el patrón.

Abrió los ojos de par en par mientras me miraba.

—No sé cómo hacerlo.

—Solo tienes que relajarte —le persuadí, apartándole el pelo de la frente—. Visualiza la cuerda que nos une en tu mente y suéltala.

—Suéltala —se rio, pero el sonido le salió estrangulado. Su voz carecía de alegría—. Por supuesto.

Sacudió la cabeza y cerró los ojos para concentrarse. Después de un largo momento, el calor que palpitaba entre nosotros cesó, y fue reemplazado por el penetrante mordisco del aire frío e invernal.

—Bien —dije, sintiendo ese frío en lo más profundo de mis huesos—. Ahora cuéntame qué ha pasado.

Abrió los ojos de golpe, y en ese breve segundo, vi un destello de puro dolor sin adulterar. Hizo que el aliento se me atascara en la garganta.

—No paraban. —Tragó con fuerza y desvió la mirada—. Te estabas muriendo. Tenía que llevarte a la superficie. Pero nos reconocieron y no quisieron escuchar... —Tan rápido como apareció, el dolor de sus ojos se desvaneció, se apagó como la llama de una vela. Un inquietante vacío lo reemplazó—. No tuve elección —terminó, con una voz tan hueca como sus ojos—. Eras tú o ellos.

El silencio nos envolvió cuando entendí sus palabras.

No era la primera vez que se veía obligado a elegir entre otra persona y yo. No era la primera vez que se manchaba las manos con la sangre de su familia para salvarme. *Oh, Dios.*

—Por supuesto. —Asentí demasiado rápido, mi voz horriblemente ligera. Mi sonrisa horriblemente brillante—. Está bien. No pasa nada.

—Me puse de pie, ofreciéndole una mano. La miró durante un segundo, dudando, y noté un nudo descomunal en el estómago. Sonreí con más ímpetu. Por supuesto que él dudaría en tocarme. En tocar a cualquiera. Acababa de sufrir una experiencia traumática. Había utilizado la magia por primera vez desde Modraniht, y la había usado para hacer daño a sus hermanos. *Por supuesto* que tenía emociones encontradas. *Por supuesto* que no quería que yo...

Aparté aquel pensamiento, y me acobardé como si me hubiera mordido. Pero era demasiado tarde. El veneno ya me había impregnado. La duda rezumaba allí donde sus colmillos me habían perforado, y observé, ausente, cómo mi mano caía de nuevo a mi costado. Él la agarró en el último segundo, sujetándola con firmeza.

—No lo hagas —dijo.

—¿El qué?

—Pensar lo que sea que estés pensando. No lo hagas.

Emití una risa estridente, buscando una respuesta ingeniosa, pero no encontré ninguna. En vez de eso, lo ayudé a ponerse de pie.

—Volvamos al campamento. No me gustaría decepcionar a tu madre. En este momento, lo más probable es que esté deseando asarnos a los dos en el espetón. De hecho, la idea no me desagrada del todo. Aquí hace un frío de mil demonios.

Asintió con la cabeza, todavía espantosamente impasible, y se colocó bien sus botas en silencio. Acabábamos de regresar al Hueco cuando capté un pequeño movimiento por el rabillo del ojo que me hizo detenerme.

Él miró alrededor.

—¿Qué pasa?

—Nada. ¿Por qué no te adelantas?

—No hablas en serio.

Otro movimiento, este más evidente. Mi sonrisa, aún demasiado radiante, demasiado alegre, se desvaneció.

—Tengo que mear —dije con rotundidad—. ¿Acaso quieres mirar?

Reid se puso colorado, y tosió, agachando la cabeza.

—Em, no. Esperaré justo ahí.

Huyó detrás del grueso follaje de un abeto sin mirar hacia atrás. Lo vi marcharse, y estiré el cuello para asegurarme de que no viera nada, antes de girarme para estudiar el origen del movimiento.

En la orilla del estanque, no del todo muerto, el último de los *chasseurs* me miraba con ojos suplicantes. Todavía se aferraba a su Balisarda. Me arrodillé a su lado, sintiendo náuseas mientras se lo arrancaba de sus dedos rígidos y congelados. Por supuesto que Reid no se lo había quitado, a ninguno de ellos. Hubiera sido una violación. No importaba que lo más probable era que las brujas saquearan sus cadáveres y se llevaran los cuchillos encantados. Para Reid, despojar a sus hermanos de sus identidades en sus últimos momentos habría sido una traición impensable, peor incluso que matarlos.

El *chasseur* movió los pálidos labios, pero no articuló ningún sonido. Suavemente, lo hice rodar sobre su estómago. Morgane me había enseñado cómo matar a un hombre al instante.

«En la base de la cabeza, donde la columna vertebral se encuentra con el cráneo», me había instruido, colocándome la punta de su cuchillo en el cuello. «Si los separas no habrá reanimación que valga».

Imité el movimiento de Morgane en el cuello del *chasseur*. Agitó los dedos por la inquietud. Por el miedo. Pero ya era demasiado tarde para él, e incluso si no lo fuera, nos había visto las caras. Puede que también hubiera visto a Reid usar la magia. Ese era el único regalo que podía hacerles a cualquiera de los dos.

Tomando una profunda bocanada de aire, hundí el Balisarda en la base del cráneo del *chasseur*. Sus dedos dejaron de moverse bruscamente. Después de un momento de vacilación, lo hice rodar de nuevo, le crucé las manos sobre el pecho y le coloqué el Balisarda entre ellas.

Como había predicho, madame Labelle nos esperaba en la linde del Hueco, con las mejillas sonrojadas y los ojos brillantes de ira. De sus fosas nasales prácticamente brotaba fuego.

—¿*Dónde* habéis...? —Se detuvo en seco, con los ojos abiertos de par en par al vernos el pelo despeinado y el estado de nuestra ropa. Reid todavía no se había abrochado los pantalones. Se apresuró a hacerlo en aquel momento—. ¡Imbéciles! —chilló madame Labelle, en voz tan alta, tan chillona y desagradable, que un par de tórtolas salieron volando—. ¡Cretinos! Estúpidos, *necios*. ¿Sois capaces de pensar con las regiones más septentrionales de vuestro cuerpo, o estáis gobernados enteramente por el sexo?

—Depende de cómo nos levantemos. —Me dirigí hacia mi saco de dormir, arrastrando a Reid conmigo, y le eché mi manta sobre los hombros. Todavía tenía la piel demasiado cenicienta para mi gusto, y seguía faltándole el aliento. Él me atrajo hasta su hombro, y me dio las gracias rozándome la oreja con los labios—. Aunque me sorprende oír a una *madame* tan mojigata.

—No lo sé. —Sentado en su saco de dormir, Beau se pasó una mano por la melena despeinada. Todavía parecía adormilado—. Por una vez, yo lo llamaría prudencia. Y es mucho, viniendo de mí. —Arqueó una ceja en mi dirección—. ¿Ha estado bien, al menos? Espera, no me lo digas. Si hubiera sido con *otro* que no fuera mi hermano, tal vez...

—Cierra el pico, Beau, y ya de paso aviva el fuego —dijo Coco, que inspeccionaba con la mirada cada centímetro de mi piel. Frunció el ceño—. ¿Eso es sangre? ¿Estás herida?

Beau ladeó la cabeza para estudiarme antes de asentir con la cabeza. No hizo ningún amago de ir a avivar el fuego.

—Tienes una pinta horrible, hermanita.

—No es tu hermana —gruñó Reid.

—Y tendría mejor pinta que tú aunque estuviera agonizando —añadió Coco. Él se rio y sacudió la cabeza.

—Cada cual que opine lo que quiera, por muy equivocado que esté...

—¡Basta! —Madame Labelle levantó las manos al cielo con exasperación y nos miró a todos—. ¿Qué *ha pasado*?

Le eché una mirada a Reid, que estaba tan tenso como si madame Labelle le hubiera pegado con un atizador, y rápidamente relaté lo que había sucedido en el arroyo. Aunque me salté las partes íntimas, Beau gimió y se tiró de espaldas de todas formas, cubriéndose la cara con una manta. La expresión de madame Labelle se endurecía más con cada palabra.

—Intentaba mantener cuatro patrones a la vez —relaté, a la defensiva, mientras ella entornaba los ojos y unas manchas de rubor le aparecían en las mejillas—. Dos patrones para ayudarnos a respirar y dos patrones para ayudarnos a oír. Fui incapaz de controlar la temperatura del agua también. Esperaba poder aguantar lo suficiente para que los *chasseurs* se fueran. —Miré con reticencia a Reid, que contemplaba fijamente sus pies. Aunque había guardado el Balisarda en la bandolera, todavía agarraba el mango con su mano libre. Los nudillos se le habían puesto blancos—. Siento no haber podido hacerlo.

—No ha sido culpa tuya —murmuró.

Madame Labelle siguió interrogándonos, sin prestar atención a ninguna de las señales emocionales.

—¿Qué ha pasado con los *chasseurs*?

De nuevo, miré a Reid, preparada para mentir si era necesario.

Él respondió por mí, con la voz hueca.

—Los he matado. Están muertos.

Por fin, *por fin*, la expresión de madame Labelle se suavizó.

—Luego me ha dado su calor corporal en la orilla. —Me apresuré a continuar la historia, pues me moría de ganas por terminar aquella conversación, para llevarme a Reid y consolarlo de alguna manera. Se lo veía tan... tan *rígido*. Como uno de los árboles que crecían a nuestro alrededor, extraño y desconocido y duro. Lo detestaba—. Ha usado la magia de forma inteligente, pero casi se muere de frío. He tenido que extraer calor de un recuerdo para reanimar...

—¿Que has hecho *qué*? —Madame Labelle se levantó cuan alta era y me miró desde arriba, con los puños apretados en un gesto tan familiar que me detuve, mirándola fijamente—. Niña tonta...

Levanté la barbilla en actitud desafiante.

—¿Hubieras preferido que lo dejara morir?

—¡Claro que no! Aun así, semejante *imprudencia* debe ser revisada, Louise. Sabes muy bien lo peligroso que es alterar la memoria...

—Soy consciente —dije, apretando los dientes.

—¿Por qué es peligroso? —preguntó Reid en voz baja.

Giré la cabeza hacia él, bajando la voz para igualar su tono.

—Los recuerdos son... sagrados. Nuestras experiencias en la vida dan forma a lo que somos, es como nutrirse de la naturaleza, y si cambiamos nuestros recuerdos de esas experiencias, bueno... También podríamos cambiar lo que somos.

—No se sabe cómo ese recuerdo que ha alterado ha afectado a sus valores, sus creencias, sus expectativas. —Madame Labelle se hundió en un hueco en su tronco favorito. Respirando hondo, enderezó la espalda y apretó las manos como si tratara de concentrarse en algo más, cualquier cosa que no fuera su ira—. La personalidad tiene matices. Hay algunos que creen que la naturaleza (nuestro linaje, nuestras características heredadas) influye en lo que somos, independientemente de las vidas que llevemos. Creen que nos convertimos en lo que hemos nacido para ser. Muchas brujas, Morgane incluida, utilizan esta filosofía para excusar su comportamiento atroz. Es una tontería, por supuesto.

Todas las miradas y los oídos del Hueco estaban centrados únicamente en ella. Incluso Beau asomó la cabeza en señal de interés.

Reid frunció el ceño.

—Así que... crees que la educación tiene más influencia que la naturaleza.

—Por supuesto que sí. El más leve cambio en la memoria puede acarrear consecuencias profundas e invisibles. —Dirigió su mirada hacia mí, y esos ojos familiares se entrecerraron casi imperceptiblemente—. Lo he visto en el pasado.

Ansel esbozó una sonrisa incierta, una reacción instintiva, en el incómodo silencio que siguió.

—No sabía que la brujería podía ser tan académica.

—Lo que sabes de brujería no podría llenar ni una cáscara de nuez —contestó madame Labelle irritada.

Coco repuso algo con brusquedad, a lo que Beau respondió con igual irritación. No escuché nada de eso, ya que Reid había colocado la mano en el hueco de mi espalda. Se inclinó para susurrar:

—No deberías haber hecho eso por mí.

—Haría cosas mucho peores por ti.

Se echó hacia atrás al oír mi tono, sus ojos escrutaron los míos.

—¿Qué quieres decir?

—Nada. No te preocupes por eso. —Le acaricié la mejilla, y un intenso sentimiento de alivio me recorrió cuando no se apartó—. Lo hecho, hecho está.

—Lou. —Me tomó los dedos y los apretó con suavidad antes de devolverlos a donde estaban. Su rechazo, por muy educado que fuera, hizo que se me cayera el alma a los pies—. Dímelo.

—No.

—Dímelo.

—No.

Exhaló con fuerza por la nariz, tensó la mandíbula.

—*Por favor.*

Lo miré fijamente, indecisa, mientras la discusión de Coco y Beau se hacía más intensa. Aquello era una mala idea. Una muy mala idea, de hecho.

—Ya sabes una parte —acabé diciendo—. Para recibir, debes dar. He manipulado un recuerdo para revivirte en la orilla. He intercambiado nuestra visión por una capacidad auditiva mejorada, y yo...

Para ser totalmente sincera, deseaba mentir. Otra vez. Quería sonreír y decirle que todo iría bien, pero no tenía sentido ocultar lo que había hecho. Aquella era la naturaleza de la bestia. La magia requería sacrificios. La naturaleza exigía equilibrio. Reid tendría que aprenderlo más pronto que tarde si queríamos sobrevivir.

—¿Tú qué? —dijo con impaciencia.

Me encontré con su mirada dura e inquebrantable de frente.

—He dado unos momentos de mi vida a cambio de esos momentos bajo el agua. Ha sido la única manera que se me ha ocurrido para que siguiéramos respirando.

En aquel momento, retrocedió y se alejó de mí, se alejó físicamente, pero madame Labelle se puso en pie de un salto, elevando la voz para que se la escuchara por encima de Coco y Beau. Ansel observaba cómo se desarrollaba el caos con una ansiedad palpable.

—¡He dicho que ya es suficiente! —El color de sus mejillas se había vuelto más intenso, y temblaba visiblemente. Resultaba obvio que el temperamento de Reid era heredado—. Por el colmillo que le falta a la Arpía, tenéis que dejar de comportaros como niños, o las *Dames blanches* bailarán sobre vuestras cenizas. —Nos miró con atención a Reid y a mí—. ¿Estáis seguros de que los *chasseurs* están muertos? ¿Todos ellos?

El silencio de Reid debería haber sido respuesta suficiente. Sin embargo, puesto que madame Labelle aún nos miraba expectante, esperando la confirmación, fruncí el ceño y pronuncié las palabras en voz alta.

—Sí. Están muertos.

—Bien —espetó.

Reid seguía sin decir nada. No reaccionó a la crueldad de ella en absoluto. Se estaba escondiendo, me di cuenta. Escondiéndose de ellos, escondiéndose de sí mismo... Escondiéndose de mí. Madame Labelle se sacó tres trozos de pergamino arrugados del corpiño y nos los arrojó. Reconocí la letra de Coco en ellos, las súplicas que había escrito a su tía. Debajo de la última, una mano desconocida había escrito con tinta una brusca negativa: *Tu cazador no será bien recibido aquí.* Eso era todo. No había ninguna explicación adicional ni palabras corteses. Ningún «si», «y» ni «pero».

Parecía que La Voisin por fin había dado su respuesta.

Arrugué la última misiva antes de que Reid pudiera leerla, con la sangre rugiéndome en los oídos.

—¿Podemos ponernos todos de acuerdo en que es hora de enfrentarnos a los monstruos —preguntó madame Labelle—, o continuaremos cerrando los ojos y esperando lo mejor?

La irritación que me provocaba madame Labelle se acercó peligrosamente a la aversión. Me daba igual que fuera la madre de Reid. En ese momento, no deseé su muerte, pero sí que le picara algo. Sí. Un picor eterno en sus partes bajas que fuera incapaz de aliviar. Un castigo adecuado para alguien que no dejaba de arruinarlo todo.

Y aun así, a pesar de su cruel insensibilidad, en el fondo sabía que tenía razón. Nuestros momentos robados se habían acabado.

Había llegado el momento de seguir adelante.

—Ayer dijiste que necesitamos aliados. —Le di la mano a Reid y le apreté los dedos. Era el único consuelo que podía ofrecerle allí. Sin embargo, cuando no me devolvió el apretón, una vieja fisura se abrió en mi corazón. Las palabras amargas salieron a borbotones antes de que pudiera detenerlas—. ¿A quién podríamos pedírselo? Está claro que las brujas de sangre no nos apoyan. El pueblo de Belterra ciertamente no se unirá a nuestra causa. Somos brujas. Somos malvadas. Hemos colgado a sus hermanas, hermanos y madres en la calle.

—*Morgane* ha hecho esas cosas —protestó Coco—. *Nosotras* no hemos hecho nada.

—Sin embargo, esa es la cuestión, ¿no? Dejamos que ocurriera. —Hice una pausa y exhalé con fuerza—. *Yo* dejé que ocurriera.

—Basta —dijo Coco con ferocidad, sacudiendo la cabeza—. El único crimen que cometiste fue querer vivir.

—No importa. —Madame Labelle volvió a su tocón con una expresión pensativa. Aunque sus mejillas seguían de color rosa, había bajado la voz misericordiosamente. Mis oídos se regocijaron—. Adonde el rey se dirija, el pueblo lo seguirá.

—Estás loca si crees que mi padre se aliará contigo —dijo Beau desde su saco de dormir—. Ya ha puesto precio a la cabeza de Lou.

Madame Labelle resopló.

—Morgane es una enemiga común. Tu padre podría ser más dócil de lo que crees.

Beau puso los ojos en blanco.

—Mira, sé que crees que todavía te ama o lo que sea, pero él...

—No es el único al que pediremos ayuda —interrumpió madame Labelle con brusquedad—. Es obvio que nuestras posibilidades de éxito serán mucho mayores si persuadimos al rey Auguste para que se una a nosotros, ya que sin duda comandará a los *chasseurs* hasta que la Iglesia designe un nuevo líder, pero hay otros personajes igual de poderosos. Los *loups garous*, por ejemplo, y las melusinas. Tal vez incluso Josephine estaría dispuesta a unírsenos si se dieran las circunstancias adecuadas.

Coco se rio.

—Si mi tía se ha negado *a alojarnos* con un *exchasseur* entre nuestras filas, ¿qué te hace pensar que estará de acuerdo en *aliarse* con los enemigos reales? No le gustan mucho los hombres lobo ni las sirenas.

Reid parpadeó, la única señal física de que había deducido el contenido de la misiva de La Voisin.

—Tonterías. —Madame Labelle negó con la cabeza—. Debemos mostrarle a Josephine que tiene más que ganar con una alianza que llevando a cabo una política mezquina.

—¿Política mezquina? —Coco hizo una mueca—. La *política* de mi tía es de vida o muerte para mi pueblo. Cuando las *Dames blanches* echaron a mis antepasadas del Chateau, tanto los *loups garous* como las melusinas se negaron a prestarnos ayuda. Pero tú no lo sabías, ¿verdad? Las *Dames blanches* solo piensan en sí mismas. Excepto tú, Lou —añadió.

—No me ofendo. —Me acerqué a la raíz más cercana, me subí a ella y miré a madame Labelle. Sin embargo, mis pies colgaban a varios centímetros del suelo, lo cual estropeaba bastante mi pose amenazadora—. Si vamos a alejarnos por completo de la realidad, ¿por qué no añadimos al Hombre Salvaje y a la Tarasca a la lista? Estoy segura de que un hombre cabra legendario y un dragón le darían un toque fantástico a esa gran batalla que te estás imaginando.

—No me imagino nada, Louise. Sabes tan bien como yo que tu madre no ha permanecido ociosa en su silencio. Está planeando *algo*, y debemos estar preparados para lo que sea.

—No será una batalla. —Balanceé los pies fingiendo despreocupación, a pesar de la turbación que se agolpaba bajo mi piel—. No en el sentido tradicional. Ese no es su estilo. Mi madre es una anarquista, no una soldado. Ella ataca desde las sombras, se esconde entre las multitudes. Así es cómo incita al miedo. Con el caos. No se arriesgará a unir a sus enemigos llevando a cabo un ataque directo.

—Aun así —dijo madame Labelle con frialdad—, somos seis contra decenas de *Dames blanches*. *Necesitamos* aliados.

—Para no echar por tierra tu afirmación, digamos que todas las partes forman una alianza milagrosa. —Balanceé los pies con más fuerza, con más rapidez—. El rey, los *chasseurs*, las *Dames rouges*, los *loups garous* y las melusinas, colaboran los unos con los otros como si fueran una gran familia feliz. ¿Qué pasará después de que derrotamos a Morgane? ¿Volveremos a las andadas en cuanto esté bajo tierra? Somos *enemigos*, Helene. Los hombres lobo y las sirenas no van a convertirse en amigos del alma en el campo de batalla. Los cazadores no van a renunciar a siglos de enseñanzas para hacerse amigos de las brujas. Es un dolor demasiado antiguo y demasiado intenso como para que ninguno de los bandos lo olvide. No se puede curar una enfermedad con una venda.

—Pues dales la cura —propuso Ansel en voz baja. Me sostuvo la mirada con una firmeza y fortaleza nada típicas de su edad—. Tú eres una bruja. Él es un cazador.

Reid respondió en voz baja, plana.

—Ya no.

—Pero lo eras —insistió Ansel—. Cuando os enamorasteis, erais enemigos.

—Él no sabía que yo era su enemiga… —empecé.

—Pero tú sí sabías que él lo era. —Los ojos de Ansel, del color del *whisky*, pasaron de mí a Reid—. ¿Habría importado?

No importa si eres una bruja, me había dicho después de Modraniht. Me había tomado de las manos, y las lágrimas habían brotado en sus ojos. Habían sido muy expresivas, rebosantes de emoción. De amor. *El modo en que ves el mundo... Yo también quiero verlo así.*

Aguantando la respiración, esperé una respuesta negativa que no llegó. Madame Labelle habló en su lugar.

—Creo que un enfoque similar funcionará con los otros. Unirlos contra un enemigo común, obligarlos a trabajar juntos, podría cambiar la percepción de todos los bandos. Podría ser el empujón que todos necesitamos.

—Y me has llamado ingenua a mí. —Aumenté la fuerza de mis patadas para enfatizar mi escepticismo, y la bota (que seguía sin atar, pues había abandonado el arroyo a toda prisa) se me salió del pie. Un trozo de papel cayó del interior. Frunciendo el ceño, salté al suelo para recuperarlo. A diferencia del pergamino barato y manchado de sangre que Coco había robado del pueblo, *aquella* nota estaba escrita en un trozo de lino limpio y nuevecito que olía a eucalipto. Se me heló la sangre.

Bonita muñeca de porcelana, con cabellos a la negra noche semejantes,
llora sola dentro de su ataúd, sus lágrimas verdes y brillantes.

Coco se acercó a mí y se inclinó para leer las palabras.

—Esto no es de mi tía.

El lino se me escapó de los dedos entumecidos.

Ansel se agachó a recogerlo, y él también leyó por encima el contenido.

—No sabía que te gustaba la poesía. —Cuando nuestras miradas se encontraron, su sonrisa vaciló—. Es precioso. De una manera triste, supongo.

Intentó devolverme el lino, pero mis dedos seguían negándose a moverse. Reid lo aceptó en mi lugar.

—No lo has escrito tú, ¿verdad? —preguntó, aunque no era una pregunta.

Sin pronunciar palabra, negué con la cabeza de todos modos.

Me estudió un momento antes de volver a prestar atención a la nota.

—Estaba en tu bota. Quienquiera que la haya escrito debe de haber estado en el arroyo. —Frunció todavía más el ceño, y se la pasó a madame Labelle, que había tendido una mano, impaciente—. ¿Crees que un *chasseur*...?

—No. —La incredulidad que me había mantenido congelada por fin se convirtió en una oleada de pánico. Le quité la nota a madame Labelle, sin hacer caso a su protesta, y me la volví a meter en la bota—. Ha sido Morgane.

CAPÍTULO 5

EL PROCEDER MÁS SENSATO

Reid

U n silencio siniestro se posó sobre el campamento. Todo el mundo miraba a Lou mientras esta respiraba profundamente para recuperarse. Al final, fue ella quien dio voz a nuestro silencio.

—¿Cómo nos ha encontrado?

Era una buena pregunta. Pero no la adecuada.

Contemplé el crepitar del fuego, imaginando la mano pálida de Morgane, su letra elegante, mientras nos prometía un futuro de destrucción y perdición.

Tenía que tomar una decisión.

—Habéis abandonado el campamento, ¿te acuerdas? —espetó madame Labelle—. Para daros un *baño*, nada menos.

—Chateau le Blanc está a kilómetros de aquí —dijo Lou. Me percaté de que intentaba no perder los estribos—. Incluso si el agua se ha llevado la protección de Coco, incluso si los árboles le susurraban nuestro paradero, es imposible que llegara tan rápido. No puede *volar*.

—Claro que sí. Si estuvieras debidamente motivada, tú también podrías. Simplemente es cuestión de encontrar el patrón correcto.

—O puede que ella ya estuviera aquí, observándonos. Puede que nos haya estado observando todo este tiempo.

—Imposible. —Levanté la vista para ver cómo se oscurecían los ojos de madame Labelle—. Yo misma he encantado el hueco.

—En cualquier caso —intervino Coco, plantándose las manos en las caderas—, ¿por qué no te ha secuestrado en el arroyo?

Volví a prestar atención al fuego. Esa era una pregunta mejor. Seguía sin ser la adecuada.

Las palabras de Morgane volvieron a mi mente: *Llora sola en su ataúd, sus lágrimas verdes y brillantes.* La respuesta estaba delante de nuestras narices. Una de las palabras me hizo tragar con fuerza. *Ataúd.* Por supuesto, aquel era el plan de Morgane. La pena retumbó contra la puerta de mi fortaleza, pero la mantuve a raya, ignorando la esquirla de anhelo que amenazaba con romperme.

Lenta y metódicamente, ordené mis pensamientos y mis emociones.

—No lo sé. —Lou respondió a la pregunta de Coco con un sonido de frustración y comenzó a caminar de un lado a otro—. Esto es típico de ella. Y hasta que no sepamos cómo me ha encontrado, o qué quiere, aquí no estamos seguros. —Se dio la vuelta con brusquedad para mirar a madame Labelle—. Tienes razón. Tenemos que irnos inmediatamente. Hoy mismo.

No se equivocaba.

—Pero sabe que estamos aquí —dijo Coco—. ¿No nos seguirá?

Lou reanudó el paseo, no levantó la vista del sendero que estaba trazando en el suelo.

—Intentará seguirnos. Por supuesto que sí. Pero su estrategia no está lista todavía, o ya me habría llevado con ella. Tenemos hasta entonces para darle esquinazo.

—Maravilloso. —Beau puso los ojos en blanco mientras miraba hacia el cielo, dejándose caer sin gracia en su saco de dormir—. Tenemos un hacha invisible colgando sobre nuestras cabezas.

Respiré hondo.

—No es invisible.

Todas las miradas del claro se posaron sobre mí. Dudé. Todavía no había decidido qué hacer. Si tenía razón, y sabía que la tenía, se perderían muchas vidas si no actuábamos. Y si actuábamos… Bueno, estaríamos yendo directamente hacia una trampa. Lo que significaba que Lou…

La miré, notando cómo el corazón se me retorcía. Lou estaría en peligro.

—Por Dios, hombre —exclamó Beau—, deja de lado un momento esa actitud de héroe melancólico. ¡Suéltalo!

—Todo estaba en la nota. —Haciendo un gesto hacia las brasas del fuego, me encogí de hombros. El gesto pareció frágil—. Llanto, lágrimas, ataúd. Es un funeral. —Cuando le eché a Lou una mirada significativa, ella soltó un grito ahogado.

—El funeral del arzobispo.

—Nos está poniendo un cebo —confirmé.

Ella frunció el ceño e inclinó la cabeza.

—Pero...

—Esa solo es una de las frases —terminó Ansel—. ¿Qué hay del resto?

Me obligué a mantener la calma. Sereno. Vacío de la emoción que azotaba el exterior de mi fortaleza mental.

—No lo sé. Pero al margen de lo que esté planeando, ocurrirá en el funeral. Estoy seguro de ello.

Si estaba en lo cierto, ¿podría poner en peligro a Lou para salvar a cientos, quizás miles, de personas inocentes? Si arriesgaba su vida para salvar a los demás, ¿qué me diferenciaba de Morgane? Una vida a cambio de muchas otras. Era el proceder más sensato, pero equivocado, de alguna manera. Incluso si no hubiera sido Lou. El fin no justificaba los medios.

Y sin embargo... Yo conocía a Morgane mejor que ninguno de los que estaban allí. Mejor que madame Labelle. Mejor incluso que Lou. Ellas conocían a la *Dame des Sorcières* como la mujer. La madre. La amiga. Yo la conocía como el enemigo. Había sido mi deber estudiar su estrategia, predecir sus ataques. Había pasado los últimos años de mi vida familiarizándome íntimamente con sus movimientos. Fuera lo que fuere que hubiera planeado para el funeral del arzobispo, hedía a muerte.

Pero no podía poner en riesgo a Lou. No podía. Si esos pocos y terribles momentos en Modraniht me habían enseñado algo, cuando le rajaron la garganta, cuando su sangre llenó la palangana, fue que no me interesaba una vida sin ella. No es que importara. Si ella moría, yo también lo haría. Literalmente. Junto con decenas de personas, como Beau y... y el resto de ellos.

Mi familia.

Aquel pensamiento me sacudió hasta la médula.

Ya no eran extraños sin rostro, los objetivos de Morgane eran ahora los hermanos y hermanas que aún no había conocido. Los hermanos y hermanas con los que todavía no me había permitido soñar, ni siquiera dedicarles ni un pensamiento. Estaban ahí fuera, en algún lugar. Y estaban en peligro. No podía abandonarlos. Morgane prácticamente nos había dicho dónde encontrarla. Si pudiera llegar hasta ella, si pudiera de alguna manera detenerla, si pudiera cortar la cabeza de la víbora para salvar a mi familia, para salvar a Lou, si pudiera evitar que ella profanara los ritos funerarios de mi patriarca...

Estaba demasiado distraído para advertir el silencio a mi alrededor.

—No es más que una suposición —dijo Beau al final, sacudiendo la cabeza—. Estás sacando conclusiones precipitadas. Quieres asistir al funeral. Lo comprendo. Pero eso no significa que Morgane también vaya a asistir.

—Lo que *quiero* es detener sus planes.

—No *sabemos* cuáles son sus planes.

Sacudí la cabeza.

—*Sí* lo sabemos. No nos lo va a explicar, pero la amenaza es clara...

—Reid, querido —interrumpió madame Labelle con suavidad—, sé que querías mucho al arzobispo, y quizás necesites algo para pasar página, pero ahora no podemos permitirnos actuar a la ligera...

—No sería a la ligera. —Las manos se me cerraron en sendos puños por propia voluntad, y luché por controlar mi respiración. Notaba el pecho tenso. Demasiado tenso. Por supuesto que no lo entendían. No se trataba de mí. No se trataba de *pasar página*. Se trataba de hacer justicia. Y si... pudiera expiar una parte de lo que había hecho, si pudiera despedirme...

La esquirla de anhelo se hizo más profunda. Ahora incluso dolía.

Pero aun así, podía proteger a Lou. Podía evitar que sufriera cualquier daño.

—Tú eras la que quería reunir aliados —continué, con más fuerza en la voz—. Dinos cómo hacerlo. Dinos cómo hacer que los hombres lobo y las sirenas luchen juntos. Que luchen junto a los *chasseurs*. Podría funcionar. Juntos, seremos lo bastante fuertes para enfrentarnos a ella cuando mueva ficha.

Todos intercambiaron miradas. Miradas reacias. Miradas significativas. Excepto Lou. Ella me miraba con una expresión inescrutable. No me gustó. No podía leerla, y siempre podía leer a Lou. Esa mirada me recordó a la época en la que ella guardaba secretos. Pero ya no quedaban más secretos entre nosotros. Lo había prometido.

—¿Sabemos...? —Ansel se frotó la nuca, mirándose los pies—. ¿Sabemos siquiera si habrá un funeral?

—¿O dónde será? —preguntó Beau.

—¿O *cuándo* será? —añadió Coco.

—Lo averiguaremos —insistí—. Estaremos preparados para cuando ataque.

Beau suspiró.

—Reid, no seas estúpido. Si tienes razón, que, por cierto, no estoy convencido de que la tengas, caeríamos directamente en sus garras. Es lo que ella *quiere*...

Absalón se materializó a mis pies justo cuando abrí la boca para discutir, para estallar, pero Lou nos interrumpió.

—Es verdad. Es lo que ella quiere. —Su voz era tranquila, cautivadora, mientras nos señalaba a todos—. Es exactamente el tipo de juego al que le gusta jugar. Manipulador, cruel, divisivo. Espera una respuesta. *Anhela* una respuesta. El proceder más sensato es mantenerse alejado.

Esto último me lo dijo directamente a mí.

—Gracias a la flor de la Doncella —suspiró aliviada madame Labelle, pasándose una mano por la frente y regalándole a Lou una rara sonrisa—. Sabía que no podrías haber sobrevivido tanto tiempo sin algo de sentido común. *Si* hay un funeral y *si* Morgane realmente planea sabotearlo, no tendríamos el tiempo necesario para prepararnos. Con todo el reino intentando localizarnos, el viaje por los caminos sería lento y peligroso. Tardaríamos casi dos semanas en llegar hasta la bestia de Gévaudan, y el hogar de las melusinas en L'Eau Mélancolique se encuentra por lo menos a una semana de viaje en la dirección contraria. —Se limpió la frente con agitación—. Aparte de eso, tendríamos que pasar *semanas* en cada uno de esos sitios para favorecer una relación de confianza. Lo siento, Reid. La logística no nos lo permite.

Lou me miraba, a la espera de mi respuesta.

No la decepcioné.

—Por favor, Lou —susurré, acercándome—. El proceder más sensato no siempre es el correcto. Este era mi trabajo. He tratado con Morgane y las *Dames blanches* toda mi vida. Sé cómo actúan. Tenías razón antes,

Morgane incita al caos. Piensa en ello. El día que nos conocimos, atentó contra la vida del rey durante su desfile de vuelta a casa. —Señalé a Beau con la barbilla al recordar—. Atacó la catedral durante la última de las celebraciones del día de San Nicolás. Siempre actúa en medio de una multitud. Así es como se protege a sí misma. Es como se escapa. —Tomé su mano, sorprendido al notar que le temblaban los dedos—. El funeral del arzobispo será un acontecimiento nunca visto. Gente de todo el mundo vendrá a rendirle homenaje. Los estragos que causará serán devastadores. Pero tenemos una oportunidad de detenerla.

—¿Y si nadie se nos une contra ella?

—Lo harán. —La culpa menoscabó mi determinación, pero la alejé de mí. Por ahora, necesitaba que ella estuviera de acuerdo. Revelaría esa última información cuando no hubiera vidas en juego—. No necesitamos a las brujas de sangre o a las sirenas. El territorio de los hombres lobo no está lejos de Cesarine. A uno o dos días de viaje como mucho. Concentraremos nuestros esfuerzos, nos centraremos en el rey Auguste y la bestia de... Blaise. Haremos lo que sea necesario para persuadirlos. Tú misma lo has dicho. Morgane no es una soldado. No luchará si hay igualdad de condiciones. —Pensé con rapidez, considerando diferentes estrategias—. No esperará una alianza entre los *chasseurs* y los hombres lobo. La emboscaremos... No. Crearemos una distracción con los *chasseurs*, la haremos salir de la ciudad mientras los hombres lobo permanecen a la espera. Podría funcionar —repetí, con más fuerza ahora que antes.

—Reid, sabes que es una trampa.

—Nunca dejaría que te pasara nada.

—No estoy preocupada por mí. —Con su mano libre, me tocó la mejilla—. ¿Sabías que mi madre amenazó con darme de comer tu corazón si volvía a escapar?

—Eso no sucederá.

—No. Por supuesto que no.

Dejó caer su mano, y todos se quedaron quietos, esperando. Nadie respiró siquiera. En ese momento, algo cambió en nuestro campamento. Sin darnos cuenta, le habíamos confiado a Lou la decisión final. No a madame Labelle. A Lou. La miré fijamente al darme cuenta. Era la hija de la *Dame des Sorcières*. Eso ya lo sabía. Por supuesto que lo sabía.

Pero todavía no me había dado cuenta de lo que implicaba. Si todo iba de acuerdo con el plan... Lou heredaría la corona. El título. El poder.

Lou se convertiría en una reina.

Lou se convertiría en la Doncella, la Madre y la Anciana. Se sorprendió como si se percatara al tiempo que yo.

Abrió los ojos como platos y esbozó una mueca. Era un descubrimiento desagradable, entonces. Uno poco grato. Cuando miró a Coco, con aspecto de estar profundamente incómoda, esta bajó la barbilla con una pequeña inclinación de cabeza.

—Bien. —Lou se inclinó y señaló el gato que se encontraba a nuestros pies—. Absalón, ¿puedes entregarle un mensaje a Josephine Monvoisin? —Le echó una mirada de disculpa a Coco—. Este debería venir de mí.

—¿Qué estás haciendo? —La confusión me inundó la voz al tomarle la mano, tirando de ella hacia arriba—. Deberíamos centrarnos en Auguste y Blaise...

—Oye, Chass. —Me dio una palmada en el pecho antes de alejarse y agacharse junto a Absalón una vez más—. Si vamos a hacer esto, necesitamos toda la ayuda posible. Las sirenas *están* muy lejos, pero las brujas de sangre... Quizá tu madre tenga razón. Puede que Josephine esté dispuesta si se dan las circunstancias adecuadas. —Mirando a Coco, añadió—: ¿Dijiste que el campamento de sangre está cerca?

Coco asintió.

—Normalmente acampan por aquí cerca en esta época del año.

Un sentimiento de sospecha se posó en mi estómago cuando Lou asintió y le susurró algo a Absalón.

—Has dicho que ella no acogerá a un *exchasseur* —dije.

Coco arqueó una ceja puntiaguda. Una sonrisa de satisfacción apareció en sus labios.

—Así es.

—Entonces, ¿qué...?

Despacio, Lou se puso de pie, quitándose el barro de las rodillas mientras el gato se desvanecía en una nube de humo negro.

—Vamos a tener que separarnos, Reid.

CAPÍTULO 6

PELO TEÑIDO

Lou

—Vino blanco y miel, seguido de una mezcla de raíces de celidonia, rubia roja con aceite de oliva, aceite de semillas de comino, virutas de madera y un poco de azafrán. —Madame Labelle colocó con infinito cuidado las botellas en la roca que habíamos convertido en una mesa—. Si se aplican y se dejan alquimizar durante un ciclo solar completo, transformarán tus mechones en dorados.

Me quedé mirando las muchas botellas, horrorizada.

—No disponemos de un ciclo solar completo.

Me dirigió una mirada cortante.

—Sí, *obviamente*, pero con los ingredientes en bruto, tal vez podríamos... acelerar el proceso. —Todos a una, miramos al otro lado del campamento, donde estaba Reid, que se había enfurruñado en soledad, afilando su Balisarda y negándose a hablar con nadie.

—No. —Negué con la cabeza, apartando las botellas a un lado. El propósito de aquel ejercicio inútil era disfrazarme *sin* magia. Después de lo que había pasado con Reid en el arroyo... Bueno, no teníamos por qué provocar al peligro sin razón—. ¿No había pelucas?

Madame Labelle se burló, metiendo la mano en su bolso una vez más.

—Por inconcebible que suene, Louise, no había ninguna tienda de disfraces en el pequeño pueblo agrícola de Saint-Loire. —Golpeó otro frasco contra la roca. En su interior, se retorcieron algunas cosas—. ¿Te interesaría un frasco de sanguijuelas en escabeche? Si dejas que se te achicharren en el pelo durante un día soleado, me han contado que proporcionan un rico color negro azabache.

—¿*Sanguijuelas?* —Coco y yo intercambiamos miradas horrorizadas—. Menuda asquerosidad —dijo ella categóricamente.

—Estoy de acuerdo.

—¿Qué tal esto como alternativa? —Madame Labelle sacó dos botellas más de su bolso y nos las lanzó, no sin cierta violencia, a Coco y a mí. Me las arreglé para sujetar la mía antes de que me rompiera la nariz—. La pasta de óxido de plomo y cal apagada te teñirá el pelo de un negro como la noche. Pero ten cuidado, el dependiente me informó de que los efectos secundarios pueden ser bastante desagradables.

No podían ser más desagradables que su sonrisa.

Beau dejó de hurgar en el morral de Coco.

—¿Efectos secundarios?

—La muerte, sobre todo. No hay nada de que preocuparse. —Madame Labelle se encogió de hombros, sin alterarse, cada una de sus palabras goteaba sarcasmo. No me sentó del todo bien—. Mucho más seguro que usar la *magia*, estoy segura.

Con los ojos entrecerrados, me arrodillé para inspeccionar el contenido de su morral yo misma.

—Es solo una precaución, ¿de acuerdo? Estoy *intentando* ser amable. Reid y la magia no se llevan exactamente bien en este momento.

—¿Alguna vez lo han hecho? —murmuró Ansel.

Bien visto.

—¿Puedes culparlo? —Saqué las botellas al azar y examiné las etiquetas antes de apartarlas a un lado. Madame Labelle debía de haber comprado toda la botica—. Ha usado la magia dos veces, y en ambas ocasiones, la gente ha terminado muerta. Solo necesita… tiempo para reconciliarlo todo. Hará las paces consigo mismo.

—¿Tú crees? —Coco frunció el ceño en señal de duda, echándole otra larga mirada—. Es decir… el *matagot* apareció por una razón.

El *matagot* en cuestión se encontraba en las ramas inferiores de un abeto, mirándonos con sus ojos amarillos.

Madame Labelle me arrebató su morral. Con un solo movimiento, metió las botellas dentro.

—No *sabemos* si el *matagot* está aquí por Reid. Mi hijo no es el único que está atormentado en este campamento. —Me dirigió sus ojos azules, y me puso un trozo de cinta en la mano. Más grueso que el que había llevado en el pasado, pero aun así... El satén negro apenas me cubría la nueva cicatriz—. Tu madre ha intentado asesinarte dos veces. Por lo que sabemos, Absalón podría haber aparecido por *ti*.

—¿Por mí? —resoplé, incrédula, levantándome el pelo para que Coco me atara la cinta alrededor de la garganta—. No seas estúpida. Estoy bien.

—Estás loca si crees que la cinta y el tinte de pelo te esconderán de Morgane.

—De Morgane no. Podría estar aquí ya, observándonos. —Saqué el dedo corazón por encima de mi cabeza, por si acaso—. Pero la cinta y el tinte para el pelo podrían ocultarme de cualquiera que vea esos malditos carteles de «Se busca», incluso podrían ocultarme de los *chasseurs*.

Cuando terminó con la cinta, Coco me dio un golpecito en el brazo, y yo me dejé caer el pelo, grueso y pesado, por la espalda. Percibía la sonrisa en su voz.

—Esos carteles *son* de un parecido asombroso. El cuidado con el que el dibujante ha recreado tu cicatriz...

Resoplé muy a mi pesar, girándome hacia ella.

—Parecía otra extremidad.

—Una bastante grande.

—Una más bien *fálica*.

Cuando estallamos muertas de risa, madame Labelle resopló con impaciencia. Murmurando algo sobre *las niñas*, se marchó para unirse a Reid. Ya era hora. Coco y yo nos reímos de nuevo. Aunque Ansel intentó seguirnos la corriente, su sonrisa parecía un poco afligida. Una sospecha que quedó confirmada cuando preguntó:

—¿Crees que estaremos a salvo en el campamento de La Voisin?

La respuesta de Coco llegó al instante:

—Sí.

—¿Qué pasa con los otros?

Cuando la risa se desvaneció, le echó un vistazo a Beau, que había empezado a revolver a escondidas en su morral una vez más. Le apartó la mano pero no dijo nada.

—No me gusta —continuó Ansel, moviendo el pie con inquietud, cada vez más agitado—. Si la magia de madame Labelle no ha podido escondernos aquí, tampoco los esconderá a ellos en cuanto nos marchemos. —Me dirigió una mirada suplicante—. Tú dijiste que Morgane amenazó con arrancarle el corazón a Reid. Cuando nos separemos, ella podría atraparlo, obligarte a volver al Chateau.

Reid había comentado eso mismo hacía una hora, o mejor dicho, lo había gritado.

Resultó que el plan de *conseguir aliados para enfrentarse a Morgane en el funeral del arzobispo* no le hacía tanta gracia si eso significaba que tendríamos que separarnos. Pero necesitábamos a las brujas de sangre para que aquella locura de plan funcionara, y La Voisin había dejado claro que Reid no era bienvenido en su campamento. Aunque eran pocas, su reputación era formidable. Lo bastante temibles para que Morgane hubiera denegado su petición anual para volver a unirse a nosotras en el Chateau.

Esperaba que fuera suficiente para que consideraran actuar en su contra.

La Voisin estaba dispuesta a escucharnos, al menos. Absalón había regresado casi de inmediato con su consentimiento. Si íbamos sin Reid, nos permitiría entrar en su campamento. No era mucho, pero era un comienzo. A medianoche, Coco, Ansel y yo nos reuniríamos con ella en las afueras de Saint-Loire, y ella nos escoltaría al campamento de sangre. En su presencia, estaríamos relativamente seguros, pero los demás...

—No lo sé. —Cuando me encogí de hombros sin poder hacer nada, Coco frunció los labios—. Solo podemos esperar que la magia de Helene sea suficiente. También llevarán encima la sangre de Coco. Y en el peor de los casos... Reid tiene su Balisarda. Puede defenderse.

—No es suficiente —murmuró Coco.

—Ya lo sé.

No había nada más que decir. Si Reid, madame Labelle y Beau se las arreglaban para sobrevivir a los *chasseurs*, las *Dames blanches*, los asesinos y bandidos de La Rivière des Dents (el único camino que atravesaba el bosque, llamado así por los dientes de los muertos que se acumulaban en él), el peligro se multiplicaría por diez cuando llegaran al territorio de la manada.

Era difícil decir a quién odiaban más los hombres lobo: a los cazadores, a las brujas o a los príncipes.

Aun así, Reid conocía esas tierras mejor que ninguno de nosotros. Conocía a *Blaise* mejor que ninguno de nosotros. Esperaba que la diplomacia de madame Labelle y Beau jugara a su favor. Por lo que había oído de *Blaise*, que, a decir verdad, no era demasiado, gobernaba con mano dura. Tal vez nos sorprendiera a todos.

De cualquier manera, no disponíamos de tiempo para visitar a ambos pueblos juntos.

Por la noche haríamos un reconocimiento en una taberna local para enterarnos de la fecha exacta del funeral del arzobispo. Con suerte, podríamos reunirnos en Cesarine antes del servicio para acercarnos al rey Auguste todos juntos. Madame Labelle insistía en que podría dejarse influenciar por un tercer aliado. Lo averiguaríamos, para bien o para mal, cuando visitáramos su castillo.

Como a Ansel, aquello no me hacía ninguna gracia. Nada de aquello me hacía gracia. Todavía había mucho que hacer, faltaban muchas piezas del rompecabezas. Demasiado poco tiempo. Descubriríamos el resto esa noche en la taberna, pero antes de que pudiéramos hacerlo...

—¡Ajá! —Triunfante, Beau sacó dos botellas de la bolsa de Coco. Se había llevado consigo un variado surtido de ingredientes para ayudarla con su magia de sangre: algunos reconocibles, como hierbas y especias, y otros desconocidos, como el polvo gris y el líquido claro que Beau sostenía en el aire—. Ceniza de madera y vinagre —explicó. Cuando lo miramos fijamente, suspiró impaciente—. Para tu *pelo*. Todavía quieres teñírtelo a la antigua usanza, ¿correcto?

—Oh. —Por propia voluntad, mis manos salieron disparadas para cubrirme el cabello, como para protegerlo—. Sí, sí, por supuesto.

Coco me colocó una mano en el hombro para darme apoyo moral, al tiempo que fulminaba a Beau con la mirada.

—¿Estás seguro de que sabes lo que haces?

—He ayudado a muchas amantes a teñirse el pelo, Cosette. En efecto, antes de ti, había una rubia pechugona llamada Evonne. —Se acercó, guiñando el ojo—. No era rubia natural, por supuesto, pero sus otros atractivos naturales lo compensaban con creces. —Cuando una expresión afligida surcó el rostro de Coco y ella me apretó dolorosamente el hombro, Beau sonrió—. ¿Qué pasa, *ma chatte*? ¿No estarás... celosa?

—Serás...

Le di una palmadita en la mano, con una mueca de dolor.

—Lo desmembraré por ti cuando hayamos terminado.

—¿Lentamente?

—Miembro a miembro.

Con un asentimiento satisfecho, se fue tras madame Labelle y me dejó a solas con Ansel y Beau. La incomodidad se alzaba entre nosotros, pero la atravesé, literalmente, con un ansioso golpe de mi mano.

—Sabes lo que estás haciendo, ¿verdad?

Beau me pasó los dedos por el cabello. Sin Coco para provocarlo, parecía marchitarse, y miraba con recelo las botellas de ceniza de madera y vinagre.

—No he dicho eso ni una sola vez.

Se me revolvió el estómago.

—Pero has dicho...

—Lo que *he dicho* es que ayudé a una amante a teñirse el pelo, pero ha sido solo para enfadar a Cosette. Lo que en realidad *hice* fue *mirar* cómo una amante se teñía el pelo, mientras le daba de comer fresas. Desnuda.

—Si metes la pata, te desollaré vivo y usaré tu piel como capa.

Arqueó una ceja y levantó las botellas para examinar las etiquetas.

—Lo tendré en cuenta.

Para ser sincera, si un amante desnudo no empezaba a alimentarme a *mí* con fresas pronto, haría arder el mundo.

Después de verter idénticas cantidades de ceniza y vinagre en el mortero de Coco, lo removió con optimismo durante varios segundos, hasta que se formó un inquietante lodo gris. Ansel lo miró con preocupación.

—¿Pero *cómo* lo harías? Si cambiaras de color de pelo con magia...

Me empezaron a sudar las palmas mientras Beau me dividía el pelo en secciones.

—Eso depende. —Busqué un patrón y, por supuesto, varios zarcillos de oro se formaron y acudieron a mi encuentro. Al tocar uno, vi cómo se enroscaba en mi brazo como una serpiente—. Estaría cambiando algo de mi apariencia exterior. Podría cambiar algo en mi interior para que coincidiera. O, dependiendo del color final, podría tomar el matiz, la intensidad o la tonalidad de mi color actual y manipularlo de alguna manera. Tal vez transferir el marrón a mis ojos en su lugar.

Ansel miró a Reid.

—No hagas eso. Creo que a Reid le gustan tus ojos. —Como si temiera haberme ofendido de alguna manera, añadió apresuradamente—: A mí también me gustan. Son bonitos.

Me reí entre dientes, y la tensión que anidaba en mi estómago se atenuó un poco.

—Gracias, Ansel.

Beau se inclinó sobre mi hombro para mirarme.

—¿Estás lista?

Asentí, cerré los ojos mientras teñía el primer mechón y me concentré en Ansel.

—¿Por qué te interesa tanto?

—Por nada —dijo rápidamente.

—Ansel. —Abrí un ojo para mirarlo—. Suéltalo.

No quería mirarme, sino que daba golpecitos a una piña con el dedo gordo del pie. Pasaron varios segundos. Luego varios segundos más. Yo acababa de abrir la boca para insistir cuando dijo:

—No recuerdo mucho de mi madre.

Mi boca se cerró con un chasquido.

Detrás de mí, Beau dejó la mano inmóvil sobre mi pelo.

—Ella y mi padre murieron en un incendio cuando yo tenía tres años. A veces pienso… —Sus ojos se dirigieron a Beau, que se apresuró en volver a untarme la pasta gris en el pelo. Aliviado, Ansel continuó su baile con la piña—. A veces creo que puedo recordar su risa, o tal vez su sonrisa. Sé que es una estupidez. —Se rio como si lo hiciera de sí mismo, algo que yo detestaba—. Ni siquiera sé sus nombres. Me asustaba demasiado el padre Thomas como para preguntarle. Una vez me dijo que *maman* era una mujer obediente y temerosa de Dios, pero por lo que sé, podría haber sido una bruja. —Dudó, tragando fuerte, y por fin su mirada se encontró con la mía—. Igual que… la madre de Reid. Igual que tú.

Mi pecho se contrajo ante la esperanza que delataba su expresión. De alguna manera, sabía lo que estaba insinuando. Sabía hacia dónde se dirigía esa conversación, y sabía lo que quería que dijera, lo que quería, no, lo que *necesitaba*, oír.

Odiaba decepcionarlo.

Cuando no dije nada, su expresión se desmoronó, pero continuó con determinación.

—Si ese es el caso, tal vez... yo también tenga magia. Es posible.

—Ansel... —Le sujeté la mano, pensando. Si había vivido con su madre y su padre hasta los tres años, era poco probable que la mujer fuera una *Dame blanche*. Cierto, podría haber vivido fuera del Chateau (muchas *Dames blanches* lo hacían) pero incluso para ellas era raro quedarse con sus hijos varones, que eran considerados cargas, incapaces de heredar la magia de sus madres o realzar el linaje de la familia.

De forma espontánea, mis ojos se dirigieron a Reid. Afilaba su Balisarda en una piedra con golpes cortos y furiosos.

Qué equivocadas estábamos.

—Es posible —repitió Ansel, levantando la barbilla en una inusual exhibición de terquedad—. Dijiste que las brujas de sangre se quedan a sus hijos.

—Las brujas de sangre no viven en Cesarine. Viven con sus aquelarres.

—Coco no.

—Coco es una excepción.

—Tal vez yo también.

—¿A qué viene esto, Ansel?

—Quiero aprender a luchar, Lou. Quiero aprender magia. Puedes enseñarme ambas cosas.

—No soy la persona idónea para...

—Nos dirigimos de cabeza al peligro, ¿no es así? —No se detuvo para que yo confirmara la respuesta obvia—. Tú y Coco habéis vivido en las calles. Ambas sois supervivientes. Ambas sois fuertes. Reid ha recibido entrenamiento y cuenta con su Balisarda. Madame Labelle tiene su magia, e incluso Beau fue lo bastante rápido como para distraer a las otras brujas en Modraniht.

El aludido soltó un resoplido.

—Gracias.

Ansel lo ignoró, con los hombros caídos.

—Pero yo no fui de ninguna ayuda entonces, igual que no seré de ninguna ayuda en el campamento de sangre.

Le fruncí el ceño.

—No hables así de ti mismo.

—¿Por qué no? Es verdad.

—No, no lo es. —Le apreté la mano y me incliné hacia delante—. Entiendo que pienses que necesitas ganarte un lugar entre nosotros, pero no es así. Ya tienes uno. Si tu madre era una bruja, bien, pero si no lo era... —Retiró la mano de la mía, y yo suspiré, deseando cortarme la lengua. Tal vez así no tendría que tragarme mis palabras tan a menudo—. No eres ningún inútil, Ansel. Nunca pienses que no vales nada.

—Estoy harto de que todos tengan que protegerme. Me gustaría protegerme a mí mismo para variar, o incluso... —Cuando fruncí el ceño todavía más, suspiró y dejó caer la cara entre las manos, aplastándose los ojos con las palmas—. Solo quiero contribuir al grupo. No quiero ser más el idiota torpe. ¿Es eso mucho pedir? Yo solo... No quiero ser una carga.

—¿*Quién* ha dicho que eres un idiota torpe...?

—Lou. —Me miró, con los ojos enrojecidos. Suplicando—. Ayúdame. Por favor.

Lo miré fijamente.

En serio, los hombres que formaban parte de mi vida tenían que dejar de emplear esa palabra conmigo. Siempre sucedía algún desastre a continuación. La idea de cambiar una sola cosa de Ansel, de endurecerlo, de enseñarle a luchar, a matar, hizo que mi corazón se retorciera, pero si se sentía incómodo en su piel, si podía ayudar a aliviar esa incomodidad de alguna manera...

Podía entrenarlo en el combate físico. Lo más probable es que si le enseñaba a defenderse con una espada no le causara daño alguno ni ninguna amarga decepción. En cuanto a las lecciones de magia, podríamos simplemente... posponerlas. De forma indefinida. Nunca tendría que sentirse inferior en ese aspecto.

—Por supuesto que te ayudaré —acabé por asegurarle—. Si eso es realmente lo que quieres.

Una sonrisa se dibujó en su rostro, y el sol palideció en comparación.

—Lo es. Gracias, Lou.

—Va a ser divertido —murmuró Beau.

Le di un codazo, deseosa de cambiar de tema.

—¿Cómo está quedando?

Levantó un mechón pegajoso y arrugó la nariz.

—Es difícil de decir. Imagino que cuanto más tiempo lo dejemos reposar, más fuerte será el color.

—¿Cuánto tiempo lo dejó reposar Evonne?

—Que me lleve el diablo si lo sé.

Media hora más tarde, después de que Beau terminara de cubrir todos mis mechones, Ansel nos dejó para unirse a Coco. Con un suspiro dramático, Beau cayó al suelo frente a mí, sin prestar atención a sus pantalones de terciopelo, y lo contempló mientras se iba.

—Estaba perfectamente satisfecho odiando a ese pequeño mequetrefe...

—No es ningún...

—... pero, *por supuesto*, se trata de un huérfano sin autoestima —continuó Beau, sin reprimirse—. Alguien debería quemar esa Torre hasta los cimientos. Preferiblemente con los cazadores dentro.

Un calor peculiar ascendió por mi cuello.

—*Mmm*. Por lo menos los *chasseurs* le dieron algo parecido a una familia. Un hogar. Como alguien que ha carecido de ambas cosas, te aseguro que un niño como Ansel no habría sobrevivido demasiado sin ellos.

—¿Me engañan mis oídos, o de verdad estás alabando a los *chasseurs*?

—Por supuesto que no... —Me detuve, sorprendida por la verdad de su acusación y sacudí la cabeza, incrédula—. Por los dientes de la Arpía. Tengo que alejarme de Ansel. Es una influencia terrible.

Beau resopló.

—¿Los dientes de la Arpía?

—Ya sabes. —Me encogí de hombros, el incómodo calor de mi cuello irradiaba a través del resto de mi cuero cabelludo. Cada vez más caliente con cada segundo que pasaba—. ¿Los dientes de la Arpía? —Cuando me miró, desconcertado, se lo expliqué—: Una mujer adquiere su sabiduría cuando pierde los dientes.

Se rio a carcajadas, pero no me pareció ni remotamente gracioso en ese momento, no cuando notaba el cuero cabelludo en llamas. Me tiré de un mechón de pelo, haciendo una mueca ante el dolor agudo. Aquello no era normal, ¿verdad? Algo tenía que ir mal.

—Beau, trae un poco de agua... —Acabé la frase con un grito estrangulado mientras el pelo se me desprendía de la cabeza—. No. —Lo observé fijamente, horrorizada—. No, no, *NO*.

Reid estuvo a mi lado en un instante.

—¿Qué pasa? ¿Qué...?

Chillando, lancé el pegajoso mechón de pelo a la cara de Beau.

—¡*Idiota*! Mira lo que has... ¿QUÉ HAS *HECHO*?

Él se apartó el mejunje de la cara, con los ojos abiertos de par en par y llenos de preocupación, y gateó hacia atrás mientras yo avanzaba.

—¡Te *he dicho* que no sabía lo que estaba haciendo!

Coco apareció entre nosotros con un frasco de agua. Sin decir una palabra, me la echó por encima, el agua me empapó por completo y se llevó aquel pegote gris. Yo balbuceaba, maldiciendo con violencia, y casi me ahogué de nuevo cuando Ansel se acercó a mí y repitió la ofensa.

—*No* —gruñí cuando madame Labelle se unió al grupo, con la petaca preparada—. O te prenderé fuego.

Puso los ojos en blanco y chasqueó los dedos, y con una ráfaga de aire caliente, el agua de mi cuerpo se evaporó. Reid se estremeció.

—Qué melodramática —dijo—. Esto se puede arreglar por entero... —Pero se detuvo abruptamente cuando levanté un mechón de pelo demasiado quebradizo. Todos nos lo quedamos mirando, dándonos cuenta de lo peor sumidos en un pesado instante de silencio.

Mi pelo no era rubio. No era ni rojo ni negro, ni siquiera del color metálico entre uno y otro.

Era... blanco.

La hebra se rompió, desmoronándose en mis dedos.

—Podemos arreglarlo —insistió madame Labelle, levantando una mano—. Todo volverá a ser como antes.

—No lo hagas. —Las lágrimas de mis ojos ardían, más calientes incluso que mi cuero cabelludo—. Nadie más me va a poner un puto dedo en el pelo. —Si lo tenía con otra ronda de productos químicos, los mechones restantes probablemente se incendiarían, y si usaba magia, me arriesgaba a consecuencias aún más graves. El patrón requerido para arreglarme... *eso*... sería desagradable. No por el color. Sino por lo que el color representaba. A *quién* representaba. En cualquier otra persona, el pelo blanco, como un rayo de luna, podría haber sido hermoso, pero en *mí*...

Con la barbilla temblando, la nariz bien alta, me giré hacia Reid y saqué un cuchillo de su bandolera. Quería enfurecerlo, arrojarle mi cabello dañado a la cara, que reflejaba una expresión ansiosa. Pero aquello no era culpa suya. En realidad no. *Yo* era la que había confiado en el maldito *Beau* en vez de en la magia, la que había pensado en proteger a Reid de ella. Qué idea tan estúpida. Reid era un brujo. No habría forma de *protegerlo* de la magia, ni ahora ni nunca.

Aunque me miraba con aprensión, Reid no me siguió mientras yo deambulaba por el Hueco. Lágrimas calientes, lágrimas irracionales, lágrimas de vergüenza, me inundaron los ojos. Me las enjugué con rabia. Una parte de mí sabía que estaba exagerando, sabía que era solo *pelo*.

Esa parte podía irse a tomar viento.

Chas. Chas. Chas.

Mi pelo, pálido y extraño, cayó al suelo como hilos de seda de araña. Delicado como la gasa. Un mechón flotó por encima de mi bota como si se burlara de mí, y habría jurado que escuché la risa de mi madre.

Una energía nerviosa me recorrió mientras esperábamos la puesta del sol. No podíamos entrar en Saint-Loire para nuestro reconocimiento hasta que el sol se pusiera. Había pocas razones para colarse en la taberna si los aldeanos no estaban allí. Sin la gente del pueblo no había chismes. Sin chismes no había ninguna información.

Y eso significaba que seguíamos sin saber nada del mundo más allá del Hueco.

Me puse de pie de sopetón y seguí a Ansel. Había dicho que quería entrenar, y yo todavía tenía el cuchillo de Reid. Me lo pasé de una mano a la otra. Cualquier cosa con tal de no levantar la mano *otra vez* para tirarme del pelo. Las puntas me rozaban la parte superior de los hombros.

Había tirado el resto al fuego.

Ansel se sentó con los demás alrededor de las brasas moribundas. Su conversación se apagó cuando me acerqué a ellos, y no me costó mucho deducir de qué habían estado hablando. De *quién* habían estado hablando. Fantástico. Reid, que se había apoyado en el árbol más cercano, se acercó con cautela. Me di cuenta de que me estaba esperando. Esperando que le diera permiso para unirse. Sonreí.

—¿Cómo te encuentras? —Me plantó un beso en la coronilla, que flotó sobre los mechones blancos. Por ahora, parecía que mi rabieta superaba a la suya—. ¿Mejor?

—Creo que mi cuero cabelludo sigue sangrando, pero por lo demás, sí.

—Estás preciosa.

—Eres un mentiroso.

—Hablo en serio.

—Tengo pensado afeitaros la cabeza a todos esta noche.

Esbozó una mueca, y de repente pareció avergonzado.

—Me dejé crecer el pelo cuando tenía catorce años. Alexandre tiene el pelo largo, ya sabes, en…

—*La Vie Éphémère* —terminé por él, imaginando a Reid con largos y lustrosos mechones que soplaban al viento. Resoplé a pesar de mí misma—. ¿Me estás diciendo que eras un rompecorazones adolescente?

Torció un lado de la boca.

—¿Y qué si lo era?

—Pues que es una pena que no nos conociéramos de adolescentes.

—Todavía eres una adolescente.

Levanté mi cuchillo.

—Y todavía estoy cabreada. —Cuando se rio en mi cara, le pregunté—: ¿Por qué te lo cortaste?

—El pelo largo no da más que problemas en el patio de entrenamiento. —Se pasó una mano por la cabeza con tristeza—. Jean Luc me agarró la melena en una sesión de boxeo y casi hizo sangrar *mi* cuero cabelludo.

—¿Te tiró del pelo? —Ante mi grito ahogado, asintió con la cabeza y yo fruncí el ceño—. Esa pequeña *zorra*.

—Me lo corté después de eso. No lo he llevado largo desde hace mucho tiempo. Y bien —posó las manos en las caderas, sus ojos relucían—, ¿tengo que confiscarte el cuchillo?

Lo lancé al aire y lo atrapé por la cuchilla antes de arrojarlo hacia arriba una vez más.

—Puedes intentarlo, por supuesto.

Rápido como un rayo, sin romper el contacto visual, atrapó el cuchillo por encima de mi cabeza, y se quedó ahí con el brazo levantado. Su mirada ardía sobre la mía, y una lenta y arrogante sonrisa adornó sus labios.

—¿Qué decías?

Suprimiendo un delicioso escalofrío (que aún sentía, dado el retumbar de su risa), le di un codazo en la tripa. Con un «uf», se dobló hacia delante, su pecho cayó con fuerza contra mi espalda, y le arranqué el cuchillo de las manos. Arqueando el cuello, le planté un beso en la mandíbula.

—Eso ha sido adorable.

Me rodeó el torso con los brazos, atrapándome. Encerrándome en su abrazo.

—Adorable —repitió en tono siniestro. Aún inclinados, nuestros cuerpos encajaban como un guante—. *Adorable.*

Sin avisar, me levantó en el aire, y yo grité, pataleando y jadeando de la risa. Solo me soltó después de que Beau suspirara fuerte, se girara hacia madame Labelle y le preguntara si podíamos salir antes de lo previsto para proteger sus tímpanos.

—¿Crees que los necesitaré en Les Dents? ¿O puedo ir sin ellos?

Con los pies en el suelo una vez más, traté de ignorarlo, traté de seguir jugando, traté de pellizcar a Reid en las costillas, pero su sonrisa ya no era tan amplia. La tensión volvió a su mandíbula. El momento había pasado.

Algún día, no tendría que hacer acopio de las sonrisas de Reid, y algún día, él no tendría que racionarlas.

Hoy no era ese día.

Tras recolocarme la camisa, le tendí el cuchillo a Ansel.

—¿Empezamos?

Abrió los ojos de par en par.

—¿Qué? ¿*Ahora*?

—¿Por qué no? —Me encogí de hombros y saqué otro cuchillo de la bandolera de Reid. Él permaneció tieso—. Tenemos unas pocas horas hasta la puesta de sol. Todavía quieres entrenar, ¿no?

Ansel se puso en pie tan deprisa que casi se tropieza.

—*Sí*, lo sé, pero... —Dirigió sus ojos marrones primero a Coco y Beau, y luego a Reid. Madame Labelle hizo una pausa tras repartir cartas a los primeros. En lugar de *couronnes*, usaban piedras y palos para apostar. Las mejillas de Ansel habían adquirido un tono rosado—. ¿Podríamos no hacerlo aquí?

Beau no levantó la vista de sus cartas. De hecho, las miró con demasiada fijeza para ser natural.

—No asumas que nos importa lo que estás haciendo, Ansel.

Siguiendo el ejemplo de Beau, Coco le ofreció a Ansel una sonrisa tranquilizadora antes de volver ella también al juego. Incluso Reid captó la indirecta y me apretó la mano brevemente antes de unirse a ellos sin decir ni una palabra. Nadie se giró en nuestra dirección otra vez.

Una hora más tarde, sin embargo, no pudieron evitar mirar de forma furtiva.

—¡Alto, alto! Te estás sacudiendo, y te estás centrando demasiado en la parte superior de tu cuerpo, de todos modos. No eres Reid. —Me agaché bajo el brazo extendido de Ansel, y lo desarmé antes de que cercenara alguna extremidad. Suya, probablemente—. Tus pies sirven para algo más que para moverlos sin ton ni son. Úsalos. Cada golpe debe utilizar la fuerza de la parte superior *e* inferior de tu cuerpo.

Hundió los hombros, sumido en la miseria.

Le levanté la barbilla con la punta de su espada.

—De eso nada, *mon petit chou*. ¡Otra vez!

Tras reajustar su postura una vez más (dos veces más, cien veces más), entrenamos durante la mayor parte de la tarde y hasta que se hizo de noche. Aunque mostró poca mejoría, no tuve el estómago necesario para terminar la lección, ni siquiera cuando las sombras a nuestro alrededor se hicieron más intensas. Cuando el sol tocó los pinos, por fin se las arregló para arrebatarme la espada a base de pura determinación... y de paso hacerse un corte en el brazo. Su sangre salpicó la nieve.

—Eso ha sido... Lo has hecho...

—Horrible —terminó él con amargura, arrojando su espada al suelo para examinarse la herida. Con la cara aún enrojecida, solo en parte por el esfuerzo, echó una rápida mirada en dirección a los demás. Todos se apresuraron a parecer ocupados, recogiendo los platos improvisados que habían usado para la cena. A petición de Ansel, habíamos entrenado mientras ellos cenaban. Mi estómago refunfuñaba irritado—. Ha sido horrible.

Suspirando, envainé mi cuchillo en mi bota.

—Déjame verte el brazo.

Se bajó la manga con el ceño fruncido.

—Está bien.

—Ansel...

—He dicho que está *bien*.

Ante su tono inusualmente agudo, hice una pausa.

—¿No vas a querer repetir?

Su expresión se suavizó, y dejó caer la cabeza.

—Lo siento. No debería haberte hablado con tanta brusquedad. Yo solo... quería que esto fuera diferente. —Lo admitió en voz baja. Esta vez, se miró las manos en vez de a los demás. Le sujeté una de ellas con firmeza.

—Ha sido tu primer intento. Mejorarás...

—No lo ha sido. —A regañadientes, me miró a los ojos. Odiaba esa reticencia. Esa vergüenza. La *odiaba*—. Entrené con los *chasseurs*. Se aseguraron de que supiera lo mal que se me daba.

La ira me invadió, caliente e incontenible. Por mucho que le hubieran dado, se habían llevado aún más.

—Los *chasseurs* pueden ponerse a comer vergas...

—No pasa nada, Lou. —Me soltó la mano para recoger su arma del suelo, pero se detuvo a mitad de camino para regalarme una sonrisa. Aunque cansada, esa sonrisa estaba también llena de esperanza, y no albergaba duda alguna ni arrepentimiento. Lo miré fijamente, y me quedé sin palabras por un momento. Aunque a menudo era ingenuo y en ocasiones petulante, había permanecido... puro. Algunos días no podía creer que fuera real—. Cualquier cosa que merezca la pena conlleva un esfuerzo, ¿verdad?

Cualquier cosa que merezca la pena conlleva un esfuerzo.

Cierto.

Con el corazón alojado en la garganta, miré instintivamente a Reid, que estaba de espaldas al otro lado del campamento. Como si lo sintiera, se quedó quieto y nuestros ojos se encontraron por encima de su hombro. Aparté la mirada a toda prisa, me colgué del brazo de Ansel y le di un fuerte apretón, ignorando el frío puño del miedo que me atenazaba el pecho.

—Vamos, Ansel. Despidámonos de este miserable día con una copa.

CAPÍTULO 7

CLAUD DEVERAUX

Reid

—**N**o pienso beberme eso.

Contemplé el líquido del vaso que Lou me ofrecía. El vaso estaba sucio, el líquido era marrón. Turbio. Hacía juego con el camarero grasiento y los clientes desaliñados que reían, bailaban y se derramaban cerveza en las camisas. Una *troupe* había actuado esa noche en su paso por Saint-Loire, y los actores se habían reunido después en la taberna local. Pronto, una pequeña multitud los había seguido.

—Oh, vamos. —Me puso el *whisky* bajo la nariz. Olía de un modo nauseabundo—. Tienes que relajarte. Todos lo necesitamos.

Aparté el *whisky*, todavía furioso conmigo mismo. Había estado tan empeñado en convencer a los demás para reunir aliados, para enfrentarnos a Morgane, tan cegado por mis patéticas emociones, que no había tenido en cuenta los detalles.

—No estamos aquí para beber, *Lucida*.

La idea de dejarla hacía que me embargara un pánico visceral.

—Disculpa, Raoul, pero *tú* eres el que insistió en que hiciéramos el reconocimiento en una *taberna*. Aunque no me quejo.

Era un pánico que lo consumía todo, requería que centrara cada pedazo de mi ser en contenerlo. Quería gritar. Quería enrabietarme. Pero no podía respirar.

Me sentía como si me ahogara.

—Es el mejor lugar para reunir información. —Con la mandíbula tensa, miré al otro lado de la estancia, donde madame Labelle, Coco y

Beau se hallaban sentados en medio de la estridente *troupe*. Al igual que Lou y que yo, Beau había escondido la cara en las profundidades de la capucha de su capa. Nadie se fijó en nosotros. Nuestras ropas no eran nada comparadas con las de los artistas—. No podemos... —Sacudí la cabeza, incapaz de dar sentido a mis pensamientos. Cuanto más nos acercábamos a la medianoche, más salvajes discurrían. Más desenfrenados. Mis ojos buscaban cualquier cosa menos a Lou. Cuando la miraba, el pánico se agudizaba, me atravesaba el pecho y amenazaba con partirme en dos. Lo intenté de nuevo, murmurando en dirección a las yemas de mis dedos—. No podemos continuar con el plan de madame Labelle hasta que evaluemos la situación fuera del campamento. El alcohol afloja la lengua.

—¿De veras? —Se inclinó hacia delante como si fuera a besarme, y yo retrocedí, mientras el pánico me trepaba por la garganta como si fuera bilis. Gracias a Dios que no le veía la cara del todo, o podría haber hecho algo estúpido, como llevarla al cuarto trasero, atrancar la puerta, y besarla durante tanto rato que se le olvidara su estúpido plan de dividirnos. Pero de todos modos, mantuve los músculos rígidos, tensos, para evitar hacerlo. Lou se desplomó en su asiento con decepción.

—De acuerdo. Olvidaba que sigues siendo un imbécil.

Ahora quería besarla por otra razón.

Era noche cerrada en el exterior. Solo el fuego de la chimenea iluminaba la sucia habitación. Aunque nos sentábamos lo más lejos posible, enmascarados en las sombras más profundas, la luz tenue no había ocultado los carteles de «Se busca» clavados en la puerta. Dos de ellos. Uno con un dibujo de mi cara, otro con un dibujo de la de Lou. Copias de los que se encontraban en las calles del pueblo.

Louise le Blanc, bajo sospecha de brujería, rezaba su cartel.

Se busca viva o muerta. Recompensa.

Lou se había reído, pero todos nos habíamos percatado del matiz que había adquirido. Forzado.

Y debajo de mi retrato...

Reid Diggory, bajo sospecha de asesinato y conspiración. Se lo busca vivo. Recompensa.

Se busca *vivo*. Sin embargo, no tenía sentido a la luz de mis crímenes.

—¿Ves? No se ha perdido toda esperanza. —Lou me había propinado un codazo desanimado al leer mi cartel. En un momento de debilidad, yo había sugerido huir al puerto más cercano y dejarlo todo atrás. En esa ocasión no se rio.

—No. Mi magia vive aquí.

—Has vivido sin magia durante años.

—Eso no era vivir. Sino sobrevivir. Además, sin… todo esto —señaló a nuestro alrededor—, ¿quién soy yo?

El impulso de aferrarla había sido abrumador. En vez de eso, me incliné hasta que estuvimos a la misma altura, frente contra frente, y dije con ferocidad:

—Tú lo eres todo.

—Incluso si las brujas no vigilaran los puertos, incluso si de alguna forma nos las arregláramos para escapar, quién sabe lo que les haría Morgane a los que se quedaran atrás. Viviríamos, sí, pero no seríamos capaces de abandonar a todos los demás a semejante destino. ¿No crees?

Enunciada así, la respuesta se hundió como un peso muerto en mi estómago. Por supuesto que no podíamos abandonarlos. Pero aun así, ella había escudriñado mis ojos con esperanza, como si esperara una respuesta diferente. Me había obligado a hacer una pausa, un nudo fuerte me retorcía el estómago. Si hubiera insistido en que debíamos irnos, ¿habría aceptado? ¿Habría sometido a todo un reino a la ira de Morgane, solo para que nosotros pudiéramos vivir?

Una pequeña voz en mi cabeza había respondido. Una que no era bienvenida.

Ya lo hizo.

La había alejado con ferocidad.

Ahora, con su cuerpo inclinado hacia el mío, mientras se le resbalaba la capucha, me temblaron las manos, y resistí el impulso de continuar nuestra discusión. Dentro de muy poco, ella se iría al campamento de sangre. Aunque no estaría sola, *sí* que estaría sin mí. Era inaceptable. No podía suceder. No con Morgane y Auguste yendo a por su cabeza.

Sabe cuidarse sola, dijo la voz.

Sí. Pero también puedo cuidarla yo.

Suspirando, se recostó en su silla, y el arrepentimiento se sumó al pánico. Creía que la había rechazado. No se me había pasado por alto la forma en que sus ojos se habían entrecerrado junto al arroyo, y luego otra vez en el campamento. Pero no la estaba rechazando. La estaba protegiendo.

Yo tomaba decisiones estúpidas cuando ella me tocaba.

—¿Y tú, Antoine? —Lou empujó el vaso hacia Ansel como alternativa—. No dejarías que una dama bebiera sola, ¿verdad?

—Por supuesto que no. —Miró solemnemente a izquierda y derecha—. Pero no veo a ninguna dama por aquí. ¿Y tú?

Lou se carcajeó y le derramó el líquido ámbar en la cabeza.

—Basta —gruñí, tirando de su capucha para volver a colocarla en su sitio. Por un momento, su cabello había resultado visible para los clientes del pub. Aunque se lo había cortado, el color seguía siendo sorprendentemente blanco. Distinto. No era un color común, pero era notorio. Icónico. Nadie reconocería a Lou, pero podrían confundirla con alguien mucho peor. Incluso ella tenía que ver las similitudes que existían ahora entre los rasgos de su madre y los suyos.

Aparté la mano antes de poder acariciarle la mejilla, y limpié el whisky con mi capa.

—Este es exactamente el motivo por el que madame Labelle no quería que salieras en público. Llamas demasiado la atención.

—Conoces a tu madre desde hace aproximadamente tres segundos y medio, y ya es toda una autoridad. No puedo expresar lo emocionante que me resulta.

Puse los ojos en blanco. Antes de que pudiera corregirla, un grupo de hombres se sentaron en la mesa que quedaba junto a la nuestra. Sucios. Desaliñados. Desesperados por una copa.

—Fifi, amor —llamó el más ruidoso y sucio de ellos—, tráenos una pinta y que no paren de venir. Esa es mi chica.

La camarera, igual de sucia, a quien le faltaban los dos dientes delanteros, se puso en marcha para cumplir.

En el otro extremo del bar, Beau le dijo algo a Lou, toqueteándose los dientes, y ella se rio. Los celos me invadieron. Me acerqué instintivamente, me detuve y volví atrás una vez más. Me obligué a barrer el perímetro de la habitación en vez de aproximarme a ella.

—Quizá quieras tomártelo con calma, Roy —dijo uno de sus compañeros—. Mañana madrugamos y todo eso.

Detrás del grupo desaliñado, tres hombres con ropa oscura jugaban a las cartas. Llevaban espadas a la cadera. Había aguamiel en sus copas. Más allá de ellos, una pareja joven charlaba animadamente con madame Labelle, Coco y Beau. Fifi y un camarero de gran envergadura se ocupaban de la barra. Los actores y actrices bailaban junto a la puerta. Más aldeanos entraron desde el exterior, con los ojos brillantes por la emoción y las narices rojas por el frío.

Gente de todas partes, ignorante, por suerte, de quién se escondía entre ellos.

—Bah. —Roy escupió en el suelo. Un poco de saliva le goteó por la barbilla. Lou, que era la que más cerca estaba de él, alejó su silla, y arrugó la nariz—. El caballo se rompió la pierna ayer por la noche. Al final, no iremos a Cesarine.

Al oír aquello, los tres nos quedamos quietos. Anormalmente quietos. Cuando le di un codazo a Lou, ella asintió y tomó un sorbo de su bebida. Ansel la imitó, e hizo una mueca cuando el líquido entró en contacto con su lengua. Me pasó su bebida. La rechacé, calculando rápidamente la distancia de Saint-Loire a Cesarine. Si aquellos hombres planeaban irse por la mañana, el funeral del arzobispo sería en quince días.

—Tienes suerte —dijo otro mientras Fifi volvía con su aguamiel. Bebieron con avidez—. Mi parienta no me deja escaquearme. Dice que tenemos que *presentar nuestros respetos*. Es una puta imbécil. El viejo Florin nunca hizo nada por mí aparte de molestar a los pequeñajos durante la cosecha.

El sonido de su nombre me golpeó como un ladrillo. Eran granjeros, entonces. Hacía varias semanas, nos había llegado un caso en el que había que tratar con otra infestación de gnomos a las afueras de Cesarine. Pero habíamos estado *ayudando* a los granjeros, no entorpeciéndolos.

Como si me leyera la mente, uno dijo:

—Pero sus cerdos azules los mataron, Gilles. Ya es algo.

Cerdos azules. La furia me inundó la garganta al oír aquella calumnia. Esos hombres no se daban cuenta de todo lo que los *chasseurs* habían hecho para garantizar su seguridad. Los sacrificios que habían llevado a cabo. La integridad que poseían. Observé la ropa arrugada de aquellos hombres con desagrado. Tal vez vivían demasiado al norte para entenderlo, o tal vez sus granjas estaban demasiado alejadas de la sociedad educada. Tan solo los tontos y los criminales se referían a mi hermandad (me estremecí internamente, corrigiéndome en el acto), a la hermandad de los *chasseurs* como algo más que virtuosa, noble y leal.

—No todos —respondió Gilles con brusquedad—. Tuvimos una revuelta de narices después de que ahuecaran el ala. Esos diablillos desenterraron los cadáveres de sus colegas y trituraron mi trigo en una noche. Ahora dejamos una ofrenda semanal. Los azules nos prenderían fuego si se enteraran, pero ¿qué podemos hacer? Es más barato que perder otro campo por culpa de esas criaturejas. Estamos atrapados entre la espada y la pared. Apenas podemos llevarnos algo al buche tal como está la cosa.

Se volvió para pedir otra ronda a Fifi.

—Sí —dijo su amigo, con una sacudida de cabeza—. Hagamos lo que hagamos, estamos jodidos. —Volvió a centrar su atención en Roy—. Aunque quizá sea lo mejor. Mi hermana vive en Cesarine con sus chavales, y dijo que Auguste había fijado un toque de queda. Nadie puede salir después del atardecer, y las mujeres no pueden ir sin carabinas masculinas. Sus soldados patrullan las calles día y noche en busca de mujeres sospechosas después de lo que le pasó al arzobispo.

¿Carabinas? ¿Patrullas?

Lou y yo intercambiamos miradas, y ella maldijo por lo bajo. Moverse por la ciudad sería más difícil de lo que habíamos anticipado.

Gilles se estremeció.

—No puedo decir que me importe. La gente de la calle es una cosa. Y las brujas, otra. Son malvadas. No son de este mundo.

Los otros hombres se mostraron de acuerdo mientras Roy pedía otra ronda. Sin embargo, cuando uno de ellos desvió la conversación a su hernia, Lou me echó un vistazo rápido. No me gustó el brillo de sus ojos. No me gustó la tensión de su mandíbula.

—No —le advertí, en voz baja, pero tomó un buen trago y habló por encima de mí.

—Oye, ¿habéis oído lo que ese idiota de Toussaint afirmaba? —Todos los ojos de la mesa vecina se giraron hacia ella. La incredulidad me mantuvo pegado a mi silla, y la miré con los ojos como platos junto con los demás. Ansel soltó una risa nerviosa. Fue más un chillido que otra cosa. Lou le asestó una patada por debajo de la mesa.

Después de otro segundo tenso, Roy eructó y se dio palmaditas en el estómago.

—¿Se puede saber quién eres tú? ¿Por qué escondes la cara?

—Tengo el pelo hecho un desastre, muchacho. Me lo trasquilé todo en un ataque de rabia, y ahora no puedo soportar verme la pinta que tengo.

Ansel se atragantó con su *whisky*. De forma instintiva, lo golpeé en la espalda. Ninguno de los dos le quitó los ojos de encima a Lou. No podía ver su sonrisa, pero sí sentirla. Estaba disfrutando.

Me entraron ganas de estrangularla.

—Además, tengo una verruga en la barbilla —añadió en tono conspirador mientras levantaba un dedo para darse un golpecito en la cara. Desapareció entre las sombras de su capucha—. Es imposible disimularla. Es del tamaño de Belterra, lo juro.

—Sí. —El hombre que había hablado antes asintió sabiamente, desde la profundidad de su jarra, y la miró con ojos vidriosos—. Mi hermana tiene una verruga en la napia. Supongo que tienes razón.

Lou no pudo contener su resoplido.

—Estos son mis hermanos —nos hizo un gesto a Ansel y a mí—, Antoine y Raoul.

—Hola, amigos. —Sonriendo, Ansel levantó la mano y saludó como un estúpido—. Encantado de conoceros.

Lo miré fijamente. Aunque parecía avergonzado, su sonrisa no vaciló.

—A lo que iba —dijo Lou, y se bebió el resto de su *whisky*—, Antoine y Raoul pueden entenderos con todo esto de los problemas con gnomos. Somos granjeros. Esos cerdos azules también nos están arruinando la vida, y Toussaint es el peor de ellos.

Con un gruñido, Roy sacudió la cabeza.

—Ha estado aquí con esos malditos cerdos esta mañana, y han dicho que el viejo Toussaint destripó a Morgane en la víspera de Navidad.

—¡Y una mierda! —Lou golpeó la mesa con la palma de la mano para dar énfasis a sus palabras. Le pisé un pie en señal de advertencia, pero ella me pateó la espinilla en respuesta. Una risa silenciosa le sacudió los hombros.

—*Pero…* —Roy eructó de nuevo antes de inclinarse, haciéndonos un gesto para que lo imitáramos—, han dicho que se largaban a Cesarine de inmediato por el torneo.

Se me hizo un nudo el estómago.

—¿El torneo?

—Correcto —dijo Roy, cuyas mejillas enrojecían más y más con cada segundo que pasaba. Subió el volumen de su voz—. Tienen que conseguir más hombres. Parece que las brujas se llevaron a algunos de los suyos por delante. La gente lo llama *Noël Rouge*. —Nos echó una mirada maliciosa y se limpió la boca en la manga—. Por toda la sangre.

Cuando Ansel me pasó su bebida esta vez, acepté.

El whisky me ardió al bajar por la garganta.

El de la hermana de la verruga asintió.

—Lo celebrarán antes del funeral del arzobispo. Me da que intentan hacerlo como si fuera una fiesta. Un poco morboso.

Gilles apuró su tercera pinta.

—A lo mejor debería participar.

El hombre se rio.

—A lo mejor debería calentarle la cama a tu mujer mientras no estás.

—¡Te la cambio por tu hermana!

La conversación se degeneró a partir de ahí. Intenté sin éxito sacar a Lou de una discusión sobre quién era más fea, la hermana del hombre o la bruja de los carteles de «Se busca», cuando una voz poco familiar me interrumpió.

—Eso son paparruchas y disparates. No hay nada tan venerable como una verruga en la cara.

Nos giramos todos a una para observar al hombre que ocupó el asiento vacío de nuestra mesa. Unos ojos marrones brillaban sobre un bigote y una barba rebeldes. El violinista de la *troupe*. Me tendió una mano avejentada. Levantó la otra en un saludo alegre.

—Saludos. Claud Deveraux, a su servicio.

Roy y sus compañeros se alejaron con disgusto, murmurando algo acerca de los charlatanes.

Yo le miré fijamente la mano mientras Lou se reajustaba la capucha. Ansel dirigió la mirada a madame Labelle, Coco y Beau. Aunque nos observaban con disimulo, continuaron charlando con la pareja que estaba a su lado. Madame Labelle bajó la barbilla en una sutil inclinación de cabeza.

—Estupendo. —Claud Deveraux retiró la mano pero no la sonrisa—. No les molesta que me una a ustedes, ¿verdad? Debo confesar que necesito un respiro de toda la juerga. Ah, hay libaciones. —Saludó a su compañía antes de acabarse el resto de la bebida de Ansel—. Estoy en deuda con usted, buen señor. De verdad, mi más profunda gratitud. —Me guiñó un ojo y se frotó la boca con un pañuelo de bolsillo a cuadros—. ¿Por dónde iba? Ah, sí. Claud Deveraux. Ese soy yo. Soy, por supuesto, músico y representante de la Troupe de Fortune. ¿Por casualidad han asistido a nuestra actuación de esta noche?

Mantuve mi pie sobre el de Lou, rogándole que se callara. A diferencia de Roy, ese hombre se había acercado a nosotros. No me gustaba. Con un suspiro poco entusiasta, se sentó y cruzó los brazos.

—No —dije con brusquedad, con grosería—. No la hemos visto.

—Ha sido una actuación espléndida. —Continuó la conversación entusiasmado, a pesar de no hallar respuesta, y nos dirigió una sonrisa a cada uno. Lo inspeccioné con más detalle. Pantalones a rayas. Abrigo de cachemira. Pajarita a cuadros. Había lanzado su sombrero de copa, andrajoso y de un rojo encendido, sobre la mesa delante de él. Incluso a mí, su ropa me pareció… extraña—. Me encantan estos pintorescos pueblecitos que salpican el camino. Uno conoce a gente verdaderamente interesante.

A la vista estaba.

—Es desafortunado que el canto de sirena de la multitud y las *courounnes* del entierro de nuestro Santo Padre nos obliguen a marcharnos esta misma noche. —Agitó una mano de forma distraída. Sus uñas brillaban con esmalte negro—. Un asunto muy trágico. Una suma muy impía.

Hice una mueca. Cada vez me gustaba menos Claud Deveraux.

—¿Y qué hay de ustedes? ¿Puedo preguntarles sus nombres? —Ajeno al silencio tenso e incómodo, golpeteó la mesa alegremente—. Aunque adoro los misterios. ¿Quizás podría arriesgarme a adivinarlos?

—Eso no será necesario. —Mis palabras se posaron como una losa entre nosotros. Roy nos había proporcionado toda la información que necesitábamos. Era hora de irnos. Una vez de pie, llamé la atención de

Beau, que estaba al otro lado de la habitación, y señalé la salida con la cabeza. Él dio un codazo a mi madre y a Coco—. Me llamo Raoul, y estos son mis amigos Lucida y Antoine. Nos vamos.

—¡Amigos! ¡Oh, qué encantador! —Tamborileó con los dedos más fuerte a causa del deleite, ignorando por completo mi despedida—. ¡Y qué nombres tan maravillosos poseen! Por desgracia, el nombre de Raoul no me agrada del todo, pero déjeme explicárselo. Una vez conocí a un hombre, era tan grande y corpulento como un oso, o quizá fuera un oso tan pequeño y hosco como un hombre..., en cualquier caso, el pobre se clavó una astilla en el pie...

—*Monsieur* Deveraux —dijo Lou, que parecía irritada e intrigada a partes iguales. Lo más probable es que le irritara lo intrigada que estaba. Cuando ella le dirigió la palabra, la sonrisa del hombre se desvaneció, y este parpadeó lentamente a continuación. Solo una vez. Entonces su sonrisa volvió a hacer acto de presencia, más amplia y genuina esta vez, y el hombre se inclinó hacia delante para agarrarle la mano.

—Por favor, Lucida, debes llamarme Claud.

Ante la repentina calidez de su voz, y el brillo que había adoptado su mirada, el pánico volvió a apoderarse de mí, cargado de suspicacia. Pero no podía haberla reconocido. Su rostro permanecía oculto. Esa familiaridad tal vez fuera otra peculiaridad de su personalidad. Una inapropiada.

Lou se puso rígida cuando él la tocó.

—*Monsieur Deveraux.* Aunque, por lo general, acepto de buen grado cuando algún desconocido se bebe mi *whisky* y me acaricia la mano, han sido unos días difíciles. Si fuera tan amable *de largarse*, se lo agradecería mucho.

Roy, que no había dejado de escuchar a escondidas en ningún momento, levantó la cabeza y frunció el ceño. Hice una mueca de dolor.

Lou se había olvidado de hablar como una granjera.

Soltándole la mano, Deveraux inclinó la cabeza hacia atrás y se rio. En voz alta.

—Ay, Lucida, eres una *delicia*. No puedo expresar cómo he echado de menos ese humor negro, el que te muerde la mano si te acercas demasiado, algo de lo que, por cierto, me arrepiento apropiada y gravemente...

—Corta el rollo. —Lou se puso de pie, inexplicablemente nerviosa. Su voz resonó fuerte y aguda. Demasiado fuerte—. ¿Qué es lo que *quieres*?

Pero el movimiento repentino hizo que se le cayera la capucha, y las palabras que Claud Deveraux había pretendido dirigirle se esfumaron de golpe. La miró absorto. Se acabó el fingir.

—Solo quería conocerte, querida niña, y ofrecerte ayuda en caso de que la necesites. —Bajó la mirada hasta su garganta. El nuevo lazo (más grande que de costumbre, más difícil de anudar) se había soltado y se había deslizado hacia abajo, dejando al descubierto su espeluznante cicatriz.

Joder.

—¿Qué te ha pasado ahí? —preguntó Roy en voz alta.

A su lado, los ojos de Gilles se convirtieron en dos finas rendijas. Se giró hacia los carteles de «Se busca» de la puerta.

—Es una cicatriz muy fea.

Deveraux le volvió a subir la capucha, pero era demasiado tarde. La habían reconocido.

Roy se puso de pie. Agitó su jarra de cristal en dirección a Lou, balanceándose y tratando de mantener el equilibrio. Se derramó el hidromiel en los pantalones.

—No tienes ninguna verruga, *Lucida*. Ni tampoco hablas como una granjera. Pero te pareces mucho a esa chica que todos buscan. Esa *bruja*.

La taberna se sumió en silencio.

—Yo no… —balbuceó Lou, mirando a su alrededor como una loca—. Eso es ridículo…

Desenvainando mi Balisarda, me puse de pie con intenciones mortíferas. Ansel me imitó con su propio cuchillo. Los dos nos colocamos detrás de ella mientras el resto de los compañeros de Roy se ponían en pie.

—Es ella, sin duda. —Gilles se tropezó con la mesa, señalando el cartel. Sonrió triunfante—. Te has cortado el pelo, te lo has teñido, pero no puedes ocultar esa cicatriz. Se ve clara como el día. Esa chica de ahí es Louise le Blanc.

Y con un torpe y aterrador movimiento, Roy levantó su jarra de cristal y la rompió para convertirla en un arma punzante.

CAPÍTULO 8

MARIONETA

Reid

A pesar de la pesadilla en que se habían convertido nuestras vidas, aún no había luchado junto a Lou en un combate físico. En Modraniht, ella había estado inconsciente. Durante la actuación de las hermanas Olde, había ocultado su magia. Y en la herrería, había eliminado a los criminales antes de que yo tuviera la ocasión de intervenir. No había sido capaz de entender cómo alguien tan pequeño había podido matar a dos hombres adultos con tanta eficiencia. Con tanta brutalidad.

Lo entendí en ese momento.

Aquella mujer era una amenaza.

Se movía con una velocidad inesperada, esquivando golpes y arremetiendo con ambas manos. Cuando su cuchillo no daba en el blanco, flexionaba los dedos y su oponente caía. O se quedaba rígido. O se estrellaba contra la barra, destrozando los vasos y empapando el local con *whisky*. El cristal llovía sobre nuestras cabezas, pero ella no disminuyó la velocidad. Golpeaba una y otra vez.

Aun así, Roy y sus amigos recuperaron la sobriedad con rapidez, y la superaban en número. Eran cuatro contra una. Cinco cuando el camarero se unió a la pelea.

Coco corrió a su encuentro, pero yo la atrapé y la empujé hacia la puerta.

—Ve a por los demás y marchaos. Aún no conocen vuestras caras, pero lo harán si os quedáis y lucháis.

—No voy a abandonar a L…

—Sí. —Agarré la parte de atrás de su vestido y la arrojé por la puerta—. Claro que vas a hacerlo.

Con los ojos como platos, Beau corrió tras ella. Tanto Ansel como madame Labelle parecían dispuestos a discutir, pero no perdí el tiempo y lancé un cuchillo para clavarle a Roy la manga a la pared. Había golpeado a Lou con su jarra de cerveza mientras ella estaba de espaldas.

—Nos encontraremos en el campamento. *Marchaos.*

Se apresuraron a ir tras Coco y Beau.

Lou me gritó algo mientras peleaba con tres hombres a la vez, pero no pude oírla a causa de los gritos de los aldeanos. Se pisoteaban los unos a los otros intentando huir a toda prisa de la bruja con magia, pero los hombres con cuchillas improvisadas demostraron ser igual de aterradores. Riendo, gritando, los tres atravesaron la multitud hacia la salida. Uno arrancó el cartel de «Se busca» de Lou y se lo guardó en el bolsillo. Luego se hizo con el mío. Sonriéndome por encima del hombro, se tocó el pelo.

Me llevé la mano de inmediato a la capucha, que se me había caído.

—Tómate tu tiempo. —Su voz resonó a través del caos, tomó una jarra de cerveza de la mesa más cercana y bebió un largo trago. Sus compañeros habían bloqueado la puerta y atrapado dentro a los aldeanos que quedaban. A nosotros—. Te esperamos.

Cazadores de recompensas.

—¡Esposo! —Lou levantó la palma de la mano y las cabezas de Gilles y sus amigos se estamparon unas contra otras. Cayeron al suelo entre gemidos—. *Intento* resolverlo sola, de verdad, pero un poco de ayuda me vendría de perl...

Roy se liberó y la derribó. Yo le infligí un corte en la pierna al camarero, salté por encima de él mientras se tambaleaba y corrí hacia ellos.

—Uf, Roy, *mon ami.* —Lou arrugó la nariz desde debajo de él—. Odio ser poco delicada, pero ¿cuándo te bañaste por última vez? Hueles un poco rancio. —Con un sonido de arcadas, le mordió la parte inferior del bíceps. Él se echó hacia atrás, y yo lo golpeé en la cabeza, enganché el codo con el de Lou y le di la vuelta sobre mi espalda antes de que aquel tipo cayera sobre ella. Ella le dio una patada a Gilles, que había estado intentando levantarse, mientras volvía a posarla en el suelo.

—No te imaginas lo apetitoso que estás ahora mismo con la dentadura intacta, Reid. —Con una sonrisa malvada, el codo aún unido al mío, se giró en mis brazos y me besó en la boca. Debía de haberme vuelto loco, porque le devolví el beso hasta...

—¿Apetitoso? —Me aparté, frunciendo el ceño. La adrenalina me palpitaba en el pecho—. No sé si me gusta cómo suena eso...

—¿Por qué no? Significa que quiero comerte vivo. —Le asestó un tajo al último de los amigos de Roy mientras corríamos hacia la puerta—. ¿Ya has probado algún patrón?

El enorme camarero se levantó para cortarnos el paso, rugiendo lo bastante fuerte como para sacudir las vigas. La sangre teñía su pierna de color carmesí.

—*Bruja* —gritó, blandiendo un garrote del tamaño del cuerpo de Lou.

Bloqueé el golpe con mi Balisarda, apretando los dientes ante la fuerza del impacto.

—Este no es el momento...

—¿Pero lo has hecho?

—*No.*

Con un suspiro de impaciencia, Lou se agachó para apuñalar a Roy, que se negaba a quedarse en el suelo.

—Lo sospechaba. —Esta vez, cuando Roy la atacó, ella se colocó a su espalda y le dio una patada en el trasero. Él cayó sobre los cuerpos de sus amigos, y Lou apartó su espada con el pie—. Hacer magia durante un combate puede ser complicado, pero no tiene por qué terminar como esta mañana. El truco está en ser creativo...

Se interrumpió de golpe cuando Gilles le agarró el tobillo. Guiñándome el ojo, le pisoteó la cara. Él se arrastró hasta sus amigos y no se movió más. Yo le estampé la cabeza al camarero en la nariz y aferré su garrote cuando se desplomó. Los cimientos temblaron con el impacto.

Resollando, miré a nuestras espaldas. Cinco habían caído. Quedaban tres.

—Intenta dirigir la mirada más allá de este pequeño y asqueroso cuarto, intenta contemplar lo que se encuentra debajo. —Lou hizo un gesto salvaje con su cuchillo. Profiriendo más gritos, los aldeanos atrapados se dispersaron para esconderse detrás de las mesas y sillas volcadas—. Adelante. *Echa una ojeada.* Dime lo que ves.

En vez de eso, volví a prestar atención a los hombres que había en la puerta. Fieles a su palabra, habían esperado. Apartándose lánguidamente de la pared en la que estaban apoyados, sacaron las espadas mientras nos acercábamos.

—Supongo que esto significa que no estáis dispuestos a haceros a un lado —dijo Lou con un suspiro—. ¿Seguro que es lo más prudente? Ya sabéis que soy una bruja.

El de la jarra se terminó su cerveza.

—¿Sabías que tu cabeza vale cien mil *couronnes*?

Ella olfateó el aire y se detuvo.

—Para ser sincera, me siento insultada. Valgo por lo menos el doble. ¿Has hablado con la *Dame des Sorcières*? Estoy segura de que pagaría el triple. Pero por mí. No por mi cabeza. Tendría que estar *viva*, por supuesto, lo que podría suponer un problema para vosotros...

—Cállate. —El hombre dejó caer la jarra de cerveza, y esta se rompió a sus pies—. O te decapitaré mientras aún respiras.

—¿El rey quiere mi cabeza *literalmente*? Menudo... bárbaro. ¿Estás seguro de que no prefieres llevarme a la *Dame des Sorcières* en vez de eso? De repente me siento muy comprometida con su causa.

—Si te rindes, te mataremos rápido —prometió su compañero—. Llevaremos a cabo la peor parte después.

Lou puso mala cara.

—Qué magnánimo por vuestra parte. —A mí me dijo—: No tienen Balisardas. Concéntrate en el resultado, y los patrones aparecerán. Elige el que suponga menos daños colaterales, pero asegúrate de *elegir*. De lo contrario, la naturaleza elegirá por ti. Eso es lo que ha pasado esta mañana, ¿no?

Aferré con más fuerza mi propio Balisarda.

—No será necesario.

—Intento ser paciente, Chass, pero no podemos permitirnos perder el tiempo precisamente...

La sonrisa del primer hombre desapareció, y este levantó su espada.

—He dicho que te calles. Os superamos en número. Bueno, ¿te rindes o no?

—No. —Lou levantó su cuchillo. Parecía diminuto en comparación. *Incluso ella* parecía diminuta en comparación. A pesar de mi respiración profunda y constante, la tensión de mi cuerpo creció y creció hasta que emanó de mi interior, mientras yo temblaba de anticipación—. Espera, no, déjame pensar. —Se puso un dedo en la barbilla—. Por supuesto que no.

El hombre se lanzó sobre ella. Yo salí disparado y le clavé mi Balisarda en las entrañas, y me di la vuelta cuando su compañero intentó pasar. Le propiné un puntapié en la rodilla, y él se dobló por la mitad, antes de clavarme la espada en el pie. Se me nubló la vista mientras me la arrancaba.

Con un grito salvaje, Lou se lanzó hacia el tercero, pero él le agarró la muñeca y se la retorció. Su cuchillo se estrelló contra el suelo. Ella movió un dedo en respuesta, y esa vez fue él quien se estrelló contra la barra con suficiente fuerza para astillar la madera. Tosiendo, se dobló sobre sí misma.

—Hora de la lección —dijo mientras se atragantaba—. Debería haber matado a ese miserable cabrón, pero —otra tos— he usado el aire que nos rodeaba para hacerlo retroceder, he intentado hundirlo en la madera. A cambio, me ha afectado bastante. ¿Tiene sentido? Podría haber sacado el aire de mis pulmones, pero es demasiado grandullón. Habría necesitado demasiado aire para moverlo. Y lo más probable es que hubiera acabado muerta. —Entonces sonrió para sí misma, una sonrisa que se hizo cada vez más amplia, hasta que estalló en carcajadas. La sangre le goteaba por la barbilla desde la boca—. Y *entonces*, ¿cómo hubiera cobrado la recompensa de cien mil *couronnes* de tu padre...?

Un cuchillo voló hacia ella desde la zona destrozada del bar.

No le daba tiempo a agacharse.

Con un hombre en cada brazo, vi a cámara lenta cómo se estremecía y levantaba una mano para evitar que la hoja se hundiera en su corazón. Pero la fuerza del lanzamiento, la cercanía del hombre, su asombrosa puntería, eran insuperables. El cuchillo alcanzaría el blanco. No había nada que ella pudiera hacer para detenerlo. Nada que *yo* pudiera hacer.

Movió los dedos.

Y en ese instante, sus ojos se desenfocaron, se volvieron menos... humanos. Entre un parpadeo y el siguiente, el cuchillo invirtió la dirección y se hundió en la garganta de su dueño.

Lou lo miró desde arriba, sin dejar de sonreír. Sus ojos brillaban con una malicia desconocida.

Excepto que no era desconocida. La había visto muchas veces. Solo que nunca en ella.

—¿Lou?

Cuando la toqué, esa terrible sonrisa por fin desapareció, y ella jadeó, agarrándose el pecho. La coloqué detrás de mí mientras los dos hombres se abalanzaban contra nosotros. Me di cuenta, preocupado, de que le faltaba el aliento. A pesar de su propia advertencia, había sacrificado el aire de sus pulmones a cambio de lanzar el cuchillo... No la cantidad suficiente como para lanzar al hombre por los aires. Pero sí para que le aparecieran unas manchas rojas en los ojos, para que su pecho trabajara frenéticamente para recuperar lo que había perdido.

—Estoy bien —dijo, intentando unirse a mí de nuevo. Su voz sonaba rasposa. Débil. Me puse delante de ella—. He dicho que estoy *bien*.

Ignorándola, blandí mi Balisarda en un amplio arco (desconcertado por su respiración irregular, el espeso hedor de la magia en el aire, la sangre rugiéndome en los oídos) para hacer retroceder a los otros dos, para protegerla. Pero el pie me dolía una barbaridad y me tropecé.

—Dejadnos marchar —dije, en voz baja y desesperada, aterrorizado por ellos. No, no por ellos. Por Lou—. Dejadnos marchar, y os dejaremos vivir.

El primero se levantó junto al cadáver de su compañero. Su sonrisa se había desvanecido. Mirando mi pie herido, se acercó más.

—¿Sabes? Corren varios rumores. En la ciudad. Dicen que eres el hijo menor del rey.

Sus palabras me descolocaron. ¿Cómo podían saberlo? Los únicos que conocían esa información eran los de nuestro propio grupo: Lou, Ansel, Coco, Beau y...

La última pieza encajó en su lugar. Madame Labelle.

—Te ayudaremos —intentó engatusarme el segundo, imitando la táctica del primero—. Te liberaremos del hechizo de esta bruja.

Todos mis instintos me instaron desesperadamente a entrar en acción. A luchar, a *proteger*. Pero esos dos conceptos no eran lo mismo en aquel momento. Retrocedí más rápido y tropecé de nuevo. Lou me sujetó.

—Por favor —se burló ella—. Prácticamente duerme con su Balisarda, idiotas. No podría embrujarlo ni aunque lo intentara.

—Cierra el pico, *bruja*.

—¿Qué hay de tu amigo muerto? —preguntó ella con voz sedosa—. ¿Debería hablar él por mí?

La empujé detrás de mí otra vez.

Dirigí la mirada a la puerta, a las ventanas. Demasiado lejos. Aunque la parte racional de mi cerebro sabía que contaba con ventaja (sabía que mi cartel de «Se busca» decía que me querían *vivo*, sabía que no podían arriesgarse a matarme), Lou no se encontraba en la misma situación. Para ella era una pelea de vida o muerte, lo que significaba que ellos acabarían muertos. Tendría que matarlos antes de que la tocaran, antes de que ella pudiera tomar represalias. Incluso aunque fueran más, era capaz de despacharlos. Incluso herido. Pero si yo tomaba cartas en el asunto, Lou también lo haría. No me dejaría luchar solo.

Una vez más, ella intentó situarse a mi lado, y una vez más, la empujé hacia atrás.

No podía permitir que ella peleara. No con magia. No después de lo que acababa de ver. Podría hacerse daño a sí misma de forma irrevocable. Sin embargo, tampoco podía dejarla indefensa. La agarré de la mano y la puse contra la pared. La enjaulé con mi cuerpo.

—Mete la mano dentro de mi abrigo —susurré mientras los hombres se acercaban—. Toma un cuchillo.

En vez de eso, me quitó el Balisarda de la mano.

—¿Qué estás...? —Me lancé para recuperarlo, incrédulo, pero ella se me adelantó y lo deslizó bajo su pie mientras los hombres cargaban contra nosotros.

—¡Confía en mí! —gritó.

Sin tiempo para discutir, saqué dos cuchillos de mi bandolera y me enfrenté a nuestros atacantes. Mi mente anticipó cada uno de sus movimientos. Mis armas se convirtieron en extensiones de mis brazos. Incluso el dolor agudo de mi pie se redujo a un dolor sordo. Inexplicablemente alterado, presencié con una especie de desconexión cómo mi cuerpo fintaba, atacaba y giraba a una velocidad antinatural. Propiné golpes y patadas. Poco después los hombres se movieron más despacio, ensangrentados y sin aliento. El odio retorcía sus facciones mientras miraban a Lou. Pero ella se había quedado detrás de mí, no se había unido a la pelea...

Miré hacia atrás. Vi de inmediato sus dedos contorsionados, y la conmoción me atravesó, robándome el aliento. No. No era conmoción. Era furia. Sí, ya había visto aquello antes. Lo había visto muchas veces.

Me estaba usando como a una puñetera marioneta.

Al ver mi expresión, sus dedos vacilaron, y mis brazos cayeron a ambos lados, como si hubiera cortado las cuerdas. Sin vida.

—Reid —susurró—. No...

Los matones por fin vieron su oportunidad.

El más rápido de ellos giró a mi alrededor, me hizo cortes en las manos y consiguió que dejara caer mis cuchillos al suelo. Antes de que pudiera detenerlo, su compañero me había colocado un cuchillo bajo la barbilla. El primero lo imitó, raudo, y me apuntó con su espada a las costillas.

—No nos lo pongas difícil, Diggory —jadeó uno de ellos, golpeándome con fuerza en el estómago cuando me resistí—. El rey te quiere vivo y no queremos decepcionarlo.

Me hicieron girar para que estuviera cara a cara con Lou, que se había lanzado a recuperar mi Balisarda.

—Tranquila, amor. —Me clavaron sus hojas más profundamente. Advirtiéndole. Advirtiéndome a mí. Un riachuelo de sangre corrió por mi garganta. Lentamente, Lou se puso de pie. Su expresión era homicida—. Eso es. Nada de movimientos bruscos. Sigue así y pásanos ese cuchillo.

Ella le dio una patada en dirección a la puerta, y entrecerró los ojos ante algo que vio allí. Yo no me atreví a mirar. No me atreví a llamar la atención.

Lou respiró hondo. Ante nuestros ojos, su expresión se transformó. Batiendo las pestañas, les dedicó a los hombres una sonrisa edulcorada. Se me encogió el estómago. Con el pelo blanco, y los ojos verdes en lugar de azules, parecía otra persona.

—¿Sabías —preguntó, con las manos en alto, inmóviles—, que es necesario gesticular para hacer magia? Tenemos que señalar la intención, de lo contrario nos arriesgamos a canalizar los patrones con un pensamiento errante. Manifestamos con los gestos. —Recitó esto último como si leyera de un libro de texto. Otra sonrisa. Más amplia que la anterior. Más dulce. La miraron con perplejidad. Yo la miré con temor—. El gesto más pequeño es suficiente. Habéis sido testigos de cómo he empalado a vuestro amigo con un movimiento de mi dedo. Me ha llevado menos de un segundo.

Me agarraron todavía con más fuerza.

—Lou. —Mi voz sonó baja, tensa—. No lo hagas. Si manipular un mero recuerdo es peligroso, las consecuencias de manipular vidas serían fatales. Confía en mí. —Desvió los ojos un instante hacia la puerta. Tragué con fuerza, estremeciéndome bajo la hoja. Los estaba entreteniendo. No hacía nada más. Pero esa sonrisa... Me ponía nervioso. Lo intenté de nuevo—. Son dos. Incluso si matas a uno, el otro...

—... le cortará la garganta —terminó el hombre de mi izquierda, clavándome el cuchillo más profundamente para dar énfasis a sus palabras. Tenía la mano húmeda. Fría. Olía el sudor a través de su ropa. Lou los asustaba. Fingiendo que forcejeaba, miré hacia atrás. El corazón me dio un vuelco. Ansel, Coco, madame Labelle y Beau arrastraban a Roy y a sus amigos inconscientes por la puerta. ¿Por qué no me habían hecho caso? ¿Por qué no se habían *ido*? En vez de eso, ayudaban a los últimos aldeanos atrapados a ponerse a salvo. Claud Deveraux rebuscaba frenéticamente entre los escombros del bar.

—Supongo que tienes razón. —Lou me guiñó un ojo y la fachada se resquebrajó. El alivio me inundó el cuerpo—. Pero lo cierto es que disfruto viendo cómo te retuerces.

Tras perder la paciencia, el de la derecha se acercó a ella.

—Y *yo* disfrutaré cortándote la cabe...

Un graznido de triunfo sonó a nuestras espaldas, y nuestros atacantes por fin se dieron la vuelta.

De pie detrás de la barra, con una cerilla encendida en la mano, Deveraux sonreía.

—Buenas noches, *messieurs*. Odio interrumpir, pero considero que es de mal gusto hablar de decapitar a una dama delante de ella.

Lanzó la cerilla en nuestra dirección, y el edificio entero explotó.

CAPÍTULO 9

SOMBRAS BLANCAS

Lou

El fuego es una mierda.

Ya me había quemado una vez (había ardido y ardido en una pira metafísica hasta que no fui más que una cáscara) pero parecía que las llamas no se habían cansado de mí. Querían saborearme otra vez.

Bueno, pues qué lástima.

Me lancé hacia Reid mientras el bar detonaba a nuestro alrededor, estirando una mano hacia el patrón que brillaba entre nosotros y las llamas. La cuerda dorada desvió el miedo helado de mi pecho, y nos envolvió con una barrera protectora de helados y brillantes cristales antes de estallar en polvo. Nos aferramos el uno al otro, incólumes, mientras el fuego ardía.

Los cazarrecompensas no tuvieron tanta suerte.

Traté de no disfrutar viéndolos arder hasta quedar carbonizados. De verdad, lo intenté. Sin embargo, sin el miedo del que acababa de despojarme, solo quedaba rabia, una rabia que ardía más caliente y brillante incluso que las llamas a nuestro alrededor. A Reid todavía le goteaba la garganta, dejando un reguero de sangre por su cuello. Incluso durante nuestro atroz viaje a través de los bosques, durante nuestra estancia de una semana en el Hueco, se las había arreglado para mantener su ropa inmaculada. Pero ahora no. Un par de cazarrecompensas nos habrían superado si no hubiera sido por Claud Deveraux.

Hablando de eso… ¿dónde *estaba* Claud Deveraux?

Todavía hecha una furia, escudriñé el bar en llamas intentando localizarlo, pero se había ido.

Reid me agarró más fuerte cuando las botellas de *whisky* de detrás de la barra explotaron. El cristal se estrelló contra nuestro escudo, que perdía consistencia, y el humo negro y nocivo comenzó a enroscarse por debajo. Tosí, tirando de su oreja hacia mi boca.

—¡Tenemos que irnos! ¡El escudo no aguantará mucho más!

Con un asentimiento rápido, sus ojos se dirigieron a la salida.

—¿El escudo permanecerá con nosotros?

—¡No lo sé!

Me agarró la mano y salió corriendo entre las llamas hacia la puerta. Me lancé tras él, recogiendo su Balisarda mientras avanzaba, y me obligué a respirar. Un jadeo tras otro. Me dolía el pecho desde antes, y mi cabeza todavía palpitaba con fuerza. Se me nubló la vista. El humo me quemó la nariz y la garganta, asfixiándome, y un zarcillo de calor me lamió la columna vertebral. Me arrasó los hombros y el cuello, y el pánico hizo acto de presencia por fin cuando se derritió el último de los escudos.

El recuerdo de otro incendio me invadió.

—¡Reid! —Lo empujé por la espalda con todas mis fuerzas, y salió dando tumbos por la puerta antes de desplomarse en el suelo del exterior. Me derrumbé a su lado y me enterré en el barro helado, sin preocuparme por el decoro; di vueltas como un cerdo revolcándose en una pocilga. Un sollozo me desgarró la garganta.

—¡Tenemos que irnos! —Reid me agarró de las manos, y me puso en pie. Ya nos habían rodeado más hombres, que habían tomado cualquier cosa que tuvieran a mano para atacarnos. Horquillas. Martillos. Las llamas del bar se reflejaban en sus ojos llenos de odio mientras se cernían sobre mí, y sus gritos resonaban a través de la niebla, nublando constantemente mi mente.

¡Bruja! ¡Sujetadla!

¡Traed a los chasseurs*!*

Un gran peso se apoderó de mis extremidades. Gruñendo, me acerqué a Reid dando tumbos y permanecí allí confiando en él para que no me dejara caer. No me decepcionó. Mi voz sonó apagada cuando dije:

—Me duele la espalda.

No respondió, sino que me quitó su Balisarda y la blandió contra los hombres, abriéndonos paso. El mundo comenzó a desvanecerse de manera agradable y distraída, como los pensamientos de uno justo antes de dormirse. ¿Era Claud el que nos miraba entre la multitud? En algún lugar de mi mente, me di cuenta de que a lo mejor me había quemado. Pero aquella idea me sobrevino de forma tranquila y lejana, pues lo único que me importaba era notar los brazos de Reid a mi alrededor, el peso de su cuerpo contra el mío...

—Lou. —Sus ojos aparecieron directamente frente a mí, abiertos de par en par, ansiosos y de un azul perfecto. Excepto que no debería tener cuatro, ¿verdad? Me reí entre dientes, aunque mi risa brotó como un chirrido, y alargué la mano para alisar la arruga entre sus cejas. Me agarró las manos. Su voz iba y venía.

—No te duermas... volver al campamento... los *chasseurs*... ya vienen.

Ya voy.

Voy a por ti, cariño.

El pánico se apoderó de mi estómago, y mi risa murió de sopetón. Temblando bajo su contacto, intenté envolverle la cintura con los brazos, pero estos se negaron a cooperar. Colgaban sin vida a mis costados, pesados e inútiles, mientras me desplomaba contra él.

—Viene a por mí, Reid.

Apenas fui consciente de que me levantaba, de que su boca se movía tranquilizadoramente contra mi oído, intenté aclarar mis pensamientos sin sentido, desterrar las sombras que me nublaban la vista.

Pero las sombras no eran blancas, y esta sombra era cegadora, incandescente, mientras me atravesaba la garganta y se deleitaba con mi sangre...

—No dejaré que te haga daño otra vez.

—Ojalá fuera tu esposa.

Se puso rígido ante aquella inesperada confesión, pero yo ya había olvidado lo que había dicho. Con una última inhalación somnolienta, impregnada con un aroma a pino, a humo y a él, me deslicé en la oscuridad.

CAPÍTULO 10

LAS CRUCES QUE CARGAMOS

Lou

Me despertó el ruido de unas voces que discutían. Aunque el dolor de espalda se había desvanecido milagrosamente, seguía notando el pecho tenso, pesado. Tenía la lengua cubierta de miel, así que casi eché de menos el sabor más intenso y cobrizo que se escondía en el interior de su dulzura. Debería haberme disculpado, pero el agotamiento me hizo difícil reunir algo más que apatía. Así que no abrí los ojos de inmediato, sino que me contenté con fingir que dormía y con atesorar el oxígeno de mis pulmones.

Me habían tumbado boca abajo y el aire de la noche me acariciaba la piel de la espalda. La piel *desnuda* de la espalda. Estuve a punto de reírme y de descubrir mi farsa.

Esos desviados me habían cortado la camisa.

—¿Por qué no funciona? —estalló Reid. Era una presencia ardiente a mi lado, me apretaba la mano en la suya—. ¿No debería haberse despertado ya?

—Usa los ojos, Diggory. —La voz de Coco resultaba igual de aguda—. Es obvio que sus quemaduras se han curado. Dale tiempo a sus lesiones internas para hacer lo mismo.

—¿Lesiones *internas*?

Me imaginé que se le ponía la cara colorada.

Coco suspiró con impaciencia.

—No es humanamente posible mover un cuchillo, y mucho menos lanzarlo, con solo el aire de los pulmones. Lo ha compensado usando el aire de su sangre, de sus tejidos...

—¿Que ha hecho qué? —Esa vez, su voz sonó peligrosamente suave. Engañosamente suave. Sin embargo, no ocultaba su ira, ya que me apretó con tanta fuerza que casi me rompe los dedos—. Eso podría haberla matado.

—Siempre hay un precio.

Reid emitió un ruidito de mofa. Era un sonido desagradable y poco familiar.

—Excepto para ti, parece ser.

—¿Perdón?

Luché por reprimir un gemido, resistiendo el impulso de inmiscuirme entre ellos. Reid era un idiota, pero hoy, aprendería.

—Ya me has oído —dijo, sin dejarse intimidar por lo próxima que estaba Coco a sus arterias—. Lou es diferente cuando usa la magia. Sus emociones, su criterio... Ha estado errática desde lo que pasó ayer en el arroyo. Esta noche ha sido peor. Sin embargo, tú usas la magia sin consecuencias.

Todo deseo de protegerlo de Coco se desvaneció. ¿*Errática*? Me costó mucho esfuerzo mantener la respiración lenta y constante. La indignación hizo desaparecer los últimos vestigios de cansancio, y mi corazón latió con fuerza por aquella pequeña traición. Allí estaba yo, herida a su lado, y él tenía el descaro de insultarme... Lo único que había hecho en el arroyo y en el bar era impedir que el muy desagradecido muriera.

Destrípalo, Coco.

—Dame ejemplos concretos.

Fruncí el ceño en mi saco de dormir. Esa no era la respuesta que esperaba. ¿Y era *preocupación* lo que destilaba la voz de Coco? Era imposible que estuviera *de acuerdo* con aquella tontería.

—Se tiñó el pelo casi sin detenerse a considerar la idea. Trató de estrangular a Beau cuando salió mal. —Parecía que Reid estuviera recitando una lista cuidadosamente elaborada—. Luego se puso a llorar, a llorar de verdad...

—Se tiñó el pelo así por *ti*. —La voz de Coco supuraba desdén y desagrado, y yo abrí un ojo, ligeramente apaciguada. Lo miraba con desprecio—. Y se le permite llorar. No todos sufrimos de tu estreñimiento emocional.

Él la interrumpió con un movimiento de mano.

—Es más que eso. En el bar, ha perdido los estribos con Claud Deveraux. Se ha reído al herir al cazarrecompensas, aunque se ha lastimado a sí misma al hacerlo. Has visto el moretón que tiene en las costillas. Estaba tosiendo *sangre*. —Se pasó una mano por el pelo a causa del nerviosismo y negó con la cabeza—. Y eso ha sido antes de que matara a su amigo y de paso a sí misma. Estoy preocupado por ella. Después de matarlo, ha habido un momento en que parecía... Parecía idéntica a...

—No te atrevas a terminar esa frase.

—No he querido decir...

—*Para*. —La sangre todavía manchaba la mano de Coco, que sujetaba un frasco vacío de miel. Le temblaban los dedos—. No puedo ofrecerte ninguna palabra reconfortante. Nuestra situación carece de consuelo alguno. Esta clase de magia, la que equilibra la vida y la muerte a punta de cuchillo, requiere sacrificio. La naturaleza *exige* equilibrio.

—No hay nada natural en ello. —Las mejillas de Reid se sonrojaron mientras hablaba, y su voz se elevó más y más con cada palabra que pronunció—. Es aberrante. Es... como una enfermedad. Un veneno.

—Es la cruz con la que cargamos. Te diría que la magia alberga más cosas que la muerte, pero no me harías caso. Por tu sangre corre tu propio veneno, y si alguna vez se te ocurre hablar así delante de Lou, me aseguraré de que esta hierva en tu interior. Ya lidia con bastante mierda, no hace falta que tú añadas más. —Con un profundo suspiro, Coco hundió los hombros—. Pero tienes razón. Es antinatural que una madre mate a su hija. Lou empeorará antes de mejorar. Empeorará mucho.

Reid me apretó los dedos, y ambos se inclinaron sobre mí. Cerré el ojo a toda prisa.

—Lo sé —contestó él.

Respiré hondo para recuperar la compostura. Luego otra vez. Pero no podía ignorar el agudo estallido de ira que sus palabras me habían provocado, ni el dolor subyacente. No era una conversación halagadora. No eran las palabras que una esperaba escuchar en boca de sus seres queridos.

Empeorará antes de mejorar. Empeorará mucho.

La cara de mi madre asomó en mis recuerdos. Cuando tenía catorce años, me procuró un consorte, porque insistía en que viviera una vida plena en tan solo unos pocos años. Se llamaba Alec, y su rostro era tan hermoso que quise llorar. Cuando sospeché que Alec prefería a otra bruja, lo seguí a la orilla de L'Eau Mélancolique una noche... Y lo vi acostarse con su amante. Después, mi madre me acunó para que me durmiera, murmurando:

«Si no temes buscar, cariño, no temes encontrar».

A lo mejor no estaba tan poco asustada como pensaba.

Pero se equivocaban. Me encontraba *bien*. Mis emociones no eran *erráticas*. Para demostrarlo, me aclaré la garganta, abrí los ojos y... me encontré mirando la cara de un gato.

—¡*Ay*, Absalón! —Retrocedí dando tumbos, sobresaltada, y volví a toser a causa de aquel movimiento repentino. Mi camisa, hecha jirones a mi espalda, ondeó a mis costados.

—Estás despierta. —El alivio iluminó la cara de Reid mientras se inclinaba hacia delante y me tocaba la cara con vacilación, pasándome un pulgar por la mejilla—. ¿Cómo te encuentras?

—Hecha una mierda.

Coco también se arrodilló junto a mí.

—Espero que le robaras más ropa a esa vendedora ambulante. El resto de tus prendas se te han derretido literalmente encima. Ha sido divertido quitártelas.

—Si por divertido quieres decir grotesco, entonces estoy de acuerdo —dijo Beau, poniéndose a nuestro lado—. Yo no miraría hacia allí —agitó una mano por encima de su hombro— a menos que quieras echarle un vistazo a tu querido amasijo de carne y tela. Y a la cena de Ansel. La vomitó poco después de ver tus heridas.

Miré a la otra punta del Hueco, donde estaba Ansel, con un aspecto lamentable, mientras madame Labelle lo atendía.

—Deberías cambiarte —propuso Coco—. Es cerca de medianoche. Mi tía llegará pronto.

Reid la miró fijamente al tiempo que se movía para darme algo de intimidad.

—Ya te lo he dicho. Lou se viene conmigo.

Coco replicó de inmediato.

—Y *yo* te he dicho...

—Callaos, los dos. —Las palabras salieron de mí antes de que pudiera detenerlas, y me estremecí ante sus expresiones de sorpresa.

Intercambiaron una mirada rápida, comunicándose sin palabras. Pero aun así los oí. *Errática*. Forcé una sonrisa y me acerqué a Reid—. Lo siento. No debería haber dicho eso.

—Ya lo creo que sí. —Beau arqueó una ceja, estudiándonos a los tres con descarado interés. Cuando inclinó la cabeza, frunciendo el ceño como si pudiera *ver* la tensión en el ambiente, yo gruñí. Tal vez Reid tuviera razón. Tal vez no *era* yo misma. Nunca antes había sentido la necesidad de disculparme por decirle que se callara—. Son increíblemente molestos.

—Mira quién fue a hablar —contestó Coco.

—Por última vez, iré adónde me dé la gana —dije—. Esta noche ha sido un desastre, pero al menos ahora sabemos que el funeral del arzobispo se celebrará dentro de quince días. Se tardan diez días en llegar a Cesarine, y no es un viaje sencillo. Eso nos deja apenas un par de días para hablar con las brujas de sangre y los lobos. —Atravesé a Reid con la mirada cuando intentó interrumpirme—. Tenemos que proceder como habíamos planeado. Nosotros vamos al campamento de sangre. Tú vas a Le Ventre. Nos reuniremos en Cesarine la víspera del funeral. Enviarás a Absalón con la hora y el lugar...

—No confío en el *matagot* —dijo Reid en tono amenazante.

Absalón meneó la cola en su dirección como respuesta.

—Pues está claro que a él le caes bien. —Me agaché para rascarle detrás de las orejas—. Y nos salvó en Modraniht cuando entregó el mensaje de madame Labelle a los *chasseurs*. Si mal no recuerdo, a ti tampoco te gustaba ese plan.

Reid no dijo nada, pero apretó la mandíbula.

—¿Le Ventre? —preguntó Beau, desconcertado.

—Es el territorio de la manada —dije de forma sucinta. Por supuesto que nunca se había adentrado en aquel turbio rincón de su reino. La mayoría lo evitaba si les era posible. Incluyéndome a mí—. La Rivière des Dents desemboca en un pantano de agua fría en la parte más meridional de Belterra. Los *loups garous* han reclamado el territorio como suyo.

—¿Y *por qué* se llama «el estómago»?

—Los dientes llevan al estómago. Además, los *loups garous* se comen a cualquiera que entra en su territorio.

—No a todos —murmuró Reid.

—Es una mierda de plan —dijo Beau—. A duras penas llegaremos a Cesarine a tiempo para el funeral, pero ¿además tenemos que viajar a Le Ventre? Por no mencionar la *locura* que supone plantearle a mi padre una alianza. *Estabas* en la taberna, ¿verdad? ¿Has visto los carteles de «Se busca»? Esos hombres iban a cortarte la cabeza...

—*A mí.* No a Reid. Por alguna razón, tu padre no lo quiere muerto. Tal vez ya conozca su conexión, pero si no es así, pronto la descubrirá. Vas a presentarlos. —Me coloqué detrás de Reid para ponerme la ropa nueva. Era lo bastante ancho de espaldas como para tapar a tres como yo—. Para que lo sepas —añadí—, la única razón por la que permito esta muestra de posesividad tan irracional es porque tu hermano aún no me ha visto las tetas, y quiero que la cosa siga así.

—Me rompes el corazón, hermana mía —dijo Beau.

—Cállate. —A Reid se le acumuló la sangre en el cuello—. Ni una palabra más.

Interesante. Él no sentía la necesidad de disculparse. Una amargura peculiar se asentó en mi lengua, y no me gustó demasiado el sabor a arrepentimiento e incertidumbre y... a algo más. No podía ponerle nombre.

—Deberíais pensar en iros dentro de poco —les dije—. Después de nuestra espectacular excursión a Saint-Loire, el camino estará lleno de cazarrecompensas. Los *chasseurs* también podrían haber dado la vuelta. Sé que la magia todavía te incomoda, Reid, pero madame Labelle tendrá que disfrazarte de nuevo. También podemos pedirle...

La risotada de Coco me interrumpió. Miró expectante a Reid.

—Me muero de ganas de oír esto.

Mirándola por debajo del brazo de Reid, le pregunté:

—¿Te mueres de ganas de oír qué?

Movió la cabeza en dirección a Reid.

—Continúa. Díselo.

Reid torció el cuello para mirarme por encima del hombro mientras me pasaba la camisa escarlata por la cabeza y me subía las medias de cuero por las piernas. Me incliné para atarme las botas. Al final, murmuró:

—No puedo hacerlo, Lou.

Frunciendo el ceño, me enderecé.

—¿No puedes hacer qué?

Sacudió la cabeza lentamente, el rubor de la garganta le subió por las mejillas. Tensó la mandíbula y levantó la barbilla.

—No puedo estar cerca de ella. De la magia. No lo haré.

Lo miré fijamente, y al cabo de un suspiro, las piezas encajaron en su lugar. Su reserva, su deslealtad, su *preocupación...* Ahora todo tenía sentido.

Lou es diferente cuando usa la magia. Sus emociones, su criterio... Ha estado errática.

Estoy preocupado por ella.

Ha habido un momento en el que parecía, parecía idéntica a...

A su madre. No hacía falta que acabara la frase.

Es aberrante, había dicho.

Aberrante.

Esa vez fue la amargura lo que me subió por la garganta, amenazando con ahogarme, y al final reconocí el sentimiento que no había podido identificar. Vergüenza.

—Caray, qué oportuno...

Desde debajo del brazo de Reid, vi que Coco agarraba a Beau del codo y se alejaba de nosotros. Él no protestó. Cuando desaparecieron de mi vista, Reid se giró hacia mí y se agachó para mirarme directamente a los ojos.

—Sé lo que estás pensando. No es eso.

—En el fondo, la gente no cambia, ¿verdad?

—Lou...

—¿Vas a dejar de verme como a una persona? No te lo reprocharía. —Le enseñé los dientes, inclinándome hacia delante lo suficiente para morder. Ni una sola vez en mis dieciocho años de vida había permitido que alguien me hiciera sentir como me sentía en aquel momento. Me molestaban las lágrimas que me inundaban los ojos, las náuseas que plagaban mi vientre—. Soy aberrante, al fin y al cabo. *Errática.*

Maldijo por lo bajo, con los ojos cerrados.

—Estabas escuchando.

—Por supuesto que estaba escuchando. ¿Cómo te *atreves* a insultarme para justificar tu punto de vista retorcido?

—Para. *Para.* —Abrió los ojos de golpe mientras alargaba los brazos para agarrarme los antebrazos, pero sus manos se posaron en mí de forma suave—. Te dije que me daba igual que fueras una bruja. Lo dije en serio.

—Mentira. —Me aparté de él, viendo caer sus manos en la más absoluta miseria. Al segundo siguiente, le rodeé la cintura con los brazos y enterré la cara en su pecho. Mi voz sonó apagada, rota, mientras lo apretaba fuerte—. Ni siquiera me has dado una oportunidad.

Me abrazó con más fuerza, envolviendo mi cuerpo con el suyo como si pudiera protegerme del mundo.

—Esto tiene que ver con la magia, no contigo.

—La magia *soy* yo. Y también tú.

—No, no lo es. Todos esos fragmentos a los que estás renunciando, los quiero. Te quiero a *ti.* Totalmente intacta. —Se apartó para mirarme, y sus ojos azules brillaron intensamente—. Sé que no puedo pedirte que dejes de usar la magia, así que no lo haré. Pero puedo pedírselo a mi madre. Puedo pedírmelo a mí mismo. Y puedo —me apartó un mechón de pelo de la mejilla— pedirte que tengas cuidado.

—No hablas en serio. —Por fin, *por fin,* retrocedí ante su caricia, cuando mi corazón y mi cabeza se pusieron de acuerdo—. Actúas como si de repente estuviera defectuosa, o fuera un trozo de cristal a punto de romperse. Para que lo sepas: he practicado la magia toda mi vida. Sé lo que me hago.

—Lou. —Me agarró otra vez, pero le aparté la mano. Sus ojos ardieron con más intensidad, con más fuerza—. No has sido tú misma últimamente.

—Ves lo que quieres ver.

—¿Crees que *quiero* verte como…?

—¿Cómo qué? ¿Como el *mal*?

Me aferró los hombros con fuerza.

—*No* eres mala.

—Por supuesto que no. —Me limpié una lágrima del ojo antes de derramarla, antes de que pudiera verla. Nunca antes me había permitido sentirme pequeña, *avergonzada,* y me negaba a empezar en ese momento—. ¿Pondrías en peligro tu vida, la de tu madre y la de tu *hermano* al negarte a usar la magia cuando os marchéis?

—Estoy condenado de cualquiera de las maneras.

Lo miré fijamente durante un largo momento. La convicción se reflejaba perfectamente en sus ojos, y me hirió más hondo de lo que había previsto. Esa parte herida de mí quería que sufriera por su estupidez. Tal como estaban las cosas, todos morirían durante el viaje si no usaban la magia, y si no era de camino, morirían en Le Ventre, desde luego. Sus prejuicios los situaban en clara desventaja, su miedo los debilitaba. Los débiles no sobrevivían a la guerra.

Reid tenía que sobrevivir.

—No, no lo estás. —Me alejé de él, resignada, y me erguí. Su vida valía más que mi orgullo herido. Más tarde, cuando todo aquello terminara, le demostraría lo equivocado que estaba sobre la magia. Sobre mí—. Antes de que el bar explotara, Claud Deveraux me ofreció ayuda si alguna vez la necesitaba. Su *troupe* parte para Cesarine esta noche. Os uniréis a él.

CAPÍTULO 11

TROUPE DE FORTUNE

Reid

L a solución de Lou apenas levantó protestas.

Yo deseaba que los demás se quejaran. A lo mejor a ellos les haría caso. Estaba claro que a mí no me lo hacía. Cuando recogimos nuestras pertenencias, un amasijo de lodo, nieve y sangre, traté de razonar con ella en vano.

Todo aquel plan, aunque inteligente, dependía de una cosa: Claud Deveraux.

No conocíamos a Claud Deveraux. Y lo más importante, él sí *nos* conocía, o al menos parecía conocer a Lou. Se había encaprichado con ella en la taberna. También la había visto usar la magia. Sabía que era una bruja. Aunque yo había aprendido que las brujas no son inherentemente malas, el resto del reino no lo sabía. Si nos ayudaba, ¿en qué clase de persona lo convertía eso?

—En tu salvación —había dicho Lou, metiéndome el saco de dormir en el morral—. Mira, nos ha salvado el culo esta noche. Podría habernos dejado morir, pero no lo ha hecho. Es obvio que no nos quiere hacer daño, que es más de lo que podemos decir de cualquier otro, y nadie te buscará entre un grupo de actores. Estarás escondido sin magia.

Ahora se apresuraba a bajar la colina hacia Saint-Loire. Los demás la seguían. Yo me quedé atrás, contemplando la linde del bosque. Un único copo de nieve cayó del cielo, todavía encapotado y cubierto de nubes, y aterrizó en mi mejilla. El bosque se sumió en un espeluznante silencio. Como la calma antes de la tormenta. Cuando me di la vuelta, vi parpadear dos ojos fluorescentes por el rabillo del ojo. Grandes. Plateados. Me giré, con el vello de la nuca erizado, pero no había nada excepto árboles y sombras.

Me puse en marcha tras los demás.

Los actores se agolpaban alrededor de la plaza del pueblo, arrastrando baúles, instrumentos y utilería en preparación para su partida. Claud Deveraux los dirigía. Revoloteaba de un lado a otro, aplaudiendo con alegría. Como si no hubiera nada extraño en hacer el equipaje en mitad de la noche, ni en irse antes de una tormenta.

Lou vaciló en el callejón, observando. Todos nos detuvimos con ella.

—¿Qué pasa? —murmuré, pero ella me hizo callar cuando Claud Deveraux habló.

—¡Ven, Zenna! —Se dirigió hacia una mujer regordeta con cabello color lavanda—. ¡Debemos partir antes del amanecer! ¡La Dama Fortuna solo favorece a aquellos que inician su viaje bajo la luna nueva!

Parpadeé para librarme de los copos de nieve que se me habían posado en las pestañas.

—Claro —murmuró Zenna, y lanzó un instrumento al interior del carromato más pequeño. Llevaba una capa peculiar. Púrpura oscuro. Quizás azul. Brillaba con lo que parecían estrellas. Constelaciones—. Salvo que la Dama Fortuna abandonó Cesarine hace años.

—Ah, ah. —Monsieur Deveraux movió un dedo reprobatorio en su dirección—. Nunca desesperes. Tal vez se nos una allí.

—O tal vez nos quemen en la hoguera.

—*Absurdité!* El pueblo de Cesarine necesita que le levanten el ánimo. ¿Y quién mejor para levantarlo que nosotros? Pronto llevaremos al público de La Mascarade des Crânes a un mundo de frivolidad y fantasía.

—Maravilloso. —Zenna se pellizcó el puente de la nariz. Aunque su tez se parecía a la de Coco, su piel carecía de cicatrices. Podría haber sido atractiva, pero una pesada capa de maquillaje (kohl alrededor de los ojos, los labios pintados de rojo) ocultaba sus verdaderos rasgos.

—Seraphine y yo debemos llevarnos el tres por ciento de los beneficios para que esto valga la pena, Claud —continuó—. Este funeral nos conducirá derechitos al infierno con llamas y todo.

—Por supuesto, por supuesto. —Él agitó la mano, y ya se alejaba para animar a otro actor—. Pero que sea un cuatro por ciento.

Coco empujó a Lou. Esta vez, Lou no dudó.

—*Bonjour*, monsieur Deveraux. Nos hemos conocido esta noche, pero no me llamo Lucida, sino Louise le Blanc, y estos son mis amigos, Reid y Ansel Diggory, Cosette Monvoisin, Beauregard Lyon, y Helene Labelle.

Louise le Blanc. No Louise Diggory. Seguí con la vista al frente. Impasible.

Él arqueó las cejas, y sus ojos brillaron al reconocernos. Le sorprendía vernos. Su mirada revoloteó sobre cada uno de nosotros antes de aterrizar de nuevo en Lou.

—¡Bueno, bueno, nos encontramos de nuevo, pequeña! Qué delicia tan inesperada.

Los otros actores cesaron de cargar su equipaje para observarnos. Solo quedaban dos baúles en el suelo, uno demasiado lleno para cerrarlo del todo. De él sobresalían telas brillantes. Unas plumas fucsias cayeron en la nieve.

Lou le dedicó una sonrisa encantadora.

—Estoy aquí para aceptar su oferta de ayuda, si todavía está en pie.

—Ah, ¿sí?

—Sí. —Asintió y extendió los brazos hacia los carteles de «Se busca» que nos rodeaban. A los restos humeantes de la taberna—. Puede que no se haya dado cuenta antes, pero mis amigos y yo hemos causado una *gran* impresión a Su Real Majestad.

—Es lo que tiene matar al Santo Padre —dijo con suavidad la joven que estaba detrás de Deveraux. Llevaba flores entretejidas en su pelo rizado y sujetaba con fuerza un colgante en forma de cruz que llevaba en la garganta. Aparté los ojos, intentando reprimir una emoción cada vez más intensa. Me atravesó el pecho, áspera y desatada.

La sonrisa de Lou se tornó más afilada cuando esta miró a la mujer.

—¿Sabes a cuántas de mis hermanas mató tu Santo Padre?

La mujer se encogió sobre sí misma.

—Yo… Yo…

Ansel le tocó el brazo a Lou, y negó con la cabeza. Yo me quedé mirando fijamente las plumas. Observé cómo la nieve se filtraba entre los delicados filamentos rosados. Un instante más. Solo necesitaba un instante para recuperar el control, para dominarme a mí mismo. Entonces mi mano ocuparía el lugar de la de Ansel. Ayudaría a Lou a recordar. Me olvidaría de aquella *criatura* avasalladora y aplastante de mi pecho...

La mujer de pelo rizado se irguió cuan alta era. Más alta que Lou. Casi tan alta como madame Labelle.

—Seguía sin merecerse lo que le pasó.

Eras como un hijo para mí, Reid.

Me quedé sin aliento y la bestia se enfureció. Me alejé aún más. Como si sintiera mi angustia, Lou se puso delante de mí.

—¿No? ¿*Qué* se merecía?

—Lou —murmuró Ansel. Una parte de mí fue consciente de la mirada que este me echó—. No lo hagas.

—De acuerdo. Por supuesto, tienes razón. —Con una sacudida de cabeza, Lou le dio una palmadita en la mano y devolvió su atención a Deveraux. La mujer de pelo rizado nos miraba con los ojos muy abiertos—. Debemos llegar hasta Cesarine, *monsieur*. Han surgido ciertas complicaciones, y el camino ya no es seguro para viajar solos. ¿Tiene espacio en sus carros para unos cuantos más?

—Por supuesto que...

—Solo los actores viajan en los carromatos. —Zenna se cruzó de brazos y atravesó a Claud con una mirada—. Esa es la regla, ¿no? ¿Que no puedes permitirte alimentarnos y alojarnos si no actuamos? —Dirigiéndose a Lou, añadió—: Claud es una especie de coleccionista. Solo acepta en su compañía a los mejores y más brillantes talentos. Lo raro e inusual. Lo excepcional.

Unos mitones de guinga sin dedos cubrían las manos de Deveraux, y este las unió con una sonrisa.

—Zenna, querida, lo excepcional se presenta de muchas formas y tamaños. No descartemos a nadie. —Se dirigió a Lou para pedirle disculpas—. Por desgracia, aunque sea un poco molesto, las reglas son las reglas, al igual que los zapatos son zapatos. Zenna tiene razón. Solo permito que los actores viajen con la *troupe*. —Meneó la cabeza ligeramente, frunciendo los labios—. Sin embargo, *si* tú y tus *encantadores* compañeros subís al escenario (disfrazados, por supuesto), os convertiríais, de hecho, en actores...

—Claud —siseó Zenna—, son *fugitivos*. Los cazadores nos cortarán la cabeza si les damos refugio.

Él le dio unas palmaditas en el pelo de color lavanda.

—Bueno, cariño, ¿acaso no lo somos todos? Mentirosos y tramposos y poetas y soñadores y conspiradores, todos y cada uno de nosotros.

—Pero no asesinos. —Un joven se adelantó, inclinando la cabeza hacia mí con curiosidad. Alto. De piel rojiza. Pelo largo y negro. A su lado había un hombre con un rostro extrañamente similar. No... idéntico. Gemelos—. ¿Fuiste tú? ¿Mataste al arzobispo?

Se me trabó la mandíbula. Lou respondió por mí, arqueando una ceja.

—¿Acaso importa? Fuese como fuese, es historia.

El hombre la estudió durante varios segundos antes de murmurar:

—Estamos mejor así.

Lo odiaban. Una emoción se agitó en mi interior, exigiendo que la reconociera, pero no sentía nada. No sentía nada.

Deveraux, que observaba el intercambio (que me miraba a *mí*) con una expresión inescrutable, esbozó una sonrisa deslumbrante una vez más.

—Entonces, ¿qué me decís? ¿Sois, en realidad, *actores*?

Lou me miró. Yo asentí. Un acto reflejo.

—¡Excelente! —Claud levantó las manos hacia el cielo en señal de celebración. La nieve caía más espesa ahora. Más pesada—. ¿Y en qué consiste tu talento exactamente, señor Diggory? Un tipo tan apuesto y gigantesco como tú seguramente complacerá a la multitud, sobre todo —saltó al carro más pequeño y sacó un par de pantalones de cuero— si lleva puesto este atuendo. Tengas o no talento, con una peluca y un sombrero de copa, y quizás un poco de kohl alrededor de los ojos, seguro que cautivas a la multitud.

Lo miré fijamente durante un segundo demasiado largo.

—Eh...

—Es un cuentacuentos —dijo Lou con rapidez, alzando la voz y retrocediendo un paso para darme la mano. Reconocí su cambio de postura. La sutil cadencia de su voz. Ya había empezado su actuación. Los estaba distrayendo de... mí—. Le encantan las historias. Y tiene usted razón. Estará encantador con esos pantalones. Sin camisa, por supuesto.

Sonrió y me apretó los dedos.

—¡Qué inspiración! —Deveraux se dio un golpecito en la barbilla mientras nos contemplaba—. Me temo que ya tenemos una cuentacuentos: la dulce, dulce Zenna. —Señaló con la cabeza a la mujer de pelo lavanda, que aprovechó esa nueva oportunidad para protestar. Dulcemente.

—¿Lo ves? No sirve de nada. Si estuviera destinado a suceder, la Dama Fortuna habría enviado a alguien...

—¿Sabes usar esos cuchillos? —Deveraux posó su mirada adornada con khol en los cuchillos que llevaba atados bajo el abrigo—. Una *troupe* de Amadine nos birló a nuestra lanzadora de cuchillos y —se acercó, guiñando un ojo—, aunque a mí no me va lo de elegir favoritos, al público sí.

—Ay, *no* hablarás en serio, Claud. —Lanzando chispas por los ojos, Zenna se puso las manos en las caderas—. La actuación de Nadine era mediocre en el mejor de los casos, desde luego no era mejor que la mía, y aunque no lo fuera, no pienso repartir las propinas con esta panda. Ni siquiera los *conocemos*. Podrían matarnos mientras dormimos. Podrían convertirnos en sapos. Podrían...

—Decirte que tienes pintalabios en los dientes —terminó Lou.

Zenna la fulminó con la mirada.

—Es verdad —dijo Beau de manera servicial—. Justo en esa esquina de ahí.

Con el ceño fruncido, Zenna se giró para frotarse los incisivos.

Lou sonrió y volvió a centrar la atención en Deveraux.

—Los cuchillos de Reid son prácticamente extensiones de sus brazos, *monsieur*. Conseguirá darle a cualquier blanco que le ponga delante.

—¡Qué maravilla! —Con una última y prolongada mirada a dichos cuchillos, Deveraux se dirigió a madame Labelle—. ¿Y usted, *chérie*...?

—Yo...

—Su ayudante. —Lou sonrió más de lo normal—. ¿Por qué no la atamos a una tabla y le hacemos una demostración?

Deveraux alzó las cejas casi hasta el pelo.

—Estoy seguro de que no hace falta, pero aprecio el entusiasmo. Es bastante contagioso, debo decir. —Se giró hacia Beau, haciendo una reverencia ridícula. La nariz le rozó la punta de la bota—. Si se me permite confesar, Su Alteza, es un excepcional e incomparable placer conocerlo. De veras, me muero de ganas de descubrir sus innumerables talentos. Enséñenos uno, por favor. ¿Cómo nos deslumbrará en el escenario?

Beau no le devolvió la sonrisa. Esbozó una mueca.

—No subiré al escenario, y desde luego que no llevaré nada de plumas ni de color fucsia. —Ante la mirada expectante de Deveraux, suspiró—. Llevaré las cuentas.

Deveraux aplaudió con sus mitones.

—¡Perfecto! ¡Ya que se trata de la realeza, haremos una excepción!

—¿Y tú? —preguntó Zenna, burlándose de Lou—. ¿Tienes algún talento especial?

—Si tanto te interesa, toco la mandolina. Bastante bien, de hecho, porque... —Dudó, inclinando la barbilla en una inusual muestra de inseguridad. Aunque casi imperceptible, el movimiento me inquietó. Atravesó la neblina de mis pensamientos—. No importa.

—Dínoslo —pedí en voz baja.

—Bueno... mi madre insistió en que aprendiera a tocar. El arpa, el clavicordio, el rabel, pero la mandolina era su favorita.

Fruncí el ceño. No sabía que Lou pudiera tocar algún instrumento, y mucho menos que fueran varios. Una vez me había dicho que no sabía cantar y yo había supuesto... pero no. Los callos de sus dedos no los había causado la espada. La *mandolina*. Me estrujé el cerebro en un intento de imaginar el instrumento, de recordar el sonido, pero no pude. El único instrumento que había oído durante mi infancia había sido un órgano. Los demás no me habían interesado.

—¡Ja! —rio Zenna, triunfal—. Ya tenemos un músico. Claud es un virtuoso. El mejor del reino.

—Bien por él —murmuró Lou, que se agachó para recoger las plumas fucsias de la nieve. No miró a nadie a los ojos—. Pero no importa, de todos modos. Yo no me uniré a la *troupe*.

—¿Perdón? —Claud tomó las plumas con una expresión escandalizada. El viento empezó a soplar a nuestro alrededor. Casi hizo volar su sombrero hasta los tejados—. Me parece que con este vendaval no te he entendido bien.

—En absoluto. —Lou hizo un gesto hacia Ansel y Coco, levantando la voz. La nieve empapó su capa nueva. Se la ajustó bajo la barbilla para permanecer oculta—. Nosotros tres viajaremos en una dirección diferente.

Deveraux gesticuló con las manos, y las plumas se dispersaron una vez más.

—¡Sandeces! ¡Es absurdo! Como has explicado tan sucintamente, el camino no es seguro. ¡Debéis venir con nosotros! —Negó con la cabeza con demasiada fuerza y el viento le arrebató el sombrero. Se elevó en espiral y desapareció en la nieve—. No. No, me temo que no hay duda de que nuestro pequeño encuentro en la taberna ha sido cosa de la mismísima Dama Fortuna. Además, no podría soportar que recorrierais el camino solos. No, me niego a albergar semejante cargo de conciencia.

—No estarán solos.

Una voz desconocida. Un escalofrío inexplicable.

Lou y yo nos movimos a la vez, girándonos como si fuéramos una sola persona hacia la figura oscura que estaba a nuestro lado.

Una mujer.

No la había oído acercarse, no la había visto aproximarse. Sin embargo, se encontraba a apenas un palmo de distancia, y me miraba con unos ojos espeluznantes e incoloros. Casi esquelética, con la piel de alabastro y el pelo negro, parecía más un espectro que una humana. Me llevé la mano al Balisarda de inmediato. Ella inclinó la cabeza en respuesta, con un movimiento demasiado rápido, demasiado salvaje, para ser natural.

Absalón jugueteaba entre sus tobillos demacrados.

—Nicholina. —Coco enseñó los dientes al gruñir—. ¿Dónde está mi tía?

El rostro de la mujer esbozó una lenta y cruel sonrisa, dejando al descubierto unos dientes manchados de sangre. Tiré de Lou hacia atrás, alejándola de ella.

—Aquí no —canturreó, con una voz extraña y aguda. De niña—. Aquí no, aquí no, pero siempre anda cerca. Venimos a responder a tu llamada.

Sentí su extraña mirada sobre mí mientras subía el último baúl al carromato.

Los otros iban de aquí para allá frenéticamente mientras aseguraban sus pertenencias, calmaban a los caballos y comprobaban los nudos. Deveraux había llevado a Lou a un lado, y parecía que ambos discutían por la llegada de la extraña mujer. No sabría decirlo. A aquellas alturas, la nieve soplaba a nuestro alrededor a modo de tormenta, reduciendo la visibilidad. Solo quedaban encendidas dos de las antorchas que bordeaban la calle. El resto había sucumbido a la tormenta.

Frunciendo el ceño, por fin me giré para enfrentarme a ella, a *Nicholina*, pero se había ido.

—Hola, cazador.

Pegué un brinco cuando oí su voz justo detrás de mí, sorprendido por su proximidad. Una oleada de calor trepó por mi garganta, y me sonrojé.

—¿Quién eres tú? —pregunté—. ¿Cómo haces eso?

Me acercó un dedo esquelético a la mejilla, inclinando la cabeza como si estuviera fascinada. La luz de la antorcha oscilaba sobre sus cicatrices. Desfiguraban su piel, la retorcían, convirtiéndola en un macabro entramado de plata y sangre. Me negué a retroceder.

—Soy Nicholina le Claire, la ayudante personal de La Voisin. —Mientras me acariciaba la mandíbula con una de sus afiladas uñas, curvó el labio. La cadencia juvenil de su voz se desvaneció, y se volvió inesperadamente más profunda, hasta convertirse en un gruñido gutural—. Y no pienso explicarle los secretos de la artesanía de la sangre a un cazador. —La oscuridad se agitó en esos ojos incoloros mientras desviaba la mirada hacia Lou. Me sujetó la barbilla con más fuerza y me clavó las uñas más profundamente. Casi me hace sangre—. Ni a su ratoncita.

Coco se interpuso entre nosotros.

—Cuidado, Nicholina. Lou está bajo la protección de mi tía. Reid está bajo la mía.

—*Mmm... Reid.* —Nicholina se lamió los labios con lascivia—. Tu nombre en mi lengua sabe a sal y cobre y a cosas calientes y húmedas...

—Ya basta. —Me alejé de ella, alarmado, asqueado, y miré a Lou. Ella nos observaba al otro lado de las carretas, con los ojos entrecerrados. Deveraux le hacía gestos enérgicos con las manos. Me dirigí hacia ellos, decidido a alejarme de allí, pero Nicholina siguió mis pasos. Estaba demasiado cerca. Muy, *muy* cerca. Su voz volvió a adoptar una entonación infantil.

—Mis ratones me susurran cosas muy traviesas sobre ti, Reid. Cosas muy malas y traviesas. *Cosette, ¿arrepiéntete y olvida?*, gimen. *Cosette, arrepentimiento y olvido.* No puedo dar fe, ya que nunca he saboreado a un cazador...

—Y no empezarás con este. —Coco se apresuró a seguirnos mientras Lou se alejaba de Deveraux—. Está casado.

—Ah, ¿sí?

—Sí. —Me detuve y me giré para mirarla—. Así que, por favor, mantenga la distancia apropiada, *mademoiselle*.

Sonrió con maldad, arqueando una ceja muy fina.

—A lo mejor mis ratones estaban mal informados. Les encanta susurrar. *Susurrar, susurrar, susurrar.* Siempre están susurrando. —Se acercó más al inclinarse hacia mí, y sus labios me hicieron cosquillas en la oreja. Una vez más, me negué a reaccionar. Me negué a darle a aquella loca semejante satisfacción—. Dicen que odias a tu esposa. Dicen que te odias a ti mismo. Dicen que tu sabor es *delicioso*. —Antes de que me diera cuenta, me había pasado la lengua por la mejilla con un movimiento largo y húmedo.

Lou llegó hasta donde estábamos en ese mismo momento. Sus ojos relucían con fuego turquesa.

—¿Qué demonios estás haciendo? —Intentó apartar a Nicholina con ambas manos, pero esta ya había retrocedido flotando. La forma en que se movía... Era como si no fuera corpórea del todo. Pero las uñas con las que me había agarrado la barbilla, así como la lengua que me había pasado por la mejilla, me habían parecido bastante reales. Me levanté el cuello de la camisa y me limpié la humedad, me ardían las orejas. Lou apretó los puños. Se acercó a la mujer, que era más alta que ella. Vibraba de rabia—. Las manos quietas, Nicholina.

—*Quietas, quietas.* —Sus ojos recorrieron la piel expuesta de mi garganta y bajaron hasta mi pecho. Hambrientos. Me puse tenso instintivamente. Resistí el impulso de cerrarme el abrigo—. Él puede sujetármelas para que se queden quietas. Sujetarlas y acariciarlas y pasárselas lentamente por...

Lou emitió un sonido grave y amenazador y se acercó más aún. Los pies de ambas casi se tocaban.

—Si lo vuelves a tocar, *yo* te las sujetaré. Y las convertiré —ambas dieron un paso más, acortando la distancia entre ellas— en sangrientos —se inclinó, acercándose más, con el cuerpo tenso de anticipación— muñones.

Nicholina le sonrió, sin alterarse, a pesar de que el viento aumentó y la temperatura descendió. Coco miró a su alrededor. Alarmada.

—Ratoncita boba —ronroneó Nicholina—. Caza incluso ahora. Incluso ahora, caza. Conoce su propia mente, no me dijo que me detuviera.

—Mentirosa. —Incluso yo advertí el tono defensivo que había adquirido mi voz. Lou se quedó quieta, como anclada, delante de mí. No se dio la vuelta cuando le toqué el hombro—. Lou, es una...

—¿Pero *puede* parar? —Nicholina nos rodeó, como un depredador que huele la sangre—. ¿Cazar y parar? ¿O parar y cazar? Pronto saborearemos los ruidos de su lengua, oh sí, cada gemido y suspiro y gruñido...

—Nicholina —la interrumpió Coco con brusquedad, agarrando a Lou por el brazo cuando esta se lanzó hacia delante—. Ya basta.

—La serpiente y su pájaro, el pájaro y su serpiente, se toman y se desmoronan y les duele, les duele, les duele...

—He dicho que ya basta. —Algo en la voz de Coco cambió, se hizo más profunda, y la sonrisa de Nicholina se desvaneció. Dejó de dar vueltas a nuestro alrededor. Las dos se miraron fijamente durante varios segundos (como manteniendo una conversación privada y oscura) antes de que Nicholina dejara la garganta al descubierto. Coco observó esa extraña muestra de sumisión durante un instante más. Impasible. Fría. Al final, asintió con la cabeza, satisfecha—. Espéranos en la linde del bosque. Vete ya.

—Como desees, *princesse.* —Nicholina irguió la cabeza. Hizo una pausa. No miraba a Lou, sino a mí. Su sonrisa reapareció. Esta vez, estaba cargada de promesas—. Tu ratoncita no siempre estará aquí para protegerte, cazador. Ten cuidado.

El viento atrapó sus palabras, y las esparció a nuestro alrededor con la nieve. Aterrizaron en mis mejillas, sobre la capa de Lou, sobreel pelo de Coco. Le di la mano a Lou a modo de consuelo silencioso, y me asusté. Tenía los dedos más fríos de lo esperado. Inusitadamente fríos. Más fríos que el viento, la nieve. Más fríos que la sonrisa de Nicholina.

Ten cuidado, ten cuidado, ten cuidado.

—No dejes que te afecte —le murmuró Coco a Lou tras su marcha—. Es lo que quiere.

Lou asintió, cerró los ojos y respiró hondo. Cuando exhaló, la tensión abandonó sus hombros, y ella levantó la vista para mirarme. Sonrió. La estreché contra mí, aliviado.

—Parece dulce como la miel —dijo Lou, con la voz amortiguada por mi abrigo.

—Lo es. —Coco miró fijamente el callejón por donde Nicholina había aparecido—. Pero posee un tipo de dulzura que te pudre el alma en vez de los dientes.

Deveraux se acercó atravesando la nieve. Con un suspiro resignado, me puso una mano en el brazo.

—Los carromatos ya están cargados, *mon ami*. Debemos partir de inmediato, no sea que perdamos nuestra oportunidad. La Dama Fortuna es, ciertamente, una amante inconstante.

Aunque me esperaba expectante, mis brazos se negaron a moverse. Tenían a Lou bien sujeta, y fui incapaz de obligarlos a soltarla. En vez de eso, enterré la nariz en su hombro, sujetándola aún más fuerte. Su capa olía a algo que no me resultaba familiar. Algo nuevo. Como a pelo, tierra húmeda y el dulce y amargo olor de... algo. No era magia. Tal vez vino. Fruncí el ceño y le aparté la capucha, buscando su piel, y la calidez que esta albergaría. Pero el frío antinatural de sus manos se había deslizado hacia arriba. Me congeló los labios mientras le rozaba con ellos la garganta. Alarmado, la miré a los ojos. Estaban verdes. Muy verdes.

—Ten cuidado, Lou. —Seguí rodeándola, captando su mirada. Intentando en vano calentarla—. Por favor. Prométemelo.

En lugar de eso, me besó. Se zafó de mi abrazo con suavidad.

—Te amo, Reid.

—No debería ser así —dije sin poder contenerme, mientras intentaba abrazarla de nuevo—. Debería ir contigo...

Pero ella ya había dado un paso atrás, se había alejado. Le dio la mano a Coco en vez de dármela a mí. Con la otra agarró a Ansel.

—Nos veremos pronto —prometió, pero no era la promesa que yo anhelaba. La que *necesitaba*.

Sin decir una palabra más, se dio la vuelta y desapareció en la tormenta. Clavé los ojos en el lugar donde había desaparecido con una sensación de temor.

Absalón la había seguido.

Capítulo 12

El príncipe desaparecido

Lou

Los árboles nos observaban, esperando, escuchando nuestros pasos en la nieve. Incluso parecían respirar, tomando aire y soltándolo cada vez que el viento nos rozaba el cabello con suavidad. Tan sensibles y curiosos como las sombras que se acercaban cada vez más.

—¿Los sentís? —susurré, encogiéndome cuando mi voz reverberó en el espeluznante silencio. Los pinos eran más gruesos en aquella parte del bosque. Más viejos. Apenas podíamos abrirnos camino a través de sus ramas, y con cada paso, nos rociaban el pelo, la ropa, con brillantes cristales de nieve.

—Sí. —Coco se sopló en las manos, y se las frotó para combatir el frío—. No te preocupes. Los árboles de aquí son leales a mi tía.

Me estremecí en respuesta. Pero no de frío.

—¿Por qué?

—¿Prefieres una mentira reconfortante o una verdad desagradable?

—Cuanto más desagradable, mejor.

No sonrió.

—Les da su sangre.

Olimos el campamento antes de verlo: el humo y la salvia que impregnaban la brisa escondían un olor más intenso y acre por debajo. De cerca, sin embargo, la magia de sangre resultaba inconfundible. Dominó mis sentidos, me quemó la nariz y la garganta, hizo que me picaran los ojos. Las lágrimas se me congelaron en las pestañas.

Apretando los dientes al sentir el viento cortante, seguí a Nicholina a través de una capa de nieve que me llegaba hasta las rodillas.

—¿Cuánto queda? —le pregunté, pero me ignoró. Aquello era bueno y malo. No había dicho ni una palabra desde que habíamos dejado a la Troupe de Fortune en Saint-Loire. Parecía que incluso ella le temía al bosque cuando oscurecía.

Coco inhaló profundamente el olor de la sangre, cerrando los ojos. Ella también había guardado silencio durante las últimas horas, se había puesto cada vez más tensa y de mal humor, pero al preguntarle, había insistido en que estaba bien.

Ella estaba bien.

Yo estaba bien.

Reid estaba bien. Todos estábamos *bien*.

Un instante después, Nicholina se detuvo a la entrada de un espeso bosquecillo de pinos y nos miró. Sus ojos, de un azul tan pálido que brillaban casi como la plata, se posaron en mi rostro antes de dirigirse a Coco.

—Bienvenida a casa.

Coco puso los ojos en blanco y avanzó para pasar a su lado, pero Nicholina había desaparecido. Literalmente.

—Tan dulce como la miel —repetí, sonriendo a pesar de la irritación de Coco—. ¿Todas tus hermanas son igual de encantadoras?

—No es mi hermana. —Sin mirar atrás, Coco apartó una rama y se sumergió en los árboles, dando por zanjada la conversación. Mi sonrisa desapareció mientras le clavaba la mirada en la espalda.

Ansel me dio una palmadita en el brazo al pasar, ofreciéndome una pequeña sonrisa.

—No te preocupes. Solo está nerviosa.

Me costó mucho trabajo no pegarle. ¿Desde cuándo Ansel comprendía mejor los sentimientos de Coco que yo? Como si presintiera mis poco caritativos pensamientos, suspiró y me agarró del codo para arrastrarme tras ella.

—Vamos. Te sentirás mejor después de comer.

Mi estómago gruñó en respuesta.

Los árboles se estrecharon de súbito, y nos encontramos al borde de un claro rocoso. Las fogatas iluminaban unas desgastadas tiendas elaboradas con trozos de pellejos de animales. A pesar de que todavía era temprano, y del frío y la oscuridad, un puñado de brujas se apiñaban alrededor de las llamas, envueltas en gruesas pieles enmarañadas para calentarse. Al oír nuestros pasos, se giraron y nos dirigieron miradas recelosas. Aunque su edad y origen étnico variaban, todas poseían idénticas expresiones torturadas. Tenían las mejillas demacradas y los ojos hambrientos. Una mujer incluso se agarraba el pelo castaño con los puños y lloraba quedamente. Ansel se detuvo.

—No esperaba que hubiera tantos hombres. —Miró fijamente a un joven de su edad con un anhelo mal disimulado—. ¿Son... como Reid?

Su nombre me atravesó como un cuchillo, doloroso y afilado. Lo echaba de menos. Sin su presencia constante, me sentía... fuera de lugar. Como si faltara una parte de mí. En cierto modo, supuse que era verdad.

—Tal vez. Pero si lo son, dudo que lo sepan. Hemos crecido creyendo que solo las mujeres poseen magia. Nuestro querido *chasseur*... cambia las cosas.

Con un asentimiento, Ansel apartó la mirada, con las mejillas sonrosadas. Coco no nos dirigió la mirada mientras nos acercábamos, aunque murmuró:

—Probablemente, debería hablar a solas con mi tía.

Luché contra el impulso de hundirle el dedo en la mejilla y *obligarla* a mirarme. No era lo que tenía en mente cuando nos había hablado de la protección de su tía, de una alianza con sus poderosas parientes. Daba la impresión de que apenas haría falta un viento fuerte, o incluso un estornudo, para derribar a aquellas brujas.

—Por supuesto —dije, sin embargo—. Te esperaremos aquí.

—Eso no será necesario. —Todos pegamos un brinco cuando Nicholina se materializó a nuestro lado una vez más. Su voz había perdido su tono aniñado, y esos ojos plateados se encontraban carentes de toda expresión. A pesar del numerito que había montado en presencia de Reid, no parecía dispuesta a continuarlo frente a nosotros—. Josephine os espera a los tres en su tienda.

—¿Puedes dejar de hacer eso? —exigí.

Ella se estremeció, sufriendo un espasmo en todos los músculos de la cara como si estuviera dirigiéndome una negativa con el cuerpo. O puede que aquello se lo provocara mi voz.

—Nunca te dirijas a nosotras, ratoncita. Nunca, nunca, *nunca*. —De repente, su mirada se iluminó, y ella se lanzó hacia delante, intentando mordernos con maldad. Ansel se tambaleó hacia atrás (tirando de mí) y casi nos derribó a los dos. Aunque Coco la detuvo con una mano rápida y enérgica, ya se había acercado lo suficiente como para que yo notara el roce fantasma de sus dientes, para que viera las puntas afiladas de sus incisivos. Agitando los dedos esqueléticos en mi dirección, cantó como un bebé—. O te engullimos entera. Sí, sí, lo haremos...

—*Basta* —dijo Coco con impaciencia, apartándola—. Muéstranos nuestras tiendas. Es tarde. Hablaremos con mi tía después de dormir. Es una orden, Nicholina.

—Tienda.

—¿Perdón?

—*Tienda* —repitió Nicholina. Meneó la cabeza y volvió a adoptar su actitud de chiflada—. Tienda, tienda, tienda. Una sola tienda es lo que quería decir. Compartiréis una tienda sin disentir...

—¿Cómo? —Ansel abrió los ojos de par en par, alarmado, y miró a Coco. Me soltó para pasarse una mano nerviosa por el pelo, y tiró del dobladillo de su abrigo—. ¿Compartiremos una tienda de campaña? ¿Para dormir?

—No, para fo... —empecé alegremente, pero Coco me interrumpió.

—¿Por qué una sola tienda?

Encogiéndose de hombros, Nicholina retrocedió, alejándose de nosotros. No nos quedó más opción que seguirla. Las brujas de sangre me fulminaron con la mirada al pasar, pero todas dejaron la garganta al descubierto frente a Coco, igual que había hecho Nicholina anteriormente. Solo había presenciado esa sumisión una vez cuando La Voisin nos había pillado a Coco y a mí jugando juntas en la orilla de L'Eau Mélancolique. Estaba furiosa, y había alejado a Coco de mí con tanta prisa que casi le disloca el hombro. Coco había tardado menos en dejar la garganta al descubierto que un lobo sumiso en enseñar la panza.

Me había inquietado entonces, y me inquietaba ahora.

Haciéndose eco de mis pensamientos, Ansel susurró:

—¿Por qué hacen eso?

—Es una señal de respeto y sumisión. —Avanzamos varios pasos por detrás de Coco y Nicholina—. Como cuando haces una reverencia ante la realeza. Al exponer la garganta, le ofrecen a Coco su sangre.

—Pero... ¿sumisión?

Después de que Coco pasara, las brujas volvieron a lanzarnos miradas asesinas. No podía culparlas. Yo era una *Dame blanche*, y Ansel se había entrenado para ser un *chasseur*. Aunque La Voisin nos había permitido entrar en su campamento, nos tenían tanto aprecio como a Reid.

—Si Coco se bebiera tu sangre ahora mismo —le expliqué—, sería capaz de controlarte. Temporalmente, por supuesto. Pero las *Dames rouges* se la ofrecen a ella y a La Voisin de buena gana. Aquí son la realeza.

—Claro. —Ansel tragó con fuerza—. Realeza.

—*La princesse*. —Guiñándole un ojo, le pellizqué el brazo—. Pero sigue siendo Coco.

No parecía convencido.

—¿Por qué una sola tienda, Nicholina? —Coco cerró los puños cuando Nicholina continuó tarareando por lo bajo. Al parecer, su posición como *ayudante personal* de La Voisin le permitía un mayor grado de desafío—. *Dímelo.*

—Nos abandonaste, *princesse*. Nos abandonaste para que nos pudriéramos. Ahora no hay suficiente comida, ni mantas, ni catres. Con cada hora que pasa morimos de frío o de hambre. Es una lástima que no permanecieras alejada más tiempo.

Ante la escalofriante sonrisa de Nicholina, Coco dio un paso en falso, pero yo la sujeté poniéndole una mano en la espalda. Cuando me colocó a su lado, y entrelazó sus dedos con los míos, el alivio me inundó.

—¿Por qué necesita mi tía vernos ahora? —preguntó, frunciendo el ceño cada vez más—. ¿Qué es lo que no puede esperar?

Nicholina se rio.

—El hijo desapareció con el sol, fue a descansar bajo la roca. Pero no volvió a casa, su cuerpo se ha ido, y los buitres han empezado a remontar el vuelo.

—No hablamos el idioma de las arpías —dije monótonamente.

Coco, que tenía una paciencia muy superior a la mía, no pidió ninguna aclaración. En vez de eso, hizo una mueca.

—¿Quién es?

—¿Quién *era?* —la corrigió Nicholina, con la boca aún contorsionada en esa sonrisa perturbadora. Era demasiado grande, demasiado fija, demasiado sangrienta—. *Está muerto, está muerto,* han dicho mis ratones. Muerto, muerto, muerto, muerto, muerto, muerto, *muerto.*

Bueno… Supuse que eso explicaba lo de la mujer llorosa.

Nicholina se detuvo frente a la entrada de una pequeña tienda desgastada al borde del campamento, separada del resto. Tenía vistas al acantilado. A la luz del día, los rayos del sol calentaban aquel lugar y bañaban la nieve con un brillo dorado. Con las montañas alzándose a lo lejos, el paisaje podría haber sido precioso, incluso en la oscuridad.

Excepto por los buitres que circunvolaban por encima.

Los vimos descender cada vez más en un silencio siniestro… hasta que Coco me soltó la mano y se la apoyó en la cadera.

—Has dicho que había desaparecido —dijo con ferocidad—. *Desaparecido,* no muerto. Iremos a hablar con mi tía. Si está organizando partidas de búsqueda, nos uniremos a ellas. Puede que siga en alguna parte.

Nicholina asintió con alegría.

—Congelándose hasta morir lentamente. Leeeeeeeentamente.

—Bien. —Coco arrojó su bolsa en nuestra tienda sin ni siquiera mirar dentro—. ¿Quién es, Nicholina? ¿Cuánto tiempo lleva desaparecido? —Sin previo aviso, su bolsa volvió volando hacia ella, golpeándola en un lado de la cabeza. Ella se giró y maldijo violentamente—. ¿Qué…?

De nuestra tienda salió Babette Dubuisson.

Prácticamente irreconocible sin su gruesa capa de maquillaje y con su melena dorada amontonada en la cabeza, había perdido peso desde la última vez que la habíamos visto en Cesarine. Sus cicatrices brillaban como la plata en su piel de marfil. Aunque el cariño tornó su expresión más cálida al mirar a Coco, no sonrió.

—Nosotras lo conocemos como Etienne Gilly, es hijo de Ismay Gilly.

Coco dio un paso adelante, su alivio resultó evidente mientras se abrazaban.

—Babette. Estás aquí.

Fruncí el ceño, sintiéndome un poco como si me hubiera tropezado en el último peldaño de una escalera. Aunque Roy y sus amigos habían confirmado nuestras sospechas, al hablar de los *toques de queda* y las *mujeres sospechosas* de Cesarine, yo no había pensado ni un segundo en Babette o en su seguridad. Pero resultaba obvio que Coco sí. Fruncí el ceño todavía más. Consideraba a Babette mi amiga (aunque en el sentido más amplio de la palabra), y me preocupaba lo que le pasara.

¿Verdad?

—*Bonjour, mon amour.* —Babette besó a Coco en la mejilla antes de apoyar la frente contra la suya—. Te he echado de menos. —Cuando se separaron, Babette me miró el corte reciente de la garganta. No había sido capaz de recuperar la cinta—. Y *bonjour* para ti también, Louise. Tu pelo es *repugnante*, pero me alegro de verte viva y bien.

Le ofrecí una sonrisa cautelosa, las palabras de Reid volvieron a mí con una claridad espantosa. *No has sido tú misma.*

—Viva, sí —reflexioné mientras mi sonrisa se desvanecía—. Pero quizás no bien.

—Tonterías. En tiempos como estos, si estás vivo, estás bien. —Volvió su atención a Coco y suspiró profundamente. El sonido carecía de su intensidad característica. No, aquella mujer sobria y sin maquillaje, con la ropa andrajosa y el pelo enredado, no era la Babette que había conocido—. Pero quizás es más de lo que podemos decir del pobre Etienne. Crees que aún vive, *mon amour*, pero temo que acabe muerto y *no precisamente por culpa del frío.* Aunque siempre lo hemos llamado por el apellido de su madre, para el resto del reino, Etienne Gilly es conocido como Etienne Lyon. Es el hijo bastardo del rey, y nunca regresó de la cacería que tuvo lugar por la mañana.

Habían situado la tienda de La Voisin, que era más grande que las demás, en el centro del claro. Varias jaulas de madera salpicaban el suelo a su alrededor, y unos ojos brillantes nos devolvían nuestro reflejo. Un zorro se abalanzó contra los barrotes cuando pasamos, gruñendo, y Ansel saltó sobre mí con un chillido. Cuando Babette se rio, Ansel se sonrojó hasta la raíz del pelo.

—¿Son… mascotas? —preguntó débilmente.

—Son para la sangre —dijo Coco, sucinta—. Y para la adivinación.

Nicholina echó chispas por los ojos ante la explicación de Coco (era probable que en su mente constituyera una traición), antes de separar los fardos de salvia seca que colgaban de la entrada de la tienda. Babette besó a Coco en sendas mejillas.

—Te buscaré después, *mon amour*. Tenemos mucho de lo que hablar.

Coco la retuvo un segundo más de lo necesario antes de que se separaran.

Dentro, La Voisin estaba detrás de una mesa improvisada, con un palo de madera ardiendo suavemente ante ella. Nicholina se puso a su lado y tomó una piel de conejo en una mano y un cuchillo ensangrentado en la otra. Los diversos órganos de la pobre criatura estaban esparcidos a lo largo de la mayor parte de la mesa. Traté de ignorarla mientras se lamía la sangre de los dedos.

La Voisin levantó la vista del libro que había estado estudiando y me miró fijamente con frialdad. Pestañeé, sorprendida por la tersura de su rostro. No había envejecido ni un día desde la última vez que la había visto. Aunque debía de triplicarnos la edad, no había arrugas que estropearan su frente o sus labios, y su pelo recogido en un severo moño permanecía tan negro como el cielo nocturno sin luna.

Sentí un hormigueo en el cuero cabelludo al recordar los malvados rumores que corrían sobre ella en Chateau le Blanc: que se comía el corazón de los bebés para permanecer joven, que viajaba a L'Eau Mélancolique cada año para beberse la sangre de una melusina. No, para *bañarse* en ella.

Pasó un largo momento de silencio mientras nos estudiaba a Coco y a mí, y sus ojos oscuros brillaron a la luz de las velas. Tal como había hecho Nicholina, posó su mirada en mí, trazando los contornos de mi cara, la cicatriz de mi garganta. Le devolví la mirada con determinación.

No reconoció a Ansel.

Al final, Coco se aclaró la garganta.

—*Bonjour, tante.*

—Cosette. —La Voisin cerró el libro con un chasquido—. Te dignas a visitarme por fin. Veo que las circunstancias al fin te convienen.

Vi con incredulidad cómo Coco se miraba fijamente los pies, arrepentida de inmediato.

—*Je suis désolée.* Habría venido antes, pero… No podía dejar a mis amigos.

La Voisin se paseó alrededor de la mesa, provocando que el humo se deshiciera en ondas. Se detuvo frente a Coco, le agarró la barbilla y le hizo inclinar la cara hacia la luz de las velas. Coco la miró a los ojos con reticencia, y La Voisin frunció el ceño ante lo que vio allí.

—Tu familia moría mientras tú te divertías con tus *amigos*.

—Babette me ha contado lo de Etienne. Podemos...

—No hablo de Etienne.

—Entonces, ¿de quién...?

—La enfermedad se llevó a Delphine y Marie. Justo la semana pasada, Denys murió por congelación. Su madre lo dejó para irse a buscar comida. Él trató de seguirla. —Sus ojos se endurecieron hasta convertirse en relucientes esquirlas de obsidiana. Soltó la barbilla de Coco—. ¿Te acuerdas de él? No tenía ni dos años.

A Coco se le aceleró la respiración y a mí las náuseas me provocaron sacudidas en el estómago.

—Yo... —Coco se detuvo entonces, reconsiderándolo. Una sabia decisión.

La Voisin no quería que se disculpara. Quería que sufriera. Que la reconcomiera. De repente, Coco se volvió hacia mí.

—Lou, re... recuerdas a mi tía, Josephine Monvoisin. —Nos dirigió un gesto desesperado. Compadeciéndome de ella, asentí y forcé una sonrisa. Parecía irrespetuoso después de tal revelación.

—*Bonjour*, madame Monvoisin. —No le enseñé la garganta. De niñas, la primera lección que había aprendido de Coco había sido sencilla: nunca ofrecer mi sangre a una *Dame rouge*. Sobre todo a su tía, que odiaba a Morgane y a las *Dames blanches* tal vez incluso más que yo—. Gracias por concedernos una audiencia.

Me miró fijamente durante otro largo momento.

—Te pareces a tu madre.

Coco se apresuró a seguir con las presentaciones.

—Y este, este es Ansel Diggory. Es...

La Voisin seguía sin reconocerlo. Sus ojos no se apartaron de los míos en ningún momento.

—Ya sé quién es.

—Un cazador de *bebés*. —Lamiéndose el labio inferior, Nicholina se acercó, con los ojos hambrientos y brillantes—. Es guapo, oh sí.

—No es un cazador. —La voz de Coco fue lo bastante cortante como para silenciarla—. Nunca lo fue.

—Y esa —La Voisin esbozó una mueca de desdén que no intentó disimular—, es la única razón por la que sigue con vida.

Ante la oscura mirada de su tía, Coco se aclaró la garganta apresuradamente.

—Has… dicho que Etienne no está muerto. ¿Significa eso que lo habéis encontrado?

—No. —Si cabe, la expresión de La Voisin se oscureció aún más, y las sombras de la tienda parecieron acercarse. Las velas parpadearon. Y su libro se *movió*. Me lo quedé mirando con los ojos desorbitados. Aunque apenas había sido perceptible, la cubierta negra se había movido, *indudablemente*. La Voisin le acarició el lomo antes de abrirlo para sacar un trozo de pergamino del interior. El pergamino tenía dibujado un burdo mapa de La Fôret des Yeux. Me incliné para examinarlo más de cerca, a pesar de mi inquietud. Algunas salpicaduras de sangre manchaban los árboles de tinta—. Nuestro hechizo de rastreo nos ha revelado que está vivo, pero algo o alguien ha ocultado su ubicación exacta. —Cuando posó sus ojos negros en los míos, sentí una presión inexplicable en el pecho—. Ayer nos turnamos para buscar en la zona general, pero no estaba allí. Hemos ampliado nuestra búsqueda esta noche.

Crucé los brazos para no moverme.

—¿No podría haberse ido por su cuenta?

—Su madre y su hermana residen aquí. No se habría ido sin decir adiós.

—Todos sabemos que las relaciones maternofiliales pueden ser difíciles…

—Desapareció justo después de que aceptara reunirme contigo.

—Una extraña coincidencia…

—No creo en las coincidencias. —Nos estudió impasible mientras nos removíamos inquietos, hombro con hombro, como si fuéramos unos escolares traviesos. El hecho de que Coco y Ansel se elevaran por encima de mí a ambos lados no mejoró la situación. Intenté ponerme recta para parecer un poco más alta y no sirvió de nada—. Tu mensaje decía que buscas una alianza con nuestro aquelarre —continuó. Yo asentí—.

Decía que Reid Labelle se dirige a Le Ventre en estos momentos, en busca de una alianza similar con los *loups garous*. Luego, planea abordar al rey en Cesarine.

Una llamarada de satisfacción cobró vida en mi interior. Reid Labelle. No Reid Diggory o Reid Lyon. El nombre le sentaba... bien. Por supuesto, si nos adheríamos a las costumbres de nuestras parientes, tendría la opción de convertirse en Reid le Blanc en su lugar. Si... si esta vez nos casábamos como es debido.

—Eso es correcto.

—Mi respuesta es no.

Pestañeé, sorprendida por su súbito rechazo, pero ella ya había vuelto a centrarse en el mapa, y lo había introducido de nuevo en su pequeño y espeluznante libro. Nicholina se rio. Por el rabillo del ojo, vi que sostenía el conejo muerto por las patas delanteras, haciendo que su cuerpo muerto bailara. El calor me atravesó y apreté los puños.

—No lo entiendo.

—Es simple. —Sus ojos negros se encontraron con los míos con una calma que me hizo querer gritar—. Fracasarás. No pondré en peligro a mi familia por tu estúpida cruzada.

—Tía Josephine —empezó Coco, suplicante, pero La Voisin agitó la mano con brusquedad.

—Leo los presagios. No pienso ceder.

Me esforcé por mantener la voz tranquila.

—¿Ha sido la vejiga de conejo lo que te ha convencido?

—No espero que entiendas la carga que supone gobernar un pueblo. *Ni ninguno* de vosotros. —Miró a Coco, arqueando una ceja, y su sobrina agachó la barbilla. Quise arrancarle los ojos a La Voisin—. Soy responsable de todas y cada una de las muertes de este campo, y no me arriesgaré a provocar la ira de Morgane. Por ti no. Ni siquiera por mi sobrina.

El calor concentrado en mi vientre se fue acumulando, haciéndose cada vez más caliente, hasta que estuvo casi a punto de estallar. Mi voz, sin embargo, permaneció fría.

—¿Por qué nos has traído aquí si ni siquiera estás dispuesta a escucharnos?

—No te debo nada, Louise le Blanc. No te equivoques conmigo. Estás aquí, *sana* y *salva*, gracias a mi benevolencia. Y esta disminuye a pasos agigantados. Mi gente y yo no nos uniremos a ti. Dicho esto, ya puedes irte. Cosette, sin embargo, se quedará.

Y ahí estaba. La verdadera razón por la que nos había llevado allí: para prohibirle a Coco que se fuera.

Coco se puso tiesa, como si los ojos negros de su tía la hubieran inmovilizado literalmente.

—Has abandonado tus deberes demasiado tiempo, Cosette —dijo La Voisin—. Demasiado tiempo has protegido a tus *enemigos* antes que a los *tuyos*. —Escupió la última palabra, apoyando las palmas en la mesa. Clavó las uñas en la madera. A su lado, el libro negro pareció temblar con anticipación—. Eso se acabó. Eres la *Princesse Rouge*, y actuarás como tal a partir de este momento. Comienza por escoltar a Louise y a su acompañante hasta la salida del campamento.

Por fin abrí la boca:

—No nos vamos a ir…

—Hasta que encuentren a Etienne —terminó Coco, enderezando los hombros. Su brazo rozó el mío con la más ligera de las caricias. *Confía en mí*, parecía decir. Cerré la boca otra vez—. Quieren ayudar, *tante*. Se irán solo después de encontrarlo y si lo hacen, te aliarás con ellos.

—Y Coco vendrá con nosotros —añadí, sin poder evitarlo—. Si ella lo desea.

La Voisin entrecerró los ojos.

—Ya he dicho mi última palabra.

Sin embargo, Coco se negaba a escucharla. Aunque los dedos le temblaban ligeramente, se acercó a la mesa, y bajó la voz. Aun así, todos fuimos capaces de oírla.

—Nuestra magia no puede encontrarlo. Tal vez la suya sí. —Su voz se tornó aún más aguda, pero ganó fuerza—. Juntos, podemos derrotar a Morgane, *tante*. Podemos volver al Chateau. Todo esto, el frío, la enfermedad, la muerte, se acabará.

—No me aliaré con el enemigo —insistió La Voisin, pero echó una rápida mirada en mi dirección. Arrugó la frente—. No me aliaré con los *hombres lobo* y *los cazadores*.

—Compartimos un enemigo común. Eso nos hace amigos. —Para mi sorpresa, Coco alargó la mano y tomó la de La Voisin. Ahora le tocaba a esta ponerse tiesa—. Acepta nuestra ayuda. Encontremos a Etienne. Por favor.

La Voisin nos estudió durante un momento que pareció una eternidad. Al final, se zafó de la mano de Coco.

—*Si* encontráis a Etienne —dijo, con los labios fruncidos—, consideraré vuestra propuesta. —Ante los suspiros de alivio que emitimos Ansel y yo, añadió con aspereza—: Tenéis hasta el amanecer. Si no lo habéis encontrado para entonces, abandonaréis el campamento sin protestar. ¿De acuerdo?

Indignada, abrí la boca para reprocharle lo ridículo que era aquel plazo de tiempo (menos de un puñado de horas) pero algo me rozó el tobillo. Miré hacia abajo con sorpresa.

—¿Absalón? ¿Qué estás...? —Sin apenas atreverme a verbalizar mi esperanza, me dirigí a la entrada de la tienda, pero allí no había ningún hombre imponente de pelo cobrizo, no había medias sonrisas ni mandíbulas tensas ni mejillas sonrojadas. Fruncí el ceño.

No estaba allí.

Un sentimiento de decepción se instaló en lo más profundo de mi ser. Luego apareció la confusión. Por lo general, los *matagots* permanecían con aquellos que los atraían. A menos que...

—¿Tienes algún mensaje para mí? —pregunté, frunciendo el ceño. Una oleada de pánico me recorrió. ¿Se habían topado ya con dificultades? ¿Lo habían reconocido, capturado, descubierto que era brujo? Un millón de posibilidades se encendieron en mi mente, extendiéndose como un incendio forestal—. ¿Qué pasa, Absalón? *Dímelo*.

Él solo maullaba y daba vueltas entre mis tobillos, pero sus ojos felinos brillaban con inteligencia humana. Mientras lo miraba, desconcertada, los últimos rescoldos de mi ira se desvanecieron. No se había quedado con Reid. No había acudido a entregar un mensaje. En vez de eso, simplemente... había aparecido. Allí. Había aparecido *allí*. Y eso significaba...

—¿Le has puesto nombre al *matagot*? —La Voisin parpadeó una vez, el único gesto que delató su sorpresa.

—Todo el mundo merece un nombre —dije débilmente. *Se sienten atraídos por criaturas similares. Almas atormentadas. Alguien de aquí debe de haberlo atraído.* Absalón se puso en pie sobre sus patas traseras, y frotó el grueso cuero de mis pantalones con su frente. De forma instintiva, me arrodillé para rascarle detrás de la oreja. Un débil ronroneo surgió de su garganta—. No me dijo el suyo, así que improvisé.

Coco arrugó la frente mientras nos miraba a Ansel y a mí alternativamente, a todas luces tratando de decidir a quién había seguido el *matagot*, pero La Voisin solo esbozó una sonrisa, pequeña y sugerente.

—No eres lo que esperaba, Louise le Blanc.

No me gustó esa sonrisa. Enderezándome a toda prisa, le di un golpe a Absalón con el pie para alejarlo. No se movió.

—Largo —siseé, pero él simplemente me miró mal. Mierda.

La mujer de pelo castaño de antes nos interrumpió al meter la cabeza en la tienda. Sostenía la mano de una niña, una versión en miniatura de sí misma.

—La partida de búsqueda de medianoche ha regresado, mi señora. —Se sorbió la nariz y se limpió una lágrima reciente—. No hay rastro de él. Ya se ha preparado la siguiente partida.

—No temas, Ismay. Lo encontraremos. —La Voisin juntó las manos y su voz se suavizó—. Debes descansar. Lleva a Gabrielle de vuelta a tu tienda. Te despertaremos cuando haya noticias.

—No, debo volver con la partida de búsqueda. Por favor, no me pidas que me siente ociosamente mientras mi hijo… —Se interrumpió, superada por la emoción, antes de apretar los dientes—. No descansaré hasta que lo encontremos.

La Voisin suspiró.

—Muy bien. —Cuando Ismay asintió con la cabeza en agradecimiento y siguió a su hija fuera de la tienda, La Voisin inclinó la cabeza hacia mí—. Si aceptas mis condiciones, te unirás al siguiente grupo de búsqueda. Se marchan de inmediato. Nicholina te acompañará, al igual que Ismay y Gabrielle. También puedes llevarte a tu familiar y acompañante. —Hizo una pausa—. Cosette, tú me atenderás.

—*Tante*… —empezó Coco.

—*No* es mi familiar… —espeté.

Pero La Voisin habló por encima de nuestras voces, con los ojos centelleantes.

—Pones a prueba mi paciencia, niña. Si quieres que considere esta alianza, encontrarás a Etienne antes de que amanezca. ¿Hay trato?

CAPÍTULO 13

UN PASO ADELANTE

Reid

El cuchillo resultaba pesado en mi mano. Sólido. La hoja, equilibrada y afilada. Se lo había comprado a uno de los mejores herreros de Cesarine, un herrero que luego se había asociado con un par de criminales para matar a mi esposa. *Cerdo azul*, había escupido después de que lo entregara a las autoridades. En todos nuestros años de transacciones, nunca había sabido que me despreciaba. Al igual que los granjeros de Saint-Loire. Todo por mi uniforme.

No. Eso no era cierto.

Todo por *mí*. Mis creencias.

Las estrellas doradas ocupaban la mayor parte de la ruleta. Unas esposas de cuero colgaban en cuatro puntos estratégicos de la madera circular: dos para las manos de una ayudante y dos para sus pies. La parte superior de la tabla estaba manchada con algo que se parecía sospechosamente a sangre.

Con un golpe de muñeca carente de entusiasmo, lancé mi cuchillo. Se clavó en el centro.

Deveraux estalló en aplausos.

—Bueno, eso ha sido extraordinario, señor Diggory. ¡Lo cierto es que Louise no mintió cuando habló de tu destreza con los cuchillos! —Se abanicó a sí mismo por un momento—. Ah, la multitud *exaltará* tu actuación, no hay duda. La Daga del Peligro, te llamaremos. No, no, El Luchador de Cuchillos.

Lo miré con los ojos como platos, alarmado.

—No creo...

—Argh, tienes razón, tienes *razón*, por supuesto. Aún no hemos encontrado el nombre perfecto. ¡No temas! —Levantó las manos de golpe hacia el cielo, con los dedos colocados como si estuviera enmarcando un retrato—. ¿Rojo tres dedos? Se necesitan tres dedos para lanzarlo, ¿cierto?

—Alguno más, y solo sería incómodo. —Tumbado detrás de nosotros en una manta de lentejuelas, Beau se rio. Los restos de su almuerzo estaban esparcidos en el suelo a su alrededor—. ¿Puedo sugerir *Le Petit Jésus* como alternativa?

—Basta. —Respiré hondo por la nariz. El calor me subió por la garganta, e incluso para mí, la palabra sonaba abatida. Había pensado en usar el descanso del viaje para practicar. Una idea de lo más desacertada—. No me hace falta un nombre artístico.

—¡Mi querido muchacho! —Deveraux se agarró el pecho como si hubiera insultado a su madre—. Debemos llamarte de algún modo. No podemos simplemente anunciarte como Reid Diggory. —Agitó una mano, acallando mis protestas—. Las *couronnes*, querido muchacho, ¡piensa en las *couronnes*! Necesitas un nombre, una *identidad*, para sumergir al público en sus fantasías... —De pronto se quedó inmóvil y los ojos se le iluminaron de emoción—. *La Muerte Roja* —dijo con entusiasmo. El corazón me dio un vuelco—. Eso es. El claro ganador. La elección obvia. ¡Vengan todos a presenciar la horrible, la heladísima, la *atractiva* Muerte Roja!

Beau se dobló de risa. Casi le lancé otro cuchillo.

—Prefiero Raoul.

—Tonterías. He expresado *con toda claridad* lo que opino del nombre de Raoul. —Deveraux dejó caer las manos. La pluma de su sombrero se balanceó a causa de su agitación—. No temas, estoy totalmente seguro de que acabará por gustarte. Pero ¿quizás un respiro sea necesario mientras tanto? ¡Podríamos equiparos a ambos para vuestro gran debut!

Beau se incorporó a toda prisa hasta quedar apoyado en los codos.

—Te dije que no subiré al escenario.

—Todos los miembros de la compañía deben vestir el atuendo apropiado, Su Alteza. Incluso los que recogen las entradas y las propinas del público. Estoy seguro de que lo entiende.

Beau cayó de espaldas con un gemido.

—¡Ese es el espíritu! —De su manga, Deveraux sacó una cinta de medir—. Bueno, solo necesitaré unas pocas medidas, una cantidad insignificante, en realidad, y todo estará listo. ¿Puedo? —Me hizo un gesto con el brazo. Cuando asentí, invadió mi espacio personal, y me envolvió el aroma a vino.

Eso explicaba mucho.

—Para el resto de nuestro viaje —parloteó, desplegando su cinta—, ¿puedo sugerirte que duermas con los gemelos en el carromato ámbar? Tu madre te acompañará. Tu hermano, sin embargo, irá mejor en el carromato escarlata con Zenna y Seraphine. Aunque duermo poco, me quedaré con él. —Se rio de un chiste que no había contado—. Me han dicho que Zenna y Seraphine son unas roncadoras de lo más feroces.

—Desde luego, el carromato de Zenna y Seraphine sería más apropiado para mí. —Pude oír la sonrisa en la voz de Beau—. Qué perspicaz eres, Claud.

Él estalló en carcajadas.

—Ay, no, querido muchacho, me temo que si lo que buscas es un romance, te llevarás una gran decepción. Las almas de Zenna y Seraphine están entrelazadas. Es algo *cósmico*, te lo digo yo.

La alegría desapareció de la expresión de Beau, y miró hacia otro lado, murmurando algo sobre la puñetera mala suerte.

—¿A qué viene esta distribución para dormir? —pregunté, receloso. Después de despedirme de Lou, había pasado el resto de la noche cabalgando con Claud. Él había intentado pasar el tiempo conversando. Al no cumplir con mi parte, él había empezado a cantar, y yo me había arrepentido de mi grave error. Durante *horas*.

—Eres muy terco, ¿no es así, monsieur Diggory? Bastante quisquilloso. —Me miró con una expresión curiosa antes de arrodillarse para medirme la entrepierna—. No se trata de ninguna vil jugarreta, te lo aseguro. Simplemente creo que es prudente que consideres trabar amistad con nuestros queridos Toulouse y Thierry.

—Repito, *¿por qué?*

—Puede que tengas más en común con ellos de lo que crees.

Miré a Beau por encima del hombro. Él le frunció el ceño a Deveraux.

—Eso no es para nada críptico.

Deveraux suspiró y se puso de pie una vez más, sacudiéndose el barro de sus pantalones de pana. Pantalones de pana *violeta*.

—Si se me permite ser franco, *señores*. —Se volvió hacia mí—. Recientemente has sufrido un acontecimiento bastante traumático y andas necesitado de compañía platónica. La figura paterna de tu vida ya no está. Tu hermandad te ha abandonado. Tu odio hacia ti mismo ha abierto una brecha física y emocional entre tu esposa y tú. Y lo que es más importante, ha abierto una grieta en *tu interior*.

Una rabia ardiente y virulenta me invadió ante aquella inesperada reprimenda.

—Ni siquiera me conoces.

—Tal vez no. Pero sí sé que no te conoces a ti mismo. Sé que no podrás conocer a otro hasta que lo hagas. —Chasqueó los dedos frente a mi nariz—. Sé que necesitas despertar, joven, no sea que dejes este mundo sin encontrar lo que realmente buscas.

Lo miré con desprecio, y noté que una vergüenza incipiente me hacía enrojecer el cuello. Las orejas.

—¿Y qué es?

—Conexión —dijo con sencillez, enrollando la cinta de forma pulcra—. Todos la buscamos. Acéptate a sí mismo, acepta a los *demás*, y puede que la encuentres. Dicho esto —giró sobre el tacón, sonriendo alegremente por encima de su hombro—, te sugiero que participes en la comida del mediodía. Pronto continuaremos hacia Domaine-les-Roses, donde cortejarás a la multitud con tu destreza con los cuchillos. ¡Tachán!

Se fue silbando una alegre melodía.

Beau resopló en el silencio que siguió a su partida.

—Me cae bien.

—Está *loco*.

—Los mejores lo están.

Sus palabras despertaron otras, unas más afiladas. Palabras que me atravesaron y clamaron en el interior de mi cabeza, buscando sangre. *Claud es una especie de coleccionista*, había dicho Zenna. *Solo acepta en su compañía a los mejores y más brillantes talentos. Lo raro e inusual. Lo excepcional.*

Mis sospechas crecieron. Su mirada curiosa, su sonrisa elocuente... ¿Era posible que conociera mi secreto? ¿Sabía lo que había hecho en Modraniht? No era probable. Y a pesar de eso, Morgane lo sabía. No era tan tonto como para creer que se guardaría esa información para sí misma. La desvelaría cuando le viniera mejor a ella y yo ardería. Y quizás merecía arder. Había arrebatado una vida. Había jugado a ser Dios...

No. Me alejé de mis pensamientos vertiginosos e inspiré hondo. Ordené mis ideas. Acallé mi mente. Pero el silencio duró escasos segundos antes de que otra pregunta no deseada aflorara en mi cabeza.

Si Deveraux *estaba al corriente*, ¿significaba eso que los gemelos también eran brujos?

Puede que tengas más en común con ellos de lo que crees.

Con un resoplido, desenvainé otro cuchillo. En todos los años que había pasado conviviendo con la magia, en todos los años que había pasado *Lou* conviviendo con ella, nunca habíamos oído hablar de otro brujo. Tropezar con otros dos justo después de lo sucedido en Modraniht era del todo improbable. No. Más que improbable. Era absurdo.

Claud es una especie de coleccionista.

Cerré los ojos y me concentré en vaciar la mente de cualquier pensamiento. Aquellas especulaciones no servían de mucho. Ahora tenía un propósito: proteger a Lou, para proteger a mis hermanos y hermanas desconocidos. No podría conocerlos si estaban muertos. Respiré por la nariz. Por la boca. Volví a recluirme en mi fortaleza. Disfruté de la oscuridad tras mis párpados.

No importaba si los gemelos eran brujos.

No importaba si Deveraux sabía que yo lo era.

Porque no era un brujo si no practicaba la magia.

No era un brujo.

Sin prestar atención a mi convicción, el oro cobró vida en la oscuridad, y allí, muy suave al principio, tan suave que casi me lo perdí, las voces comenzaron a tararear.

Búscanos, búscanos, búscanos.

Abrí los ojos de golpe.

Cuando Beau se aclaró la garganta detrás de mí, pegué un brinco y casi dejé caer mi cuchillo.

—No estarás pensando seriamente en atar a tu madre a esa tabla, ¿verdad? —preguntó—. Podrías decapitarla.

En respuesta, lancé el cuchillo, que atravesó el aire y voló hasta el centro de la tabla. Se hundió hasta la empuñadura junto al primero.

—Ahora solo estás fanfarroneando. —Se levantó de su manta y se puso a mi lado para poder ver mejor. Para mi sorpresa, sacó otro cuchillo de mi bandolera y lo examinó. Luego lo lanzó.

Dio contra la tabla como un pez muerto antes de caer al suelo.

Pasó un segundo de silencio.

—Parece… —Beau se enderezó el abrigo con tanta dignidad de la que fue capaz— que esto se me da de pena.

Resoplé muy a mi pesar. La opresión de mi pecho se atenuó.

—¿Acaso había alguna duda?

Una sonrisa de autodesprecio apareció en su cara, y me dio un empujón en el hombro con poco entusiasmo. Aunque era alto, medía un par de centímetros menos que yo.

—¿Cuándo es tu cumpleaños? —pregunté de sopetón.

Arqueó una ceja negra. Muy diferente de la mía.

—El nueve de agosto. Tengo veintiún años. ¿Por qué?

—Por nada.

—Soy mayor que tú, si eso es lo que te preguntabas.

—No me refería a eso, y no lo eres.

—Vamos, hermanito, te he dicho mi fecha de nacimiento. Ahora te toca a ti. —Cuando no le respondí, su sonrisa se ensanchó—. Tu silencio te delata. Sí que *eres* más joven, ¿no?

Apartando su mano de mi hombro, me dirigí hacia el carromato ámbar. Me ardía el cuello.

Había camastros alineados en las paredes del interior, construidos por encima y por debajo de los estantes de almacenamiento como piezas de un rompecabezas. Las almohadas inundaban el lugar. Aunque desgastadas, todas estaban cubiertas de seda, terciopelo y satén. Habían encajonado baúles en las esquinas, junto con un anaquel maltrecho de disfraces y un maniquí a medio vestir. Se me formó un nudo en el estómago.

Me recordaba al ático del *Soleil et Lune*.

Excepto por el incienso. El incienso y la mirra ardían en un pequeño bote de porcelana. El humo se expulsaba a través de un agujero en el techo.

Arrojé todo el contenido del bote en la nieve.

—Tranquilo. —Beau esquivó el proyectil y me siguió hasta el carromato—. ¿Las resinas te resultan particularmente ofensivas?

De nuevo, no le ofrecí respuesta. No necesitaba saber que me recordaba a la catedral. A... él.

Me desplomé en el catre más cercano, y tiré mi bolsa a mis pies. Busqué una camisa seca. Cuando en vez de eso mi mano se topó con mi diario, lo saqué. Pasé los dedos a lo largo de la gastada cubierta. Pasé las páginas arrugadas. Aunque puede que hubiera sido una tontería meter en mi equipaje un objeto tan sentimental, no había podido dejarlo atrás. De forma distraída, me detuve en mi última entrada... La noche que había visitado al rey después de quemar a Estelle.

Mi padre.

Recorrí las palabras de la página, sin verlas realmente. Había hecho lo posible para no pensar en él, pero ahora, su cara se materializó de nuevo en mis pensamientos. Cabello dorado. Mandíbula fuerte. Ojos penetrantes. Y una sonrisa... Una sonrisa que desarmaba a todos los que la contemplaban. La empuñaba como una espada. No, un arma más mortal aún. Una espada no podía desarmar a sus enemigos, pero su sonrisa sí.

Como *chasseur*, había permanecido alejado de él toda mi vida. Solo cuando me había invitado a cenar con él lo había conocido en persona. Me había sonreído toda la noche, y a pesar de que Lou se retorcía sola en mi cama, ardiendo por el pecado de su hermana, me había sentido... reconocido. Apreciado. *Especial.*

Beau había heredado esa sonrisa. Yo no.

Antes de que pudiera perder el valor, pregunté:

—¿Cómo son nuestras hermanas? ¿Violette y Victoire?

Beau se detuvo a examinar el contenido del baúl más cercano. No podía verle la cara. Si mi repentina pregunta le sorprendió, no dijo nada.

—Se parecen a mí, supongo. Como nuestra madre. Es de una isla al otro lado del mar. Es un reino precioso. Tropical. Mucho más cálido que este sinsentido. —Hizo un gesto con la mano hacia la nieve de fuera antes de sacar una esfera de cristal del baúl más cercano—. Ya sabes que son gemelas. Más guapas que mi madre y que yo. Tienen el pelo largo y negro y los ojos más negros todavía, y unos rostros sin mácula. Son como pinturas, y mi padre las trata como tales.

»Por eso nunca las has visto. Rara vez se les permite salir de los muros del castillo.

—¿Qué edad tienen?

—Trece.

—¿Qué es lo que... —me incliné hacia delante con entusiasmo—, qué es lo que les gusta? ¿Leer? ¿Montar a caballo? ¿Jugar con espadas?

Se giró y en ese momento esbozó esa sonrisa. Pero parecía diferente en él. Genuina.

—Si por jugar te refieres a golpear a su hermano mayor en la cabeza, entonces... sí. Les gusta *jugar* con espadas. —Echó un vistazo al diario que tenía en la mano—. Y a Violette le gusta escribir y leer. A Victoire no tanto. Prefiere perseguir gatos y aterrorizar al servicio.

Una calidez que nunca había conocido se extendió a través de mí al explicarme todo aquello. Una calidez que apenas reconocí. No era ira ni humillación ni... ni vergüenza. Era algo más. Algo... feliz.

Me dolió.

—¿Y nuestro padre? —pregunté en voz baja—. ¿Cómo es?

La sonrisa de Beau se desvaneció entonces, y dejó caer el laúd que estaba sacando del baúl. Entornó los ojos al mirarme.

—Ya sabes cómo es. No nos imagines como personajes de un cuento de hadas, Reid. No lo somos.

Cerré mi diario con más fuerza de la necesaria y me puse de pie.

—Ya lo sé. Yo solo... Yo... —Exhalé con fuerza y me despojé de toda precaución—. Nunca he tenido una familia.

—Y sigues sin tenerla. —Negó con la cabeza exasperado, mirándome como si fuera un niño estúpido al que le hace falta una regañina—. Debería haber sabido que harías esto. Debería haber sabido que querrías crear un *vínculo*. —Se acercó y me clavó un dedo en el pecho—. Escucha con atención, *hermanito*. Esto no es una familia. Es una soga. Y si este brillante plan tuyo sale mal, todos colgaremos de ella, tú, yo, Violette, Victoire, y cualquier otro pobre bastardo al que nuestro padre diera la vida follando por ahí. —Se detuvo y su expresión se suavizó casi imperceptiblemente antes de volverse dura una vez más. Abrió de una patada la puerta del carromato—. Acéptalo ya, o te romperemos el corazón.

Se fue sin decir una palabra más.

El traqueteo de las ruedas me despertó. Aturdido, desorientado, salí del catre. Me dolía la cabeza, y me dolió el doble cuando me di un golpe contra el estante de arriba, y me hice daño en el cuello. Me lo froté mientras soltaba una maldición.

—¿Has dormido bien? —Madame Labelle me miraba por encima del borde de su taza de té. De jade con filigrana de oro. El aroma de las peras especiadas invadió el carromato. Así que era sidra especiada. No té. El vapor se elevaba en volutas de la taza con cada vuelta de las ruedas. La luz del sol de la tarde se filtraba por la ventana, al igual que el alegre silbato de Deveraux.

—¿Qué hora es? —pregunté.

—Alrededor de las cuatro. Has dormido durante horas. No quería despertarte. —Me ofreció una segunda taza, junto con una pequeña sonrisa—. ¿Quieres un poco? Me gusta mucho la sidra después de una larga cabezada. ¿Quizás a ti también?

Una pregunta llena de esperanza. Transparente.

Cuando no le contesté, ella siguió parloteando, haciendo girar su propia taza entre las manos. Una vuelta y otra más. Un gesto inquieto.

—Mi madre me lo preparaba cuando era una niña. En el valle junto al Chateau crecía un bosquecillo de perales, y era nuestro lugar secreto. Cosechábamos la fruta al final del verano y la escondíamos por todo el castillo, esperando a que madurara. —Su sonrisa se hizo más amplia cuando me miró—. Y tejíamos coronas de flores, y collares y anillos. Una vez incluso le hice una capa a Morgane con ellas. Era espléndida. Su madre, la abuela de Louise, organizó un baile el primer día de mayo para que ella pudiera llevarla...

—Soy alérgico a las peras.

No lo era, pero ya había escuchado suficiente. Su sonrisa desapareció.

—Por supuesto. Perdóname. ¿Quizás en vez de eso, un poco de té?

—No me gusta el té.

Entrecerró los ojos.

—¿Café?

—No.

—¿Vino? ¿Hidromiel? ¿Cerveza?

—No bebo alcohol.

Dejó su taza con un tintineo de enfado.

—Dado que estás sentado ante mí sano y entero, supongo que bebes *algo*. Por favor, dime qué es, para que pueda complacerte.

—Agua.

Entonces frunció el ceño, abandonando su actuación azucarada. Con un movimiento de su mano sobre la taza de sidra, el aroma especiado del aire se desvaneció. El afilado mordisco de la magia lo reemplazó. Con la boca fruncida, vertió agua cristalina en mi taza. La empujó bruscamente hacia mí.

Se me retorcieron las tripas y me aplasté las palmas de las manos contra los ojos.

—Ya te lo he dicho. No quiero estar cerca…

—Sí, sí —dijo ella—. Has desarrollado una renovada aversión a la magia. Lo comprendo. Un paso adelante, dos pasos atrás, y todas esas tonterías. Estoy aquí para darte un suave empujón en la dirección correcta… O uno no tan suave, si es necesario.

Me dejé caer de espaldas sobre mi almohada, alejándome de ella.

—No me interesa.

Al segundo siguiente, el agua me corría por un lado de la cara, el pelo, el hombro.

—Y yo no he terminado —dijo con calma.

Escupí agua, me aparté el pelo empapado y me levanté una vez más para tomar el control de la conversación.

—Los hombres de la taberna sabían que soy el bastardo del rey. ¿Cómo?

Se encogió de hombros delicadamente.

—Tengo contactos en la ciudad. He pedido que corran la voz por todas partes.

—¿*Por qué*?

—Para salvarte la vida. —Arqueó una ceja—. Cuanta más gente lo supiera, más probable era que el rumor llegara a Auguste, y así ha sido. Te buscan *vivo*, no muerto. En cuanto descubriera la conexión, supe que querría volver a verte, para... estudiarte. Si hay algo que caracteriza a tu padre, es la vanidad, y los hijos son espejos impecables.

—Estás *loca*.

—Esa no es una palabra muy cortés. —Sorbió por la nariz, se alisó la falda y dobló las manos sobre el regazo—. Sobre todo teniendo en cuenta la nueva situación de Louise. ¿La llamas loca a *ella*?

—No —espeté con los dientes apretados—. Y tú tampoco.

Ella agitó la mano.

—Suficiente. Has dejado perfectamente claro que no deseas una amistad conmigo, lo cual es una suerte, ya que lo que necesitas con desesperación no es una amiga, sino una madre. Es con ese fin que ahora hablo: no derrotaremos a Morgane sin magia. Entiendo que has tenido dos experiencias bastante desagradables con ella, pero el todo es mayor que la suma de sus partes. Debes dejar de lado tu miedo, o nos matará a todos ¿Lo entiendes?

Ante su tono (imperioso, *santurrón*), me invadió la furia, afilada y dentada como un cristal roto. ¿Cómo se atrevía a hablarme como a un niño petulante? ¿Cómo se atrevía a actuar como mi *madre*?

—La magia alberga muerte y locura. —Escurrí la camisa, y me dirigí ofendido a la mesa para unirme a ella, pero tropecé con mi bolsa antes de llegar. Maldije con saña los espacios estrechos—. No quiero ser parte de ella.

—Hay más en esta tierra que en todo tu Cielo e Infierno, y aun así permaneces ciego. Lo he dicho antes, y lo diré de nuevo. *Abre los ojos*, Reid. La magia no es tu enemiga. De hecho, si queremos persuadir a Toulouse y Thierry para que se alíen, me atrevo a decir que tendrás que ser bastante menos crítico.

Hice una pausa tras llevarme el vaso de agua fresca a los labios.

—¿Qué?

Me miró con astucia por encima de su propia taza.

—El propósito de nuestra iniciativa es conseguir aliados, y acaban de caernos del cielo dos poderosos. Morgane no se lo espera. Si no se lo espera, no podrá manipular las circunstancias.

—No sabemos si son brujos —murmuré.

—Usa esa cabezota tuya, hijo, antes de que se te caiga de los hombros.

—*No* me llames hijo...

—He oído hablar de Claud Deveraux durante mis viajes. Lo que la encantadora Zenna profesó es cierto, se rodea de personas excepcionales, con talento y *poderosas*. Conocí a una mujer en Amandine hace años que había actuado con la Troupe de Fortune. Se rumoreaba que podía...

—¿Esto tiene algún propósito?

—El *propósito* es que comprendas que Toulouse y Thierry St. Martin (y es probable que incluso Zenna y Seraphine) no son lo que parecen. Nadie pareció sorprendido cuando Lou reveló que era una bruja. Les preocupaba mucho más que tú fueras un *chasseur*, lo que significa que alguien de esta compañía practica magia. Claud quiere que te hagas amigo de Toulouse y Thierry, ¿verdad?

Puede que tengas más en común con ellos de lo que crees.

Me obligué a asentir.

—Excelente. Hazlo.

Negué con la cabeza y me bebí el resto del agua. Como si fuera así de simple. Como si pudiera disfrazar mi desdén por la magia y ser encantador para trabar una falsa amistad. Lou podría haberlo hecho. La idea me revolvió las tripas. Pero no podía olvidar la mirada en sus ojos en la taberna, ni la forma en que me había quitado mi Balisarda para controlarme. No podía olvidar la sensación que me provocó tener la sangre del arzobispo en la mano. La sangre de mis antiguos hermanos. Sentí una punzada en el pecho.

Magia.

—No me importa si los St. Martin son brujos. —Fruncí el labio y me alejé de la mesa. No tardaríamos en detenernos para cenar. Prefería soportar las canciones de Deveraux antes de seguir con aquella conversación—. No tengo intención de crear un vínculo con ninguno de vosotros.

—¿Ah, no? —Sus ojos relucieron. Ella también se puso de pie—. Parecía que intentabas crear un vínculo con Beauregard. Parecía que te importaban mucho Violette y Victoire. ¿Cómo puedo lograr que me concedas la misma atención?

Maldije mi propio descuido. Había estado escuchando. Por supuesto que había estado escuchando, escuchando a escondidas, y yo le había mostrado mi punto débil.

—No puedes. Me abandonaste.

En sus ojos se desplegó nuestro último momento en Modraniht. Esos mil momentos. Los aparté a un lado.

—Creía que ya habíamos superado eso —respondió con suavidad.

La miré con asco. Sí, le había dado paz con su último aliento, pero ese regalo también era para mí. Se había estado muriendo. No podía pasar el resto de mi vida persiguiendo a un fantasma, así que la dejé ir. Me despojé de *todo*. Del dolor. De la amargura. Del arrepentimiento. Excepto que no había muerto, no se había *ido*, y ahora ella me perseguía a mí.

Y·algunas heridas no podían permanecer enterradas.

—¿Cómo supera uno que lo dejasen abandonado en un cubo de basura?

—¿Cuántas veces debo decírtelo? *Yo no...* —Sacudió la cabeza, sonrojada y con los ojos brillantes. Llorosos. Ignoraba si las lágrimas eran de enfado o tristeza. Sin embargo, su voz se tornó cada vez más débil—. Lo siento, Reid. Has llevado una vida tumultuosa, y la culpa en parte es mía. Lo sé. Entiendo que he sido una de las causantes de tu sufrimiento. —Me tomó de la mano y se puso de pie. Me dije a mí mismo que me alejaría. No lo hice—. Pero *tú* debes entender que, si me hubieran dado a elegir, nunca te habría dejado. Lo habría abandonado todo, mi hogar, a mis hermanas, mi *vida*, para quedarme contigo, pero no puedo cambiar el pasado. No puedo protegerte del dolor que conlleva. Sin embargo, *puedo* protegerte aquí y ahora, si me dejas.

Si me dejas.

Las palabras eran entes vivos en mis oídos. Aunque intenté enterrarlas, echaron raíces, y apaciguaron mi ira. Cubrieron mi dolor. Lo envolvieron. *Me envolvieron a mí.* Me sentí cálido, inestable. Como si fuera a arremeter contra ella. Como si me cayera y le agarrara la falda. ¿Cuántas veces había deseado que un padre me protegiera? ¿Que me amara? Aunque nunca lo había admitido (aunque nunca lo *admitiría*), el arzobispo no había sido...

No. Era demasiado.

Me alejé de ella y me hundí en el catre. Contemplé fijamente a la nada. Pasó un momento de silencio. Puede que fuera incómodo. Puede que fuera tenso. No me di cuenta.

—Me encantan las peras —murmuré finalmente, casi de modo incoherente. Aun así, me escuchó. Al cabo de un instante, me puso una taza caliente de sidra en las manos.

Y luego atacó sin piedad.

—Si quieres derrotar a Morgane, Reid, si quieres proteger a Louise, debes hacer lo que sea necesario. No te estoy pidiendo que practiques la magia. Te estoy pidiendo que la toleres. Toulouse y Thierry nunca se unirán a nosotros si desprecias su mera existencia. Conócelos. —Después de un segundo de vacilación, añadió—: Por Louise.

Por ti mismo, había querido decir.

Me quedé mirando la sidra, sintiéndome mal, antes de llevármela a los labios.

El líquido humeante me quemó la garganta al bajar.

CAPÍTULO 14

EL PATRÓN BLANCO

Lou

Tras caminar dos horas a través de las sombras de La Fôret des Yeux, fingiendo que no me sobresaltaban los pequeños ruidos, una repentina revelación me dejó impactada.

Gabrielle Gilly era la hermanastra de Reid.

Estudié la espalda de la niña a través de los pinos. Con su pelo castaño y sus ojos marrones, había salido claramente a su madre, pero cuando me miró por encima del hombro (por enésima vez, nada menos) algo en su sonrisa, el ligero hoyuelo de su mejilla, me recordó a Reid.

—No deja de mirarte. —Ansel se tropezó con una rama suelta y casi aterrizó de bruces en la nieve. Absalón saltó con elegancia para esquivarlo.

—Por supuesto. Soy objetivamente preciosa. Una obra maestra hecha carne.

Ansel resopló.

—¿Perdón? —Ofendida, le lancé nieve con el pie, y casi se cayó de nuevo—. Creo que no te he oído bien. La respuesta *adecuada* era «Diosa Divina, por supuesto, tu belleza es un regalo sagrado del Cielo, y para nosotros los mortales es una bendición incluso posar la mirada en tu rostro».

—Diosa Divina. —Esta vez se rio más fuerte, quitándose la nieve del abrigo—. Claro.

Tras empujarlo con un resoplido, pegué un brinco para subirme a un tronco caído y caminar a su lado.

—Puedes reírte, pero si este plan nuestro va tan bien como para que se te ponga dura, ese será mi título algún día.

El color rosa reptó hasta sus mejillas debido a mi vulgaridad.

—¿Qué quieres decir?

—Ya sabes… —Cuando llegué al final del tronco, bajé de un salto, ahuyentando a Absalón de nuevo—. Si matamos a Morgane, heredaré los poderes de la Triple Diosa en su lugar.

Ansel dejó de caminar de sopetón, como si lo hubiera golpeado en la nuca.

—Te convertirás en la Doncella, la Madre y la Anciana.

—La Diosa Divina. —Sonreí con suficiencia y me agaché para recoger un puñado de nieve, pero él ya no compartía mi buen humor. Un surco apareció entre sus cejas—. ¿Por qué pones esa cara? —pregunté, compactando la nieve entre mis palmas—. Así es como funciona. La *Dame des Sorcières* posee un poder divino por la bendición de la Triple Diosa.

—¿*Quieres* convertirte en la *Dame des Sorcières*?

Lancé la bola de nieve contra un árbol y observé cómo explotaba contra las ramas. Qué pregunta tan inesperada. Lo cierto es que nadie me la había hecho antes.

—Yo… No lo sé. Nunca pensé que viviría más allá de los dieciséis años, y mucho menos que planearía una revuelta contra mi madre. Heredar su poder divino parecía descabellado, incluso de niña.

Reanudó la marcha, aunque más despacio que antes. Me puse a andar a su lado, al mismo ritmo. Pero después de que me echara varias miraditas, desviara la vista, abriera la boca y la cerrara de nuevo, me harté. Hice otra bola de nieve y se la arrojé a la cabeza.

—Escúpelo.

Con una mirada de descontento, se quitó la nieve de los rizos.

—¿Crees que serás capaz de matar a tu propia madre?

Se me retorció el estómago de forma desagradable. Como si respondiera a una llamada tácita, Absalón saltó de un pino para ponerse a andar detrás de mí. No lo miré, no miré a nadie ni a nada excepto mis propias botas en la nieve. Se me habían entumecido los dedos.

—No me ha dejado otra opción.

No era una respuesta, y Ansel lo sabía. Nos quedamos en silencio. La luna se asomó por encima de nosotros mientras continuábamos nuestra búsqueda, bañando de luz el suelo del bosque. El viento cesó gradualmente. Si no fuera porque Nicholina flotaba como un espectro junto a Ismay y Gabrielle, habría resultado pacífico. Sin embargo, en aquellas circunstancias, un frío profundo se instaló en mi interior.

No había ninguna señal de Etienne.

Si quieres que considere esta alianza, encontraréis a Etienne antes de que amanezca. ¿Hay trato?

Como si hubiera tenido elección.

Cuando había intentado conjurar un patrón para encontrar a Etienne, en el extremo del campamento, mientras todos los demás me clavaban la mirada en la espalda, los hilos dorados se habían enredado, enrollándose y moviéndose como serpientes en un nido. No había sido capaz de seguirlos. Sin embargo, bajo la mirada expectante de La Voisin, mentí como una descarada, por lo que ahora vagaba por un bosquecillo de abetos al azar, intentando no mirar el cielo, aunque sin conseguirlo. No tardaría en amanecer.

Respiré hondo y examiné los patrones de nuevo. Permanecieron desesperadamente enredados, una espiral que circulaba, sin control, en todas las direcciones. No había nada que dar. Nada que tomar. Solo... confusión. Era como si mi tercer ojo, ese sexto sentido que me permitía ver y manipular los hilos del universo, estuviera... borroso, de algún modo. No sabía que tal cosa fuera posible.

La Voisin había dicho que alguien nos estaba ocultando la ubicación de Etienne. Alguien poderoso. Tenía una sospecha enfermiza de quién podría ser.

Después de otro cuarto de hora, Ansel suspiró.

—¿Deberíamos quizás... llamarlo?

—*Deberías.* —Nicholina se rio delante de nosotros—. Llámalo, llámalo, deja que los árboles lo *aniquilen*, que lo hiervan y unten con mantequilla y lo corten y lo vean... ·

—Nicholina —la interrumpí con brusquedad, sin dejar de lado los patrones—. Creo que hablo en nombre de todos cuando digo que te calles.

Pero ella tan solo se dio la vuelta, agarrándose el pelo negro como la tinta a ambos lados de la cara.

—No, no, no. Vamos a ser buenos amigos, los tres. Los mejores amigos. —Cuando arqueé una ceja, incrédula, en dirección a Ansel, ella se rio más fuerte—. Él no, ratoncita boba. No es él.

Una rama se rompió, e increíblemente, ella se rio más fuerte.

—Los árboles de este bosque tienen ojos, ratoncita. Ella espía, espía, espía, ratoncita...

—O podría ser Etienne, herido. —Desenvainé mi cuchillo en un único y fluido movimiento, desconcertada muy a mi pesar, y me giré hacia el ruido—. Deberías ir a investigar.

Todavía con actitud maliciosa, Nicholina desapareció en un abrir y cerrar de ojos. Ismay miró hacia delante, visiblemente dividida entre investigar la fuente del ruido y proteger a su hija. Se agarró fuertemente a la mano de Gabrielle.

—Vete. —Me acerqué a ellas con precaución, pero no envainé mi arma. Todavía tenía el vello de la nuca erizado por la inquietud. *Ella espía, espía, espía, ratoncita*—. Cuidaremos de tu hija.

Aunque Ismay apretó los labios, asintió una sola vez y se deslizó entre los árboles. Gabrielle esperó hasta que se fue antes de tenderme la mano, retorciéndose de emoción.

Luego abrió la boca.

—Me llamo Gabrielle Gilly, y *tú* eres más baja de lo que me habían dicho. ¡Prácticamente una elfina! Dime, ¿cómo besas a mi hermano? ¡He oído que es tan alto como esta encina! —Intenté responder, o quizás reírme, pero ella continuó, casi sin aliento—. Supongo que debería llamarlo mi medio hermano, ¿no? A *maman* no le gusta que estés aquí. No le gusta que esté enterada de que él existe, pero ahora se ha ido y no me importa lo que piense, de todos modos. ¿Cómo es él? ¿Es pelirrojo? Nicholina me ha dicho que es pelirrojo, pero *no* me gusta mucho Nicholina. Se cree muy lista, pero en realidad, es muy rara. Demasiados corazones, ya sabes...

—¿Corazones? —Ansel me miró desconcertado. Como si se diera cuenta de sus pésimos modales, se apresuró a añadir—: Soy Ansel, por cierto. Ansel Diggory.

—Los corazones la mantienen joven. —Gabrielle continuó como si él no hubiera hablado, asintiendo con la cabeza con total naturalidad—. *Maman* dice que no debería hablar de esas cosas, pero *sé* lo que vi, y a Bellamy le cosieron el pecho para la pira...

—Espera. —Yo también me quedé un poco sin aliento al escucharla—. Más despacio. ¿Quién es Bellamy?

—Bellamy era mi mejor amigo, pero murió el invierno pasado. Perdió a su *maman* unos años antes de eso. Su hermana nació como bruja blanca, así que su *maman* la envió a vivir al castillo para que tuviera una vida mejor. Pero entonces su *maman* murió con el corazón roto porque Bellamy no era suficiente para ella. Pero fue suficiente para mí, hasta que él también murió. Ahora no es suficiente en absoluto.

—Lo siento... —empezó Ansel, pero Gabrielle sacudió la cabeza, lo que provocó que su pelo castaño se ondulara alrededor de sus hombros de forma agitada.

—Los desconocidos siempre dicen eso. Siempre dicen que lo sienten, como si lo hubieran matado ellos, pero no lo mataron. La nieve lo hizo, y luego Nicholina se comió su corazón. —Por fin se detuvo para respirar, y parpadeó una, dos, tres veces, mientras posaba la mirada en Ansel—. Ah. Hola, Ansel Diggory. ¿También eres pariente de mi hermano?

Ansel se la quedó mirando boquiabierto. Una risa me afloró en la garganta ante su expresión patidifusa, ante la mirada curiosa de ella, y cuando finalmente estalló, alegre, clara y brillante como la luna, Absalón buscó refugio entre las ramas a la velocidad del rayo. Los pájaros que había en los nidos alzaron el vuelo. Incluso los árboles parecieron agitarse.

Sin embargo, me sentí más ligera de lo que me había sentido en semanas.

Aún riendo, me arrodillé ante ella. Sus ojos marrones se encontraron con los míos con una intensidad familiar.

—Me muero de ganas de que tu hermano te conozca, Gabrielle.

Su carita brilló de felicidad.

—Puedes llamarme Gaby.

Cuando Nicholina e Ismay regresaron un momento después, Nicholina entonando una canción sobre árboles traviesos, Gaby dejó escapar un sonido de burla y susurró:

—Ya te he dicho que es rara. Demasiados corazones.

Ansel tragó con fuerza, echándole a Nicholina una mirada preocupada mientras ella se alejaba cada vez más, dejándonos al resto atrás. Ismay caminaba mucho más cerca que antes. Su rígida columna vertebral irradiaba desaprobación.

—¿De verdad crees que come corazones? —preguntó.

—¿Por qué iba a creerlo? —pregunté a mi vez—. ¿Y cómo iba eso a mantenerla joven?

—Tu magia no vive en el interior de tu cuerpo, ¿verdad? Sino en el exterior —me interrogó Gaby—. ¿La obtienes de las cenizas de tus ancestros que cubren la tierra? —Siguió adelante con su explicación antes de que pudiera responder—. Nuestra magia es diferente. Vive dentro de nosotras, justo en el interior de nuestro corazón. El corazón *es* el centro físico y emocional de una bruja de sangre, al fin y al cabo. Todo el mundo lo sabe.

Ansel asintió, pero no parecía conocer ese detalle.

—¿Por qué vuestra magia solo es accesible a través de la sangre?

—Gabrielle —dijo Ismay bruscamente, y se detuvo de golpe. No se dio la vuelta—. Ya es suficiente. No hables más de este tema.

Gaby la ignoró.

—*Técnicamente*, nuestra magia está en cada parte de nosotros, nuestros huesos, nuestro sudor, nuestras lágrimas, pero resulta más fácil llegar a ella a través de la sangre.

—¿Por qué? —preguntó Ansel—. ¿Por qué resulta más fácil con la sangre?

En un arranque de lucidez, recordé la visita guiada que Ansel me había hecho de la catedral Saint-Cécile d'Cesarine. Conocía cada detalle de aquel lugar profano. Y lo que es más, pasaba mucho tiempo en la Torre estudiando libros encuadernados en cuero y manuscritos iluminados de la biblioteca.

La naturaleza curiosa de Gaby había encontrado un amigo afín.

—He dicho que ya es *suficiente*, Gabrielle. —Al final Ismay se dio la vuelta y plantó los puños en las caderas para cortarnos el paso. Tuvo cuidado de no mirarme—. Se acabó. Esta conversación es inapropiada. Si Josephine supiera...

Gaby entrecerró los ojos y la esquivó, arrastrándonos con ella.

—¿Qué sabes de la magia de las *Dames blanches*, Ansel Diggory?

Ismay cerró los ojos, y movió los labios como si rezara pidiendo paciencia. Ansel le dirigió una sonrisa de disculpa cuando pasamos por delante de ella.

—No mucho, me temo. Todavía no.

—Me lo imaginaba. —Se colocó el pelo por encima del hombro con expresión indignada, pero una sonrisa engreída asomaba en sus labios—. Puede que la magia de las *Dames blanches* y las *Dames rouges* sea diferente, pero también es la misma, porque ambas requieren equilibrio. Cuando derramamos nuestra sangre, debilitamos nuestros cuerpos, lo que nos limita. Entregamos pequeños pedazos de nosotras mismas con cada encantamiento, y con el tiempo, *morimos* por ello. —Dijo aquello último con entusiasmo, balanceando nuestras manos unidas una vez más—. Bueno, si no morimos de frío primero. O de hambre. O por culpa de los cazadores.

Ansel frunció el ceño y me echó una mirada confusa por encima de la cabeza de la niña. Lo observé mientras se percataba de lo que implicaban las palabras de la niña.

Coco.

Cuando asentí con tristeza, arrugó el rostro.

Ismay se apresuró a seguirnos.

—Gabrielle, *por favor*, no podemos hablar de estas cosas con...

—Por eso la sangre es la forma más poderosa —continuó Gaby, resuelta a ignorarla—. Porque debemos sacrificarnos con cada corte, y eso hace que los encantamientos sean más fuertes.

—*Gabrielle*...

—La sangre se entrega con facilidad. —Las palabras salieron de mi boca antes de que pudiera retenerlas. Cuando Gaby me miró sorprendida, dudé. Aunque estaba claro que era inteligente, se trataba de una niña, tal vez de unos siete u ocho años. Y sin embargo... También estaba claro que había conocido el dolor. Repetí las palabras que Coco me había dicho años atrás—. Al contrario que las lágrimas, y el dolor que las causa.

Ambos me miraron en silencio.

—Tú... —Detrás de nosotros, la voz de Ismay vaciló—. ¿Conoces nuestra magia?

—En realidad no. —Dejé de caminar con un suspiro, y Ansel y Gabrielle me imitaron. Me contemplaron con transparente curiosidad mientras me daba la vuelta y miraba a Ismay—. Pero conozco a Coco casi desde siempre. Cuando la conocí, ella estaba... bueno, estaba intentando no llorar. —El recuerdo de su rostro de seis años afloró en mi mente: el mentón tembloroso, la expresión decidida, el lirio de mar arrugado. Lo había agarrado con ambas manos mientras me contaba la discusión con su tía—. Pero teníamos seis años, y las lágrimas cayeron de todos modos. Cuando tocaron el suelo, se multiplicaron hasta que estuvimos en un estanque, hundidas hasta los tobillos en el barro.

Ansel me miró fijamente con los ojos muy abiertos.

Por fin, la hostilidad de Ismay pareció disiparse. Suspiró y tendió una mano a Gabrielle, que la tomó sin quejarse.

—Hace mucho tiempo, *sí* que experimentamos con la magia de lágrimas, pero resultó ser demasiado volátil. Las lágrimas a menudo dominaban a los aditivos y los transformaban en algo totalmente distinto. Un simple remedio contra el insomnio podía provocar a quien la tomara un sueño tranquilo o... uno más permanente. Llegamos a la conclusión de que dependía de las *emociones* de la bruja cuando derramaba las lágrimas en cuestión.

Por muy fascinante que fuera su conjetura, noté una inexplicable sensación en el pecho, como si tiraran de mí, y me distraje. Miré a mi alrededor. Nada parecía fuera de lugar. Aunque todavía no habíamos encontrado a Etienne, no había señales de violencia, ni de vida en ninguna parte. Excepto...

Un cuervo se posó en una rama delante de nosotros. Inclinó la cabeza, curioso, y me miró directamente a mí.

La inquietud me recorrió la columna vertebral.

—¿Qué pasa? —preguntó Ansel, siguiendo mi mirada. El cuervo graznó en respuesta, y el sonido resonó con fuerza a nuestro alrededor, reverberando a través de los árboles. A través de mis huesos. Frunciendo el ceño, Ismay acercó a Gabrielle. Nicholina había desaparecido.

—Es... —Me froté el pecho mientras la sensación de tirón se hacía más fuerte. Parecía estar tirando de mí... hacia dentro. Clavé los pies en el suelo, desconcertada, y miré al cielo. Una luz gris llegaba hacia nosotros desde el este. El alma se me cayó a los pies.

Casi se nos había acabado el tiempo.

En un último esfuerzo, conjuré de nuevo a los patrones.

Resultaban más caóticos que nunca. En una espectacular muestra de temperamento, o tal vez de desesperación, caminé hacia ellos, decidida a encontrar algo, *cualquier cosa*, que pudiera ayudar a localizarlo antes de que el sol saliera. A lo lejos, oí la voz preocupada de Ansel, pero la ignoré. La presión de mi pecho llegó a un punto crítico. Cada patrón que tocaba me provocaba un grito ahogado, pues me invadía una sensación innata de que... algo no iba bien. Me daba la sensación... de que aquellos no eran en absoluto mis patrones. Pero eso era ridículo, imposible...

Una mancha blanca brilló entre los cordones dorados.

En cuanto la toqué, un único cordón blanco cobró vida y me envolvió los dedos, la muñeca, el brazo y mi sexto sentido se agudizó hasta alcanzar una claridad cristalina. *Por fin*. Con un suspiro de alivio, giré bruscamente la cabeza hacia el este una vez más, calculando el tiempo que nos quedaba.

—¿Qué ocurre? —preguntó Ansel, alarmado.

—Lo he encontrado.

Sin decir una palabra más, me adentré en el bosque, siguiendo el blanco resplandor de la luz. Corriendo para ganarle la partida al amanecer. Los otros se apresuraron tras de mí, y el cuervo levantó el vuelo desde su rama con un graznido indignado. La nieve voló por todas partes. Con una esperanza feroz, con un nuevo ímpetu, no pude evitar sonreír.

—¿Dónde está? —gritó Ismay, intentando por todos los medios no quedarse atrás.

—¿Cómo funciona? —Gaby pronto la adelantó—. ¿T-tu patrón?

Ansel se tropezó con una raíz, y casi perdió la cabeza a causa de una rama baja.

—¿Por qué ahora?

Los ignoré a todos, igual que al ardor de mis pulmones y corrí más rápido. Ahora disponíamos de una oportunidad, de una oportunidad de verdad para conseguir aquella alianza. El patrón blanco continuó palpitando, acercándome cada vez más a la victoria, y casi cacareé, triunfal. La Voisin no esperaba que lo encontrara. Le demostraría que se equivocaba, demostraría que *todos* se equivocaban.

Mi certeza disminuyó ligeramente cuando los árboles comenzaron a espaciarse a nuestro alrededor y las primeras tiendas del campamento aparecieron a la vista.

—¿Está... aquí? —Con la cara sonrojada y la respiración acelerada, Ismay miró a su alrededor como loca—. ¿Dónde? No lo veo.

Aminoré la marcha mientras el patrón atravesaba el campamento, entre fogatas y animales enjaulados, pasando junto a Coco y Babette, antes de bajar la pendiente hacia...

Hacia nuestra tienda.

Tropecé al dar los últimos pasos, doblé la esquina y patiné hasta detenerme. El patrón estalló en una nube de polvo blanco brillante, y la sangre se me congeló. El grito de Ismay confirmó lo que ya sabía.

Apoyado contra el poste de nuestra tienda estaba el cadáver de un joven con pelo castaño.

CAPÍTULO 15

EL ILUSO

Reid

—Eh… —Toulouse parpadeó en mi dirección a la mañana siguiente, con su *baguette* aún entre los dientes. Rápidamente, dio un mordisco, lo masticó y se lo tragó, y luego se atragantó. Thierry le golpeó la espalda con una risa silenciosa. Todavía no le había oído decir ni una palabra—. ¿Cómo has dicho?

—Tu tatuaje —repetí con rigidez. El calor me subió por el cuello a causa de la incomodidad. Nunca antes había necesitado hacer amigos. Nunca había necesitado *llegar a conocer* a alguien. A Célie y Jean Luc los conocía de siempre. Y con Lou… Bastaba con decir que nunca había silencios incómodos en nuestra relación. Ella siempre los llenaba—. ¿Qué significa?

Los ojos negros de Toulouse seguían llorosos.

—Directo a las preguntas personales, ¿eh?

—Lo llevas en la cara.

—*Touché.* —Sonrió, cosa que hizo que el tatuaje de su mejilla se retorciera. Pequeño. Dorado. Una rosa. Tenía un brillo metálico. Al sentarme a su lado y de su hermano para desayunar, había sido lo primero que había visto.

La primera pregunta que había salido de mi boca. El cuello todavía me ardía. Tal vez no era la pregunta adecuada. Tal vez había sido demasiado… *personal.* ¿Cómo iba a saberlo? Se había tatuado en la mejilla.

Al otro lado del fuego, madame Labelle desayunaba queso Cantal y jamón cocido, con Zenna y Seraphine. Resultaba evidente que pretendía hacerse su amiga, igual que pretendía que yo me hiciera amigo de los St. Martin. Sus intentos habían sido recibidos con más entusiasmo que los míos; Zenna desplegó su vanidad ante sus alabanzas, hinchándose como un pavo real. Incluso Seraphine parecía complacida muy a su pesar por la atención que les estaba prestando. Detrás de ellas, Beau soltó un improperio. Deveraux lo había obligado a ayudar con los caballos, y parecía que acababa de pisar estiércol.

Mi mañana podría haber ido peor.

Ligeramente apaciguado, devolví mi atención a Toulouse y Thierry.

La noche anterior, cuando habían entrado en el carromato ámbar, había fingido estar dormido, pues las dudas no habían dejado de asaltarme. Seguía sin parecerme bien el plan de mi madre. Seguía pareciéndome un engaño fingir la amistad. Pero si el engaño derrotaba a Morgane, si ayudaba a Lou, estaba dispuesto a fingir. A tolerar la magia.

A ser amigo de quien la practicara allí.

Toulouse se sacó una baraja del bolsillo y me lanzó una sola carta. La agarré de forma instintiva. La carta, esbozada con gruesos trazos negros, blancos y dorados, mostraba a un niño de pie en un acantilado. Llevaba una rosa en la mano. Había un perro a sus pies.

Mi primer instinto fue retroceder. La Iglesia nunca había tolerado las cartas del tarot. El arzobispo había aconsejado al rey Auguste que prohibiera todo tipo de cartas en Cesarine hacía años. Afirmaba que su adivinación se burlaba de la omnisciencia de Dios. Afirmaba que aquellos que las usaran serían condenados al Infierno.

Había afirmado muchas cosas.

Me aclaré la garganta, fingiendo interés.

—¿Qué es?

—El Iluso. —Toulouse se dio un golpecito en la rosa de su mejilla—. La primera carta que dibujé. Me la tatué como un recordatorio de mi inocencia. —Clavé la mirada en sus manos. Unos símbolos negros adornaban esa zona de su piel, un tatuaje en cada uno de sus nudillos. Reconocí vagamente un rayo. Un escudo—. Las cartas de los arcanos mayores —explicó—. Veintidós en total. Diez en los dedos de las manos. Diez en los dedos de los pies. Una en mi mejilla, y una… en otra parte.

Esperaba que aquello me hiciera reír. Demasiado tarde, forcé una risa. El sonido salió seco, áspero, como una tos. Él y Thierry intercambiaron una mirada divertida a mi costa, y yo rechiné los dientes de pura frustración. No sabía qué decir. No sabía cómo pasar a otro tema con soltura. Dios, ¿por qué no *decían* algo? Otro silencio amenazaba con posarse sobre nosotros. Presa del pánico, miré a mi madre, que me observaba incrédula. Cuando agitó la mano con impaciencia, y vocalizó la palabra «continúa», Zenna no ocultó su risa. Sin embargo, Seraphine sacó una Biblia de su bolso y comenzó a leer.

Se me hizo un nudo en el estómago.

—Eh… —Me interrumpí, no muy seguro de cómo continuar. *¿Los dos sois brujos? ¿Cuánto tiempo hace que lo sabéis? ¿Vuestros poderes se manifestaron después de matar a vuestro patriarca? ¿Os uniréis a nosotros en una batalla a muerte contra Morgane?* Cada una de esas preguntas me sacudió el cerebro, pero de alguna manera, me pareció que no serían de su agrado. Por desgracia, tampoco parecían inclinados a poner fin a mi sufrimiento. Y sus sonrisas eran casi *demasiado* benignas. Como si disfrutaran viéndome pasar vergüenza.

Era probable que hubiera intentado matarlos en algún momento.

Me giré rápidamente hacia Thierry y le pregunté:

—¿Qué talento tienes tú?

Thierry me taladró con la mirada, negra e insondable. No respondió. Me acobardé ante aquel silencio. Mi voz había sonado demasiado fuerte, demasiado brusca. Un grito en lugar de una pregunta civilizada. Al menos Beau no había regresado todavía para presenciar mi fracaso. Se habría reído hasta quedarse ronco. El poderoso Reid Diggory, el capitán más joven de los *chasseurs*, ganador de *cuatro* medallas de honor a la valentía y a un servicio sobresaliente, derrotado por fin debido a su incapacidad de charlar de forma distendida con desconocidos. Menudo chiste.

—No habla —me informó Toulouse después de otro doloroso momento—. No como tú y yo.

Me aferré a su respuesta como a un salvavidas.

—¿Por qué no?

—¿Sabes qué? La curiosidad mató al gato. —Con un golpe de muñeca, cortó las cartas, barajándolas a la velocidad del rayo.

Le devolví su amable sonrisa con una de las mías.

—No soy un gato.

—Está bien. —Juntó todas las cartas del mazo—. Mi hermano y yo somos los adivinos de la Troupe de Fortune.

—¿Adivinos?

—Así es. Te estoy leyendo el pensamiento en este preciso momento, pero prometo no decir ni una palabra. Contar los secretos de una persona se parece mucho a derramar su sangre. Una vez que se hace, se acabó. No hay vuelta atrás.

Fruncí el ceño. No era para nada lo mismo.

—¿Alguna vez has derramado sangre?

Dirigió su mirada a Thierry durante medio segundo, menos de medio segundo, pero aun así lo vi. Siguió sonriendo.

—Eso no es asunto tuyo, amigo.

Me lo quedé mirando. *Adivinos.* Eso me sonaba a magia. Miré disimuladamente sus ropas. A diferencia de las de los demás, las suyas eran oscuras. Sencillas. Sin nada que destacar. La ropa de dos hombres que no querían ser recordados. Me acerqué más a ellos bajo el pretexto de examinar el mazo de Toulouse. A aquella distancia, capté el tenue olor a tierra de su camisa. El aún más débil olor dulzón de su piel. De su pelo.

—Lo admites, entonces —dije con cautela. El olor en sí no era una prueba. Podría haberse adherido a él a través de otra persona. El propio Claud tenía un olor peculiar—. Usáis... magia.

Toulouse dejó de barajar. Su sonrisa se ensanchó más si cabe, como si hubiera estado esperando aquello. La cautela me hizo tensar el cuello, los hombros, mientras él volvía a barajar las cartas.

—Una pregunta interesante, viniendo de un *chasseur*.

—No soy un *chasseur*. —La tensión aumentó—. Ya no.

—¿De verdad? —Sostuvo una carta en el aire, con la imagen apuntando hacia él—. Dime, ¿qué carta es esta?

Lo miré fijamente, confundido.

—Tu reputación te precede, capitán Diggory. —La introdujo de nuevo en el mazo. Seguía sonriendo. No dejaba de sonreír—. ¿Sabes? Yo estaba allí. En Gévaudan.

El corazón me dio un vuelco de forma dolorosa.

—La Troupe de Fortune acababa de terminar la última actuación de la temporada. Había un chico entre el público, no podía tener más de dieciséis años, que *adoraba* las cartas. Debía de habernos visitado...

¿cuántas veces esa noche? ¿Tres? —Miró a Thierry, que asintió—. No podía permitirse una lectura completa, así que le saqué una única carta cada vez. La *misma* carta cada vez. —Su sonrisa se transformó en una mueca, como la mía. Me dolían los hombros por la tensión. Sin embargo, un instante después, su rostro volvió a adoptar una expresión alegre—. No pude mostrársela, por supuesto. Le habría asustado muchísimo. A la mañana siguiente, lo encontramos muerto en la ladera de Les Dents, abandonado para que se pudriera al sol como un animal atropellado. Un *chasseur* le había cortado la cabeza. Oí que aprovechó aquello para conseguir un estupendo puesto de capitán.

»Déjame decirte —Toulouse sacudió la cabeza y se rascó el cuello distraídamente— que la Bestia de Gévaudan no se lo tomó bien. Un amigo mío me contó que se podían oír sus aullidos de rabia y de dolor hasta en Cesarine.

Le eché una mirada furtiva a mi madre. Aun así, él la vio.

Se inclinó hacia delante para apoyarse en los codos y habló en voz baja.

—No lo sabe, ¿verdad? Ninguno de ellos lo sabe. Para no haber actuado nunca, se te da muy bien.

Su voz rebosaba de un significado oculto. No me gustó lo que implicaba. Thierry nos miraba impasible.

—Creen que Blaise os ayudará a matar a Morgane —dijo Toulouse, acercándose aún más—. Pero no creo que Blaise se alíe con el hombre que mató a su hijo. Aunque tal vez me equivoque. Ya ha sucedido antes. Por ejemplo, creía que solo los *chasseurs* se dedicaban a matar brujas, y sin embargo aquí estás. —Desvió la mirada hasta el Balisarda que todavía llevaba atado al pecho—. Sin ser un *chasseur*.

Enrosqué los dedos alrededor de la empuñadura de forma protectora.

—Es un arma poderosa. Sería una tontería no llevarla. —Incluso a mí me parecía que mis palabras destilaban una actitud defensiva. Al ver su expresión de superioridad, añadí—: Y lo de matar a Morgane es diferente. Ella también quiere matarnos a nosotros.

—Cuánta matanza —musitó, pasando la carta entre sus dedos. Seguía sin poder ver la imagen. Solo la pintura dorada y negra del dorso. Se arremolinaba en forma de calavera, una calavera maliciosa con rosas en los ojos y una serpiente entre los dientes—. Dices que ya no eres un *chasseur*. Demuéstralo. ¿Qué carta tengo en la mano?

Tensé la mandíbula e ignoré el suave murmullo que me atravesaba el oído.

—Tú eres el adivino. ¿Cómo iba yo a saberlo?

Búscanos, búscanos, búscanos.

Su sonrisa al fin desapareció. Una mirada gélida la reemplazó, helándome hasta los huesos.

—Permíteme ser claro. Puede que Claud confíe en ti, pero yo no. No es nada personal —añadió, con un encogimiento de hombros—. No confío en nadie, así es como la gente como nosotros sobrevive, ¿cierto?

Gente como nosotros.

Las palabras flotaron entre nosotros, llenas de vida, y el murmullo de mi oído se hizo más fuerte, más insistente. *Hemos encontrado a los perdidos. Los perdidos están aquí. Búscanos, búscanos, búscanos...*

—Sé lo que quieres de mí —dijo, con voz firme y de modo terminante—, así que te lo preguntaré por última vez: ¿qué carta tengo?

—No lo sé —dije entre dientes, cerrándoles la puerta en las narices a las voces, alejándome de sus gritos impíos. Me temblaban las manos por el esfuerzo. El sudor me inundaba la frente.

—Avísame si lo averiguas. —Toulouse apretó los labios, decepcionado. Devolvió la carta al mazo y se puso de pie. Thierry imitó sus movimientos—. Hasta entonces, preferiría que te mantuvieras alejado de mí, capitán. Ah, y —esbozó otra sonrisa al tiempo que lanzaba una mirada astuta en dirección a mi madre— buena suerte con tu actuación.

CAPÍTULO 16

GOTAS DE SANGRE

Lou

Las brujas de sangre lo llamaban *pendencia*, el tiempo que transcurría entre esta vida y la siguiente.

—El alma permanece ligada a la tierra hasta que las cenizas ascienden —murmuró Gabrielle, que sostenía una copa con la sangre de su madre. Albergando el mismo dolor, ambas tenían las mejillas pálidas, los ojos húmedos e hinchados. No podía comprender su dolor.

Etienne Gilly no había muerto por congelación o inanición.

Habían calcinado su cuerpo hasta dejarlo irreconocible, excepto... Excepto por su cabeza.

Ansel había vomitado cuando esta se había desprendido de los hombros carbonizados de Etienne y había rodado hasta rozarme las botas. Yo también estuve a punto de sucumbir. La carne cercenada de su garganta hablaba de un tormento indecible, y no quería ni imaginarme qué tortura había padecido primero: la de ser quemado o decapitado vivo. Peor aún, los horrorizados susurros de las brujas habían confirmado que Etienne no había sido el primero. Un puñado de historias similares habían plagado el campamento desde Modraniht, y todas las víctimas compartían algo: los rumores de que sus madres habían coqueteado alguna vez con el rey.

Alguien iba tras los hijos del rey. Y los estaba torturando.

Dejé las manos inmóviles en el pelo de Gaby, y dirigí la mirada hacia Coco y Babette, que vigilaban la pira de Etienne. Ahora era poco más que cenizas.

Al encontrar su cuerpo, La Voisin no había sido amable.

Coco se había llevado la peor parte, aunque su tía había dejado claro que me culpaba a *mí*. Después de todo, Etienne había desaparecido cuando ella había aceptado darme asilo. Habían colocado el cadáver en mi tienda. Y yo... había sido guiada hasta él, de alguna manera, por el patrón blanco. En el caos que se desató a continuación, en medio del pánico y los gritos, me di cuenta rápidamente de que no era mío. Había estado dentro de mi cabeza, lo había visto, pero no me pertenecía. Mi estómago seguía revuelto por aquella violación.

Aquello era obra de mi madre. Todo. Pero *¿por qué?*

La pregunta me atormentaba, consumía mis pensamientos. ¿Por qué allí? ¿Por qué *ahora*? ¿Había abandonado su plan de sacrificarme? ¿Había decidido hacer sufrir al reino poco a poco, niño a niño, en lugar de matarlos a todos a la vez?

Una pequeña y horrible parte de mí lloró de alivio ante la posibilidad, pero... Había decapitado a Etienne. Lo había quemado y lo había dejado en mi tienda. No podía ser una coincidencia.

Era un mensaje, otro movimiento enfermizo en un juego que no entendía.

Ella quería que yo supiera que había sufrido. Quería que supiera que era culpa mía. *Si intentas huir*, me había dicho, *asesinaré a tu cazador y te haré comer su corazón*. No había hecho caso a su advertencia. Había huido de todos modos, y me había llevado a mi cazador. ¿Podía ser aquella su venganza?

¿Podía este atroz acto de maldad estar dirigido a mí en vez de al rey?

Tras tomar una profunda bocanada de aire, proseguí trenzándole el pelo a Gaby. Mis preguntas podían esperar unas pocas horas más. *Morgane* podía esperar. Después de la ascensión de esa noche, nos marcharíamos para reunirnos con Reid por la mañana, con o sin la alianza de La Voisin. El plan había cambiado. Si Morgane iba tras los hijos del rey, Reid y Beau corrían un peligro más grave de lo que habíamos previsto. Necesitaba encontrarlos, contarles el plan de Morgane, pero primero...

Gaby miró en silencio cómo Ismay metía un dedo en la sangre, y añadía un extraño símbolo a la olla pintada de blanco que tenía en el regazo. Aunque no entendía el ritual, las marcas que pintaba parecían antiguas y puras y... tristes. No, más que tristes. Angustiadas. Completa e irrevocablemente desconsoladas. Gaby se sorbió la nariz y se limpió los ojos.

No podía dejarla. Todavía no, y no solo por su dolor.

Si Reid y Beau corrían peligro, ella también. Morgane acababa de demostrar que podía traspasar las defensas de La Voisin.

Ansel colocó las rodillas bajo el mentón, contemplando en silencio cómo Ismay continuaba cubriendo la olla blanca con sangre. Cuando terminaron, Ismay se excusó y Gaby se giró hacia mí.

—¿Has conseguido tu alianza?

—Gaby, no te preocupes por...

—¿Sí o no?

Terminé su trenza y la até con una cinta escarlata.

—La Voisin no se ha decidido.

Me dirigió una mirada cargada de intensidad.

—Pero hicisteis un trato.

No tuve valor para decirle que ciertos matices del trato no habían quedado del todo claros, como, por ejemplo, si este se llevaría a cabo independientemente de que encontrara a su hermano vivo o muerto. Le pasé la trenza por encima del hombro.

—Todo saldrá bien.

Satisfecha con mi respuesta, centró su atención en Ansel a continuación.

—Puedo leerles los labios, si quieres. —Lo sacó de un susto de su ensoñación, y él se ruborizó y desvió la mirada hacia Coco—. Aunque no están hablando de nada emocionante. —Se inclinó hacia delante, frunciendo los labios en un gesto de concentración—. Algo sobre unos *chasseurs* que quemaron un burdel. Sea lo que sea eso. —Se sentó una vez más y le dio una palmadita en la rodilla a Ansel—. Me cae bien la *princesse*, aunque a algunas personas no. Espero que te bese. Eso es lo que quieres, ¿no? Solo quiero que suceda si tú quieres que suceda y si ella también quiere que suceda. Mi *maman* dice que eso se llama *consentimiento*...

—¿Por qué a algunas personas no les cae bien Coco? —pregunté, ignorando la expresión avergonzada de Ansel. Mi irritación se encontraba peligrosamente cerca de convertirse en rabia por lo que implicaban aquellas palabras, y miré a las pocas brujas de sangre que nos rodeaban—. Deberían reverenciarla. Es su *princesse*.

Gaby jugueteó con su cinta.

—Ah, es porque su madre nos traicionó, y hemos vagado por los bosques desde entonces. Aunque ocurrió hace mucho tiempo, antes de que yo naciera. Probablemente incluso antes de que Cosette naciera.

Una oleada de nauseabundo arrepentimiento me recorrió.

Desde que Coco y yo nos conocíamos, nunca habíamos hablado de su madre. Siempre había asumido que era una *Dame blanche* (las *Dames rouges* eran increíblemente raras, nacían de forma tan impredecible como aquellos que padecían daltonismo o albinismo), pero nunca la había buscado en el Chateau cuando era niña. No había querido ver a una madre que pudiera abandonar a su propia hija.

No me pasó por alto la ironía de mi propia situación.

—La Voisin siempre habla de cuando gobernábamos la tierra en sus inicios, mucho antes de que los dioses la envenenaran con magia muerta —continuó Gaby. Su imitación de la voz grave y la rígida calma de La Voisin era asombrosa—. Supongo que eso significa que es de lo más vieja. Creo que se come los corazones con Nicholina, pero *maman* me prohíbe decirlo. —Cuando miró a su madre, le tembló un poco la barbilla.

—Hazlo de nuevo —dije rápidamente, con la esperanza de distraerla—. Otra imitación. Te ha salido genial.

Mostró una expresión de alegría antes de retorcer sus facciones en un ceño fruncido exagerado.

—*Gabrielle, no espero que entiendas el legado de lo que siempre ha sido y lo que siempre será, pero por favor, abstente de ponerles un collar a mis augurios y llevarlos a pasear. No son mascotas.*

Ahogué un resoplido y le tiré de la trenza.

—Venga, ve. Ve con tu madre. Tal vez ella también necesite reírse.

Se fue sin que hiciera falta insistir, y yo apoyé la cabeza en el hombro de Ansel. Su mirada había vuelto a centrarse en Coco y Babette.

—Cabeza en alto —le dije en voz baja—. El juego no ha terminado todavía. Solo hay una nueva pieza en el tablero.

—Este no es el momento.

—¿Por qué no? El sufrimiento de Ismay y Gabrielle no resta importancia al tuyo. Tenemos que hablar del tema.

Mientras podamos, fue lo que no añadí.

Descansando su cabeza sobre la mía, suspiró. Ese sonido me tocó la fibra sensible. Aquella vulnerabilidad tan al descubierto requería fuerza. Requería coraje.

—Ya hay demasiadas piezas en el tablero, Lou. Y no estoy jugando a ningún juego —terminó, desconsolado.

—Si no juegas, no ganarás.

—Ni tampoco perderás.

—Ahora pareces un creído. —Levanté la cabeza para mirarlo—. ¿Le has contado lo que sientes?

—Me ve como a un hermano pequeño...

—*¿Le has* —me agaché para llamar su atención cuando miró hacia otro lado— *contado* —me acerqué más— *lo que sientes?*

Dejó escapar otro suspiro, este impaciente.

—Ya lo sabe. No lo he ocultado.

—Tampoco lo has dejado claro. Si quieres que te vea como a un hombre, *actúa* como un hombre. Habla con ella.

Volvió a mirar a Coco y Babette, que se habían acurrucado juntas contra el frío.

No me sorprendió. Esa no era la primera vez que Coco volvía a los brazos de Babette, su amiga y amante más antigua, para hallar consuelo en tiempos de crisis. Nunca terminaba bien, pero ¿quién era yo para cuestionar las decisiones de Coco? Me había enamorado de un *chasseur*, por el amor de Dios. Aun así, odiaba aquello, por Ansel. De verdad. Y aunque también me odiaba a mí misma por el papel que ahora desempeñaba en su futuro desengaño, era incapaz de verlo sufrir por un amor no correspondido. Tenía que preguntárselo. Tenía que averiguarlo.

—¿Y si dice que no? —susurró, tan silenciosamente que le leí los labios en vez de oír su voz. Me escrutó el rostro sin ninguna esperanza.

—Tendrás tu respuesta. Seguirás adelante.

Si era posible ver un corazón roto, lo vi entonces reflejado en los ojos de Ansel.

Sin embargo, no dijo nada más, y yo tampoco. Juntos, esperamos a que se pusiera el sol.

Las brujas de sangre no se reunieron en las piras todas a la vez; se reunieron poco a poco, sumidas en un silencio melancólico, dándole la mano a cada nuevo doliente que llegaba. Ismay y Gabrielle estaban a la cabeza, llorando suavemente.

Todos vestían de escarlata, ya fuera una capa o un sombrero o una camisa, como la mía.

Para honrar su sangre, nos había dicho Coco a Ansel y a mí antes de unirnos a la vigilia, mientras le colocaba a Ansel un pañuelo rojo alrededor del cuello. *Y su magia.*

Ella y La Voisin se habían puesto unos gruesos vestidos de lana escarlata y capas de piel a juego. Aunque el corte era sencillo, las prendas las hacían parecer llamativas. Unas diademas tejidas les adornaban la frente, y por dentro de las vides de plata, brillaban varios rubíes. *Gotas de sangre,* había dicho Coco. Mientras las contemplaba en las piras, altas, regias y orgullosas, pude imaginar la época de la que Gaby había hablado. Un tiempo en el que las *Dames rouges* habían sido omnipotentes y eternas. Inmortales entre los hombres.

Gobernamos la tierra en sus inicios, mucho antes de que los dioses la envenenaran con magia muerta.

Suprimí un escalofrío. Si La Voisin se comía los corazones de los muertos para vivir eternamente, no era asunto mío. Yo era una forastera. Una intrusa. Aquella vigilia misma demostraba que no entendía sus costumbres. De todos modos, era probable que estuviera asumiendo demasiadas cosas. Era cierto que La Voisin podía intimidar, y ese libro suyo era ciertamente espeluznante, pero... rumores. Eso era todo lo que eran. Sin duda alguna, si su líder devoraba corazones, el aquelarre estaría al corriente. Sin duda alguna, se opondrían. Sin duda alguna, Coco me lo habría contado...

No es asunto tuyo.

Me concentré en las brasas de la pira de Etienne.

Pero ¿qué significaba la magia *muerta*?

Cuando el sol alcanzó los pinos, Ismay y Gaby se movieron en perfecta sincronía y recogieron las cenizas para guardarlas en la olla pintada. Gabrielle la agarró contra su pecho, y se le escapó un sollozo. Aunque Ismay la abrazó con fuerza, no murmuró ninguna palabra de consuelo. De hecho, nadie dijo una palabra mientras los dos se adentraban en el bosque. Se formó una especie de procesión ritual: en primer lugar, Ismay y Gaby; en segundo lugar, La Voisin y Coco; y en tercer lugar, Nicholina y Babette. Los demás dolientes se colocaron detrás de ellas hasta que todo el campamento recorrió un camino no señalizado a través de los árboles, un camino que, al parecer, conocían bien. Aun así, nadie habló.

—Un alma atrapada entre esta vida y la siguiente está inquieta —había explicado Coco—. Confundida. Nos ven aquí pero no pueden tocarnos, no pueden hablar con nosotros. Las tranquilizamos con el silencio y las llevamos a la arboleda más cercana.

Una arboleda. El lugar de descanso final de una bruja de sangre.

Ansel y yo esperamos a que pasara el último doliente antes de unirnos a la procesión, adentrándonos más en el bosque. La cola de Absalón no tardó en rozarme las botas. Consternada, vi que una zorra negra se le unía. Acechaba entre las sombras más cercanas; sus ojos ambarinos brillaban y, cada pocos pasos, volvía su nariz puntiaguda en mi dirección. Ansel no la había detectado todavía, pero pronto lo haría. Todo el mundo lo haría.

Nunca había oído hablar de una persona que atrajera a *dos matagots*.

Abatida, me concentré en la trenza de color caoba de Gaby a través de un hueco en la procesión. Ella e Ismay ralentizaron el paso cuando entramos en un bosquecillo de abedules silvestres. La nieve cubría las ramas, iluminadas por una suave luz blanca al tiempo que los *feux follets* surgían a nuestro alrededor. La leyenda decía que conducían a los deseos más profundos del corazón.

Mi madre me había hablado una vez de una bruja que los había seguido. Nunca más se la había visto.

Agarré a Ansel con más fuerza cuando los miró, y le murmuré:

—No mires.

Parpadeó y se detuvo a mitad de camino, sacudiendo la cabeza.

—Gracias.

Colgando de las ramas del abedul, un puñado de vasijas de arcilla se agitaban suavemente con el viento. En cada una de ellas habían pintado símbolos únicos de un marrón rojizo, y unas campanas de viento, llenas de plumas y cuentas, colgaban de la mayoría. Las pocas vasijas que carecían de adornos parecían ser tan antiguas que las inclemencias del tiempo habían emborronado sus marcas. Al unísono, La Voisin y Coco sacaron sendas dagas gemelas de sus capas, se bajaron el cuello de los vestidos y se pasaron las hojas sobre el pecho desnudo para pintar los símbolos descoloridos con su sangre. Cuando terminaron, Ismay se unió a ellas, aceptó una daga y se hizo un corte idéntico en su propio pecho. Observé con fascinación cómo pintaba un último símbolo en la vasija de su hijo. Cuando la colgó con las otras, La Voisin juntó las manos y se colocó de cara a la procesión. Todos los ojos se volvieron hacia ella.

—Sus cenizas y su espíritu ascienden. Etienne, encuentra la paz.

Ismay dejó escapar un sollozo cuando La Voisin inclinó la cabeza, poniendo fin a la simple ceremonia. Sus familiares se apresuraron a consolarla.

Coco se alejó de la multitud y se reunió con nosotros un momento después, con los ojos llenos de lágrimas. Miró hacia el cielo y suspiró profundamente.

—No lloraré. No lloraré.

Le ofrecí el brazo, y ella se agarró a mí, formando una cadena humana. El corte de su pecho aún sangraba profusamente y le manchaba el cuello del vestido.

—Es perfectamente aceptable llorar en los funerales, Coco. O cuando quieras, a decir verdad.

—Para ti es fácil decirlo. Tus lágrimas no prenderán fuego al mundo.

—Qué mujer tan dura. —Se rio débilmente, y ese sonido expandió cierta calidez por mi cuerpo. Hacía mucho tiempo que no hacíamos aquello. Hacía demasiado tiempo desde que habíamos hablado con tanta sencillez—. Este lugar es precioso.

Ansel señaló con la cabeza a la vasija de Etienne, donde la sangre de Ismay aún brillaba en la arcilla blanca.

—¿Qué significan las marcas?

—Son hechizos.

—¿Hechizos?

—Sí, Ansel. Hechizos. Protegen nuestros restos de aquellos que los usan para propósitos infames. Nuestra magia vive en nuestras cenizas —explicó ante el ceño fruncido de él—. Si las esparciéramos por toda la tierra, solo fortaleceríamos a nuestros enemigos. —En ese instante me dirigió una mirada de disculpa, pero yo solo me encogí de hombros. Puede que nuestros pueblos fueran enemigos, pero nosotras no lo éramos.

Más lágrimas inundaron sus ojos mientras su mirada regresaba a las vasijas. A Ismay, que plañía bajo ellas.

—Apenas lo conocía —susurró—. Es solo que... todo esto... —Agitó una mano a nuestro alrededor y dejó caer la cabeza. Su brazo cayó sin fuerza—. Es culpa mía.

—¿Qué? —Tras soltar a Ansel, me giré para agarrarla por los hombros—. Coco, no. *Nada* de esto es culpa tuya. Tu pueblo... nunca te echaría la culpa de lo ocurrido.

—Esa es la cuestión, ¿no? —Se limpió los ojos con furia—. Deberían. Los he abandonado. *Dos veces.* Pasan frío y están hambrientos y *muy* asustados, y aun así su propia *princesse* ni se molesta en preocuparse por ellos. Debería haber estado aquí, Lou. Debería haber... No sé...

—¿Controlado el clima? —Uní las manos a las suyas para secarle las lágrimas. Aunque me quemaron la piel, no me aparté, y parpadeé con rapidez para ahuyentar mis propias lágrimas—. ¿Derrotar a Morgane sin ayuda de nadie? No lo sabías, Coco. No te culpes a ti misma.

—Sí que lo sabía. —Se arrancó la diadema de la cabeza y contempló los brillantes rubíes—. ¿Cómo puedo guiarlos? ¿Cómo puedo siquiera *mirarlos* a los ojos? Conocía su sufrimiento y hui de todos modos, mientras que sus condiciones no hacían más que empeorar. —Tiró la diadema a la nieve—. No soy una *princesse*.

Estupefacta, tal vez porque había olvidado que todavía estaba con nosotras, Ansel se inclinó para recuperarla. Volvió a colocársela de nuevo en la cabeza con imposible delicadeza.

—Ya estás aquí. Eso es lo que importa.

—Y tú eres nuestra *princesse, mon amour* —dijo Babette, apareciendo a su lado. Sonrió a Ansel, no con astucia sino con sinceridad, y le enderezó la diadema a Coco—. Si no lo llevaras en la sangre, lo llevarías en el corazón. Nadie se preocupa tanto. Eres mejor que todos nosotros.

Ambos la miraban con un afecto tan cálido, con tanta *adoración*, que se me encogió el corazón. No envidiaba su situación, que tuviera que elegir entre ambos.

Y Beau... Ni siquiera estaba allí para ofrecerle su cara bonita y burlona como alternativa. Compadeciéndome de ella, la giré por los hombros para que me mirara.

—Tienen razón. Estás haciendo lo posible para ayudarlos. Cuando Morgane esté muerta, cuando yo... Después, tu pueblo podrá volver al Chateau. Solo tenemos que centrarnos en el objetivo.

Aunque asintió con la cabeza rápidamente, por instinto, su expresión permaneció sombría.

—No estoy segura de que se nos vaya a unir, Lou. Ella...

Un grito ahogó el resto de sus palabras, e Ismay salió corriendo entre la multitud, con cara de loca.

—¿Dónde está Gabrielle? ¿Dónde está? —Giró en redondo, gritando—: ¡Gabrielle! —Aunque la gente le tendía las manos, aunque la misma La Voisin intentaba calmarla con palabras firmes y caricias tranquilizadoras, Ismay ignoró a todo el mundo y se lanzó hacia mí con ojos frenéticos. Me agarró los brazos lo bastante fuerte como para hacerme magulladuras—. ¿Has visto a mi hija?

El pánico me atenazó la garganta.

—Yo...

—¿Podría haber seguido a los *feux follets*? —Coco posó una mano sobre la de Ismay, intentando que me soltara, aunque sin conseguirlo—. ¿Cuándo la has visto por última vez?

Las lágrimas se derramaron por las mejillas de Ismay, salpicando la nieve con flores negras. Begonias. Había aprendido su significado de una tutora naturista en el Chateau.

—No me acuerdo. Estaba conmigo durante la procesión, pero le he soltado la mano para terminar la vasija de Etienne.

Tened cuidado.

Querían decir que *tuviéramos cuidado.*

—Que no cunda el pánico —dijo otra bruja—. Esta no es la primera vez que Gabrielle se escapa. Ni será la última.

—Estoy segura de que está bien —añadió otra—. A lo mejor se sentía abrumada. Es difícil asimilar un dolor tan inmenso cuando se es muy joven.

—Estábamos todos aquí —dijo una tercera, expresando lo que todos los demás pensaban—. Nadie podría haberla secuestrado en el corazón de nuestro aquelarre. Lo habríamos visto.

—Tienen razón. —Coco por fin logró que Ismay me soltara, y la sangre volvió a mis brazos—. La encontraremos, Ismay. —Sin embargo, cuando me miró, sus ojos decían lo que su boca callaba: *De una forma u otra.*

Solo escuché a medias mientras las brujas de sangre se dispersaban por la arboleda en su busca.

En mi interior, sabía lo que había pasado. Morgane debía de haberse regocijado al descubrir que había no uno sino *dos* hijos del rey escondidos en aquel campamento. Había sido, como siempre, de lo más oportuna. Ella había planeado aquello.

Veintisiete niños, había dicho madame Labelle. El rey había engendrado veintisiete niños en su último recuento. Sin duda alguna, encontrarlos sería como encontrar agujas en un pajar. Pero Morgane era tenaz por encima de todo. Los encontraría, los torturaría y los mataría. Y todo por mi culpa.

—¡Mirad esto! —chilló una bruja desconocida después de varios largos instantes. Todos los que estábamos en el claro nos giramos para mirar lo que sostenía en las manos. Una cinta escarlata.

Y allí, manchando las palmas de la bruja...

Sangre.

Cerré los ojos, derrotada. Sin embargo, el recuerdo de la cabeza de Etienne junto a mi bota afloró de inmediato en mi interior, obligándome a abrirlos una vez más. La siguiente sería la cabeza de Gabrielle. Incluso ahora, en ese preciso instante, Morgane podría estar mutilando su cuerpecito. Le cortaría la trenza de color caoba y le rebanaría la pálida garganta...

Los gritos de Ismay se volvieron histéricos, y los demás pronto retomaron sus llamadas aterradas.

¡Gabrielle! ¡Gabrielle! ¡Gabrielle!

Su nombre resonaba en la arboleda, entre los árboles. Dentro de mi mente. Como en respuesta, los *feux follets* se apagaron uno por uno, dejándonos a oscuras. A pesar de sus frenéticos intentos de conjurar un hechizo de rastreo, conocían su destino tan bien como yo. Todos lo sabíamos.

Gabrielle no respondió. Nunca lo haría.

Al cabo de un buen rato, Ismay cayó de rodillas, llorando y golpeando la nieve con angustia.

Me rodeé la cintura con los brazos, doblándome a causa de las náuseas, pero una mano me agarró la nuca, obligándome a mantenerme erguida. Unos ojos fríos y oscuros se encontraron con los míos.

—Compórtate. —La Voisin me agarró con más fuerza. Cuando intenté escabullirme, tragándome un grito de dolor, ella me observó resistirme con una determinación sombría—. Tu deseo ha sido concedido, Louise le Blanc. Las *Dames rouges* se unirán a ti en Cesarine, y yo misma le arrancaré el corazón del pecho a tu madre.

CAPÍTULO 17

LA PRIMERA ACTUACIÓN

Reid

E l crepúsculo se había asentado sobre Domaine-les-Roses cuando Claud subió al escenario la noche siguiente (una fuente agrietada en la plaza del pueblo, llena de hojas y nieve). El hielo cubría el borde, pero no se resbaló mientras bailaba encima. Con dedos tan hábiles como sus pies, tocaba una mandolina a un ritmo vivo. El público expresaba su aprobación a gritos. Algunos se dividieron en parejas, riendo y girando como locos, mientras que otros llenaron de pétalos los pies de Seraphine. Su voz se elevaba por encima de la multitud. De otro mundo. Llena de pasión. Demasiado bella para ser humana.

Cuando tiré de mis pantalones de cuero, de mal humor, mi madre inclinó su taza hacia mí. Dentro se arremolinaba un líquido de color rosa. Los aldeanos de Domaine-les-Roses fermentaban su propio vino con pétalos de rosa.

—Ya sabes que esto podría ayudar.

Arqueé una ceja, reajustándome los pantalones de nuevo.

—Lo dudo. —Se había puesto un vestido nuevo para nuestra actuación de esa noche. Blanco y negro. Llamativo. Llevaba una máscara ribeteada con unos pompones ridículos. Aun así, a *ella* nadie la había asaltado con kohl. Me ardían los ojos. Me picaban.

Zenna no me había dicho cómo quitármelo sin quedarme ciego.

Y lo que era peor aún, Deveraux no me había dado la parte de arriba de mi atuendo. Me vi obligado a atarme la bandolera a mi pecho desnudo. Aunque me había puesto un abrigo por modestia y para protegerme del viento gélido, dudaba que me permitiera llevarlo durante la actuación de *La Muerte Roja.*

Me dije a mí mismo que era lo mejor. Si un *chasseur* se escondiera entre el público, no me reconocería. No sospecharía que su ex gran capitán ahora actuaba sobre un escenario sin camisa. Que lanzaba cuchillos y se maquillaba los ojos. Que llevaba una máscara con cuernos. Era ridículo. Degradante. El calor me quemó la garganta, los oídos, a medida que un recuerdo afloró.

No te matará vivir un poco.

Soy un chasseur, *Lou. Nosotros no… jugamos.*

Mientras fulminaba con la mirada aquella fiesta desde la entrada de una *boulangerie*, vi a Beau pasearse entre el público con una lata y una capa con capucha. En su mano libre sostenía una guadaña de madera. Deveraux había pensado que era un complemento adecuado para el siniestro disfraz. En el callejón de al lado, Toulouse y Thierry habían montado una tienda para vender sus servicios. Para atraer a los débiles con promesas de fama y futuros llenos de fortuna. Las mujeres desfilaban junto a ellos y les dedicaban largas miradas seductoras. Les tiraban besos. No podía entenderlo.

—Son guapos —explicó madame Labelle, sonriendo mientras Toulouse tomaba la mano de una chica y se la besaba—. No irás a echarles eso en cara.

Por supuesto que sí. Si los atuendos de plumas de los aldeanos servían de indicativo, Domaine-les-Roses era un pueblo extraño.

—Ser joven y atractivo no es un crimen, Reid. —Señaló a la joven que se encontraba más cerca, llevaba un cuarto de hora observándome. Qué atrevida. Rubia. Con mucho pecho—. Tú también tienes muchas admiradoras.

—No me interesa.

—Ah, sí. —Les guiñó un ojo a sus propios admiradores—. Por un momento, he olvidado que hablaba con el inexorable san Reid.

—No soy un santo. Estoy casado.

—¿Con quién? ¿Con Louise Larue? Me temo que esa chica no existe.

Cerré los dedos alrededor del cuchillo que tenía en la mano.

—¿Y cómo me llamo *yo, maman*? —Se puso rígida ante la palabra, y abrió los ojos de par en par. Me recorrió una satisfacción mezquina—.

¿Diggory, Lyon o Labelle? ¿Debo elegir uno al azar? —Se quedó muda, abriendo y cerrando la boca, con las mejillas teñidas de rojo, y yo me di la vuelta. Volví a girar mi cuchillo—. Un nombre no es una persona. Me da igual el nombre que aparezca en ese estúpido trozo de papel. Hice un voto y lo cumpliré. Además —dije—, estas chicas parecen pájaros.

Estas chicas no son Lou.

—¿Crees que Louise nunca se ha puesto plumas en el pelo? —Madame Labelle volvió en sí con una risa apenas perceptible—. Esas son plumas de cisne, querido muchacho, y las usamos para honrar a la Doncella. ¿Ves esa hoguera? Los aldeanos la encenderán para Imbolc el mes que viene, como Louise ha hecho cada año desde que nació, te lo aseguro.

Observé a la chica con más interés, así como a los juerguistas de alrededor. Aplaudían y estampaban los pies al ritmo de la mandolina de Claud mientras gritaban elogios. Tenían los dedos pegajosos por los buñuelos de miel y almendras. Por las galletas de romero. Por los bollos de semillas. Fruncí el ceño. Toda la plaza apestaba a vitalidad. *Vitalidad*, no miedo.

—¿Se atreven a celebrar Imbolc?

—Estás lejos de Cesarine, querido. —Me dio una palmadita en la rodilla. Demasiado tarde, miré la puerta que tenía detrás, las puertas de todas las tiendas de la calle. Ni un solo cartel de «Se busca». No sabía si los había quitado Claud o habían sido los aldeanos—. En el norte, las viejas costumbres son aún más comunes de lo que crees. Pero no te preocupes. Tus hermanos son demasiado estúpidos para darse cuenta de lo que significan las plumas de cisne y las hogueras.

—No son estúpidos. —Una respuesta instintiva. Agaché la cabeza cuando ella se rio.

—A ti he tenido que explicártelo, ¿no? ¿Cómo puedes condenar tu cultura si no la conoces?

—No quiero conocer mi cultura.

Con un suspiro pesado, puso los ojos en blanco.

—Por los pechos de la Madre, *sí* que eres petulante.

Me giré para mirarla, incrédulo.

—¿*Qué* acabas de decir?

Levantó la barbilla, con las manos unidas en su regazo. La viva imagen de la gracia y la elegancia.

—Por los pechos de la Madre. Es un improperio bastante común en el Chateau. Podría contarte cómo era la vida allí si te dignaras a limpiarte los oídos.

—¡No quiero oír hablar de los pechos de mi madre! —Con las mejillas al rojo vivo, me puse de pie, decidido a enterrar en lo más hondo de mi ser esa perturbadora imagen.

—No los *míos*, tonto ingrato. Los de la *Madre*. Los de la *Triple Diosa*. Cuando una mujer lleva una criatura en su vientre, sus pechos se hinchan en preparación para alimentar...

—No. —Negué con la cabeza con vehemencia—. No, no, no, no, *no*. No vamos a hablar de esto.

—La verdad, Reid, es la cosa más natural del mundo. —Dio una palmadita en el sitio que había a su lado—. Sin embargo, has sido criado en un ambiente extremadamente masculino, así que por esta vez te perdonaré tu actitud inmadura... Uf, por el amor de Dios, *siéntate*. —Me agarró la muñeca mientras intentaba huir, y me obligó a sentarme a su lado—. Sé que piso terreno pantanoso, pero quería hablar de esto contigo.

Me obligué a mirarla.

—¿De pechos?

Puso los ojos en blanco.

—No. De Louise. —Ante mi expresión desconcertada, me dijo—: ¿Confías... *confías* en ella?

La pregunta, de lo más inesperada, de lo más *absurda*, hizo que recuperara la compostura.

—Estás bromeando.

—No, me temo que no. —Ladeó la cabeza, parecía estar considerando cuidadosamente sus próximas palabras. Sabia decisión. Aquel era un terreno pantanoso—. Os conocisteis hace solo unos meses. ¿Cuánto la conoces en realidad?

—Más que tú —gruñí.

—Lo dudo mucho. Morgane fue mi más querida amiga de la infancia. Yo la adoraba, y ella a mí. Nuestra relación era más estrecha que si hubiésemos sido hermanas.

—¿Y qué?

—Que sé lo seductoras que pueden ser las mujeres Le Blanc. —Como si presintiera la marea que crecía en mi interior, me quitó el cuchillo y lo envainó en su bota—. Estar cerca de ellas es amarlas. Son salvajes, libres y excesivas. Adictivas. Nos consumen. Nos hacen sentir *vivos*. —Me temblaban las manos. Cerré los puños—. Pero también son peligrosas. Tu vida con ella será siempre así: tendrás que huir, esconderte y pelear. Nunca conocerás la paz. Nunca tendrás una familia. Nunca envejecerás con ella, hijo. De una manera u otra, Morgane no lo permitirá.

Sus palabras me dejaron sin aliento. Tardé un segundo en recuperarlo.

—No. Vamos a matar a Morgane.

—Louise quiere a su madre, Reid.

Sacudí la cabeza con vehemencia.

—*No...*

—*Todo* niño quiere a su madre. Incluso aquellos con relaciones complicadas. —No me miró, estaba centrada en beberse el vino a sorbos. En ver bailar a Deveraux. Su música se desvanecía en mis oídos con un sordo rugido—. Pero no hablamos de la relación que tiene Lou con su madre, ni de mi relación con Morgane. Estamos hablando de vosotros dos. Louise ha comenzado su descenso. Conozco las señales. —Asintió en respuesta a mi pregunta no formulada—. Sí. Lo mismo le pasó a Morgane. Es imposible detenerlo o aplazarlo. Os consumirá a ambos si lo intentas.

—Te equivocas. —Una ira corrosiva tiñó mis palabras, pero madame Labelle no retrocedió. Su voz solo se tornó más fuerte, más cortante.

—Espero que sí. No deseo esta oscuridad para ella y ciertamente no la deseo para ti. Elige sabiamente, hijo.

—Ya he tomado mi decisión.

—Hay muy pocas decisiones en la vida que no se puedan deshacer.

Deveraux y Seraphine terminaron su canción y recibieron un aplauso estruendoso.

Una pequeña parte de mí se dio cuenta de que nos tocaba subir al escenario, pero no me moví. Quería sacudirla, para hacerla entender. *Hay muy pocas decisiones en la vida que no se puedan deshacer*, había dicho. Pero ya había matado al arzobispo. No podía *deshacer* aquello y aunque pudiera, no lo haría.

Había mentido al decir que ya había tomado mi decisión.

En realidad, no había ninguna decisión que tomar. Nunca la había habido.

La amaba.

Y si tenía que huir, esconderme y luchar para proteger nuestro amor, lo haría. Lo haría durante el resto de mi vida.

—Te ruego que elijas con cuidado —repitió madame Labelle, poniéndose de pie. Lucía una expresión seria—. La historia de Louise no tiene final feliz. Termina en muerte. Ya sea por culpa de su madre o suya, no seguirá siendo la chica de la que te enamoraste.

Sentí cómo la tensión se acumulaba en mi interior.

—La querré de todos modos.

—Un sentimiento muy noble. Pero no le debes a nadie amor incondicional. Acepta un consejo de alguien que sabe que cuando una persona te trae más dolor que felicidad, se te permite dejarla ir. No tienes que seguirla a través de la oscuridad. —Se alisó las faldas antes de tenderme la mano. Noté sus dedos cálidos y firmes mientras me guiaba hacia el escenario—. Déjala ir, Reid, antes de que te lleve con ella.

Me las arreglé para no empalar a mi madre.

El sudor me ondulaba el pelo, me resbalaba por la piel, mientras lanzaba mi último cuchillo, la desataba de la tabla y la conducía a través de la horda de mujeres que se habían reunido para ver nuestra actuación. Soltaban risitas tontas. La rubia parecía estar siguiéndome. Aparecía en todas partes, acompañada de dos amigas. Pestañeando. Inclinando el cuerpo para rozar el mío. Irritado, vi a Beau entre la multitud y me dirigí hacia él.

—Ven. —Lo enganché del brazo y lo guie hacia ellas—. Distráelas.

Una risa pícara brotó bajo su capucha.

—Será un placer.

Me escabullí antes de que las chicas pudieran seguirme.

Claud había aparcado los carromatos en el callejón de detrás de la carpa de los St. Martin. Allí nadie me molestaría. Dispondría de un momento a solas para pensar, para *cambiarme*. Para restregarme la cara. Escuché a medias a Zenna mientras me escabullía entre la multitud, maldiciéndola a ella y a su maquillaje de kohl. Al menos no me había pintado los labios de azul, como los suyos. Bajo su extraordinaria capa, hizo ondular su vestido plateado cuando levantó los brazos para comenzar su actuación. Unos brazaletes brillaban en sus muñecas.

—¡Atención! ¡Escuchen! ¡Mantengan a sus seres queridos cerca! —La cadencia de su voz se hizo más profunda, se volvió rica y melódica. El silencio se instaló entre el público—. Atiendan al grandioso cuento del dragón y la bella doncella, y su amor, que termina en la hoguera.

Uy. En verso.

Seguí caminando. Como sospechaba, Deveraux me había confiscado el abrigo. El viento me azotaba la piel desnuda.

—Tarasque era una bestia temible, pero la gentileza de Martha era increíble. —Embelesada, la multitud se apaciguó mientras ella continuaba su historia. Incluso los niños. Resoplé y caminé más rápido, temblando—. Tarasque un poderoso fuego roció, pero Martha cerró los ojos y rezó.

Al final, mis pasos acabaron por ser más lentos. Se detuvieron. En contra de mi buen juicio, me di la vuelta.

La luz de la antorcha dejaba la mitad del rostro de Zenna oculto en sombras mientras inclinaba la cabeza hacia el cielo y juntaba las manos como si fuera a rezar.

—No sufras por mí, oh Señor, pero perdona a mis parientes del dragón su rencor. Y mientras su grito atravesaba el cielo, Tarasque observó desde lo alto del reino. —Zenna extendió los brazos, con lo que su capa se abrió detrás de ella. Bajo aquella luz parpadeante, la tela se convirtió en unas alas. Incluso sus ojos parecían brillar—. ¿Quién es este bocado, delicioso manjar, que con voz tan dulce me hace llamar? ¡Con huesos y todo me la voy a tragar! Y así Tarasque comenzó a bajar.

A pesar del frío, había algo en su voz, en su expresión, que me impedía moverme. Las palabras de mi madre resonaron sobre las de Zenna. *Toulouse y Thierry St. Martin, y es probable que incluso Zenna y Seraphine, no son lo que parecen.*

Igual que los demás, escuché, embelesado, mientras ella tejía su triste historia: cómo la familia de Martha, enloquecida por el miedo, se la había ofrecido al dragón para que la matara, cómo Tarasque la había tomado como esposa y los dos se habían enamorado. Cómo, al final, Martha había deseado volver a su tierra natal, donde su padre la esperaba en secreto con una cadena mágica. Cómo la había usado para hacer caer a

Tarasque, para inmovilizarlo mientras quemaba a su propia hija en la hoguera.

En ese instante, la mirada de Zenna se encontró con la mía. Un odio sin adulterar flotaba en ella. Lo sentí en mi propio pecho.

Su voz se elevó y se elevó mientras ponía fin a la historia.

—El rugido del dragón fue poderoso, mientras rompía la cadena, afanoso. Y cabezas de cuerpos separó, de los hombres que le robaron su amor, su corazón. —Al otro lado de la plaza, la rubia lloraba sobre el hombro de Beau. *Lloraba* de verdad. Y aun así no podía mofarme por su actitud—. Hasta este día, vaga en las alturas, por amor afligido y sin cordura. Arruina cosechas y asola la tierra con un alarido, y antes de sus muertes lamentan los hombres haber nacido. ¡Atención! ¡Escuchen! Mantengan a sus seres queridos cerca, porque esta es una historia de lágrimas y dolor, de una doncella muerta y un horrible dragón… y su ira, que termina en una pira.

En una última y tremenda exhalación, su aliento se elevó en el frío aire de la noche como si fuera humo. Un silencio absoluto siguió a sus palabras. Sin inmutarse, se inclinó hacia el suelo con una magnífica reverencia. Su capa flotó a su alrededor como luz de una estrella líquida. Permaneció así, posando, hasta que la voz del público cobró vida por fin. Estallaron en vítores más fuertes que los que habían dedicado a Deveraux y Seraphine.

Me quedé embobado mirándola. Lo que había hecho con sus palabras… No debería haber sido posible. Al decirme que Claud solo aceptaba lo excepcional, no la había creído. Ahora lo sabía. Ahora lo *sentía*. Aunque no analicé la emoción muy a fondo, no era una emoción cómoda. Me ardía la cara. Tenía un nudo en la garganta. Durante esos breves instantes, había sentido que Tarasque era del todo real. Y había sentido lástima por un monstruo que había secuestrado a su esposa y había decapitado a su familia.

La familia que la había quemado.

Nunca antes había pensado en las mujeres que había quemado. Ni siquiera en Estelle. Solo había pensado en Lou, que no era como ellas. Lou, que no era como las otras brujas. *Qué oportuno*, me había dicho antes de que nos separáramos. *Ves lo que quieres ver.*

¿Había quemado a mi propia familia? No tenía forma de saberlo, pero aunque lo supiera… No podría asimilar tal información. No podría soportar las consecuencias que comportaría, no podría expiar el dolor que había infligido. El amor que había robado. En el pasado habría argumentado que tales criaturas no eran capaces de amar. Pero Lou había demostrado lo contrario. Madame Labelle y Coco habían demostrado lo contrario.

A lo mejor Lou *no* era como las otras brujas.

A lo mejor las otras eran como ella.

Desconcertado por aquella idea, me dirigí a los carromatos, sin prestar atención a la gente que me rodeaba. Pero cuando estuve a punto de arrollar a un niño pequeño, me detuve, agarrándolo del cuello para que no acabara en el suelo.

—*Je suis désolé* —murmuré, limpiando el polvo de su andrajoso abrigo. Al tocarlo advertí unos hombros delgados. Desnutridos.

Se apretó una muñeca de madera contra el pecho y asintió con la cabeza, sin levantar la mirada.

Reacio a dejarlo ir, pregunté:

—¿Dónde están tus padres?

Hizo un gesto hacia la fuente, donde Zenna había empezado un bis.

—No me gustan los dragones —susurró.

—Chico listo. —Dirigí la mirada a la tienda de Toulouse y Thierry—. ¿Estás… en la cola?

De nuevo, asintió con la cabeza. Puede que no fuera tan listo, después de todo. Lo dejé ir. Sin embargo, cuando llegué al carromato ámbar, no pude evitar girarme para verlo entrar en la carpa. Aunque no pude ver la cara de Toulouse, pude ver la del chico. Pidió la bola de cristal. Cuando Toulouse la colocó en la mesa, junto a un bote de incienso, me puse tenso.

Saltaba a la vista que el chico tenía pocas monedas. No debería gastárselas en *magia*.

Una mano me agarró del brazo antes de que pudiera intervenir. Mi mano libre voló hacia mi bandolera, pero me detuve a la mitad, cuando reconocí a Thierry. Se había recogido el pelo para retirárselo de la cara. El estilo enfatizaba el tamaño de sus pómulos afilados. Sus ojos negros. Con un asomo de sonrisa, me soltó y señaló hacia la tienda con la cabeza. Fruncí el ceño cuando el chico le dio a Toulouse su muñeca. Pero me di cuenta de que era una talla de madera. Tenía cuernos. Pezuñas. Al fijarme, reconocí vagamente la silueta de la botella de vino de Lou. Me estrujé el cerebro, pero no recordaba su nombre.

Toulouse lo aceptó con cuidado con una mano. Acarició la bola de cristal con la otra.

Dentro de la neblina del cristal, unas siluetas comenzaron a tomar forma: el familiar hombre con cuernos que reinaba sobre la flora y la fauna, y una mujer alada con una corona de nubes. Una tercera mujer con aletas se les unió poco después. El niño aplaudió con alegría mientras ella revoloteaba sobre las olas del océano. Su risa sonaba... sana.

Fruncí el ceño todavía más.

Cuando salió corriendo de la carpa un momento después, todavía tenía la moneda en la mano... no. Un *montón* de monedas. Toulouse no le había quitado dinero al chico. Le había *dado* más. Lo observé todo, incrédulo, mientras una anciana se acercaba a la mesa.

—¿Por qué no hablas, Thierry? —pregunté.

No me respondió enseguida, pero sentí su mirada clavada en mí. Sentí cómo reflexionaba. Sin embargo, no dije nada más y me dediqué a observar cómo Toulouse señalaba la bola de cristal. Pero la mujer extendió la mano, y Toulouse trazó las líneas de su palma. Una sonrisa asomó a sus marchitos labios.

Por fin, Thierry suspiró.

Entonces, aunque era imposible, oí una voz en mi cabeza. Una voz *de verdad*. Como la de Toulouse, pero más suave. Extremadamente suave.

Toulouse y yo crecimos en las calles de Amandine.

Debí haberme sorprendido, pero no lo hice. No después de todo lo que había visto. Después de todo lo que había *hecho*. Una parte de mí se alegraba de haber tenido razón. Toulouse y Thierry St. Martin tenían magia. La otra parte no podía celebrarlo. No podía hacer nada más que estudiar a la anciana de la carpa de Toulouse. Cada vez que él la rozaba con los dedos, la mujer parecía rejuvenecer, aunque sus rasgos nunca cambiaban. Su piel se tornó más rosada. Sus ojos más claros. Su cabello más brillante.

Robábamos lo que necesitábamos para sobrevivir. Thierry también contempló cómo su hermano ayudaba a una anciana a sentirse bella de nuevo. *Al principio, solo éramos carteristas. Birlábamos algunas monedas para comprar comida, ropa. Pero nunca era suficiente para Toulouse. Con el tiempo puso la mira en gente más rica, condes, marqueses, incluso un duque o dos.*

Me dedicó una sonrisa triste. *Para entonces, Toulouse había aprendido que la verdadera riqueza no se hallaba en las baratijas que robábamos, sino en la información que guardaban los demás. Robábamos secretos en lugar de gemas, los vendíamos al mejor postor. No nos llevó mucho tiempo ganarnos una reputación. Al final, un hombre llamado Gris nos reclutó para unirnos a su banda.* Suspiró entonces, y se miró las manos. *Toulouse y Gris discutieron. Toulouse amenazó con contar sus secretos, y Gris se vengó cortándome la lengua.*

Lo miré con horror.

—Te cortó la lengua.

En respuesta, Thierry abrió lentamente la boca, mostrándome un círculo hueco de dientes. En la parte posterior de su garganta, el muñón de su lengua se movió inútilmente. Noté cómo la bilis subía por mi propia garganta.

—Pero tú no hiciste nada. ¿Por qué te castigó a ti?

Las calles son crueles, cazador. Tienes suerte de no haberlas conocido. Te cambian. Te endurecen. Los secretos, las mentiras necesarias para sobrevivir... no es sencillo olvidar todo eso. Volvió a centrar la mirada en su hermano. *No culpo a Toulouse de lo que pasó. Hizo lo que creyó necesario.*

—Él es la razón por la que no tienes *lengua.*

Gris sabía que la mejor manera de que mi hermano mantuviera la boca cerrada era amenazarme. Y funcionó. La noche en que perdí mi voz fue la noche en que él perdió la suya. Toulouse ha sido un guardián de secretos desde entonces. Y un hombre mejor.

Incapaz de comprender semejante fortaleza, semejante aceptación, semejante calma, cambié de rumbo.

—Has dicho que perdiste la voz, pero puedo oírla claramente en mi mente.

Descubrimos nuestra magia esa noche y yo ya había pagado el precio del silencio. Nuestros ancestros me permitieron comunicarme de una manera diferente.

Eso me llamó la atención.

—¿No sabíais que teníais magia? —Para mi sorpresa, no fue Thierry quien respondió. Fue Deveraux. Vino hacia nosotros desde el carromato escarlata, con las manos metidas en los bolsillos. Su abrigo de cachemira se abría sobre una camisa de lunares, y la pluma de pavo real de su sombrero rebotaba con cada paso que daba.

—Dime, Reid, si nunca hubieras visto el color rojo, ¿sabrías cómo es? ¿Lo reconocerías en ese cardenal? —Hizo un gesto hacia el techo de la *boulangerie*, donde se había posado un pájaro carmesí. Como si percibiera nuestro interés en él, alzó el vuelo.

—*Mmm...* ¿no?

—¿Y crees que podría volar si se pasara toda la vida creyendo que no puede?

Ante la mueca que hice, añadió:

—Has pasado toda una vida reprimiendo de forma inconsciente tu magia, querido muchacho. Tal empresa no es fácil de deshacer. Parece que solo la visión del cuerpo sin vida de tu esposa fue lo suficientemente poderosa para liberarla.

Entrecerré los ojos.

—¿Cómo sabes quién soy?

—Pronto descubrirás que sé muchas cosas que no debería. Me temo que es una de las consecuencias desagradables de conocerme.

La risa de Thierry resonó en mi mente. *Es verdad.*

—¿Y... y tú? —pregunté, mandando la precaución a tomar viento. Él sabía quién era yo. *Qué* era. No tenía sentido fingir lo contrario—. ¿Eres *tú* un brujo, monsieur Deveraux?

—¿La verdad? —Me dedicó un guiño alegre y continuó hacia la plaza—. No lo soy. ¿Responde eso a tu pregunta?

Noté unos molestos pinchazos en la parte posterior del cráneo mientras desaparecía entre la multitud.

—No, en absoluto —murmuré con amargura. La anciana se levantó para irse también, y le dio un abrazo a Toulouse capaz de triturarle los huesos. Si no la hubiera visto transformarse, habría jurado que era una persona diferente. Cuando él le besó la mejilla a cambio, ella se ruborizó. El gesto, tan inocente, tan *puro,* me provocó una opresión el pecho. Combinado con la enigmática salida de Deveraux, me sentí... desequilibrado. A la deriva. Aquella magia no debía llevarse a cabo. Aquello... Todo aquello... no estaba bien.

Thierry me posó la mano en el hombro. *Ves la magia como un arma, Reid, pero te equivocas. Simplemente... es magia. Si la empleas para hacer daño, hace daño, pero si la empleas para ayudar...* Juntos, observamos a Toulouse, que le colocó a la mujer una flor detrás de la oreja. Ella le sonrió antes de unirse a la multitud. *Ayuda.*

Segunda Parte

Quand le vin est tiré, il faut le boire.

Cuando se saca el vino, hay que bebérselo.

—PROVERBIO FRANCÉS

CAPÍTULO 18

LA MUERTE ROJA Y SU NOVIA, EL SUEÑO ETERNO

Reid

El collar de Zenna, de oro, con un medallón de diamantes del tamaño de mi puño, me golpeó en la cara mientras ella se inclinaba sobre mi pelo. Se había embadurnado las manos con una pasta pútrida para estilizar mis ondulaciones. Alejé su collar, irritado. Me picaban los ojos. Si le tirara el kohl fuera del carro, ¿se daría cuenta?

—Ni lo pienses siquiera —dijo, apartándome la mano del horrible maquillaje.

Beau había desaparecido convenientemente cuando Zenna llegó con su bolsa de cosméticos. Tampoco había visto a mi madre desde que nos detuvimos en aquel campo. Los aldeanos de Beauchêne, una aldea a las afueras de La Fôret des Yeux, habían construido un escenario de verdad para las *troupes* que pasaban por allí, muy diferente de las plazas y tabernas de pueblo en las que habíamos actuado hasta entonces. Lo habían montado allí por la tarde. Los carromatos de mercaderes y de comida habían sido los siguientes. A medida que el sol desaparecía poco a poco en el horizonte, las risas y la música empezaron a llegar hasta el carromato ámbar.

No sabía por qué, pero me dolía el pecho. Habían pasado seis días desde mi primera actuación. Beauchêne era la última parada de la gira oficial de la Troupe de Fortune. Una vez en Cesarine, Deveraux y sus actores desaparecerían en las catacumbas bajo la ciudad, donde los privilegiados de la sociedad se mezclaban con la escoria. Desinhibidos, libertinos, y enmascarados.

La Mascarade des Crânes, la había llamado madame Labelle. La Mascarada de la Calavera.

Yo nunca había oído hablar de tal espectáculo. Ella no se había sorprendido en absoluto.

Deveraux terminó de abotonarse el chaleco.

—Un poco más de volumen en la parte superior, por favor, Zenna. Ah, sí. ¡Así está mejor! —Me guiñó un ojo—. Está usted *resplandeciente*, monsieur Muerte Roja. Absolutamente resplandeciente. ¡Y así debe ser! Resulta que esta noche es una noche especial.

—¿Lo es?

Los ojos de Zenna se convirtieron en rendijas. Esa noche llevaba un vestido esmeralda, o quizás púrpura. Despedía un brillo iridiscente a la luz de las velas. Se había pintado los labios de negro.

—*Todas* las noches son especiales en el escenario, cazador. Si te aburres, el público se dará cuenta. Un público aburrido es un público tacaño, y si no *me* dan propina por *tu* culpa, me voy a enfadar. —Me apuntó con su cepillo dorado a la cara—. No quieres que me enfade, ¿verdad?

Aparté su cepillo lentamente. Volvió a ponérmelo en la cara.

—Siempre estás enfadada —contesté.

—Uy, no. —Mostró una sonrisa amenazadora—. No me has visto enfadada.

Deveraux se rio entre dientes mientras las voces de fuera se hacían más fuertes.

Las sombras, más largas.

—No creo que *nadie* se aburra esta noche, dulce Zenna.

Cuando intercambiaron una mirada significativa, fruncí el ceño, seguro de que me había perdido algo.

—¿Ha habido algún cambio en la programación?

—Qué astuto. —Me lanzó mi máscara con cuernos mientras arqueaba las cejas—. Da la casualidad, querido muchacho, de que tú eres el cambio de programación. Esta noche, nos reemplazarás a Seraphine y a mí como teloneros de la Troupe de Fortune.

—Y será mejor que no lo estropees —advirtió Zenna, amenazándome con su cepillo una vez más.

—¿Qué? —Entrecerré los ojos mientras me ponía la máscara—. ¿Por qué? ¿Y dónde está mi madre?

—Esperándote, por supuesto. No temas, ya la he avisado del cambio de horario. Beau la está atando a la ruleta ahora mismo. —Sus ojos brillaban con malicia—. ¿Vamos?

—¡Espera! —Zenna me llevó de vuelta a su catre y colocó con extremo cuidado un mechón de pelo sobre mi máscara. Cuando me la quedé mirando, desconcertado, me empujó hacia la puerta.

—Ya me lo agradecerás más tarde.

Aunque no había nada intrínsecamente sospechoso en sus palabras, se me revolvió el estómago y sentí una especie de vértigo cuando bajé del carromato. El sol casi se había puesto, y la expectación palpitaba en el aire del atardecer. Brillaba en las caras de aquellos que estaban más cerca de mí. En el modo en que daban saltitos y se giraban para susurrar con sus vecinos.

Fruncí el ceño todavía más.

Aquella noche era diferente.

No sabía por qué, no sabía cómo, pero lo sentía.

Aún sonriendo como un gato con un cuenco de leche, tarareando para sí mismo, Deveraux me llevó al escenario. Un cuadrado de madera en el centro del campo. Unos farolillos parpadeaban a lo largo del perímetro, arrojando una luz tenue sobre la nieve cuajada. Sobre los abrigos, bufandas y guantes. Alguien había girado mi diana para que quedara de espaldas al público. No podía ver a mi madre, pero Beau se apartó un poco, discutiendo con ella. Avancé para unirme a ellos.

Deveraux me agarró del brazo.

—Ah, ah, ah. —Sacudió la cabeza, me hizo girar hacia delante y me quitó la capa al mismo tiempo. Hice una mueca. Luego temblé. Con los ojos brillantes por la emoción, la multitud me miró expectante, mientras sostenían copas de hidromiel y vino especiado—. ¿Estás listo? —murmuró Deveraux.

En un movimiento instintivo, comprobé los cuchillos de la bandolera, y la espada que llevaba atada a la espalda. Me enderecé la máscara.

—Sí.

—Excelente. —Entonces se aclaró la garganta, y el campo se quedó en silencio. Abrió los brazos. Su sonrisa se hizo más ancha—. ¡Señores y señoras, carniceros y panaderos, plebeyos y patricios, *bonsoir*! ¡Saludos!

Beban, beban, por favor, y permítanme expresarles mi más profunda gratitud por su hospitalidad. —La multitud aplaudió—. Si les deleitan nuestras actuaciones de esta noche, por favor, consideren la posibilidad de obsequiar a los actores con una pequeña muestra de aprecio. Su generosidad permite a la Troupe de Fortune continuar proveyendo a Beauchêne de lo que todos adoramos: frivolidad desenfrenada y entretenimiento íntegro.

Eché un vistazo a mis pantalones de cuero.

Íntegro.

Como si me leyera la mente, alguien de entre la multitud me silbó. Con las orejas ardiendo, entrecerré los ojos en la dirección del silbido, pero en la semioscuridad no pude discernir al culpable. Solo sombras. Siluetas. Una mujer bien formada y un hombre delgado me saludaron. Con una tos, miré hacia otro lado y...

Abrí los ojos de golpe.

—¡Escúchenme todos y escúchenme de verdad! —La voz de Deveraux se alzó, pero apenas la oí. Me acerqué al borde del escenario, buscando a la mujer y al hombre que tan familiares me resultaban. Habían desaparecido. Los latidos de mi corazón resonaban estruendosamente en mis oídos—. Honorables invitados, esta noche y solo esta noche, seremos testigos de una experiencia singular en este escenario. Un número completamente *nuevo*, una epopeya, un *dechado* de peligrosa intriga y romance mortal.

¿Nuevo *número*? Alarmado, intenté llamar su atención, pero él solo me guiñó un ojo, pasando a zancadas por delante de mí hasta la ruleta de lanzamiento. Beau sonrió y se hizo a un lado.

—Y ahora, sin más preámbulos, ¡les presento a nuestro *Mort Rouge* —Deveraux me hizo un gesto antes de dar la vuelta a la ruleta— y su novia, *Sommeil Éternel*!

Me quedé con la boca abierta.

Atada a la tabla, Lou me sonrió. Unas mariposas blancas (no, *polillas*) le cubrían la esquina superior del rostro, sus alas desaparecían en su pálida melena. Pero su vestido... Se me secó la boca. No era un vestido en absoluto, más bien eran como hilos de seda de araña. Unas mangas de gasa descendían de los hombros. El escote se hundía en la curva de su cintura. Desde allí, la transparente tela de la falda, a tiras, se agitaba suavemente con la brisa, dejando al descubierto, sus piernas. Sus piernas *desnudas*. No podía apartar la vista, pasmado.

Deveraux tosió con fuerza.

Me ardió la cara al oírlo, y me moví sin pensar, arrancándole mi capa de las manos mientras me acercaba. Lou resopló cuando levanté la prenda para taparla, para cubrir toda esa piel suave y dorada...

—Hola, Chass.

La sangre me rugía en los oídos.

—Hola, *esposa*.

Miró detrás de mí, y así de cerca, su sonrisa parecía... fingida, de alguna manera. Amañada. Cuando fruncí el ceño, sonrió con más ganas, y sus pestañas revolotearon sobre el polvo plateado de sus mejillas. Quizá solo estaba cansada.

—Tenemos público.

—Lo *sé*.

Me miró el pelo, lo recorrió hasta la línea de mi mandíbula antes de desviarse hasta mi garganta. Mi pecho. Mis brazos.

—Tengo que admitir —dijo con un guiño—, que el delineador de ojos me convence.

Se me contrajo el estómago. Sin saber si estaba enfadado o extasiado o... o algo más, me acerqué, tirando la capa a un lado. Otro paso. Ahora estaba lo bastante cerca para sentir el calor que emanaba de su piel. Fingí revisar las correas de sus muñecas. Bajé los dedos por el interior de sus muslos, sus pantorrillas, para apretar las de sus tobillos.

—¿De dónde has sacado este vestido?

—De Zenna, por supuesto. Le gustan las cosas bonitas.

Por supuesto. *Maldita Zenna*. Aun así, el alivio no tardó en reemplazar mi incredulidad. Lou estaba allí. Estaba *a salvo*. Lentamente, recorrí su cuerpo con la mirada para acabar mirándola a los ojos, entreteniéndome en su boca, antes de levantarme.

—¿Qué estás haciendo aquí? —Cuando movió la cabeza hacia Ansel y Coco, que ahora rondaban en un lateral del escenario, sacudí la cabeza para interrumpirla.

—No. *Tú*. ¿Qué haces *tú* atada a esta ruleta? Es demasiado peligroso.

—Quería sorprenderte. —Su sonrisa se ensanchó todavía más—. Y solo los actores viajan en los carromatos.

—No puedo lanzarte *cuchillos*.

—¿Por qué no? —Cuando compuse una mueca, movió las caderas contra la madera. Distrayéndome. Siempre tratando de distraerme—. ¿Exageré tu destreza?

A regañadientes, di un paso atrás.

—No.

Sus ojos brillaron con maldad.

—Demuéstralo.

No sé qué me impulsó a hacerlo. Tal vez fuera el desafío que me lanzaba su sonrisa. El rubor febril de sus mejillas. Los susurros silenciosos del público. Desenvainé un cuchillo de mi bandolera, y caminé hacia atrás, lanzándolo al aire y recogiéndolo con un golpe sordo. Antes de que pudiera pensármelo mejor, antes de que pudiera dudar, lo lancé contra la ruleta.

Se incrustó profundamente en la madera entre sus piernas. Toda la tabla reverberó por el impacto.

La multitud rugió de alegría.

Y Lou… Dejó caer su cabeza hacia atrás y se rio.

El sonido me inundó por completo, me animó, y el público desapareció. Solo existía Lou y su risa. Su sonrisa. Su *vestido*.

—¿Eso es todo? —me provocó.

Saqué otro cuchillo en respuesta. Y otro. Y otro. Los lancé más y más rápido mientras acortaba la distancia entre nosotros, besando las líneas de su cuerpo con cada hoja.

Cuando lancé el último, me precipité hacia delante, sin aliento a causa de mi propia adrenalina. Arranqué los cuchillos de la madera en medio de los aplausos del público.

—¿Cómo nos has alcanzado tan rápido?

Dejó caer la cabeza sobre mi hombro. El suyo todavía temblaba.

—No ha sido con magia, si eso es lo que preguntas. Tu Sueño Eterno lleva una semana sin dormir.

—¿Y has conseguido la alianza?

Alzó la cara y volvió a sonreír.

—Sí.

—¿*Cómo*?

—Nosotros… —Algo cambió en sus ojos, en su sonrisa, y me plantó un beso en la piel sensible situada entre mi cuello y el hombro—. Fue

Coco. Deberías haberla visto. Estuvo espléndida, una líder nata. No tardó en convencer a su tía de que se uniera a nosotros.

—¿En serio? —Hice una pausa para arrancar otro cuchillo—. La Voisin ni siquiera me dejó *entrar* en su campamento. ¿Cómo la persuadió Coco para que se uniera a nosotros tan rápidamente?

—Ella solo... Las ventajas de una alianza eran mayores que las desventajas. Eso es todo.

—Pero ella conocía las ventajas de antemano. —Un asomo de confusión atravesó mis pensamientos. Demasiado tarde, me di cuenta de que Lou se había puesto tensa y de que las correas estaban tirantes—. Y aun así se negaba.

—A lo mejor no era consciente. A lo mejor alguien la iluminó.

—¿Quién?

—Ya te lo he *dicho*. —Su sonrisa se desvaneció y su expresión se endureció de sopetón. La farsa llegó a su fin—. Fue Coco. *Coco* la iluminó. —Cuando retrocedí ante su tono, suspiró y miró hacia otro lado—. Se reunirán con nosotros en Cesarine dentro de dos días. Creía que te alegrarías.

Arqueé las cejas.

—Me alegro, es solo...

No tiene sentido.

Algo había pasado en el campamento de sangre. Algo que Lou se negaba a contarme.

Cuando por fin me devolvió la mirada, sus ojos me resultaron ilegibles. Cuidadosamente inexpresivos. Controlados. Como si hubiera bajado las persianas entre nosotros, dejándome fuera. Inclinó la barbilla hacia mis cuchillos.

—¿Hemos terminado con esto?

Como si hubiera estado escuchando, Deveraux se acercó a nosotros, mientras su mirada se dirigía al público.

—¿Pasa algo malo, palomitas?

Arranqué el último cuchillo de la madera, intentando mantener un tono de voz neutro.

—Todo va bien.

—Entonces, ¿pasamos al gran final?

Caminando hacia atrás una vez más, desenfundé la espada de la vaina que llevaba a la espalda.

—Sí.

Un rastro de sonrisa asomó a los labios de Lou.

—¿No vas a prenderle fuego?

—No. —La miré fijamente, inmerso en mis pensamientos, mientras Deveraux me vendaba los ojos por encima de la máscara. A oscuras, vi claramente otra escena dentro de mi mente. El polvo. Los trajes. El terciopelo azul. Olí la madera de cedro y las lámparas de aceite. Oí su voz. *No te oculto nada, Reid.*

Había nevado esa noche. Notaba su pelo húmedo en la punta de los dedos. *Si no te sientes cómoda para decírmelo, es culpa mía, no tuya.*

Lou volvía a guardar secretos.

Me obligué a concentrarme, a prestar atención mientras Deveraux le daba a la manilla y la ruleta comenzaba a moverse. Con cada suave batir, llevé la cuenta de las vueltas, establecí su velocidad, visualicé dónde se encontraba el cuerpo de Lou. Me había puesto nervioso por tener que lanzarle la espada a mi madre la primera vez, pero había sabido que la confianza era vital para el éxito. Tenía que confiar en ella, y ella tenía que confiar en mí.

Nunca habíamos fallado.

Ahora, de pie frente a Lou, visualicé el punto sobre su cabeza. Solo unos pocos centímetros de madera. Cinco, para ser precisos. No había margen de error. Respiré hondo y esperé. Esperé.

Dejé que mi espada volara.

El público jadeó, y el sonido de la espada incrustándose en la madera vibró en mis huesos. Me arranqué la venda de los ojos.

Con la respiración acelerada y la boca abierta, Lou me miraba con los ojos como platos. La espada no se había alojado sobre su cabeza, sino a su lado, tan cerca que había dibujado una fina línea de sangre en su mejilla. El ala de una de sus polillas flotaba hacia el escenario, pues la espada la había seccionado, mientras la ruleta dejaba de girar. El público vitoreó salvajemente. Sus gritos, sus elogios, sus risas… carecían de sentido para mí.

Había fallado.

Y Lou volvía a guardar secretos.

CAPÍTULO 19

ELLA NO ME QUIERE

Lou

Cuando los últimos aldeanos se retiraron a sus casas, con cara de sueño y tambaleándose, Claud Deveraux sacó el Boisaîné para celebrar nuestro reencuentro.

—Deberíamos bailar —murmuré, dejando caer la cabeza sobre el hombro de Reid. Él apoyó su mejilla en mi pelo. Estábamos sentados juntos en los escalones del carromato ámbar, acurrucados bajo una colcha de retazos, y veíamos cómo Coco y Ansel les daban las manos a Zenna y Toulouse. Bailoteaban al ritmo de la mandolina de Deveraux en un círculo frenético. Todos intentaron recordar la letra de «Liddy la pechugona» pero ninguno lo consiguió. Con cada botella de vino a sus pies, su risa se volvía más fuerte, y su canción, más estúpida.

Quería unirme a ellos.

Sin embargo, cuando bostecé, notando los párpados pesados por el cansancio y el vino, Reid me dio un beso en la sien.

—Estás exhausta.

—Se están cargando la canción de Liddy.

—*Tú* sí que te la cargas.

—¿Perdón? —Me incliné hacia delante y me giré para mirarlo. Aun así, una sonrisa me asomaba en los labios—. *Muchas* gracias, pero mi entusiasmo lo es todo.

—Excepto una voz prodigiosa.

Encantada, abrí los ojos fingiendo indignación.

—Muy bien, entonces. De acuerdo. Escuchemos tu *prodigiosa voz.*
—Cuando no dijo nada, solo sonrió, le clavé un dedo en las costillas—.
Adelante. Enséñame cómo se hace, oh, melodioso señor. Los plebeyos
aguardan tus lecciones.

Con un suspiro, puso los ojos en blanco y se alejó de mi dedo.

—Olvídalo, Lou. No voy a cantar.

—¡Ah, no! —Me acerqué a él como una lapa, intentando pellizcarlo
por todos lados. Sin embargo, esquivó mis intentos y se puso en pie. En
respuesta, me coloqué en el escalón superior, inclinándome hacia delante hasta que estuvimos casi frente a frente. La manta cayó al suelo, olvidada—. Venga, asómbrame y déjame sin habla, Chass. Tu voz debería
hipnotizar a las serpientes y encantar a las vírgenes para que se quiten
las bragas. Más te vale que tu voz sea idéntica a la del niño Jesús y...

Su beso se tragó el resto de mis palabras. Cuando nos separamos,
murmuró:

—No tengo ningún interés en quitarles las bragas a las vírgenes.

Con una sonrisa, le rodeé el cuello con los brazos. No había mencionado nuestra discusión en el escenario ni la zorra negra que dormía en
nuestro carromato. No había mencionado el corte de mi mejilla ni que
dicha zorra se llamaba Brigitte.

—¿Ni siquiera a Ansel? —pregunté.

Después de nuestra actuación, Coco y Ansel me habían acorralado
para preguntarme cómo se había tomado Reid la noticia de los asesinatos
de sus hermanos. Mi silencio les había exasperado. *Su* consiguiente silencio me había exasperado a mí. No era que no *quisiera* contarle a Reid toda
la verdad, pero ¿de qué serviría? No *conocía* a Etienne y Gabrielle. ¿Por
qué debería llorarlos? ¿Por qué debería asumir la responsabilidad de sus
muertes? Porque eso haría. De eso estaba segura. Si descubría que mi madre había empezado a perseguir a sus hermanos uno por uno, se centra-
ría en protegerlos en lugar de en derrotar a Morgane, una estrategia
ilógica, ya que su muerte era la única manera de garantizar su seguridad.

No, aquello no era una mentira. No le había *mentido.* Aquello era
solo... un secreto.

Todo el mundo tenía secretos.

Reid negó con la cabeza.

—Ansel no es precisamente mi tipo.

—¿No? —Me acerqué, exhalé la palabra como un suspiro contra sus labios, y él subió los escalones lentamente, apoyándome contra la puerta del carromato. Me apoyó las manos a ambos lados de la cara. Enjaulándome allí—. ¿Cuál *es* tu tipo?

Arrastró la nariz a lo largo de mi hombro.

—Me *encantan* las chicas que no saben cantar.

Con una risa burlona, le planté las manos en el pecho y lo empujé.

—Serás *imbécil*.

—¿Por qué? —preguntó con inocencia mientras se tropezaba hacia atrás, casi cayéndose de culo en la nieve—. Es la verdad. Cuando sueltas un gallo, me pone...

—«El gran Willy Billy nunca se abstiene...» —vociferé, con una mano en cada cadera. Fui tras él, intentando en vano reprimir la risa—. «... dice tonterías tan grandes como su pene». —Cuando farfulló, mirando hacia atrás en dirección a los demás, dije en voz alta—: ¿Es esto lo que te gusta, Chass? ¿Esto te pone caliente?

El alboroto a nuestra espalda cesó en cuanto pronuncié esas palabras. Todos los ojos se posaron sobre nosotros.

Un rubor se deslizó por las mejillas de Reid, y este levantó una mano para aplacarme.

—Muy bien, Lou. Ya has dejado clara tu opinión...

—«En el bulto de su pantalón Liddy se fijó...».

—*Lou*. —Saltó hacia delante cuando madame Labelle se rio, e intentó taparme la boca, pero lo esquivé con un bailoteo, antes de pasarle el brazo a Beau alrededor del codo y ponerme a dar vueltas sin control.

—«... y en nueve meses, un bebé nació». —Por encima del hombro, le grité—: ¿Has oído eso, Reid? Un *bebé*. Porque el *sexo*...

Deveraux aplaudió y se rio.

—¡Excelente, excelente! Ya sabéis que conocí a Liddy, jamás volveré a conocer a una criatura tan encantadora. Tenía un espíritu muy vivaz. Le habría encantado saber que ahora todo el reino la adora.

—Espera. —Me giré hacia Deveraux, arrastrando a Beau conmigo a medida que avanzaba—. ¿Liddy la pechugona era una persona real?

—¿Y la *conocías*? —preguntó Beau incrédulo.

—Por supuesto que sí. Y al joven William. Fue muy desafortunado que no permanecieran juntos después del nacimiento de su querida hija, pero tal es la naturaleza de las relaciones alimentadas solo por apetitos pasionales.

Reid y yo intercambiamos una mirada.

Ambos miramos hacia otro lado rápidamente.

Y fue *entonces* cuando vi a Coco y Ansel escabullirse juntos. Por desgracia, Beau también lo vio. Con una mueca burlona, sacudió la cabeza y volvió a la hoguera, tras agacharse para hacerse con una botella de vino por el camino. Reid se lo quedó mirando con una expresión inescrutable. En cuanto a mí, traté de discernir a través del campo las siluetas de Coco y Ansel, que se habían acercado a un arroyo en la linde del bosque. Parecían estar... cerca. *Sospechosamente* cerca. *Alarmantemente* cerca.

Deveraux interrumpió mis ojeadas furtivas.

—Temes por el corazón de tu amigo.

—¿Yo... qué? —Aparté la mirada—. ¿De qué estás hablando?

—Tu amigo. —Con una mirada sagaz, señaló a Ansel con la cabeza—. *La jeunesse éternelle.* Permanecerá eternamente joven. Hay quienes no aprecian semejante inocencia en un hombre.

—Hay quienes son estúpidos —respondí, arqueando el cuello para ver cómo Ansel...

Abrí los ojos de par en par.

Oh, Dios mío.

Oh, Dios mío, oh, Dios mío, oh, Dios *mío.*

Se estaban besando. Se estaban *besando.* Coco se había inclinado y Ansel se había puesto en marcha. Estaba jugando, moviendo ficha. Me acerqué más, y el orgullo y el miedo me inundaron el pecho en igual medida.

Deveraux sonrió y arqueó una ceja.

—Obviamente, también hay quienes *sí* saben apreciarlo.

Reid me arrastró de vuelta a su lado.

—No es asunto nuestro.

Le eché una mirada incrédula.

—Estás de broma, ¿verdad?

—No...

Pero no le hice caso. Me libré de su mano y me deslicé entre los carromatos. Quizás fuera el vino lo que me obligó, o quizás fuera la postura de Coco, rígida e incómoda, como... como si...

Como si estuviera besando a su hermano pequeño. Mierda.

Se alejó de él un segundo, dos, *tres*, antes de inclinarse para intentarlo de nuevo.

Rodeé el escenario, escondiéndome entre sus sombras, lo bastante cerca como para oír que Coco le pedía entre murmullos que parara. Negando con la cabeza, se envolvió la cintura con los brazos como si tratara de hacerse lo más pequeña posible. Como si tratara de desaparecer.

—Ansel, por favor. —Se esforzó por mirarlo—. No llores. Esto no es... No quería...

Mierda, mierda, *mierda*.

Me apretujé más contra el escenario, intentando captar sus explicaciones musitadas. Cuando una mano me tocó la espalda, me llevé un susto de muerte. Reid se agachó detrás de mí, con un aura de desaprobación absoluta.

—Lo digo en serio, Lou —repitió, en voz baja—. Esto es asunto suyo, no nuestro.

—Habla por ti. —Al volver a asomarme por la esquina del escenario, vi cómo Ansel se limpiaba una lágrima de la mejilla. Se me retorció el corazón—. Esos son mis mejores amigos. Si las cosas se estropean entre ellos, seré yo la que tenga que arreglar el desastre. Pues claro que es asunto mío.

—Lou...

Coco giró la cabeza en nuestra dirección, y yo me eché hacia atrás, golpeando directamente a Reid. Él reaccionó con la suficiente rapidez como para no derribar todo el escenario, agarrándome por los hombros para mantener el equilibrio y tirándonos a los dos al suelo. Giré la cabeza para susurrarle en la mejilla.

—Shhh.

Su aliento en mi oreja me provocó escalofríos en la columna vertebral.

—Esto está mal.

—Entonces, por lo que más quieras, regresa a los carromatos.

No lo hizo, y juntos, nos inclinamos hacia delante, pendientes de cada palabra de Coco.

—No quería que esto sucediera, Ansel. —Enterró la cara en las manos—. Lo siento mucho, pero esto ha sido un error. No debería haberlo hecho, no quería que pasara.

—¿Un error? —La voz de Ansel se quebró con aquella palabra, y se acercó para agarrarle la mano. Las lágrimas le rodaban por las mejillas—. Me has besado. *Tú* me has besado *a mí*. ¿Cómo puedes decir que ha sido un error? ¿Por qué me has besado otra vez si lo ha sido?

—¡Porque necesitaba saberlo! —Con una mueca ante su propio arrebato, se deshizo de la mano de Ansel y comenzó a caminar—. Mira —susurró, furiosa—, estoy un poco borracha…

Ansel endureció la expresión.

—No estás tan borracha.

—Sí, lo estoy. —Se apartó el pelo de la cara, frenética—. Estoy borracha, y me he comportado como una idiota. No quiero darte la impresión equivocada. —Entonces fue ella quien tomó las manos de él, y se las hizo levantar hasta la altura del pecho—. Eres una buena persona, Ansel. Mejor que yo. Mejor que todos. Eres… eres *perfecto*. Cualquiera sería afortunada de estar a tu lado. Yo solo… yo…

—No me quieres.

—¡No! Es decir, *sí*. —Cuando él se alejó, apartando su cara de la de ella, Coco adoptó una expresión afligida. Bajó tanto la voz que Reid y yo hicimos un esfuerzo por inclinarnos hacia delante, desesperados por escuchar sus palabras—. Sé que crees que estás enamorado de mí, Ansel, y yo quería corresponderte también. Te he besado porque necesitaba saber si alguna vez podría estarlo. Te he besado una segunda vez porque necesitaba asegurarme.

—Necesitabas asegurarte —repitió—. Así que… cada vez que me tocabas… me hacías sonrojar, me hacías *sentir* como si también me quisieras… no lo sabías con certeza. Me has dado esperanzas, pero no estabas *segura*.

—Ansel, yo…

—Entonces, ¿qué? —Ansel se mantuvo rígido, de espaldas a nosotros. Aunque no podía verle la cara, su voz sonaba más aguda de lo que jamás la había oído. Más mezquina. En su tono, casi podía *ver* su angustia, un ser vivo que los atormentaba a ambos—. ¿Me quieres o no? —Coco estuvo un largo rato sin responder. Reid y yo esperamos, conteniendo la respiración, sin atrevernos a hablar. O a movernos. Al final, ella apoyó una mano en su espalda con suavidad.

—Te quiero, Ansel. Solo que… no te quiero de la misma manera que tú me quieres a mí. —Cuando él se estremeció, en una reacción violenta, ella dejó caer la mano y retrocedió—. Lo siento mucho.

Sin decir nada más, se dio la vuelta y huyó arroyo abajo. A Ansel se le hundieron los hombros en cuanto ella desapareció, y yo me dispuse a acercarme a él, para abrazarlo y sostenerlo hasta que se le agotaran las lágrimas, pero Reid me rodeó la cintura con los brazos.

—No —dijo en voz baja—. Deja que lo asimile.

Me quedé quieta, mientras oía cómo Deveraux exclamaba que era hora de dormir. Ansel se secó las lágrimas y se dio prisa para ayudarle a recoger.

—Típico de Ansel —susurré, sintiéndome físicamente enferma—. ¿Por qué tiene que ser tan...?

Por fin, Reid me soltó.

—No se merecía lo que le ha hecho.

Emociones en conflicto luchaban en mi interior.

—Ella no ha *hecho* nada... Coquetear no es pecado.

—Lo ha engañado.

—Ella... —Me esforcé por articular mis pensamientos—. No puede cambiar sus sentimientos. No le *debe* nada.

—No era solo un coqueteo inofensivo, Lou. Conocía los sentimientos de Ansel. Los usó para poner celoso a Beau.

Sacudí la cabeza.

—No creo que pretendiera hacerlo. Tienes que entender que... Coco siempre ha sido preciosa. Creció rodeada de pretendientes, incluso de niña, lo que significa que creció deprisa. Eso hace que sea segura de sí misma, vanidosa y astuta, y yo la *quiero*, pero no es cruel. No quería hacer daño a Ansel. Es solo que... no entendía lo profundos que son los sentimientos de él.

Reid resopló, se puso de pie y me tendió una mano.

—No. No lo entendía.

Mientras los demás se preparaban para ir a dormir, apagando el fuego y recogiendo botellas vacías de vino, yo me escabullí por el arroyo para buscar a Coco. No tardé mucho. A unos pocos metros, la encontré sentada junto a un acebo, con la cara enterrada en los brazos. Me senté a su lado sin decir una palabra. El agua goteaba suavemente ante nosotras, llevando la cuenta de los segundos. Habría resultado pacífico de no ser por la nieve que me empapaba los pantalones.

—Soy una mierda de persona —murmuró al final, sin levantar la cabeza.

—Tonterías. —Con un movimiento experto, le separé el pelo, dividiendo cada mitad en tres secciones cerca de su coronilla—. Hueles mucho mejor que la mierda.

—¿Nos has oído?

—Sí.

Gimió y levantó la cabeza, con los ojos llorosos.

—¿Lo he estropeado todo?

Mis dedos no cesaron en sus hábiles movimientos, añadiendo nuevos mechones de pelo a cada sección mientras trenzaba.

—Estará bien, Coco. No morirá por tener el corazón roto. En realidad es un rito de paso para la mayoría. —Terminé la primera trenza, pero no la até—. Alec me rompió el corazón, y sobreviví. Babette te lo rompió a ti. Sin ellos, no habríamos encontrado a la persona siguiente. Yo no habría encontrado a Reid.

Ella se quedó mirando fijamente al agua.

—Dices que no pasa nada por haberle roto el corazón.

—*Digo* que si no lo hubieras hecho tú, lo habría hecho otra persona. Muy poca gente sienta la cabeza con su primer amor.

Gimió de nuevo e inclinó la cabeza hacia atrás para apoyarla en mis manos.

—Ay, *Dios*. He sido su primer amor.

—Trágico, ¿verdad? Supongo que sobre gustos no hay nada escrito. —Cuando terminé la segunda trenza, arranqué una ramita de acebo de la rama más cercana, retiré las bayas y se las introduje en el pelo. Se sentó en silencio mientras yo le adornaba el pelo. Cuando acabé, me arrastré para sentarme delante de ella—. Dale tiempo, Coco. Ya entrará en razón.

—No. —Negó con la cabeza y se le deshicieron las trenzas. Las bayas rociaron la nieve a nuestro alrededor—. Me odiará. Puede que me hubiera perdonado el coqueteo, pero nunca debí haberlo besado.

No dije nada. No serviría de nada decirle lo que ya sabía.

—*Quería* quererlo, ¿sabes? —Se abrazó los codos para combatir el frío, encorvándose ligeramente—. Por eso lo he hecho. Por eso nunca lo disuadí cuando me *miraba* de esa forma, con ojos de corderito y embelesado. Por eso lo he besado dos veces. Tal vez debería haberlo intentado una tercera.

—Coco.

—Me siento *fatal*. —Tenía los ojos anegados en lágrimas, pero ella miraba fijamente al cielo. No se le escapó ni una sola—. Nunca he querido hacerle daño. Tal vez… este dolor en mi pecho significa que me equivoco. —Levantó la vista de golpe y me agarró la mano—. Nunca he sufrido tanto por un romance en toda mi vida, ni siquiera cuando Babette me abandonó. Tal vez eso significa que *sí* me importa. Tal vez… Lou, ¡tal vez estoy malinterpretando mis sentimientos!

—No, no creo…

—Sin duda, es lo bastante guapo. —Ahogó mis palabras con las suyas, su desesperación rozaba la histeria—. *Necesito* a alguien como él, Lou, alguien que sea amable, cariñoso y *bueno*. ¿Por qué nunca me gustan los buenos? *¿Por qué?* —Puso una mueca y relajó las manos alrededor de las mías. Dejó caer la cabeza, derrotada—. Necesitamos una madre con la que hablar de este tipo de cosas, joder.

Con un resoplido, me incliné hacia atrás, me apoyé en las manos y cerré los ojos, saboreando el gélido mordisco de la nieve entre los dedos. La luz de la luna me bañaba las mejillas.

—Ya lo creo.

Nos quedamos en silencio, ambas atrapadas en nuestros propios pensamientos tempestuosos.

Aunque nunca lo había admitido ante nadie antes, anhelaba estar con mi madre. No con la Morgane le Blanc que confabulaba. No con la todopoderosa *Dame des Sorcières*. Solo… con mi madre. La que jugaba conmigo. La que me escuchaba. La que me había secado las lágrimas cuando creía que iba a morir por tener el corazón roto.

Cuando abrí los ojos, la vi contemplando el agua una vez más.

—La tía Josephine dice que me parezco a ella —dijo, con la voz cargada de emoción—. Por eso no soporta verme. —Se llevó las rodillas al pecho y apoyó la barbilla en ellas—. Me odia.

No le pedí que aclarara si hablaba de La Voisin o de su madre. El dolor en su mirada se reflejaba por cualquiera de las dos.

Intuyendo que el silencio la reconfortaría más que las palabras, no hablé. Me di cuenta de que había esperado mucho tiempo para contarme aquello. Además, ¿qué palabras podía ofrecerle? La práctica de las *Dames blanches* de abandonar a su prole (a los hijos que carecían de magia y a las hijas que poseían la magia equivocada) era aberrante. No había palabras que pudieran enmendarlo.

Cuando por fin habló de nuevo, una sonrisa melancólica invadió sus labios.

—No recuerdo demasiadas cosas de ella, pero a veces, cuando me concentro, veo destellos azules, o una luz que brilla a través del agua. El olor de los lirios. Me gusta pensar que era su perfume. —Su sonrisa se desvaneció y tragó con fuerza, como si el recuerdo agradable se hubiera agriado en su lengua—. Todo esto es ridículo, por supuesto. He estado con la tía Josephine desde que tenía seis años.

—¿Alguna vez te visitó? ¿Tu madre?

—Ni una sola vez. —De nuevo, guardé silencio, pues sabía que no había acabado de hablar—. En mi décimo cumpleaños, le pregunté a la tía Josephine si *maman* vendría a celebrarlo. —Se agarró las rodillas con más fuerza para protegerse del viento. O tal vez del recuerdo—. Todavía recuerdo la cara de la tía Josephine. Nunca antes había visto tanto odio. Ella… me dijo que mi madre estaba muerta.

La confesión me golpeó con una fuerza inesperada. Fruncí el ceño, parpadeando rápidamente para aliviar el escozor de mis ojos, y miré hacia otro lado para recomponerme.

—¿Lo está?

—No lo sé. No he tenido el valor de preguntar por ella desde entonces.

—Mierda, Coco. —Deseosa de distraerla, de distraerme a mí misma, meneé la cabeza, devanándome los sesos para cambiar de tema. *Cualquier tema* sería preferible a aquella angustiosa conversación. Yo había creído que Morgane era cruel. Cuánto cambiaban las cosas según el punto de vista—. ¿Cuál era el libro que tenía tu tía en su tienda?

Giró la cabeza para mirarme, frunciendo el ceño.

—Su grimorio.

—¿Sabes lo que hay dentro?

—Hechizos, en su mayoría. Un registro de sus experimentos. Nuestro árbol genealógico.

Reprimí un escalofrío.

—¿Qué clase de hechizos? Parecía… vivo.

Ella resopló.

—Eso es porque es espeluznante de narices. Yo solo lo he hojeado una vez en secreto, pero algunos de los hechizos que hay son maldiciones, posesiones, enfermedades y cosas por el estilo. Solo un tonto se enemistaría con mi tía.

Esa vez, por mucho que lo intenté, no pude evitar estremecerme. Por suerte, Claud eligió ese momento para acercarse.

—*Mes chéries*, aunque no quiero interrumpir, se ha hecho tarde. ¿Puedo sugeriros que os retiréis al carromato ámbar? Sin duda estáis agotadas por el viaje, y no es prudente dormir solas aquí por la noche.

Me puse de pie.

—¿Dónde está Reid?

Claud se aclaró la garganta con delicadeza.

—Por desgracia, el señor Diggory se encuentra ocupado en este momento. —Al ver mi ceja arqueada, suspiró—. Después de una mala broma de Su Alteza Real en el momento más inoportuno, el joven Ansel ha sucumbido a las lágrimas. Reid lo está consolando.

Coco se puso de pie, bufando como un gato incrédulo y furioso. Cuando por fin encontró las palabras, gruñó:

—Voy a matarlo. —Luego regresó al campamento soltando un torrente de maldiciones. Beau, que la vio llegar, cambió de dirección bruscamente y huyó hacia un carromato.

—¡Hazlo despacio! —le grité, añadiendo uno o dos improperios propios. Pobre Ansel. Aunque lo mortificaría ver a Coco intervenir para que lo dejara en paz, alguien tenía que cantarle las cuarenta a Beau.

Claud se rio entre dientes mientras un grito rasgaba el aire a nuestra espalda. Me giré, sorprendida, y quizás un poco complacida, esperando ver a Beau meándose encima, y me quedé paralizada.

No se trataba de Beau.

Media docena de hombres irrumpieron en el claro, con las espadas y los cuchillos desenvainados.

CAPÍTULO 20

UN ENCUENTRO INESPERADO

Lou

—Agáchate —ordenó Claud, su voz de golpe más profunda, más tajante. Me obligó a tumbarme en el suelo detrás de él, y colocó su cuerpo de tal manera que protegiera el mío. Pero aun así eché un vistazo por debajo de su brazo, buscando frenética los abrigos azules de los *chasseurs*. No había ninguno. Vestidos con harapos y abrigos deshilachados, aquellos hombres apestaban a bandidos. Literalmente *apestaban*. Podía olerlos desde donde estábamos, a treinta metros de distancia.

Claud nos había advertido del peligro del camino, pero yo no me lo había tomado en serio. La idea de que unos simples hombres nos abordaran había resultado ridícula comparada con la amenaza de las brujas y los cazadores. Pero esa toma de conciencia no fue lo que me dejó boquiabierta. No fue lo que me hizo intentar zafarme, intentar correr *hacia* los ladrones en vez de alejarme de ellos.

No. Era otra cosa. *Otra* persona.

En la retaguardia, blandiendo una hoja tan negra como la suciedad de su cara, se encontraba Bas.

—*Mierda.* —Horrorizada, le di un codazo a Claud en el costado cuando los ojos de Bas y Reid se encontraron. No se movió—. ¡Déjame levantarme! ¡Déjame levantarme *ya*!

—No llames la atención, Louise. —Me sujetó con un solo brazo, increíblemente fuerte—. Quédate quieta y tranquila, o te arrojaré al arroyo, una experiencia muy desagradable, te lo aseguro.

—¿De qué narices estás hablando? Ese es *Bas*. Es un viejo amigo. No me hará daño, pero parece que él y Reid están a punto de hacerse pedazos el uno al otro…

—Déjalos —dijo simplemente.

Impotente, vi cómo Reid sacaba su Balisarda de la bandolera. El último de sus cuchillos. Los demás permanecían incrustados en la ruleta de madera tras nuestra actuación. Bas retorció la cara en una mueca de desprecio.

—*Tú* —escupió.

Sus compañeros continuaron llevando a los demás al centro del campamento. Lamentablemente, nos superaban en número. Aunque Ansel blandió su cuchillo, lo desarmaron en segundos. Cuatro hombres más salieron del carromato, arrastrando a Coco y Beau con ellos. Ya les habían atado las muñecas y los tobillos con una cuerda, y ambos forcejeaban en vano por liberarse. Madame Labelle, sin embargo, no luchó contra su captor. Aceptó la situación con calma, estableciendo contacto visual de forma casual con Toulouse y Thierry.

Un hombre bajito de piel blanca como el hueso se dirigió hacia Reid y Bas, hurgándose entre los dientes con una daga.

—¿Y quién es este, eh, Bas?

—Este es el hombre que mató al arzobispo. —La voz de Bas resultaba irreconocible, dura como el acero que portaba en las manos. El pelo le había crecido mucho en todos los meses que habían pasado desde la última vez que lo había visto, y era ahora una maraña, y una cicatriz con mala pinta le cruzaba la mejilla izquierda. Parecía… hosco. Hambriento. Lo opuesto al chico blandito y mimado que había conocido—. Este es el hombre que mató al arzobispo. Cincuenta mil *couronnes* por su captura.

Los ojos de Blanco Hueso se iluminaron al reconocerlo.

—Reid Diggory. ¿Qué te parece? —se echó a reír de forma desagradable y estridente, antes de golpear uno de los carros con deleite—. La Dame Fortune es el mejor nombre posible, ¿no? Creíamos que íbamos a robar unas monedas, quizá hasta meterle mano a una actriz guapa, ¡y nos encontramos al puto Reid Diggory como caído del cielo!

Otro bandido, este alto y calvo, se adelantó, tirando de Coco. Su cuchillo reposaba en la garganta de esta.

—¿No hay nadie más que viaje con él, jefe? ¿Una chica con una cicatriz espantosa en la garganta? Los carteles dicen que es una bruja.

Mierda, mierda, *mierda*.

—Cállate —susurró Claud—. No te muevas.

Pero eso era una estupidez. Estábamos a plena vista. Lo único que aquellos idiotas tenían que hacer era mirar hacia abajo, al arroyo, y nos verían...

—Tienes razón. —Blanco Hueso escudriñó al resto de la compañía con entusiasmo—. Cien mil *couronnes* por la cabeza de esa.

Reid tensó la mano en su Balisarda, y Blanco Hueso sonrió, dejando al descubierto unos dientes marrones.

—Yo lo entregaría si fuera tú, hijo. Que no te entren aires de grandeza. —Hizo un gesto hacia Coco, y el calvo la sujetó con fuerza—. A menos que también quieras ver a esta cosita bonita sin cabeza.

Para mi sorpresa, Bas se rio.

—Quédate con su cabeza. Aunque a mí me gustaría ver todo lo demás.

—¿*Qué* acabas de decir? —balbuceó Coco, indignada—. ¿Acabas de...? Bas. Soy *yo*. Soy Coco.

La sonrisa desapareció del rostro de Bas y este inclinó la cabeza para estudiarla. Le agarró la barbilla entre el pulgar y el índice.

—¿Cómo sabes mi nombre, *belle fille*?

—Suéltala —ordenó Beau en un valiente intento de galantería—. Por orden del príncipe heredero.

A Blanco Hueso se le iluminó la mirada.

—¿Qué dices? ¿El príncipe heredero? —clamó con alegría—. No lo había reconocido, Su Alteza. Está muy lejos de casa.

Beau lo miró con desprecio.

—Mi padre se enterará de esto, te lo aseguro. Serás castigado.

—¿En serio? —Blanco Hueso lo rodeó con una mirada maliciosa—. Según mis cálculos, apostaría a que el castigado será *usted*, Su Alteza. Hace semanas que se marchó, ¿no? La ciudad está alborotada. Su padre intenta mantenerlo en secreto, pero los rumores se extienden. Su precioso hijito se ha aliado con las *brujas*. ¿Quién se lo iba a imaginar? No, no creo que me castiguen por devolverlo a casa. Creo que seré recompensado. —Dirigiéndose a Reid, añadió—: El *cuchillo*. Entrégalo. Ahora.

Reid no se movió.

La hoja del calvo dibujó una fina línea de sangre en la garganta de Coco.

—Bas... —dijo ella bruscamente.

—¿Cómo sabes mi *nombre*? —repitió.

—Porque te conozco. —Coco se resistió con más fuerza, y la cuchilla se hundió más en su piel. Inexplicablemente, Bas frunció todavía más el ceño, igual que yo. ¿Qué estaba haciendo? ¿Por qué fingía no conocerla?—. Somos amigos. Ahora déjame *ir*.

—¿Hueles eso? —Distraído, Blanco Hueso se acercó a ella, mirando su sangre con una expresión peculiar, hambrienta—. Huele como si algo se estuviera quemando. —Asintió. Una sonrisa complacida se extendió por su rostro—. He oído rumores sobre las brujas de sangre. No lanzan hechizos con las manos como las otras. Juraría que una vez vi una yo mismo. La olí, más bien. Casi me chamuscó las fosas nasales.

La voz de Bas adoptó un tono más áspero y convencido.

—Nunca he oído hablar de tal cosa, y nunca he visto a esta mujer antes en mi vida.

Coco abrió los ojos de par en par.

—*Imbécil*. Prácticamente vivimos juntos durante un *año...*

El calvo la golpeó en la cabeza. Aprovechando la oportunidad, Reid se lanzó hacia él en el mismo momento en que Coco se retorció, tratando de cubrir la muñeca del calvo con su sangre. Su piel chisporroteó, el hombre gritó, y los tres chocaron y cayeron en una maraña de extremidades. Más hombres se unieron a la pelea, le arrancaron a Reid el Balisarda y los inmovilizaron a ambos contra el suelo. La sangre de Coco silbaba allí donde tocaba la nieve. El vapor le envolvió la cara.

Madame Labelle miraba con expresión preocupada, pero aun así no se movió.

—Bueno —dijo Blanco Hueso con tono amable, y sin perder la sonrisa—, ha quedado claro, ¿no? Los *chasseurs* nos pagarán una buena cantidad por ella. Hemos pasado junto a una patrulla hace nada. Son unos cabrones astutos. Llevan semanas rastreando el bosque, poniéndonos las cosas difíciles, ¿eh? Por supuesto, podría quedarme con su sangre. Para un postor adecuado, sería valiosísima. —Blanco Hueso se rascó el mentón pensativo antes de hacerle un gesto a Reid—. ¿Y este? ¿Conoces a Reid Diggory, hijo?

Bas agarró su cuchillo con más fuerza.

—Me arrestó en Cesarine. —Temblando de rabia, se arrodilló junto a Reid y le acercó el cuchillo a la cara—. Por *tu* culpa, mi primo me desheredó. Por *tu* culpa me dio por muerto en las calles.

Reid lo miró impasible.

—Yo no maté a esos guardias.

—Fue un accidente. Solo lo hice porque... —Bas sufrió un espasmo repentino. Parpadeando con rapidez, sacudió la cabeza para despejarla—. Porque... —Miró a Coco confundido. Ella frunció el ceño—. Yo... ¿Por qué...?

—¡Deja de parlotear, muchacho, y ve al grano!

—Yo no... lo recuerdo —terminó Bas, con el ceño fruncido. Sacudió la cabeza una vez más—. No me acuerdo.

El calvo miró a Coco con recelo.

—Eso es brujería. Espeluznante.

Blanco Hueso resopló con asco.

—Me importa un bledo la brujería. Lo único que me importa son mis *couronnes*. Bueno, Bas, dime... ¿está aquí la otra? ¿La que todos buscan? —Se frotó las manos con avidez—. Piensa en lo que podríamos hacer con cien mil *couronnes*.

—Hay zancos en el carromato, si estás pensando en unas prótesis. —Coco esbozó una sonrisa mostrando los dientes, y señaló las diminutas piernas del hombre con un gesto de la cabeza. Los hombres intentaron en vano estamparle la cara en el suelo—. Estoy segura de que con los pantalones adecuados, nadie se daría cuenta.

—Cierra la boca —gruñó Blanco Hueso, con las mejillas sonrojadas—. Antes de que te la cierre yo.

La sonrisa de Coco desapareció.

—Por favor, hazlo.

Pero al parecer, a pesar de que Blanco Hueso había afirmado que las brujas le traían sin cuidado, sentía un respeto considerable por ellas. O tal vez fuera miedo.

Simplemente gruñó y se giró hacia Bas.

—¿Y bien? ¿Está ella aquí?

Contuve la respiración.

—Yo no... —Los ojos de Bas se posaron sobre los miembros de la compañía—. No lo sé.

—¿Qué quieres decir con que *no lo sabes*? Se supone que viaja con este, ¿no? —Apuntó con su cuchillo a Reid.

Bas se encogió débilmente de hombros.

—No la he visto nunca.

El alivio me inundó, y cerré los ojos, dejando escapar un suspiro. Puede que Bas siguiera todavía allí, en algún lugar bajo su nuevo y desafortunado exterior. Mi viejo amigo. Mi confidente. Después de todo, le había salvado el pellejo en la Torre. Habría sido una forma nefasta de devolverme el favor quedarse a ver cómo sus amigos me cortaban la cabeza. Aquello que se traía entre manos con Coco era simplemente teatro. Estaba intentando ayudarnos, salvarnos.

Blanco Hueso gruñó de frustración.

—Registrad la zona.

Cuando dio la orden, abrí los ojos de par en par… justo a tiempo para ver a Reid mirar en mi dirección. Cuando Blanco Hueso siguió su mirada, reprimí un gemido.

—¿Está escondida detrás de ese árbol, entonces? —preguntó con entusiasmo, apuntando con su cuchillo directamente hacia nosotros—. ¡Allí, muchachos! ¡Está allí! ¡Encontradla!

—Silencio. —El susurro de Claud me recorrió la columna vertebral con un cosquilleo. El aire que nos rodeaba se tornó pesado, espeso, con olor a lluvias primaverales y nubes de tormenta, a savia de pino y líquenes—. No te muevas.

Obedecí su orden, sin atreverme a respirar, mientras Bas y otro bandido nos acechaban. El resto permaneció en un círculo alrededor de la compañía, viendo cómo el calvo comenzaba a atar las manos y los pies de Coco. Ella miró su cuchillo como si estuviera planteándose empalarse en él. Con un poco más de sangre, aquellos idiotas se arrepentirían del día en que habían nacido.

—No veo nada —murmuró el compañero de Bas, rodeándonos con el ceño fruncido.

Bas se asomó entre las ramas del acebo, paseó la mirada sobre nosotros como si no estuviéramos allí.

—Yo tampoco.

Claud me apretó el hombro con la mano, advirtiéndome silenciosamente de que no me moviera.

—¿Veis algo? —preguntó Blanco Hueso.

—Nada.

—Bueno, ¡entonces ve y comprueba el arroyo, Knotty! La encontraremos.

El compañero de Bas gruñó y se alejó cojeando. Sin echar ni una mirada atrás en nuestra dirección, Bas se reunió con Blanco Hueso.

—¿Qué ha sido eso? —susurré. Mi confusión se intensificó hasta convertirse en pánico. Nada de aquello tenía sentido. Ni siquiera Bas era tan buen actor. Me había mirado, había mirado a *través* de mí, sin dar ni una sola muestra de haberme visto. No me dirigió ni un guiño ni me rozó la mano. Ni siquiera hizo *contacto visual*, por el amor de Dios. ¿Y por qué madame Labelle no había dejado ya fuera de juego a esos idiotas?—. ¿Qué acaba de pasar?

La presión en mi espalda disminuyó ligeramente, aunque Claud seguía sin soltarme.

—Una ilusión.

—¿Qué? Ellos… ¿creen que somos parte del árbol?

—Sí.

—¿*Cómo*?

Me dejó paralizada con su mirada, inusualmente seria.

—¿Debo explicarme ahora, o podemos esperar hasta que el peligro inminente haya pasado?

Le dediqué una mueca y volví a centrar mi atención en los demás. Bas había empezado a ayudar al calvo con las cuerdas. Cuando el calvo se movió para atar a Reid, Bas lo detuvo con una sonrisa desagradable.

—Yo me encargo de este.

Reid le devolvió la sonrisa. Al segundo siguiente, echó la cabeza hacia atrás (rompiéndole la nariz a su primer captor) y rodó sobre su espalda, antes de asestarle una patada al segundo en las rodillas. Casi le animé. Con una velocidad asombrosa, le arrebató el Balisarda al hombre que aullaba y se puso en pie. Bas reaccionó con igual rapidez, como si hubiera esperado el ataque, y utilizó el impulso de Reid en su contra.

Aunque grité para advertirle, aunque Reid intentó corregir el rumbo, era demasiado tarde.

Bas hundió su cuchillo en el vientre de Reid.

—No —murmuré.

Aturdido, Reid se tambaleó hacia un lado. Su sangre salpicó la nieve. Bas sonrió triunfal y clavó más profundamente el cuchillo, lo arrastró hacia arriba a través de la piel y el músculo y el tendón hasta que el blanco brilló a través del carmesí. Hueso. Bas lo había apuñalado hasta el hueso.

Me moví sin pensar.

—¡Louise! —siseó Claud, pero lo ignoré, apartándole el brazo y poniéndome de pie. Corrí hasta donde estaba Reid, que se encontraba arrodillado—. ¡Louise, *no*!

Los ladrones se quedaron boquiabiertos mientras corría hacia ellos (probablemente estupefactos al ver a un árbol transformarse en una humana) pero la sangre me rugía en los oídos y me impedía pensar en nada más.

Si Reid no... Si Coco no podía curarlo... mataría a Bas. Lo *mataría*.

Lancé mi daga a los pies de Coco, rogando para que pudiera alcanzarla, y me arrodillé frente a Reid. El caos estalló a nuestro alrededor. Al fin, *al fin*, madame Labelle se liberó de sus ataduras. Con cada movimiento de su mano, los cuerpos salieron volando. Una pequeña parte de mi cerebro se dio cuenta de que Toulouse y Thierry se habían unido a ella, pero no podía concentrarme, no podía oír nada más que los gritos de pánico de los ladrones, no podía *ver* nada más que a Reid. *Reid*.

Incluso herido, intentó colocarme detrás de él. Sin embargo, se movió con mucha dificultad. Había perdido demasiada sangre. No cabía duda de que tenía las entrañas demasiado expuestas.

—No seas tonto —le dije, tratando de mantener la herida cerrada. La bilis me subió por la garganta a medida que más sangre salía de su boca—. No te muevas. Solo... solo...

Pero las palabras no acudían a mí. Miré a Coco impotente, tratando de invocar un patrón. *Cualquier* patrón. Pero aquella herida era mortal. Solo la muerte de otro la curaría, y no podía... No *podía* intercambiar a Coco por él. Sería como arrancarme mi propio corazón. Y Ansel...

Ansel. ¿Podría...?

Lou es diferente cuando usa la magia. Sus emociones, su criterio... Ha estado errática.

No. Sacudí la cabeza con vehemencia ante aquel pensamiento, pero se alojó allí como un quiste, un tumor, envenenando mi mente. La sangre de

Reid me empapó la parte delantera de la ropa, y este se desplomó en mis brazos, dándome el Balisarda. Se le cerraron los ojos.

No, no, no...

—Bueno, bueno, mira que tenemos aquí. —El gruñido de Blanco Hueso sonó detrás de mí. Demasiado cerca. Me agarró del pelo, me echó la cabeza hacia atrás, y con la otra mano me arrancó la cinta de la garganta. Recorrió mi cicatriz—. La brujita por fin ha salido de su escondite. Puede que te hayas cambiado el pelo, pero no puedes haces desaparecer tu cicatriz. Tú te vienes conmigo.

—No lo creo. —Coco se abalanzó sobre él como un murciélago salido del infierno. Mi cuchillo centelleó, y le cortó la muñeca.

—Perra estúpida. —Con un aullido, me soltó el pelo y la golpeó con furia. Agarró a Coco de la camisa, y tiró de ella hacia él, colocándole la espalda contra su pecho—. Te desangraré igual que hice con tus parientes, venderé tu sangre al mejor postor durante la Mascarada de la Calavera...

Coco abrió los ojos de par en par y su cara se retorció de rabia. Levantó su daga con fuerza, y se la clavó profundamente en el ojo. Él se dobló sobre sí mismo al instante, gritando y agarrándose la cara. La sangre goteaba entre sus dedos. Coco le dio una patada para asegurarse de rematarlo antes de caer de rodillas junto a Reid.

—¿Puedes curarlo? —pregunté, desesperada.

—Puedo intentarlo.

CAPÍTULO 21

SANGRE Y MIEL

Reid

Recuperé el sentido con un dolor atroz. Jadeando en busca de aire, me aferré a lo primero que toqué: manos marrones, con cicatrices. A lo lejos, oí los gritos de los hombres y el sonido de las espadas al chocar.

—Tenemos que salir de aquí —dijo Coco con urgencia. Me tiró de los brazos, tratando de levantarme. La sangre le goteaba por el codo, y la magia carbonizada y amarga me quemaba la nariz. Miré hacia mi estómago, donde la carne había empezado a unirse de nuevo—. *Vamos.* Mi sangre no la mantendrá cerrada sin miel. Tienes que ayudarme. Tenemos que llegar a los carros antes de que aparezcan los *chasseurs*.

Levanté la vista, desorientado, y contemplé el campo por primera vez. Reinaba el caos. Alguien se había hecho con mis cuchillos arrojadizos, y dondequiera que mirara, actores y ladrones luchaban.

Deveraux persiguió a uno de ellos hasta los árboles con un estoque enjoyado. Toulouse y Zenna luchaban espalda con espalda contra otros tres. Las manos de Toulouse se desdibujaron en el aire, y los ladrones cayeron al suelo al instante. Ansel atacó a otro en las rodillas, uno que había asaltado a Seraphine. Cuando el hombre lo desarmó, Thierry se apresuró a intervenir, pero no era necesario. Ansel casi le arrancó la oreja al hombre de un mordisco, y Seraphine le dio una patada en los dientes. Madame Labelle y Beau luchaban juntos contra los demás, la primera los incapacitaba y el segundo les rebanaba la garganta.

Intenté sentarme, pero me detuve brevemente cuando toqué con el dedo algo blando. Caliente.

A mi lado, su líder estaba inmóvil, con un maldito agujero donde debería haber estado su ojo.

Lo alejé, busqué a Lou en medio de aquel desastre. La encontré a pocos metros de distancia.

Ella y Bas daban vueltas alrededor del otro como lobos. Aunque la sangre rezumaba de la nariz de Bas, pronto resultó evidente que Lou solo estaba defendiéndose.

—No quiero hacerte daño, Bas —siseó, desviando otro de sus ataques con mi Balisarda—. Pero *tienes* que dejar de comportarte como un idiota. Soy *yo*. Soy *Lou*…

—Nunca antes en mi vida la había visto, *madame*. —Se lanzó hacia delante una vez más, y su hoja le rozó el hombro a Lou.

Ella abrió la boca con incredulidad mientras se agarraba la herida.

—¿Me tomas el pelo? Te salvé el pellejo en la Torre, ¿y así es como me lo pagas?

—Escapé de la Torre por mi cuenta…

Con un grito de rabia, Lou se lanzó hacia él, lo rodeó y se encaramó a su espalda. Le rodeó la cintura con las piernas y la garganta con los brazos.

—Esto *no es gracioso*. Le estamos dando una paliza a tu interesante banda. Se acabó. Ya está. No hay razón para seguir fingiendo…

—*No. Estoy. Fingiendo.*

Ella apretó con más fuerza hasta que los ojos de Bas casi se le salieron de las órbitas, y él atacó con su cuchillo hacia arriba, apuntándole al ojo. Lou lo soltó rápidamente, demasiado rápido, y se cayó de espaldas en la nieve. Bas se colocó encima de ella en cuestión de segundos, con el cuchillo suspendido sobre la garganta de Lou.

Una vez más, intenté levantarme, pero Coco no me permitió moverme.

—Suéltame —gruñí.

—Estás demasiado débil. —Sacudió la cabeza, con los ojos bien abiertos mientras contemplaba la pelea—. Lou puede encargarse de él.

—Bas. Bas, *para*. —Lou cerró la mano alrededor de su muñeca. Su pecho subía y bajaba con rapidez, como si luchara contra el pánico—. *¿Cómo* es que no me recuerdas? —Bas apretó más con el cuchillo en respuesta. Los brazos de Lou temblaron por estar haciendo tanta fuerza—. No estás fingiendo. Mierda. *Mierda.*

Bas dudó, como si sus maldiciones hubieran despertado algo en él. Un recuerdo.

—¿Cómo es que me conoces? —preguntó con ferocidad.

—Te conozco desde hace años. Eres uno de mis mejores amigos. —Cuando ella alargó el brazo para tocarle la cara, la mandíbula, la mano de Bas se relajó un poco sobre el cuchillo—. Pero... ¿te hice algo en la Torre? —Frunció el ceño mientras se esforzaba por recordar—. Estabas encerrado. Iban a matarte a menos que... —El momento en el que se dio cuenta se reflejó en sus ojos turquesas—. A menos que les dieras los nombres de las brujas de Tremblay. Eso es.

—¿Sabes lo de Tremblay?

—Yo estaba allí.

—Es imposible que estuvieras. Lo recordaría.

Al final, ella le apartó el cuchillo del cuello. Él no la detuvo.

—Bastien St. Pierre —dijo Lou—, nos conocimos entre bastidores en el *Soleil et Lune* hace dos veranos. Un ensayo de *La Barbe Bleue* acababa de terminar, y tú esperabas robarle un momento o dos a la protagonista. La estabas cortejando en aquel entonces. Una semana más tarde, tú —se le crispó la cara de dolor al pelear contra alguna fuerza invisible, y el aroma de la magia irrumpió en el aire— comenzaste a cortejarme.

—¿Cómo...? —Se apartó de ella bruscamente, agarrándose la cabeza como si se la hubiera partido en dos—. ¡Basta! ¡Basta, por favor!

—Te robé los recuerdos. Simplemente te los estoy devolviendo.

—Sea lo que sea lo que estés haciendo, por favor, *por favor* para...

Bas cayó de rodillas, rogó y suplicó, pero Lou no se detuvo. Sus lamentos pronto llamaron la atención de los demás. Madame Labelle, que acababa de despachar al último de los ladrones, se quedó petrificada. Abrió los ojos de par en par.

—Louise, detente. *Para* —dijo con aspereza, y, con las prisas por llegar hasta ellos, se tropezó con su falda—. ¡Te vas a matar!

Pero Lou no le hizo caso. A Bas y a ella se les pusieron los ojos en blanco a la vez, y se derrumbaron juntos.

Conseguí zafarme de Coco, y fui junto a Lou tambaleándome. El olor del incienso, intenso y dulce, me asfixió y tosí violentamente. El dolor me atravesó el estómago con aquel movimiento.

—Lou. —Le coloqué la mano en la nuca mientras Bas recuperaba la conciencia—. ¿Puedes oírme?

—¿Louey? —Bas se incorporó a toda prisa y le agarró la mano con repentina urgencia. Le dio una palmadita en la mejilla—. Louey, despierta. *Despierta.*

Me entraron náuseas justo cuando abrió sus ojos, cuando parpadeó para mirarme a mí. Cuando se giró para mirarlo a él.

Cuando me di cuenta de la verdad.

Lou había mentido. Otra vez. *Sí* que había rescatado a su amante de la Torre.

Justo delante de mis narices. No debería haberme sorprendido, no debería haber *importado*, pero aun así, el engaño me dolió en lo más hondo. Más hondo de lo que debería, más hondo que cualquier herida superficial. Me sentí en carne viva, expuesto, herido más allá del músculo y el hueso, herido en el alma.

Dejé caer las manos y me derrumbé en el suelo junto a ella. Me costaba respirar.

Con todas las miradas puestas en nosotros, nadie vio al líder de los ladrones ponerse de pie detrás de Coco. Nadie excepto Lou. Ella se puso tensa, y yo me giré y lo vi levantar su cuchillo con intención de matar, apuntando justo entre los hombros de Coco. Un golpe mortal.

—¡Cuidado! —chilló Bas.

Coco empezó a darse la vuelta, pero el hombre ya se había abalanzado sobre ella, y el extremo de su arma estaba a punto de perforarle el pecho...

Lou lanzó mi Balisarda.

Voló entre ellos, dando vueltas, pero el hombre apartó el brazo de la trayectoria del cuchillo en el último momento. Y así continuó su camino, sin impedimentos, pasando de largo. No se detuvo hasta que se hundió profundamente en el árbol que se alzaba detrás de ellos.

Y luego el árbol lo devoró.

Me quedé boquiabierto. Sin aliento. No pude hacer nada más que observar cómo todo el tronco se estremecía y se tragaba el valioso acero

centímetro a centímetro hasta que no quedó nada. Nada excepto el zafiro de su empuñadura. Y el árbol *cambió*. Unas venas plateadas se extendieron a través de su corteza, que antes era negra, hasta que todo el
árbol brilló a la luz de la luna. La fruta de medianoche floreció en sus
ramas. Las espinas envolvían cada brote. Afiladas. Con un brillo metálico.

Los milanos que anidaban en sus ramas alzaron el vuelo con trinos
de sorpresa, rompiendo el silencio.

Coco actuó con rapidez. Con una eficiencia brutal, apuñaló al hombre en el corazón. Esa vez, no se levantó.

Pero yo sí.

—Reid —dijo Lou en tono apaciguador, pero no podía oírla. Me habían empezado a zumbar los oídos. Un entumecimiento había invadido
mis extremidades. El dolor debería haberme atravesado con cada paso,
pero no lo hizo. La agonía debería haberme destruido el corazón con
cada latido. *Ya no está*, debería haber coreado. *Ya no está, ya no está, ya no
está*. Pero no lo hizo.

No sentí nada.

Sin mi Balisarda, *yo* no era nada.

Como si estuviera flotando por encima de mi cuerpo, me vi a mí
mismo estirar la mano para tocar el zafiro, pero la mano de Lou descendió sobre la mía.

—No lo toques —dijo sin aliento—. El árbol también podría absor-
berte a ti. —No bajé la mano. Seguí acercando la mano, hasta que Lou se
las arregló para obligarme a bajarla a la fuerza—. Reid, *detente*. Se… se…
se ha ido. Pero no te preocupes. Te conseguiremos otro. ¿De acuerdo?
Nosotros… —Se interrumpió cuando me giré para mirarla. El rosa tiñó
sus mejillas. Su nariz. La preocupación le inundó los ojos.

—Déjalo en paz, Louise —dijo madame Labelle con severidad—. Ya
has hecho bastante daño por un día.

—¿Perdón? —Lou se dio la vuelta para enfrentarse a ella, con una
mueca en los labios—. Mira quién fue a hablar del daño hecho.

Coco se colocó junto a Lou.

—Nada de esto hubiera pasado si no hubieras esperado tanto tiempo
para intervenir. Esos hombres no sabían que tenías magia. Podrías haber solucionado el asunto de inmediato. ¿Por qué no lo has hecho?

Madame Labelle levantó la barbilla.

—No respondo ante ti.

—Entonces responde ante mí.

Tras mis tensas palabras, todo el mundo en el campamento se giró en mi dirección. Los miembros de la *troupe* se acercaron a nosotros, con los ojos bien abiertos. Deveraux parecía horrorizado. Cuando Ansel dio un paso adelante, Beau lo hizo retroceder con un movimiento de cabeza. Yo los ignoré a todos y mantuve el contacto visual solo con mi madre. Ella palideció.

—Yo...

—¿No es obvio? —La risa de Lou tenía un matiz desagradable—. Quiere que uses la magia, Reid. Ha esperado hasta el último momento posible para ver si tus mecanismos de defensa se activaban. ¿No es así, querida mamá?

Esperé a que mi madre negara tan escandalosa acusación. Cuando no lo hizo, sentí que retrocedía un paso. Lejos de ella. Lejos de Lou.

Lejos de mi Balisarda.

—Casi me muero —dije simplemente.

Madame Labelle palideció y se acercó mientras levantaba una mano, afligida.

—Nunca hubiera dejado...

—Casi ha sido demasiado tarde. —Girando sobre mis talones, me dirigí hacia el carromato ámbar. Lou empezó a seguirme, pero no podía mirarla. No confiaba en las palabras que saldrían de mis labios si me dirigía a ella.

—Reid...

Sin pronunciar ni una palabra, le cerré la puerta en las narices.

La puerta no disuadió a Coco.

No perdió tiempo en seguirme, en abordarme con miel. Con movimientos bruscos, sacó el frasco de líquido ámbar de su bolsa y me lo tiró.

—Estás sangrando.

Bajé la mirada hasta mi estómago, donde se me había abierto la herida. No me había dado cuenta. Incluso en aquel instante, mientras la sangre fresca me empapaba la camisa, un profundo cansancio se asentó en mis huesos. Las voces de Lou y de mi madre se elevaron en el exterior. Todavía discutían. Cerré los ojos.

Tu vida con ella será siempre así, tendrás que huir, esconderte y pelear.

No. Abrí los ojos de golpe y aparté aquel pensamiento.

Coco cruzó el carromato para arrodillarse a mi lado. Sumergió un dedo ensangrentado en el tarro de miel y frotó la mezcla sobre mi herida. La carne se unió casi al instante.

—¿Por qué tu sangre ha quemado a ese hombre? —pregunté, con la voz hueca.

—La sangre de una *Dame rouge* es veneno para sus enemigos.

—Ah. —Asentí mecánicamente. Como si tuviera sentido—. Bien.

Cuando terminó, se puso de pie, mirándome como si estuviera deliberando.

Después de varios segundos incómodos, me puso un nuevo frasco de sangre y miel en la palma.

—Lo que ha pasado ahí fuera no ha sido justo para nadie, y menos para ti. —Me cerró los dedos alrededor del frasco. Todavía estaba caliente—. Quédatelo. Creo que lo necesitarás antes de que todo esto termine.

Volví a mirarme el estómago, confuso. La herida ya había sanado.

Me dedicó una sonrisa sombría.

—No es para tu cuerpo. Es para tu corazón.

Capítulo 22

Daga de hueso

Lou

Deveraux insistió en que continuáramos con el viaje. Con los cadáveres amontonados a las afueras de Beauchêne, era solo cuestión de tiempo que alguien alertara a las autoridades locales. Nos convenía estar muy, *muy* lejos antes de que eso ocurriera. Por suerte, Deveraux no parecía dormir como una persona normal, así que puso los arreos a los caballos de inmediato.

Por desgracia, me sugirió que le echara una mano.

El carromato se balanceó mientras espoleaba a los caballos para que se pusieran en marcha.

Uno de los gemelos conducía el carromato que iba detrás del nuestro. El *carromato ámbar,* lo había llamado Claud. Su nombre me traía sin cuidado. Lo único que me importaba es que ahora mismo Reid estaba en su interior, y yo no.

Reid *y* Coco. Debería estar agradecida de que se llevaran bien.

No lo estaba.

Me envolví más en mi manta y levanté la vista hacia las estrellas.

—Te doy una *couronne* si me dices lo que piensas, pequeña.

—¿Tienes familia, Deveraux? —Las palabras salieron de mí sin que pudiera reprimirlas, y yo resistí el impulso de taparme la boca con la mano.

Con una mirada de complicidad, como si hubiera estado esperando que le hiciera esa pregunta, puso a los caballos al trote.

—La verdad es que sí. Dos hermanas mayores. Unas criaturas aterradoras, te lo aseguro.

—¿Y… padres? —pregunté, curiosa muy a mi pesar.

—Si alguna vez los tuve, ya no los recuerdo.

—¿Cuántos años tienes?

Soltó una risita y me miró a los ojos.

—Qué pregunta tan descortés.

—Qué respuesta tan frustrante y poco precisa. —Cuando su risita se convirtió en una carcajada en toda regla, cambié de táctica, entrecerrando los ojos—. ¿Por qué estás tan interesado en mí, Deveraux? Sabes que estoy casada, ¿verdad?

Se limpió una lágrima del ojo.

—Querida niña, no soy ningún pervertido...

—¿Por qué lo haces, entonces? ¿Por qué nos ayudas? —Frunció los labios y consideró su respuesta.

—Tal vez porque al mundo le hace falta menos odio y más amor. ¿Es suficiente esa respuesta?

—No. —Puse los ojos en blanco y me crucé de brazos, adoptando una actitud petulante. Un segundo después, mis ojos volvieron a él por propia voluntad.

—¿Alguna vez has estado enamorado?

—Ah. —Sacudió la cabeza y desvió la mirada—. El amor. La más evasiva de las amantes. En todos estos años, debo confesar que solo me he topado con ella dos veces. La primera fue con un joven y testarudo pastor muy parecido a tu Reid, y la segunda... Bueno, esa herida no está del todo cerrada. Sería una tontería reabrirla.

En todos estos años. Esa frase resultaba de lo más extraña en alguien que aparentaba cuarenta años.

—¿Cuántos años *tienes*? —pregunté de nuevo, más fuerte esta vez.

—Muchos.

Era muy extraño, desde luego. Lo miré fijamente.

—¿*Qué* eres?

Se rio, y volvió a mirarme a los ojos.

—Simplemente... soy.

—Eso no es una respuesta.

—Por supuesto que sí. ¿Por qué debo someterme para cumplir con tus expectativas?

El resto de la conversación, mejor dicho, el resto de la *noche*, transcurrió de forma igualmente frustrante. Cuando el cielo se aclaró, de negro intenso a gris oscuro y luego a un rosa deslumbrante, no me hallaba más cerca de desentrañar el misterio que constituía Claud Deveraux.

—Nos acercamos a Cesarine, pequeña. —Me dio un codazo en el hombro y me hizo un gesto hacia el este, donde las volutas de humo de la chimenea se enroscaban en la luz dorada del amanecer. Tirando con suavidad de las riendas, frenó a los caballos—. No me atrevo a aventurarme más cerca. Despierta a tus compañeros. Aunque su alojamiento ardió en llamas, creo que madame Labelle tiene contactos dentro de la ciudad. Juntos, encontraremos un lugar seguro para vuestro regreso, pero debemos decir *adieu* por ahora.

Por ahora.

Estudié su plácido rostro lleno de desconcierto. No tenía sentido que nos ayudara. No tenía ningún sentido. El lado sospechoso de mi naturaleza clamó en mi interior, diciéndome que era una necia, que seguro que tenía motivos ocultos, pero el lado práctico le dijo que se callara y le diera las gracias.

Así que lo hice.

Él se limitó a tomarme la mano y me miró directamente a los ojos.

—Cuídate, querida, mientras estemos separados. Cuídate hasta que nos encontremos de nuevo.

Llamé a la puerta del carromato con suavidad.

—¿Reid? —Cuando no respondió, suspiré y apoyé la frente contra la madera—. Es hora de irse.

No hubo respuesta.

La desesperación amenazó con consumirme por completo.

Una vez, cuando era niña, mi madre tuvo un amante influyente, un hombre de *la noblesse*. Cuando se cansó de él, lo echó del castillo, pero este no se fue sin dar guerra. No, era un hombre poco acostumbrado al rechazo, con fondos y poder casi infinitos a su disposición. Poco después, contrató a algunos hombres para que rastrearan el bosque, capturaran a nuestras hermanas y las torturaran hasta que revelaran la ubicación del Chateau. La ubicación de mi madre.

Era un idiota. No me dio pena cuando Morgane lo mató.

Pero sí cuando le abrió el pecho y se lo llenó de piedras, para después arrojar su cadáver a L'Eau Mélancolique. Lo vi hundirse y desaparecer con una sensación de vergüenza. Su esposa nunca sabría lo que le había pasado. Ni sus hijos.

«No te preocupes, cariño», había susurrado Morgane, dándome un apretón en la mano con sus dedos ensangrentados para tranquilizarme. «A pesar de que un secreto es una mentira adornada, algunos secretos deben ser guardados».

Pero aquello no me tranquilizó. Me hizo sentir náuseas.

El silencio entre Reid y yo me hacía sentir algo parecido, como si me hubiera lanzado al mar con el pecho lleno de piedras y me hundiera irremediablemente. Como si no pudiera detener la hemorragia. Solo que esta vez no había sido mi madre la que me había hecho el corte.

Había sido yo.

Lo llamé con más fuerza.

—Reid. Sé que estás ahí. ¿Puedo entrar? Por favor...

La puerta por fin se abrió, y allí estaba él, mirándome fijamente. Le ofrecí una sonrisa vacilante. No me la devolvió, y no pasaba nada. De verdad que no. Si seguía diciéndolo, tal vez se hiciera realidad. Después de varios segundos incómodos, Coco abrió la puerta del todo y salió. Ansel la siguió.

—Volveremos enseguida —prometió ella, tocándome el brazo al pasar—. Solo tenemos que... irnos a otro sitio.

Reid cerró la puerta detrás de mí.

—Yo también debería hacer las maletas —dije, y mi voz sonó demasiado alegre. Maldiciendo por dentro, me aclaré la garganta y adopté un tono más natural—. Es decir... no hay mucho que recoger, pero aun así algo hay. Cuanto más rápido nos pongamos en marcha, mejor, ¿verdad? El funeral *es* mañana. Solo disponemos de hoy para convencer a Blaise de que se nos una. —Me acobardé ante su silencio—. Pero si necesitas quedarte más tiempo aquí, uno de los caballos de Claud ha perdido una herradura, así que no nos esperan a *nosotros* específicamente. Más bien a Thierry. Creo que es el herrador de la compañía, fue aprendiz de un herrero en Amandine... —Encorvado sobre su bolsa, Reid no dio muestra alguna de estar escuchándome. Seguí hablando de todos modos, incapaz de parar—. Puede que sea la única persona viva que habla menos que tú. —Se me escapó una risa débil—. Encaja en el perfil de héroe melancólico. ¿Lo viste usar magia contra los bandidos anoche? ¿Él y su hermano son...?

Reid asintió.

—Y... ¿por casualidad no los habrás persuadido para que se unan a nosotros contra Morgane?

Aunque todo su cuerpo se tensó, no se dio la vuelta.

—No.

Mis náuseas se intensificaron hasta convertirse en algo parecido a la culpa.

—Reid... —Hubo algo en mi voz que por fin provocó que dejara de darme la espalda—. Lo de anoche fue culpa mía. A veces simplemente *reacciono*... —Dejé escapar un resoplido de frustración y me aparté un mechón de pelo—. No quería perder tu Balisarda. Lo siento mucho.

Por todo.

Me agarró el mechón de pelo, y los dos vimos cómo se deslizaba entre sus dedos. Le pedí en silencio que me abrazara, que hiciera desaparecer la tensión que había entre nosotros. En vez de eso, me dio una camisa limpia.

—Lo sé.

La rigidez de sus hombros decía lo que él se guardaba.

Pero aun así lo he perdido.

Quería sacudirlo. Quería gritarle hasta que rompiera el silencio recriminatorio con el que se cubría como una armadura. Quería amarrarlo a mí hasta que las ataduras nos produjeran magulladuras y *obligarlo* a hablar conmigo.

Por supuesto, no hice ninguna de esas cosas.

Silbando por lo bajo, arrastré los dedos a través del estante más bajo. Incapaz de estarme quieta. Cestas de fruta seca, huevos y pan abarrotaban las baldas, junto con soldaditos de juguete de madera y plumas de pavo real. Una extraña combinación.

—No me puedo creer que hayas encontrado a otros brujos tan rápido. Yo me he pasado toda la vida sin toparme con ninguno. —Me encogí de hombros y me puse una pluma de pavo real detrás de la oreja—. Vale, es *verdad*, la mayor parte de esa vida la he pasado secuestrada en el Chateau, donde nadie se creería una cosa así, y el resto la he pasado robando en las calles, pero aun así... —Me di la vuelta para mirarlo a la cara y también le puse una pluma detrás de la oreja. Soltó un quejido irritado, pero no se la quitó—. Sé que soy la primera que le ha hecho un corte de mangas al destino, pero ¿cuántas posibilidades había?

Reid metió la última de sus prendas en su bolsa.

—Deveraux colecciona cosas.

Observé los estantes desordenados.

—Eso ya lo veo.

—No. Él *nos* colecciona.

—Ah. —Esbocé una mueca—. ¿Y a nadie le parece raro?

—Todo lo que concierne a Deveraux es raro. —Cerró su bolsa y se la pasó por encima del hombro. Luego se quedó quieto, y posó la mirada en la mesa. Mi mirada siguió la suya. Allí había un libro abierto. Un diario. Ambos lo miramos durante una fracción de segundo.

Luego nos lanzamos a por él.

—Ah, ah, ah. —Arrancándole el libro de entre los dedos, me reí y me alejé medio bailando—. Cada vez eres más lento, anciano. Bueno... ¿por dónde íbamos? Ah, sí. —Señalé la cubierta de cuero—. Otro emocionante diario. Creía que ya habrías aprendido la lección para no dejarlo tirado por ahí. —Se abalanzó sobre mí, pero yo salté sobre su catre, alejando las páginas de su alcance. No me devolvió la sonrisa. Una vocecita en mi cabeza me advirtió que debía detenerme. Que aquel comportamiento ya no resultaba divertido, por mucho que en el pasado lo hubiera sido. Me advirtió incluso cuando abrí la boca para decir—: ¿Qué encontraremos en este? ¿Sonetos alabando mi ingenio y encanto? ¿Retratos que inmortalizan mi belleza?

Seguía riéndome cuando una hoja de pergamino se desprendió del diario.

La recogí distraídamente y le di la vuelta para examinarla.

Era un dibujo de su cara, un retrato magistral a carboncillo de Reid Diggory. Vestido con toda su indumentaria de *chasseur*, me miraba con una intensidad que trascendía la página, y su profundidad resultaba desconcertante. Fascinada, me acerqué más al papel. Parecía más joven, las líneas de su cara eran más suaves, más redondas. Llevaba el cabello corto y pulcro. Salvo por los cuatro cortes que asomaban en su cuello, tenía un aspecto tan inmaculado como el hombre con el que me había casado.

—¿Cuántos años tenías aquí? —Me fijé en la medalla de capitán de su abrigo, reconociéndola vagamente de la época que habíamos pasado juntos en la Torre. No había tenido importancia entonces, no era más que una parte de su uniforme. Apenas había reparado en ella. Sin embargo, ahora parecía dominar todo el retrato. No podía apartar los ojos.

De sopetón, Reid dio un paso atrás y dejó caer los brazos.

—Acababa de cumplir dieciséis años.

—¿Cómo lo sabes?

—Por las heridas del cuello.

—¿Que son de...?

Tiró del retrato para quitármelo y lo guardó en su bolsa.

—Ya te conté cómo me las hice. —Movió las manos con rapidez, recogiendo mi propia bolsa y lanzándola en mi dirección. La atrapé sin decir una palabra. El comienzo de un recuerdo tomó forma en mi mente, borroso en los extremos. Ganaba nitidez con cada segundo que pasaba.

¿Cómo te convertiste en capitán?

¿Estás segura de que quieres saberlo?

Sí.

—¿Estás lista? —Reid se echó la bolsa al hombro, barriendo con los ojos el desorden del catre en busca de cualquier pertenencia olvidada—. Si tenemos que llegar a Le Ventre al anochecer, debemos irnos ya. Les Dents es una ruta traicionera, pero al menos se trata de un camino. Ahora vamos a adentrarnos en territorio salvaje.

Me bajé de su camastro con las piernas rígidas.

—Ya has estado en Le Ventre antes, ¿verdad?

Asintió.

Unos meses después de unirme a los chasseurs, *encontré una manada de* loup garou *a las afueras de la ciudad.*

—Allí no habrá cazadores de recompensas ni ladrones —añadió—. Tampoco habrá brujas.

Los matamos.

Me quedé inmóvil cuando me di cuenta de lo que aquello implicaba.

Mirándome por encima del hombro, abrió la puerta.

—¿Qué pasa?

—Los hombres lobo que encontraste a las afueras de la ciudad... los que mataste para convertirte en capitán..., ¿eran...?

La expresión de Reid se volvió impenetrable. No se movió durante un largo momento. Luego, curiosamente, sacó un peculiar cuchillo de su bandolera. El mango, de hueso, estaba tallado en forma de lobo...

De pronto me quedé sin aliento.

Era un lobo aullando.

—Ay, Dios —susurré, mientras la lengua se me cubría de ácido.

—Un regalo del... —la nuez de Reid subió y bajó—... del arzobispo. Para conmemorar la primera vida que quité. Me lo dio durante la ceremonia en la que me nombraron capitán.

Me alejé un paso y me di contra la mesa. Las tazas de té se sacudieron.

—Dime que no es lo que creo que es, Reid. Dime que no es el hueso de un *hombre lobo*.

—No puedo decirte eso.

—Mierda. —Corrí en su dirección y alargué la mano por detrás de él para cerrar la puerta. Los demás no podían enterarse de aquello. No cuando estábamos a punto de entrar en la boca del lobo... Un lobo que estaría mucho menos dispuesto a aliarse con nosotros mientras lleváramos los huesos de sus *muertos*—. ¿De quién era el hueso? Joder. ¿Y si pertenecía a uno de los parientes de Blaise? ¿Y si él se acuerda?

—Lo hará.

—¿Qué?

—Se acordará. —La voz de Reid volvió a adoptar esa irritante firmeza, esa calma mortal—. Maté a su hijo.

Me quedé boquiabierta.

—No puedes hablar en serio.

—¿Crees que bromearía con un tema así?

—Lo que creo es que más vale que sea una broma. Prefiero oír un chiste pésimo que llevar a cabo un plan pésimo. —Me hundí en su catre, con los ojos todavía abiertos de par en par a causa de la incredulidad que me provocaba aquello—. No puedo creerlo. Este... este era tu plan. *Tú* eras el que quería atravesar el reino a la carrera para reunir aliados. ¿De verdad crees que Blaise querrá aliarse con el asesino de su hijo? ¿Por qué no lo habías mencionado antes?

—¿Habría cambiado algo?

—¡Claro que sí! —Me pellizqué el puente de la nariz, cerrando con fuerza los ojos—. Está bien. Nos adaptaremos. Podemos... entrar en

Cesarine con Claud. Es posible que Auguste se una a nosotros, y La Voisin ya ha accedido...

—No. —Aunque se arrodilló entre mis rodillas, tuvo cuidado de no tocarme. La tensión aún se acumulaba en sus hombros, en su mandíbula apretada. Aún no me había perdonado—. Necesitamos a Blaise como aliado.

—Ahora no es momento para actuar movido por los principios, Reid.

—Aceptaré las consecuencias de mis actos.

Apenas resistí el impulso de estampar el pie contra el suelo. *Apenas.*

—Bueno, estoy segura de que apreciará tu valentía. Ya sabes, cuando te arranque la garganta.

—No me arrancará la garganta. —Ahora Reid me tocó, me rozó la rodilla con la más leve de las caricias. Me cosquilleó la piel—. Los hombres lobo valoran la fuerza. Desafiaré a Blaise a un duelo para pagar mi deuda de sangre. No podrá resistirse a la oportunidad de vengar a su hijo. Si gano, habremos demostrado que somos aliados fuertes, tal vez más fuertes incluso que Morgane.

Un instante de silencio.

—¿Y si pierdes?

—Moriré.

CAPÍTULO 23

HASTA QUE UNO DE LOS DOS

MUERA

Reid

El bosque nos tragó en cuanto dejamos el camino. Los árboles eran más frondosos; el terreno, escarpado. En algunas zonas, el dosel vegetal bloqueaba la luz del sol por completo. Solo nuestros pasos rompían el silencio. Hacía un poco más de calor allí. Estaba más enfangado. Por experiencia, sabía que cuanto más al sur viajáramos, más húmedo se volvería el suelo. Con suerte, habría marea baja cuando llegáramos al pantano de aguas frías de Le Ventre.

—Este lugar es peor que una axila. —Beau se sopló en las manos para calentárselas—. Por desgracia, se confundieron con el nombre.

Cuando nadie le respondió, soltó un suspiro dramático.

Coco se había refugiado a mi lado. Ansel no le devolvía las miradas furtivas que ella le dirigía. Como la amenaza de una muerte inminente ya no pendía sobre sus cabezas, el abismo entre los dos se había reabierto. Ansel no había dicho ni una palabra desde nuestra partida. Tampoco Lou. Su silencio me pesaba, pero era incapaz de aliviarlo. La vergüenza y la rabia aún ardían en mis entrañas.

—Es una verdadera lástima —murmuró finalmente Beau, sacudiendo la cabeza y contemplándonos a uno tras otro. La decepción se reflejaba en sus ojos—. Sé que estáis demasiado preocupados con vuestros anhelos como para daros cuenta, pero acabo de ver mi reflejo en ese último charco y, *maldita sea,* estoy estupendo.

Coco le golpeó en la cabeza.

—¿Alguna vez piensas en alguien que no seas tú mismo?

Él se frotó la coronilla con tristeza.

—La verdad es que no.

Lou sonrió.

—Suficiente. —Colgué mi bolsa de una rama baja—. Podemos parar aquí para el almuerzo.

—Y *comer*. —Lou sacó un trozo de queso con un gemido. Deveraux nos había suministrado raciones para el viaje con mucha amabilidad. Partió un trozo y se lo ofreció a Ansel. Él no aceptó.

—Cuando termines —murmuró, sentado en una raíz a su lado—, había pensado que tal vez podríamos entrenar. Nos saltamos el entrenamiento de ayer. —Me miró y añadió—: Solo será un momento.

Lou soltó una risa que parecía un ladrido.

—No hace falta que él nos dé permiso, Ansel.

Beau se sirvió el queso de Lou en su lugar.

—Espero que esto no sea una alusión a su pobre desempeño con la espada de anoche.

—Actuó con *valentía* —replicó Lou.

—No olvides que yo estaba allí cuando los hombres irrumpieron en nuestro carromato, Beau —dijo Coco con dulzura. Entrecerró los ojos—. Casi te meas encima.

—Basta —pidió Ansel en voz baja, mientras miraba fijamente los pies de Coco—. No necesito que me defiendas.

—Esa es buena. —Beau señaló el brazo de Ansel—. Todavía estás sangrando. Te tropezaste y te cortaste a ti mismo durante la pelea, ¿no? Tuviste suerte de que los bandidos te desarmaran.

—Cierra el pico, Beau, antes de que te lo cierre yo. —Lou se puso de pie, arrastrando a Ansel también. Examinó el corte en su brazo antes de entregarle su cuchillo—. Por supuesto que podemos entrenar. Tú ignora a ese bastardo.

—No creo que *yo* sea el...

Lo interrumpí antes de que pudiera terminar.

—No tenemos tiempo para esto. Los *chasseurs* se encontraban bastante cerca anoche. Ansel estará bien. Se entrenó con nosotros en la Torre.

—Sí. —Lou se arrodilló sobre mí y sacó otra arma de mi bandolera. La vaina sobre mi corazón seguía dolorosamente vacía—. Ese es el problema.

Mi labio se curvó por voluntad propia.

—¿Perdón?

—Es solo que... cómo decirlo... —Inclinó la cabeza para estudiarme, hinchando los carrillos y dejando escapar el aire con un sonido grosero—. No te ofendas, pero los *chasseurs* tienen cierta reputación de ser, bueno... arcaicos. *Galantes.*

—Galantes —repetí con rigidez.

—No me malinterpretes, esas inyecciones vuestras fueron un avance despiadado en la dirección adecuada, pero tu hermandad parece sufrir de delirios de grandeza desde siempre. Caballeros andantes y esas cosas. Protectores de los débiles e indefensos, actuando de acuerdo a un estricto código de conducta moral.

—¿Y eso es malo? —preguntó Ansel.

—En una pelea la moralidad no tiene cabida, Ansel. No con bandidos o cazarrecompensas. Ni con brujas. —Su mirada se endureció—. Y tampoco con *chasseurs*. Ahora eres uno de nosotros.

»Eso significa que ya no eres débil *ni estás* indefenso. Esos hombres a los que llamabas hermanos no dudarán en prenderte fuego. Es cuestión de vida o muerte, la tuya o la de ellos.

—Eso es ridículo —me burlé. Sí, Lou había eliminado a los cazarrecompensas con relativa facilidad. Había matado a los criminales de la herrería y derrotado a la bruja en la Torre. Pero si creía que sabía más que todas las generaciones de *chasseurs*... Si creía que podía enseñarle más a Ansel que los mejores luchadores del reino...

No tenía ni idea. El juego sucio podía funcionar contra los cazarrecompensas y los criminales comunes, pero contra los *chasseurs*, la habilidad y la estrategia eran necesarias. Fundamentos cimentados a lo largo de años de cuidadoso estudio y entrenamiento. Paciencia. Fuerza. Disciplina. A pesar de su habilidad, Lou carecía de todo eso. ¿Y por qué iba a ser de otra manera? Era una bruja, y la habían entrenado en artes más oscuras que la *paciencia*. La época que había pasado en la calle, de donde provenían, a todas luces, sus únicos conocimientos de combate, había sido breve y furtiva. Había pasado más tiempo escondiéndose en áticos que luchando.

—Es ridículo —repetí.

—Pareces muy confiado, Chass. —Levantó mi cuchillo lentamente, inclinando la hoja para que reflejara la luz del sol de la tarde—. Tal vez deberíamos hacerle una demostración a Ansel.

—Muy graciosa.

—No estoy de broma.

La miré fijamente.

—No puedo luchar contra ti. No sería justo.

Sus ojos brillaron.

—Estoy de acuerdo. No sería para nada justo. Pero me temo que Ansel no es el único que necesita una lección hoy. Odiaría que alguno de los dos se fuera con una impresión equivocada.

—No. —Me levanté, me crucé de brazos y la fulminé con la mirada—. No lo haré. No me lo pidas.

—¿Por qué no? No tienes nada que temer. Después de todo, *eres* el más fuerte de nosotros. ¿O no?

Se acercó, su pecho me rozó el estómago, y me pasó un dedo por la mejilla. Su piel brilló, y su voz se hizo más profunda. Se multiplicó. Igual que en la taberna. La sangre me rugió en los oídos. Sin mi Balisarda, sentía la atracción de su magia bajo mi piel. Mis músculos ya habían comenzado a relajarse, mi sangre a enfriarse. Un agradable entumecimiento se deslizó por mi columna vertebral.

—Sientes curiosidad. —Su voz era casi un ronroneo mientras me rodeaba, noté su aliento caliente en el cuello. Ansel, Beau y Coco nos observaban con los ojos como platos—. Admítelo. Quieres saber lo que se siente. Quieres verla… Esta parte de mí. Esta parte de *ti*. Te asusta, pero tienes curiosidad. Mucha, mucha curiosidad. —Sacó la lengua y me lamió el lóbulo de la oreja. El calor me invadió el estómago—. ¿No confías en mí?

Ella tenía razón. *Quería* verlo. Quería saberlo. Esa expresión vacía resultaba extraña y desconocida en su rostro, pero yo…

No. Sacudí la cabeza con fuerza. No quería verlo en absoluto. El día anterior, casi la había visto matarse con magia. No debería hacer aquello. No *deberíamos* hacer aquello. No estaba bien. No era Lou. No era…

Ríndete.

Esas voces extrañas y desconocidas rozaron mis pensamientos una vez más, acariciándome. Persuadiéndome.

—Por supuesto que confío en ti.

—Demuéstralo. —Se acercó para pasarme los dedos por el pelo. Me estremecí ante el contacto. Ante la intrusión en mi cabeza—. Haz lo que te digo.

Ríndete.

—Yo... Es suficiente. ¿Qué haces? —Le aparté la mano y retrocedí a trompicones. Tiré mi bolsa del árbol. Nadie se movió para recogerla—. ¡Basta!

Pero su piel brilló aun más cuando alargó el brazo para tocarme. Tenía la mirada llena de nostalgia, y de repente, no estaba seguro de querer que se detuviera.

Ríndete. Tócala.

—Reid. —Extendió los brazos hacia mí en actitud suplicante, y me sentí dar un paso adelante, me sentí enterrar la cara en su pelo. Pero olía mal. Horriblemente mal. Como a humo y a pelaje y... a algo más. Algo penetrante. Atravesó la neblina de mi mente—. Abrázame, Reid. Abraza *esto.* No debes tener miedo. Déjame mostrarte lo poderoso que puedes ser. Déjame mostrarte lo débil que eres.

Demasiado penetrante. Muy dulce. Ardiente.

Coloqué las manos sobre sus hombros y la obligué a retroceder un paso, apartando la mirada.

—Para. Ya. —Sin querer arriesgarme a mirarla a los ojos de nuevo, me quedé mirando su garganta. Su cicatriz. Lentamente, su piel se atenuó bajo mis manos—. Esta no eres tú.

Resopló al oír aquello, y su piel volvió a brillar de forma repentina. Se alejó de mí.

—Deja de decirme quién soy. —Cuando me arriesgué a mirarla, ella me devolvió la mirada, con los labios y las cejas fruncidos. Se llevó una mano a su estrecha cadera. Esperanzada—. ¿Y bien? ¿Vamos a luchar o no?

—Lou... —advirtió Ansel.

Todo mi cuerpo tembló.

—Es la segunda vez que usas la magia para controlarme —dije en voz baja—. No lo vuelvas a hacer nunca más. ¿Me has entendido? *Nunca.*

—Te estás poniendo melodramático.

—Has perdido el control.

Una sonrisa malvada curvó sus labios. Jezabel encarnada.

—Pues castígame. Prefiero las cadenas y el látigo, pero una espada servirá.

Increíble. Ella estaba… estaba…

Inhalé con fuerza.

—¿De verdad quieres luchar?

Su sonrisa se ensanchó, salvaje, y en ese instante, ya no la reconocí. Ya no era Lou, sino una verdadera dama blanca. Hermosa, fría y extraña.

—De verdad que sí.

Os conocisteis hace solo unos meses. ¿Cuánto la conoces en realidad? Las palabras de madame Labelle me atormentaban. Sonaban cada vez más fuerte. *Louise ha comenzado su descenso. Conozco las señales. Ya lo he visto antes. Es imposible detenerlo o aplazarlo.*

—Accederé —dije despacio—, con una condición.

—Dime.

—Si gano, no habrá más magia. Hablo en serio, Lou. Dejarás de usarla. No quiero verla. No quiero olerla. No quiero *pensar* en ella hasta que todo esto termine.

—¿Y si gano yo? —Me pasó un dedo por el pecho. Aquel brillo antinatural regresó a su piel. Aquel brillo desconocido asomó en sus ojos—. ¿Entonces qué, cariño?

—Aprenderé a usarla. Dejaré que me enseñes.

Su piel dejó de relucir de golpe, y su sonrisa se desvaneció.

—Trato hecho.

Con la garganta tensa, asentí y di un paso atrás. Por fin podríamos poner fin a esta locura que se había alzado entre nosotros. Aquella tensión. Aquel punto muerto. La derrotaría de manera rápida y eficiente. A pesar de sus burlas, no quería hacerle daño. *Nunca.* Solo quería protegerla. De Morgane. De Auguste.

De ella misma.

Y ahora al fin podía.

Saqué un segundo cuchillo, y roté los hombros hacia atrás. Estiré el cuello. Flexioné la muñeca.

Una sensación parecida al vértigo me abrumó cuando nos pusimos el uno frente al otro, mientras ella hacía girar mi cuchillo entre sus dedos.

Pero no dejé que mis emociones me traicionaran. A diferencia de Lou, yo podía controlarlas. Podía dominarlas. Las dominaría.

—¿Estás listo? —Su sonrisa había vuelto, y su postura permanecía relajada. Arrogante. Ansel se cubrió con rapidez tras el árbol más cercano. Un ciprés. Incluso Coco retrocedió, tirando de Beau con ella—. ¿Contamos hasta tres?

Sujeté mi cuchillo de manera relajada.

—Uno.

Lou lanzó su cuchillo al aire.

—Dos.

Nos miramos a los ojos.

—Tres —susurré.

Saltó de inmediato, sorprendiéndome, y atacó con una fuerza inesperada. La bloqueé con facilidad, y contraataqué con un golpe. Con la mitad de mi fuerza. Solo necesitaba someterla, no darle una paliza, y era tan pequeña...

Dio vueltas a mi alrededor y se sirvió de mi impulso para darme una patada en la corva y hacerme caer hacia delante. Peor aún, me medio placó, me derribó y me echó al suelo, asegurándose de que aterrizara de cara en la nieve. Su cuchillo me rozó la garganta mientras el mío salía despedido. Con una risa, me clavó las rodillas en la espalda y me dio un beso en el cuello.

—Primera lección, Ansel: encuentra las debilidades de tu oponente y explótalas.

Furioso, escupí la nieve que tenía en la boca y alejé el cuchillo.

—Quítate de encima.

Se rio de nuevo y rodó hacia un lado, liberándome, antes de ponerse en pie.

—Y bien, ¿qué ha hecho mal Reid? ¿Además de caerse de morros y perder el arma? —Tras guiñarme el ojo, arrancó el cuchillo del suelo y me lo devolvió.

Ansel se puso nervioso en su refugio el árbol, y se negó a establecer contacto visual.

—Él... Él no quería hacerte daño. Se ha contenido.

Me puse de pie. El cuello y las orejas me ardían mientras me sacudía la nieve y el barro del abrigo y de los pantalones. *Joder.*

—Un error que no cometeré dos veces.

Los ojos de Lou bailaron.

—¿Vamos a por el segundo asalto?

—Sí.

—Cuando tú digas.

Esa vez pasé a la ofensiva, con un ataque fuerte y rápido. Había subestimado su rapidez antes, pero no lo haría de nuevo. Manteniendo mi impulso y equilibrio, controlé mis movimientos, les imprimí fuerza. Puede que hubiera sido más rápida, pero yo era más fuerte. Mucho, mucho más fuerte.

Su sonrisa se desvaneció después de un golpe particularmente potente en el brazo con el que sostenía el arma. No lo dudé. Una y otra vez ataqué, llevándola hacia el ciprés. Atrapándola. *Aprovechándome de su debilidad.* Le temblaban los brazos por el esfuerzo, pero apenas podía desviar mis ataques, y mucho menos contrarrestarlos. No me detuve.

Con un último golpe, le arrebaté el cuchillo, y la inmovilicé contra el árbol con mi antebrazo. Jadeando. Sonriendo. Triunfal.

—Ríndete.

Me enseñó los dientes y levantó las manos.

—Nunca.

La explosión llegó antes de que pudiera reaccionar. Y el olor. El *olor.* Me chamuscó la nariz y me quemó la garganta, siguiéndome mientras volaba por los aires, mientras me estrellaba contra una rama y me resbalaba sobre la nieve. Algo cálido y húmedo me goteó por la coronilla. Toqué la zona con cuidado y mis dedos se tiñeron de rojo. Ensangrentados.

—Tú... —La incredulidad y la rabia me atenazaron la garganta—. Has hecho trampa.

—Segunda lección —gruñó, abalanzándose para recuperar nuestros cuchillos caídos—. No existe el juego sucio. Usa todas las armas de tu arsenal.

Ansel lo observaba todo con la mirada aterrorizada y abierta de par en par. Pálido e inmóvil.

Me levanté despacio. Adrede.

—Dame un cuchillo. —Me temblaba la voz.

—No. —Alzó la barbilla, con los ojos brillantes, y deslizó mi arma a través de la trabilla de su cinturón—. Es la segunda vez que lo pierdes. Recupéralo.

—Lou. —Ansel dio un paso adelante con inseguridad, con las manos extendidas entre nosotros como si estuviera aplacando a dos animales salvajes—. A lo mejor... deberías dárselo...

Las palabras de Ansel terminaron con un grito cuando la derribé. Rodando sobre mi espalda, absorbí lo peor del impacto, la agarré de las muñecas y le arrebaté su propio cuchillo. Ella me arañó, gritando, pero le sujeté las manos con una de las mías, usando la otra para alcanzarla, para *buscar*...

Me hundió los dientes en la muñeca antes de que pudiera encontrar su cinturón.

—¡Mierda! —La solté con un gruñido. Se me estaban formando verdugones bajo las marcas de sus dientes—. ¿Estás *loca*?

—*Patético*. Seguro que el gran capitán sabe hacerlo mejor... —Vagamente, pude oír a Ansel gritando algo a lo lejos, pero el rugido de mis oídos lo ahogó todo menos a Lou. *Lou*. Rodé, en busca de su cuchillo perdido, pero ella saltó después de mí.

Yo lo alcancé primero.

De forma instintiva, lo esgrimí en un arco amplio y violento, cubriéndome la espalda. Lou debería haberse colocado fuera de alcance. Debería haber anticipado mi movimiento y haberlo contrarrestado, haberse agachado bajo mi brazo extendido y atacar.

Pero no lo hizo.

Mi cuchillo se hundió en ella.

Observé a cámara lenta, con la bilis subiéndome por la garganta, cómo la hoja atravesaba su abrigo, cómo su boca se abría en gesto sorprendido. Tropezó, agarrándose el pecho, y cayó al suelo.

—No —jadeé antes de caer de rodillas a su lado. El rugido en mis oídos cesó abruptamente—. Lou...

—¡Reid! —La voz de Ansel rompió el silencio mientras corría hacia nosotros, salpicando nieve y barro en todas direcciones. Patinó hasta detenerse y cayó hacia delante; movió las manos frenéticamente sobre el corte del abrigo de Lou y luego se sentó con un suspiro—. Gracias a Dios...

—Coco —dije.

—Pero no está...

—¡COCO!

Una risa tranquila sonó debajo de nosotros. Me centré únicamente en la pálida forma de Lou. Una sonrisa apareció en sus labios, malévola, y se incorporó hasta los codos.

—Quédate tumbada —supliqué, con la voz quebrada—. Por favor. Coco te curará...

Pero no permaneció tumbada. No, siguió levantándose, y alzó las manos en un gesto peculiar. Mi mente, perezosa y lenta a causa del pánico, no comprendió el movimiento, no entendió su intención hasta que fue demasiado tarde...

La explosión me levantó por los aires. No me detuve hasta que me estrellé de espaldas contra el árbol una vez más. Al doblarme sobre mí mismo, me ahogué e intenté recuperar el aliento.

Otra risa, esta más fuerte que la anterior. Se acercó a mí, abriendo su abrigo para dejar al descubierto su camisa, su piel. Ambas intactas. Ni siquiera un rasguño.

—Tercera lección: la lucha no termina hasta que uno de los dos muere. Incluso entonces, compruébalo dos veces. Pégales siempre una patada cuando estén en el suelo.

Capítulo 24

Una deuda de sangre

Reid

Si la tensión entre nosotros había sido sofocante antes, ahora era insalvable. Cada paso era un ladrillo entre nosotros. Cada momento, una pared.

Caminamos durante mucho rato.

Aunque Lou envió a la zorra negra (Brigitte, la había llamado) con nuestra petición de reunión, la Bestia de Gévaudan no respondió.

Nadie dijo una palabra más hasta que cayó el atardecer. Los cipreses habían reemplazado de forma gradual a los pinos y los abedules, y el suelo se había aplanado. Ahora era más barro que musgo y liquen y nuestros pies chapoteaban en la tierra. El océano daba sabor al frío aire del invierno, y por encima de nosotros, una gaviota solitaria graznaba. Aunque el agua me empapaba las botas, la suerte estaba de nuestro lado, la marea aún no había subido.

—Pronto oscurecerá —susurró Beau—. ¿Sabes dónde viven?

Lou se apretó más contra mi costado. Tenía la piel de gallina.

—Dudo que lo invitaran a tomar el té.

Resistí el impulso de envolverla con el brazo, de acercarla a mí.

Esa vez no se había disculpado. No esperaba que lo hiciera.

—La última vez pescamos a los lobos solitarios desprevenidos. Yo… no sé dónde está la manada.

—¿Solitarios? —Lou levantó la cabeza y me miró fijamente—. Me dijiste que habías encontrado a la manada.

—Quería impresionarte.

—No importa. —Coco miró al cielo, al fantasma de la luna que adornaba el atardecer púrpura. Esa noche estaba llena. Y con cada minuto que pasaba, brillaba más—. Ellos nos encontrarán.

Beau siguió su mirada, preocupado.

—¿Y hasta entonces?

Un aullido atravesó la noche.

Ahora sí le di la mano a Lou.

—Seguimos adelante.

La noche cerrada cayó al cabo de una hora. Con ella, las sombras más profundas se materializaron, revoloteando entre los árboles.

—Están aquí. —Con voz suave, Lou inclinó la cabeza hacia nuestra izquierda, donde un lobo plateado apareció. Otro se adelantó sin hacer ruido. Más aullidos resonaron a lo lejos hasta que los gritos nos envolvieron. Nosotros nos agrupamos.

—Mantened la calma —susurré. Aunque estaba ansioso por desenvainar una espada, no le solté la mano a Lou. Aquel primer momento era crítico. Si sospechaban que había peligro, no dudarían—. Todavía no han atacado.

Beau dijo de manera chillona:

—¿Aún?

—Que todo el mundo se arrodille. —Despacio y con cautela, me puse en cuclillas mientras inclinaba la cabeza en señal de respeto, guiando a Lou hacia abajo conmigo. Nuestros dedos se entrelazaron en el fango. Con cada una de sus respiraciones, yo sincronizaba las mías. Me centraba. La ansiedad me atenazaba el cuello y las manos como una soga.

Puede que Blaise no me hiciera caso. A pesar de lo que le había dicho a Lou, puede que no aceptara mi desafío. Puede que solo nos matara.

—Estableced contacto visual únicamente con aquellos a los que queráis desafiar.

Como si hubieran estado esperando mis palabras, los lobos aparecieron frente a nosotros. Al menos tres decenas de ellos. Salieron de todas las direcciones, tan silenciosos como la luna que se elevaba en lo alto del cielo. Nos rodearon. A Lou se le puso la cara blanca. A su lado, Ansel temblaba.

Nos vimos superados en número.

Y de forma preocupante.

—¿Qué ocurre? —preguntó Beau con la respiración agitada. Había apoyado la frente en el hombro de Coco y había cerrado los ojos.

Intenté que mi propia voz se mantuviera firme.

—Solicitamos una audiencia con el alfa.

Justo delante de nosotros, apareció un enorme lobo de ojos amarillos. Lo reconocí de inmediato, por su pelaje del color del humo y su boca grisácea y deforme. Le faltaba un trozo de hocico. Todavía recordaba verlo caer al suelo. La sensación, el olor de su sangre en mis manos. El sonido de sus gritos de tortura.

Cuando curvó el labio, mostrando unos incisivos tan largos como mis dedos, me obligué a hablar.

—Blaise. Tenemos que hablar.

Cuando me dispuse a levantarme, Lou me detuvo con un movimiento brusco de cabeza. Se levantó en mi lugar y se dirigió directamente a Blaise. Solo yo podía sentir el temblor de su mano.

—Me llamo Louise le Blanc, y solicito una audiencia con la Bestia de Gévaudan, líder de esta manada. ¿Puedo asumir que eres tú?

Blaise gruñó con suavidad. No apartó la vista de mí.

—Estamos aquí para negociar una alianza contra la *Dame des Sorcières* —continuó Lou, en tono más fuerte que antes—. No queremos pelear.

—Eres muy valiente. —Una joven robusta apareció entre los árboles, ataviada únicamente con un vestido suelto. Piel de cobre. Cabello negro. Ojos marrones profundos. Detrás de ella caminaba una versión masculina en miniatura—. Al traer a un príncipe y a un *chasseur* a Le Ventre.

Beau me miró. Cuando asentí, él también se puso de pie. Aunque cauteloso, su postura cambió sutilmente, transformándolo ante nuestros ojos. Enderezó los hombros. Colocó bien los pies. Miró a la mujer con una expresión impasible.

—Me temo que estamos en desventaja, *mademoiselle*…

Ella lo miró fijamente.

—Liana. Soy la hija de la Bestia de Gévaudan.

Beau le dedicó una inclinación de cabeza.

—Mademoiselle Liana. Es un placer conocerla. —Cuando ella no le devolvió la cortesía, él continuó, sin desanimarse—. Mi compañera ha dicho la verdad. Estamos aquí para hacer las paces con los *loups garous*. Creemos que una alianza podría beneficiar a todas las partes involucradas.

Lou le dedicó una mirada agradecida.

—¿Y a qué bando representa *usted*? —preguntó Liana con voz sedosa, acercándose más. Beau desvió la mirada mientras un puñado de lobos imitaban sus movimientos—. Su *Alteza*.

Beau esbozó una sonrisa tensa.

—Por desgracia, no he venido en misión oficial, aunque mantengo la esperanza de que mi padre también esté dispuesto a formar una alianza.

—¿Antes o después de que envíe a sus cazadores a matar a mi familia?

—No queremos pelear —repitió Lou.

—Qué lástima. —Liana sonrió, y sus incisivos se alargaron y se afilaron hasta convertirse en armas letales—. Porque nosotros sí.

Su hermano pequeño, quizá cinco años menor que Ansel, enseñó los dientes.

—¡Atacad!

—¡Espera! —chilló Beau, y el lobo más cercano a él se asustó y le mordió la mano. Cayó al suelo con una maldición.

—¡Por favor, escuchad! —Lou corrió a toda velocidad a situarse entre ellos, levantando las manos para aplacarlos. Sin prestar atención a sus súplicas, los lobos cargaron. Yo corrí tras ellos al tiempo que sacaba unos cuchillos gemelos de mi bandolera, preparándome para lanzar…

—¡Solo queremos hablar! —Elevó la voz, desesperada—. No queremos pel…

El primer lobo chocó contra ella y Lou se tambaleó hacia atrás, extendiendo una mano hacia mí. Me buscó con la mirada. Afilé la puntería de forma instintiva y lancé el cuchillo recto y con precisión. Lou agarró la empuñadura al vuelo y en un movimiento único y continuo hirió al lobo. Cuando este gritó y saltó a un lado, sangrando, la manada se detuvo por completo. Gruñidos y aullidos inundaron la noche.

—No deseamos causaros daño alguno. —La mano de Lou ya no temblaba—. Pero nos defenderemos si es necesario. —Detrás de ella, levanté el cuchillo para enfatizar sus palabras. Coco y Ansel hicieron lo propio con los suyos. Incluso Beau desenvainó su daga, completando así nuestro círculo.

—Bueno —dijo Coco con amargura. Los lobos merodeaban a nuestro alrededor, buscando un punto débil para atacar—. Esto se ha descontrolado todavía más rápido de lo que creía.

Arremetí contra un lobo que se acercó demasiado.

—Sabes lo que tengo que hacer, Lou.

Ella negó con la cabeza con vehemencia.

—No. No, todavía podemos negociar...

—Tienes una forma interesante de *negociar* —gruñó Liana, señalando a sus familiares heridos—, trayendo cuchillos y enemigos a nuestra casa e hiriéndonos.

—No quería que eso sucediera. —Otro lobo se abalanzó mientras Lou hablaba, esperando pescarla con la guardia baja. Para crédito suyo, no lo apuñaló. Le dio una patada en el hocico—. Tenemos información sobre vuestra enemiga, la *Dame des Sorcières*. Juntos, podríamos derrotarla de una vez por todas.

—Ah. Ahora lo entiendo. —Una pequeña sonrisa apareció en los labios de Liana. Levantó una mano, y los lobos de repente dejaron de dar vueltas—. Has venido a suplicar la ayuda de la manada.

—A solicitarla —dijo Coco con aspereza. Levantó la barbilla—. No suplicaremos.

Las dos se miraron fijamente durante varios segundos. Ninguna de las dos se estremeció. Ninguna de las dos apartó la mirada. Al final, Liana le dedicó una inclinación de cabeza.

—Reconozco tu valentía, Cosette Monvoisin, pero la manada nunca ayudará a un príncipe, a un cazador y a su puta. —Cuando nos señaló con la cabeza a Beau, a mí y a Lou, enfurecí. Eché mano a mis cuchillos con intención de matarla y di un paso adelante. Coco interpuso su brazo ante mi pecho. Liana se rio. El sonido fue feroz. Salvaje.

—No deberías haber venido aquí, Reid Diggory. Disfrutaré arrancándote la garganta.

—Basta, Liana. —Profunda y ronca, la voz de Blaise interrumpió el estruendo de los gruñidos ansiosos. No lo había visto moverse. Ahora se presentaba ante nosotros como un hombre, vestido solo con un par de pantalones holgados. Su pecho estaba surcado de tantas cicatrices como su cara. Sus hombros eran tan anchos como los míos. Quizás más anchos. Como su pelaje de lobo, su pelo era largo y del color gris de la tormenta, con vetas de plata—. Morgane le Blanc nos visitó a principios de esta semana con una propuesta similar. Ella habló de guerra.

—Y de librarnos de los *chasseurs* —escupió Liana.

—Todo lo que debemos hacer es entregarle a su hija, tu esposa —los ojos amarillos de Blaise se centraron en los míos, llenos de odio—, y la persecución a mi pueblo terminará.

—Va a sacrificarme. —Lou apretaba con fuerza su cuchillo. Blaise siguió el movimiento con la vista, cual depredador. Evaluando cualquier debilidad, incluso en ese momento—. Soy su *hija* —continuó Lou, elevando la voz una octava. Una mirada rápida me confirmó que sus pupilas se habían dilatado. Su cuerpo también se preparaba para luchar, aunque su mente aún no había comprendido el peligro de nuestra situación—. Sin embargo, solo me concibió, me crio, para morir. Nunca me quiso. Seguro que puedes ver la maldad que encierra eso.

Blaise le enseñó los dientes. Sus incisivos todavía resultaban afilados. Puntiagudos.

—No me hables de familia, Louise le Blanc, cuando nunca has conocido una. No hables de matar niños. No con la compañía que traes.

Lou hizo una mueca y un toque de desesperación le tiñó la voz.

—Ha cambiado…

—Nos debe sangre. Y pagará su deuda.

—Nunca debimos haber venido —susurró Beau.

Tenía razón. Nuestro plan había sido mediocre en el mejor de los casos, y aquello… había sido una misión suicida desde el principio. La Bestia de Gévaudan nunca se uniría a nosotros. Por mi culpa.

—Morgane no dudará en masacraros después de que hayáis cumplido su propósito. —Lou abandonó todo intento de civismo, plantándose con firmeza delante de mí. Defendiéndome contra toda una manada de hombres lobo—. Las *Dames blanches* detestan a los *loups garous*. Detestan todo lo que sea diferente a ellas mismas.

—Que lo intente. —Los colmillos de Blaise eran tan largos que le sobrepasaban el labio, y sus ojos brillaban en la oscuridad. Los lobos que lo rodeaban gruñeron y comenzaron a rodearnos de nuevo. Con el vello erizado—. Pero pronto descubrirá que los *loups garous* somos los que más saboreamos la sangre de nuestros enemigos. Ha sido una tontería aventuraros en Le Ventre, Louise le Blanc. Ahora tu cazador pagará con su vida. —Sus huesos empezaron a romperse y a cambiar, y sus ojos se tornaron blancos. Liana sonrió. Los lobos se acercaron más, relamiéndose los labios.

Lou levantó las manos una vez más. Esa vez, el gesto no fue para aplacar a nadie.

—No lo tocarás.

—Lou. —Le toqué el codo, negando con la cabeza—. Detente.

Me apartó la mano y la levantó más alto.

—*No*, Reid.

—Sabía lo que pasaría al venir aquí. —Antes de que pudiera protestar, antes de que Blaise pudiera completar su transformación en lobo, respiré hondo y di un paso adelante—. Te desafío, Blaise, Bestia de Gévaudan y alfa de esta manada, a un duelo.

»Por tu honor, y por el mío propio. —De golpe, sus huesos dejaron de romperse, y clavó los ojos en mí, congelado entre dos formas. Lupina y humanoide. Una grotesca mezcla de lobo y hombre—. Solo nosotros dos. Con el arma que queramos. Si gano, tú y tu manada os uniréis a nosotros en la próxima batalla. Nos ayudarás a derrotar a la *Dame des Sorcières* y a sus *Dames blanches*.

—¿Y si gano yo? —La voz de Blaise sonó distorsionada, desarticulada, en su boca alargada. Parecían más gruñidos que palabras.

—Me matas.

Resopló, echando los labios hacia atrás y dejando ver sus dientes.

—No.

Pestañeé.

—¿No?

—Rechazo tu desafío, Reid Diggory. —Les dirigió un gesto con la cabeza a su hija y a su hijo antes de entregarse por completo al cambio. En unos segundos, aterrizó a cuatro patas, jadeando en el frío aire nocturno. Volvía a ser un lobo. Liana se colocó detrás de él. En sus ojos brillaba un odio que reconocí. Un odio que una vez me había robado el aliento y endurecido el corazón.

»Esta vez, capitán Diggory —dijo en tono suave—, te cazaremos nosotros a ti. Si llegas a la aldea que hay al otro lado de nuestro territorio, escaparás con vida. Si no... —Inhaló profundamente, sonriendo como si oliera nuestro miedo, antes de extender los brazos hacia los miembros de su manada—. Gloria para el *loup garou* que te mate.

El rostro de Lou adoptó una expresión de horror.

—El pueblo, Gévaudan, está al sur de aquí. Os daremos ventaja.

—¿Cuánta ventaja? —preguntó Beau, con los ojos tensos y llenos de ansiedad.

Su única respuesta fue una sonrisa.

—¿Armas? —preguntó Lou.

—Puede conservar las armas que lleve encima —dijo Liana—. Ni más ni menos.

Hice un recuento rápido de mi inventario. Cuatro cuchillos en mi bandolera. Dos en mis botas. Uno en mi espalda. Siete colmillos propios. Aunque recé para no necesitarlos, no era ingenuo. Aquello no acabaría bien. Acabaría en sangre.

—Si alguno de *vosotros* interviene en la caza —añadió su hermano pequeño, paseando la mirada entre Lou, Coco, Ansel y Beau—, con magia o de otra manera, os mataremos.

—¿Qué pasa con Morgane? —preguntó Coco rápidamente—. Si Reid gana, ¿te aliarás con nosotros contra ella?

—Nunca —gruñó Liana.

—¡Esto es una estupidez! —Lou avanzó hacia ellos, con las manos aún levantadas, pero yo la agarré del brazo. Para mi sorpresa, también lo hizo Beau.

—Hermanita —dijo, con los ojos bien abiertos mientras los lobos cerraban filas a nuestro alrededor—, creo que deberíamos jugar a su juego.

—*Morirá.*

Coco escudriñaba el escenario como si buscara una escapatoria. No había ninguna.

—Todos moriremos a menos que él acceda. —Me miró para confirmarlo. A la espera. Con esa mirada, lo entendí. Si elegía no prestarme a aquello, ella se uniría a mí para luchar por nuestra huida. Todos lo harían. Pero el precio, el riesgo...

Como si me arrastrara una fuerza invisible, centré la mirada de nuevo en Lou. En su cara. Memoricé la curva de su nariz, la inclinación de su mejilla. El perfil de su cuello. Si luchábamos, se la llevarían. Había demasiados para matarlos a todos, incluso con la magia de nuestro lado.

Se la llevarían y la perdería.

—No lo hagas —dijo, su angustia era palpable. Me dolía el pecho—. Por favor.

Le rocé el brazo con el pulgar. Una única vez.

—Tengo que hacerlo.

Cuando me giré hacia Liana, ella ya estaba en mitad de la transformación. El pelo negro cubría su cara lupina, y sus labios formaban una sonrisa horrible.

—Corre.

Capítulo 25

Los lobos atacan

Reid

Una sensación de calma me envolvió cuando entré en el pantano. Al sur. Hacia el sur. Conocía Gévaudan. Los *chasseurs* y yo nos habíamos quedado allí la noche siguiente a nuestra redada contra los hombres lobo... La noche anterior a que me convirtiera en el capitán Diggory. Si no recordaba mal, el río que alimentaba el molino de Gévaudan desembocaba en aquel estuario. Si pudiera encontrar ese río, podría hacerles perder mi rastro en sus aguas. Atravesarlas hasta el pueblo.

Si no me ahogaba primero.

Miré hacia abajo. La marea estaba subiendo. Pronto inundaría el estuario, que a su vez inundaría el río. La corriente sería peligrosa, especialmente mientras fuera cargado con armas pesadas. Aun así, más vale malo conocido que bueno por conocer. Prefería ahogarme a sentir los dientes de Blaise en el estómago.

Sorteé los árboles a la carrera, asegurándome de dejar mi olor en cada uno de ellos, y luego di la vuelta y diluí mi rastro todo lo posible. Me agaché. Los *loups garous* eran más rápidos que los lobos normales, más rápidos incluso que los caballos. No podía correr más que ellos. El agua era mi única esperanza. Eso, y...

Arañé el suelo y recogí algunos puñados de barro y me los froté sobre la piel. La ropa. El pelo. Más allá de la fuerza y la velocidad, el olfato de los hombres lobo era su mejor arma. Tenía que desaparecer en todos los sentidos.

En algún lugar por detrás de mí, un aullido rompió el silencio.

Levanté la vista. El primer asomo de miedo me hizo dudar.

Se me había acabado el tiempo. Ya venían.

Maldije en silencio, y corrí hacia el sur, mientras intentaba captar el ruido del agua. Busqué troncos gruesos y musgo entre los apagados tonos verdes y marrones del bosque. El río había tomado forma dentro de un espeso bosquecillo de cipreses calvos. Tenía que estar cerca de allí. Recordaba aquel lugar. Cada punto de referencia con el que me topaba me refrescaba la memoria. Jean Luc se había detenido a descansar contra aquel tronco nudoso. El arzobispo, vestido de forma obstinada con su sotana coral, casi se había caído sobre aquella roca.

Lo que significaba que los cipreses deberían estar justo... *allí.*

Triunfal, corrí hacia ellos, deslizándome entre los troncos mientras resonaba otro aullido, y exhalé un suspiro de alivio cuando por fin, *por fin* encontré el...

Me detuve en seco. Mi alivio desapareció.

Allí no había nada.

Donde había estado el río, solo quedaba un grupo de helechos. Sus hojas, marrones y muertas, revoloteaban suavemente en el viento. El suelo de debajo era fangoso, húmedo, y estaba cubierto de liquen y musgo. Pero no quedaba nada del lecho del río. Ni un solo grano de arena. Ni una sola roca de río. Era como si todo el río hubiera simplemente... desaparecido. Como si me lo hubiera imaginado todo.

Apreté los puños.

No me había imaginado nada. Yo mismo había bebido del maldito río.

A mi alrededor, las ramas de los árboles crujían a causa del viento, silbando al unísono. Riéndose. Mirándome. Otro aullido atravesó la noche, este más cerca que el anterior, y se me erizó el vello del cuello.

El bosque es peligroso. Se me aceleró el pulso al recordar las palabras de mi madre. *Los árboles tienen ojos.*

Sacudí la cabeza, sin querer reconocerlo, y miré al cielo para recalcular mi rumbo. Hacia el sur. Hacia el sur. Solo tenía que llegar a la entrada de Gévaudan, y el barro sobre mi piel me aseguraba que los hombres lobo no pudieran rastrearme por el olor. Todavía no estaba todo perdido. Podría lograrlo.

Pero cuando di un paso atrás, mi bota se hundió en una zona de tierra particularmente húmeda, y me di cuenta del flagrante defecto de mi plan.

Me detuve de golpe y me giré para mirar detrás de mí. Mi preocupación aumentó hasta convertirse en temor. A los hombres lobo no les hacía falta su olfato para seguirme. Les había dejado un rastro de huellas. En mi plan no había tenido en cuenta lo blando que era el terreno, ni la marea creciente. No había manera de que pudiera huir a Gévaudan, o al río, o a cualquier otro lugar, sin que los hombres lobo vieran exactamente a dónde había ido.

Vamos. Mi corazón latía a un ritmo frenético, tronando dentro de mi cabeza. Me obligué a barajar otras opciones. ¿Podría escapar usando la magia? Rechacé el impulso al instante, no quería arriesgarme. La última vez que había usado la magia, casi había acabado conmigo mismo, congelándome hasta morir a la orilla de un arroyo. Lo más probable era que hiciera más mal que bien, y no tenía margen de error en aquel momento. Lou no estaba allí para salvarme. *Piensa, piensa, piensa.* Me devané los sesos para idear otro plan, otro medio para esconder mi rastro. Por muy mala que fuera Lou como estratega, ella habría sabido exactamente qué hacer. Ella siempre escapaba. Siempre. Pero yo no era ella, y no sabía cómo salir indemne.

Aun así… La había perseguido lo suficiente como para adivinar lo que haría en esa situación. Lo que hacía en toda situación.

Tragando con fuerza, miré hacia arriba.

Respira. Solo respira.

Volví a los cipreses y me subí a la rama más baja.

Otra.

Los árboles crecían muy juntos en aquella parte del bosque. Si pudiera avanzar lo suficiente de copa en copa, les haría perder mi rastro. Subí más rápido, obligándome a mirar hacia el cielo. No hacia abajo. Nunca hacia abajo.

Otra.

Cuando las ramas comenzaron a espaciarse, dejé de trepar y me arrastré lentamente, demasiado lentamente, hasta el final de la rama. Me puse de pie con las piernas temblorosas. A la cuenta de tres, salté a la siguiente rama tan lejos como pude. Se inclinó de forma precaria bajo mi peso, y yo me desplomé, rodeándola con los brazos y con la respiración pesada y jadeante. Se me nublaba la vista. Me obligué a arrastrarme hacia delante una vez más. No podía detenerme. Tenía que moverme más rápido. Nunca llegaría a Gévaudan a ese ritmo, y los lobos se acercaban más con cada aullido.

Después del tercer árbol, sin embargo, empezó a resultarme más fácil respirar. Los músculos se me relajaron un poco. Avancé más rápido. Más rápido aún. Con confianza. Los árboles seguían creciendo espesos, y la esperanza me inundó el pecho. Una y otra vez salté, hasta que...

Un sonido de algo rompiéndose.

No.

Con la espalda agarrotaba, la cabeza dándome vueltas, salté a la desesperada a la rama más cercana, y me precipité hacia el suelo a una velocidad alarmante. La madera se rompió bajo mi peso, y un dolor agudo me laceró el brazo. La siguiente rama chocó contra mi cabeza. Vi las estrellas, y aterricé con dureza sobre mi espalda. El impacto me dejó sin aliento. El agua me inundó los oídos. Resoplé, parpadeando rápidamente y sujetándome la maldita palma, e intenté ponerme de pie.

Blaise me pasó por encima.

Gruñó cuando chapoteé hacia atrás, y vi el destello de sus dientes; sus ojos resultaban demasiado inteligentes, demasiado ansiosos, demasiado *humanos* para mi gusto. Lentamente, con cautela, levanté las manos y me puse de pie. Sus fosas nasales se abrieron para captar el olor de mi sangre. El instinto me gritó que tomara mis cuchillos. Para atacar. Pero si vertía sangre primero, si mataba al alfa, los hombres lobo nunca se unirían a nosotros. Nunca. Y esos ojos...

Las cosas eran mucho más sencillas cuando yo era un chasseur. Cuando los lobos solo eran bestias. Demonios.

—No tiene por qué ser así. —La cabeza me palpitaba. Le susurré—: Por favor.

Levantó los labios, enseñando los dientes, y se abalanzó sobre mí.

Esquivé el golpe, lo rodeé mientras giraba. Permanecí con las manos extendidas. Conciliador.

—Tienes elección. Los *chasseurs* te matarán, sí, pero también lo hará Morgane. Después de haber servido a su propósito. Después de haberla ayudado a asesinar niños inocentes.

A media carga, Blaise se detuvo de sopetón. Ladeó la cabeza y movió las orejas.

Así que Morgane no le había contado los entresijos de su plan.

—Cuando Lou muera, todos los hijos del rey morirán con ella. —No mencioné mi propia muerte. Eso solo fortalecería la resolución de los lobos de unirse a Morgane—. Decenas de niños, la mayoría de los cuales ni siquiera conocen a su padre, ¿deben pagar por sus pecados?

Desplazó el peso de una pata a otra, y miró hacia atrás como si estuviera inquieto.

—No tiene que morir nadie más. —Apenas me atrevía a respirar cuando me acerqué a él—. Únete a nosotros. Ayúdanos. Juntos, podemos derrotar a Morgane y restaurar el orden...

Con el cuello enhiesto, y las orejas contrayéndose, me lanzó una advertencia para que no me acercara. La repulsión me retorció el estómago cuando sus huesos comenzaron a romperse. Cuando sus articulaciones desplazaron lo bastante como para poder erguirse sobre dos piernas. Un pelaje grisáceo aún cubría su cuerpo deforme. Sus manos y pies permanecieron alargados, su espalda encorvada. Grotesco. Su cara se contrajo sobre sí misma hasta que su boca pudo formar palabras.

—¿Restaurar el orden? —gruñó con palabras guturales—. Has dicho que los *chasseurs* —se esforzó por mover la mandíbula, haciendo una mueca de dolor— nos matarán. ¿Cómo los derrotarás? —Con el cuello tenso, retrajo más los dientes—. ¿Puedes matar a tus propios hermanos? ¿A tu propio —otra mueca— padre?

—Lo convenceré. Los convenceré a todos. Podemos mostrarles otro camino.

—Hay demasiado odio en sus corazones. Se negarán. Y entonces... ¿qué?

Lo miré fijamente, pensando con rapidez.

—Lo que yo pensaba. —Sus colmillos se alargaron otra vez. Empezó a transformarse de nuevo—. De una manera u otra, nos verías *sangrar*. Un cazador de la cabeza a los pies.

Luego se lanzó a por mí.

Aunque me aparté a un lado, consiguió atraparme el brazo y hundir los dientes profundamente. Estos desgarraron el músculo. Trituraron el tendón. Lo aparté con un grito, mareado por el dolor, por la *ira*. Un destello dorado afloró salvajemente en el ojo de mi mente. Me cegó, desorientándome, mientras las voces silbaban, *búscanos, búscanos*.

Casi les hice caso.

El instinto me impelía a atacar, proteger, arrancarle la cabeza a aquel lobo por cualquier medio necesario. Incluso la magia.

Pero… no. No podía.

Cuando todo es vida o muerte, hay mucho más en juego, dijo Lou, regañándome en mis recuerdos. *Cuanto más ganamos, más perdemos.*

No lo haría.

Blaise se preparó para saltar una vez más. Apretando los dientes, salté directamente hacia arriba y me colgué de una rama por encima de mi cabeza. Mi brazo gritó de dolor, al igual que mi mano. Los ignoré a ambos, balanceándome hacia atrás mientras él se levantaba para lanzarme dentelladas a los talones, y le di una fuerte patada en el pecho. Él gritó y cayó al suelo. Me dejé caer a su lado, sacando una daga de mi bandolera y clavándole la pata al suelo. Sus gritos se convirtieron en chillidos. Los aullidos de respuesta de los otros lobos hablaban de sus intenciones asesinas.

Con el brazo colgando inútilmente, me desgarré el abrigo con la mano buena. Tenía que vendar la herida. Para detener la hemorragia. El barro de mi piel no enmascaraba el olor de la sangre fresca. Los demás pronto olerían mis heridas. Me encontrarían en un abrir y cerrar de ojos. Pero mi mano se negó a cooperar, temblando de dolor, miedo y adrenalina.

Demasiado tarde, me di cuenta de que los gritos de Blaise se habían transformado.

Ahora era humano y estaba desnudo. Se arrancó el cuchillo de la mano y gruñó.

—¿Cómo se llamaba?

CAPÍTULO 26

UN CORAZÓN CONGELADO

Lou

Mis pasos trazaron un camino en el suelo mientras daba vueltas. Odiaba ese sentimiento... esa *impotencia*. Reid estaba allí, huyendo para salvar su *vida*, y no había nada que pudiera hacer para ayudarlo. Los tres lobos que Blaise había dejado para que nos vigilaran, uno de ellos su propio hijo, Terrance, se aseguraban de eso. A juzgar por su tamaño, los compañeros de Terrance eran igual de jóvenes. Cada uno de ellos miraba hacia la línea de árboles, dándonos la espalda, y lloriqueando suavemente. Sus hombros rígidos y sus orejas inmóviles decían lo que ellos ya no podían.

Querían unirse a la cacería.

Yo quería desollarlos vivos y usar su piel como un manto.

—Tenemos que hacer algo —le murmuré a Coco, echándole a Terrance una oscura mirada. Aunque él y los otros eran más pequeños que el resto, no me cabía ninguna duda de que sus dientes seguían siendo afilados.

—¿Cómo sabremos si llega a Gévaudan? ¿Y si Blaise lo mata de todos modos?

Sentí la mirada de Coco, pero no aparté la vista de los lobos, deseando clavarles mi cuchillo en las costillas. Una energía inquieta zumbaba bajo mi piel.

—No tenemos elección —murmuró—. Hay que esperar.

—Siempre hay elección. Por ejemplo, podríamos *elegir* cortarles la garganta a estos pequeños imbéciles y seguir nuestro camino.

—¿Pueden entendernos? —susurró Ansel ansiosamente junto a Beau—. Ya sabes... —bajó aún más el volumen—, ¿en su forma de lobo?

—Me importa una mierda.

Coco resopló, y yo la miré. Ella esbozó una sonrisa carente de toda diversión. Sus ojos reflejaban tanto cansancio como los míos, y tenía la piel más pálida que de costumbre. Parecía que yo no era la única preocupada por Reid. Ese pensamiento me aportó una calidez inesperada.

—Confía en él, Lou. Puede con esto.

—Lo *sé* —dije, y dicha calidez se congeló mientras me daba la vuelta para mirarla cara a cara—. Si alguien puede vencer a la Bestia de Gévaudan, es Reid. Pero ¿qué pasa si algo sale mal? ¿Y si le tienden una emboscada? Los lobos cazan en manada. Es muy poco probable que ataquen a menos que lo superen en número, y el idiota rechaza la magia...

—Va armado hasta los dientes con cuchillos —me recordó Beau.

—Era un *chasseur*, Lou. —La voz de Coco era suave, tan insoportablemente paciente que quise gritar—. Sabe cazar, lo que significa que también sabe esconderse. Cubrirá sus huellas.

Ansel asintió con la cabeza.

Pero Ansel, bendito fuera, era un *niño*, y ni él ni Coco sabían de qué narices hablaban.

—Reid no es de los que se esconden. —Volví a dar vueltas, maldiciendo un poco el grueso barro que cubría mis botas. El agua me salpicó las piernas—. Y aunque así fuera, en todo este lugar dejado de la mano de Dios estará cubierto de barro hasta las rodillas...

Beau se rio.

—Mejor que la nieve...

—¿Según quién? —Entornó los ojos al percibir mi tono, y yo resoplé, dando una patada al agua con rabia—. Deja de mirarme así. Son igual de jodidos, ¿vale? La única ventaja de encontrarnos en pleno invierno sería el hielo, pero, por supuesto, los perros viven en un puto pantano.

Los aullidos estallaron en la distancia (esa vez ansiosos, contaminados con un propósito inconfundible) y nuestros guardias se pusieron de pie, jadeando con una emoción febril. Terrance se relamió los labios de anticipación. El horror me retorció el pecho como un torno.

—Lo han encontrado.

—No lo sabemos —se apresuró a decir Coco—. No hagas nada estúpido...

El alarido de Reid atravesó la noche.

—Lou. —Con los ojos como platos, Ansel me agarró por la muñeca—. Lou, él no quiere que tú...

Golpeé el suelo con la palma de la mano.

El hielo se extendió desde la punta de mis dedos a lo largo del suelo del pantano. El mismo suelo crujió a causa de la escarcha. Lo impulsé hacia delante, cada vez más rápido, incluso cuando una oleada de aquel frío gélido me envolvió el corazón. Mi pulso disminuyó. Me costaba respirar. No me importó. Clavé los dedos más profundamente en la tierra esponjosa, instando al hielo a ir hasta donde el patrón lo llevara. Más lejos todavía. La cuerda de oro que se enroscaba en torno a mí palpitaba, asaltando mi mente, mi cuerpo y mi *alma* con un frío profundo e infinito, pero no la solté.

Detrás de mí, oí vagamente a Coco gritar y a Beau maldecir, pero no podía distinguir los sonidos individuales. Se me nubló la vista, y los lobos que tenía delante quedaron difuminados en tres sombras que gruñían. El mundo se inclinó. El suelo se precipitó a mi encuentro. Aun así, me mantuve firme. Congelaría el mar entero, el mundo entero, antes que soltarla. Porque Reid necesitaba ayuda. Reid necesitaba...

Que el suelo se congelara. Necesitaba que el suelo se congelara. Hielo. Le daría... algo. Ventaja. Le daría... ventaja. Ventaja contra...

Pero un delicioso entumecimiento se deslizó por mi cuerpo, robándome los pensamientos, y no pude recordarlo. No podía recordar su nombre. No podía recordar el mío. Pestañeé una, dos veces, y todo se volvió negro.

El dolor me cruzó la mejilla y me desperté con un sobresalto.

—Santo cielo. —Coco me obligó a ponerme de pie antes de que me resbalara con algo y cayera en picado de nuevo al suelo. Aterrizamos una sobre la otra. Maldijo con saña y me hizo rodar para quitarme de encima. Me sentía... rara.

—Tienes suerte de no estar *muerta*. No sé cómo lo has hecho. *Deberías* estar muerta. —Se puso en pie con dificultad una vez más—. ¿En qué demonios estabas *pensando*?

Me froté la cara, e hice una mueca al percibir el agudo aroma de la magia. Me quemaba la nariz, me hacía llorar. No la había olido tan concentrada desde el templo, en Modraniht.

—¿Qué quieres decir?

—Hielo, Lou —dijo Coco, haciendo un gesto a nuestro alrededor—. *Hielo.*

Una escarcha gruesa y cristalina cubría cada centímetro de nuestro entorno, desde las hojas de hierba muerta, helechos y líquenes del suelo del bosque hasta las ramas de ciprés en lo alto. Me quedé sin aliento. Hasta donde alcanzaba la vista, Le Ventre ya no era verde. Ya no era un lugar mojado, pesado y *vivo*. No. Ahora era blanco, duro y brillante, incluso en la oscuridad. Di un paso, comprobando el hielo bajo mis pies. No cedió bajo mi peso. Cuando volví a pisar, y eché la vista atrás, vi que no había dejado ninguna huella sobre la superficie.

Sonreí.

Un gruñido a mi izquierda hizo que me volviera a centrar. Un lobo acababa de lanzarse sobre Beau y Ansel, que levantó su cuchillo para intentar defenderse. Coco corrió hacia allí a toda velocidad para ayudar, esquivando a Terrance, que se deslizó a toda prisa a su lado. El tercer lobo se abalanzó sobre mí, con los dientes por delante.

Sonreí más de lo normal. Parecía que había roto las reglas.

Con un resoplido de diversión, torcí los dedos, y el lobo resbaló sin control sobre el hielo. El patrón se disolvió en polvo dorado. Me tambaleé pero mantuve firmes los pies, reprimiendo una oleada de vértigo. Cuando la sensación pasó, el lobo recuperó el equilibrio. Le di un toquecito en la nariz mientras pasaba de largo una vez más, resbalaba y caía enredado en sí mismo.

Aunque tenía la vista borrosa, me reí y luego apreté el puño, para que el hielo trepara por sus patas.

Él gritó mientras le devoraba las piernas, el pecho, y avanzaba con firmeza hacia su garganta. Lo contemplé todo con fascinación, incluso cuando mi risa se volvió más fría. Escalofriante.

Más, más, más.

Quería ver cómo la luz abandonaba sus ojos.

—¡Lou! —chilló Coco—. ¡Cuidado!

Con un impulso hueco, me di la vuelta y giré la muñeca, captando un patrón fácilmente, mientras Terrance me saltaba a la garganta. Los huesos del lado derecho de su cuerpo se rompieron, y cayó al hielo con un grito penetrante. Pero yo no sentí ningún dolor. Pasando por encima de él, levanté las manos hacia el lobo que quedaba en pie. Él se alejó de Ansel y Coco lentamente.

—Deja en paz a mis amigos —le ordené, siguiéndolo con una sonrisa. Los destellos de oro parpadearon a mi alrededor con infinitas posibilidades, muchas más que nunca. Un dolor y sufrimiento inmensos. El lobo se lo merecía. Los habría matado.

Su familia podría haber matado ya a Reid, susurró una voz.

Mi sonrisa se desvaneció.

Ansel se puso delante de mí, parecía preocupado.

—¿Qué estás haciendo?

—Ansel. —Coco se interpuso entre nosotros, lo tomó de la mano y lo colocó detrás de ella—. Quédate detrás. —Sus ojos no abandonaron los míos en ningún momento—. Basta, Lou. Tú controlas tu magia. Ella no te controla a ti. —Cuando no le contesté, cuando no bajé las manos, se acercó aún más—. Derrite el hielo. El precio ha sido demasiado alto.

—Pero Reid necesita el hielo. Morirá sin él.

Me agarró las manos con suavidad y las colocó entre nosotras.

—Hay cosas peores que la muerte. Deshazlo, Lou. Vuelve con nosotros. No sigas por este camino.

La miré fijamente.

Las brujas dispuestas a sacrificarlo todo son poderosas, me recordó la voz.

Y peligrosas, argumentaba un rincón distante de mi mente. *Y cambian.*

—No eres tu madre —susurró Coco.

—No soy mi madre —repetí, insegura. Ansel y Beau nos observaban con los ojos muy abiertos.

Ella asintió y me acarició la mejilla.

—Deshazlo.

Mis antepasadas guardaban silencio ahora, a la espera. A pesar de lo que creía Coco, no me instaban a hacer nada que no quisiera hacer. Solo amplificaban mis deseos, me llevaban al límite para cumplirlos. Pero el deseo era algo embriagador, tan adictivo como mortal.

La voz de Reid resonó desde algún rincón lejano. *Imprudente.*

—Esta no eres tú, Lou —dijo Coco, persuadiéndome—. Deshazlo.

Si hubiera confiado menos en ella, no le habría hecho caso. Pero ese rincón distante de mi mente parecía creer en sus palabras. Me arrodillé y apoyé la palma de la mano en el suelo. Un único patrón surgió en el ojo de mi mente, brotó del páramo congelado de mi pecho en dirección al hielo. Respiré de forma entrecortada.

Y una flecha de punta azul me rozó la pierna.

—¡No! —chilló Coco, arrojándose sobre mí—. ¡Alto! ¡No disparéis!

Pero era demasiado tarde.

Hemos pasado junto a una patrulla hace nada. Los ojos de Blanco Hueso habían brillado con hambre. *Son unos cabrones astutos. Llevan semanas rastreando el bosque, poniéndonos las cosas difíciles, ¿verdad?*

Vi el rostro de Reid demacrado por la fatiga. *Los chasseurs se encontraban bastante cerca anoche.*

Más cerca de lo que pensábamos, al parecer. Empujé a Coco a un lado y me puse en pie. Mi cuerpo se estremeció con anticipación. Flexioné los dedos. Era solo cuestión de tiempo que nos encontraran, y el momento no podía ser más adecuado.

Al fin, habían llegado.

Chasseurs.

Con los arcos y Balisardas en ristre, Jean Luc dirigió un escuadrón desde detrás de los árboles. La sorpresa le iluminó los ojos cuando me vio, pero una expresión de determinación la reemplazó al instante. Levantó una mano para detener a los otros, y se acercó lentamente.

—Pero si es Louise le Blanc. Ni te imaginas lo mucho que me alegro de verte.

Sonreí, fijándome en su Balisarda.

—Lo mismo digo, Jean Luc. ¿Por qué has tardado tanto?

—Enterramos los cadáveres que dejaste por el camino. —Sus ojos pálidos repararon en el hielo que nos rodeaba antes de dirigirse a mi rostro, a mi pelo. Silbó por lo bajo—. Veo que la fachada se ha agrietado. La superficie por fin refleja la putrefacción del interior. —Señaló al lobo medio congelado—. Aunque gracias por facilitarnos el trabajo. La manada de Blaise nunca ha sido fácil de rastrear. Su Majestad estará complacido.

Hice una reverencia, extendiendo los brazos.

—Somos sus más humildes sirvientes.

Fue entonces cuando Jean Luc vio a Beau.

—Su Alteza. Debí haber sabido que estaría aquí. Su padre ha montado mucho alboroto durante las últimas semanas.

Aunque todavía parecía intranquilo, Beau se irguió completamente y lo contempló desde arriba.

—Porque le hablaste de mi participación en Modraniht.

Jean Luc lo miró con desdén.

—Sus indiscreciones no quedarán impunes. Lo cierto es que me repugna la idea de tener que llamarlo «rey» algún día.

—No te apures. No vivirás para presenciar la coronación. No si continúas amenazando a mis amigos.

—Sus *amigos*. —Jean Luc se acercó, con los nudillos blancos sobre la plata y el zafiro. Sonreí. Le había dicho a Reid que le conseguiría otro Balisarda. Qué *maravilloso* que ese Balisarda fuera de Jean Luc.

—Entiéndame, Su Alteza. Esta vez, no habrá escapatoria. Estas brujas —nos señaló a Coco y a mí con la barbilla— y sus conspiradores arderán. *Sus amigos* arderán. Encenderé sus piras yo mismo cuando volvamos a Cesarine. Una para Cosette Monvoisin. Una para Louise le Blanc. Una para Ansel Diggory —enseñó los dientes—, y una para Reid Diggory.

Estaba equivocado, por supuesto. Muy, muy equivocado.

—Una forma adecuada de honrar a nuestro difunto antepasado. ¿No estás de acuerdo?

—Célie te odiará si quemas a Reid —escupió Beau.

Me enrollé un mechón de pelo alrededor del dedo.

—Dime, Jean, ¿ya te la has follado?

Un instante de silencio, y entonces…

—Yo no… —Abrió los ojos de par en par y balbuceó incoherencias—. ¿Qué…?

—Eso es un sí, entonces. —Me acerqué más, pero fuera del alcance de su arma—. Reid nunca se la tiró, en caso de que te lo preguntes. Pobre chica. La amaba, pero supongo que se tomó sus votos en serio. —Mi sonrisa se hizo más amplia—. Eso, o se estaba reservando para el matrimonio.

Atacó con su Balisarda.

—Cierra la boca...

Detuve su hoja con una espada de hielo. Los otros hombres se tensaron y se acercaron, por lo que Coco, Ansel y Beau levantaron sus cuchillos a su vez.

—No creo que se alegre cuando se entere de que su mejor amigo amó en secreto a su novia durante todos esos años. Qué *travieso* eres, Jean. ¿Al menos esperaste a sembrar tu semilla hasta que Reid encontró mejores pastos?

Acercó la cara por encima de nuestras espadas enfrentadas.

—No hables de Célie.

Continué sin inmutarme.

—No he podido evitar percatarme de tus nuevas circunstancias ahora que Reid está fuera de la ecuación. Él siempre tuvo la vida que tú querías, ¿no es así? Ahora puedes fingir que es la tuya. Título de segunda mano, poder de segunda mano. —Me encogí de hombros con una sonrisa melosa, deslizando mi hoja a lo largo de la suya con lentitud. El hielo le rozó la mano—. Chica de segunda mano.

Con un gruñido, se alejó de mí. Una vena palpitó en su frente.

—¿Dónde está Reid?

—Qué decepcionada debe de sentirse ahora. Aunque supongo que una chica de segunda mano merece un chico de segunda mano...

Se lanzó a mí otra vez. Lo esquivé con facilidad.

—Ese *asesino* no merecía respirar su mismo aire. Cuando oyó lo que había hecho, casi se muere. Lleva recluida semanas por culpa de sus equivocados sentimientos hacia él. Si no fuera por mí, la habría *echado a perder*. Igual que tú lo has echado a perder a él. Y bien, ¿*dónde está*?

—Aquí no —canturreé, todavía sonriendo dulcemente mientras dábamos vueltas. Debajo de mí, el hielo se espesó y el follaje se agrietó de forma audible—. Eres un ladrón, Jean Luc, uno muy bueno, por supuesto, pero yo soy mejor. Tienes algo que necesito.

—Bruja, dime dónde está, o te...

—¿Qué? Si me fío de tu historial, no tardarás en rogarme que te eche a perder a *ti* también.

Con un gruñido, hizo una señal a sus hombres, pero yo levanté la mano antes de que pudieran alcanzarnos. Unos fragmentos de hielo se clavaron a nuestro alrededor, hasta que estuvimos en medio de un círculo de carámbanos dentados. Atrapado y presa del pánico, gritó órdenes a sus hombres; volvió la mirada en todas direcciones en busca de un hueco, mientras los *chasseurs* picaban y hacían pedazos el hielo.

—¡Cortadlos!

—¡Capitán!

—Sacadlo...

Uno de los carámbanos se rompió, y llovió hielo sobre nuestras cabezas. Aprovechando la distracción, me abalancé hacia delante, y le hice un tajo en la mano con la que sostenía el cuchillo. Él gritó pero no soltó su Balisarda. Me agarró la muñeca con la otra mano, y me la retorció, pero aquello... bueno, no sirvió de nada.

Le escupí directamente al ojo.

Cuando retrocedió, perdió el control sobre mí, y yo le clavé los dedos en la herida, tirando y rasgando la piel. Rugió de dolor.

—Tú, *zorra*...

—Cielos. —Tomé su Balisarda, con la espada de hielo en su garganta. Entonces me reí. Reí y reí hasta que Coco, Ansel y Beau se unieron a los *chasseurs* en su intento de echar el hielo abajo. *Lou, Lou, Lou,* decían sus ansiosos gritos, reverberando a mi alrededor. A través de mí. La luna se reflejaba en los amplios ojos de Jean Luc. Se alejó lentamente—. Parece que has perdido algo, capitán. —Arrojé la espada de hielo por encima de su cabeza antes de levantar mi mano libre—. Esto será divertido.

CAPÍTULO 27

ASILO

Reid

—¿Cómo se llamaba? Blaise enseñó los dientes, y el primer atisbo de emoción surcó sus ojos. La sangre goteaba por su mano.

—Mi *hijo.* ¿Sabes siquiera su nombre?

Desenvainé un segundo cuchillo, la vergüenza me congeló las tripas. Aunque no hizo ningún otro movimiento para atacar, no me tomaría por sorpresa.

—No.

—Adrien —pronunció la palabra en un susurro. Reverencial—. Se llamaba Adrien. Mi hijo mayor. Todavía recuerdo el momento en que lo sostuve en mis brazos por primera vez. —Hizo una pausa—. ¿Tienes hijos, capitán Diggory?

Visiblemente incómodo, negué con la cabeza. Agarré mis cuchillos con más fuerza.

—Eso pensaba. —Se acercó más. Yo di un paso atrás—. La mayoría de los *loups garous* se aparean pensando en la progenie. Nuestros cachorros nos son muy preciados. Lo son todo. —Otra pausa, más larga esta vez—. Mi pareja y yo no éramos diferentes, pero éramos incapaces de reproducirnos. Él provenía de una manada al otro lado del mar. —Otro paso. Ya estábamos casi frente a frente—. Cuando los tuyos mataron a los padres biológicos de Adrien, lo adoptamos. Cuando mataste a Adrien, mi compañero se quitó la vida. —Sus ojos, que antes habían resultado insoportablemente cálidos, perdidos en sus recuerdos, ahora se habían endurecido—. Nunca conoció a Liana ni a Terrance. Los habría querido con locura. Se *merecían* su amor.

El odio hacia mí mismo me quemó la garganta. Abrí la boca para decir algo, lo que fuera, pero la cerré igual de rápido, conteniendo las ganas de vomitar. Ninguna palabra podría borrar lo que le había hecho. Lo que le había arrebatado.

—Así que ya ves —dijo Blaise, con voz áspera y cargada de emoción—, me debes sangre.

Seguía sin poder hablar. Sin embargo, cuando empezó a moverse una vez más, me atraganté.

—No quiero pelear contigo.

—Ni yo contigo —gruñó, con los huesos temblando—, pero lucharemos.

Acababa de ponerse a cuatro patas cuando la temperatura cayó en picado, y el hielo, *hielo*, se esparció por el suelo bajo nuestros pies. Me tropecé mientras contemplaba cómo devoraba el camino, engullendo cada árbol y devastando cada hoja. Cada aguja. Cuando llegó a la punta de las ramas más altas, estalló en una nube blanca, bañándonos con nieve que apestaba a magia. A *rabia*. Blaise gritó sorprendido y perdió el equilibrio.

El horror me dejó el corazón en un puño.

¿Qué había hecho Lou?

—Es muy poderosa, ¿verdad? —El cuerpo de Blaise continuó rompiéndose y retorciéndose, sus ojos brillaban en la oscuridad. Sus dientes relucían—. Es la hija de su madre, al fin y al cabo.

Un aullido penetrante se elevó entonces sobre los árboles. Más alto que los otros. Angustiado. Blaise levantó la cabeza a la velocidad del rayo, y dejó escapar un aullido de pánico.

—Terrance. —La palabra afloró distorsionada, apenas comprensible a través de sus fauces. Salió corriendo sin terminar de transformarse.

Lou.

Con los cuchillos en la mano, me apresuré a seguirlo, resbalándome y patinando sobre el hielo. No importaba. No me detuve. Tampoco lo hizo Blaise. Cuando por fin atravesamos los árboles que se encontraban en la frontera del territorio *loup garou*, me quedé paralizado ante lo que vi frente a mí.

Un puñado de *chasseurs* flotaban en el aire, y daban vueltas lentamente, con el cuello tenso y los músculos agarrotados, mientras que un número aún mayor de *loups garous* intentaban liberarse del hielo que les aprisionaba las patas. Las piernas. Los cazadores y los lobos que no estaban extenuados se atacaban entre sí con acero y dientes. Cuando los cuerpos se movieron, revelando una figura pálida y delgada en el centro de una jaula de hielo destrozada, mi corazón dejó de latir.

Lou.

Con los ojos vacíos y una sonrisa fría, retorcía los dedos como una maestra. Coco gritaba a su lado, tirándole en vano de los brazos, mientras que Beau y Ansel hacían todo lo posible por defenderlas. Las lágrimas caían por las mejillas de Ansel. Blaise se lanzó hacia delante con un gruñido. Yo lo plaqué por detrás, rodeándole las costillas con los brazos, y ambos rodamos por el suelo.

—¡Lou! —Mi grito hizo que Lou se detuviera. Hizo que se girara. Se me congeló la sangre cuando le vi la sonrisa—. ¡Lou, para!

—Sé que perdí tu Balisarda, Reid —me dijo, con una voz repugnantemente dulce—, pero te he encontrado uno nuevo.

Hizo levitar un maldito Balisarda en el aire.

Jean Luc (lo comprobé una segunda vez), *Jean Luc* se lanzó contra ella.

—¡Cuidado! —grité, y ella se giró con gracia, y lo levantó en el aire con un movimiento de su mano. Aterrizó con fuerza en un trozo de hielo, y casi se empaló. Comprendí lo que había pasado de forma inmediata y brutal.

Le había quitado su Balisarda.

Al ver a su padre, Terrance gimoteó e intentó arrastrarse hacia nosotros. La mitad de su cuerpo parecía flácido. Los ángulos resultaban extraños. Deformados. Blaise me golpeó en los brazos, retorciéndose para morderme la herida del brazo, y lo solté. Salió disparado hacia delante como un rayo, agarró el cuello de Terrance entre los dientes y lo arrastró hasta un lugar seguro.

Yo esquivé a un *chasseur* y corrí hacia Lou. Cuando la tomé en mis brazos, ella se rio. Y la mirada en sus ojos... La apreté más fuerte.

—¿Qué es esto?

—¡Tiene que derretir el hielo! —gritó Coco, que se había puesto a luchar con Jean Luc. Él peleaba con saña a pesar de sus heridas, o a causa de ellas. A los pocos segundos, me di cuenta de que no solo quería herir a Coco. Quería matarla—. No me hace caso… —Se agachó cuando él la atacó salvajemente con un trozo de hielo, pero aun así le rozó el pecho. Terminó la frase con un jadeo.

Desconcertado y todavía horrorizado, dividido entre ayudar a Coco o a Lou, tomé la cara de Lou entre mis manos.

—Hola —susurró, inclinándose para disfrutar más de mi abrazo. Sus ojos seguían terriblemente vacíos—. ¿Te ha salvado el hielo?

—Sí, así es —mentí rápidamente—, pero ahora tienes que derretirlo. ¿Puedes hacerlo por mí? ¿Puedes derretir el hielo?

Inclinó la cabeza y la confusión se hizo patente en esos ojos sin vida. Contuve la respiración.

—Por supuesto. —Parpadeó—. Haría cualquier cosa por los que amo, Reid. Ya lo sabes.

Esas palabras, pronunciadas con tanta sencillez, me provocaron escalofríos. Sí, lo sabía. Sabía que se congelaría hasta la muerte para proporcionar aliento a mis pulmones, que distorsionaría todos sus recuerdos para calentarme el cuerpo.

Sabía que sacrificaría su calidez, su humanidad, para protegerme de los *loups garous*.

—Derrite el hielo, Lou —le pedí—. Hazlo ya.

Con un asentimiento, se arrodilló. Cuando presionó las manos contra el suelo, me coloqué en su retaguardia. Pegué un puñetazo a un *chasseur* que se acercó demasiado. Recé para que el patrón fuera reversible. Por que no fuera demasiado tarde.

El mundo pareció quedarse quieto cuando Lou cerró los ojos, y el calor emergió en oleadas. El suelo se derritió y se convirtió en barro bajo sus dedos. Los *chasseurs* suspendidos en el aire volvieron a sostenerse sobre sus pies, y los hombres lobo atrapados se lamieron las patas recién liberadas. Yo recé. Recé y recé y recé.

Que vuelva. Por favor.

Búscanos.

Cuando se levantó, sacudiendo la cabeza, la estreché contra mí.

—Lou.

—¿Qué…? —Se inclinó hacia atrás, y abrió mucho los ojos cuando se fijó en la carnicería que nos rodeaba. Los cazadores y los hombres lobo la miraban con recelo, inseguros de cómo proceder sin órdenes. Nadie parecía tener ganas de acercarse a ella de nuevo. Ni siquiera aquellos con Balisardas. Jean Luc yacía inerte junto a Lou.

—¿Qué ha pasado?

—Nos has salvado —dijo Coco con firmeza. Aunque no se tenía en pie, con la cara cenicienta y la camisa ensangrentada, tenía mejor aspecto que Jean Luc. Él se desplomó, jadeando, a sus pies. Cuando intentó levantarse, ella le dio una patada en la cara—. Y nunca jamás lo volverás a hacer. ¿Me oyes? Me da igual si Reid está... atado y amordazado... en la hoguera... —Se interrumpió con un gesto de dolor y aplicó presión en su herida.

Lou avanzó hacia ella justo a tiempo y Coco se desplomó en sus brazos.

—Estoy bien —aseguró Coco, con la voz débil—. Ya se curará. No uses tu magia.

—Estúpidas zorras. —Agarrándose la nariz, Jean Luc se arrastró hacia ellas. La sangre brotaba a través de sus dedos—. Voy a haceros pedazos. Devuélvemelo. Devuélveme mi Balisarda...

—Suficiente. —La voz profunda y terrible de Blaise se elevó en el aire antes de que él hiciera su aparición, y los hombres lobo se revolvieron con inquietud. En sus brazos, sostenía a Terrance. El sudor cubría la frente del chico, y tenía la respiración acelerada. Trabajosa. Se había vuelto a transformar. En esta forma, resultaba evidente que tenía todo el lado derecho del cuerpo roto. Un lobo marrón que estaba cerca de Ansel aulló con aspereza. Después del revelador crujido de huesos, Liana echó a correr. Aunque aparté los ojos de su piel desnuda, no pude ignorar sus gritos.

—¡Terrance! No, no, *no*. Madre luna, por favor. *Terrance.*

Los ojos amarillos de Blaise brillaban mientras pasaban de los *chasseurs* a Lou.

—¿Quién ha hecho esto?

Jean Luc escupió sangre.

—La *magia.*

Todas las miradas repararon en Lou. Ella palideció.

—Puedo curarlo. —Coco levantó la cabeza de los hombros de Lou. Tenía la mirada vidriosa. Delataba dolor—. Tráelo aquí.

—No. —Me coloqué delante de ellas, y Blaise gruñó—. Paz, Blaise. Puedo curar a tu hijo. —Busqué en mi bolsillo y saqué el frasco de sangre y miel.

Un asomo de sonrisa apareció en los labios de Coco. Asintió.

—Sus heridas son internas. Tiene que bebérselo.

Blaise no me detuvo cuando me acerqué. No me agarró por la muñeca cuando llevé el frasco hasta los labios de Terrance.

—Bebe —le insté, haciendo caer el líquido por la garganta del chico. Luchó débilmente contra mí, pero Blaise lo sujetó con firmeza. Cuando se tragó la última gota, todos esperamos. Incluso Jean Luc. Contempló con una expresión de fascinación y asco mientras la respiración de Terrance se volvía más regular. Mientras el color retornaba a sus mejillas. Uno por uno, los huesos de sus costillas volvieron a su lugar. Aunque jadeaba de dolor, Blaise le acarició el pelo, susurrando palabras de consuelo.

Las lágrimas caían por las mejillas del alfa.

—¿*Père*? —Terrance abrió los ojos y Blaise lloró aún más fuerte.

—Sí, hijo. Estoy aquí.

El chico gimió.

—La bruja, ella…

—No sufrirá daño alguno —terminé. Mi mirada se encontró con la de Blaise. Después de un momento de tensión, bajó la barbilla en un asentimiento.

—Has salvado la vida de mi hijo, Reid Diggory. Estoy en deuda contigo.

—No. Yo estoy en deuda contigo. —Posé la mirada en Terrance, y las entrañas se me retorcieron una vez más—. Sé que no cambia nada, pero lo siento. De verdad. Desearía… —Tragué con fuerza y miré hacia otro lado. Lou me dio la mano—. Desearía poder traer a Adrien de vuelta.

—Dios mío. —Jean Luc puso los ojos en blanco e hizo un gesto a los *chasseurs* desde el suelo—. Ya he oído suficiente. Rodeadlos a todos, incluso a la Bestia. Pueden estrechar lazos en el calabozo de la Torre antes de arder en la hoguera. —Miró a Lou—. A esa, matadla ya.

Blaise hizo una mueca. Se puso junto a mí, y los lobos se pusieron a su lado. De sus gargantas salieron gruñidos profundos. Tenían el pelaje erizado. Yo saqué mis cuchillos, al igual que Ansel, y aunque seguía teniendo la cara pálida, Lou levantó la mano que tenía libre. La otra sostenía a Coco.

—No lo creo —dijo Blaise.

Beau se paseó por delante de nosotros.

—Considérame de su parte. Y como mi padre no está aquí para hacer su trabajo, también hablaré por él. Lo que significa... que te supero en rango. —Sonrió y dirigió un brusco asentimiento a los *chasseurs*—. Retiraos, hombres. Es una orden.

Jean Luc lo fulminó con la mirada, temblando de ira.

—No responden ante ti.

—Sin tu Balisarda, tampoco responden ante ti.

Los *chasseurs* dudaron.

—Tenemos una propuesta —dijo Lou.

Me puse tenso, receloso una vez más. Acabábamos de esquivar el mayor peligro. Una sola palabra de Lou podría exacerbarlo de nuevo.

Al oír su voz, Blaise hizo una mueca y dejó ver sus dientes. Uno de los hombres lobo gruñó. Lou los ignoró a ambos, centrada únicamente en Jean Luc. Se rio amargamente.

—¿Termina contigo en la hoguera?

—Termina con Morgane en una.

La sorpresa hizo que desapareciera el ceño fruncido de su cara.

—¿Qué?

—Sabemos dónde está.

Entrecerró los ojos.

—¿Por qué debería creerte?

—Apenas tengo razones para mentir. —Nos hizo un gesto con el Balisarda—. No es como si ahora mismo estuvieras en posición de arrestarme. Te superan en número. Eres vulnerable. Pero si regresas a Cesarine con nosotros, tendrás una buena oportunidad de terminar lo que empezaste en Modraniht. Piensa que todavía está herida. Si muere, el rey Auguste estará a salvo, y tú te convertirás en el nuevo héroe del reino.

—¿Morgane está en Cesarine? —preguntó Jean Luc con brusquedad.

—Sí. —Lou me miró—. Creemos que planea un ataque durante el funeral del arzobispo.

Un silencio pesado se posó sobre todos los presentes. Al final, Blaise preguntó con frialdad:

—¿Por qué creéis eso?

—Recibimos una nota. —Se agachó para sacársela de la bota—. Está escrita con la letra de mi madre, y menciona un ataúd y lágrimas.

Blaise la miraba con sospecha.

—Si tu madre te entregó esa nota, ¿por qué no te secuestró entonces?

—Está jugando con nosotros. Tendiéndonos una trampa. Así juega ella. Por eso también creemos que atacará en el funeral del arzobispo: para llevar a cabo una declaración de intenciones. Para echar sal en la herida del reino. La Voisin y las *Dames rouges* ya han aceptado unirse a nosotros. Con vuestra ayuda, podremos derrotarla de una vez por todas.

—Necesitamos tu ayuda, *frère*. —Dudé antes de tenderle una mano—. Ahora eres... capitán de los *chasseurs*.

—Con tu apoyo, el rey Auguste podría unirse a nuestra causa.

Apartó mi mano con un golpe. Rechinó los dientes.

—No eres mi hermano. Mi hermano murió con mi padre. Mi *hermano* no defendería a una bruja para condenar a otra, las mataría a ambas. Y tú eres un tonto al creer que el rey se unirá a tu *causa*.

—Sigo siendo la misma persona, Jean. Sigo siendo *yo*. Ayúdanos. Podemos volver a ser como éramos antes. Podemos honrar a nuestro padre *juntos*.

Me fulminó con la mirada un instante.

Luego me dio un puñetazo en la cara.

Me tambaleé hacia atrás, con los ojos y la nariz chorreando, mientras Lou gruñía e intentaba zafarse de Coco para abalanzarse sobre él. Ansel y Beau se pusieron a mi lado en su lugar. El primero intentó frenar a Jean, que se lanzó para atacar de nuevo, mientras que el segundo se inclinó para echar un vistazo a mi nariz.

—No está rota —murmuró.

—Honraré a nuestro padre —Jean Luc intentó liberarse de Ansel, que lo sujetaba con una fuerza sorprendente— cuando te azote por conspiración. A Dios pongo por testigo, arderás por lo que has hecho. Encenderé tu pira yo mismo.

La sangre me chorreaba por la boca, por la barbilla.

—Jean...

Por fin consiguió deshacerse de Ansel.

—Qué decepcionado estaría al ver lo bajo que has caído, Reid. Su chico maravilla.

—Supéralo, Jean Luc —dijo Lou—. No puedes ganarte el afecto de un hombre muerto. Incluso vivo, el arzobispo te veía como la pequeña rata llorona que eres...

Esa vez se abalanzó sobre ella, totalmente fuera de sí, pero Blaise acudió a su encuentro, con una expresión dura como el pedernal. Liana, Terrance, y un puñado de lobos cerraron filas tras él. Algunos enseñaban los dientes, afilados y brillantes. Otros volvieron sus ojos amarillos.

—He ofrecido asilo a Reid Diggory y a sus compañeros —dijo Blaise, con voz firme. Tranquila—. Idos ahora en paz, o no os iréis en absoluto.

Lou sacudió la cabeza con vehemencia, con los ojos abiertos de par en par.

—Blaise, no. No pueden irse...

Jean Luc la golpeó.

—*Dame mi Balisarda...*

Los lobos que nos rodeaban gruñeron, agitados. Expectantes.

—Capitán... —Un *chasseur* que no reconocí tocó a Jean Luc en el codo—. Tal vez deberíamos irnos.

—No me iré sin...

—Sí —dijo Blaise, levantando una mano a sus lobos. Se acercaron más. Mucho más cerca esta vez. Lo bastante cerca para morder. Para matar. Sus gruñidos se multiplicaron con un estruendo—. Lo harás.

Los *chasseurs* no necesitaban más razones para huir. Con los ojos desorbitados, agarraron a Jean Luc antes de que pudiera condenarlos a todos. A pesar de su rugido de protesta, lo hicieron retroceder. Siguieron tirando de él. Sus gritos resonaron entre los árboles incluso después de que desaparecieran.

Lou se giró para enfrentarse a Blaise.

—¿Qué has hecho?

—Te he salvado.

—No. —Lou lo miró con horror—. Los has dejado *ir*. Los has dejado ir después de que les contáramos nuestro plan. Ahora saben que vamos a ir a Cesarine. Saben que planeamos visitar al rey. Si Jean Luc le avisa, Auguste nos arrestará en cuanto pongamos un pie en el castillo.

Haciendo una mueca, Coco reajustó su brazo sobre los hombros de Lou.

—Tiene razón. Auguste no querrá escucharnos. Acabamos de perder el elemento sorpresa.

—Tal vez —Lou estudió a la manada—, tal vez si nos presentamos allí sobrepasándolos en número, podremos *obligarlo* a que nos escuche.

Pero Blaise sacudió la cabeza.

—Tu lucha no es la nuestra. Reid Diggory ha salvado a mi segundo hijo después de quitarle la vida al primero. Ha pagado su deuda. Mi familia ya no le dará caza, y tú abandonarás nuestro hogar sin protestar. No le debo ninguna alianza. No le debo nada.

Lou levantó un dedo.

—Eso es una tontería, y lo sabes...

Él entrecerró los ojos.

—Después de lo que has hecho, agradece que no exija *tu* sangre, Louise le Blanc.

—Tiene razón. —La tomé de la mano y le apreté los dedos con suavidad cuando abrió la boca para discutir—. Y tenemos que marcharnos ya si queremos tener alguna esperanza de llegar antes que Jean Luc a Cesarine.

—¿Qué? Pero...

—Esperad. —Para mi sorpresa, Liana dio un paso al frente. La posición de su barbilla indicaba su determinación—. Puede que tú no le debas nada, *père*, pero le ha salvado la vida a mi hermano. Yo se lo debo todo.

—Igual que yo. —Terrance se unió a ella. Aunque era joven, su semblante adusto era un reflejo del de su padre cuando asintió en mi dirección. No estableció contacto visual—. Nos uniremos a ti.

—No. —Con un brusco movimiento de cabeza, Blaise bajó la voz hasta convertirla en un susurro—. Niños, ya os lo he dicho, nuestra deuda está pagada...

Liana le juntó las manos, sosteniéndolas entre las suyas.

—Nuestra deuda no te pertenece. Adrien era tu hijo, *père*, pero nosotros no lo conocimos. Para Terrance y para mí es un desconocido. Debemos honrar esta deuda, sobre todo ahora, bajo la mirada de nuestra madre. —Miró la luna llena—. ¿Quieres que demos la espalda a esta obligación? ¿Repudiarías la vida de Terrance justo después de que nos lo haya devuelto?

Blaise los miró a ambos durante varios segundos. Finalmente, su fachada se resquebrajó, y debajo, su determinación se desmoronó. Besó la frente de ambos con lágrimas en los ojos.

—Las vuestras son las almas más brillantes. Por supuesto que debéis ir, y yo me uniré a vosotros. Aunque mi deuda como hombre está cumplida, mis deberes como padre no lo están. —Sus ojos buscaron los míos—. Mi manada permanecerá aquí. No volveréis a poner un pie en nuestras tierras.

Asentí con brusquedad.

—Entendido.

Nos dimos la vuelta y corrimos hacia Cesarine.

CAPÍTULO 28

UNA PROMESA

Reid

Blaise, Liana y Terrance nos dejaron atrás a la mañana siguiente, con la promesa de volver tras haber hecho un reconocimiento de los alrededores de la ciudad. Cuando nos encontraron de nuevo, a una milla de Cesarine, escondidos entre los árboles cerca de Les Dents, nos confirmaron nuestro peor temor: los *chasseurs* habían bloqueado la entrada a la ciudad. Revisaban cada carreta, cada carro, sin molestarse en ocultar sus intenciones.

—Os están buscando. —Liana emergió de detrás de un enebro con ropa limpia. Se unió a su padre y a su hermano con una expresión sombría—. He reconocido a algunos de ellos, pero no he visto a Jean Luc. No está aquí.

—Supongo que fue directamente a ver a mi padre. —Beau se reajustó la capucha de su capa mientras echaba un ojo al camino repleto de carros. Aunque su expresión permanecía fría e inmutable, le temblaban las manos—. De ahí el control.

Lou dio una patada a las ramas del enebro frustrada. Cuando la nieve cayó sobre sus botas, soltó unas cuantas palabrotas muy sonoras.

—Ese pedazo de *mierda* llorica. Por supuesto que no está aquí. No querrá que el público lo vea mearse encima cuando me vea. Una respuesta apropiada, claro está.

A pesar del descaro de sus palabras, aquella multitud me hacía sentir incómodo. Cuanto más nos acercábamos a la ciudad, más gente había, ya que Les Dents era el único camino a Cesarine. Una parte de mí se alegraba de que tantos hubieran acudido a honrar al arzobispo. El resto no sabía cómo sentirse. Allí, donde cada rostro y cada voz eran un recordatorio de mi pasado, era incapaz de poner distancia. Las puertas de mi fortaleza temblaban. Los muros temblaban. Pero no podía centrarme en eso en aquel momento. No podía centrarme en nada más que en Lou.

—¿Estás bien? —me había susurrado antes, cuando nos escondíamos entre los árboles.

Yo había estudiado su rostro. Por lo que parecía, había invertido su desastroso patrón, sí, pero las apariencias podían ser engañosas. Los recuerdos duraban para siempre. Nunca olvidaría el momento en que la había visto en aquel pantano congelado, con los dedos retorcidos y una expresión tan fría y dura como el hielo bajo sus pies. Dudaba que ella lo olvidara tampoco.

—¿Lo estás *tú*? —le había susurrado a mi vez.

No había contestado.

Ahora les estaba susurrando a los *matagots*. Un tercero se nos había unido durante la noche. Una rata negra. Se había posado en su hombro, y tenía los ojos pequeños y brillantes. Nadie la mencionó. Nadie se atrevía a mirar en su dirección, como si nuestra indiferencia pudiera hacerla menos real. Pero la tensión en los hombros de Coco revelaba las palabras que ella no pronunciaba, así como la sombra que surcaba los ojos de Ansel. Incluso Beau me había echado una mirada de preocupación.

En cuanto a los lobos, no se acercaban a ellos. Blaise hacía una mueca cuando Absalón se acercaba demasiado.

—¿Qué pasa? —La tomé de la mano y la alejé de los demás. Los *matagots* nos siguieron como sombras. Si apartaba a la rata de un manotazo, si envolvía el cuello del gato y de la zorra con las manos, ¿la dejarían en paz? ¿Me perseguirían a mí en vez de a ella?

—Estoy enviando un mensaje a Claud —me dijo, y la zorra desapareció en una nube de humo—. Puede que sepa cómo atravesar el control sin ser detectado.

Eso puso nervioso a Beau, que escuchaba a escondidas sin ningún tipo de reparo.

—¿Ese es tu plan? —El escepticismo teñía su voz—. Sé que, de alguna manera, Claud... te protegió en Beauchêne, pero estos no son bandidos.

—Tienes razón. —La voz de Lou adoptó un tono acerado cuando lo miró a la cara—. Son cazadores armados con Balisardas. Tuve suerte con Jean Luc, conocía sus debilidades y me aproveché de ellas. Lo distraje, lo desarmé. Sus hombres no se atrevieron a hacerme daño mientras estuvo bajo mi poder. Pero ahora no está aquí, y dudo que pueda desarmar a dos decenas de ellos sin prender fuego al mundo de forma literal. —Exhaló con impaciencia, acariciando el morro de la rata, como para calmarse. Se me hizo un nudo en el estómago—. Aun así, vamos a intentar que no detecten nuestra presencia. Necesitamos entrar de forma rápida y silenciosa.

—Esperarán que entremos con magia —me apresuré a añadir. Cualquier cosa para evitar que cambiara de estrategia. Cualquier cosa para impedir la alternativa—. Y Claud Deveraux nos escondió a lo largo de Les Dents. Tal vez pueda escondernos aquí también.

Beau levantó las manos.

—¡La situación ahora es completamente diferente! Estos hombres *saben* que estamos aquí. Están registrando todos los carromatos. Para ocultarnos, Claud Deveraux tendría que hacernos desaparecer *literalmente*.

—¿Se te ocurre otro plan? —Tanto Lou como la rata lo miraron con desprecio—. Si es así, por favor compártelo con el resto. —Ante su falta de respuesta, ella soltó una risa amarga—. Ya me parecía a mí. ¿Ahora puedes hacernos un favor a todos y cerrar el pico? Ya estamos bastante nerviosos.

—Lou —advirtió Coco en voz baja, pero Lou se limitó a darse la vuelta, y al ver la nieve cruzó los brazos y frunció el ceño. Mis pies se movieron por propia voluntad, al igual que mi cuerpo, que la protegió de las miradas de desaprobación de los demás. Era posible que se las mereciera. Me daba igual.

—Si vas a echarme la bronca, también puedes irte a la mierda. —Aunque se limpió furiosamente los ojos, se le escapó una lágrima. La rocé con el pulgar. Por instinto—. No. —Se sacudió, apartándome la mano y también a mí me dio la espalda. Absalón siseó a sus pies—. Estoy *bien*.

No me moví. No reaccioné. Sin embargo, por dentro me tambaleé como si me hubiera pegado, como si los dos nos dirigiéramos a toda velocidad hacia un acantilado, imprudentes, cada uno tirando del otro.

Cada uno empujando. Ambos desesperados por salvarnos, y ambos sin posibilidad de detener nuestra trayectoria. Lou y yo nos precipitábamos hacia esa caída.

Nunca me había sentido tan impotente en mi vida.

—Lo siento —susurré, pero no me respondió, sino que me puso el Balisarda de Jean Luc en la mano.

—No hemos tenido tiempo hasta ahora, pero ya que estamos esperando... Se lo robé para reemplazar el tuyo. —Lo presionó con más fuerza contra mi mano. Cerré los dedos alrededor de la empuñadura en un acto reflejo. Aquella plata me provocó una sensación diferente. Como si algo no fuera bien. Aunque estaba claro que Jean Luc había cuidado la hoja, que la habían limpiado y afilado recientemente, no era *mía*. No sanó la herida de mi pecho. No llenó el vacío de mi interior. Me lo metí en la bandolera de todos modos, sin saber qué más hacer. Ella continuó sin entusiasmo—. Sé que puede que me dejara llevar un poco. Con... el hielo. Lo siento. Prometo que no volverá a suceder.

Prometo.

Llevaba días esperando oír esas palabras, pero en aquel momento me sonaron huecas. Vacías. Lou no entendía su significado. Quizá no podía. Implicaban verdad, confianza. Dudaba de que hubiera conocido cualquiera de las dos. Aun así, quería creerle. Desesperadamente. Y ella no solía disculparse con facilidad.

Tragué a pesar del repentino nudo de mi garganta.

—Gracias.

Después de eso, nos quedamos callados durante mucho rato. Aunque el sol cambió de posición, la cola apenas avanzó. Y yo percibía sobre nosotros los ojos de los demás. Sobre todo los de los lobos. El calor me hacía hormiguear la nuca. Los oídos. No me gustaba la forma en que miraban a Lou. La conocían solo como era ahora. No conocían su calidez, su compasión. Su amor.

Después de lo que has hecho, agradece que no exija tu sangre, Louise le Blanc.

Aunque confiaba en que no me harían daño a *mí*, no le habían hecho la misma promesa a ella. Fuera cual fuere la locura que, sin duda, tendría lugar aquel día, no la dejaría a solas con ellos. No les daría la oportunidad de tomar represalias. Desconsolado, tracé la curva del cuello de Lou con la mirada. Se había recogido el pelo blanco en la nuca. Llevaba otra cinta alrededor de la garganta. Todo era muy familiar y a la vez muy diferente.

Tenía que conseguir que fuera la de antes.

Cuando el sol coronó los árboles, la zorra por fin regresó con nosotros. Restregó el hocico por la bota de Lou y clavó la mirada en ella. Comunicándose en silencio con sus ojos.

—¿Ella... te habla? —pregunté.

Lou frunció el ceño.

—No con palabras. Es más como una sensación. Como... Como si nuestras conciencias se tocaran, y la *entiendo*. —Levantó la cabeza con brusquedad—. Toulouse y Thierry están a punto de llegar.

A los pocos minutos, dos familiares cabezas negras se separaron de la multitud, demostrando que tenía razón. Con una muleta bajo el brazo, Toulouse silbaba una de las canciones de Deveraux. Le sonrió a Liana, con una inclinación de su sombrero, antes de agarrarme el hombro.

—*Bonjour à vous* —la saludó—. Buenos días, buenos días. Y qué casualidad encontrarlo aquí, señor Diggory.

—Shhh. —Agaché la cabeza, pero nadie en el camino nos prestó atención—. ¿Estás loco?

—Algunos días. —Su mirada cayó a nuestras espaldas, en los hombres lobo, y ensanchó la sonrisa—. Veo que me equivocaba. Qué inesperado. Admito que dudaba de tu poder de persuasión, pero nunca me he alegrado tanto de equivocarme. —Le dio un codazo a Thierry con una risita—. A lo mejor debería intentarlo más a menudo, ¿eh, hermano? —Su sonrisa se desvaneció ligeramente cuando se volvió hacia mí—. ¿Te gustaría ver ahora la carta?

En vez de eso, señalé con la cabeza su muleta.

—¿Estás herido?

—Por supuesto que no. —Me la tiró—. Estoy tan en forma como el violín de Deveraux. Ese es uno de sus zancos, por cierto. Os envía su ayuda.

Thierry se descolgó una bolsa del hombro y se la dio a Lou.

—¿Gafas? —Beau se inclinó sobre ella, incrédulo, y sacó un par de monturas de alambre. Ella lo empujó para que se alejara—. ¿Bigotes? ¿Pelucas? ¿*Esta* es la ayuda que nos ofrece? ¿Disfraces?

—Sin magia, no hay otra forma de engañar a los cazadores, ¿verdad? —Los ojos de Toulouse brillaron con picardía—. Te confundí con alguien inteligente cuando viajábamos por Les Dents, Beauregard. Parece que me he equivocado *dos veces* en un día. Es terriblemente emocionante.

Los ignoré a ambos mientras la voz de Thierry resonaba en mi cabeza. *Lo siento. Claud desearía haber venido él mismo, pero no dejará a Zenna y Seraphine solas.*

Me puse alerta.

¿Les ha pasado algo?

El interior de la ciudad es peligroso, Reid. Más incluso que de costumbre. Jean Luc advirtió al rey de la amenaza de Morgane, y los chasseurs *ya han arrestado a tres mujeres en lo que va de la mañana. El resto lo vigilan a él y a sus hijas dentro del castillo. Toulouse ha pedido que no te ayudemos más.*

Me sobresalté.

¿Qué?

La carta, Reid. Demuestra que se equivoca por tercera vez.

¿Qué tiene que ver la carta con todo esto?

Todo. Suspiró mientras Lou apartaba a Beau de un empujón, sacudiendo la cabeza. *Me caes bien, cazador, así que te ayudaré por última vez: Morgane no puede hacerle nada al rey en su castillo, pero se unirá a la procesión fúnebre esta tarde. Es su deber como soberano honrar al Santo Padre. Si Morgane piensa atacar, será entonces. A pesar de que Jean Luc reside con él, ya no tiene su Balisarda.* Deslizó sus ojos negros hasta el zafiro de mi bandolera. *Hay una decena de novatos. Inexpertos. Han tomado sus votos esta misma mañana.*

El torneo. Cerré los ojos, resignado. Sumido en los horrores de Les Dents, me había olvidado del torneo de los *chasseurs*. Si albergaba alguna duda de que Morgane atacaría en el funeral, esta se había desvanecido al darme cuenta de aquello. La hermandad nunca se había encontrado en una posición tan débil. Nunca antes se había reunido una multitud mayor. Y el riesgo nunca había sido tan alto. Era el escenario perfecto para Morgane, más grande incluso que el del día de San Nicolás. Teníamos que entrar en la ciudad ya.

¿Claud no puede hacer nada más?

No necesitas a Claud. Solo tienes que confiar en ti mismo.

Posé la mirada en Lou. Seguía peleándose con Beau. Toulouse los contemplaba, divertido.

Si estás sugiriendo que use la magia, no lo haré.

No es tu enemiga, Reid. Tampoco es una amiga.

Tu miedo es irracional. Tú no eres Louise. Eres la razón, donde ella es el impulso. Eres tierra. Ella es fuego.

Aquello me enfadó. Más acertijos. Más circunvoluciones.

¿De qué estás hablando?

Tus elecciones no son las suyas, amigo mío. No te condenes a su destino. Mi hermano y yo llevamos años empleando la magia, y seguimos teniendo el control de nosotros mismos. También Cosette. Con templanza, la magia es una poderosa aliada.

Pero solo escuché algunas de sus palabras.

¿Su destino?

Como en respuesta, Beau murmuró:

—Nunca pensé que moriría vestido de vieja. Supongo que hay formas menos interesantes de morir. —Fingió arrojar las gafas de nuevo a la bolsa, levantando la voz ante mi mirada incierta—. ¿Qué? Ya sabes cómo terminará esto. Nos armamos con trozos de encaje mientras ellos llevan hojas de acero. Estamos… jugando a disfrazarnos, por el amor de Dios. Los *chasseurs* nos matarán por despecho ante tamaño insulto.

—Olvidas que me echo rencor en el té cada mañana. —Lou le arrebató las gafas de la mano y se las puso en la nariz—. Además, disfrazarme siempre ha resultado buena idea hasta la fecha. ¿Qué podría salir mal?

CAPÍTULO 29

PRUEBA DE FUEGO

Reid

Todo salió mal.

—Ese carromato de ahí. —Agazapada bajo las ramas de un pino, Lou señaló un carromato apartado de la multitud. El caballo que tiraba de él estaba en los huesos. Era viejo. Un hombre de mediana edad llevaba las riendas. Su piel curtida y sus manos nudosas delataban su oficio de granjero, y su cara demacrada delataba su pobreza. Su hambre.

—No. —Sacudí la cabeza con brusquedad, con la voz áspera—. No me aprovecharé de los débiles.

—Lo harás si quieres vivir. —Cuando guardé silencio, ella suspiró con impaciencia—. Mira, son los únicos dos transportes cubiertos en un kilómetro. Yo me subiré a ese —señaló el carruaje dorado que iba delante del carro del granjero— así que estaré cerca, en caso de que necesites ayuda. Solo tienes que gritar, pero recuerda, es Lucida, no Lou.

—Esto es una locura. —Se me encogió el pecho al pensar en lo que estaba a punto de hacer—. Nunca funcionará.

—¡No con esa actitud! —Me agarró por los hombros, y se giró para mirarme a los ojos. Las náuseas se pasearon por mi estómago. Disfrazada con el traje de terciopelo y el sombrero de Deveraux, me miraba desde detrás de unas gafas doradas. El hijo erudito de un aristócrata que volvía a casa desde Amandine—. Recuerda tu historia. Te atacaron unos bandidos y te rompieron la nariz. —Me ajustó la venda sangrienta de la cara por si acaso—. Y la pierna. —Tocó la muleta que habíamos fabricado con el zanco—. No tienes más que llamar a la puerta. La esposa se apiadará de ti tras echarte un vistazo.

—¿Y si no lo hace?

—Noquéala. Arrástrala dentro. Hechízala. —No se inmutó ante la perspectiva de pegar a una mujer inocente—. Haz lo que sea necesario para entrar en ese carromato.

—Creía que habías dicho que nada de magia.

Resopló con impaciencia.

—No es momento de escudarte en tus principios, Reid. No podemos arriesgarnos a hacer magia en público, pero en el interior del carromato, haz lo que sea necesario. Si una sola persona nos reconoce, estamos muertos.

—¿Y cuando el *chasseur* venga a registrar el carromato?

—Llevas peluca. Y la cara tapada. Puede que te estés preocupando por nada. Pero si te reconoce, si sospecha, tendrás que desarmarlo mientras lo mantienes consciente. De lo contrario, no podrá ayudarte a pasar el control.

—Aunque amenace con cortarle la garganta, un *chasseur* nunca me ayudará a pasar el control.

—Lo hará si está hechizado. —Abrí la boca para negarme (o para vomitar), pero ella continuó, sin inmutarse—. Hagas lo que hagas, no montes ningún numerito. Sé rápido y silencioso. Es la única manera de sobrevivir a esto.

Se me llenó la boca de saliva, y me esforcé por respirar, agarrándome a mi bandolera como apoyo. No temía encontrarme con mis hermanos. No temía intercambiar golpes o sufrir lesiones. Ni siquiera temía ser capturado, pero si eso sucedía, si los *chasseurs* me arrestaban allí, Lou intervendría. Ellos llamarían a los refuerzos. La atraparían, y esta vez, no escaparía.

Aquello no podía suceder.

Incluso si… eso significa usar la magia.

No es tu enemiga, Reid.

Con templanza, la magia es una poderosa aliada.

—No lo haré. *No puedo.* —Por poco me ahogué con esas palabras—. Alguien la olerá. Sabrán que estamos aquí.

Me cerró el abrigo con un tirón por encima de la bandolera.

—Tal vez. Pero este camino está atestado de gente. Les llevará un tiempo averiguar quiénes la están llevando a cabo. Puedes obligar al *chasseur* hechizado a que te haga pasar por el control antes de que se den cuenta.

—Lou. —Su nombre brotó de mis labios en un tono desesperado, suplicante, pero no me importó—. Hay demasiadas cosas que podrían salir mal...

Me dio un beso rápido en la mejilla.

—Puedes hacerlo. Y si no puedes, si algo sale mal, pega al *chasseur* en la nariz y corre con todas tus fuerzas.

—Gran plan.

Se rio, pero el sonido resultó tenso.

—A Coco y a Ansel les ha funcionado.

Fingiendo ser recién casados, ya se habían colado en el convoy a pie. El *chasseur* que les había pasado revista era nuevo, y habían entrado en Cesarine ilesos. Beau se había abstenido del disfraz por completo, y en su lugar había encontrado una joven y bonita viuda que lo había metido a escondidas en la ciudad. Casi se había desmayado al ver su rostro real. Blaise y sus hijos no nos habían contado cómo planeaban entrar en la ciudad. Como no había habido ningún altercado, supuse que habían entrado sin ser detectados.

Dudaba de que Lou y yo tuviéramos tanta suerte.

—Reid. *Reid.* —Volví a prestarle atención. Lou habló más rápido ahora—. El hechizo debería salirte de forma natural, pero si necesitas un patrón, concéntrate en una intención específica. Visualiza tus objetivos. Y recuerda, siempre, *siempre* es cuestión de equilibrio.

—No hay nada en la magia que me resulte fácil.

Mentiroso.

—Porque te incapacitas con el odio —respondió Lou—. Ábrete a tu magia. Acéptala, dale la bienvenida, y ella vendrá a ti. ¿Estás listo?

Búscanos.

Tenía los labios entumecidos.

—No.

Pero no había tiempo para discutir. El carromato y el carruaje ya estaban casi a nuestra altura.

Me apretó la mano, desviando la mirada del carruaje para mirarme a mí.

—Sé que las cosas han cambiado entre nosotros. Pero quiero que sepas que te amo. Nada puede cambiar eso. Y si mueres hoy, te encontraré en el más allá y te daré una paliza por haberme abandonado. ¿Entendido?

Mi voz sonó débil.

—Yo...

—Bien.

Y luego se fue, sacando un libro de su equipaje y corriendo hacia el carruaje.

—*Excusez-moi, monsieur!* —gritó al conductor mientras se subía las gafas por la nariz—. Mi caballo ha perdido una herradura...

Un pozo sin fondo se abrió en mi estómago mientras su voz se desvanecía entre la multitud.

Te amo. Nada puede cambiar eso.

Maldita sea.

No me había dado tiempo a decirle lo mismo.

Fingiendo una cojera y apoyándome mucho en mi muleta, vadeé la multitud en dirección al carromato. El convoy se había detenido, y el granjero, ocupado con un niño cubierto de suciedad que tiraba piedras a su caballo, no me vio. Llamé una, dos veces, al armazón. Nada. Llamé más fuerte.

—¿Qué quieres? —Una mujer con pómulos afilados y dientes de caballo asomó por fin la cabeza. Una cruz le colgaba de la garganta, y un gorro le cubría el cabello. Devota, entonces. Probablemente viajaba a Cesarine para presentar sus respetos. La esperanza me inundó el pecho. Tal vez se apiadaría de mí. Nuestro Señor nos instaba a ayudar a los desamparados.

Su ceño fruncido echó al traste de inmediato aquella esperanza.

—No tenemos comida para los mendigos, así que márchate.

—Disculpe, *madame* —dije apresuradamente, agarrando la solapa cuando se dispuso a cerrarla—, pero no es comida lo que pido. Los bandidos me han atacado mientras venía de camino —golpeé el carromato con la muleta para dar énfasis a mis palabras—, y no puedo continuar el viaje a pie. ¿Tiene espacio en su carromato para uno más?

—No —me espetó, tratando de arrebatarme la solapa de la mano. Sin dudas. Sin remordimientos—. No para los que son como tú. Eres el tercero que llama a nuestro carromato esta mañana, y te diré lo mismo que les he dicho a ellos: hoy no nos arriesgaremos a llevar desconocidos. No cuando el funeral de Su Eminencia es esta noche. —Se agarró la cruz de la garganta con sus dedos delgados y cerró los ojos—. Que Dios guarde su alma. —Cuando abrió un ojo y me vio todavía allí, añadió—: Ahora lárgate.

El carromato avanzó, pero yo me mantuve firme, obligándome a no perder la calma. A pensar como pensaría Lou. A mentir.

—No soy un brujo, *madame*, y necesito ayuda desesperadamente.

Su boca, rodeada de arrugas, se retorció en un gesto de confusión.

—Por supuesto que no eres un brujo. ¿Crees que soy tonta? Todo el mundo sabe que los hombres no tienen magia.

Al oír aquello, los que estaban más cerca de nosotros se giraron para mirar. Me contemplaron con cautela.

Maldije para mis adentros.

—¿Bernadette? —La voz del granjero se elevó por encima del estruendo de la multitud. Más cabezas se giraron en nuestra dirección—. ¿Te está molestando este muchacho?

Antes de que pudiera responder, antes de que pudiera sellar mi destino, silbé:

—El que desprecia a su prójimo peca, pero el que se apiada de los pobres es dichoso.

Entrecerró los ojos.

—¿Qué acabas de decir?

—El que da a los pobres no adolecerá de nada, pero el que aparta los ojos sufrirá muchas maldiciones.

—¿Me estás citando las escrituras, muchacho?

—No les niegues el bien a quienes se lo merecen, cuando está en tu poder hacerlo.

—¡Bernadette! —El granjero se levantó de su pescante—. ¿Me has oído, amor? ¿Voy a buscar a un *chasseur*?

—¿Debo continuar? —Los nudillos se me habían puesto blancos de agarrar la solapa con tanta fuerza y me temblaban los dedos. Cerré el puño y clavé la mirada en ella—. Porque tal y como el Señor ordena...

—Ya es suficiente. —Aunque su labio lleno de arrugas se curvó, me observó con un aprecio reticente—. Soy demasiado vieja para que un rufián me dé ninguna lección. —A su marido, le dijo—: ¡Va todo bien, Lyle! El muchacho se ha roto un tobillo y necesita que lo lleven, eso es todo.

—Bueno, dile que no queremos…

—¡Le diré lo que me dé la gana! —Sacudiendo la cabeza, abrió la solapa del carromato—. Entra, pues, Su Santidad, antes de que cambie de opinión.

El interior del carromato de Bernadette no se parecía en nada al de la Troupe de Fortune. Cada centímetro de los carromatos de la *troupe* estaba a rebosar. De baúles con disfraces y baratijas. De cajas de comida. Atrezo. Linternas. Camastros y sacos de dormir.

Aquel carromato estaba vacío, con la excepción de una sola manta y una bolsa donde apenas había comida. Una olla solitaria se encontraba a su lado.

—Como te he dicho —murmuró Bernadette, acomodándose en el suelo—. Aquí no hay comida para los mendigos.

Esperamos en silencio mientras el carromato se acercaba a los *chasseurs*.

—Me resultas familiar —dijo transcurridos unos momentos. Me miró llena de sospecha, con una mirada más avispada de lo que me hubiera gustado. Estudió mi peluca negra, mis cejas oscuras como el carbón. El vendaje sangriento de mi nariz. Lo reajusté de forma involuntaria—. ¿Nos hemos visto antes?

—No.

—¿Y por qué vas a Cesarine?

Me miré las manos sin verlas realmente. *Para asistir al funeral del hombre al que maté. Para fraternizar con brujas de sangre y hombres lobo. Para matar a la madre de la mujer que amo.*

—Para lo mismo que tú.

—No pareces una persona religiosa.

Le lancé una mirada asesina.

—Lo mismo digo.

Ella emitió un ruidito indignado y se cruzó de brazos.

—Tienes una boca un poco impertinente, ¿eh? Ingrata también. Debería haberte hecho caminar como todos los demás, a pesar del tobillo roto.

—¡Estamos cerca! —gritó Lyle desde fuera—. ¡La ciudad está justo enfrente!

Bernadette se levantó y marchó al frente del carromato para sacar la cabeza una vez más. Yo fui tras ella.

Enmarcados por el horizonte gris de Cesarine, una docena de *chasseurs* se paseaba entre la multitud, ralentizando el tránsito. Algunos inspeccionaban los rostros de los que iban a pie. Otros desmontaban para comprobar los carromatos y carruajes de forma intermitente. Reconocí a ocho. Ocho de doce. Cuando uno de esos ocho, Philippe, se acercó a nuestro carromato, maldije.

—¡Cuidado con lo que dices! —exclamó Bernadette indignada, dándome un fuerte codazo—. Y apártate, ¿quieres...? —Se detuvo en seco cuando me vio la cara—. Estás blanco como la leche.

La voz profunda de Philippe retumbó a través de la procesión, y nos señaló a nosotros.

—¿Ya hemos comprobado ese?

Me sacaba varias décadas, y la plata cubría su barba. Aquello no disminuía la anchura de su pecho o los pesados músculos de sus brazos. Una cicatriz le desfiguraba la garganta desde la batalla que habíamos librado contra la manada de Adrien, durante la redada contra los hombres lobo.

Me odiaba por haberle robado la gloria ese día. Por robarle su ascenso.

Mierda.

El Balisarda de Jean Luc pesaba más que los otros cuchillos de mi bandolera. Si Philippe me reconocía, tendría que matarlo o desarmarlo. Y no podría matarlo. No podría matar a otro hermano. Pero si lo desarmaba, tendría que...

No. Mi mente se rebeló con furia contra aquel pensamiento.

No es momento de escudarte en tus principios, Reid, había dicho Lou. *Si una sola persona nos reconoce, estamos muertos.*

Ella tenía razón. Por supuesto que tenía razón. Y aunque me convirtiera en un hipócrita, aunque me condenara al infierno, canalizaría esas voces insidiosas. Me colgaría del cuello con sus patrones dorados. Si eso le salvaba la vida a Lou, lo haría. Al diablo con las consecuencias. Lo haría.

Pero ¿cómo?

Ábrete a tu magia. Acéptala, dale la bienvenida, y ella vendrá a ti.

No le había dado la bienvenida a nada en Modraniht, pero aun así el patrón había aparecido. Lo mismo había sucedido en el arroyo junto al Hueco. En ambas situaciones, estaba totalmente desesperado. Morgane acababa de cortarle la garganta a Lou, y yo había visto cómo su sangre se derramaba en el cuenco, drenándole vida con cada segundo que pasaba. El cordón dorado se había alzado del interior de mi pozo de desesperación, y yo había reaccionado por instinto. No había habido tiempo para nada más. Y... Y en el arroyo...

El recuerdo de los labios azules de Lou afloró a la superficie. Su piel cenicienta.

Pero no me encontraba en una situación similar. Lou no se estaba muriendo delante de mí en aquel momento. Traté de invocar la misma sensación de urgencia. Si Philippe me atrapaba, Lou *moriría*. Seguro que esa posibilidad tenía que desencadenar algo. Esperé con ansiedad a que se abrieran las compuertas, a que el oro destellara frente a mí.

No lo hizo.

Parecía que imaginar la muerte de Lou no era lo mismo que ver cómo sucedía.

Philippe continuó avanzando hacia nosotros, ya estaba lo bastante cerca como para tocar los caballos. Casi rugí de frustración. ¿Qué se suponía que debía *hacer*?

Podrías preguntar. Una vocecilla siniestra resonó por fin en mi cabeza, reverberando como si de una legión se tratara. Se me erizó el vello de la nuca. *Solo tienes que buscarnos, hombre perdido, y lo encontrarás.*

Presa del pánico, la hice retroceder instintivamente.

Una risa sobrenatural. *No puedes escapar de nosotros, Reid Labelle. Somos parte de ti.* Como para demostrar sus palabras, se aferró con más fuerza. La tensión que sentía en la cabeza aumentó hasta llegar a doler, mientras unas hebras doradas serpenteaban hacia fuera, apuñalándome en lo más hondo y echando raíces. En mi mente. En mi corazón. En mis pulmones. Me estrangularon y yo intenté respirar, pero no dejaban de acercarse. Me consumían. *Durante mucho tiempo hemos dormido en la oscuridad, pero ahora, estamos despiertos. Te protegeremos. No te dejaremos ir. Búscanos.*

Las sombras se apoderaban de los contornos de mi visión. La sensación de pánico se intensificó.

Tenía que salir, tenía que detener aquello...

Tambaleándome hacia atrás, reparé débilmente en lo alarmados que estaban Bernadette y Lyle.

—¿Qué pasa contigo, eh? —preguntó Bernadette. Cuando no respondí, pues era incapaz, se movió lentamente hacia su bolsa. Me esforcé por concentrarme en ella, por que mis ojos permanecieran abiertos. Me arrodillé, intentando desesperadamente reprimir esa *cosa* que crecía dentro de mí, ese monstruo que me atravesaba la piel. Una luz inexplicable parpadeó a nuestro alrededor.

Se acerca, niño. Ya viene. La voz adquirió un matiz hambriento. Anticipándose. La tensión de mi cabeza se incrementó con cada palabra. Cegándome. Atormentándome. Mis pesadillas hechas realidad. Me agarré la cabeza a causa del dolor, un grito se elevó desde mi garganta. *Nos quemará si se lo permites.*

—¿Qué te pasa en la cabeza?

No. Mi mente se enfrentó a sí misma. El dolor me partió en dos. *Esto no está bien. Esto no es...*

—¡Te estoy hablando a ti, granuja!

Quemará a Louise. No...

Un silbido rasgó el aire y un nuevo dolor me atravesó detrás de la oreja. Me desplomé en el suelo del vagón. Gimiendo con suavidad, pude distinguir la forma borrosa de Bernadette sobre mí. Levantó su sartén para atacar de nuevo.

—Eres un maldito lunático, ¿no es así? Lo sabía. Y tenía que pasar justo hoy...

—Espera. —Levanté una mano con esfuerzo. Aquella luz peculiar brillaba ahora con más intensidad—. Por favor.

Se tambaleó hacia atrás, con la cara contorsionada en un gesto alarmado.

—¿Qué es lo que le ocurre a tu piel, eh? ¿Qué sucede?

—Yo no... —Dirigí la vista a mi mano. A la suave luz que emanaba de ella. Una horrible desesperación me invadió. Un horrible alivio.

Búscanos, búscanos, búscanos, búscanos.

—P-Pon la sartén en el suelo.

Sacudió la cabeza frenéticamente, esforzándose por mantener el brazo levantado.

—¿Qué es esta brujería?

Lo intenté de nuevo, más fuerte esta vez. Un extraño zumbido me inundó los oídos, y el inexplicable deseo de calmarla me abrumó... De calmar y ser calmado.

—Todo irá bien. —Mi voz sonaba extraña, incluso para mí mismo. En capas. Resonante. Una parte de mí siguió enfurecida, pero esa parte era inútil ahora. La dejé atrás—. Deja la sartén.

La sartén cayó al suelo.

—¡Lyle! —Los ojos casi se le salieron de las órbitas, y le temblaron las aletas de la nariz—. ¡Lyle, ayuda...!

La solapa del carromato se abrió en respuesta. Nos dimos la vuelta y vimos a Philippe en la entrada, con su Balisarda desenvainado. A pesar de la venda, la peluca y los cosméticos, me reconoció de inmediato. El odio ardió en sus ojos.

—Reid Diggory.

Mátalo.

Esta vez, escuché a la voz sin dudarlo.

Con una velocidad letal, cargué contra él, lo agarré de la muñeca y lo arrastré al interior. Abrió los ojos de par en par, sorprendido durante una fracción de segundo. Luego atacó. Me reí, esquivando su arma con facilidad.

Cuando el sonido reverberó a través del carromato, infeccioso y extraño, retrocedió.

—No puede ser —susurró—. No puedes ser un... un...

Se lanzó hacia delante, pero, de nuevo, me moví demasiado rápido, y lo esquivé en el último momento. Cayó sobre Bernadette en vez de sobre mí, y los dos se estrellaron contra la pared del carromato. La piel se me iluminó con intensidad al oír sus gritos.

¡Silénciala!

—¡Silencio! —Las palabras brotaron por voluntad propia, y ella se desplomó, guardando silencio al fin, con la boca cerrada y los ojos vidriosos. Philippe se puso de pie justo cuando Lyle entró en el carromato, bramando a pleno pulmón.

—¡Bernadette! ¡Bernadette!

Intenté mirarlo mientras me apartaba los dedos de Philippe de la garganta con una mano y le quitaba el Balisarda con la otra. Mi peluca cayó al suelo.

—Silencio —repetí, con la voz estrangulada, mientras Philippe y yo nos estrellábamos contra todo lo que había en el carromato. Pero Lyle no se calló. Continuó gritando y se lanzó hacia delante para agarrar a Bernadette por debajo de los brazos y arrastrarla fuera del carromato.

—¡Espera! —Eché una mano hacia delante a ciegas para detenerlo, pero no surgió ningún patrón. Ni siquiera un destello. Mi propia ineptitud me provocó un arrebato de ira y la luz que emanaba de mi piel se desvaneció de golpe—. ¡Detente!

—¡Ayuda! —Lyle bajó del carromato—. ¡Es Reid Diggory! ¡Es un brujo! ¡AYUDA!

Se oyeron nuevas voces cuando los *chasseurs* se agruparon en el exterior. Con la sangre rugiéndome en los oídos, y las voces de mi mente terriblemente silenciosas, me libré de Philippe, arrojándole la manta a la cara. Una entrada discreta a la ciudad ya no era posible. Tenía que huir. *Huir*. Mientras intentaba quitarse la manta de encima, se resbaló con la bolsa de comida y se tambaleó hacia atrás. Me lancé a por la sartén.

Antes de que él pudiera recuperar el equilibrio, antes de que yo pudiera reconsiderarlo, se la lancé a la cabeza.

El golpe reverberó en mis huesos, y Philippe cayó al suelo del carromato, inconsciente. Me dejé caer junto a él para asegurarme de que su pecho se movía. Arriba y abajo. Arriba y abajo. Los otros *chasseurs* rasgaron la solapa del carromato justo cuando yo saltaba por la abertura de delante, antes de caer en el pescante y colocarme sobre la grupa del caballo. Este levantó las patas traseras, con un relincho indignado, y las ruedas delanteras del carromato se levantaron del suelo, inclinando la estructura de forma precaria. En el interior, los *chasseurs* gritaron, alarmados. Y acto seguido, chocaron contra la tela.

Manipulé con torpeza el arnés del caballo, sin dejar de soltar palabrotas mientras más *chasseurs* corrían hacia mí. Los dedos, húmedos por el sudor, se me resbalaron sobre las cinchas. Maldije y lo intenté de nuevo.

—¡Es Reid Diggory! —gritó alguien. Más voces se unieron al grito. La sangre me rugía en los oídos.

—¡Asesino!

—¡Brujo!

—¡Arrestadlo!

—¡ARRESTADLO!

Tras perder todo atisbo de control, me abalancé sobre la última cincha moviendo los dedos de forma frenética. Un *chasseur* que no reconocí me alcanzó primero. Le di una patada en la cara (por fin, por fin aflojé el cierre) e insté al caballo a ir hacia delante con un violento apretón de mis piernas.

Salió corriendo a toda velocidad, y yo me aferré como si me fuera la vida en ello.

—¡Apartaos de mi camino! —rugí. La gente se hizo a un lado de un salto, apartando a los niños, mientras el caballo se dirigía a la ciudad. Un hombre fue demasiado lento, y una pezuña le pisó la pierna y se la rompió. Los *chasseurs* que iban a caballo me perseguían. Ganaban terreno con rapidez. Los suyos eran sementales, criados para potenciar la velocidad y la fuerza, y la mía era una yegua demacrada que estaba en las últimas. La insté a seguir de todos modos.

Si pudiera traspasar los límites de la ciudad, tal vez podría perderlos en las calles...

La multitud se concentraba más a medida que el camino se estrechaba, pasando del polvo al adoquín. Los primeros edificios se cernieron sobre mí. Por encima, una sombra saltaba con agilidad de tejado en tejado, siguiendo los gritos de mis perseguidores. Señalaba frenéticamente a una buhardilla cercana.

Casi lloré de alivio. Lou.

Entonces me di cuenta de lo que quería que hiciera. No. No, no podía...

—¡Te tengo! —La mano de un *chasseur* serpenteó y agarró la parte trasera de mi abrigo. Los demás cerraron filas detrás de él. Hice fuerza con las piernas para aferrarme a la yegua y me retorcí para conseguir que el cazador me soltara, pero la yegua ya había tenido suficiente.

Con un relincho salvaje, levantó las patas traseras una vez más, y vi mi oportunidad.

Tras trepar por su cuello, rezando a cualquiera que pudiera oírme, me aferré al cartel de metal que quedaba por encima de mi cabeza con las puntas de los dedos. Se fragmentó por mi peso, pero me impulsé con fuerza, haciendo palanca contra el lomo de la yegua y salté a la buhardilla. La yegua y los sementales de los *chasseurs* pasaron a galope por debajo.

—¡DETENEDLO!

Sin aliento, intenté aferrarme a algo lo bastante sólido e impulsarme a la azotea. La visión se me nubló y oscureció.

—¡Sigue subiendo! —La voz de Lou sonó por encima de mí, y levanté la cabeza con brusquedad. Ella se inclinó sobre el borde del tejado, con los dedos separados y esforzándose por alcanzarme. Pero su mano era muy pequeña. Estaba muy lejos—. ¡No mires hacia abajo! ¡Mírame a mí, Reid! ¡Sigue mirándome!

Abajo, los *chasseurs* rugían órdenes, instando a la multitud a dejar espacio mientras daban la vuelta con sus caballos.

—¡A MÍ, REID!

De acuerdo. Tragué con fuerza y me puse a buscar huecos en el muro de piedra. Subí más alto. La cabeza me daba vueltas.

Más alto.

Me quedé sin aliento.

Más alto.

Se me agarrotaron los músculos.

Más alto.

Los *chasseurs* habían maniobrado para volver a donde estaba yo. Los oí desmontar. Oí que empezaban a trepar.

Lou me agarró de la muñeca y me dio un tirón. Me concentré en su cara, en sus pecas. Gracias a mi voluntad de hierro, trepé por el alero y me desplomé. Pero no teníamos tiempo de relajarnos. Me puso de pie, y corrió hacia la siguiente azotea.

—¿Qué *ha pasado*?

La seguí. Concentrado en mi respiración. Ahora que ella estaba allí, me resultaba más fácil.

—Tu plan era una mierda.

Tuvo el descaro de reírse, pero se detuvo rápidamente cuando una flecha pasó por delante su cara.

—Vamos. Despistaré a esos idiotas antes de tres manzanas.

No respondí. Era mejor que mantuviera la boca cerrada.

Capítulo 30

El ahogamiento

Lou

B uscando siempre complacer, los despisté en dos. Sus voces se desvanecieron mientras corríamos, sumergiéndonos en alcobas sombrías y dejándonos caer detrás de buhardillas destartaladas. La clave estaba en perderlos de vista. En cuanto eso sucedió, fue demasiado fácil desaparecer en la inmensidad de la ciudad.

Nadie era capaz de desaparecer como yo. Nadie tenía tanta práctica.

Me dejé caer en una callejuela olvidada del East End. Reid aterrizó un segundo después, derrumbándose contra mí. Aunque traté de sujetarlo, ambos caímos sobre los sucios adoquines. Sin embargo, mantuvo los brazos alrededor de mi cintura y enterró su cara en mi regazo. Su corazón latía a un ritmo frenético contra mi muslo.

—No puedo volver a hacer eso.

De repente me costó tragar. Le acaricié el pelo.

—Está bien. Ya se han ido. —Poco a poco, recuperó el aliento y, al final, se incorporó. Lo dejé ir de mala gana—. Antes de tu fiasco, he enviado a Charles a buscar a madame Labelle. Nos ha reservado habitaciones en una posada llamada Léviathan.

—¿Charles?

—La rata.

Exhaló con fuerza.

—Ah.

La vergüenza, que tan familiar me resultaba ahora, me invadió de nuevo. Aunque unas palabras mordaces treparon hasta mis labios en respuesta, me mordí la lengua con fuerza, y me hice sangre, antes de ofrecerle una mano.

—Ya he mandado a Absalón y a Brigitte a buscar a Coco, Ansel y Beau. Charles ha ido a por los hombres lobo y las brujas de sangre. Entre todos tendremos que idear un plan antes del funeral de esta tarde.

Nos pusimos de pie juntos, y me besó el dorso de la mano antes de soltarla.

—Será difícil conseguir una audiencia con el rey. Thierry ha dicho que los *chasseurs* que no están vigilando la entrada se encuentran dentro del castillo. Tal vez Beau pueda...

—Espera. —Aunque forcé una risita, no había nada de gracioso en ese obstinado brillo de sus ojos—. No pretenderás seguir adelante con la idea de ir a hablar con Auguste. Jean Luc le ha avisado. Sabe que acudirás allí. Sabe que madame Labelle es una bruja, y, gracias a los gritos de los *chasseurs*, no tardará en descubrir que *tú* también lo eres. —El rostro de Reid por fin palideció. *Ah*. Al parecer aún no había llegado a *esa* conclusión. Me apresuré a sacar ventaja—. Sabe que eres un brujo —repetí—. No te ayudará. Y desde luego no me ayudará a mí. No lo *necesitamos*, Reid. Las *Dames rouges* y los *loups garous* son aliados poderosos.

Frunció los labios, con la mandíbula tensa, al tomar aquello en consideración, y esperé a que le encontrara el sentido a mi plan. Pero sacudió la cabeza y murmuró:

—No. Aun así hablaré con él. Debemos unirnos contra Morgane.

Me quedé boquiabierta.

—Reid...

Un grupo de niños pasó corriendo por nuestro callejón en ese momento, persiguiendo a un gato que maullaba de forma amenazadora. El más lento de ellos dudó cuando nos vio. Bajé más el ala de mi sombrero, y Reid se apresuró a retirar el vendaje que llevaba en el ojo.

—Tenemos que abandonar las calles —dijo—. Nuestra llegada a la ciudad no ha sido sutil precisamente...

—Gracias por mencionarlo...

—Y el East End no tardará en llenarse de cazadores y policías.

Saludé al niño, que sonrió y se fue tras sus amigos, antes de entrelazar mi codo con el de Reid. Asomé la cabeza por la calle. Allí había menos gente, la mayoría de los asistentes al funeral se reunían en el distrito del Oeste, más pudiente. Las tiendas que bordeaban las calles estaban cerradas.

—El Léviathan está a unas pocas calles del *Soleil et Lune*.

Reid aceleró el ritmo, fingiendo cojera una vez más.

—Dada nuestra historia, el teatro será el primer lugar en el que busquen los *chasseurs*.

Algo en su voz hizo que me detuviera. Fruncí el ceño en su dirección.

—Aquello no fue intencionado, por cierto. La escenita que monté en el teatro. Creo que nunca llegué a decírtelo.

—Estás de broma.

—No lo estoy. —Con despreocupación, incliné el sombrero ante una mujer que pasaba cerca. Se quedó boquiabierta al ver mi traje de terciopelo. No se trataba exactamente de un atuendo de luto, pero al menos era de un bonito e intenso tono berenjena. Conociendo a Claud, podría haber sido amarillo canario—. Fue un accidente, pero ¿qué podía hacer? No es culpa mía que no pudieras mantener las manos alejadas de mis pechos. —Cuando balbuceó indignado, seguí adelante, sonriendo—. No te culpo en lo más mínimo.

Asegurándome de tener bien calado el sombrero, vigilé a los transeúntes. Un familiar aire de turbación flotaba pesado y espeso sobre nuestras cabezas, como siempre pasaba cuando una multitud de semejante tamaño se reunía en Cesarine. Personas de todos los estratos habían acudido a honrar al difunto arzobispo: vimos a aristócratas, clérigos y campesinos celebrar juntos una vigilia al tiempo que nos acercábamos a la catedral, donde el cuerpo del arzobispo aguardaba para recibir los ritos fúnebres. Vestidos todos de negro, hacían desaparecer el color de una ciudad ya deprimente. Incluso el cielo estaba cubierto aquel día, como si también llorara el destino del hombre equivocado.

El arzobispo no merecía el luto de nadie.

El único color en las calles provenía de la fanfarria. Las habituales banderas de Lyon habían sido reemplazadas por brillantes estandartes rojos que representaban el escudo de armas del arzobispo: un oso de cuya boca salía una fuente de estrellas. Gotas de sangre en un mar negro y gris.

—Para. —Reid abrió los ojos horrorizado por algo que vio a lo lejos. Se colocó delante de mí, y me agarró los brazos como para protegerme de ello—. Da la vuelta. Vayamos por otro camino...

Me lo quité de encima y me puse de puntillas para ver por encima de la multitud. Allí, al pie de la catedral, había tres estacas de madera.

Y encadenados a esas estacas...

—Dios mío —susurré.

Encadenados a esas estacas había tres cuerpos carbonizados.

Los cadáveres, a los que le faltaba el pelo y tenían las extremidades descolgadas, eran casi irreconocibles. Detrás de ellos, la ceniza cubría los escalones de la catedral, más gruesa que la nieve de la calle. La bilis me subió por la garganta. Había habido otras mujeres antes de aquellas. Muchas otras. Y hacía poco. El viento aún no se había llevado sus cenizas.

Pero las brujas de verdad eran cuidadosas e inteligentes. Seguro que no habían capturado a tantas desde Modraniht.

—Esas mujeres... —sacudí la cabeza con incredulidad—... no es posible que todas fueran brujas.

—No. —Acariciándome la nuca, Reid guio mi cabeza hasta su pecho. Inhalé profundamente, ignorando los aguijonazos de dolor en mis ojos—. No, probablemente no lo eran.

—Entonces, ¿qué...?

—Después de lo del arzobispo, el rey debía de necesitar una demostración de poder. Debía de necesitar restablecer el control. Había que quemar a cualquier persona sospechosa.

—¿Sin pruebas? —Me incliné hacia atrás, buscando respuestas en su cara. Sus ojos rebosaban dolor—. ¿Sin juicio?

Apretó la mandíbula y echó la vista atrás, hacia los cadáveres ennegrecidos.

—No necesita pruebas. Es el rey.

La vi en el momento en que Reid y yo nos dimos la vuelta, delgada como un junco, con la piel de ébano y los ojos de ónix; estaba tan quieta que podría haberse tratado de la estatua de Saint-Cécile si no hubiera sido por su pelo, que se agitaba con la brisa. Aunque la conocía de toda la vida, la emoción que invadía sus ojos mientras contemplaba los restos de aquellas mujeres me resultaba desconocida.

Entonces se dio la vuelta y huyó hacia la multitud. Manon.

—El Léviathan está por aquí. —Torcí el cuello para no perderla de vista y giré la barbilla hacia el oeste. Un hombre de pelo dorado la siguió, la tomó de la mano y la hizo girar en sus brazos. En lugar de protestar, de escupirle a la cara, le dedicó una sonrisa tensa. Esa emoción arcana de su mirada se derritió en una calidez inconfundible mientras lo miraba. Igual de inconfundible, sin embargo, era su dolor. Como si tratara de hacer desaparecer aquella emoción, le roció las mejillas con besos. Cuando los dos volvieron a ponerse en marcha, me apresuré a seguirlos—. Te veré allí en un cuarto de hora.

—Espera. —Reid me agarró del brazo con una expresión incrédula—. No vamos a separarnos.

—No me pasará nada. Si no te alejas de las calles laterales y te encorvas un poco, estarás demasiado…

—Ni hablar, Lou. —Siguió mi mirada, entornando los ojos al buscar entre la multitud, y bajó su mano desde el codo hasta mi mano—. ¿Qué pasa? ¿Qué has visto?

—Eres de lo más obstinado… —Me detuve con un resoplido de impaciencia—. *De acuerdo.* Ven conmigo. Pero mantén la cabeza gacha y no digas ni mu. —Sin añadir nada más, con los dedos aún entrelazados con los suyos, me escabullí entre la multitud. Nadie reparó en nosotros, las miradas de la muchedumbre estaban posadas en las tres mujeres en llamas. Su fascinación me ponía enferma.

Manon parecía llevar al hombre de pelo dorado a una zona menos abarrotada. Los seguimos tan rápidos y silenciosos como pudimos, pero nos vimos obligados a escondernos dos veces para esquivar a los *chasseurs*. Para cuando los localizamos de nuevo, Manon había conducido al hombre por un callejón desierto. El humo de una pila de basura cercana casi oscurecía la entrada. De no ser por el grito de pánico del hombre, podríamos haber pasado de largo.

—No tienes que hacerlo —dijo, con la voz entrecortada. Intercambiando una mirada cautelosa, Reid y yo nos agachamos detrás de la basura y miramos a través del humo. Manon lo había acorralado contra una pared. Con las manos en alto, lloraba a mares, de forma tan intensa que le costaba mucho respirar—. Encontraremos otra manera.

—No lo entiendes. —Aunque todo su cuerpo sufrió un espasmo, levantó las manos más alto—. Han quemado a tres más esta mañana. Se volverá loca. Y si se entera de lo nuestro…

—¿Cómo iba a hacerlo?

—¡Tiene ojos en todas partes, Gilles! Si sospecha lo que siento por ti, hará cosas horribles. Torturó a los otros únicamente por su linaje. A ti te hará cosas peores. Lo *disfrutará*. Y si vuelvo hoy con ella con las manos vacías, lo descubrirá. Vendrá a por ti ella misma, y preferiría *morir* antes que verte en sus manos. —Sacó un cuchillo de su capa—. Te prometo que no sufrirás.

Él extendió las manos, suplicando, abrazándola incluso a pesar de que ella amenazaba su vida.

—Pues huyamos. Abandonemos este lugar. Tengo algo de dinero ahorrado que he ganado empedrando las calles. Podemos ir en barco hasta Lustere o cualquier otro sitio. Construiremos una nueva vida lejos, muy lejos de aquí. En algún lugar donde la influencia de Morgane no llegue.

Al oír el nombre de mi madre, Reid se quedó rígido. Lo miré y vi cómo finalmente reconocía a Manon.

Esta empezó a llorar más fuerte mientras se pegaba en la cabeza.

—No. No, para. Por favor. No *puedo*.

—*Puedes*, Manon. *Nosotros* podemos. Juntos.

—Ella me dio órdenes, Gilles. Si no hago esto, lo hará ella.

—Manon, por favor…

—Esto no tenía que pasar. —Las manos le temblaban alrededor de la empuñadura—. *Nada* de esto tenía que pasar. Se suponía que tenía que encontrarte y matarte. No tenía que… que… —Un sonido estrangulado le rasgó la garganta cuando se acercó a él—. Mataron a mi hermana, Gilles. La mataron. Juré en su pira que vengaría su muerte. Juré que *terminaría* con esto. Yo… Yo… —En su cara se dibujó una gran mueca, y levantó el cuchillo hasta la garganta de él—. Te quiero.

Sorprendentemente, Gilles no se acobardó. Dejó caer las manos sin más, y trazó con los ojos el rostro de ella como si tratara de memorizarlo, y le rozó la frente con los labios.

—Yo también te quiero.

Se miraron el uno al otro.

—Date la vuelta —susurró Manon.

—Tengo que detenerla. —La tensión irradiaba de cada músculo del cuerpo de Reid. Desenvainó el Balisarda de Jean Luc y se levantó para embestirla, pero me interpuse en su camino, con las lágrimas corriendo por las mejillas, y apreté las manos contra su pecho. Manon no podía saber que estaba allí. Tenía que esconderlo. Tenía que asegurarme de que nunca lo viera—. ¿Qué haces? —preguntó, con la incredulidad reflejada en la cara, pero me limité a empujarlo hacia atrás.

—Muévete, Reid. —El pánico me arrebató el calor de la voz, la dejó sin aliento, desesperada. Lo empujé con más fuerza—. *Por favor.* Tienes que moverte. Tienes que irte...

—*No.* —Me apartó las muñecas—. Tengo que *ayudar...* —Detrás de nosotros, algo chocó contra el suelo. Fue un sonido horrible y fatal.

Demasiado tarde. Encerrados en nuestro propio abrazo enfermizo, nos dimos la vuelta para ver a Gilles tumbado boca abajo en los adoquines. El cuchillo de Manon sobresalía de la base de su cráneo.

El dolor me dejó sin respiración, y de repente, solo las manos de Reid me mantenían erguida. La sangre me rugía en los oídos.

—Dios mío.

Manon se arrodilló, tirando de él para colocarlo en su regazo y cerrarle los ojos. Su sangre le empapó el vestido. Las manos. Lo incorporó hasta hacer reposar la cabeza de él en su cuello de todos modos. Aunque sus lágrimas por fin cesaron, jadeaba mientras lo mecía, mientras movía el cuchillo para arrancárselo de la carne y lo dejaba caer al suelo. Aterrizó en el charco de sangre de Gilles.

—Esto no es Dios, Louise. —La voz le sonó rígida. Hueca—. Tampoco es la Diosa. Ninguna divinidad nos sonríe ya.

Me acerqué a ella muy a mi pesar, pero Reid me retuvo.

—Manon...

—Morgane dice que el sacrificio es necesario. —Abrazó a Gilles con más fuerza, los hombros le temblaban y las lágrimas volvieron a rodar por sus mejillas—. Dice que debemos dar antes de recibir, pero mi hermana sigue muerta.

El ácido me cubrió la lengua. Aun así, pronuncié las palabras.

—¿Acaso matarlo a él la ha traído de vuelta?

Sus ojos se encontraron con los míos. En lugar de furia, se llenaron de una desesperanza tan profunda que podría haberme ahogado en ella. *Quería* ahogarme en ella, hundirme en sus profundidades y no volver nunca a la superficie, para dejar atrás aquel infierno. Pero no podía, y ella tampoco. Alargó la mano lentamente para asir el cuchillo, y sus dedos nadaron en la sangre de su amante.

—Corre, Louise. Corre lejos y corre rápido, para que nunca te encontremos.

CAPÍTULO 31

EL ARMARIO DE CURIOSIDADES
DE MADAME SAUVAGE

Lou

Con el corazón todavía acelerado por la advertencia de Manon, arrastré a Reid por el callejón más cercano, a través de un estrecho y sombrío arco, hasta la primera tienda que vi. Si Manon nos había seguido, no podíamos arriesgarnos a quedarnos en la calle. Una campanilla repicó cuando entramos, y el letrero sobre la puerta se balanceó.

EL ARMARIO DE CURIOSIDADES DE MADAME SAUVAGE

Patiné hasta detenerme y examiné aquella tiendita con recelo. Ratas disecadas bailaban en el escaparate, junto a escarabajos de cristal y libros polvorientos con los bordes dorados. Las estanterías que quedaban más cerca de nosotros, entre suelos blancos y negros y techos estrellados, estaban repletas de un abigarrado surtido de cráneos de animales, piedras preciosas, dientes puntiagudos y botellas de ámbar. Clavadas a lo largo de la pared del fondo, apenas visibles debajo de todo aquel desorden, estaban las alas de una mariposa azul cerúleo.

El silencio de Reid interrumpió la rareza del lugar.

—¿Qué…? ¿Qué es esto?

—Es un emporio. —La voz me salió en un susurro, pero aun así pareció resonar a nuestro alrededor. Se me erizó el vello de la nuca. Si nos marchábamos en aquel momento, Manon podría vernos, o peor aún, seguirnos hasta el Léviathan. Agarré una peluca marrón de una marioneta particularmente horrible y se la arrojé—. Ponte esto. Los *chasseurs* te han reconocido antes. Necesitas un nuevo disfraz.

Estrujó la peluca con el puño.

—Tus disfraces no funcionan, Lou. Nunca lo han hecho.

Paré de rebuscar en una cesta de telas.

—¿Preferirías que usáramos magia? Me he dado cuenta de que la has usado antes, para salir de ese pequeño lío con los *chasseurs*. ¿Cómo funciona esto? Se te permite usarla cuando lo consideras oportuno pero ¿a mí no?

Apretó la mandíbula, negándose a mirarme.

—La he usado con responsabilidad.

Eran unas palabras muy sencillas, puede que incluso inocentes, pero la ira se abrió paso en mi estómago de todos modos, como un huevo podrido que hubiera estado esperando para eclosionar. Sentí cómo me subía por las mejillas, encendiéndome. Me daba igual que estuviéramos en una casa de los horrores. Me daba igual que el dependiente estuviera, probablemente, escuchando a escondidas, que Manon se acercara en ese mismo momento.

Muy despacio, me quité las gafas y las dejé en el estante.

—Di lo que tengas que decir, Reid, y dilo ahora.

No dudó.

—¿Quién era ese hombre, Lou? ¿Por qué no me has dejado salvarlo?

Se me cayó el alma a los pies. Aunque esperaba la pregunta, aunque sabía que aquella conversación era inevitable después de lo que habíamos presenciado, estaba menos preparada para abordarla en aquel momento de lo que había estado en Beauchêne. Tragué con fuerza, tirando del pañuelo de mi cuello, intentando explicar la situación sin causar daños irreparables. No quería mentir. Con toda certeza, tampoco quería decir la verdad.

—Llevamos días peleándonos, Reid —me desvié del tema—. Esas no son las preguntas adecuadas.

—Contéstame de todos modos.

Abrí la boca para hacer exactamente eso, sin saber qué palabras brotarían de mis labios, pero una anciana de piel oscura y curtida cojeó hacia nosotros, envuelta en una capa de color burdeos tres veces más grande que ella. Unos anillos dorados brillaban en cada uno de sus dedos, y un pañuelo granate envolvía su cabello. Nos sonrió, y unas arrugas se formaron en las comisuras de sus ojos.

—Hola, queridos. Bienvenidos a mi armario de curiosidades. ¿En qué puedo servirles hoy?

Deseé que la anciana se marchara con cada fibra de mi ser.

—Solo estamos mirando.

Se rio, emitiendo un sonido gutural y enérgico, y comenzó a rebuscar en el estante más cercano a ella. Este tenía una colección de botones y alfileres, y alguna que otra cabeza reducida.

—¿Está segura? No he podido evitar escuchar algunas palabras. —Sacó dos flores secas de un arcón—. ¿Podrían interesarle los lirios de cala? Se dice que simbolizan la humildad y la devoción. Las flores perfectas para terminar cualquier disputa de amantes.

Reid aceptó la suya en un acto reflejo, demasiado educado para rechazarla. Se la tiré al suelo de un manotazo.

—También simbolizan la muerte.

—Ah. —Los ojos oscuros de la anciana brillaron con maldad—. Sí, supongo que esa es una de las interpretaciones.

—Lo sentimos si la hemos molestado, *madame* —murmuró Reid, sin apenas mover los labios, con la mandíbula todavía tensa. Se agachó para recuperar la flor y se la devolvió—. Ya nos vamos.

—Tonterías, Reid. —Guiñó el ojo alegremente, devolviendo los lirios al estante—. Manon no te encontrará aquí. Tú y Louise podéis quedaros todo el tiempo que queráis, pero cerrad la puerta cuando hayáis terminado, ¿de acuerdo?

Ambos la miramos, alarmados, pero ella simplemente se giró con una gracia antinatural y... *desapareció*.

Me volví hacia Reid, incrédula, con la boca abierta, pero él estaba mirándome otra vez con una intensidad que me hizo ponerme a la defensiva de inmediato.

—¿Qué? —pregunté con recelo.

—¿Quién era esa? —Articuló las palabras despacio, con precisión, como si intentara por todos los medios dominar su temperamento—. ¿Y de qué la conoces? ¿De qué nos conoce ella a nosotros?

Cuando abrí la boca para responderle, para decirle que no tenía ni idea, me interrumpió bruscamente, con voz áspera.

—No me mientas.

Lo miré sorprendida. Lo que implicaban sus palabras me dolió más de lo que me atrevía a admitir, y reavivó mi ira. Solo le había mentido cuando había sido absolutamente necesario, por ejemplo, para evitar que me quemara viva. O que Morgane lo decapitara. *No me mientas*, había dicho. Tan santurrón y arrogante como en el pasado. Como si *yo* fuera el problema. Como si *yo* fuera la que había pasado la última quincena mintiéndome a mí misma acerca de quién y qué era yo.

—No puedes enfrentarte a la verdad, Reid. —Pasé junto a él y me dirigí hacia la puerta, y un rubor me subió por las mejillas—. No pudiste enfrentarte a ella en el pasado, y no puedes hacerlo ahora.

Me agarró el brazo.

—Deja que eso lo decida yo.

—¿Por qué? A ti te parece estupendo tomar decisiones por mí. —Me lo quité de encima y apoyé una mano contra la puerta, intentando reprimir las palabras. Intentando tragarme el amargo veneno que se había asentado en mis huesos tras pasar semanas aguantando sus críticas. Su odio. *Aberrante*, me había llamado. *Como una enfermedad. Un veneno.* Y su cara, después de que le salvara el culo con el hielo en Le Ventre...

—Está claro que no tomo las decisiones por ti —dijo secamente, soltándome el brazo—. O no estaríamos metidos en este lío.

Unas lágrimas de odio brotaron de mis ojos.

—Tienes razón. Estarías muerto en el fondo de un arroyo con la verga congelada. —Apreté el puño contra la madera—. O estarías muerto bajo los restos calcinados de una taberna. O desangrándote en La Fôret des Yeux después de que un ladrón te clavara un cuchillo. O en Le Ventre tras haber caído presa de un hombre lobo. —En ese momento me reí (salvaje, quizás histérica), y clavé las uñas en la puerta lo suficiente como para dejar marcas en la madera—. Elijamos una muerte, ¿de acuerdo? Dios no quiera que te arrebate esa decisión.

Se inclinó hacia delante y se acercó tanto que noté su pecho en la espalda.

—¿Qué pasó en el campamento de sangre, Lou?

No podía mirarlo. No lo miré. Nunca antes me había sentido tan estúpida, tan inmadura y poco apreciada.

—Un funeral —dije, con la voz rígida—. Para Etienne Gilly.

—Un funeral —repitió en voz baja, plantando la mano en la madera por encima de mi cabeza—, para Etienne Gilly.

—Sí.

—¿Por qué no me lo contaste?

—Porque no hacía falta que lo supieras.

Dejó caer la cabeza sobre mi hombro.

—Lou...

—Perdóname, esposo, por intentar hacerte feliz...

Levantó la cabeza al tiempo que gruñía:

—Si quisieras hacerme *feliz*, me tratarías como a tu compañero. Tu *esposo*. No me ocultarías secretos como si fuera un niño tonto. No jugarías con los recuerdos ni robarías Balisardas. No te convertirías a ti misma en *hielo*. Intentas... ¿intentas hacer que te maten? Yo no... Yo solo... —Él se alejó, y yo me di la vuelta y vi cómo se pasaba una mano por el pelo—. ¿Qué va a hacer falta, Lou? ¿Cuándo te vas a dar cuenta de lo imprudente que estás siendo...?

—Imbécil desagradecido —elevé la voz e intenté reprimir las ganas de ponerme a darle golpes a todo y estampar los pies contra el suelo, para demostrarle lo tonta e infantil que podía ser—. Lo he sacrificado *todo* para salvarte el culo, y me has despreciado a cada paso.

—Nunca te pedí que sacrificaras nada...

Levanté las manos y las llevé a su rostro.

—A lo mejor puedo encontrar un patrón para revertir el tiempo. ¿Es eso lo que quieres? ¿Preferirías haber muerto en ese arroyo que vivir para verme convertida en lo que realmente soy? Soy una *bruja*, Reid. Una *bruja*. Tengo el poder de proteger a los que amo, y sacrificaré *cualquier cosa* por ellos. Si eso me convierte en un monstruo, si eso hace que sea *aberrante*, haré que me salgan garras y colmillos para ponértelo más fácil. Empeoraré, si eso justifica tu retorcido punto de vista. Empeoraré mucho. Muchísimo.

—Maldita sea, estoy intentando *protegerte* —dijo cabreado, apartándome las manos de su cara—. No conviertas esto en algo que no es. Te *quiero*, Lou. *Sé* que no eres un monstruo. Mira a tu alrededor. —Extendió los brazos, abrió bien los ojos—. Todavía sigo aquí. Pero si no dejas de sacrificar partes de ti misma para salvarnos, no quedará nada. No nos debes esos pedazos, ni a mí, ni a Coco, ni a Ansel. No los queremos. Te queremos a *ti*.

—Déjate de estupideces, Reid.

—No es una estupidez.

—¿No? Dime una cosa, aquella noche, cuando robé en casa de Tremblay, pensaste que era una criminal, no una bruja. ¿Por qué?

—Porque *eras* una criminal.

—Responde a la pregunta.

—No lo sé. —Hizo un ruido que pareció una burla, un sonido áspero y estridente que contrastaba con el silencio de la tienda—. Llevabas un traje tres tallas más grande y un bigote, por el amor de Dios. Parecías una niña pequeña jugando a disfrazarse.

—Así que eso es todo. Era demasiado humana. No te cabía en la cabeza que fuera una bruja porque no era lo bastante malvada. Llevaba pantalones y comía bollos dulces y cantaba canciones de taberna, y una bruja nunca podría hacer esas cosas. Pero tú lo sabías, ¿no? En el fondo, *sabías* lo que yo era. Todas las señales estaban ahí. Te dije que la bruja de casa de Tremblay era mi amiga. Y Estelle... la lloré. Sabía más de magia que nadie en la Torre, odiaba los libros de la biblioteca que la censuraban. Me bañaba dos veces al día para eliminar el olor, y nuestra habitación olía siempre a las velas que robé del santuario. Pero tus prejuicios eran muy profundos. Demasiado profundos. No querías verlo, no querías admitir que te estabas enamorando de una bruja.

Sacudió la cabeza en una negación vehemente. Fue casi como una confesión de culpabilidad.

Una especie de satisfacción enfermiza se apoderó de mí. Yo tenía razón, después de todo. Mi magia no me había retorcido a *mí*; lo había retorcido a él, echando raíces en el espacio que nos separaba y envolviendo su corazón.

—Después de todo, creía que podrías cambiar, aprender, crecer, pero estaba equivocada. Sigues siendo el mismo que eras entonces, un niño asustado que cree que todas las criaturas que deambulan de noche son monstruos, y que todos los seres que gobiernan durante el día son dioses.

—Eso no es verdad. *Sabes* que no es verdad...

Pero al darme cuenta de una cosa, me di cuenta de otra. Esa se me clavó un poco más hondo, y sus espinas me hicieron sangre.

—Nunca vas a aceptarme. —Clavé los ojos en él—. Por mucho que lo intente, por mucho que desee que no sea así... No eres mi marido, y yo no soy tu mujer. Nuestro matrimonio, toda nuestra relación, era una mentira. Un engaño. Un truco. Somos enemigos naturales, Reid. Tú siempre serás un cazador de brujas. Yo siempre seré una bruja. Y siempre nos haremos daño el uno al otro.

Hubo un instante de silencio, tan profundo y oscuro como el vacío que se abrió en mi pecho. El anillo de nácar me quemaba en el dedo, igual que un círculo de fuego, y quise arrancarme la banda dorada, en un intento desesperado para *devolvérsela*. No era mía. Nunca había sido mía. Reid no había sido el único que había estado fingiendo.

Él avanzó a grandes zancadas, ignorando mi forcejeo y me sujetó la cara entre las manos.

—Deja esto. Para. Tienes que escucharme.

—Deja de decirme lo que *tengo* que hacer. —¿Por qué no lo admitía? ¿Por qué no pronunciaba las palabras que me liberarían? ¿Que lo liberarían a él? No era justo para ninguno de los dos continuar así, con dolor y anhelo y deseando algo que nunca podría ser. No de esa manera.

—Lo estás volviendo a hacer. —Sus pulgares acariciaron mis mejillas con ansiedad, con desesperación, a medida que mi histeria aumentaba—. No tomes una decisión precipitada. Para y piensa, Lou. Siente la verdad que hay en mis palabras. Estoy aquí. No me voy a ir.

Centré la mirada en su rostro, y llegué a lo más hondo, buscando algo, cualquier cosa, que lo obligara a admitir que me consideraba un monstruo. A admitir la *verdad*. Le metí el anillo en el bolsillo.

—Querías saber quién era ese hombre. Gilles.

Aunque en algún lugar en el interior de ese vacío una voz me advirtió que me detuviera, no pude. Me *dolía*. Nunca podría olvidar la repugnancia que había reflejado su mirada al contemplarme en Le Ventre. Lo había hecho *todo* por él, y ahora estaba asustada. Asustada de que tuviera razón. Asustada de que no la tuviera.

Asustada de que empeorara antes de mejorar. De que empeorara mucho. Muchísimo.

Reid dejó los pulgares quietos sobre mis mejillas. Me obligué a sostenerle la mirada, a decirle cada palabra mientras lo miraba a los ojos.

—Era tu hermano, Reid. Gilles era tu hermano. Morgane ha estado cazando a tus hermanos, torturándolos para enviarme un mensaje. Asesinó a otros dos en el campamento de sangre mientras yo estaba allí, Etienne y Gabrielle Gilly. Por eso La Voisin se ha unido a nosotros, porque Morgane asesinó a tu hermano y a tu hermana. No te lo dije porque no quería distraerte de nuestro plan. No quería que sintieras dolor, *culpa*, por dos personas a las que nunca has conocido. Te he impedido salvar a Gilles porque no importaba que muriera, mientras tú vivieras. Lo he hecho por un bien mayor... *mi* bien mayor. ¿Lo entiendes ahora? ¿Me convierte eso en un monstruo?

Se quedó mirándome durante un largo momento, con la cara blanca y temblorosa. Al final, dejó caer las manos y dio un paso atrás. La angustia que había en sus ojos me partió el pecho en dos, y unas lágrimas rodaron por mis mejillas.

—No —murmuró por fin, secándomelas una última vez. Una despedida—. Te convierte en tu madre.

Esperé varios minutos después de que Reid saliera de la tienda para derrumbarme. Para sollozar y gritar y hacer añicos los escarabajos de cristal de los estantes, para aplastar los lirios de cala bajo mi bota. Cuando finalmente entreabrí la puerta una media hora más tarde, el sol de la tarde había despejado las sombras del callejón, y no había rastro de Reid. En vez de él, era Charles quien esperaba en el umbral. Dejé escapar un suspiro de alivio y luego me detuve.

Alguien había clavado un pequeño trozo de papel en la puerta. Se agitaba con la brisa.

Bonita muñeca de porcelana, olvidada y sola,
atrapada en una tumba de espejo, lleva una máscara de hueso.

Lo arranqué de la puerta con los dedos temblorosos, observando con detenimiento el callejón detrás de mí. Quienquiera que hubiera dejado aquello allí lo había hecho mientras yo estaba dentro de la tienda, o cuando Reid y yo discutíamos o después de que Reid se fuera. Quizá

Manon había dado conmigo, después de todo. Sin embargo, no me pregunté por qué no había atacado. No cuestioné las morbosas palabras de su acertijo. No importaba. No importaban.

Nada importaba en absoluto.

Capítulo 32

Un cambio de planes

Reid

Mi corazón latía a un ritmo doloroso en el exterior del Léviathan. Aunque podía oír a los demás dentro, me detuve en la entrada trasera y me oculté para que no se me viera desde la calle de más allá. Me costaba respirar. Aquellas palabras me habían aturdido. Se habían abalanzado sobre mis defensas como murciélagos salidos del Infierno, con alas de acero. Con cuchillas. Me infligían corte tras corte.

Lou empeorará antes de mejorar. Empeorará mucho.

Más profundo. Encontraban cada grieta y cada corte era más profundo.

Tu vida con ella será siempre así, tendrás que huir, esconderte y pelear. Nunca conocerás la paz.

Se suponía que éramos compañeros.

Louise ha comenzado su descenso. Es imposible detenerlo o aplazarlo. Os consumirá a ambos si lo intentas.

Dios, lo había intentado.

No seguirá siendo la chica de la que te enamoraste.

Apreté los puños.

Haré que me salgan garras y colmillos para ponértelo más fácil. Empeoraré, si eso justifica tu retorcido punto de vista. Empeoraré mucho. Muchísimo.

En aquel momento, una llamarada de ira envolvió las palabras, carbonizándolas. Prendió fuego a sus bordes afilados. Di la bienvenida a cada fogonazo. Los disfruté. El humo no dañó la fortaleza, sino que la enriqueció. La envolvió en el calor y la oscuridad. Una y otra vez, había confiado en ella. Y una y otra vez, había demostrado no ser digna de mi confianza.

¿No merecía yo su respeto?

¿De verdad pensaba tan mal de mí?

Se lo había dado todo. *Todo.* Mi protección, mi amor, mi *vida.* Y ella había arrojado cada una de esas cosas como si no significaran nada. Me había despojado de mi nombre, de mi identidad. De mi *familia.* Cada palabra que había salido de su boca desde el día en que nos habíamos conocido había sido una mentira: quién era, *qué* era, su relación con Coco, con Bas. Creía que lo había superado. Creía que la había perdonado. Pero esa herida... no había sanado bien. La piel había crecido por encima de la infección. Y al esconder a mis hermanos de mí, impidiendo que los salvara...

Me había abierto la herida de nuevo.

No podía confiar en ella. Era obvio que ella no confiaba en mí.

Toda nuestra relación se había construido sobre mentiras.

La furia, la traición, me quemaron la garganta. Era una ira visceral, un ser vivo que me arañaba el pecho...

Pegué un puñetazo al muro de piedra y caí de rodillas. Los otros... no podían verme así. Con alianza o sin ella, si olían la sangre, atacarían. Tenía que dominarme a mí mismo. Tenía que...

Tú tienes el control. Otra voz (esta no solicitada, pero igualmente dolorosa), resonó en mi mente. *Esta ira no puede gobernarte, Reid.*

Había... matado al arzobispo para salvarla, por el amor de Dios.

¿Cómo podía decir que la había despreciado?

Respiré hondo y me quedé arrodillado en silencio otro momento. La ira aún ardía. La traición todavía dolía. Pero un mortífero sentimiento de determinación las sobrepasó. Lou ya no me quería. Lo había dejado perfectamente claro. Yo todavía lo quería, siempre lo haría, pero tenía razón: no podíamos continuar como hasta entonces. Aunque fuera irónico, aunque fuera cruel, encajábamos como bruja y cazador de brujas. Como marido y mujer. Pero ella había cambiado. *Yo* había cambiado.

Quería ayudarla. Desesperadamente. Pero no podía obligarla a ayudarse a sí misma.

Capaz de sostenerme con más firmeza, me levanté y abrí la puerta del Léviathan. Lo que sí *podía* hacer era matar a una bruja. Era lo que sabía hacer. Aquello para lo que había entrenado durante toda mi vida. En ese mismo momento, Morgane se escondía en la ciudad. Cazaba a mi familia. Si no hacía nada, si me sentaba en ese callejón y lloraba por aquello que no podía cambiar, Morgane los encontraría. Los torturaría. Los mataría.

Yo la mataría primero.

Para hacerlo, tenía que ver a mi padre.

Cuando crucé el umbral, Charles, Brigitte y Absalón se dieron la vuelta y huyeron escaleras arriba. Estaba allí, entonces. Lou. Como si me leyera los pensamientos, madame Labelle me tocó el antebrazo y murmuró:

—Ha entrado unos segundos antes que tú. Coco y Ansel han ido con ella arriba.

Sus ojos delataban algo más, pero no pregunté. No quería saberlo.

Pequeño y anodino (al contrario que su nombre), el Léviathan se erigía en la zona más apartada de Cesarine, con vistas al cementerio. Había agujeros en las tablas del suelo. Telarañas en las esquinas. Un caldero en el hogar.

No había clientes, salvo por nosotros.

Deveraux estaba sentado en la barra con Toulouse y Thierry. Un *déjà vu* me invadió al verlos juntos. De otro tiempo y otro lugar. Otra taberna. Aunque esa no había albergado brujas de sangre y hombres lobo. En vez de eso, se había incendiado.

—Parece un chiste —murmuró Beau, que se bebía una pinta en la mesa más cercana a mí. Su capucha todavía le ensombrecía la cara. A su lado estaban Nicholina y una mujer a la que no reconocí. No... Una mujer a la que *sí* reconocí. Alta y llamativa, tenía el rostro de Coco. Pero sus ojos brillaban con una malicia desconocida. Mantenía la espalda bien erguida. La boca fruncida.

—Buenas noches, capitán. —Inclinó el cuello con rigidez—. Al fin nos conocemos.

—La Voisin.

Al oír el nombre, Blaise y sus hijos enseñaron los dientes y emitieron un gruñido suave.

Sin prestar atención al tenso silencio, al antagonismo palpable, Deveraux se rio y me saludó.

—Reid, ¡qué *espléndido* verte de nuevo! ¡Ven aquí, ven aquí!

—¿Qué estás haciendo aquí?

—La Mascarade des Crânes, querido muchacho. Seguro que no lo has olvidado… Una de las entradas se encuentra debajo de esta misma…

Me di la vuelta, ignorando el resto de sus palabras. No tenía tiempo para un feliz reencuentro. No tenía tiempo de reconciliar a las brujas de sangre y los hombres lobo. De entretenerlos.

—Tenemos suerte de que esté aquí —murmuró madame Labelle, aunque su voz desprendía más tensión que reproche—. Después de que Auguste quemara el Bellerose, mis contactos en la ciudad están demasiado asustados para hablar conmigo. Me hubiera costado mucho conseguir un lugar seguro donde escondernos si Claud no hubiera intervenido. Por lo visto, el posadero le debe un favor. Somos los únicos clientes del Léviathan esta noche.

No me importaba. En lugar de responder, le hice un gesto con la cabeza a Beau, que bajó su jarra de cerveza con un suspiro. Se unió a madame Labelle y a mí en la puerta.

—Si pretendes seguir con el plan que me imagino, eres un idiota redomado…

—¿Cuál es el horario? —pregunté con brusquedad.

Parpadeó.

—Supongo que los sacerdotes estarán terminando de preparar el cuerpo. No tardarán en darle la extremaunción. La misa comenzará en menos de una hora, y después, los *chasseurs* escoltarán a mi familia durante el cortejo fúnebre. Depositarán el cuerpo alrededor de las cuatro de la tarde.

El cuerpo. Las implicaciones de aquella palabra me dolieron. *El cuerpo.* Ya no era una persona.

Me forcé a desterrar aquel pensamiento.

—Eso nos da una hora para entrar en el castillo. ¿Dónde estará Auguste?

Aunque Beau y madame Labelle intercambiaron una mirada cargada de ansiedad, ninguno objetó nada más.

—En el salón del trono —contestó Beau—. Él, mi madre y mis hermanas estarán en el salón del trono. Es tradicional celebrar una reunión de la corte antes de los eventos ceremoniales.

—¿Puedes colarnos?

Asintió.

—Como dijo Claud, existe un sistema de túneles que se extiende por toda la ciudad. Solía jugar en ellos cuando era niño. Conectan con el castillo, las catacumbas, la catedral...

—El Bellerose —añadió madame Labelle, arqueando una ceja con ironía—. Esta taberna.

Beau se rio a carcajadas.

—También hay un pasadizo detrás de un tapiz en el salón del trono. Tú y tu madre podéis esconderos mientras me acerco a mi padre. Después de lo que le haya contado Jean Luc sobre Le Ventre y tu desafortunada entrada en la ciudad, creo que es mejor que yo hable con él primero. Eso evitará que te arreste en cuanto te vea. —Se inclinó hacia delante y bajó la voz—. Pero se habrá corrido la voz, Reid. Ahora sabrá que eres un brujo. Todos lo sabrán. No sé lo que hará. Acercarse a él el día del funeral del arzobispo es muy arriesgado, sobre todo teniendo en cuenta que... —Se interrumpió con un suspiro de disculpa—. Que eres quien lo mató.

Me embargó una emoción que hizo que casi me ahogara, pero me la tragué. No podía lamentarme. Tenía que seguir adelante.

—Lo entiendo.

—Si veo que está receptivo, te invitaré a pasar. Si no, correrás como alma que lleva el diablo. —Entonces me miró a los ojos y se cuadró de hombros—. No pienso ceder en esta cuestión, hermano. Si te digo que corras, correrás.

—A lo mejor deberíais tener una palabra clave para cuando las cosas se tuercen. —Con una sonrisa esquelética, Nicholina deslizó su rostro entre el de Beau y el mío—. Sugiero casquivano. O fulano. *Fulano, fulano,* que significa...

Beau le apartó la cara sin dudarlo.

—Si por alguna razón nos separamos, gira a la izquierda en cada bifurcación que encuentres. Te llevará a La Mascarade des Crânes. Busca a Claud, y él te guiará de vuelta aquí.

Arrugué el ceño.

—¿Si giramos siempre a la izquierda, no nos moveremos en círculo?

—No bajo tierra. El túnel de la izquierda es el único camino para llegar a la Mascarada de la Calavera. —Volvió a asentir, esta vez para sí mismo—. De acuerdo. La entrada está en el almacén que hay detrás de la barra, y el castillo se encuentra a veinte minutos a pie de aquí. Si vamos a hacerlo, tenemos que irnos ya.

—¿Qué es esto, a ver? —Las cejas de Nicholina serpentearon mientras nos rodeaba. Su voz de niña adoptó un tono más agudo—. *Al castillo, a la trampa, te apresuras a salvar a tu bella dama...*

—¿Quieres *callarte*, mujer? —Beau se giró, incrédulo, y trató de espantarla hacia La Voisin—. No ha dejado de hacer eso desde que he llegado. —A ella, le dijo—: Vete, vamos. Vete. Vuelve con tu ama, o con quien sea...

Nicholina se rio.

—Casquivano.

—Qué criatura tan extraña —murmuró madame Labelle, mirándola fijamente con el ceño fruncido—. Bastante tocada de la cabeza. Antes ha llamado a Louise *ratoncita.* ¿Tienes alguna idea de lo que eso significa?

La ignoré, señalando a Beau para que me indicara el camino. Dudó.

—¿Debería ir alguien a buscarla? ¿A Lou? Creía que tenía pensado acompañarnos.

Y yo creía que tenía pensado amarme para siempre.

Lo rodeé a él y rodeé el mostrador, haciendo caso omiso de las objeciones del camarero.

—Los planes cambian.

CAPÍTULO 33

LA CORTE DEL REY

Reid

Tenía una piedra en la bota.

Se me había metido allí justo después de entrar en los túneles. Era lo bastante pequeña como para soportarla. Y lo bastante grande como para notarla. Con cada paso, se me clavaba en el pie. Me hacía encoger los dedos de los pies. Me provocaba dentera.

O quizás eso lo hiciera Beau.

Se había quitado la capucha en la penumbra, y avanzaba por los túneles de tierra con las manos en los bolsillos. La luz de la antorcha parpadeaba sobre su sonrisa.

—He tenido muchas citas aquí abajo. Son muchos recuerdos.

La piedra se deslizó hasta el talón. Sacudí el pie, irritado.

—No quiero saberlo.

Sin embargo, parecía que madame Labelle sí. Arqueó una ceja. Se levantó la falda para pasar por encima de un surco que había en el suelo.

—Vamos, Alteza. He oído rumores de que tus hazañas están *muy* exageradas.

Él abrió los ojos de forma desmesurada.

—¿Perdón?

—Era la dueña de un burdel. —Lo traspasó con la mirada—. Se corrió la voz.

—¿Sobre *qué*?

—No quiero saberlo —repetí.

Ahora le tocaba a ella sonreír.

—Olvidas que te conocí de niño, Beauregard. Recuerdo el hueco que tenías entre los dientes y los granos de la barbilla. Y luego, cuando desarrollaste ese desafortunado tartamudeo...

Con las mejillas enrojecidas, Beau sacó pecho y casi tropezó con otra piedra. Esperaba que se le metiera en el talón.

—No desarrollé ningún tartamudeo —aseguró, indignado—. Se trató de un malentendido...

Di una patada al aire a escondidas, y la roca quedó atrapada entre mis dedos.

—¿Tartamudeabas?

—*No...*

Madame Labelle se rio.

—Cuéntale la historia, querido. Me gustaría mucho volver a oírla.

—¿Cómo...?

—Ya te he dicho que los burdeles son el lecho perfecto para cultivar rumores. —Le guiñó un ojo—. Y ese juego de palabras ha sido intencionado.

Beau parecía a punto de amotinarse. Aunque todavía tenía las mejillas sonrosadas, suspiró y se apartó un mechón lacio del ojo. La sonrisa de madame Labelle se ensanchó, llena de expectación.

—Está bien —cedió—. Como estoy seguro de que no has oído la verdadera versión de la historia, voy a aclarar el asunto. Perdí mi virginidad con una chica que sufría pselismofilia.

Lo miré fijamente, olvidando la piedra que tenía en la bota.

—¿Sufría qué?

—Pselismofilia —repitió, irritado—. Alguien que se *excita* con la *tartamudez*. Se llamaba Apollinia. Aquella bella sinvergüenza era doncella en el castillo y varios años mayor que yo.

Pestañeé una vez. Dos veces. Madame Labelle se rio más fuerte. Con regocijo.

—Continúa —lo instó.

Él la fulminó con la mirada.

—Puedes hacerte una idea de cómo se desarrolló nuestro encuentro. Creí que su fetiche era normal. Creí que a *todo el mundo* le gustaba la tartamudez en la alcoba. —Al ver el horror que reflejaba mi mirada, asintió con fervor—. Exacto. Ya lo has entendido, ¿no? Supongo que no te costará demasiado imaginarte cómo fue el encuentro con mi siguiente amante, el cual era miembro de la corte de mi padre. —Se tapó los ojos con una mano—. Dios. Nunca he pasado tanta vergüenza en toda mi vida. Me vi obligado a huir a estos mismos túneles para escapar de sus risotadas. No pude mirarlo a los ojos durante un año. —Bajó la mano, agitado—. Un *año*.

Un cosquilleo desconocido me subió por la garganta. Apreté los labios para impedir que saliera. Me mordí la mejilla.

Afloró de todos modos, y solté una risotada, nítida y clara, por primera vez en mucho tiempo.

—No tiene *gracia* —dijo Beau mientras madame Labelle se me unía. Se dobló sobre sí misma, agarrándose las costillas, con los hombros temblando—. ¡Dejad de reíros! ¡Parad ahora mismo!

Por fin, ella se limpió una lágrima del ojo.

—Oh, *Majestad*. Nunca me cansaré de esa historia, que es, de hecho, la historia que a mis chicas les parecía tan divertida. Si te sirve de consuelo, te confesaré que yo también he experimentado cierta cantidad de encuentros humillantes. A menudo yo misma hui por estos túneles cuando era una mujer joven. Hubo una vez en que vuestro padre me trajo aquí...

—No. —Beau negó con la cabeza rápidamente, agitando una mano—. No. No termines esa frase.

—... pero había un gato salvaje. —Se rio para sí misma, perdida en el recuerdo—. No nos fijamos en él hasta que fue demasiado tarde. El gato, eh, *confundió* una parte de la anatomía de vuestro padre, o mejor dicho, *dos* partes de la anatomía de vuestro padre...

Dejé de reírme.

—No sigas.

—... ¡con un juguete! Oh, deberíais haber oído los gritos de Auguste. Uno habría pensado que el gato le había destripado el hígado en vez de arañarle los...

—*Ya basta.* —Horrorizado, con los ojos saliéndosele de las órbitas, Beau le tapó la boca a mi madre. Ella resopló contra sus dedos—. Nunca, *nunca* vuelvas a contar esa historia. ¿He hablado claro? *Nunca más.* —Sacudió la cabeza con fuerza y cerró los ojos—. Menudas *cicatrices* psicológicas que me acabas de infligir, mujer. No puedo reprimir la imagen que ha conjurado el ojo de mi mente.

Ella le apartó la mano, aún riéndose.

—No seas tan mojigato, Beauregard. Seguro que entiendes las actividades extramatrimoniales de tu padre, dada la situación en la que estamos todos... —Su sonrisa se desvaneció, y la atmósfera juguetona se evaporó al instante. Se aclaró la garganta—. Lo que quiero decir es...

—No deberíamos hablar más. —Con una expresión sombría, y la boca tensa, Beau señaló hacia delante, a un túnel orientado al norte—. Estamos cerca del castillo. Escuchad.

Efectivamente, en cuanto guardamos silencio, oímos unos pasos apagados por encima de nosotros. De acuerdo. Me arrodillé para quitarme la bota. La sacudí para que cayera la puñetera piedra y me la volví a poner. No más distracciones. Aunque apreciaba el intento de madame Labelle de levantarnos el ánimo, aquel no era ni el momento ni el lugar.

Hacía semanas que no estaba la cosa para bromas.

El resto del trayecto caminamos en silencio. A medida que el túnel se empinaba gradualmente hacia arriba, las voces se oían más fuertes. Al igual que los latidos de mi corazón. No debería estar nervioso. Había visto al rey con anterioridad. Lo había visto, había hablado con él, cenado con él. Pero entonces yo era un cazador, estimado, agasajado, y él era mi rey. Todo había cambiado.

Ahora yo era un brujo (denostado) y él era mi padre.

—Todo irá bien —susurró madame Labelle como si me leyera el pensamiento. Me señaló. Luego se señaló a sí misma—. Eres su hijo. No te hará daño. Ni siquiera el arzobispo quemó a su hija, y Auguste es dos veces más hombre que el arzobispo.

Me estremecí ante aquellas palabras, pero ella ya se había dirigido hacia la fisura que atravesaba la pared de la caverna. La urdimbre y la trama de un tapiz apagado la cubría. Lo reconocí de mi breve estancia en el castillo: un hombre y una mujer en el Jardín del Edén, desnudos, caídos ante el Árbol de la sabiduría del bien y del mal. En sus manos, cada uno tenía un fruto dorado. Sobre ellos, había una serpiente gigante enroscada.

Contemplé fijamente el reverso de sus anillos negros y sentí náuseas.

—Mirad por aquí —susurró Beau, señalando una delgada abertura entre la pared y el tapiz. Menos de un centímetro. Al otro lado, había gente que iba de aquí para allá. Aristócratas y clérigos de todo el reino, de todo el mundo. Un puñado de sombreros negros, velos y encajes. Sus voces bajas reverberaban en un zumbido constante. Y allí, sobre un estrado de piedra, recostado en un trono colosal, estaba Auguste Lyon.

Desde la ventana que quedaba justo detrás de él, un rayo de luz solar perfilaba su silueta. Su corona dorada y su pelo rubio. Su capa de piel y sus anchos hombros. La posición de la ventana, del trono... Todo había sido colocado con una intención. Una ilusión óptica para engañar al ojo y hacerle creer que el mismo cuerpo del rey emitía luz.

A contraluz, sin embargo, su rostro quedaba en la sombra.

Pero sí que podía ver su sonrisa. Se reía con tres mujeres jóvenes, sin prestar atención a la reina Oliana, sentada a su lado. Ella tenía la mirada perdida, y una expresión tan pétrea como los escalones sobre los que estaba. En un rincón de la habitación, un puñado de aristócratas con ropajes extranjeros compartían sus rasgos. Compartían su ira. Los suyos eran los únicos rostros sobrios de la estancia.

El resentimiento se me agolpó bajo la piel mientras me fijaba en los bardos, en el vino, y en la comida.

Aquellas personas no lloraban al arzobispo. ¿Cómo se atrevían a burlarse de su muerte con aquella juerga? ¿Cómo se atrevían a mantener charlas banales bajo las capuchas negras? Ningún velo podría ocultar su apatía. Su hedonismo. Esa gente, esos *animales*, no merecían llorarlo.

Tras ese pensamiento, sin embargo, vino otro. La vergüenza consumió mi virtuosismo.

Yo tampoco.

Beau se sacudió el polvo de la capa y se alisó el pelo lo mejor que pudo. Aquello hizo poco por eliminar de su rostro la expresión de fatiga fruto del viaje.

—Está bien. Entraré de la manera apropiada y solicitaré una audiencia. Si está dispuesto...

—Nos harás llamar —terminé, con la boca seca.

—Correcto. —Asintió. Siguió asintiendo—. Exacto. ¿Y si no lo está...? —Aguardó, expectante, con las cejas cada vez más cerca del pelo con cada segundo que yo pasaba sin responder—. Necesito oírte confirmarlo, Reid.

—Saldremos corriendo. —Apenas moví los labios.

Madame Labelle me agarró de los antebrazos.

—Todo irá bien —repitió.

Beau no parecía convencido. Con una última inclinación de cabeza, siguió avanzando. De forma inconsciente, me acerqué al espacio entre la pared y el tapiz. Esperé a que reapareciera. Vi que dos figuras familiares se dirigían hacia el estrado.

Pierre Tremblay y Jean Luc.

Con expresión macilenta, afligida, Jean Luc empujó a Tremblay con una fuerza inapropiada. Los que se encontraban más cerca del rey guardaron silencio. Tremblay era un *vicomte*. Que Jean Luc lo atacara, en público, nada menos, era una ofensa punible. Frunciendo el ceño, Auguste despidió a las mujeres, y ambos subieron los escalones del estrado. Se inclinaron para susurrarle a Auguste al oído. Aunque no capté sus urgentes palabras, vi como Auguste fruncía todavía más el ceño. Mientras, Oliana se inclinaba hacia delante, preocupada.

Las puertas del salón del trono se abrieron de golpe un momento después, y Beau entró.

Unos jadeos audibles inundaron la cámara. Toda conversación cesó. Una mujer incluso emitió un pequeño chillido. Él le guiñó un ojo.

—*Bonjour* a todos. Siento haberlos hecho esperar. —A la familia de su madre, apostada en un rincón, les dijo con una voz más suave—: *Ia orana*.

Oliana se puso de pie con los ojos anegados en lágrimas.

—*Arava*.

—*Metua vahine*. —Al verla, la sonrisa de Beau adquirió una calidez genuina. Inclinó la cabeza para mirar a alguien que se encontraba detrás de ella y que yo no podía ver—. *Mau tuahine iti*. —Cuando unos chillidos encantados respondieron, el corazón me dio un vuelco de forma dolorosa. Dos personas. Violette y Victoire. Me acerqué, intentando en vano verlas, pero madame Labelle me hizo retroceder.

Auguste adoptó una postura tensa tras la llegada de su hijo. No apartó la mirada en ningún momento de Beau.

—El hijo pródigo ha vuelto.

—*Père*. —La sonrisita de Beau reapareció. Me di cuenta de que era su armadura—. ¿Me has echado de menos?

Reinaba un silencio absoluto mientras Auguste estudiaba el pelo revuelto de su hijo, sus ropas sucias.

—Me decepcionas.

—Te aseguro que el sentimiento es mutuo.

Auguste sonrió. Un gesto más prometedor que un cuchillo.

—¿Te crees muy listo? —preguntó en voz baja. Siguió sin molestarse en levantarse—. ¿Quieres avergonzarme con este despliegue de mal gusto? —Con un perezoso movimiento de muñeca, hizo un gesto alrededor de la cámara—. Por supuesto, continúa. Tu público está embelesado. Cuéntales lo decepcionado que estás con tu padre, el hombre que movió cielo y tierra durante semanas para encontrar a su hijo. Cuéntales cómo tu madre lloró hasta quedarse dormida todas esas noches, esperando noticias. Cuéntales cómo rezó a sus dioses y a los míos por tu regreso. —Ahora sí se puso de pie—. *Cuéntales*, Beauregard, cómo tus hermanas se escabulleron del castillo para encontrarte, cómo una bruja estuvo a punto de cortarles la cabeza.

Los jadeos resonaron a la vez que Beau abría los ojos de par en par.

Auguste bajó los escalones lentamente.

—Todos están esperando a oírlo, hijo. Cuéntales lo de tus nuevos compañeros. Cuéntales que llamas *amigos* a brujas y hombres lobo. A lo mejor ya se conocen. A lo mejor tus compañeros han asesinado a sus familias. —Curvó el labio—. Cuéntales cómo abandonaste a *tu* familia para ayudar a la hija de la *Dame des Sorcières*, la hija cuya sangre podría matarte no solo a ti, sino también a tus hermanas. Cuéntales cómo la liberaste. —Llegó por fin a donde estaba Beau, y los dos se sostuvieron la mirada. Durante un segundo. Durante una eternidad. La voz de Auguste se calmó—. He tolerado tus *indiscreciones* durante mucho tiempo, pero esta vez has ido demasiado lejos.

Beau intentó resoplar con desdén.

—No las has tolerado. Las has ignorado. Tu opinión ahora me trae más sin cuidado que nunca...

—Mi *opinión* —gruñó Auguste, golpeando con el puño la parte delantera de la camisa de Beau—, es la única razón por la que no te han atado a una pira. ¿Te atreves a ignorarme? ¿Te atreves a desafiar a tu padre por el sucio coño de una bruja? —Auguste lo empujó, y Beau tropezó, perdió el equilibrio. Nadie movió un dedo para ayudarlo.

—No es así...

—Eres un *niño*. —Ante el veneno que destilaba la voz de Auguste, los aristócratas retrocedieron aún más—. Un niño mimado en una torre de marfil, que nunca ha probado la sangre de la guerra ni ha olido el hedor de la muerte. ¿Ahora te crees un héroe, hijo? Después de quince días de jueguecitos con tus amigos, ¿te llamas a ti mismo guerrero? ¿Pretendes *salvarnos*? —Lo empujó de nuevo—. ¿Alguna vez has visto a un *loup garou* darse un festín con los intestinos de un soldado? —Y de nuevo—. ¿Alguna vez has visto a una *Dame blanche* disecar a un bebé recién nacido?

Beau se esforzó por ponerse en pie.

—Ellos... ellos no harían eso. Lou no...

—Además de un niño, eres un necio —dijo fríamente Auguste—, y esta es la última vez que me humillas. —Tras resoplar con fuerza por la nariz, se enderezó hasta erguirse del todo. Era tan alto como yo—. Pero no me acusarán de no ser piadoso. El capitán Toussaint me ha hablado de vuestro gran plan para derrotar a la *Dame des Sorcières*. Revélame la ubicación de su hija, y todo será perdonado.

No. El pánico me atenazó la garganta. Me olvidé de respirar. De pensar. Solo podía ver cómo Beau abría los ojos de par en par. Mientras daba un paso hacia su padre.

—No puedo hacer eso.

La expresión de Auguste se endureció.

—Me dirás dónde está, o te despojaré de tu título y tu herencia. —Se oyeron unos susurros espantados, pero Auguste los ignoró, alzando la voz con cada palabra. Con cada paso. Oliana se llevó una mano a la boca, horrorizada—. Te expulsaré del castillo y de mi vida. Te condenaré como a un criminal, un conspirador, y cuando ardas junto a tus amigos, no volveré a pensar en ti.

—Padre —dijo Beau, horrorizado, pero Auguste no se detuvo.

—*¿Dónde está?*

—Yo... —Beau dirigió la mirada a su madre sin poder evitarlo, pero ella simplemente cerró los ojos, llorando con suavidad. Él se aclaró la garganta y lo intentó de nuevo. Contuve la respiración—. No puedo decirte dónde está porque no lo sé.

—*¡Frère!* —Desde detrás de Oliana, una chica preciosa con el pelo negro y la piel tostada de Beau se lanzó hacia delante. Se me encogió el pecho cuando se retorció las manos, mientras Auguste la apartaba de Beau—. *Frère*, por favor, dile dónde está. ¡Díselo!

Su gemela corrió para unirse a ellos. Aunque pareció fulminarla con la mirada, le temblaba la barbilla.

—No tienes que *suplicar*, Violette. Por supuesto que se lo dirá. Las brujas trataron de *matarnos*.

—Victoire... —la voz de Beau sonó estrangulada.

Auguste entrecerró los ojos.

—¿Protegerías a una bruja antes que a tus propias hermanas?

—Deberíamos irnos. —Madame Labelle tiró en vano de mi brazo, con la respiración acelerada. Presa del pánico—. Esto ha sido un error. Está claro que Auguste no nos ayudará.

—No podemos *abandonarlo*...

Beau levantó las manos y gesticuló hacia los aristócratas.

—No tiene que *ser* así. No todos son malvados. Si nos *ayudaras*, podríamos eliminar a Morgane. Está en la ciudad, aquí, *ahora*, y planea hacer algo terrible durante el funeral del arzobispo.

Madame Labelle tiró de mí con más insistencia.

—Reid...

—En realidad sí eres un necio. —Auguste envolvió a cada una de sus hijas en un brazo posesivo, arrastrándolas hacia atrás—. Debo confesar, sin embargo, que no me sorprende. Aunque me detestes, te conozco, hijo. Conozco tus hábitos. Conozco tus ataduras. Por miedo a perder a tus nuevos amigos, sabía que me visitarías como parte de esta ridícula misión.

Vagamente, reconocí el sonido de unos pasos a mi espalda. De voces. Madame Labelle me arañó el brazo, y gritó mi nombre, pero mi mente reaccionó de forma demasiado lenta. Me di cuenta demasiado tarde. Me giré justo cuando Auguste dijo:

—Y sabía que para ello usarías los túneles.

—¡Fulano! —Los gritos de Beau inundaron la cámara mientras se giraba hacia nosotros con una mirada salvaje—. ¡Fulano!

La empuñadura de un Balisarda se estrelló contra mi sien, y no vi nada más.

Capítulo 34

El orgullo precede a la caída

Lou

Se había ido sin mí. Me quedé mirando fijamente mi *whisky*, inclinando el vaso, vertiendo lentamente el líquido en la barra de madera. Coco me arrebató el vaso sin perder el ritmo de su conversación con Liana. Al otro lado de la taberna, Ansel se encontraba sentado entre Toulouse y Thierry. Todos se rieron de un chiste que no pude oír.

Éramos una gran familia feliz.

Excepto que todos me miraban de reojo y susurraban, como si fuera un cañón a punto de disparar.

Y ese cabrón se había ido sin decir ni una palabra.

No sé qué había esperado, prácticamente lo había empapado en *whisky* y encendido la cerilla. Pero no había mentido. No había dicho nada que fuera *falso*. Eso era lo que él quería, ¿no? Quería la *verdad*.

No me mientas, había dicho.

Me alejé del bar, me acerqué a la sucia ventana de enfrente y miré a través de sus sucios cristales. Ya debería haber vuelto. Si se había ido cuando Deveraux decía que se había ido (mientras yo me quedaba arriba enfurruñada como una miserable) debería haber vuelto a través del túnel hacía media hora. Algo debía de haber pasado. A lo mejor tenía problemas...

¿Lo entiendes ahora? ¿Me convierte eso en un monstruo?

No. Te convierte en tu madre.

Me arrasó una nueva oleada de ira. *A lo mejor sí se había metido en problemas*. Y, esa vez, tal vez pudiera resolverlos sin mí. Sin magia.

El aliento de alguien me hizo cosquillas en el cuello, y al volverme me encontré cara a cara con Nicholina. Cuando me sonrió, fruncí el ceño. Restos de sangre manchaban sus dientes amarillos. De hecho, su piel fina como el papel era ahora su rasgo más pálido, más brillante y más blanco que la luna. Pasé junto a ella y me dirigí hasta una mesa vacía que había en un rincón.

—Quiero estar sola, Nicholina.

—No será complicado, *souris*. —Me rodeó, susurrando, haciendo gestos en dirección a Coco y Ansel, a Blaise y Liana, a Toulouse y a Thierry—. Te aseguro que ellos prefieren mantenerse alejados de nosotros. —Se acercó más. Sus labios me rozaron la oreja—. Los hacemos sentir incómodos.

La aparté con fuerza.

—No me toques.

Cuando me volví a sentar, dándole la espalda, flotó hasta la silla de enfrente. Sin embargo, no se sentó. Supuse que los espectros no se sentaban. Pues toda aura siniestra y extraña desaparecería en cuanto pegaran el culo a un taburete.

—No somos tan diferentes —susurró—. No le caemos bien a nadie.

—Yo caigo muy bien a la gente —espeté.

—¿De verdad? —Posó sus ojos incoloros sobre Blaise, que me vigilaba desde la barra—. Percibimos sus pensamientos, oh sí, y no ha olvidado cómo le aplastaste los huesos a su hijo y anhela darse un festín con tu carne, hacerte gemir y lloriquear.

Mi propia mirada se encontró con la de él. Curvó el labio en una mueca, dejando al descubierto unos afilados incisivos.

Joder.

—Pero no lloriquearás, ¿verdad? —Nicholina se acercó más a mi cara—. Lucharás, y morderás con tus propios dientes. —Entonces se rio, y ese sonido me recorrió la columna vertebral, y repitió—: No somos tan diferentes. Durante años, nuestro pueblo ha sido perseguido, y *a nosotras* nos ha perseguido incluso nuestro pueblo.

Por alguna razón, dudaba de que con «nosotras» se refiriera a ella y a mí, a las dos. No. Parecía que Nicholina no era la única que vivía en su propio mundo en estos tiempos. Tal vez había... otras. *Ya te he dicho que era rara*, me había confiado Gabrielle. *Demasiados corazones*. El corazón me pesó al recordarla. Pobre Gaby. Esperaba que no hubiera sufrido.

Ismay estaba sentada en una mesa con La Voisin, con los ojos rojos y vidriosos. Un puñado de sus hermanas se le habían unido. Babette se había quedado en el campamento de sangre para cuidar a los que eran demasiado jóvenes, demasiado viejos, o estaban demasiado débiles o enfermos para luchar.

No habían recuperado el cuerpo de Gaby.

—Te contaremos un secreto, ratoncita —susurró Nicholina, que recuperó mi atención—. No nos corresponde a nosotras hacer que se sientan cómodos. No, no, no nos corresponde. No, no, no. Les corresponde a *ellos*.

Me la quedé mirando.

—¿Cómo te convertiste en esto, Nicholina?

Volvió a sonreír, una sonrisa demasiado amplia que casi le dividía la cara.

—¿Cómo te convertiste *tú* en esto, Louise? Todos tomamos decisiones. Todos sufrimos las consecuencias.

—Me he hartado de esta conversación. —Suspiré con fuerza y yo también le eché una mirada furibunda a Blaise. Si no parpadeaba pronto, perdería un ojo. Nicholina, aunque demente a todas luces, tenía razón en una cosa: le devolvería el mordisco. Cuando Terrance le murmuró al oído, por fin apartó su mirada de mí y la dirigió a la puerta del almacén. Me puse tensa de inmediato. ¿Habían oído algo que yo me había perdido? ¿Reid había regresado?

Sin dudarlo, doblé un dedo y se me nubló la vista. Mi capacidad auditiva, sin embargo, se agudizó, y la voz baja de Terrance resonó como si estuviera a mi lado.

—¿Crees que está muerto? ¿El cazador?

Blaise sacudió la cabeza.

—Tal vez. No hay paz en el corazón del rey.

—Si *ha* muerto... ¿cuándo podremos marcharnos? —Terrance miró de reojo a La Voisin e Ismay, a las brujas de sangre a su alrededor—. No debemos lealtad a estos demonios.

Me entró un tic en la mejilla. Antes de darme cuenta de que mis pies se habían movido, ya estaba de pie, presionando los puños contra la mesa. El patrón se disolvió.

—Parece que tampoco le debes lealtad a Reid. —Ambos levantaron la vista, sorprendidos y enfadados, pero la ira que sentían ellos era una fracción de la que sentía yo. Nicholina aplaudió con alegría. Coco, Ansel y Claud se levantaron, vacilantes—. Si sospechas que está en peligro, ¿por qué sigues aquí? —Levanté la voz, que se convirtió en algo diferente a mí. Aunque me escuchaba a mí misma hablar, no era yo la que pronunciaba aquellas palabras—. Tenéis una deuda de por vida, *chuchos sarnosos*. ¿O queréis que reclame la de Terrance? —Alcé las manos.

Los dientes de Blaise destellaron cuando se levantó de su silla.

—¿Te atreves a amenazarnos?

—Louise... —dijo Claud en tono conciliador—. ¿Qué estás haciendo?

—Creen que Reid está muerto —escupí—. Están debatiendo cuándo abandonarnos.

Aunque La Voisin se rio, sus ojos permanecieron impasibles y fríos.

—Pues claro. A la primera señal de problemas, meten el rabo entre las piernas y huyen a su pantano. Son unos cobardes. Te dije que no confiaras en ellos, Louise.

Cuando Liana avanzó hacia la puerta, la cerré de golpe con un sencillo giro de muñeca. No aparté la mirada de la de Blaise en ningún momento.

—No iréis a ninguna parte. No hasta que me lo traigáis de vuelta.

Con un gruñido, la cara de Blaise comenzó a transformarse.

—No controlas a los *loups garous*, bruja. No te hicimos daño por el bien de tu compañero. Si él muere, también lo hará nuestra benevolencia. Ten mucho cuidado.

La Voisin se puso a mi lado, con las manos juntas.

—Tal vez seas *tú* quien deba tener cuidado, Blaise. Si invocas la ira de esta bruja, invocas la ira de todas nosotras. —Levantó una mano, y las brujas de sangre se levantaron todas a una, al menos una docena de ellas. Eran cuatro veces más que Blaise, Liana, y Terrance, que se pusieron espalda contra espalda, gruñendo por lo bajo. Extendieron las uñas hasta convertirlas en armas letales.

—Nos iremos de aquí en paz. —A pesar de sus palabras, Blaise desafío con la mirada a La Voisin—. No hay que derramar sangre.

—Qué fácil es olvidar. —La Voisin sonrió, y fue un gesto cruel y escalofriante. Cuando se bajó el cuello, dejando al descubierto tres cicatrices irregulares en el pecho, que correspondían a las marcas de unas garras, las brujas de sangre se sacudieron de expectación. Y yo también. *Dios*, yo también—. Nos *gusta* la sangre. Especialmente la nuestra.

La tensión de la habitación estaba a punto de explotar mientras ellos se miraban fijamente. Ansel empezó a interponerse entre ellos (Ansel, de entre todos los que estábamos allí), pero Claud lo detuvo al posarle una mano en el hombro.

—Retírate, muchacho. Antes de que te hagas daño. —A La Voisin y Blaise les dijo—: No olvidemos el gran propósito de todo esto. Tenemos un enemigo común. Podemos jugar limpio hasta que monsieur Diggory regrese, ¿no? —Le dirigió primero una mirada intensa a Blaise y luego se volvió hacia mí—: Porque *volverá*.

No se oyó ni una sola exhalación en el largo y tenso silencio que siguió.

Todos esperamos a que alguno diera el primer paso. Para atacar.

Por fin, Blaise soltó un hondo suspiro.

—Hablas con sabiduría, Claud Deveraux. Esperaremos el regreso de monsieur Diggory. Si no lo hace, mis hijos y yo abandonaremos este lugar y a sus habitantes… —Posó sus ojos amarillos en mí intactos—. Tienes mi palabra.

—Ah, excelente…

Pero La Voisin se limitó a sonreír.

—Cobarde.

Eso fue todo lo que hizo falta.

Con un gruñido, Terrance se lanzó sobre ella, pero Nicholina apareció, lo agarró por la garganta a medio transformar y apretó. Él gritó, voló por los aires, y aterrizó a los pies de Blaise. Liana ya estaba en movimiento. Fue al encuentro de Nicholina. Blaise la imitó de inmediato, igual que Ansel y Claud cuando se dieron cuenta de que las brujas de sangre querían, bueno, sangre. Con los cuchillos en la mano, Ismay y sus hermanas fueron a por las yugulares de los lobos, pero los lobos se movían más rápido y saltaron sobre la barra para ganar terreno. Aunque acorralado, y superado en número, Terrance se las arregló para arrebatarle el cuchillo a Ismay y lo atrapó bajo su pata. Cuando su otra pata le rasgó la cara, ella gritó. Coco se apresuró a intervenir.

Y yo... Toqué con un dedo el *whisky* de la barra. Solo con un dedo. Una única chispa, muy similar, y sin embargo muy diferente a la que había incendiado la taberna hacía mucho tiempo. ¿Había transcurrido tan solo una quincena?

Me habían parecido años.

Las llamas siguieron el rastro de *whisky* por la barra hasta llegar a Terrance...

No. A Terrance no. Incliné la cabeza, aturdida, mientras las llamas se topaban con otra persona en su lugar, y trepaban por sus pies, sus piernas, su pecho. Esta profirió un grito aterrorizada, presa del dolor, e intentó desesperadamente hacerse sangre en las muñecas para conjurar magia, pero yo me limité a reír. Me reí y me reí hasta que me picaron los ojos y me dolió la garganta, me reí hasta que su voz por fin atravesó la niebla de mi mente. Hasta que me di cuenta de a quién pertenecía esa voz.

—Coco —susurré.

La miré con incredulidad, y solté el patrón. Las llamas murieron al instante, y ella se derrumbó en el suelo. El humo se enroscaba en torno a su ropa, a su *piel*, y ella jadeó entre sollozos, intentando recuperar el aliento. El resto de la habitación se materializó de nuevo frente a mí, fragmento a fragmento: la expresión horrorizada de Ansel, el grito frenético de Terrance, Ismay yendo a toda prisa a por miel. Cuando trastabillé en su dirección, una mano me apretó la garganta.

—No te acerques más —gruñó La Voisin. Sus uñas se me clavaban en la piel.

—Basta, Josephine. —Deveraux se cernió sobre nosotras, más serio de lo que jamás lo había visto—. Suéltala.

A La Voisin se le salieron un poco los ojos de las órbitas al mirarlo, pero fue aflojando los dedos uno por uno. Aspiré con fuerza y me tambaleé hacia delante.

—*Coco.*

Pero tanto las brujas de sangre como los hombres lobo la protegieron cuando me acerqué, y apenas le vi nada más que el ojo por encima del brazo de Ansel. Él también se había colocado entre nosotras. Me quedé sin aliento ante la hostilidad de sus miradas. El miedo.

—Coco, lo siento mucho...

Intentó levantarse.

—Me pondré bien, Lou —dijo débilmente.

—Ha sido un accidente. Tienes que creerme. —Se me quebró la voz al final, aunque también se me partió el alma al ver las lágrimas que brotaban de sus ojos mientras me miraba. Se llevó una mano a la boca para contener sus sollozos—. Coco, por favor. Sabes que nunca habría... A propósito, nunca habría...

Detrás de ella, Nicholina sonrió. Su inflexión se hizo más profunda, cambió, cuando dijo:

—El Señor dice, «Venid, prestad atención, todos. El orgullo precede a la caída».

La irrevocabilidad de lo que había hecho se abrió paso a través de mí, y escuché su voz. Sentí su suave caricia en el pelo.

No has sido tú misma últimamente.

Ves lo que quieres ver.

¿Crees que quiero verte como... como qué? ¿Como el mal?

Enterré la cara en las manos, caí de rodillas y lloré.

CAPÍTULO 35

CABALLEROS DE VERDAD

Reid

U na cara.

Me desperté con una cara delante. Aunque estaba a pocos centímetros de la mía, me esforcé por enfocar sus rasgos. Estos permanecieron sin forma, oscuros, como si estuviera de pie en medio de una niebla espesa. Pero no estaba de pie. No podía mover mis extremidades. Las sentía más pesadas de lo normal, imposiblemente pesadas y frías. Excepto las muñecas. Las muñecas me ardían con fuego negro.

Abriendo y cerrando los ojos, letárgico, pues cada parpadeo suponía un enorme esfuerzo, intenté levantar la cabeza. Pero fue en vano, ya que se me desplomó sobre el hombro. Me pareció ver los contornos de unos labios moverse. Me pareció que una voz retumbaba. Volví a cerrar los ojos. Alguien me abrió la mandíbula y me metió algo amargo en la garganta. Vomité al instante.

Vomité hasta que me dolió la cabeza. Hasta que me ardió la garganta.

Cuando algo duro me golpeó en la cara, escupí sangre. El sabor del cobre, de la sal, me acrecentó los sentidos. Parpadeé más rápido, y sacudí la cabeza para despejarme. La habitación osciló. Por fin, el rostro que había frente a mí tomó forma. Cabello dorado y ojos grises (como los de un lobo) con una nariz recta y una mandíbula cincelada.

—Estás despierto —dijo Auguste—. Bien.

A mi lado, madame Labelle estaba sentada con las muñecas atadas detrás de su silla. Esa posición le habría dislocado los hombros. Aunque le goteaba sangre de un pinchazo en un lado de la garganta, tenía la mirada despejada. Fue entonces cuando me di cuenta de las jeringas de metal que Auguste llevaba en la mano. Las agujas ensangrentadas. Inyecciones.

Nos había drogado, *me* había drogado, como si fuera un... un...

La bilis me quemó la garganta.

Como si fuera un brujo.

Madame Labelle forcejeó con sus ataduras.

—De verdad, Auguste, esto no es necesario...

—¿Te atreves a dirigirte a Su Majestad de forma tan informal? —preguntó Oliana. Su voz se tronó más aguda, al igual que mi consciencia.

—Perdóneme —dijo madame Labelle—. Después de dar a luz al hijo de un hombre, por no mencionar todo aquello que precede a una ocasión tan dichosa, supuse que las formalidades estaban de más. Un error atroz.

Volví a vomitar, sin poder oír la respuesta de Oliana.

Cuando volví a abrir los ojos, la habitación me resultó más nítida. Había estanterías de caoba llenas de libros. Una repisa tallada en la chimenea. Retratos de reyes con bocas adustas y una alfombra bordada bajo los pies calzados con botas. Pestañeé y me centré en los *chasseurs* que se encontraban junto a las paredes. Había al menos una decena. Todos apoyaban la mano en el Balisarda de su cintura.

Excepto el *chasseur* que estaba detrás de mí. Él lo apoyaba en mi garganta.

Un segundo *chasseur* se colocó detrás de madame Labelle. Le hizo un corte, y ella se quedó quieta.

—Al menos límpialo —dijo débilmente—. No es un animal. Es tu *hijo*.

—Me insultas, Helene. —Auguste se agachó ante mí, pasando una mano frente a mi cara. Me costó seguirla—. Como si permitiera que mis sabuesos rozaran siquiera su propio vómito. —Chasqueó los dedos—. Debes concentrarte, Reid. La misa empieza en un cuarto de hora, y no puedo llegar tarde. El reino espera que llore a ese santurrón. No los decepcionaré.

El odio ardió a través de la neblina de mis pensamientos.

—Pero entiendes la importancia de guardar las apariencias, ¿no? —Arqueó una ceja rubia—. Nos has engañado a todos, después de todo. Incluido a él. —Vomité otra vez, pero él saltó hacia atrás justo a tiempo, con una mueca asqueada—. Entre nosotros dos, me complace que lo mataras. He perdido la cuenta de todas las veces que ese asqueroso hipócrita se atrevió a amonestarme, a *mí*, cuando resulta que todo este tiempo había estado metiéndole la verga a Morgane le Blanc.

—Sí, un asqueroso hipócrita —se hizo eco madame Labelle. El *chasseur* que estaba detrás de ella la agarró del pelo y le echó la cabeza hacia atrás para presionar más el filo contra su garganta. Ella no dijo nada más.

Auguste la ignoró e inclinó la cabeza para estudiarme.

—Tu cuerpo ha reaccionado a la inyección. Supongo que eso corrobora la afirmación de Philippe. Eres un brujo.

Me obligué a levantar la cabeza gracias a mi voluntad de hierro. Durante un segundo. Dos segundos.

—Me gustaría ver... *cómo su* cuerpo... reacciona a la cicuta... Majestad.

—¿Los has envenenado? —preguntó Beau con incredulidad. Otro *chasseur* lo retenía en un rincón de la habitación. Aunque su madre negó con la cabeza desesperadamente, no le hizo caso—. ¿Has puesto cicuta en esas inyecciones?

—En abundancia. —Auguste puso los ojos en blanco—. Ahora mismo no tolero demasiado bien el sonido de tu voz, Beauregard, o el de la tuya, Oliana —añadió cuando ella intentó interrumpirlo—. Si alguno de vosotros vuelve a hablar, se arrepentirá. —A mí me dijo—: Ahora, dime. ¿Cómo es posible? ¿Cómo llegaste a existir, Reid Diggory?

Se me escapó una sonrisa, sin pretenderlo, y escuché la voz de Lou en mi cabeza. Incluso entonces, atrapada entre bastidores con dos de sus enemigos mortales, no había tenido miedo. O tal vez había sido una estúpida. De cualquier manera, no sabía cuánta razón tenía.

—Creo —jadeé—, que cuando un hombre y una... bruja... se quieren mucho...

Anticipé el puñetazo. Cuando me alcanzó, mi cabeza golpeó la silla y permaneció allí, inmóvil. Una risa brotó de mis labios, y él me miró como si fuera un insecto. Algo insignificante. Tal vez lo fuera. La ironía me hizo reír de nuevo. ¿Cuántas veces había drogado yo a una bruja? ¿Cuántas veces había usado su misma expresión?

Me agarró por la barbilla, y me la apretó.

—Dime dónde está y te prometo una muerte rápida.

Mi sonrisa retrocedió lentamente. No dije nada.

Me apretó con más fuerza. La suficiente para magullarme.

—¿Te gustan las ratas, Reid Diggory? Son criaturas feas, por supuesto, pero bajo su asquerosa apariencia, debo admitir que comparto ciertos rasgos con ellas.

—No me sorprende.

Entonces sonrió. Una sonrisa helada.

—Las ratas son inteligentes. Ingeniosas. Valoran su propia supervivencia. Tal vez deberías prestar atención a su buen instinto. —Cuando seguí sin decir nada, su sonrisa se hizo más pronunciada—. Es curioso lo que ocurre cuando le colocas una rata en el estómago a alguien y la encierras, por ejemplo, colocándole una olla encima. Cuando aplicas calor a dicha olla, ¿sabes cómo responde la rata? —Sacudió mi cabeza por mí cuando no le respondí—. Se mete en el estómago del hombre, Reid Diggory. Muerde y araña, atraviesa la piel, la carne y los huesos para escapar del calor. *Mata* al hombre, para poder sobrevivir.

Por fin me soltó, y se sacó un pañuelo del bolsillo mientras se ponía de pie. Se limpió el vómito de los dedos con desagrado.

—A menos que desees ser ese hombre, te sugiero que respondas a mi pregunta.

Nos miramos fijamente. La forma de su rostro se emborronaba.

—No lo haré —dije simplemente.

Las palabras resonaron en el silencio de la habitación.

—*Mmm.* —Levantó algo de su escritorio. Pequeño. Negro. De hierro fundido—. Ya veo.

Me percaté de que era una olla.

Debería haber sentido miedo. Puede que la cicuta lo impidiera. Puede que fueran las náuseas o el dolor de cabeza. Él *quería* que le temiera. Podía verlo en sus ojos. En su sonrisa. Quería que temblara, que suplicara. Era un hombre que disfrutaba dominando a los demás. Controlándolos Yo lo había ayudado, una vez. Había sido su cazador. Había anhelado la aprobación de mi rey. Incluso después, cuando descubrí el papel que había jugado en mi concepción, en mi sufrimiento, en el fondo había querido conocerlo.

Había soñado con una versión de él a partir de las historias de mi madre. Había aceptado su visión idílica. Pero aquel hombre no era el de esos sueños.

Aquel hombre era real.

Aquel hombre era desagradable.

Y, mirándolo en aquel momento, todo lo que sentí fue decepción.

Poco a poco, colocó la olla en un soporte sobre el fuego.

—Te lo preguntaré una vez más, ¿dónde está Louise le Blanc?

—Padre... —comenzó Beau, suplicando, pero con un movimiento de la mano de Auguste, el *chasseur* le golpeó en la cabeza. Cuando se desplomó, aturdido, los gritos de Oliana llenaron el gabinete. Se precipitó hacia él, pero Auguste la agarró por la cintura, y la lanzó contra su escritorio. Se desplomó en el suelo con un sollozo.

—He dicho que *te calles* —gruñó Auguste.

Madame Labelle abrió los ojos de par en par.

—¿Quién eres tú? —La incredulidad tornó su voz aguda—. El hombre al que amaba *nunca* habría tratado a su familia de esta manera. Esa es tu *esposa*. Estos son tus *hijos*...

—No son hijos míos. —El rostro de Auguste se sonrojó al agarrar los brazos de la silla de madame Labelle. Mientras se agachaba para quedar a su altura, los ojos le ardieron con una intensidad salvaje—. Y tendré otro hijo, Helene. Tendré *cien* hijos más para fastidiar a esa zorra inhumana de pelo blanco. Mi legado perdurará. ¿Me entiendes? Me trae sin cuidado si tengo que follarme a todas las mujeres de este mundo olvidado de la mano de Dios, no me rendiré. —Levantó una mano hasta la cara de ella, pero no la tocó. Apretó los dedos con odio. Con anhelo—. Maldita y hermosa embustera. ¿Qué voy a hacer contigo?

—Por favor, detén esto. Soy yo. Soy Helene...

—¿Crees que te amé, *Helene*? ¿Crees que eres diferente de todas las demás?

—Sé que lo fui. —En sus ojos brillaba una convicción feroz—. No podía decirte que era una bruja, y por eso, te pido disculpas, pero me conocías, Auguste. Como un alma conoce a otra, tú me *conocías* a mí y yo a ti. Lo que compartimos fue real. Nuestro hijo nació del amor, no de la lujuria ni de la obligación. Tienes que replantearte este odio ciego y recordar. Soy la misma ahora que entonces. *Mírame, mon amour*, y míralo a él. Necesita nuestra ayuda...

Esta vez, Auguste sí la tocó, retorciéndole los labios entre los dedos. La acercó a meros centímetros de su rostro.

—Quizás te torture a ti también —susurró—. A lo mejor compruebo cuál de vosotros se desmorona primero.

Cuando ella lo miró, resuelta, el orgullo me llenó el pecho.

El amor.

—¿Por qué no funciona la cicuta contigo, *mon amour*? —Le soltó los labios para acariciarle la mejilla. Podrían haber sido las únicas dos personas en la habitación—. ¿Cómo es que no te afecta?

Ella levantó la barbilla.

—Me he inyectado cicuta todos los días desde el día en que nos conocimos.

—Ah. —Apretó los dedos arañando la piel de ella—. Pues vaya con lo de que era real.

La puerta del despacho se abrió de golpe, y un hombre con librea entró.

—Su Majestad, he retrasado a los sacerdotes tanto como ha sido posible. Insisten en que comencemos la misa de inmediato.

Auguste miró fijamente a mi madre durante un segundo más. Con un suspiro, la soltó y se recolocó el abrigo. Se alisó el pelo.

—Por desgracia, parece que nuestra conversación deberá esperar hasta después de la celebración. —Se puso unos guantes negros con una eficiencia fruto de la práctica y volvió a ponerse la máscara. Su personaje—. Os haré llamar cuando termine, si es que ella no ha llegado para entonces.

—Ya te lo hemos dicho. —Cerré los ojos para que el mundo dejara de girar. Para detener las náuseas. Cuando la oscuridad hizo que empeoraran, me forcé a abrirlos una vez más—. Morgane ya está en la ciudad.

—No hablo de Morgane, sino de su hija. —Su sonrisa atravesó la habitación, proyectando sombras en mi corazón. El primer atisbo de miedo—. Si la amas tanto como dices, ella vendrá a por ti. Y yo... —me dio una palmadita en la mejilla mientras pasaba—... la estaré esperando.

Si era posible, las mazmorras eran más frías que el aire del exterior. Se habían formado carámbanos en el rincón de nuestra celda donde el agua había goteado por la piedra. Se acumulaban en el suelo terroso. Me desplomé contra los barrotes de hierro, con los músculos débiles e inútiles. Aunque madame Labelle seguía teniendo las manos atadas, se frotó la manga contra el hielo para mojar la tela. Se arrodilló a mi lado para limpiarme la cara lo mejor posible.

—Con el emético y tu masa corporal —dijo, intentando, en vano, calmarme—, los efectos de la inyección deberían desaparecer pronto. Estarás en forma para cuando Louise venga a rescatarnos. Esperemos que se dé cuenta de lo que ha pasado antes de que nos coman las ratas.

—No va a venir. —Mi voz sonó hueca. Aburrida—. Tuvimos una pelea. Le dije que era como su madre.

Beau rompió un carámbano y lo estrelló contra la pared.

—Magnífico. Simplemente *magnífico*. Bien hecho, hermano. Estoy impaciente por ver qué aspecto tiene tu bazo cuando te coma una rata. —Se giró hacia madame Labelle—. ¿No puedes, no sé, hacernos salir de aquí por arte de magia? Sé que estás atada, pero todo lo que necesitas es mover el dedo, ¿verdad?

—Han recubierto las esposas con algún tipo de agente adormecedor. No puedo mover las manos.

—¿Puedes usar el codo en vez de eso? ¿Quizás un dedo del pie?

—Claro que podría, pero la magia sería torpe. Probablemente haría más mal que bien si lo intentara.

—¿De qué estás hablando?

—Manipular los patrones requiere destreza, Alteza. Imagínate que es como hacer un nudo con los codos o dedos de los pies, y podrás comprender la dificultad. Nuestras manos, nuestros dedos, nos permiten orientar la intención con mucha más especificidad. —El color de sus mejillas se intensificó mientras frotaba las mías—. Además, aunque está *claro* que tu gran agudeza mental ha pasado por alto este detalle, hay cuatro cazadores montando guardia al final del pasillo.

Él merodeó por la celda como un gato furioso. Levantó las esposas.

—¿Y qué?

—Por las tetas de la Madre. —Se frotó la frente contra el hombro, exasperada—. Me doy cuenta de que he logrado *muchas* hazañas mágicas extraordinarias durante el tiempo que hemos pasado juntos, Beauregard, pero incluso yo debo admitir la derrota cuando apenas cuento con mi puñetero codo para escapar de la prisión, derrotar a cuatro cazadores, y huir de la ciudad.

—Bueno, ¿y entonces qué vamos a hacer? —Beau levantó las manos—. ¿Sentarnos aquí y esperar a que mi padre nos dé de comer a sus ratas? Una táctica brillante, la que has usado para acercarte a él, por cierto —añadió con un gruñido—. Él *me amó una vez*, y una mierda.

—Beau —dije cuando madame Labelle se estremeció—. Cállate.

—No va a alimentar a sus ratas *contigo*, Alteza —dijo ella—. A pesar de su fanfarronería, no creo que quiera hacerte daño. Eres su único heredero legítimo. La ley dicta que no puede pasar el reino a Violette o Victoire.

Beau se giró para mirar al pasillo, cruzándose de brazos con furia.

—Sí, bueno, perdóname por ya no fiarme de tus instintos.

Contemplé su perfil mientras todas las piezas encajaban. Su visión idílica. Él también la había tenido. A pesar de la mala relación entre ambos, Beau había anhelado arreglar las cosas con su padre. Ese anhelo había acabado hecho añicos en público en el suelo del salón del trono.

Yo había perdido la idea que me había hecho de mi padre. Beau había perdido al de verdad.

—Esperad. —De repente, Beau se agarró a los barrotes, con los ojos clavados en algo al final del pasillo. Giré la cabeza. Me agarré a los barrotes para incorporarme mientras varios gritos de pánico resonaban detrás de la puerta. Mi esperanza creció, nítida e inesperadamente. ¿Podría ser...? ¿Había venido Lou a por nosotros, después de todo? Beau sonrió.

»Conozco esa voz. Menudo par de *bichos*.

Las pisadas se alejaron de nosotros, y con ellas, los gritos se desvanecieron. La puerta del pasillo se abrió con un chirrido.

Una cara traviesa se asomó por ella. Violette. Ignoraba *cómo* sabía que era ella y no su hermana, pero lo sabía. Por instinto. Avanzó por el pasillo hacia nosotros con una sonrisa. En su mano oscilaban las llaves de los guardias.

—Hola, *taeae*. ¿Me has echado de menos?

—Violette. —Beau metió la cara entre las rejas—. ¿Cómo es que estás aquí? ¿Por qué no estás en la misa?

Ella puso los ojos en blanco.

—Como si papá fuera a dejarnos salir del castillo con Morgane suelta.

—Gracias a Dios por estos golpes de suerte. De acuerdo. Tenemos que darnos prisa. —Extendió la mano con insistencia—. Los cazadores podrían volver en cualquier momento. Dame las llaves.

Ella se llevó una mano a su estrecha cadera.

—Tardarán un buen rato en volver. Les he dicho que Victoire se ha empalado accidentalmente con su espada y los muy idiotas se han precipitado escaleras arriba para ayudarla —se burló—. Como si Victoire fuera a empalar *accidentalmente* a alguien.

—Sí —dijo con impaciencia—, pero cuando no encuentren a Victoire desangrándose, sabrán que los has engañado. Volverán a bajar...

—No, no lo harán. Hay bastante sangre.

—*¿Qué?*

—Nos hemos colado en el almacén del boticario y hemos robado sangre de cordero. A Victoire se le ha ido un poco la mano con ella en las alfombras, pero tiene varios frascos más. Está haciéndoles perder el tiempo a los cazadores. Debería mantenerlos ocupados por lo menos un rato.

—¿Le has dado sangre a Victoire? —Beau parpadeó—. Se la has dado... ¿sin más? ¿Para jugar?

Violette se encogió de hombros.

—No había más remedio. Bueno —agitó las llaves delante de la nariz de su hermano—, ¿quieres que te rescate o no? —Cuando él intentó quitárselas, ella lo esquivó—. Ah, ah, ah. No tan rápido. Nos debes una disculpa.

—Sí. —Una segunda voz se unió a la suya, y Victoire se materializó. Sus ojos brillaban en la penumbra, y tenía las manos cubiertas de sangre. Le colocó a Beau la espada sobre la punta de la nariz—. Discúlpate por abandonarnos, *taeae*, y te liberaremos. —Arrugó la nariz al mirarme a mí y a madame Labelle—. A *ti*. A ellos no. Papá dice que se merecen que los quemen.

Beau intentó hacerse con las llaves de nuevo. Falló.

—Hacedme un favor, chicas. Cuando papá abra la boca, tapaos los oídos. Su voz os pudrirá el cerebro.

—Yo creo que es muy romántico. —Violette inclinó la cabeza para estudiarme en una espeluznante imitación de Auguste. Sin embargo, mientras que la mirada de él había sido fría, la de ella delataba cierta curiosidad tímida—. *Metua Vahine* ha dicho que lo ha sacrificado todo para salvar a la chica que ama. No le caes muy bien —añadió—, y tampoco tu *maman*, pero creo que te respeta.

—No es romántico. Es una estupidez. —Victoire dio una patada al barrote más cercano a mí antes de girarse hacia Beau—. ¿Cómo pudiste elegir a este hijo de puta en vez de a nosotras?

—No digas esa palabra —dijo Beau con brusquedad—. No la digas nunca más.

Ella agachó la cabeza, con una mirada furiosa pero tolerando la reprimenda.

—Nos abandonaste, *taeae*. No nos dijiste a dónde habías ido. Podríamos haber ido contigo. Podríamos haber luchado contra las brujas a tu lado.

Él le levantó la barbilla con un dedo.

—No todas las brujas son malas, *tuahine, tou*. Encontré algunas buenas. Tengo intención de ayudarlas.

—Pero ¡papá ha dicho que te desheredaría! —intervino Violette.

—Entonces supongo que serás reina.

Abrió los ojos de par en par.

—Siento no haberme despedido —dijo Beau en voz baja—, pero no me arrepiento de haberme ido. Tengo la oportunidad de formar parte de algo extraordinario. Juntos, todos nosotros, los humanos, brujas, hombres lobo, tal vez incluso sirenas, tenemos la oportunidad de cambiar el mundo.

—¿Sirenas? —jadeó Violette.

—Uf, cállate, Violette. —Victoire le arrebató las llaves y se las tiró a Beau—. Hazlo. —Le dirigió un asentamiento de cabeza—. Hazlo pedazos. Mejóralo. Y al final, cuando vuelvas a unir las piezas, quiero ser cazadora.

—¡Oh, yo también! —exclamó Violette—. Aunque quiero llevar vestido.

Beau manipuló torpemente la cerradura.

—Los cazadores serán parte de las piezas rotas, chicas.

—No. —Victoire negó con la cabeza—. No me refiero a los cazadores de ahora. Queremos ser como deberían haber sido los cazadores desde el principio, caballeros de verdad, a lomos de sus caballos para vencer a las fuerzas del mal. El *verdadero* mal. —Me señaló con la mano, al sudor que me cubría la frente, mientras Beau abría la celda—. No esto, sea lo que sea.

No pude evitar sonreír.

Para mi sorpresa, me devolvió la sonrisa. Pequeña. Vacilante. Pero allí estaba. La emoción me embargó al verla, y la fuerza de esta hizo que me tambaleara. Violette me rodeó la cintura para sujetarme. Para llevarme por el pasillo.

—Apestas, *taeae*. Y los caballeros de verdad no apestan. ¿Cómo rescatarás a tu bella doncella si no puede soportar tu olor?

Intentando reprimir una sonrisa, madame Labelle me sostuvo por el otro lado.

—Tal vez su hermosa doncella no necesite ser rescatada.

—Tal vez *ella* lo rescate a él —apostilló Victoire por encima de su hombro.

—Tal vez se rescaten el uno al otro —espetó Violette.

—Puede que sí —murmuré, sintiéndome más ligero de lo que me había sentido en siglos. Tal vez fuéramos capaces. Juntos. En un arrebato de comprensión, vi las cosas claras por primera vez: ella no era la única que estaba hecha pedazos. Yo había cerrado los ojos para esconderme de los monstruos, esperando que no me vieran. Con la esperanza de que si los enterraba a suficiente profundidad, desaparecerían.

Pero no habían desaparecido, y ya me había escondido suficiente.

Hecho un manojo de nervios, caminé más rápido, ignorando los latigazos de dolor que me atravesaban la cabeza. Tenía que encontrar a Lou. Tenía que encontrarla, *hablar* con ella...

Entonces ocurrieron varias cosas a la vez.

La puerta se abrió con un estruendo, y los cuatro cazadores echaron a correr hacia nosotros por el pasillo. Madame Labelle gritó:

—¡CORRED!

Al mismo tiempo, Victoire le cortó las ataduras de las muñecas. Reinaba el caos. Después de que madame Labelle moviera las manos, llovieron rocas del techo sobre las cabezas de los *chasseurs*. Una piedra del tamaño de mis puños golpeó a uno, y este se derrumbó. Los otros gritaron, presas del pánico, furiosos, e intentaron coordinarse, y someterla. Dos la abordaron mientras un tercero saltaba delante de nosotros. Con un grito de guerra, Victoire le pisó los pies. Cuando el *chasseur* se tambaleó hacia atrás, alejando de ella la hoja de su Balisarda, Violette le dio un puñetazo en la nariz.

—¡Idos de aquí! —Victoire lo empujó, y, tras perder el equilibrio, se cayó al suelo. Beau cortó sus ataduras con la espada que portaba ella—. ¡Antes de que sea demasiado tarde!

Me esforcé por alcanzar a madame Labelle.

—No puedo dejarla...

—¡Vete! —Madame Labelle sacó un brazo de debajo de los cuerpos de los *chasseurs* y destrozó la puerta—. ¡YA!

Beau no me dio opción. Echándome los brazos alrededor, arrastró mi debilitado e imposibilitado cuerpo por el pasillo. Sonaron más pisadas por encima de nosotros, pero torcimos a la izquierda en otro pasillo y desaparecimos tras un peñasco medio escondido en la pared.

—Date prisa —dijo Beau, desesperado, tirando de mí para que fuera más rápido—. La misa ha comenzado, pero los *chasseurs* que se han quedado en el castillo no tardarán en llegar. Rastrearán estos túneles. Vamos, *vamos*.

—Pero mi madre, nuestras *hermanas*...

—Nuestras hermanas estarán bien. Nunca les harán daño...

Aun así me resistí.

—¿Y madame Labelle?

No dudó en obligarme a bajar por otro túnel.

—Puede cuidarse sola.

—NO...

—*Reid*. —Me obligó a girarme para mirarlo a la cara, y me agarró de los brazos cuando perdió el equilibrio. Tenía los ojos abiertos de par en par. Salvajes—. Ha tomado una decisión, ¿de acuerdo? Ha elegido salvarte. Si vuelves ahora, no la ayudarás. Estarás desdeñando su decisión.

—Me sacudió con más fuerza—. Vive hoy, Reid, para que puedas luchar mañana. La recuperaremos. Aunque tenga que quemar el castillo yo mismo, la recuperaremos. ¿Confías en mí?

Me noté asentir, noté que tiraba de mí una vez más.

A nuestra espalda, los gritos de mi madre resonaban en la distancia.

CAPÍTULO 36

CUANDO UNA SERPIENTE

MUDA SU PIEL

Lou

M e envolví las piernas con los brazos, apoyé la barbilla en mis rodillas y contemplé el cielo de la tarde. Unas gruesas y pesadas nubes se habían arremolinado sobre mi cabeza, tapando el sol y augurando lluvia. Aunque todavía me picaban los ojos, pospuse el cerrarlos un poco más. Por debajo de mí, Coco y Ansel esperaban en mi habitación. Podía oír sus murmullos desde mi posición en el tejado. Al menos ese día de pesadilla nos había dejado algo bueno.

Al menos volvían a hablar, aunque fuera sobre mí.

—¿Qué podemos hacer? —preguntó Ansel, nervioso.

—Nada. —Coco tenía la voz ronca por culpa de las lágrimas... o quizás por el humo. La miel le había curado las quemaduras, pero no había reparado la barra. Claud había prometido pagar al posadero por los daños—. Al menos ahora lo sabe. Tendrá más cuidado.

—¿Y Reid?

—Volverá con ella. Siempre lo hace.

No me merecía a ninguno de ellos.

Como si tratara de levantarme el ánimo, el viento me acarició la cara, agitándome algunos mechones de pelo con su toque invernal. O tal vez no se tratara del viento. Tal vez fuera otra cosa. Otra *persona*. Sintiéndome un poco ridícula, miré hacia las vastas y omnipresentes nubes y susurré:

—Necesito tu ayuda.

El viento dejó de revolverme el pelo.

Animada, me senté y cuadré los hombros, dejando que mis pies colgaran del alero.

—Los padres no deben abandonar a sus hijos. El mío era una desgracia de ser humano, dale una patada de mi parte si está ahí arriba, pero incluso él trató de protegerme a su retorcida manera. Tú, sin embargo... deberías hacerlo mejor. Se supone que eres el padre de todos los padres, ¿no? O quizás, quizás eres la madre de todas las madres, y mi propia *maman* tenía razón. —Sacudí la cabeza, derrotada—. Tal vez tenga razón. Tal vez *sí* me quieres muerta.

Un pájaro trinó desde una ventana del piso inferior con un grito de asombro, y yo me asomé, tensa, por el borde del edificio, buscando lo que lo había perturbado. No había nada. Todo estaba tranquilo y en calma. Los restos de la última nevada todavía se aferraban a las esquinas de la azotea, pero ahora el cielo parecía no poder decidirse entre la nieve y la lluvia. Copos sin rumbo flotaban por el aire. Aunque unos pocos dolientes se reunían en la húmeda y estrecha calle de abajo, la mayoría no llegaría hasta que terminaran con la misa.

Las voces de Coco y Ansel se habían disipado hacía unos momentos. Tal vez habían ido a la habitación de ella para resolver sus propios problemas. Esperaba que lo hicieran. Juntos o separados, ambos merecían ser felices.

—Reid dice que estoy... perdida —murmuré. Aunque las palabras se desplegaron con suavidad, poco a poco, no podría haberlas detenido aunque lo hubiera intentado. Era como si hubieran estado flotando justo debajo de mi piel, esperando pacientes aquel momento. Aquella última y desesperada oportunidad. Aquella... oración—. Dice que estoy cambiando, que soy diferente. Y quizá tenga razón. Quizá no quiero verlo, o quizá no pueda. Lo que es seguro es que aquí he liado una buena. Los hombres lobo se han ido, y si mi madre no me mata, ellos lo harán. Y para colmo, La Voisin sigue *vigilándome* como si estuviera esperando algo, Nicholina cree que somos grandes amigas, y no sé qué hacer. No tengo las respuestas. Se supone que ese es tu trabajo.

Resoplé y me di la vuelta, la ira me invadió el corazón de forma intensa y repentina. Escupí las palabras más rápido. Más parecidas a un torrente que a un goteo.

—Leí tu libro, ¿sabes? Decías que nos tejiste en el vientre de nuestras madres. Si eso es cierto, supongo que me gastaste una broma, ¿no? Para ella soy un arma. Quiere usarme para destruir el mundo. Cree que mi propósito es morir en el altar, y tú... tú me *entregaste* a ella. Ahora no soy ninguna inocente, pero lo fui una vez. Era un bebé. Una *niña*. Me entregaste a una mujer que me iba a matar, a una mujer que nunca me amaría... —Me interrumpí, respirando con fuerza y apretándome las palmas de las manos contra los ojos, tratando de aliviar la creciente presión—. Y ahora estoy intentando no desmoronarme, pero ya lo *estoy*. Estoy hecha pedazos. No sé cómo arreglarlo... cómo arreglarme a mí, a Reid o a *nosotros*. Y él... él me *odia*... —De nuevo, me atraganté con las palabras. Un absurdo estallido de risa subió por mi garganta—. Ni siquiera sé si eres real —susurré, riendo y llorando y sintiéndome infinitamente tonta. Me temblaban las manos.

»Lo más probable es que solo esté hablando conmigo misma como si fuera una chiflada. Y puede que esté loca. Pero... si *eres* real, si me *escuchas*, por favor, *por favor*...

Bajé la cabeza y cerré los ojos.

—No me abandones.

Me quedé allí sentada, con la cabeza gacha, durante varios largos minutos. Lo suficiente para que mis lágrimas se congelaran en mis mejillas. Lo suficiente para que los dedos dejaran de temblarme. Lo suficiente para que la ventana de mi alma se cerrara lenta y silenciosamente. ¿Estaba esperando alguna señal? Lo ignoraba. De cualquier forma, la única respuesta que recibí fue el silencio.

El tiempo pasó sin que me diera cuenta. Solo el silbido de Claud Deveraux, que precedió a su entrada en la azotea, me sacó de mi ensoñación. Casi me reí. Casi. Nunca había conocido a una persona tan sintonizada con la melancolía; a la primera señal de introspección, parecía *aparecer* como un muerto de hambre ante un banquete de pasteles y dulces.

—No he podido evitar escuchar —dijo en tono ligero mientras se dejaba caer en el alero a mi lado—, tu magnífica conversación con la bóveda celeste.

Puse los ojos en blanco.

—Pues claro que podías haberlo evitado.

—Tienes razón. Soy un sucio fisgón y no tengo intención de disculparme. —Me dio un codazo en el hombro con una pequeña sonrisa—. Creí que deberías saber que Reid acaba de llegar, de una pieza, aunque no ileso.

Transcurrió un instante mientras asimilaba sus palabras.

De una pieza, aunque no ileso.

Me tambaleé al ponerme en pie, casi me resbalé y por poco me precipité al vacío con las prisas por llegar al hueco de la escalera. Cuando Claud me tomó de la mano y me dirigió una suave negación de cabeza, el corazón me dio un vuelco.

—Dale unos momentos para que se reponga, *chérie*. Ha pasado por una prueba muy dura.

—¿Qué ha pasado? —exigí saber, apartando la mano.

—No he preguntado. Él mismo nos lo dirá cuando esté preparado.

—Oh. —Esa simple palabra reflejó mi dolor mejor de lo que lo habrían hecho cien otras. Ahora, yo era parte de ese *nos*, una desconocida, ya no conocía sus pensamientos o secretos más íntimos. Lo había alejado, temerosa, no, casi enloquecida, de que él se alejara primero. No había sido así, por supuesto, pero el efecto seguía siendo el mismo. Y era culpa mía... *Todo* era culpa mía. Despacio, me senté de nuevo en el alero—. Ya veo.

Claud arqueó una ceja.

—¿De verdad?

—No —respondí, hundida en la miseria—. Pero eso ya lo sabías.

Transcurrieron unos momentos mientras observaba a los dolientes (pobres y desamparados, en su mayoría, con sus ropas negras andrajosas) correr por la calle. El campanario había repicado hacía un cuarto de hora. Pronto, la misa terminaría, y la procesión del entierro recorrería esas calles, para que los plebeyos se despidieran. El cuerpo del arzobispo pasaría directamente por debajo de nosotros de camino al cementerio, a la tumba de la Iglesia en las catacumbas, a su última morada. Aunque todavía no me *caía bien* madame Labelle, apreciaba lo previsora que había sido con aquel lugar. Si había una persona en todo el reino que había querido al arzobispo, era Reid. Debería haber sido él quien preparara el cuerpo esa mañana. Debería haber sido él quien hablara sobre el difunto. Incluso ahora, debería haber sido él quien lo velara.

En cambio, se veía obligado a esconderse en una sucia posada.

Se perdería la extremaunción del arzobispo. Se perdería el acto de enterrar a su ser querido. Se perdería su último adiós. Me obligué a apartar aquel pensamiento, pues las lágrimas amenazaron con escapar una vez más. Parecía que lo único que hacía últimamente era llorar.

Al menos allí, Reid lo vería por última vez. Si Morgane no nos mataba antes.

Percibí, más que vi, cómo Claud me estudiaba. Parecía sumido en una indecisión paralizante. Compadeciéndome de él, me giré para decirle que parara, para decirle que estaba bien, pero algo que halló en mi mirada pareció fortalecer su determinación. Se quitó el sombrero de copa con un suspiro.

—Sé que estás preocupada. Aunque llevo mucho tiempo considerando el momento y el lugar adecuados para decírtelo, quizás pueda aliviar tu conciencia liberando la mía. —Miró al cielo con expresión nostálgica—. Conocí a tu madre y no te pareces en nada a ella.

Parpadeé. Aquello me tomó totalmente por sorpresa.

—¿Cómo?

—Posees las mejores partes de ella, por supuesto. La vitalidad. La inteligencia. El encanto. Pero tú no eres ella, Louise.

—¿De dónde la conoces?

—No la conozco. Ya no. —La melancolía de su mirada se desvaneció, y fue reemplazada por algo parecido a la pena—. En otra época, parece que hace mil años, la amé con una pasión más intensa que cualquier otra que haya conocido. Creía que ella también me amaba.

—Santo cielo. —Me llevé una mano a la frente y cerré los ojos. Ahora cobraba sentido su extraña e inquietante fascinación por mí. Probablemente, el pelo blanco no había ayudado—. Mira, Claud, si estás a punto de decirme que empatizas con ella, o que todavía la amas, o que has estado conspirando en secreto con ella todo el tiempo, ¿te importa esperar un poco? He pasado el peor día de mi vida, y no creo que pueda soportar una traición en este momento.

Su risa no me tranquilizó mucho.

—Querida niña, ¿realmente crees que admitiría tal conexión si estuviera aliado con ella? No, no, no. Yo conocí a Morgane antes de que ella... cambiara.

—Ah. —Ahí estaba esa palabra otra vez. Me atormentaba, llena de dolor contenido y de verdades inconfesables—. No te ofendas, pero no eres el tipo de mi madre.

Entonces soltó una risa, más fuerte y más genuina que antes.

—Las apariencias pueden ser engañosas, niña.

Lo fulminé con la mirada y repetí mi pregunta anterior. Ahora parecía importante.

—¿Qué *eres*, Claud?

No dudó. Sus ojos marrones, cálidos y anegados de preocupación, podrían haberme atravesado el alma.

—¿Qué *eres* tú, Louise?

Me miré las manos, pensando en aquella pregunta. Me habían llamado muchas cosas inapropiadas en mi vida. La mayoría no se atrevían a repetirlas, pero una había permanecido conmigo, se había deslizado bajo mi piel y moldeado mi carne. Me habían llamado mentirosa. Me habían llamado...

—Una víbora —respondí, con dificultad para respirar—. Supongo que... soy una víbora. Una mentirosa. Una embustera. Condenada a arrastrarme sobre mi vientre y a comer polvo todos los días de mi vida.

—Ah. —Para mi sorpresa, Claud no esbozó mueca alguna de asco o repugnancia. En vez de eso, asintió, con una sonrisa de reconocimiento en sus labios—. Sí, estoy de acuerdo con esa evaluación.

La humillación me hizo agachar la cabeza.

—Estupendo. Gracias.

—Louise. —Con un solo dedo, me levantó la barbilla, obligándome a mirarlo. Esos ojos, antes cálidos, ahora brillaban con intensidad, con convicción—. Lo que eres ahora no es lo que siempre has sido, ni es lo que siempre serás. *Eres* una víbora. Muda la piel si ya no te sirve. Transfórmate en algo diferente. Algo mejor.

Me dio un golpecito en la nariz antes de levantarse y ofrecerme su mano.

—Tanto las brujas de sangre como los hombres lobo se quedarán hasta después del funeral. Cosette habló con mucha pasión a las primeras en tu nombre, y con el regreso de Reid, los segundos están ansiosos por pagar su deuda de sangre. Sin embargo, yo no esperaría un ramo de rosas de ninguna de las partes en un futuro próximo, y... Bueno, también evitaría Le Ventre durante toda mi vida si estuviera en tu lugar.

Acepté su mano, levantándome con pesadez.

—Reid.

—Ah, sí. Reid. Me temo que he omitido cierto detalle diminuto sobre él.

—¿Qué? ¿Qué es lo que...?

Me dio un beso en la frente. Aunque el gesto debería haber sido discordante por su intimidad, lo sentí... reconfortante. Como un beso que me podría haber dado mi padre si... Bueno, si las cosas hubieran sido diferentes.

—Ha preguntado por ti. Con bastante insistencia, de hecho, pero nuestra fiel Cosette ha insistido en que se bañara antes de verte. Estaba cubierto de vómito, ¿qué te parece?

—¿Vómito? —Mis rápidos parpadeos solo aumentaron mi confusión—. Pero...

La puerta del hueco de la escalera se abrió de golpe, y allí, llenando cada centímetro del marco, estaba Reid.

—Lou. —La expresión de su rostro se derrumbó en cuanto me vio, y cruzó el tejado en dos zancadas para estrecharme entre sus brazos. Enterré mi cara en su abrigo, mis lágrimas humedecieron la tela, y lo abracé con más fuerza todavía. Su cuerpo temblaba—. Se la han llevado, Lou. Se han llevado a mi madre, y no va a volver.

CAPÍTULO 37

EL FUNERAL

Reid

Las primeras gotas de lluvia señalaron el comienzo de la procesión fúnebre. Las gotas me acribillaron la mano. Heladas. Cortantes. Como diminutos cuchillos. Lou había abierto la ventana de nuestra habitación para ver como la multitud crecía. Un mar de negrura. De lágrimas. Pocos se molestaron en abrir los paraguas, incluso cuando la lluvia cayó con más fuerza. Más rápido.

Los guardias se encontraban a ambos lados de la calle con uniformes oscuros, con las caras y las armas al descubierto. *Chasseurs* vestidos de negro permanecían erguidos entre ellos. A algunos los reconocí. A otros no.

Allí abajo, en algún lugar, las *Dames rouges* y los *loups garous* aguardaban cualquier señal de Morgane. Toulouse y Thierry no se habían unido a ellos. Por mi culpa. Por mi propio orgullo obstinado. Deveraux, sin embargo, había insistido en ayudar. También había insistido en que Lou y yo nos quedáramos escondidos. Aunque había dicho que nuestra ausencia podría disuadirla de hacer tonterías, yo sabía que no se trataba de eso. Nos había regalado privacidad, *me* había regalado privacidad, para ver la procesión. Para… llorar.

—Con todo esto —dijo, en tono objetivo—, no podemos permitir que el rey o los *chasseurs* te vean entre la multitud. El caos se desataría, y a nuestra querida dama le *encanta* el caos.

En la habitación de al lado, el agua borboteaba a través de las tuberías. Supuse que era para el baño de Coco. Como a nosotros, Deveraux la había mandado, junto con Beau y Ansel, a sus respectivas habitaciones, mientras afirmaba:

—Vuestras caras son demasiado conocidas.

Parecía una tontería, después de todo, esconderse mientras los demás se ponían en peligro. Eso no había sido parte del plan.

No me atreví a protestar.

Era probable que Ansel estuviera observando la procesión desde su ventana. Esperaba que lo estuviera haciendo. No era un *chasseur*, pero podría haberlo sido, en el pasado. Podría haber llegado a querer al arzobispo. Si no a querer... ciertamente lo habría respetado. Lo habría temido.

Me preguntaba si había alguien allí abajo que hubiera querido de verdad a nuestro patriarca.

No tenía hermanos, ni padres. Ni esposa. Al menos, no en el sentido legal. En el bíblico, sin embargo, había habido una mujer que lo había engañado para llevarlo a la cama, para concebir a una hija destinada a destruirlo...

No. Detuve aquel pensamiento antes de que llegara a formarse del todo. Morgane tenía la culpa, sí, pero él también. Ella no lo había obligado. Él había tomado una decisión. No era perfecto.

Como si me leyera el pensamiento, Lou me apretó la mano.

—Algunas veces duele recordar a los muertos por quiénes eran, en lugar de por cómo queríamos que fueran.

Le devolví el apretón pero no dije nada. Aunque sabía que ella anhelaba tomarse un baño y cambiarse de ropa, la bañera estaba vacía. La ropa nueva que Deveraux le había llevado permanecía doblada en la cama. Sin tocar. En vez de eso, se quedó a mi lado, conmigo, mirando la calle a nuestros pies. Escuchando la lluvia, los débiles cantos de la liturgia de Saint-Cécile. Esperando a que la procesión pasara por el East End hasta el cementerio que había más allá.

No podía ni imaginarme lo que ella sentía. ¿También lo lloraba? ¿También sentía la aguda pérdida de un padre?

¿Habrá un funeral?

Sí.

Pero... era mi padre. Me acordé de lo mucho que había abierto los ojos en el Hueco. De su vacilación. Sus remordimientos. Sí, había sentido algo. No pena, exactamente, pero tal vez... arrepentimiento.

Se acostó con la Dame des sorcières. *Una bruja.*

No podía culparla. No podía odiarla por lo que había pasado. Yo había tomado una decisión, igual que había hecho el arzobispo. Puede que Lou hubiera mentido. Puede que me hubiera engañado. Pero cuando la había seguido hasta el Chateau, había elegido mi destino, y lo había hecho a sabiendas. Había elegido esa vida. Ese amor. Y con mis dedos temblando en los suyos, con su corazón latiendo junto al mío, seguía eligiéndolo.

Seguía eligiéndola.

El rey no puede honrarlo.

En el pasado habría estado de acuerdo con ella. Un hombre manchado por la brujería no merecía ningún honor. Solo merecía odio, solo merecía ser juzgado. Pero ahora... Me había cansado de odiar a aquel hombre. De odiarme a mí mismo. Ese odio podría aplastar a cualquiera. Incluso en ese momento, pesaba mucho, era una carga que llevaba atada al cuello. Que me estrangulaba. No podría aguantar mucho más tiempo. No quería hacerlo.

Tal vez... tal vez Lou tuviera razón. Tal vez una pequeña parte de mí *sí* estaba resentida con su magia. Mi magia. La parte diminuta que todavía conectaba con el hombre de abajo. Después de ver lo que había visto, habría sido fácil despreciar la magia. No podía negar sus efectos en Lou. Y sin embargo... Lou había demostrado una y otra vez que no era malvada. A pesar de esos cambios, a pesar del daño que nos habíamos hecho, ella seguía allí, sujetándome la mano, consolándome, mientras yo lloraba al padre al que ella nunca conocería. El padre que yo le había quitado.

La magia era solo una parte de ella.

Era parte de mí.

Y encontraríamos una forma de avanzar juntos.

Las voces del exterior se volvieron más ruidosas, se elevaron sobre la multitud, y una asamblea de clérigos giró por nuestra calle. Se movían despacio, de forma regia, y entonaban la canción de despedida, mientras sus vestimentas sagradas quedaban empapadas por la lluvia. Detrás de ellos, un pequeño ejército de *chasseurs* rodeaba el carruaje real. Auguste y Oliana se habían vestido con ropas de luto. Sus expresiones eran solemnes. Falsas.

Entre nosotros dos, me alegro de que lo hayas matado.

Más carruajes doblaron la esquina, los de notables miembros de la aristocracia. Al final de la fila, apareció el carruaje Tremblay. Al menos, el dolor en el rostro de Pierre parecía genuino. No podía ver a Célie detrás de él, pero sus lágrimas también lo habrían sido. El arzobispo la había adorado.

—Reid. —La voz de Lou se convirtió en un susurro, y miró fijamente el último carruaje cuando apareció a la vuelta de la esquina—. Es él.

Hecho de un oro más brillante que la corona del rey, grabado con ángeles, calaveras y huesos de cruz, su nombre y las fechas relativas a su servicio, el ataúd del arzobispo permanecía cerrado.

Por supuesto que sí. Me dolía el pecho. Había acabado irreconocible, al final. No quería imaginarlo, no quería recordar...

Deslizo la mano, y Morgane silba mientras la sangre corre por su garganta. La bruja de ébano se acerca.

—Déjala ir, o él morirá.

—Manon —dice Lou—. No lo hagas. Por favor...

—Cállate, Lou. —Sus ojos brillan totalmente enloquecidos. El arzobispo sigue gritando. Las venas que fluyen por debajo de su piel se ennegrecen, al igual que sus uñas y su lengua. Lo miro fijamente con horror.

No. Sacudí la cabeza, dejé caer la mano de Lou y me tambaleé hacia atrás. Una vez había sido inmortal a mis ojos. Fuerte e inquebrantable. Un dios en sí mismo.

—Sé que duele —susurró Lou—. Pero tienes que llorarlo, Reid, o nunca podrás dejarlo ir. Necesitas *sentir*.

Al oír sus palabras, otro recuerdo inesperado afloró en mi mente:

La sangre gotea de mi nariz. El padre Thomas dice que soy un niño odioso por pelear con las ratas callejeras de la ciudad. Me guardan rencor por haber acabado en la Iglesia, por la comida caliente que me llena la panza y la cama blanda de mi habitación. El padre Thomas dice que me encontraron en la basura. Dice que debería haber sido uno de ellos, que debería haber crecido en el mismo tugurio de pobreza y violencia que ellos. Pero no fue así, y la comida caliente de la Iglesia me hizo crecer y la cama blanda de la Iglesia me hizo fuerte.

Y les había dado una lección por atacarme por la espalda.

—¡*Vuelve aquí!* —*El padre Thomas me persigue a través de la catedral con una vara. Pero él es viejo y lento, y yo lo dejo atrás, riendo. Se dobla sobre sí mismo para recuperar el aliento*—. *Niño perverso, esta vez informaré al arzobispo, ¡recuerda mis palabras!*

—¿*Informarme de qué?*

Esa voz me hace tropezar, me hace caer. Cuando miro hacia arriba, el arzobispo se cierne sobre mí. Solo lo he visto de lejos. Desde el púlpito. Después de que los sacerdotes me obliguen a lavarme las manos y la cara. Después de que me golpeen en la espalda para que no pueda sentarme durante la misa.

Me siento de todos modos.

El padre Thomas se incorpora, respirando con dificultad.

—*El chico casi deja lisiado a un niño en el East End esta mañana, Eminencia.*

—¡*Me ha provocado!* —*Me limpio la sangre de la nariz, mirándolos con atención. La vara no me da miedo. No le temo a nada*—. *Él y sus amigos me han tendido una emboscada.*

El arzobispo arquea las cejas ante mi insolencia. Ante mi desafío.

—¿*Y tú los has castigado?*

—*Han recibido lo que merecían.*

—*En efecto.* —*Ahora me rodea, estudiándome. A pesar de mi enfado, me siento intranquilo. He oído hablar de sus soldados. Sus cazadores. Tal vez he crecido demasiado. Tal vez soy demasiado fuerte*—. *Que la justicia siga corriendo como un río, y la virtud como un arroyo que nunca se queda quieto.*

Parpadeo.

—¿*Qué?*

—¿*Cómo te llamas, joven?*

—*Reid Diggory.*

Repite mi nombre. Lo saborea.

—*Te espera un futuro brillante, Reid Diggory.* —*Al padre Thomas le dirige un asentimiento*—. *Cuando termines con el chico, tráelo a mi estudio. Empezaremos su entrenamiento de inmediato.*

Abajo, en la calle, Jean Luc marcha en mi lugar junto al ataúd. Junto al arzobispo. Incluso desde lejos, incluso bajo la lluvia, pude ver que tenía los ojos rojos. Hinchados. Lágrimas calientes empaparon mis propias mejillas. Me las enjugué con furia. Antaño, nos habríamos consolado mutuamente. Habríamos llorado juntos. Pero ya no.

—*Otra vez, Reid.*

La voz del arzobispo ahoga el ruido del patio de entrenamiento. Levanto mi espada y me enfrento a mi amigo. Jean Luc asiente con la cabeza, alentador.

—*Puedes hacerlo* —*susurra, levantando su espada de nuevo. Pero no puedo hacerlo. Me tiembla el brazo. Me duelen los dedos. La sangre mana de un corte en mi hombro.*

Jean Luc es mejor que yo.

Una parte de mí se pregunta por qué estamos aquí. Los iniciados que nos rodean son más mayores. Ellos son hombres, y nosotros somos niños. Y los de catorce años no tienen esperanza de convertirse en chasseurs.

—*Cada día eres más fuerte.* —*Me recuerda el arzobispo dentro de mi cabeza*—. *Canaliza tu ira. Afílala. Conviértela en un arma.*

La ira. Sí. Jean Luc y yo estamos repletos de ira.

Esta mañana, Julien nos ha acorralado en el almacén. El capitán Aurand se había ido con los otros. Estábamos solos.

—*Me importa un bledo si eres el favorito del arzobispo* —*ha dicho, colocando su cuchillo en mi garganta. Aunque es varios años mayor que Jean Luc y que yo, su cabeza solo me llega a la barbilla*—. *Cuando el* chasseur *Delcour se retire, su posición será mía. Ningún cochambroso como tú llevará un Balisarda.*

Cochambroso. Así me llaman aquí.

Jean Luc le ha dado un puñetazo en el estómago, y hemos corrido.

Ahora, giro mi espada hacia Jean Luc, decidido. No soy ningún cochambroso. Soy digno de la atención del arzobispo. De su amor. Soy digno de los chasseurs. *Y se lo demostraré a todos.*

Unas manos pequeñas me rozaron el hombro, me guiaron hasta la cama. Me senté sin pensar. Me temblaban los labios, pero luché ferozmente contra la desesperación que crecía dentro de mí. La desesperanza. Se había ido. El arzobispo se había ido, y nunca iba a volver.

Yo lo había matado.

Los vítores de la multitud ahogan el rugido de dolor de Jean Luc. No me detengo. No vacilo. A pesar de mi abrigo demasiado pequeño, de la bilis que me sube por la garganta, ataco con rapidez y seguridad. Le arrebato la espada de la mano. Incapacitándolo.

—Ríndete —digo, levantando mi bota hasta su pecho. La adrenalina me marea. Nubla mis pensamientos.

He ganado.

Jean Luc enseña los dientes, agarrándose la pierna herida.

—Me rindo.

El capitán Aurand se interpone entre nosotros. Me levanta el brazo.

—El ganador.

La multitud enloquece y Célie es la que más grita.

Creo que la amo.

—Felicidades —dice el arzobispo, entrando en la arena. Me da un fuerte abrazo—. Estoy muy orgulloso de ti, hijo mío.

Hijo mío.

El orgullo que se refleja en sus ojos hace que los míos me escuezan y piquen. Mi corazón amenaza con estallar. Ya no soy el cochambroso. Soy el hijo del arzobispo, el chasseur Diggory, y este es mi sitio. Lo abrazo tan fuerte que jadea, riéndose.

—Gracias, padre.

Detrás de nosotros, Jean Luc escupe sangre.

—Maté a mi padre —susurré. Lou me acarició la espalda.

—Lo sé.

El calor me invade cuando sus labios tocan los míos. Lentamente, al principio, e inseguros. Como si temiera mi reacción. Pero no tiene nada que temer de mí.

—Célie —susurro, mirándola con asombro.

Ella sonríe, y el mundo entero se tambalea ante su belleza.

—Te amo, Reid.

Cuando sus labios descienden una vez más, me olvido del banco de este oscuro confesionario. Olvido el santuario vacío de más allá. Solo existe Célie. Célie, de pie entre mis piernas. Célie, enredando sus dedos en mi pelo. Célie...

La puerta se abre de golpe y nos separamos.

—¿Qué está pasando aquí? —pregunta el arzobispo, escandalizado.

Con un chillido horrorizado, Célie se cubre la boca y se agacha para pasar bajo su brazo, sale corriendo en dirección al santuario y desaparece. El arzobispo

la observa con incredulidad. Finalmente, se vuelve hacia mí. Escruta mi pelo
revuelto. Mis mejillas sonrojadas. Mis labios hinchados.
Con un suspiro, extiende una mano para ayudarme a levantarme.
—Ven, Reid. Parece que tenemos mucho de lo que hablar.

Había sido el único hombre en preocuparse por mí. Las lágrimas
cayeron más rápido, empapándome la camisa. Las manos. Unas manos
manchadas y *feas*. Con suavidad, Lou me rodeó con sus brazos.

La sangre del loup garou *cubre la hierba del claro. Mancha los pétalos de*
las flores silvestres, la orilla del río. Mi Balisarda. Mis manos. Me las froto en
los pantalones con el mayor disimulo posible, pero aun así lo ve. Se acerca con
cautela. Mis hermanos le abren camino, inclinándose.
—Llorar por ellos sería desperdiciar tu compasión, hijo.
Clavo la vista en el cadáver a mis pies. El cuerpo, anteriormente lupino,
recuperó la forma humanoide después de la muerte. Sus oscuros ojos miran fija-
mente al cielo de verano sin ver.
—Él tenía mi edad.
—Eso —me corrige el arzobispo, con voz suave—. Eso tenía tu edad. Estas
criaturas no son como tú y yo.
A la mañana siguiente, me pone una medalla en la palma de la mano. Aun-
que el rojo ha desaparecido, la sangre permanece.
—Has prestado un gran servicio al reino —dice—. Capitán Diggory.

—Lo siento, Reid. —A pesar del temblor de mis hombros, Lou me
abrazó con fuerza. Las lágrimas le corrían por las mejillas también a
ella. La aplasté contra mí, con el aliento tembloroso. Cada jadeo era doloroso, ardiente, mientras enterraba la cara en el hueco de su cuello. Y
por fin, *por fin* me rendí ante el dolor; permití que me consumiera. Entre
grandes y agitados sollozos, un torrente de dolor y amargura, de vergüenza y arrepentimiento estalló en mi interior, y yo me ahogué en él,
incapaz de detener su ira. Incapaz de hacer cualquier cosa que no fuera
aferrarme a Lou. Mi amiga. Mi refugio. Mi hogar—. Lo siento mucho.

No dudo. No pienso. Moviéndome rápidamente, saco un segundo cuchillo
de mi bandolera y paso por delante de Morgane. Levanta las manos y el fuego

emerge de las puntas de sus dedos, pero no siento las llamas. La luz dorada envuelve mi piel, protegiéndome. Pero mis pensamientos se dispersan. Mi mente deja escapar cualquier atisbo de fuerza que hubiera poseído mi cuerpo. Tropiezo, pero el cordón dorado me señala el camino. Salto sobre el altar después de él.

El arzobispo abre los ojos de par en par cuando se da cuenta de mi intención. Se le escapa un ruidito de súplica, pero no puede hacer nada más antes de que yo me abalance sobre él.

Antes de que le hunda mi cuchillo en el corazón.

El arzobispo sigue teniendo una expresión confusa cuando se desploma en mis brazos.

—Yo también lo hice todo por ti, Lou.

Y con eso, mientras su ataúd se desvanecía en el interior del cementerio, mientras la multitud se tragaba mi último recuerdo de él, dejé ir al arzobispo.

CAPÍTULO 38

ALGO NUEVO

Lou

No sabía cuánto tiempo llevábamos Reid y yo abrazados en esa cama. Aunque me dolía todo por estar tanto rato sentada, por el frío que entraba en la habitación, no me atreví a soltarlo. Lo necesitaba. Necesitaba a alguien que lo amara. Que lo consolara. Que lo honrara y lo abrazara. Me habría hecho gracia lo irónica que resultaba la situación si esta no hubiera sido tan desgarradora.

¿Cuánta gente en este mundo había querido de verdad a Reid? Un niño al que habían tirado a la basura y que se había convertido en un joven curtido con uniforme. ¿Dos? ¿Quizás tres? Sabía que yo lo quería. Sabía que Ansel también. Madame Labelle era su madre, y Jean Luc se había preocupado por él en el pasado. Pero nuestro amor era fugaz, considerándolo todo. Ansel solo había llegado a quererlo en los últimos meses. Madame Labelle lo había abandonado. Jean Luc le guardaba rencor. Y yo... Me había dado por vencida con él a la primera de cambio. No, a pesar de su hipocresía y su odio, el arzobispo lo había querido más y durante más tiempo. Y siempre le estaría agradecida por ello, por que hubiera sido un padre para Reid cuando no lo había sido para mí.

Pero ahora estaba muerto.

Los hombros de Reid dejaron de temblar cuando el sol se sumergió por debajo del alféizar, y sus sollozos se apaciguaron poco a poco, pero aun así no dejo de abrazarme.

—Me habría odiado —dijo por fin. Derramó más lágrimas sobre mi hombro—. Si lo hubiera sabido, me habría odiado.

Le acaricié la espalda.

—No habría sido posible que te odiara, Reid. Te adoraba.

Un instante de silencio.

—Se odiaba a sí mismo.

—Sí —confirmé con tristeza—. Creo que sí.

—No soy como él, Lou. —Se inclinó hacia atrás para mirarme, aunque sus brazos no abandonaron mi cintura. Tenía el rostro enrojecido y los ojos casi cerrados a causa de la hinchazón. Las lágrimas le cubrían las pestañas. Pero detrás de la pena había una esperanza tan nítida y afilada que podría haberme cortado el dedo con ella—. No me odio a mí mismo. Y tampoco te odio a ti.

Le dediqué una sonrisa cautelosa pero no dije nada.

Me soltó la cintura y levantó una mano para rozarme la mandíbula. Me acarició los labios con el pulgar, inseguro.

—Sigues sin creerme.

Abrí la boca para discutir, pero las palabras murieron en mi garganta cuando él levantó la mano en dirección a la ventana abierta. La temperatura había descendido al mismo ritmo que el sol, y las gotas de lluvia se habían solidificado en copos de nieve. Entraban en la habitación con una suave brisa. Con el arrullo de sus dedos, se transformaron en luciérnagas.

Solté el aire, maravillada, mientras flotaban hacia mí, mientras se posaban en mi pelo.

—¿Cómo haces...?

—Tú misma lo dijiste. —El brillo de las luciérnagas se reflejaba en sus ojos—. La magia no es ni buena ni mala. Obedece a los que la invocan. Cuando la vida es una elección entre luchar o huir, cuando cada momento es a vida o muerte, todo se convierte en un arma. No importa quién la sostenga. Las armas hacen daño. Ya lo he visto. Lo he experimentado en mis carnes.

Tocó el sucio papel floral de las paredes y las flores estallaron hacia arriba, *hacia fuera*; él alargó el brazo para tomar una y me la colocó detrás de la oreja. El aroma del jazmín de invierno llenó la habitación.

—Pero la vida es más que esos momentos, Lou. Nosotros somos más que esos momentos.

Cuando dejó caer las manos, las flores volvieron al papel, y las luciérnagas se apagaron, blancas y húmedas una vez más. Pero no noté el frío. Lo miré fijamente durante un rato, memorizando las líneas de su rostro con cierta sensación de asombro. Me había equivocado con él. En todo. Había estado muy, muy equivocada.

Un temblor de mis labios me traicionó.

—Lo siento, Reid. He perdido el control. Yo... le he prendido fuego a Coco esta tarde. Tal vez... tuvieras razón, y no debería volver a usar la magia nunca más.

—He hablado con Coco antes. Me ha contado lo que ha pasado. También ha dicho que me desangraría si te juzgaba por ello. —Me quitó la nieve del pelo, tragando con fuerza—. No es que fuera a hacerlo nunca. Lou... Ambos hemos cometido errores. Eres una bruja. No debería haberme enfadado contigo por usar la magia. Es solo que... No dejes que te lleve adonde yo no pueda seguirte. —Cuando miró por la ventana, yo hice lo mismo de forma instintiva, y vi lo que él contemplaba.

Un cementerio.

Sacudió la cabeza.

—Donde tú vas, yo voy, ¿recuerdas? Ahora eres lo único que tengo. No puedo perderte a ti también.

Me subí a su regazo.

—¿Qué soy, Reid? Dilo otra vez.

—Eres una bruja.

—¿Y qué eres tú?

No dudó, y el corazón se me expandió en el pecho.

—Yo también.

—Me temo que solo es cierto en parte. —Mi sonrisa, ahora genuina, se ensanchó al ver su confusión, y me incliné hacia delante, froté mi nariz contra la suya. Él cerró los ojos—. Permíteme llenar los huecos por ti. —Le besé la nariz—. Eres un cazador. —Aunque retrocedió un poco, no lo dejé escapar, y lo besé en la mejilla—. Eres un hijo. —Le besé la otra mejilla—. Eres un hermano. —La frente—. Eres un marido. —Los párpados y la barbilla—. Eres valiente, fuerte y *bueno*. —Y, finalmente, los labios—. Pero lo más importante es que eres *querido*.

Una lágrima rodó por su cara. También la besé.

—También eres santurrón y obstinado y tienes mal genio. —Abrió los ojos de golpe y frunció el ceño. Volví a besarle los labios. Con suavidad y lentitud—. Sin mencionar el carácter melancólico, y un sentido del humor de mierda. —Cuando abrió la boca para discutir, hablé por encima de él—. Pero a pesar de todo eso, no estás solo, Reid. Nunca estarás solo.

Se me quedó mirando durante un largo momento.

Y luego me besó.

—Yo también lo siento —susurró, acunándome la cara con las manos mientras me hacía tumbarme la cama. Suavemente. Muy, muy suavemente. Pero esas manos ardían mientras bajaban por mi garganta, por mi pecho. Ardían y temblaban—. Lo siento mucho...

Las agarré antes de que me alcanzaran el cinturón.

—Reid. Reid, no tenemos por qué hacerlo. Si es demasiado pronto...

—Por favor. —Cuando me miró, el deseo que anidaba en sus ojos me dejó sin aliento. Nunca había visto nada tan hermoso—. No puedo... Nunca se me han dado bien las palabras. Solo... por favor. Déjame tocarte. Deja que te lo *demuestre*.

Tragué con fuerza y le solté las manos.

Despacio, tan despacio que quise gritar, me quitó la chaqueta de terciopelo, me sacó la camisa de los pantalones y me la subió por el torso, dejando al descubierto la piel de mi vientre. Mis costillas. Mi pecho. Sin embargo, cuando levanté los brazos para que continuara, me subió el dobladillo hasta los ojos y lo dejó allí. Cegándome. Atrapándome los brazos en las mangas.

Cuando me retorcí en protesta, me pasó una mano por la cadera para tranquilizarme. Sus labios se movieron ligeramente contra mi cuello.

—¿No confías en mí?

La palabra acudió a mis labios de forma espontánea.

—Siempre.

—Demuéstralo.

Dejé de forcejear de golpe. Un escalofrío me recorrió el cuerpo, erizándome el vello de los brazos, del cuello. Tal como lo recordaba.

Haz lo que te diga.

—Abrázame, Lou —me repitió mis propias palabras, depositando besos ligeros como plumas en mi garganta, mordiéndome con delicadeza el lóbulo de la oreja. Jadeé. Aunque su cuerpo me apretaba contra el colchón, se aseguró de apoyar el peso con los codos. Deseé que no lo hiciera. Quería sentirlo. A todo él—. Abraza lo que somos.

Déjame mostrarte lo poderoso que puedes ser. Mis odiosas palabras parecían resonar a nuestro alrededor. *Déjame mostrarte lo débil que eres.*

—No tienes que tener miedo. —Si es que era posible, su roce, sus labios, se volvieron aún más suaves. Pasó un dedo entre mis pechos, y se me puso la piel de gallina. Me recorrió un escalofrío, me temblaban las rodillas—. Déjame mostrarte lo mucho que significas para mí. Déjame mostrarte lo mucho que te quiero. —Sus labios siguieron el recorrido de su mano, depositando cada beso con reverencia. Cada uno, un voto—. Te valoraré siempre. Te querré todos los días durante el resto de mi vida, y te amaré incluso después.

—Reid...

—¿Quieres besarme? —Su dedo se detuvo en mi cintura, y yo asentí, sin aliento. Sabía cuál sería su siguiente palabra antes de que la dijera. Me deleité con ella—. Demuéstramelo.

Con un único movimiento fluido, me quitó la camisa por la cabeza. Me abalancé sobre él en un segundo. Aterrizó de espaldas con una risa suave, que capturé en un beso. Se rio de nuevo ante mi entusiasmo, con los brazos apretados a mi alrededor, antes de levantar los codos para ayudarme a sacarle la camisa de los pantalones. Se la pasé por la cabeza y acabó en el suelo, volví a recostarlo en la cama y me puse a horcajadas sobre su cintura.

—¿Te he dicho —pregunté, agachándome para susurrarle al oído—, lo guapo que estás cuando sonríes?

Entonces sonrió, una sonrisa que le formaba un hoyuelo en la mejilla y prendía fuego en mi corazón.

—Dímelo.

—A veces, cuando te miro, me quedo sin respiración. —Deslicé la mano hasta su cinturón—. Soy incapaz de pensar. Soy incapaz de funcionar hasta que no me devuelves la mirada. Y cuando me regalas esta sonrisa —rocé su hoyuelo con los nudillos—, es como si fuera un secreto entre los dos. No creo que nunca te quiera más que cuando me sonríes.

Se rio con incredulidad al oír mis palabras, pero el sonido se desvaneció mientras nos mirábamos. Mientras se daba cuenta lentamente de la verdad que contenían. Porque *eran* verdad. Cada una de las sonrisas de Reid, tan inusuales, tan genuinas, eran un regalo para mí. Él no tenía modo de saber cuánto las atesoraba, cómo deseaba poder guardármelas en el bolsillo para sacarlas cuando se sintiera triste. Se sentía triste muy a menudo.

Cuando todo aquello terminara, me aseguraría de que nunca más estuviera triste.

Me pasó las puntas de los dedos por las costillas, entreteniéndose en mi cintura.

—Quiero conocer todos tus secretos.

—Mis secretos son horrendos, Reid.

—No para mí. —Tragó con fuerza cuando le metí la mano por debajo del cinturón. Cuando bajé más aún—. Lo que te dije después de Modraniht era cierto. Nunca he conocido a nadie como tú. Me haces sentir vivo, y yo... —jadeó cuando lo toqué— quiero compartirlo todo contigo.

Le coloqué los dedos que tenía libres en los labios.

—Y lo harás.

Lo solté únicamente para bajarle los pantalones por las caderas, los muslos y los tobillos, y para dejar un rastro de besos en cada centímetro de piel pálida que dejé al descubierto. Se estremeció debajo de mí, pero se quedó quieto... Hasta que me lo metí en la boca. Entonces movió las caderas involuntariamente, y se incorporó.

—Lou...

Le puse una mano sobre el pecho para tranquilizarlo.

—¿Quieres que pare?

Gimió, cayó hacia atrás y cerró los ojos con fuerza.

—No.

—Entonces abre los ojos. No te escondas de mí.

Aunque parecía tener dificultades para respirar, hizo lo que le pedí. Lentamente, abrió y cerró los ojos, y se sacudió debajo de mí. Cada músculo de su cuerpo se tensó. Se sacudió de nuevo. Un fino brillo de sudor cubrió su piel. Otra vez. Tragó saliva y entreabrió los labios. Una y otra y otra vez. Aferró las sábanas con los puños y echó la cabeza hacia atrás, respirando con dificultad, con el cuerpo al borde del abismo...

De repente se lanzó hacia delante y tiró de mis pantalones, y yo me retorcí para complacerlo, para ayudarlo a bajármelos. Cuando las perneras se enredaron en mis zapatos, emitió un gruñido bajo e impaciente, y el estómago se me contrajo con anticipación. Me quité las botas apresuradamente con sendas sacudidas, ignorando las notas que cayeron al suelo. Ignorándolo todo menos su firme cuerpo sobre el mío. Cuando volvimos a tumbarnos en la cama, enredados de todas las maneras posibles, me aferré a él, deleitándome en la forma en que se movía, en la forma en que sus caderas encajaban entre mis piernas y sus manos se apoyaban en el cabecero. En el calor de su piel. De su mirada.

No se escondió de mí.

Todas sus emociones se reflejaban en sus ojos, desinhibidas, y yo las devoraba, besando cada centímetro de su húmeda cara entre aliento y aliento, entre jadeos. Deseo. Alegría. Asombro. Se movió más rápido, decidido, sumergiéndose en cada una de las ardientes sensaciones que nos invadían, y yo me arqueé, clavando las uñas en la firme musculatura de su espalda. Aunque anhelaba cerrar los ojos para deleitarme en aquella sensación, no podía dejar de mirarlo. Él no podía dejar de mirarme. Atrapados en los ojos del otro, sin poder detenernos, aumentando la tensión cada vez más hasta que estallamos, desnudándonos el uno al otro al fin.

No solo nuestros cuerpos.

Nuestras almas.

Y en el momento en que nos separamos… Nos unimos otra vez transformados en algo nuevo.

TERCERA PARTE

Qui vivra verra.

El que vive, verá.

—PROVERBIO FRANCÉS

CAPÍTULO 39

LA ÚLTIMA NOTA

Lou

Esa noche bajé los escalones sintiéndome más ligera de lo que me había sentido en semanas, y quizás un poco tonta. Coco había llamado a nuestra puerta hacía solo unos momentos para decirnos que no había habido ninguna señal de Morgane durante la procesión. Ni un solo avistamiento. Ni siquiera un leve rastro de magia en la brisa. Parecía que, después de todo, después de sufrir el campamento de sangre y el frío de los pantanos, Les Dents y Le Ventre, habíamos ido allí para nada. No podía decir que me sintiera exactamente *decepcionada* de que no hubiera causado estragos y caos. De hecho, su inacción había hecho de mi noche una maravilla. Sus notas me perforaban agujeros en la bota, pero las ignoré y le pellizqué el trasero a Reid cuando entramos en la taberna.

Aunque sabía que seguía afligido, pues era algo natural, seguiría estándolo el resto de su vida, me lanzó una sonrisa indulgente y algo exasperada antes de pasarme el brazo por el cuello y besarme la sien.

—Insaciable como siempre, *mademoiselle*.

—Es madame Diggory para ti.

Se metió la mano libre en el bolsillo.

—Sobre eso. Creo que deberíamos…

—¡Por fin! —En una mesa cerca de las escaleras, Claud aplaudió cuando llegamos. La tenue luz de las velas no podía ocultar la impaciencia en los rostros de La Voisin y Blaise. Ambos estaban sentados con sus respectivos grupos tan lejos de los otros como la pequeña habitación permitía.

Coco, Ansel, Toulouse y Thierry actuaban como amortiguadores entre ellos, al igual que Zenna y Seraphine. Llevaban atuendos deslumbrantes que no pegaban con la ropa de viaje de los demás—. Los tortolitos han salido. Qué encantador, qué *maravilloso*...

—¿Dónde está Beau? —interrumpí, escudriñando la habitación otra vez.

—Ha salido un momento. —La expresión de Coco se tornó sombría—. Ha dicho que necesitaba tomar el aire.

Fruncí el ceño pero Reid sacudió la cabeza y murmuró:

—Te lo explicaré más tarde.

—Nos has mentido. —La Voisin no levantó la voz, a pesar de la ira que relucía en sus ojos. Parecía que aún no me había perdonado lo de Coco—. Dijiste que Morgane atacaría hoy. He conducido a mi gente hasta aquí en busca de venganza y, sin embargo, lo único que hemos conseguido —desvió la mirada a Blaise— es que nos falten el respeto y acabar decepcionadas.

Me apresuré a corregirla.

—No mentimos. Dijimos que *creíamos* que Morgane atacaría hoy...

—A nosotros también nos han faltado el respeto. —Blaise se puso de pie, y Liana y Terrance lo imitaron—. Aunque nuestra deuda sigue sin estar saldada, nos marchamos de aquí. No se puede hacer nada más.

Cuando ambas partes nos miraron expectantes, Reid y yo intercambiamos una mirada furtiva.

¿Qué hacemos ahora?, parecieron preguntar sus ojos.

No tengo ni puñetera idea, respondieron los míos.

Antes de que ninguno de los dos pudiera defender nuestra causa, Coco habló en nuestro lugar. Bendita fuera.

—Está claro que hemos malinterpretado las notas, pero eso no significa que nuestra oportunidad haya pasado. Manon está en la ciudad, lo que significa que Morgane probablemente también lo esté. Tal vez no deberíamos haber escondido a Lou y Reid. Tal vez podríamos usarlos para hacerla salir...

—No, no. —Deveraux sacudió su cabeza con vehemencia. Esa noche, sus ropas eran inusualmente simples, iba de negro de pies a cabeza. Incluso la pintura de sus uñas y el kohl que rodeaba sus ojos coincidían. Sus labios, sin embargo, estaban embadurnados de rojo sangre—. Nunca es una buena idea jugar al gato y al ratón con Morgane. Ella nunca es el ratón. Es intrínsecamente felina, ella...

Coco entrecerró los ojos.

—Entonces, ¿qué sugieres?

—Sugiero —sacó una máscara blanca de su capa y se la ató alrededor de la cara— que todos vosotros os toméis un respiro y asistáis a nuestra actuación de esta noche. Sí, incluso tú, Josephine. Cierta frivolidad en La Mascarade des Crânes podría obrar maravillas con esas arrugas del entrecejo.

Me quedé petrificada, clavando la vista en él.

Su máscara tenía la forma de un cráneo.

Aunque Claud continuó balbuceando sobre la Dame Fortune, encantado cuando La Voisin le contestó, Reid percibió el abrupto cambio en mi forma de actuar.

—¿Qué pasa? —preguntó. Con los dedos fríos, me metí la mano en la bota, y su sonrisa vaciló—. ¿Qué estás...?

Sin decir una palabra, le entregué los pedazos de papel que había reemplazado apresuradamente después de mi baño de esa noche. Los aceptó mientras fruncía el ceño. Observé cómo sus labios daban forma a las palabras para sus adentros.

Bonita muñeca de porcelana, de cabellos negros a la noche semejantes,
llora sola dentro de su ataúd, sus lágrimas verdes y brillantes.

Bonita muñeca de porcelana, olvidada y sola,
atrapada en una tumba de espejo, lleva una máscara de hueso.

—No lo entiendo. —Reid me miró a los ojos, buscando una respuesta, cuando Claud por fin dejó de hablar. Mientras leía aquellas líneas por encima del hombro de Reid.

—Todavía no sabemos lo que significan...

—Máscara de hueso —susurré—. La Mascarade des Crânes. No puede ser una coincidencia.

—¿*Qué* no puede ser una coincidencia? —Me tomó el rostro entre sus manos. Los papeles revolotearon hasta el suelo sucio—. Esto son solo tonterías inútiles, Lou. Hemos venido al funeral del arzobispo. Ella no estaba...

—Oh, cielos. —Claud estaba ojiplático cuando se agachó para recoger las notas, captando al fin las ominosas palabras—. Felina, en efecto. Reid se giró para mirarlo a la cara, pero alguien llamó a la puerta del Léviathan. Frunciendo el ceño, crucé la habitación para abrirla, pero Reid me detuvo con una mano en el brazo. Recolocándose su abrigo, Claud abrió la puerta por mí. Una niña pequeña y desconocida estaba en el umbral.

—Para usted, *mademoiselle* —dijo, depositando un tercer pedazo de papel en la palma de mi mano antes de salir corriendo. Lo desdoblé con precaución, con el temor inundándome el estómago.

Bonita muñeca de porcelana, se pone en marcha tu bonito reloj,
ven a rescatarla a medianoche, o me comeré su corazón.

Con todo mi amor, Maman

Con los dedos temblorosos, le mostré la nota a Reid. La leyó rápidamente, con la cara pálida, antes de lanzarse tras la chica. Blaise lo siguió con un gruñido.

—Oh, cielos —repitió Claud, arrebatándome la nota. Sacudió la cabeza mientras la leía una, dos, tres veces—. Oh, cielos, oh, cielos, oh, cielos. ¿Quién es esta pobre alma? ¿Esta... muñeca de porcelana?

Lo miré con creciente horror.

Sí. Habíamos malinterpretado las notas.

Malinterpretando mi silencio, me dio una palmadita en el hombro para consolarme.

—No te preocupes, querida. Resolveremos este misterio. Bien, me parece que las mejores pistas para averiguar su identidad están en esta primera nota...

—¿Qué ocurre? —Coco se unió a nosotros, con Ansel pegado a sus talones. Le quitó la nota a Claud y leyó las palabras por encima antes de pasársela a Liana, quien a su vez se la entregó a Terrance. La Voisin estaba detrás de ellos, con una expresión inescrutable. Nicholina, como siempre, sonreía.

—¿Quizá su piel podría ser descrita como porcelana? —musitó Claud, acariciándose la barba—. ¿Sus rasgos son como los de una muñeca? Lo del pelo negro queda bastante claro, pero el...

—¿Lágrimas verdes? —se burló Terrance—. Nadie tiene lágrimas verdes.

—Es simbólico —dijo Ismay, poniendo los ojos en blanco—. El verde es una metáfora para la envidia.

Oh, no.

Le arrebaté la nota, releí las líneas y me estrujé el cerebro, *rezando* para estar equivocada. Pero no. Estaba todo allí. Piel de porcelana. Pelo negro. Lágrimas envidiosas. Olvidada, sola... Incluso el maldito *paño* encajaba. ¿Cómo se nos había podido pasar? ¿Cómo habíamos podido ser tan *estúpidos*?

Pero esa última línea... la de comerse su *corazón*...

Sintiéndome mareada, miré a La Voisin y Nicholina, pero Reid pronto apareció a mi lado, con la cara roja y jadeando, y me hizo perder el hilo de mis pensamientos.

—Se ha ido. Se ha desvanecido sin más.

—Por supuesto que sí —murmuró Coco con amargura—. Morgane no hubiera querido que se quedara a jugar.

—¿A quién se han llevado? —preguntó Blaise, con voz profunda e insistente—. ¿Quién es la chica?

Se oyó un barullo en la puerta, y Jean Luc irrumpió dentro, agarrando a Beau por el cuello. Cuando el primero me miró, cuando miró a Reid, vi en sus ojos una expresión enloquecida, salvaje. Se acercó a nosotros con resuelta determinación.

—¡Reid! ¿Dónde está? ¿Dónde?

Cuando oyó lo que había hecho, casi se muere. Lleva recluida semanas por culpa de sus equivocados sentimientos hacia él.

Con los labios entumecidos, arrugué la nota en mi puño, respiré hondo y me preparé para el dolor que se avecinaba, para las emociones que vería reflejadas en la inusualmente abierta expresión de Reid, en esos ojos, que se habían vuelto vulnerables. Podría haberme dado cabezazos contra la pared. Lo había animado a dejar de esconderse, a *sentir*. Y ahora él iba a hacerlo. Y yo no quería verlo.

Y mi madre había sabido exactamente cómo jugar con nosotros.

Me volví hacia él de todos modos.

—Es Célie, Reid. Se ha llevado a Célie.

CAPÍTULO 40

LA VISIÓN DE COCO

Lou

Hasta el día de mi muerte, nunca olvidaría la expresión que surcó la cara de Reid.
La incredulidad.
El horror.
La rabia.

Y, en ese momento, supe en lo más hondo de mi ser que le salvaría la vida a Célie o moriría en el intento.

Nuestro variopinto grupo miraba de un lado a otro entre el lugar donde yo daba vueltas junto a la ventana y el lugar donde Reid se había quedado petrificado en la puerta. Sin prestar atención a las sillas, Claud se había sentado en el suelo junto a la barra, y se había cruzado de piernas como si tuviera intención de quedarse un largo rato. Pero no teníamos tiempo. Nuestro reloj ya había empezado a correr. *Ven a rescatarla a medianoche, o me comeré su corazón.*

Reid se miraba las manos, paralizado e inmóvil.

—Intenta atraerte —insistió Beau—. No la dejes.

—Matará a Célie —gruñó Jean Luc, que todavía aferraba las notas que yo le había entregado. Cuando monsieur Tremblay había revelado por fin que las *semanas de reclusión* de Célie no eran de reclusión, sino de secuestro, Jean Luc había peinado hasta el último centímetro del East End para encontrarnos después del funeral. Por suerte, la casualidad quiso que Beau saliera esa noche a dar una vuelta, o Jean Luc nunca nos habría encontrado. Menuda tragedia hubiera sido.

—Tenemos que rescatarla.

—*Tú* no hables. —Los ojos de La Voisin rebosaban promesas de violencia—. No te equivoques, cazador. Tu palo santo no me impedirá cortarte la lengua.

—*¿Cómo sabe, sabe, sabe?* —Nicholina se echó hacia delante, lamiéndose los labios—. *Arranquémosle la cara, la cara, la cara.*

Blaise gruñó por lo bajo para expresar su acuerdo.

Que Claud persuadiera al posadero para que dejara sus habitaciones a brujas y hombres lobo había sido pan comido. Sin embargo, persuadir a brujas de sangre y hombres lobo para que no despedazaran a un cazador miembro a miembro, estaba resultando ser una tarea más complicada. Jean Luc no parecía darse cuenta de lo delicada que era su situación, sobre todo porque su *palo sagrado* permanecía oculto en la bandolera de Reid. Aunque este no reveló el secreto de su viejo amigo. Si las brujas de sangre sospechaban que Jean Luc estaba indefenso, no dudarían en atacar.

Sin embargo, Terrance lo sabía. Su expresión denotaba anticipación mientras paseaba la mirada de Reid a Jean Luc.

—¿Y dónde *está* ella, exactamente? —Coco había vuelto a situarse junto a su familia, entre La Voisin y Nicholina—. ¿Has podido averiguar su ubicación a partir de los enigmas de Morgane?

Jean Luc señaló los papeles arrugados.

—Ella... está en los túneles. En esta Mascarada de la Calavera.

—Los túneles son enormes, capitán. —Claud daba la vuelta a una carta del tarot que tenía en la mano una y otra vez. Como no dejaba de mirarle, me la tendió. No era una carta de tarot en absoluto. Al fijarme, vi que esa carta era carmesí, no negra, y tenía pintada una calavera con expresión lasciva. Unas letras doradas que decían *Nous Tombons Tous* se enroscaban para dar forma a la boca y los dientes. En la parte superior, habían entintado *Claud Deveraux y su Troupe de Fortune* con una caligrafía meticulosa. Una invitación. Se la devolví con un mal presentimiento—. Atraviesan toda la ciudad —continuó Claud—. Nuestra búsqueda se alargará hasta mucho después de la medianoche si no sabemos qué dirección tomar.

—Nos ha dado una dirección —señaló Zenna—. *Llora sola en su ataúd y atrapada en una tumba de espejo.* No podría ser más obvio. Está en las catacumbas.

Las catacumbas. Mierda.

—No *nos* ha dado nada —dijo Claud con aspereza. Cuando los ojos de Zenna destellaron, suavizó la voz—. Por desgracia, debemos cancelar nuestras actuaciones, *mes chers*. El mundo de abajo no es seguro esta noche. Me temo que debéis volver a vuestras habitaciones, donde podríais pasar inadvertidos de Morgane. Toulouse y Thierry se reunirán con vosotras allí

Los ojos de Zenna volvieron a destellar.

—Esa bruja no me asusta.

La expresión de Claud se tornó seria.

—Debería. —A Seraphine, le dijo—: Quizás podrías… meditar sobre la situación.

Ella agarró con fuerza la cruz que llevaba en la garganta y lo miró con los ojos muy abiertos.

Una vez más, me volví hacia Reid, pero él seguía petrificado. Como una estatua. Suspiré.

—Tardaremos unas cuantas horas en registrar las catacumbas. ¿Alguien tiene hora?

Deveraux sacó su reloj de bolsillo, un ridículo artilugio dorado.

—Justo antes de las nueve de la noche.

—Tres horas. —Asentí, tratando de infundir optimismo a mis palabras—. Podemos encontrarla en tres horas.

—Tal vez pueda conseguiros una o dos horas extra —ofreció Claud—, si encuentro a Morgane antes de que encontremos a Célie. Tenemos mucho de lo que hablar, la *Dame des Sorcières* y yo. —Se puso de pie, de repente relajado una vez más, como si habláramos del tiempo y no de secuestro y asesinato—. Se está haciendo tarde, monsieur Diggory. Está claro que nadie desea proceder sin tu bendición. Hay que tomar una decisión. ¿Ignoraremos la amenaza de la *Dame des Sorcières*, o nos aventuraremos en La Mascarade des Crânes para rescatar a tu bella dama? Todas las opciones implican un riesgo considerable para aquellos a quienes amas.

Tu bella dama. No pude evitar una mueca. *Aquellos a quienes amas.*

Reid me miró a los ojos, sin perderse la mueca. Tampoco se la perdió Jean Luc. Se acercó a Reid, sin querer o poder ocultar su desesperación.

—Reid. —Le colocó una mano en el pecho y le dio golpecitos con mucha insistencia—. Reid, estamos hablando de Célie. No vas a dejarla en manos de esa loca, ¿verdad?

Si Reid se preguntó sobre el repentino interés de Jean Luc por Célie, no lo demostró. Quizá ya lo supiera. Quizá lo hubiera sabido siempre. No rompió el contacto visual conmigo.

—No.

—Gracias a Dios. —Jean Luc se permitió un breve segundo de alivio antes de asentir con la cabeza—. No tenemos ni un momento que perder. Vámonos...

Reid lo rodeó para mirarme cara a cara. Me obligué a devolverle la mirada, sabiendo sus próximas palabras antes de que abriera la boca.

—Lou, yo... No creo que debas venir. Esto es una trampa.

—Por supuesto que es una trampa. Siempre ha sido una trampa.

Por fin, La Voisin rompió su silencio.

—Si necesitas que alguien garantice su seguridad, cazador, puedo proporcionársela. —Si Nicholina hubiera sido capaz, se habría puesto a dar saltitos. Lo que hizo fue soltar una risita infantil—. Unas gotas de la sangre de Louise me mostrarán su futuro. —Me tendió la mano con una expresión inescrutable—. Si se atreve.

Los hombres lobo nos observaron con inquietud, removiéndose con incomodidad. Aunque permanecían en sus formas humanas, sus uñas se habían afilado a causa del pánico. Una reacción instintiva, supuse.

—No. —Coco apartó la mano a su tía. En realidad le dio un *manotazo* y se puso delante de ella—. Si *alguien* va a probar la sangre de Lou, seré yo.

La Voisin hizo una mueca.

—No posees mi habilidad con la adivinación, sobrina.

—Me da igual. —Coco cuadró los hombros antes de pedirme permiso en silencio con sus ojos. Si le decía que no, no me lo pediría de nuevo. Tampoco dejaría que las demás me lo pidieran. Aceptaría mi decisión, y encontraríamos otro modo para seguir adelante—. O yo o nadie.

Inexplicablemente nerviosa, puse la mano sobre la suya. No temía a Coco. Ella no se aprovecharía de mi sangre cuando esta fluyera en su interior. No intentaría controlarme. No, lo que temía era lo que ella podría ver. Cuando se llevó mi dedo a la boca, las brujas de sangre, e incluso los hombres lobo, parecieron acercarse en respuesta a su movimiento. Expectantes. Reid me agarró la muñeca.

—No tienes que hacer esto. —El pánico empapaba su voz—. Sea lo que sea *esto*.

Le dediqué una sonrisa sombría.

—Es mejor saberlo, ¿no?

—Rara vez —advirtió Claud.

—Hazlo ya —dije.

Sin decir ni una palabra más, Coco perforó la yema de mi dedo con su incisivo, llevándose una sola gota de sangre a la boca. No me giré para ver las reacciones de los demás, sino que vi como Coco cerraba los ojos concentrada. Después de varios segundos tensos, susurré:

—¿Coco?

Abrió los ojos de golpe, poniéndolos en blanco. Aunque la había visto explorar el futuro incontables veces, todavía me estremecía la forma en que esos ojos blancos y sin vista estudiaban mi cara. Al menos estaba preparada para ello. Los otros jadearon de forma bastante audible (algunos maldiciendo, otros dando arcadas) mientras Ansel se lanzaba hacia delante. Sus manos revoloteaban a su alrededor, desamparadas, como si no estuviera seguro de poder tocarla.

—¿Qué está pasando? ¿Qué pasa?

—Cállate y nos lo dirá —respondió Beau, mirándola con atención.

—Lou... —Reid se acercó, deslizó su mano en la mía—. ¿Qué es esto?

—No pasa nada. —Eché un vistazo a los hombres lobo, quienes, de pie en la taberna de una sucia posada, viendo a una bruja adivinar el futuro, parecían estar cuestionándose sus decisiones vitales. Jean Luc hacía una mueca de asco—. Concédele un momento.

Cuando Coco me tocó la mejilla, todo el mundo contuvo el aliento a la vez.

—Veo la muerte —dijo, con una voz profunda y extraña.

Dejamos pasar un instante mientras todos la mirábamos.

—Veo la muerte —repitió, inclinando la cabeza—, pero no la tuya.

—Reid dejó escapar un suspiro de alivio. El movimiento atrajo la atención de Coco. Su espeluznante mirada se interpuso entre nosotros, nos atravesó. Mi pecho se contrajo ante esa mirada. Aquello no había terminado. Aquello no era bueno, y Reid no parecía entender...

—Al filo de la medianoche, un hombre cercano a tu corazón morirá.

—Solté la mano de Reid.

—¿Qué? —susurró Ansel, horrorizado.

—¿Quién? —Beau se abrió paso entre nosotros y agarró a Coco del hombro con repentina urgencia—. ¿Qué hombre?

—No puedo verle la cara.

—Maldita sea, Coco...

—Suéltala. —Me obligué a hablar, con los labios entumecidos, recordando lo que me había explicado hacía tanto tiempo. Antes del robo. Antes de Reid. Antes de todo—. Lo único que ve es lo que mi sangre le muestra.

Beau retrocedió, cabizbajo, antes de girarse para mirar a Reid.

—No sabemos si eres tú. Podría ser Ansel o Deveraux o... o ese tipo, Bas. O el corazón podría ser simbólico —añadió rápidamente, con un asentimiento de cabeza—. *Tú* eres su corazón. Tal vez... Tal vez podría referirse a un hombre cercano a *ti* como Jean Luc o nuestro padre, o...

—O tú —admitió Reid en voz baja.

Beau se giró para mirarme.

—¿Hay algún otro exnovio que...?

—Beau. —Sacudí la cabeza y él se interrumpió, mirándose las botas. Tragué con fuerza. Me dolía la garganta por toda la emoción contenida, pero solo una tonta lloraba por lo que aún no había sucedido, por lo que *no iba a suceder*. Una vocecita en mi cabeza me advirtió que no era prudente tocarle las narices al destino, así que en vez de eso le enseñé el dedo corazón. Porque no lo permitiría. No lo aceptaría.

—¿Puedes ver algo más, Cosette? —Más de una cabeza se giró ante la fría y distante voz de La Voisin. Observaba a Coco con indiferencia—. Aterriza en la visión. Tócala. Saboréala. Afina tus sentidos tanto como puedas.

Pero Coco simplemente dejó caer la mano de mi mejilla. Cerró los párpados.

—Perderás a la persona que amas.

El silencio más absoluto se posó sobre nosotros mientras Coco volvía poco a poco a ser ella misma.

Aunque Beau bajó la cabeza, derrotado, Reid me dio la vuelta con suavidad para que lo mirara a la cara.

—¿Estás... bien? ¿Lou?

Perderás a la persona que amas.

Supuse que eso lo aclaraba todo.

—Por supuesto. ¿Por qué no iba a estarlo? —Al ver su mirada de preocupación, le dije—: Tranquilo, de momento no voy a perderte. Las visiones de Coco son cambiantes, subjetivas en función de la trayectoria actual del sujeto. ¿Lo entiendes?

—Yo... —Miró a Coco, que enfocó la vista al volver a la normalidad. Ansel la sostuvo—. No, no lo entiendo.

—Es simple, en realidad. Si continúo adelante según lo previsto, morirás, pero si cambio de rumbo, vivirás. Lo que significa que no vendrás conmigo.

Reid me dirigió una mirada apagada e incrédula, mientras Deveraux inclinaba la cabeza.

—No estoy seguro de que ese razonamiento sea válido, querida. Puede fallecer en esta posada tan fácilmente como puede fallecer en los túneles.

—Sí, pero Morgane está ahí abajo —insistió Beau. Nuestros ojos se encontraron, y nos entendimos sin palabras—. Al menos aquí arriba tiene una oportunidad.

Me quedé mirando la puerta del almacén, incapaz de mirar a nadie a los ojos.

Blaise sacudió la cabeza.

—No podemos permitirnos que Reid se esconda aquí arriba. Necesitamos toda la gente posible para esta batalla. Fuerza.

—Tienes una *deuda de vida* —dijo Beau, inusualmente enfático—. ¿Cómo la pagarás si él muere?

—Ha dicho que *alguien* moriría. —Liana se cruzó de brazos, lanzando una mirada sin pizca de remordimiento en mi dirección—. Tienes razón. No sabemos si será Reid.

Beau levantó las manos.

—Excepto que Coco ha dicho justo después, y cito textualmente: «Perderás a la persona que amas». ¿Cómo demonios debemos interpretar eso sino? Morgane le dijo una vez que le arrancaría el corazón. ¿Cómo sabemos que no sucederá esta noche?

Coco tensó la mandíbula y exhaló con fuerza por la nariz.

—No lo sabemos. No sabemos qué va a pasar en esos túneles. Pero *sí* sé que mis visiones rara vez son lo que parecen. También tuve una antes de que robáramos a Tremblay. Creí que significaba algo siniestro, pero el anillo de Angélica terminó salvándole el culo a Lou...

Jean Luc parecía a punto de sufrir una apoplejía en ese momento.

—Me traen sin cuidado los anillos y las visiones de sangre. Célie está ahí abajo, atrapada en una *cripta*, y estamos perdiendo el tiempo.

—Tú *no hablas...* —siseó La Voisin.

—Tiene razón —dijo Reid bruscamente—. Voy a bajar a esos túneles. Cuanta más gente busque, más rápido la encontraremos. —Aunque me echó una mirada rápida, con los labios apretados en señal de remordimiento genuino, su voz no admitía discusión alguna. Con el corazón palpitándome, todavía entumecido, asentí.

Beau se desplomó en su silla, derrotado, y maldijo amargamente.

—Las catacumbas son casi tan extensas como los túneles, y son horriblemente espeluznantes, en caso de que os lo estuvierais preguntando.

Reid asintió.

—Nos dividiremos en grupos para cubrir más terreno. —Con un sutil cambio de postura, se convirtió en capitán una vez más. Jean Luc ni siquiera rechinó los dientes—. Josephine, divide a las tuyas en grupos de tres. Podéis buscar en las criptas del norte y del este. Blaise, tú y tus hijos podéis encargaros de la del sur. Deveraux y su *troupe* pueden encargarse de la Mascarada de la Calavera.

Ansel se adelantó, inseguro.

—¿Qué hay de mí? ¿A dónde debo ir?

—Necesito que te quedes aquí, Ansel. Los clientes de La Mascarade des Crânes ignorarán el peligro que les espera. Si alguien entra en Léviathan buscando esta entrada a los túneles, avísales de que se mantengan alejados.

Era una excusa apenas velada, y Ansel lo sabía. Puso mala cara. Aquella noche no acudirían clientes a Léviathan. Claud se había asegurado de ello. Aunque Reid suspiró, continuó, sin inmutarse.

—Coco y yo peinaremos las criptas del oeste...

Su voz se atenuó hasta convertirse en ruido de fondo cuando me fijé en Nicholina, situada detrás de él. Miraba fijamente la puerta del almacén. Por una vez, no estaba sonriendo. Clavé la vista en ella. No podía estar ayudándome. No podía importarle...

Pronto saborearemos los ruidos de su lengua, oh sí, cada gemido y suspiro y gruñido.

Un dolor agudo me atravesó el pecho. Quizás ella tampoco quería que Reid muriera.

No me detuve a considerar qué nefastos propósitos ocultaba el deseo de quererlo vivo. Cuando se deslizó hacia él, ligera como una pluma, me moví con disimulo, haciéndole hueco junto a él. Ella se aprovechó al máximo, acomodándose en su pecho.

—¿Desea morir, señor Diggory? —Él me miró con ansiedad, pero me encogí de hombros, adoptando mi mejor expresión de perplejidad—. *La muerte llega rápidamente en esta noche* —cantó dulcemente—, *no cubierta de negro, sino de un blanco espeluznante.*

Retrocedí unos centímetros.

Coco frunció el ceño.

—Déjalo en paz, Nicholi...

—*Ella es su novia, su bella doncella, que se da un festín de carne y desesperación.*

—Ignórala —dijo Beau, poniendo los ojos en blanco—. Es lo que hago yo.

Rocé con las puntas de los dedos la madera de la puerta del almacén mientras Reid intentaba apartarla. Era incapaz de asirla con las manos, como si su forma fuera más vapor que carne. Se aferraba a él como la niebla.

—*Mientras come, su novio gime, viene a recoger piel y huesos...*

Giré la manilla. Reid forcejeaba, sin poder hacer nada, mientras Nicholina acercaba sus labios a los suyos.

Tragué bilis, dudando, pero La Voisin se movió para colocarse ante la puerta, ocultándome de la vista. No me miró. La ligera caída de su barbilla era la única indicación de que me había visto.

Con una última y prolongada mirada a la espalda de Reid, a la anchura de sus hombros, a las ondas cobrizas que cubrían su cuello, me escabullí por la puerta y desaparecí. Era la única manera. Aunque habían debatido acerca de su significado, la visión de Coco había sido clara: *Perderás a la persona que amas.* Dejé que las palabras fluyeran por todo mi ser, fortaleciendo mi determinación, mientras examinaba el almacén, en busca de la entrada del túnel.

Una gruesa capa de polvo cubría los estantes de madera podrida, las botellas ambarinas y los barriles de roble. Pisé con cuidado sobre los fragmentos de cristal roto, las botas se me pegaban al suelo pegajoso que los rodeaba. Un solitario farol lo bañaba todo con una luz parpadeante y espeluznante. Pero... *allí*.

Aparté un barril de *whisky* del rincón más oscuro, y dejé al descubierto una trampilla. Las bisagras no hicieron ningún ruido cuando la abrí. Estaban bien engrasadas, entonces. Se usaban a menudo. Bajo la trampilla, una estrecha escalera desaparecía en la completa y total oscuridad. Me asomé a ella con cautela. Lo único que faltaba eran llantos y el crujir de dientes.

Después de agacharme para sacar la daga que llevaba en la bota, bajé, cerré la trampilla por encima de mi cabeza y clavé la hoja hasta el mango. Empujé hacia arriba una vez para ponerla a prueba. No se movió.

Bien.

Me di la vuelta. No podría seguirme, no fácilmente, al menos. No sin magia.

Cuando la vida es una elección entre luchar o huir, cuando cada momento es a vida o muerte, todo se convierte en un arma. No importa quién las sostenga. Las armas hacen daño.

Las armas hacen daño.

Si sobrevivíamos a aquello, me negaba a seguir siendo un arma. Pero hasta entonces... Contemplé la trampilla, desgarrada por la indecisión.

Eres una bruja. No debería haberme enfadado contigo por usar magia. Es solo que... no dejes que te lleve a un lugar a donde no pueda seguirte.

Esta vez, sin embargo, eso era exactamente lo que debía hacer.

Un simple cuchillo no mantendría a Reid alejado. A pesar de la visión de Coco, él haría todo lo posible para seguirme, para protegerme de Morgane. De mí misma. Si alguna vez había habido un momento de vida o muerte, era aquel, y era mío.

Arranqué la daga del mango, y la volví a envainar en mi bota. Luego levanté las manos, temblorosas.

—Solo una vez más —le prometí, respirando hondo—. Una última vez.

Escuché sus gritos, el traqueteo de la puerta del almacén, mientras me daba la vuelta y descendía al infierno.

CAPÍTULO 41

NOUS TOMBONS TOUS

Reid

Lou! ¡LOU! —Golpeé la trampilla, rugiendo su nombre, pero no respondió. Solo había silencio. Silencio y pánico... un pánico crudo y visceral que hacía que se me cerrara la garganta. Me nublaba la vista. Golpeé la trampilla de nuevo. Rompí la manilla—. No hagas esto, Lou. Déjanos entrar. DÉJANOS ENTRAR.

Deveraux, Beau, Coco y Ansel se reunieron a mi alrededor. Los otros miraban desde la puerta de la taberna.

—Si estás decidido a continuar con este curso de acción tan infructuoso, no te detendré. —Deveraux me apoyó una mano en el antebrazo con suavidad—. Sin embargo, señalaré que esta trampilla ha sido cerrada con magia y sugeriré que nos traslademos a una entrada secundaria. La más cercana se encuentra en el cementerio, quizás a un cuarto de hora a pie de aquí.

Jean Luc pasó por delante de Nicholina, que le pasó una mano pálida por la espalda. Él se alejó de un salto.

—El East End está lleno de *chasseurs*. El resto está en esos túneles. Si nos ven, no puedo protegeros. No lo haré.

—Tu lealtad resulta inspiradora —le espetó Liana.

—No soy *leal* a ninguno de vosotros. Soy *leal a* Célie...

—Jean Luc —dijo Beau, colocándole una mano en el hombro. Le dio un apretón—. Aquí todos quieren matarte o, posiblemente, comerte. Cállate, buen hombre, antes de que pierdas el bazo.

Jean Luc guardó un silencio amotinado. Yo me giré hacia Coco.

—Abre la puerta. Por favor.

Me miró fijamente durante varios segundos tensos.

—No —dijo al final—. Podrías morir. Sé que te da igual, pero a Lou no. Para sorpresa de todos, a *mí* tampoco. No echaré por tierra sus esfuerzos por protegerte, pero aunque quisiera, no podría abrir esta puerta. Nadie puede excepto la bruja que llevó a cabo el encantamiento.

Mi garganta emitió un gruñido que podría rivalizar con el de los hombres lobo.

—Lo haré yo mismo.

Sin embargo, cuando quise que los patrones emergieran, ninguno lo hizo. Ni una sola hebra de oro. Ni una sola voz en mi cabeza. Furioso, desesperado, me dirigí hacia Toulouse y le arranqué la baraja de tarot del bolsillo de la camisa. Le estampé una carta en el pecho, y en ese momento, *en ese momento*, el oro por fin apareció en mi visión.

Para conocer lo desconocido, debes desconocer lo conocido, susurraron las voces.

Tonterías. Acertijos. No me importaba. Escogí un patrón al azar y vi cómo explotaba en polvo.

—Fuerza inversa —dije, y Toulouse sonrió, mirando la carta—. Significa «ira intensa». Miedo. Falta de confianza en las propias habilidades, pérdida de fe en uno mismo. En algunos casos...

—... una pérdida total de la identidad de uno. —Se rio y dio la vuelta a la carta para que yo la viera, revelando a una mujer al revés con un león. A pesar de las horribles circunstancias, el triunfo estalló en mi pecho. La sonrisa de Toulouse se hizo más ancha.

—Ya era hora. Me has tenido preocupado durante un tiempo.

Señalé la puerta con una inclinación de cabeza.

—¿Puedes ayudarme?

Sus ojos dejaron de brillar.

—Solo Lou puede abrir esa puerta. Lo lamento.

Joder.

—Al cementerio, ¿verdad? —Deveraux aplaudió—. ¡Maravilloso! ¿Puedo sugerir que no nos demoremos? El tiempo se nos sigue escapando entre los dedos.

Asentí y respiré hondo. Obligándome a calmarme. Él tenía razón. Cada instante que había pasado discutiendo había sido un instante perdido, un instante durante el que Morgane atormentaba a Célie, un instante que aprovechaba Lou para escabullirse aún más lejos. Dos problemas desesperados. ¿Una posible solución? Me estrujé el cerebro, pensando a toda velocidad. De forma analítica.

Lou encontraría a Célie. De eso estaba seguro. Llevaba ventaja. Tenía conocimientos. Tenía motivos suficientes para hacerlo. No, no existía fuerza alguna en el cielo o en el infierno, incluyendo a Morgane, que pudiera impedirle que lo lograra. No me hacía falta encontrar a Célie. Si daba con Lou, las encontraría a ambas.

Lou era el objetivo.

Y si una pequeña parte de mí dudaba, tras recordar la premonición de Coco, la ignoré. Seguí adelante. Intercepté a Ansel cuando siguió a los demás hacia la puerta y negué con la cabeza.

—Te he dicho que vigilaras el túnel.

Frunció el ceño.

—Pero el túnel está cerrado. Nadie va a pasar por él.

—Tú quédate aquí y ya está. —La impaciencia tiñó mi voz de aspereza. No me molesté en suavizarla. Había demasiado en juego. En Modraniht, había demostrado ser más un estorbo que una ayuda, y ahora nos habíamos aliado con varios enemigos. Cualquiera de ellos podía volverse contra nosotros en los túneles. Ansel había demostrado ser la presa más fácil. Lo intenté de nuevo—. Mira, Zenna y Seraphine también se quedan atrás. Cuídalas. Mantenlas a salvo.

Ansel se dio por vencido, y dirigió su mirada furibunda al suelo. Sus mejillas, sus orejas, se tiñeron de rosa. Aunque parecía que quería protestar, se me había acabado el tiempo. No podía seguir discutiendo con él. Sin decir una palabra más, me puse en marcha y me fui.

No había nada más tranquilo que un cementerio por la noche. Aquel era pequeño, el más antiguo de la ciudad. Hacía mucho tiempo que la Iglesia había dejado de enterrar a los ciudadanos allí, dando prioridad a un terreno nuevo y más grande ubicado al otro lado de Saint-Cécile. Ahora tan solo los miembros más poderosos y acaudalados de la aristocracia reposaban allí, pero ni siquiera ellos eran enterrados, sino que se unían a sus ancestros en las catacumbas del subsuelo.

—La entrada está ahí. —Deveraux señaló la estatua de un ángel con la cabeza. El musgo le cubría el rostro. El viento había erosionado su nariz, las plumas de sus alas. Aun así, era preciosa. Las palabras grabadas en la cripta que tenía al lado decían *Nous Tombons Tous*. No sabía lo que significaba. Por suerte, Deveraux sí.

—Todos caemos —dijo en voz baja.

Cuando abrí la puerta, una ráfaga de aire viciado salió a mi encuentro. Una única antorcha iluminaba los estrechos escalones de tierra.

Beau se acercó demasiado, mirando a la oscuridad con una aprensión que no se molestó en disimular.

—¿El plan sigue siendo el mismo? ¿Nos separamos?

En lugar de mirar hacia abajo, Deveraux miró hacia arriba, al cielo nocturno. Era una noche sin luna.

—No creo que eso sea prudente.

—Cubriremos más terreno de esa forma —insistió Jean Luc.

Una corazonada me erizó el vello de la nunca mientras bajaba el primer escalón.

—Permanecemos juntos. Blaise, Liana y Terrance nos llevarán hasta Lou. Conocen su olor. Estará con Célie.

—Confías mucho en esa bruja. —Jean Luc se me adelantó, retirando la antorcha de la pared y levantándola bien alto. Iluminando el camino. El techo se nos echó encima y me obligó a agacharme—. ¿Cómo estás tan seguro de que la encontrará?

—Lo hará.

Detrás de mí, Beau y Coco tenían problemas para avanzar el uno junto al otro.

—Esperemos que los *chasseurs* no la encuentren a ella —murmuró Coco.

El resto avanzó detrás de ellos, y sus pasos fueron los únicos sonidos que interrumpieron el silencio. Muchos pasos. Jean Luc. Coco y Beau. Deveraux, Toulouse y Thierry. La Voisin y sus brujas de sangre. Blaise y sus hijos. Todos preparados. Todos poderosos. Todos listos y dispuestos a destruir a Morgane.

Una brizna de esperanza cobró fuerza en mi interior. Tal vez aquello fuera suficiente.

El primer pasadizo se prolongó de manera interminable. Aunque el espacio estrecho me resultó incómodo, no me hizo sudar como a Jean Luc. No hizo que me temblaran las manos, no me hizo jadear. Sin embargo, él se negó a disminuir la velocidad y caminó cada vez más rápido hasta que llegamos a la primera bifurcación del túnel. Dudó.

—¿Por dónde?

—Las catacumbas deberían estar justo después del túnel del este —susurró Beau.

—¿Por qué susurras? —A pesar de su objeción, Coco también habló en un susurro—. ¿Y en qué dirección es eso?

—Al este.

—¿*Izquierda* o *derecha*, idiota?

—Cosette —dijo Beau con fingida sorpresa—, ¿no sabes...?

Un viento repentino apagó la antorcha, sumiéndonos en una oscuridad absoluta. El pánico se apoderó de las voces de los demás. Rápidamente, alargué la mano hacia la pared, pero no estaba donde debía estar. No estaba *allí*.

—¿Qué demonios ocurre? —gritó Beau, pero Liana lo interrumpió, maldiciendo violentamente.

—Algo me ha *cortado*. Alguien...

El grito de Nicholina perforó el túnel.

—*Nicholina.* —La voz de La Voisin sonó alta y aguda. Mi propia garganta parecía constreñida. Cuando rocé lana delante de mí, el abrigo de Jean Luc, me agarró del brazo y no me soltó—. Nicholina, ¿dónde estás?

—Mantened todos la calma —ordenó Deveraux—. Nos rodea una extraña magia. Nos juega malas pasadas.

La antorcha volvió a la vida de repente.

La sangre salpicaba el suelo del túnel. Un puñado de rostros asustados parpadearon a la luz de la antorcha. Pocos. *Demasiado* pocos.

—¿Dónde está Nicholina? —La Voisin agarró a Blaise por el abrigo y lo estampó contra la pared, enseñándole los dientes. Nunca la había visto exhibir una emoción tan descontrolada. Tanto miedo—. ¿Dónde *está*?

Blaise la empujó con un chasquido de sus dientes y echó a correr por el túnel mientras llamaba a gritos a Liana y Terrance. Un vistazo rápido confirmó que ellos también se habían desvanecido, junto con la mayoría de brujas de sangre. Busqué entre las caras restantes, y el alivio hizo que me temblaran las piernas cuando Beau y Coco asintieron con la cabeza, aferrados el uno al otro. Con un sobresalto, me di cuenta de que Jean Luc todavía me agarraba del brazo. Me soltó en ese mismo instante.

Deveraux tenía una expresión muy seria.

—Thierry también ha desaparecido.

—Os juro que he visto... —comenzó Toulouse, pero la antorcha se apagó de nuevo. Su voz se extinguió con ella. A la fuerza. Cuando Deveraux lo llamó, no respondió. Los gruñidos de Blaise resonaron por el estrecho túnel, amplificados, aumentando nuestra histeria, y algo nos devolvió el gruñido. La Voisin gritó, pero no pude oírla por culpa de la sangre que rugía en mis oídos, y mis propios gritos llamando a Beau y Coco...

Entonces ella y Deveraux también guardaron silencio.

Me obligué a concentrarme, a convocar los patrones. Los examiné por instinto y los descarté al más mínimo roce. Necesitaba fuego. No como arma. Como *luz*. La ira, el odio, las palabras mordaces no servirían para aquel propósito. Los deseché sin dudarlo, y busqué esa única chispa de energía. Algo simple. ¿Algo... físico?

Allí.

Me rocé las palmas de las manos, solo una vez, con la suficiente presión. El calor se desató. Una llama se encendió, iluminando la ampolla que acababa de salirme en el dedo. Como si hubiera frotado leña en lugar de piel. El aire se encargó del resto, y el fuego creció en mi mano.

Solo Beau, Coco, Blaise y Jean Luc permanecían en el túnel conmigo. Este último miró fijamente al fuego con una expresión inescrutable.

No la había visto todavía. Mi magia.

—Han desaparecido. —Beau soltó a Coco, con la cara pálida—. Han *desaparecido sin más*. —Miró a un lado y otro del túnel con los ojos abiertos de par en par, lleno de dudas al ver la sangre a nuestros pies—. ¿Qué hacemos?

Jean Luc respondió por mí mientras volvía a encender su antorcha con mi fuego.

Se giró hacia el túnel del este.

—Continuamos.

CAPÍTULO 42

PARAÍSO PERDIDO

Lou

Las antorchas cubrían los pasadizos de tierra, formando sombras en los rostros de los transeúntes. Por suerte, pocos vagaban por esa zona, y los que lo hacían caminaban deliberadamente hacia algo, La Mascarade des Crânes, si es que sus máscaras enjoyadas servían como indicio. Tomaban los túneles de la izquierda. Siguiendo un impulso, yo tomé los de la derecha. El terreno se inclinaba de forma gradual al principio, la piedra de debajo era lisa y resbaladiza tras ser hollada por muchos pies, antes de dar paso a una bajada inesperadamente pronunciada. Tropecé, y un hombre salió de las sombras para sujetarme por los hombros. Dejé escapar un chillido muy poco digno.

—¿Dónde está su máscara, bella dama? —preguntó arrastrando las palabras. Su aliento casi me quemó los pelos de la nariz. Su propia máscara cubría la parte superior de su rostro, y de ella sobresalía un cruel pico negro. Un cuervo. En el centro de su frente, un tercer ojo me miraba fijamente. No podía ser una coincidencia.

Y podría haber jurado que acababa de parpadear.

Fruncí el ceño, con la cara roja de vergüenza, los hombros tensos por la inquietud, y lo aparté.

—Ya llevo una. ¿Es que no la ves? —Resistí el impulso de dar un golpe de muñeca, de alargar mis uñas hasta que fueran tan afiladas como una navaja y arañar la porcelana de su mejilla. Aunque la magia para bloquear a Reid físicamente también lo había bloqueado emocionalmente, de forma temporal, hasta que dejara ir el patrón, seguía escuchando su voz en mi mente, si no en mi corazón. No necesitaba hacerle daño a ese hombre. No necesitaba hacerme daño a mí misma. En vez de eso, esbocé una perversa sonrisa forzada y susurré—: Es la piel de mis enemigos. ¿Debo añadir la tuya?

Soltó un grito y salió en desbandada.

Solté el aire con fuerza y continué.

Los túneles se hallaban en un laberinto de piedra. Los recorrí en silencio durante varios minutos más, con el corazón latiéndome de forma enloquecida en el pecho. Con cada paso que daba, latía con más fuerza. Caminé más rápido y se me erizó el vello de la nuca. Alguien me observaba. Podía percibirlo.

—Sal, sal, dondequiera que estés —susurré, esperando darme confianza a mí misma.

Sin embargo, al oír mis palabras, un extraño viento se levantó en el túnel, apagando las antorchas y sumergiéndome en la oscuridad. Una risa familiar resonó en todas partes a la vez. Maldiciendo, busqué mi cuchillo y traté de palpar la pared, traté de aferrarme a algo en aquella insidiosa oscuridad...

Cuando rocé la piedra con la punta de los dedos, la luz de la antorcha volvió a la vida.

Un destello de pelo blanco desapareció por la esquina.

Lo perseguí como una tonta, sin querer quedarme atrapada a solas en esa oscuridad otra vez, pero había desaparecido. Seguí corriendo. Cuando irrumpí en una larga y oscura habitación llena de ataúdes, me detuve, jadeando, y examiné el relieve del más cercano.

—*Padre Lionnel Clément* —dije, leyendo el nombre medio borrado en la piedra. Una calavera amarilla reposaba en una cornisa encima de la inscripción. Eché un vistazo al siguiente nombre. *Padre Jacques Fontaine*—. Clérigos.

Me arrastré hacia delante, deteniéndome de vez en cuando para escuchar.

—¿Célie? —Aunque suave, mi voz resonó de forma poco natural en la tumba. A diferencia del silencio absoluto de los túneles, ese silencio parecía vivir y respirar, susurrando contra mi cuello, instándome a huir, huir, *huir*. Me ponía cada vez más nerviosa a medida que pasaba el tiempo, a medida que las estancias crecían en tamaño. No sabía qué buscar, ni siquiera sabía por dónde empezar. Célie podría haber estado en cualquiera de esos ataúdes, inconsciente o algo peor, sin que yo lo supiera. Aun así... No podía deshacerme de la sensación de que Morgane *quería* que encontrara a Célie. El juego resultaba menos divertido si yo no tenía ninguna posibilidad de ganar. A Morgane no le hubiera gustado. Tampoco habría elegido una tumba al azar. Sus jueguecitos eran metódicos, cada movimiento impactaba con fuerza en el centro de la diana. Sus notas me habían llevado hasta allí, cada frase era un enigma, una pista, que me adentraba más y más en las profundidades de su juego.

Llora sola en su ataúd... sola, pero sin estarlo.
Atrapada en una tumba de espejo, lleva una máscara de hueso.

Todo apuntaba a *allí*, en aquel momento, en aquel lugar. Lo único que me hizo dudar fue la palabra «espejo».

Perdida en mis pensamientos, con la certeza de haber pasado algo por alto, casi ni me fijé en el estrado de la cámara de al lado, donde cientos de velas iluminaban un ataúd dorado. Ángeles con alas y demonios con cuernos titilaban, envueltos en sombras, sobre la tapa, encerrados en un abrazo eterno, mientras las rosas y los cráneos entretejían juntos una belleza macabra a cada lado. Era una obra maestra. Una obra de arte.

Sin invitación alguna, me acerqué y pasé los dedos a lo largo del cruel rostro de un ángel. Los pétalos de una rosa. Las letras de su nombre.

SU EMINENCIA, EL CARDENAL FLORIN CLÉMENT, ARZOBISPO DE BELTERRA

TE ASEGURO QUE HOY ESTARÁS CONMIGO EN EL PARAÍSO...

Florin Clément. Una vez me había reído del nombre, sin saber que me pertenecía. En un mundo diferente, podría haber sido Louise Clément, hija de Florin y Morgane. Puede que se hubieran amado, adorado, y habrían llenado nuestra casa del East End de bollos dulces y macetas de eucalipto y niños. Montones y montones de niños. Una casa repleta de hermanitos y hermanitas con pecas y ojos azules verdosos como los míos. Podría haberles enseñado a trepar a los árboles y a trenzar el pelo, a cantar desafinando en la puerta de la habitación de nuestros padres al amanecer. Podríamos haber sido felices. Podríamos haber sido una familia.

Eso... Eso... sí habría sido el paraíso.

Con un suspiro de nostalgia, bajé la mano y me di la vuelta.

No servía de nada imaginarme una vida así para mí. Mi suerte había sido echada hacía mucho tiempo, y no contenía ni una chimenea ni un hogar, ni amigos ni familia. No, la mía olía a muerte. A secretos. A putrefacción.

—¿Estás ahí con él, Célie? —pregunté con amargura, sobre todo para distraerme de esos pensamientos tan autocompasivos—. Sería típico de Morgane... —Con un jadeo, me di la vuelta, ojiplática—. Tumba de espejo —susurré.

Una casa entera de ellos, hermanitos y hermanitas con pecas y ojos azules verdosos como los míos.

Santo cielo.

Sabía dónde estaba.

Capítulo 43

Un mal necesario

Reid

Las desapariciones de los otros se convirtieron en una presencia propia. Se cernía sobre nosotros como una soga, apretando el nudo con cada pequeño ruido. Cuando Beau dio una patada a un guijarro, Jean Luc se puso tenso. Cuando Coco inspiró demasiado fuerte, Blaise gruñó. Se había transformado a medias, con los ojos brillantes en la penumbra, para oler mejor a Lou y para luchar con más facilidad contra lo que fuera que deambulaba por esos túneles.

—Esto no nos llevará a Célie y Lou —había dicho Coco con ferocidad cuando el hombre lobo había intentado marcharse en busca de sus hijos desaparecidos. Curiosamente, no había sido capaz de oler su rastro, habían desaparecido.

—Nos llevará a Morgane. Sus huellas están grabadas como garras por todas partes. Dondequiera que esté, estarán también Liana y Terrance. Confía en mí.

Nadie verbalizó lo que eso significaba. Todos lo sabían.

Incluso el más breve de los instantes era demasiado largo en compañía de Morgane. Demasiado peligroso.

—¿Tiene garras de verdad? —murmuró Beau unos momentos después.

Coco había arqueado las cejas.

—Estuviste en Modraniht. La viste.

—No tenía garras.

—Pues debería. Al igual que debería haber tenido una verruga y una joroba, esa puerca es un cliché con patas.

Incluso Jean Luc sonrió. Su Balisarda constituía una pesada carga. Al final, cuando ya no pude soportarlo más, lo desenvainé y se lo entregué.

—Ten. Quédatelo.

Su sonrisa desapareció, y dejó de caminar.

—¿Por qué...? ¿Por qué me lo devuelves?

Enrosqué sus dedos alrededor de la empuñadura.

—Es tuyo. He perdido el mío. —Cuando me encogí de hombros, no sentí que el movimiento fuera forzado. Me sentía... bien. *Ligero.* Un peso menos sobre mis hombros—. Tal vez sea lo mejor. Ya no soy un cazador.

Me miró fijamente. Y entonces las murallas se desmoronaron.

—Eres un brujo. Mataste al arzobispo con... magia. —Su voz rezumaba acusación. Traición. Pero en sus ojos había una pizca de esperanza. Quería que lo negara. Quería culpar a otro, a cualquier otro, por lo que le había pasado a nuestro padre. En ese rayo de esperanza, reconocí a mi viejo amigo. Todavía seguía allí. A pesar de todo, aún quería confiar en mí. Ese pensamiento debería haberme calentado por dentro, pero no lo hizo.

Ese rayo de esperanza era una mentira.

—Sí. —Vi cómo su esperanza se marchitaba, mientras se alejaba físicamente de mí. Blaise posó la mirada en mi mejilla, curioso, estudiándome pero lo ignoré—. No pienso negarlo ni dar explicaciones. Soy un brujo, y maté a nuestro padre. El arzobispo no se lo merecía, pero tampoco era el hombre que creíamos que era.

Visiblemente desanimado, se frotó la cara con una mano.

—Madre de Dios. —Cuando levantó la vista de nuevo, me miró a los ojos no con camaradería, exactamente, sino con cierto sentimiento de resignación—. ¿Lo has sabido todo este tiempo?

—No.

—¿Lo embrujaste para conseguir tu cargo de capitán?

—Por supuesto que no.

—¿Y te sientes... diferente? —Al decir eso, tragó visiblemente, pero no miró hacia otro lado. Ese pequeño acto de rebeldía me hizo recordar al chico que se había hecho amigo mío, que me había cuidado, que siempre me había levantado cuando me caía. El que había pegado a Julien por llamarme cochambroso. Antes de que la codicia hiciera que nos cerráramos en banda el uno con el otro. Antes de la envidia.

—No soy la misma persona que era, Jean. —Las palabras, tan diferentes a las de hacía unos días, tan verdaderas, brotaron de mis labios pesadas como una losa. Definitivas—. Pero tú tampoco. Nunca seremos lo que fuimos. Pero aquí y ahora no te pido tu amistad. Morgane anda cerca, y juntos, a pesar de nuestro pasado, tenemos la oportunidad de acabar con ella.

—Creías que atacaría en el funeral. Te equivocaste.

Sin pretenderlo, la verdad siguió fluyendo. Me sentí más ligero con cada palabra.

—Creí lo que necesitaba creer para asistir al funeral del arzobispo.

—No me había dado cuenta en ese momento. Tal vez no *podía* darme cuenta. Y aunque me había equivocado, no me arrepentía. No podía. Empezó a discutir, pero yo seguí adelante antes de que las siguientes palabras murieran en mis labios. Me obligué a mirarlo a los ojos.

—Jean. Yo... nunca supe lo de Célie.

Se puso rígido.

—Si hubiera sabido cómo te sentías, habría... —¿Qué? ¿Rechazado su amor? ¿Rechazado el del arzobispo? ¿No habría luchado contra él en el torneo o no habría prestado juramento? ¿Habría renunciado a mis sueños porque él también los quería?—. Lo siento —dije simplemente.

Y lo sentía. Lamentaba que la vida nos hubiera dado las mismas cartas. Lamentaba su dolor, el sufrimiento que le había causado sin pretenderlo. No podía aliviarlo, pero sí reconocerlo. Podía dejar la puerta abierta para nosotros. Pero no obligarlo a cruzarla.

Transcurrió un momento tenso antes de que bajara la barbilla, pero reconocí ese asentimiento por lo que era: un paso.

Sin decir nada más, continuamos nuestra búsqueda. Blaise tardó otra media hora en captar el aroma de Lou.

—Está cerca. —Frunció el ceño, arrastrándose hacia el túnel de delante—. Pero hay otros. Oigo sus latidos, sus respiraciones... —Se deslizó hacia atrás de sopetón, con los ojos abiertos de par en par al girarse—. Corred.

Unos *chasseurs* doblaron la esquina.

Balisardas en ristre, me reconocieron de inmediato y cargaron. Philippe los guiaba. Sin embargo, cuando Jean Luc saltó delante de nosotros, empujándome hacia atrás, alejándome de ellos, se detuvieron.

—¿Qué significa esto? —gruñó Philippe. No bajó su arma. Posó la mirada en el Balisarda de Jean Luc—. ¿Dónde has...?

—Reid me lo ha devuelto.

Los que estaban detrás de Philippe se agitaron, incómodos. No les gustó descubrir aquello. Yo era un brujo. Un asesino. La confusión y la inquietud surcaron sus rostros mientras reparaban en la postura protectora de Jean.

—¿Por qué está aquí, capitán? —Philippe me señaló con la barbilla—. Él es nuestro enemigo. Todos lo son.

—Un mal necesario. —Tras una mirada vacilante en mi dirección, Jean Luc cuadró los hombros—. Tenemos órdenes nuevas. Morgane está aquí. La encontraremos, y la mataremos.

CAPÍTULO 44

UNA TUMBA DE ESPEJO

Lou

En el centro de las catacumbas, encontré la tumba de la familia Tremblay.

Nunca antes había esperado equivocarme tan fervientemente como en aquel instante y nunca antes me había sentido tan mareada. Como en las otras tumbas, allí los cráneos se alineaban en los estantes, señalando el último lugar de reposo de cada antepasado. Era una costumbre que nunca había entendido. Las brujas no decapitaban a sus muertos. ¿La cabeza del difunto se quitaba antes o después de la descomposición? ¿O lo hacían durante el proceso de embalsamamiento? Y ya que estábamos, *¿quién* lo llevaba a cabo? Seguro que no la familia. Se me revolvió el estómago al pensar en cortar los huesos de un ser querido, y decidí que no quería conocer las respuestas después de todo.

Mis pasos se volvieron más pesados, plomizos, cuanto más me adentraba en la cámara, hasta que al fin, *al fin*, encontré su nombre tallado en un bonito ataúd de palisandro.

FILIPPA ALLOUETTE TREMBLAY
QUERIDA HIJA Y HERMANA

—¿Célie? ¿Estás ahí?

No hubo respuesta.

Al menos el cráneo de Filippa no había sido expuesto todavía.

Con los músculos tensos, empujé la tapa del ataúd, pero no se movió. Después de varios instantes de forcejeo en vano, jadeé:

—No sé si puedes oírme, y en realidad espero que no estés ahí, en cuyo caso me disculpo *profusamente* con tu hermana, pero esto no funciona. Esta maldita cosa pesa demasiado. Tendré que hacer magia para que salgas.

Una piedra rodó por el suelo detrás de mí, y me giré, con las manos levantadas.

—¿*Ansel?* —Con la boca abierta, dejé caer las manos—. ¿Qué haces aquí? ¿Cómo me has *encontrado?*

Observó los cráneos con los ojos muy abiertos.

—Cuando los demás se han ido, he intentado abrir la trampilla de nuevo. He tenido una corazonada. —Me dedicó una sonrisa incierta—. Después de lo que pasó con Coco, sabía que intentarías ser más cuidadosa con tu magia, con los patrones que podías emplear con seguridad, y sellar la puerta solo contra Reid... parecía una solución más simple que sellarla contra todos los demás o sellarla de forma permanente. Y tenía razón. Cuando se ha abierto, he seguido el primer túnel. Me ha traído directamente aquí.

—Eso es imposible. —Lo miré, incrédula—. Ese túnel es un callejón sin salida. Debes de haber dado la vuelta en la oscuridad. ¿Dónde están los otros?

—Han ido a la entrada del cementerio.

—La entrada del cementerio. —De forma instintiva, solté el patrón que recubría mi corazón, y todo el amor que sentía por Reid, toda la desesperación, todo el *pánico*, me invadieron en una ola que me desorientó. Su magnitud me hizo tropezar ligeramente—. *Mierda.* ¿Reid está...?

Se encogió de hombros, impotente.

—No lo sé. Me ha dicho que me quedara atrás, pero no he podido. Tenía que ayudarte de alguna manera. Por favor, no te enfades.

—¿Enfadarme? No estoy... —Una idea repentina y terrible hizo que se me cerrara la garganta. No. Sacudí la cabeza, tambaleándome ante lo absurdo del asunto. Ahogándome en risas. Dije para mí misma, para él—: No, no, no. No estoy enfadada.

No, no, no, resonaron mis pensamientos, repitiendo la palabra como un mantra.

Con una sonrisa radiante, entrelacé mi codo con el suyo y lo arrastré a mi lado.

—No hay absolutamente nada de qué preocuparse. Solo creo que, dadas las circunstancias, Reid podría haber tenido razón. Sería mejor que volvieras a la taberna y esperaras...

Se apartó. El dolor brillaba en sus ojos.

—Es casi medianoche, y no has encontrado a Célie. Puedo ayudar.

—En realidad, podría haberla encontrado...

—¿Dónde está? —Observó los cráneos y ataúdes, con la ansiedad reflejada en la frente—. ¿Está viva?

—Creo que sí, pero tengo un pequeño problema...

—Sea lo que sea, te ayudaré.

—No, creo que es mejor que tú...

—¿Cuál es el problema? —Levantó la voz—. ¿No me crees capaz?

—*Sabes* que eso no es lo que...

—Entonces, ¿qué pasa? Puedo ayudar. *Quiero* ayudar.

—Sé que sí, pero...

—No soy un *niño*, Lou, y estoy harto de que todos me traten como tal. ¡Tengo casi *diecisiete* años! Eso es un año más de lo que tenías tú cuando salvaste el reino...

—Cuando *hui* —dije bruscamente, perdiendo la paciencia—. Ansel, hui, y ahora te pido que hagas lo mismo...

—¿*Por qué?* —explotó, lanzando las manos al aire. El color floreció en sus mejillas, y sus ojos ardieron, demasiado brillantes—. Una vez me dijiste que no soy un inútil, pero todavía no te creo. No puedo luchar. Ni hacer magia. Déjame demostrar que soy capaz de hacer *algo*...

Maldije en voz alta.

—¿Cuántas veces tengo que decírtelo, Ansel? No tienes que demostrarme *nada*.

—Entonces déjame demostrármelo a mí mismo. —Su voz se quebró con aquella última palabra, se estremeció y bajó la mirada. Se contempló los puños abatido—. Por favor.

Mi corazón se hizo añicos al verlo así. Pensaba que valía menos que los demás. No, lo *creía* de verdad, de corazón, y yo no podía hacer nada al respecto. No en ese momento. No con su vida en juego. Quizá

no valiera demasiado para el mundo, para sí mismo, pero para mí...
para mí, un tesoro, su valor era incalculable. Si existía siquiera alguna
posibilidad...

Un hombre cercano a tu corazón morirá.

Me odié a mí misma por lo que estaba a punto de hacer.

—Tienes razón, Ansel. —Endurecí la voz. Si le decía la verdad, se
resistiría. Se negaría a irse. Necesitaba herirlo lo suficiente como para
que no pudiera *quedarse*. Asentí con la cabeza y me crucé de brazos—.
¿Quieres que lo diga? Tienes razón. Lo echas a perder todo. Ni siquiera
eres capaz de *caminar* sin tropezar, y mucho menos empuñar una espada. No puedes hablar con ninguna mujer sin sonrojarte, así que ¿cómo
pretendes salvar a esa chica? Para serte sincera, resulta... lamentable lo
indefenso que estás.

Con cada palabra que pronunciaba yo, Ansel se desmoronaba cada
vez más, mientras las lágrimas relucían en sus ojos pero no había terminado todavía.

—Dices que no eres un niño, Ansel, pero lo eres. Lo *eres*. Es como
si fueras un niño pequeño que juega a ser otra persona, que se viste
con nuestros abrigos y botas. Te dejamos acompañarnos para complacerte, pero el juego se ha acabado. La vida de una mujer está en peligro... *Mi* vida está en peligro. No podemos permitirnos que lo
estropees. Lo siento.

Con la cara cenicienta, permaneció en silencio.

—Ahora —dije, forzándome a continuar, a *respirar*—, vas a darte la
vuelta y a volver por el túnel. Vas a regresar a la taberna, y te vas a esconder en tu habitación hasta que haya pasado el peligro. ¿Me has entendido?

Clavó la mirada en mí, apretando los labios para que dejaran de
temblar.

—No.

—¿No me has entendido?

—No. —Se irguió y se secó una única lágrima de la mejilla—. No lo
haré.

—¿Cómo dices?

—He dicho que *no*, yo...

Entrecerré los ojos.

—Ya te he oído. Te voy a dar la oportunidad de reconsiderarlo.

—¿Qué piensas hacer? —Se rio con desdén, y el sonido fue tan triste, tan antinatural, que me perforó el corazón—. ¿Congelarme el corazón? ¿Romperme los huesos? ¿Hacerme olvidar que te conozco?

Rocé el palisandro con la punta de los dedos, meditando. Esa magia nos dañaría a ambos, pero al menos, aunque estuviera herido, seguiría vivo.

—Solo si me obligas.

Nos taladramos con la mirada, él con un aspecto más feroz de lo que nunca le había visto, hasta que sonó un golpe a nuestro lado. Nos dimos la vuelta para mirar el ataúd de Filippa, y cerré los ojos, avergonzada. Me había olvidado de Célie.

—¿Hay alguien...? —Ansel entreabrió los labios con un jadeo horro- . rizado—. ¿Está Célie ahí dentro? ¿*Viva*?

—Sí —susurré. Las ganas de pelea me abandonaron de golpe. Coco había dicho que sus visiones rara vez eran lo que parecían. Tal vez aquella sería diferente. El futuro era inconstante. Si lo alejaba, podría encontrar la muerte en los túneles. A mi lado, quizás podría... protegerlo, de alguna manera—. No te alejes de mí, Ansel.

Entre los dos, nos las arreglamos para deslizar el ataúd de Filippa hasta el suelo. Abrir la tapa fue otra historia. Tuve que emplear la magia. Pero yo sabía perfectamente cómo romper cerraduras. Y sin embargo, por suerte para mí, acababa de romper una amistad.

Otra cortesía de Morgane.

La tapa se abrió con facilidad después de eso.

Cuando vimos a Célie tumbada, inconsciente, entre los restos de su hermana, Ansel vomitó de inmediato el contenido de su estómago. Estuve a punto de hacer lo mismo, pero me llevé un puño a la boca para contener la bilis. El cadáver de Filippa aún no se había descompuesto por completo, y su carne podrida rezumaba contra la piel de Célie. Y el olor...

Vomité en el cráneo de Monique Priscille Tremblay.

—Nunca se recuperará de esto —dije, limpiándome la boca en la manga—. Esto... es enfermizo, incluso para Morgane.

Al oír mi voz, Célie se incorporó, con los ojos muy abiertos. Cuando se volvió para mirarme, vi que las lágrimas corrían por sus mejillas.

—Célie —susurré, agachándome a su lado—. Lo siento mucho...

—Me has encontrado.

Le limpié la baba de la cara y el pelo lo mejor que pude.

—Por supuesto.

—No creí que fueras a venir. Llevo semanas aquí abajo. —Aunque temblaba violentamente, no se levantó del ataúd. Le deslicé mi capa alrededor de los hombros—. Ella... me visitaba a veces. Se burlaba de mí. Decía que moriría aquí. Decía que Reid se había olvidado de mí.

—Shhh. Ahora estás a salvo. Reid es quien me ha enviado. Te sacaremos de aquí, y...

—No puedo irme. —Sollozó más fuerte cuando Ansel y yo intentamos levantarla, pero su cuerpo permaneció firmemente en el ataúd. Tiramos más fuerte. No se movió—. No puedo moverme. No a menos que te lleve hasta ella. Me ha hechizado. —Entonces la olí, la magia, casi imperceptible bajo el hedor de la descomposición—. Si no lo hago, tendré que quedarme aquí con Filippa... —Un agudo lamento escapó de su garganta, y la abracé con más fuerza, deseando desesperadamente que Reid estuviera allí. Él sabría qué hacer. Él sabría cómo consolarla...

No. Cerré la puerta de golpe a ese pensamiento.

Esperaba que Reid *no viniera*. Aunque no podía abandonar a Ansel, no en las catacumbas con el cadáver de Filippa como única compañía, podía evitar que Reid nos encontrara, que nos siguiera hasta Morgane. En mi mente, si los mantenía separados, a él no le pasaría nada. Todavía podía rezar para que la visión de Coco fuera equivocada y todos sobrevivieran a aquella noche.

—¿Puedes ponerte de pie? —pregunté.

—No lo creo.

—¿Puedes intentarlo? Ansel y yo te ayudaremos.

Se apartó como si se diera cuenta de repente de que la había estado tocando.

—N-No. Tú-tú me quitaste a Reid. Ella me dijo que lo habías *hechizado*.

Traté de mantener la calma. No era culpa de Célie. Sino de Morgane. Conocía a mi madre, y sabía que, durante el tiempo que habían pasado juntas, no le habría contado más que mentiras. En cuanto a Célie se le pasara el susto sería imposible convencerla de que viniera conmigo. Yo era el enemigo. Yo era la bruja que le había robado el corazón a Reid.

—No podemos quedarnos aquí para siempre, Célie. Antes o después, tendremos que ponernos en marcha.

—¿Dónde está Reid? —Su respiración se aceleró una vez más, y miró a su alrededor con ferocidad—. ¿Dónde está? ¡Quiero a Reid!

—Puedo llevarte con él —dije con paciencia, pidiéndole a Ansel que se sentara conmigo en el suelo. Empezó a agitarse de nuevo, meciéndose de un lado a otro y agarrándose la cara—. Pero tienes que salir del ataúd.

Tal y como había predicho, sus lamentos cesaron cuando vio a Ansel a través de sus dedos.

—Tú —susurró, aferrándose al borde del ataúd—. Te vi en la Torre. Eres un iniciado.

Gracias a Dios que Ansel tuvo el suficiente sentido común para mentir.

—Sí —dijo con suavidad, dándole la mano—. Sí. Y necesito que confíes en mí. No dejaré que nadie te haga daño, Célie, y menos una bruja.

Ella se acercó más.

—No lo entiendes. Noto cómo su magia tira de mí. Justo aquí. —Se dio un golpecito en el pecho, con fuerza, frenética. La sangre se acumulaba bajo sus uñas, como si hubiera intentado abrirse camino a través del palisandro—. Si me levanto, no tendré elección. Nos está esperando.

—¿Puedes romper el hechizo? —me pidió Ansel.

—No funciona así. No sé cómo lo hizo Reid en Modraniht, pero debió de hacerle falta una concentración extraordinaria, puede que empleara una poderosa oleada de emoción mientras Morgane estaba distraída, y ahora mismo, no puedo… —Unas voces débiles resonaron en el túnel. Aunque era incapaz de discernir las palabras, las cadencias, no nos convenía que nadie nos encontrara allí. Especialmente Reid.

»Levántate —le dije a Célie—. Levántate y llévanos con Morgane antes de que esta noche acabe siendo infernal de verdad. —Cuando se me quedó mirando, atónita ante mi repentino arrebato, tiré ferozmente de su mano. No sirvió de nada. Era incapaz de romper el vínculo. Célie tendría que elegir levantarse ella misma. Lo cual hizo, después de que la agarrara por la cara y siseara—: Si no te levantas, Reid morirá.

CAPÍTULO 45

LA MASCARADE DES CRÂNES

Lou

Al no poder controlar su cuerpo, Célie se adentraba con pasos mecánicos por cada túnel de la izquierda, mientras nos llevaba a La Mascarade des Crânes. Yo tenía tanta prisa que casi le pisé los talones dos veces. En cualquier momento, Reid podría girar una curva y aparecer. Necesitaba encargarme de Morgane antes de que eso sucediera.

Mis pensamientos no dejaron de asaltarme, planteándome problemas nuevos con cada paso, problemas nuevos y soluciones vanas. Como de costumbre, Morgane iba una jugada por delante. Yo había reunido a mis aliados (*y me había escabullido para enfrentarme a Morgane sin ellos*, se mofó mi mente), había persuadido a las piezas más poderosas del tablero para que se unieran a mí, esperando a que ella atacara. Pero no había atacado. Por lo menos, no de la manera que yo había creído. Me quedé mirando la frágil espalda de Célie, su sucio vestido de luto. Ahora me encontraba atrapada como una rata en las alcantarillas, y solo contaba con la ayuda de Ansel y Célie. Incluso si no hubiera jurado mantenerlos a ambos apartados del enfrentamiento, mis posibilidades de salir con vida de allí eran inexistentes.

Aquello era un desastre.

El camino se ensanchó a medida que avanzábamos, había más faroles iluminando ese túnel que en los otros. Llevábamos caminado un minuto más o menos antes de que el eco de unas voces alegres y estruendosas inundara el túnel; y esta vez, eran muy numerosas. No me resultaban familiares. Algunas entonaban juntas una canción, acompañadas por el alegre sonido de las mandolinas, los dulces acordes de un arpa, e incluso las notas algo más agudas de un rabel. Cuando doblamos la esquina, los primeros puestos pintados aparecieron para recibirnos. Allí, los mercaderes enmascarados cantaban a las doncellas vestidas de forma escandalosa, con promesas de algo más que dulces y pasteles, mientras que otros pregonaban productos tales como sueños embotellados y polvo de hadas. Los bardos se abrían paso entre los compradores. En medio de los aplausos de los transeúntes, un contorsionista retorcía su cuerpo en formas imposibles. Dondequiera que mirara, la multitud bailaba, reía y gritaba, al tiempo que el vino corría y se derramaba en el suelo de los túneles. Las monedas corrían con la misma libertad.

Cuando una niña con la cara sucia, una raterilla, metió la mano en mi bolsillo, le agarré la muñeca y chasqueé la lengua.

—Creo que tendrás más suerte por allí —susurré, señalando a una pareja de borrachos sentados al lado de un carro de dulces espolvoreados. La chica asintió en señal de apreciación y se deslizó hacia ellos.

Sin embargo, no podíamos detenernos a disfrutar de las vistas, puesto que Célie marchaba hacia delante, serpenteando entre los juerguistas como una víbora encantada. Nos apresuramos a seguirle el ritmo.

Ignoró los infinitos túneles laterales y sus desconocidas delicias, y permaneció en el camino principal. Otros se nos unieron, susurrando emocionados, con los rostros ocultos tras elaborados disfraces: leones y leonas con gruesas cabezas de piel y garras de diamante; dragones con cuernos y escamas pintadas que despedían brillos metálicos a la luz de las antorchas; pavos reales con plumas de color verde azulado, dorado y turquesa, cuyas resplandecientes máscaras tenían forma de pico, a la moda. Ni siquiera los asistentes más pobres habían escatimado en gastos, lucían sus mejores galas y la cara pintada. El hombre que tenía más cerca se parecía al diablo con su cara roja y sus cuernos negros.

Todos contemplaron nuestro rostro desnudo con curiosidad, pero ninguno hizo comentario alguno. Mi aprensión aumentaba a cada paso. Morgane estaba cerca. Tenía que estarlo. Ya casi podía sentir su aliento en la nuca, escuchar su voz pronunciando mi nombre.

Al advertir mi angustia, Ansel deslizó su mano en la mía y me dio un apretón.

—Estoy aquí, Lou.

Le devolví el apretón con los dedos entumecidos. Tal vez no hubiera roto nuestra amistad de forma irreparable. Aquella posibilidad me animó lo suficiente como para susurrar:

—Tengo miedo, Ansel.

—Yo también.

Demasiado pronto, el túnel se abrió para dar lugar a un espacio cavernoso y vacío, como el interior de una montaña que crece hacia abajo, adentrándose en la tierra, en lugar de elevarse hacia el cielo. Unos bancos de piedra tosca recubrían las paredes, inclinadas como hileras de dientes, y unas escaleras empinadas descendían más y más y más hasta el interior de la tierra.

Y allí, en el centro de ese escenario primitivo, estaba mi madre.

Se la veía resplandeciente, ataviada con una túnica de terciopelo negro. Llevaba los brazos desnudos a pesar del frío subterráneo, y el pelo, similar a los rayos de luna, le caía en ondas por la espalda. Un intrincado aro dorado le rodeaba la cabeza, pero los cadáveres que flotaban sobre ella formando un círculo, pacíficos, con los ojos cerrados y las manos entrelazadas, constituían su verdadera corona. Aunque no les veía los rasgos de la cara, *sí* podía ver sus gargantas cortadas. Se me encogió el estómago cuando lo comprendí. Atemorizada, coloqué a Ansel y Célie muy sutilmente detrás de mí.

Morgane abrió los brazos, sonrió ampliamente y me saludó:

—Cariño, ¡bienvenida! ¡Me hace muy feliz que te hayas unido a nosotros!

A nuestro alrededor, había cientos de personas sentadas en los bancos, inmóviles, aunque de un modo totalmente antinatural, en silencio y observándolo todo desde detrás de sus máscaras. La magia empapaba el aire, tan espeso y pesado que me lloraban los ojos, y supe por instinto que no podían moverse. Los ojos de los que habían entrado con nosotros quedaron vacíos de toda emoción, y sin una palabra, caminaron rápidamente hasta sus asientos. Invadida por un pánico repentino, busqué a Reid, Coco y Beau entre el público, pero no se les veía por ninguna parte. Me permití un breve suspiro de alivio.

—Hola, *maman*.

Su sonrisa creció al ver mi actitud defensiva.

—Estás preciosa. Debo admitir que me reí cuando te derretiste el pelo, un error clásico, querida, pero creo que estarás de acuerdo conmigo en que el nuevo color te sienta bien. Acércate, para que pueda verlo mejor.

A mis pies les crecieron raíces.

—Estoy aquí. Deja que Célie se vaya.

—Oh, no lo creo. Se perdería toda la diversión. —Haciendo girar la cola de su túnica a su espalda, avanzó, y descubrió otro cuerpo a sus pies. El corazón me dio un vuelco. Incluso desde lejos, reconocí la complexión ligera, los rizos de color caoba.

—Gabrielle —susurré horrorizada. Ansel se puso rígido a mi lado.

—¿Está...?

—¿Muerta? —lo ayudó Morgane, empujando la cara de Gaby con su bota. La pequeña gimió en respuesta—. Todavía no, pero pronto lo estará. Con la ayuda de mi hija, por supuesto. —Pisó la mano de Gabrielle mientras avanzaba para cruzar el escenario—. ¿Dónde está tu cazador, Louise? Esperaba que viniera contigo. Tengo *mucho* de lo que hablar con él, como supondrás. ¡Un brujo! No te imaginas mi sorpresa después del pequeño truco que llevó a cabo en Modraniht. ¿Intercambiar la vida del arzobispo por la tuya? Estuvo muy inspirado.

Cuadré los hombros.

—Tu mensaje decía que la dejarías ir.

—No. Mi mensaje decía que me comería su corazón si no la rescatabas antes de medianoche, y ya —se lamió los dientes con malicia— es medianoche. Tal vez puedas distraerla mientras tanto.

—Pero la he rescatado...

—No, Louise. —La sonrisa de Morgane adquirió un aspecto sombrío—. No lo has hecho. Bueno —dijo, con total naturalidad—, dime, ¿hay más como tu cazador? Quizá fui una tonta al echar a nuestros hijos varones. Ha resultado casi imposible seguirles la pista, y los que hemos encontrado... Bueno, les doy bastante miedo. Parece que no *todos* los hijos heredan nuestros dones. —Dedicó una mirada amorosa a los cadáveres que flotaban sobre ella—. Pero no me he quedado con las manos vacías. Mi trabajo ha dado otros frutos.

—No hemos encontrado a nadie —mentí, pero ella sabía que era mentira. Sonrió.

—Ven aquí, cariño. —Llamó con el dedo a Célie, que estaba tan cerca de mí que notaba cómo su cuerpo temblaba—. Qué muñequita tan encantadora. Ven aquí, para que pueda destrozarte.

—Por favor —susurró Célie, agarrándose a mi brazo mientras sus pies se movían por sí solos—. Por favor, ayúdame.

Aferré su mano y no la dejé ir.

—Déjala en paz, Morgane. Ya la has atormentado bastante.

Morgane inclinó la cabeza, como si lo estuviera considerando.

—Puede que tengas razón. Sería mucho menos satisfactorio matarla sin más, ¿verdad? —Aplaudió y se rio—. Oh, qué deliciosamente cruel eres. Debo decir que estoy impresionada. Con la carne de su hermana muerta todavía ensuciándole la piel, *por supuesto* que debemos condenarla a vivir, a vivir y a no olvidar nunca. El *tormento*, como has dicho, será delicioso.

Saboreé la bilis y solté la mano de Célie. Sin embargo, cuando sus pies siguieron adelante, soltó un sollozo.

—¿Qué haces? —gruñí, bajando por las escaleras después de ella.

—Por favor, Louise —canturreó Morgane—. *Deseo* que te acerques más. Sigue a la muñeca. —Luego añadió, dirigiéndose a Ansel—: Por la forma en que revoloteas a su lado, asumo que eres una especie de mascota. Un pájaro, quizás. Quédate donde estás, no sea que te arranque las plumas para hacerme un sombrero.

Ansel hizo amago de desenvainar el cuchillo de su cinturón. Le hice señas para que lo dejara, siseando:

—Quédate aquí. No le des más razones para que se fije en ti.

Parpadeó con ojos de corderito, confundido. Todavía no había atado cabos.

—Estoy esperando —cantaba mi madre, con la voz empapada de miel.

Las brujas aguardaban a ambos lados de los escalones y observaron cómo Célie y yo descendíamos. Más de las que esperaba. Más de las que reconocí. Manon estaba casi al fondo, pero se negó a mirarme. La indiferencia suavizó sus rasgos marcados, convirtiendo su cara de ébano en una máscara impenetrable. Pero... tragó con fuerza cuando pasé a su lado, la máscara se resquebrajó cuando sus ojos se dirigieron a uno de los cadáveres.

Era el hombre atractivo de pelo dorado de antes. Gilles. A su lado flotaban dos chicas de tez igualmente clara, con los ojos vidriosos igual de azules. Una morena algo más mayor flotaba a su otro lado, y un niño pequeño (no podía tener más de tres años) completaba el círculo. Cinco cuerpos en total. Cinco cadáveres perfectos.

—No dejes que sus expresiones te engañen —murmuró Morgane. Así de cerca, podía ver la cicatriz roja del cuchillo de Jean Luc en su pecho—. Sus muertes no fueron pacíficas. No fueron bonitas o agradables. Pero eso ya lo sabes, ¿no? Viste a nuestro dulce Etienne. —Otra sonrisa le retorció los labios—. Deberías haberlos oído gritar, Louise. Fue hermoso. Transcendente. Y todo por tu culpa.

Con un movimiento de sus dedos, los cuerpos bajaron, todavía dando vueltas, hasta que me rodearon a la altura de los ojos. Sus dedos de los pies rozaban la tierra, y sus cabezas... Me tragué las náuseas.

Sus cabezas se mantenían intactas claramente gracias a la magia.

Entumecida, me puse de puntillas, cerrando primero los ojos del niño (su cabeza tembló ante el contacto), luego los de la morena, los de las gemelas, y finalmente, los del apuesto desconocido. Por el rabillo del ojo, detecté que Manon se movía.

—Estás enferma, *maman* —le dije—. Llevas mucho tiempo enferma.

—Tú debes de saberlo, cariño. No te puedes ni imaginar el placer que he sentido al verte estas últimas semanas. Nunca he estado tan orgullosa. Por fin mi hija se da cuenta de lo que hay que hacer. Está en el lado equivocado, por supuesto, pero sus sacrificios siguen siendo encomiables. Se ha convertido en el *arma* que yo concebí.

La bilis me subió por la garganta al detectar su énfasis, y recé, *recé*, para que no nos hubiera estado espiando antes, para que no hubiera escuchado las palabras de Reid en nuestra habitación del Léviathan. Nuestra *habitación*. Su presencia envenenaría esos momentos entre nosotros.

Por favor, esos no.

Me levantó la barbilla con un dedo frío y cortante. Pero sus ojos eran todavía más fríos. Todavía más cortantes.

—¿Creías que podías salvarlos? —Cuando no dije nada, cuando me limité a mirarla, me pellizcó la barbilla con más fuerza—. Me humillaste en Modraniht. Delante de todas nuestras hermanas. Delante de la propia Diosa. Después de que huyeras, me di cuenta de lo ciega que había estado. De mi obsesión. Envié a tus hermanas al reino en busca de los vástagos de Auguste. —Pegó una bofetada a Gilles, rasgándole la piel. La sangre estancada rezumó de él. Goteó sobre el cabello de Gaby. Ella gimió de nuevo—. Y los encontré... No a todos, no, todavía no. Pero pronto. Verás, no necesito tu destrozada garganta para llevar a cabo mi venganza, Louise. Mi voluntad se cumplirá, con o sin ti.

»No te equivoques —añadió, agarrándome de la barbilla una vez más—, *morirás*. Pero si vuelves a escapar, no te perseguiré. Nunca más te perseguiré. En vez de eso, me deleitaré en el placer de desmembrar a los hermanos y hermanas de tu cazador, y te enviaré cada uno de los pedazos. Embotellaré sus gritos y envenenaré tus sueños. Cada vez que cierres los ojos, serás testigo del fin de sus miserables vidas. Y después de que el último niño sea asesinado, iré a por tu cazador, y le arrancaré los secretos de su mente, matándolo frente a ti. Solo *entonces* te mataré, hija. Solo cuando *ruegues* por tu muerte.

No podía apartar la vista de ella. Mi madre. Estaba loca, completa y absolutamente loca. Siempre había sido apasionada, volátil, pero aquello... Aquello era diferente. En su búsqueda de venganza, había dado demasiado. *Todos esos fragmentos a los que estás renunciando, los quiero*, había dicho Reid.

Te quiero a ti. *Totalmente intacta.* Busqué en su cara cualquier señal de la mujer que me había criado, que había bailado conmigo en la playa y me había enseñado a valorarme, pero no quedaba nada. Se había ido.

¿Crees que serás capaz de matar a tu propia madre?

No me ha dado otra opción.

Entonces no había sido una respuesta. Ahora sí lo era.

—¿Y bien? —Me soltó la barbilla, sus ojos ardían con furia—. ¿No tienes nada que decir?

Noté las manos pesadas como el plomo, pero me obligué a alzarlas de todos modos.

—Creo que... si planeas desmembrar a *todos* sus hijos, uno por uno... tendré bastante tiempo para detenerte. —Enseñó los dientes, y yo le sonreí, fingiendo bravuconería. Esa mueca me costó todo lo que tenía. También la distrajo del pasito que di en dirección a Gabrielle—.

Y *te detendré, maman*, sobre todo si me cuentas tus planes cada vez que nos encontremos. Te encanta el sonido de tu voz, ¿no? Nunca pensé que fueras una narcisista. Trastornada y fanática, sí, a veces incluso vanidosa, pero no narcisis...

Morgane arrastró a Gaby hasta sus pies antes de que pudiera terminar la frase, y yo solté unas cuantas palabrotas mentalmente. Hizo un gesto con la mano, y una bola de fuego floreció en su palma.

—Tenía pensado hacerte elegir, *querida*, entre Célie y Gabrielle, solo para divertirnos un poco, pero parece que has puesto a prueba mi paciencia. Ahora las mataré a las dos. Aunque sé que prefieres el hielo, a mí me gusta el fuego. Es bastante poético, ¿no crees?

Célie lloriqueaba detrás de mí.

Mierda.

Al son del dedo de Morgane, los ojos de Gaby se abrieron de golpe, luego se abrieron como platos, examinándolo todo a su alrededor.

—Lou. —La voz se le quebró al pronunciar mi nombre, y se resistió en los brazos de Morgane—. Lou, está loca. Ella y...

Dejó de hablar a gritos cuando Morgane arrastró el fuego por su cara, cuando Morgane arrastró y siguió arrastrando, paseando las llamas por su garganta, su pecho, sus brazos. A pesar de que ella gritó y gritó, forcejeando de nuevo, Morgane no se detuvo. Presa del pánico, me lancé a buscar un patrón, *el* patrón, pero antes de que pudiera hacerlo, una hoja cortó el aire y atravesó la *mano* de Morgane. Aullando de indignación, dejó caer a Gaby y se giró violentamente hacia...

Me quedé sin respiración.

Ansel. Se giró hacia Ansel.

Me había seguido otra vez.

Con los ojos como dos rendijas, lo miró, lo miró *de verdad*, por primera vez. La sangre le goteaba en el dobladillo de la túnica. Una gota. Dos gotas. Tres.

—Me acuerdo de ti. —Cuando sonrió, su cara se retorció hasta convertirse en algo desagradable y oscuro. No detuvo a Gaby mientras se alejaba de nosotros y desaparecía en el túnel bajo los pasillos—. Estuviste en Modraniht. Un pajarito muy bonito. Al fin has encontrado tus alas.

Él agarró sus cuchillos con más fuerza, con la mandíbula tensa y la postura firme, plantó los pies en el suelo y se preparó para usar la fuerza del tronco superior e inferior de su cuerpo. El orgullo y el terror batallaron en el interior de mi corazón. Había salvado a Gaby. Había hecho sangrar a Morgane.

Había sido marcado.

Los patrones llegaron sin dudarlo cuando me puse a su lado. Cuando levanté las manos, decidida, él rozó el cuchillo que yo llevaba en la bota. Lo saqué rápidamente.

—Primera lección —susurró Ansel—. Encuentra las debilidades de tu oponente y explótalas.

—¿Qué estás susurrando? —siseó ella, conjurando otra bola de fuego en su mano.

Había elegido el fuego como arma, pero el fuego podía ser avivado. Significaba pasión. *Emociones.* En el combate, reaccionaba con rapidez, sin premeditación, y esa impulsividad podía ser su perdición. Tendríamos que tener cuidado, ser raudos.

—Sabía que elegirías el fuego. —Sonreí, lanzando el cuchillo al aire con despreocupación—. Con la vejez, te estás volviendo de lo más predecible, *maman.* Y te están saliendo arrugas. —Cuando lanzó la primera bola de fuego, Ansel se agachó rápidamente—. Menuda suerte que tengas el pelo blanco de forma natural. Te disimula las canas, ¿no?

Con un grito de indignación, lanzó la segunda bola. Esa vez, sin embargo, yo me moví más rápido aún, atrapé las llamas con mi arma y se las lancé de vuelta.

—Segunda lección —dije, riéndome mientras se le incendiaba la capa—. No existe el juego sucio. Usa todas las armas de tu arsenal.

—Te crees muy lista, ¿no? —Morgane arrojó su capa al suelo, jadeando. Esta ardió con suavidad, despidiendo nubes de humo que se enroscaron alrededor de mi madre—. Pero yo te enseñé a luchar, Louise. *Yo.* —Apenas perceptible a través del humo, conjuró una tercera bola de fuego entre las palmas, sus ojos brillaban con malicia—. Tercera lección: la lucha no termina hasta que uno de los dos muere. —Cuando lanzó la bola de fuego, se convirtió en una espada, en un pilar, y ni Ansel ni yo pudimos esquivarlo con suficiente rapidez. Nos arrasó la piel al pasar, nos hizo caer de espaldas, y Morgane se lanzó hacia delante.

Anticipando su movimiento, y presa del dolor, le quité el cuchillo a Ansel y rodé encima de él, con lo que conseguí hacerle un corte a mi madre en la cara. Echó el tronco superior hacia atrás, pero el movimiento impulsó su mitad inferior hacia mí, hacia *mi* cuchillo, con el que le atravesé el estómago. Ella jadeó. Las llamas se desvanecieron y los cadáveres que flotaban en el aire se estrellaron contra el suelo. Unos jadeos horrorizados se elevaron entre el público cuando el hechizo se desvaneció. Con el arma de Ansel en mano, me lancé sobre ella para terminar el trabajo; observé cada uno de sus movimientos, cada emoción, como si el tiempo se hubiera ralentizado. Memorizando su cara. Frunció el ceño, confusa. Abrió los ojos como platos por la sorpresa. Sus labios se entreabrieron a causa del miedo.

Miedo.

Era una emoción que nunca había visto en la cara de mi madre. Y me hizo dudar.

Sobre nosotros, tronaron unos pasos, y el grito de Reid perforó el silencio.

No.

Más rápido de lo que era humanamente posible, la mano de Morgane serpenteó hacia delante, me agarró la muñeca y me la retorció. El mundo volvió a resultar nítido con una claridad vívida, y dejé caer el cuchillo con un grito.

—Has intentado matarme —susurró—. *A mí. A tu* madre. —Las carcajadas salvajes de mi madre la dejaron sin aliento, incluso cuando los *chasseurs* descendieron. Reid y Jean Luc los guiaban, con Blaise gruñendo detrás, completamente transformado—. ¿Y si hubieras tenido éxito, hija? ¿Por eso has venido? ¿Creías que te convertirías en reina?

Me retorció el brazo con brutalidad, y escuché el crujido de mi hueso al romperse. El dolor me recorrió el brazo, consumiéndolo todo, y grité.

—Una reina debe hacer lo que sea necesario, Louise. Casi lo tenías, pero has dudado. ¿Te muestro el camino a seguir? ¿Debo mostrarte tus carencias?

Dejó caer mi muñeca, y yo me tambaleé hacia atrás, viendo entre lágrimas cómo Reid corría hacia nosotros, alejándose del resto, con los cuchillos desenvainados. No podía moverme con la suficiente rapidez. No podía detenerlo.

—¡Reid, *NO*!

Morgane arrojó una cuarta y última bola de fuego, y esta explotó contra su pecho.

CAPÍTULO 46

EL HOMBRE SALVAJE

Reid

El humo me envolvió, espeso y ondulante. Se me introdujo por la nariz, la boca y los ojos. Aunque no podía verla, todavía oía a Lou mientras gritaba, mientras se enfurecía con su madre, que se reía. Se reía y reía y reía. Vadeé a través del humo para alcanzarla, para decirle que estaba bien...

—¡Reid! —gritó Ansel. La voz de Jean Luc pronto se unió a la suya, gritando por encima del estruendo mientras el público huía para ponerse a salvo. Mientras las brujas chillaban y las pisadas resonaban, espesas como el humo que se elevaba en el aire.

Pero ¿dónde estaba el incendio?

Me di una palmadita en el pecho, buscando el calor asfixiante de las llamas, pero no había ninguna. En cambio, había... había...

Claud Deveraux se puso a mi lado, ofreciéndome una sonrisa socarrona. Sostenía en las manos la bola en llamas (que se estaba encogiendo y despedía humo salvajemente) y en sus ojos... Pestañeé para ver a través del humo. Por un momento, en sus ojos pareció titilar algo antiguo y salvaje. Algo *verde*. Retrocedí un paso, asombrado.

La débil fragancia terrosa que había olido en los vagones de la Troupe de Fortune había regresado multiplicada por diez. Se hacía sentir por encima del humo, inundaba la caverna con el aroma de la savia de pino y el liquen, la tierra húmeda y el heno.

—Creía... Dijiste que no eras un brujo.

—Y sigo sin serlo, querido muchacho.

—No hemos podido encontrarte. En los túneles, no hemos podido...

—Mis patitos habían desaparecido, ¿no es así? —Me recolocó el abrigo con una sonrisa—. No tengas miedo. Los encontraré. —Al otro lado del humo, Lou todavía gritaba. El sonido me inundó los oídos, entorpeciendo todos los demás pensamientos—. Y aunque la *dulce* Zenna debería haber sido más lista, la tentación de la violencia resultó ser demasiado para resistirse a esa sed de sangre. La encontré en los túneles mientras buscaba a los otros. La pobre Seraphine no ha tenido más remedio que seguirla, y yo no podía dejarlas desprotegidas. *Esperaba* volver antes de que la situación se desmadrara, mejor prevenir que curar, ya sabes, pero por desgracia... —Miró por encima del hombro en dirección a la risa de Morgane—. Su enfermedad puede que nos consuma a todos. Si me disculpas.

Separó el humo con un movimiento de muñeca.

Lou y Morgane se materializaron, dibujando círculos una alrededor de la otra con las manos en alto. Más allá, Ansel protegía a Célie en sus brazos, y Jean Luc y Coco luchaban espalda con espalda contra un trío de brujas. Sobre nosotros, Beau guiaba a la aterrorizada multitud hacia las salidas. El cuerpo de una bruja se enfriaba a los pies de Blaise, con la garganta rajada, pero otra lo había acorralado. Esta movió las manos de forma salvaje.

Dos *chasseurs* llegaron hasta ella.

Cuando Deveraux salió del humo, Lou y Morgane se quedaron paralizadas. Yo avancé detrás de él.

—*Tú* —le gruñó Morgane, y se tropezó (se *tropezó* de verdad) hacia atrás.

Deveraux suspiró.

—Sí, cariño. Yo.

Y con esas palabras, Claud Deveraux comenzó a cambiar. Se hizo más alto, más ancho, su silueta creció incluso por encima de mí. Unas pezuñas hendidas hicieron estallar sus elegantes zapatos. Una cornamenta de ciervo brotó de sus estilizados rizos. Una corona de ramas de roble se tejió a su alrededor. Las pupilas se estrecharon abruptamente hasta formar rendijas, sus ojos brillaron en la oscuridad como los de un gato. Nos miró fijamente en silencio durante varios segundos.

Inspiré de forma temblorosa.

—*Mierda*. —Lou lo miró con incredulidad. Confusa. Me acerqué a ella—. Eres... el hombre salvaje.

Guiñándole el ojo, se levantó el sombrero para saludarla. Este se desvaneció en una explosión de lilas, que le ofreció con una floritura.

—Es un placer conocerte, pequeña. —Su voz resultó más profunda en ese momento, antigua, como si proviniera de la misma tierra—. Pido disculpas por no haber revelado antes quién soy, pero estos son tiempos extraños y difíciles.

—Pero tú no eres *real*. Eres un puto *cuento de hadas*.

—Como tú, Louise. —Entrecerró sus ojos amarillos—. Como tú.

—No deberías haber venido aquí, Henri —dijo Morgane, con los labios apretados. Todavía no había bajado las manos—. Los mataré a todos para fastidiarte.

Él sonrió sin calidez, dejando al descubierto unos colmillos puntiagudos.

—Ve con cuidado, cariño. No soy un perro que deba obedecer a la llamada de su amo. —Su voz se hizo más fuerte, más feroz, ante la mueca de Morgane—. Yo soy lo Salvaje. Soy todo lo que habita en la tierra, todo lo que se erige y se desmorona. En mi mano está la vida de toda criatura y el aliento de toda la humanidad. Las montañas se inclinan a mi antojo. Los animales salvajes me honran. Soy el pastor y el rebaño.

Muy a su pesar, Morgane retrocedió un paso.

—Tú-tú conoces las viejas leyes. No puedes intervenir.

—No puedo intervenir *directamente*. —Se puso a su altura, y se cernió sobre ella, sobre todos nosotros, con sus ojos gatunos brillando—. Pero a mi hermana... le disgustan tus recientes hazañas, Morgane. Mucho.

—Tu hermana —repitió Lou débilmente.

Morgane palideció.

—Todo lo que he hecho, lo he hecho por ella. Pronto, sus hijas serán libres.

—Y tu hija estará muerta. —Frunciendo el ceño, bajó la mano para acariciarle la mejilla. Ella no retrocedió. En vez de eso, se inclinó hacia su caricia. Quise mirar hacia otro lado. No pude. No cuando una profunda tristeza brotó en los ojos de ese extraño ser, no cuando esta se deslizó en forma de lágrima por la mejilla de Morgane—. ¿Qué te ha pasado, mi amor? ¿Qué mal envenena tu espíritu?

Ahora Morgane sí retrocedió. La lágrima se convirtió en humo en su mejilla.

—Me *dejaste*.

Aquella palabra quebró algo en ella, y Morgane se puso en movimiento, alzando las manos y apuntando hacia él. Lou levantó las suyas por puro instinto. La imité un segundo demasiado tarde y lancé uno de mis cuchillos, pero maldije cuando se deslizó por el suelo más allá de Morgane. Ella no lo vio, ya que no dejaba de atacar a Deveraux. Él solo movió la muñeca y suspiró. Un fuerte olor a madera de cedro nos envolvió.

—Sabes que eso no funcionará conmigo, cariño —dijo, irritado. Con otro movimiento repentino, Morgane flotó directamente hacia arriba, suspendida como si estuviera clavada a un árbol. Sus palmas se juntaron. El tumulto a nuestro alrededor se calmó cuando todos se volvieron a mirar—. Yo *soy* la tierra. Tu magia viene de *mí*.

Cuando ella gritó, presa de la frustración, revolviéndose salvajemente, él la ignoró.

—Pero tienes razón —continuó—. Nunca debí haberme ido. Es un error que no cometeré dos veces. —Se paseó ante una hilera de cadáveres, creciendo con cada paso que daba. Las náuseas de mi estómago se hicieron más violentas cuando los observé con más atención. Cuando reconocí mi boca en una cara. Mi nariz en otra. Mi mandíbula. Mis ojos.

Deveraux vio al niño y su voz adquirió un matiz oscuro.

—Durante demasiado tiempo, me he sentado en silencio viendo cómo ahogabas a otros, viendo cómo te hundías, pero ya no. No te dejaré hacer esto, *ma chanson*. —Miró a Lou, y la terrible furia de sus ojos se suavizó—. Ella podría haber sido nuestra.

—Pero *no* lo es —escupió Morgane, con la garganta hinchada por la tensión—. No es mía ni tuya. Es de él. Es de *ellos*. —Me señaló a mí, a Ansel, a Coco y a Jean Luc, a Beau y a Blaise—. *Nunca* fue mía. Ha elegido su bando. Aunque sea lo último que haga, la haré sufrir como han sufrido sus hermanas.

Varias brujas se deslizaron hacia el túnel principal en aquel momento. Blaise, con la cara ensangrentada y la boca goteando, bloqueó la entrada, pero estaba solo. Cuando las brujas se enfrentaron a él y consiguieron pasar, los *chasseurs* las persiguieron, abandonándonos. Ansel retrocedió para vigilar el túnel de los participantes menos importantes. Temblando junto a los cadáveres, Célie se quedó sola. Cuando se giró para mirarme, viva, *aterrorizada*, le hice señas para que se acercara. El movimiento más imperceptible de mis dedos. Hizo una mueca y corrió hacia nosotros. Lou la agarró, y yo las rodeé a ambas con mis brazos.

Sobreviviríamos a aquello. Todos nosotros. No me importaba lo que dijera la visión de Coco.

Deveraux nos observó por un momento con expresión melancólica antes de devolver su atención a Morgane. Sacudió la cabeza.

—Eres una estúpida, mi amor. Ella es tu hija. Por supuesto que podría haber sido tuya. —Con un movimiento de su mano, Morgane flotó de nuevo hasta el suelo. Sus manos se separaron—. Este juego ha terminado. Mi hermana se ha encariñado con Louise.

Apreté los brazos alrededor de Louise y, temblando de alivio, ella dejó caer su cabeza sobre mi hombro. Para mi sorpresa, Célie le acarició el pelo. Solo una vez. Un simple gesto de consuelo. De esperanza. La inverosimilitud de aquello me sorprendió, me destrozó, y un cálido alivio se apoderó de mí. Se me doblaron las rodillas. De verdad *sobreviviríamos* a aquello. Todos nosotros. Con Deveraux y su hermana de nuestro lado, un *dios* y una *diosa*, Morgane tenía las manos atadas. A pesar de todo su poder, era humana. No podía albergar esperanza alguna de librar esa batalla y ganar.

Jadeando y flexionando las muñecas, miró a Deveraux con absoluto rencor.

—Tu hermana es la estúpida.

Los ojos de Claud se cerraron en sendas rendijas, e hizo un gesto para que Blaise y Ansel se alejaran de las entradas del túnel.

—Pones a prueba mi paciencia, amor. Vete ahora, antes de que cambie de opinión. Deshaz lo que se pueda deshacer. No intentes volver a hacer daño a Louise, o sentirás la ira de mi hermana y la mía. Esta es tu última advertencia.

Morgane retrocedió hacia el túnel lentamente. Levantó la mirada, vio cómo las últimas brujas huían y cómo los últimos cazadores iban tras ellas. Deveraux las dejó ir. Con público, Morgane nunca se rendiría.

Ahora el auditorio estaba casi vacío. Solo quedaban los nuestros y Manon. Ella contemplaba la cara vacía de Gilles, la suya igualmente sin vida. Lou la miró como si fuera a acercársele, pero la retuve por la cintura. *Todavía no.*

—Mi última advertencia —susurró Morgane—. La ira de una diosa. —Cuando levantó las manos, todos se pusieron tensos, pero ella se limitó a unirlas en un aplauso. Cada palmada resonó en el auditorio vacío. Una sonrisa verdaderamente aterradora le cruzó la cara—. Bien hecho, Louise. Parece que has conseguido reunir piezas muy poderosas para nuestra partida, pero no olvides que yo tengo las mías. Me has superado… por ahora.

Lou se alejó de Célie y de mí, tragando con fuerza.

—Para mí nunca fue un juego, *maman*. Te quería.

—Oh, cariño. ¿No te dije que el amor te hace débil? —Un brillo salvaje iluminó los ojos de Morgane mientras retrocedía. Ahora estaba cerca del túnel. A punto de escapar. Ansel merodeaba no muy lejos, con una expresión nerviosa. Era un reflejo de la mía propia. Miré a Deveraux, rezando para que cambiara de opinión y la capturara, pero no se movió. Confiaba en que se fuera, en que obedeciera la orden de su diosa. Yo no—. Pero el juego no ha terminado todavía. Simplemente, han cambiado las reglas. Eso es todo. No puedo usar la magia, no aquí. No puedo tocarte a *ti*, pero…

Me percaté de su intención demasiado tarde. Todos lo hicimos.

Con un chasquido, levantó mi cuchillo caído, se abalanzó hacia delante y se lo clavó a Ansel en la base del cráneo.

CAPÍTULO 47

EL FIN DEL MUNDO

Lou

El mundo no terminó con un grito.
Terminó con un jadeo. Una única exhalación asustada. Y luego…
Nada.

Nada más que silencio.

CAPÍTULO 48

ALGO OSCURO Y ANTIGUO

Lou

No pude hacer nada más que verlo caer.

Cayó de rodillas con los ojos abiertos, sin ver, antes de derrumbarse hacia delante. No había nadie que lo sujetara, nadie que evitara que su cara chocara contra el suelo con un golpe repugnante y definitivo. No se volvió a mover.

Un silencio total me inundó los oídos, la mente, el *corazón*, mientras la sangre lo rodeaba en un halo escarlata. Mis pies no se movieron. Mis ojos no parpadearon. Solo existían Ansel y su corona, con sus preciosas extremidades extendidas tras él como si estuviera durmiendo...

A medianoche, un hombre cercano a tu corazón morirá.

Un grito rasgó el silencio.

Era mío.

Volví a enfocar el mundo, y vi que todos gritaban, corrían y resbalaban con la sangre de Ansel...

Coco se abrió el brazo con uno de los cuchillos de Reid, y derramó su propia sangre en la cara de Ansel. Le dieron la vuelta en el regazo de Reid, le abrieron los labios a la fuerza. Su cabeza quedó colgando. Su piel ya había perdido el color. Por mucho que lo sacudieran, por mucho que sollozaran, no despertó.

—¡Ayúdalo! —Coco se puso de pie y agarró a Claud por el abrigo. Las lágrimas corrían por su cara, quemando todo lo que tocaban, encendiendo llamas diminutas a nuestros pies. Y siguieron cayendo. Se quedó

sin aliento, ya no lo sacudía, sino que lo agarraba por los hombros. Aferrándose. Ahogándose—. Por favor, *por favor*, tráelo de vuelta...

Claud le apartó las manos suavemente mientras negaba con la cabeza.

—Lo siento. No puedo interferir. Se ha... ido.

Ido.

Ansel se había ido.

Se ha ido, se ha ido. Esas palabras se arremolinaron a mi alrededor, a
través de mí, susurrando, definitivas. *Ansel se ha ido.*

Coco se dejó caer en el suelo, y lloró todavía más. El fuego se enroscó a su alrededor como si fueran pétalos líquidos. Disfruté del calor. Del
dolor. Ese lugar ardería por lo que nos había arrebatado. Esperaba que
las brujas siguieran allí. Esperaba que el diablo de cara roja y sus amigos
no hubieran escapado todavía. Soplando sobre cada patrón brillante,
avivé las llamas, las hice más altas, más calientes. Todos morirían con
Ansel. Todos y cada uno de ellos morirían.

Una risa resonó en la oscuridad del túnel.

Con un rugido gutural, eché a correr tras ella. Jean Luc había dicho
que estaba podrida, pero eso no era cierto. La magia no se pudría. Se
agrietaba, como un espejo astillado. Con cada pincelada de magia, esas
grietas en el cristal se hacían más profundas. El más mínimo roce podría
romperlo. No lo había corregido en aquel momento. No quise reconocer
lo que me estaba sucediendo, lo que todos sabíamos. Pero ahora...

—¿Lo *querías*, Louise? —La voz de Morgane resonó en la oscuridad—.
¿Has visto cómo la luz abandonaba esos bonitos ojos marrones?

En ese momento me resquebrajé por completo.

La luz se abrió paso a través de mi piel en todas direcciones, con un
estallido, iluminando el túnel entero. Las paredes temblaron, el techo se
agrietó y llovieron piedras, derrumbándose bajo mi ira. Empujé con más
fuerza, desgarrando los patrones a ciegas. Hice caer el túnel sobre su
cabeza. Rompería el mundo y derribaría el cielo para castigarla por lo
que había hecho. Por lo que *yo* había hecho. En un hueco del pasadizo,
Morgane se quedó paralizada, con la boca abierta por la sorpresa y el
placer.

—Eres magnífica —susurró—. *Por fin.* Podemos divertirnos un poco.

Cerré los ojos, incliné la cabeza hacia atrás y sostuve todas sus vidas
en mis dedos. Reid. Coco. Claud. Beau. Célie. Jean Luc. Manon. Comprobé

los pesos de cada una de ellas, buscando un hilo que coincidiera con el de Morgane. Ella tenía que morir. A cualquier precio.

¿Y si otro debe morir a cambio?, susurró la voz.

Que así sea.

Sin embargo, antes de que pudiera tirar del hilo, un cuerpo se estrelló contra mí. La sangre empapaba su camisa. La saboreé en mi boca mientras me aprisionaba contra la pared, mientras me inmovilizaba las manos por encima de la cabeza.

—Detente, Lou. No lo hagas.

—¡Suéltame! —Mitad gritando, mitad sollozando, luché contra Reid con todas mis fuerzas. Escupí la sangre de Ansel—. Es culpa mía. Yo lo he matado. Le dije que no valía *nada*, que no era *nada*...

En la boca del túnel, Claud, Beau y Jean Luc tenían problemas para contener a Coco. Debía de haberme seguido. Por su expresión salvaje, había planeado un destino similar para mi madre. El fuego rugía detrás de ella.

Cuando me volví hacia Morgane, había desaparecido.

—Déjala ir —suplicó Reid. Las lágrimas y el hollín le manchaban la cara—. Tendrás otra oportunidad. Tenemos que irnos, o todo esto se nos derrumbará encima.

Me desplomé en sus brazos, derrotada, y él exhaló con fuerza, apretándome contra su pecho.

—No puedes dejarme. ¿Lo entiendes? —Acunándome la cara me inclinó hacia atrás y me besó con ímpetu. Su voz era feroz. Su mirada, todavía más feroz. Abrasó la mía, con una expresión enfadada, angustiada y temerosa—. No puedes hacer esto sola. Si te refugias en tu mente, en tu magia, te seguiré, Lou. —Me sacudió ligeramente, y vi que las lágrimas brillaban en esos ojos asustados—. Te seguiré a esa oscuridad y te traeré de vuelta. ¿Me oyes? Donde *tú* vayas, *yo* iré.

Miré hacia el auditorio. Las llamas ya ardían con demasiada altura para que pudiéramos recuperar el cuerpo de Ansel. Ardería allí. Ese sucio y deplorable lugar sería su pira. Cerré los ojos, esperando que el dolor acudiera, pero solo había desierto. Estaba hueca. Vacía. No importaba lo que Reid afirmara... Esa vez, no sería capaz de traerme de vuelta.

Algo oscuro y antiguo había salido de ese pozo.

CAPÍTULO 49

MAGIA ANTIGUA

Lou

La luz vespertina brillaba a través de la polvorienta ventana, iluminando la cálida madera y las gruesas alfombras del comedor del Léviathan. La Voisin y Nicholina me miraban desde el otro lado de la mesa. Parecían no encajar en aquella habitación normal y corriente. Con la piel plagada de cicatrices y unos ojos inquietantes, eran dos criaturas salidas de las páginas de una historia de terror.

Yo daría vida a su historia de terror.

El posadero me había asegurado que allí no nos molestarían.

—¿Dónde estabais?

—Los túneles nos separaron. —La Voisin hizo frente a mi mirada impasible. Aún no habíamos encontrado a los otros. Aunque Blaise y Claud habían buscado sin descanso, Liana, Terrance, Toulouse y Thierry seguían perdidos. Supuse que Morgane los había matado. No podía preocuparme por eso—. Cuando llegamos a la Mascarada de la Calavera, Cosette ya había prendido el fuego. Di instrucciones a mi familia para huir.

—*Mar de lágrimas y lago de fuego.* —Nicholina se balanceaba de un lado a otro sobre su silla. Sus ojos plateados no abandonaban los míos—. *Para ahogar a nuestros enemigos en sus piras.*

—Mi sobrina me ha dicho que has cambiado de opinión. —La Voisin miró hacia la puerta, donde los demás esperaban en la taberna. Todos menos uno—. Dice que deseas marchar hacia Chateau le Blanc.

Le dediqué a Nicholina una mirada tan impávida como la suya.

—No quiero marchar hacia Chateau le Blanc. Quiero quemarlo hasta los cimientos.

La Voisin arqueó las cejas.

—Tienes que ser consciente de cómo altera eso mis planes. Sin el Chateau, mi gente se queda sin hogar.

—Construye un nuevo hogar. Constrúyelo sobre las cenizas de mis hermanas.

Un peculiar destello invadió los ojos de La Voisin. Una sonrisa se hizo eco en sus labios.

—Si nos ponemos de acuerdo... Si quemamos a tu madre y hermanas dentro de su hogar ancestral... Eso no resuelve el mayor de los problemas. Aunque los métodos de tu madre se hayan vuelto erráticos, seguimos siendo cazados. La familia real no descansará hasta que todos nosotros estemos muertos. Incluso ahora, Helene Labelle sigue cautiva.

—Pues los mataremos también. —Mi voz sonaba hueca hasta en mis propios oídos—. Los mataremos a todos.

La Voisin y Nicholina intercambiaron una mirada, y la sonrisa de La Voisin se acentuó. Con un asentimiento, como si hubiera superado una prueba tácita, sacó su grimorio de debajo de su capa y lo puso sobre la mesa.

—Qué... cruel.

Nicholina se lamió los dientes.

—Ellas quieren muerte —dije con sencillez—. Yo les daré muerte.

La Voisin apoyó la mano sobre su grimorio.

—Aprecio tu compromiso, Louise, pero una hazaña semejante es más fácil de decir que de llevar a cabo.

El rey cuenta con sus numerosos *chasseurs*, y los *chasseurs* cuentan con sus Balisardas. Morgane es omnisciente. Cuenta con... piezas poderosas en su tablero.

Parece que has conseguido reunir piezas muy poderosas para nuestra partida, pero no olvides que yo tengo las mías. Fruncí el ceño ante esa elección de palabras.

—¿Nunca te preguntaste cómo te encontró en Cesarine? —La Voisin se puso de pie, y Nicholina la siguió. Me levanté con ellas, con la inquietud aguijoneándome el cuello. La puerta que tenían detrás permaneció cerrada. Con pestillo—. ¿Cómo metió una nota en mi propio campamento? ¿Cómo supo que viajabas con la Troupe de Fortune? ¿Cómo te siguió hasta esta misma posada?

—Tiene espías en todas partes —susurré.

—Sí. —La Voisin asintió mientras rodeaba la mesa. Me esforcé por quedarme quieta. No quería huir. No me acobardaría—. Sí, los tiene. —Cuando estuvo a escasos centímetros de mi hombro, se detuvo, mirándome fijamente—. Advertí a Coco contra su amistad contigo. Ella sabía que no me caías bien. Siempre fue muy cuidadosa a la hora de protegerte de mí, nunca reveló ni una pizca de información sobre tu paradero. —Inclinando la cabeza, me examinó con una mirada de depredador—. Cuando se enteró de tu matrimonio con el *chasseur*, se asustó. Eso la hizo descuidada. Imprudente. Nosotras seguimos su rastro hasta Cesarine, y ahí estabas tú. Después de dos años de búsqueda, te habíamos encontrado.

Tragué con fuerza.

—¿Nosotras?

—Sí, Louise. Nosotras.

Entonces eché a correr, pero Nicholina apareció ante la puerta. Con un movimiento asquerosamente familiar, me empujó contra la pared, inmovilizándome las manos sobre la cabeza con una fuerza inhumana. Cuando estampé la frente contra su nariz, ella simplemente se acercó más, inhalando la piel de mi cuello. Su sangre chisporroteó contra mi piel, y grité.

—¡Reid! ¡REID! ¡COCO!

—No pueden oírte. —La Voisin hojeó las páginas de su grimorio—. Hemos hechizado la puerta.

Observé, horrorizada, cómo la nariz de Nicholina se recolocaba y volvía a su sito.

—Son los ratones —susurró, sonriendo como un demonio—. Los ratones, los ratones, los ratones. Nos mantienen jóvenes, nos mantienen *fuertes*.

—¿De qué *demonios* hablas siempre? ¿Comes ratones?

—No seas tonta. —Se rio y rozó su nariz contra la mía. Su sangre continuó abrasándome la cara. Me alejé de ella, del dolor, pero siguió agarrándome con fuerza—. Comemos *corazones*.

—Dios mío. —Me entraron unas arcadas muy violentas, y jadeé en busca de aire—. Gaby tenía razón. Os coméis a vuestros muertos.

La Voisin no levantó la vista de su grimorio.

—Tan solo sus corazones. El corazón es el núcleo del poder de una bruja de sangre, y vive después de que una muera. Los muertos no necesitan la magia. Nosotras sí. —A continuación sacó un manojo de hierbas de su capa, los puso todos al lado de su grimorio y las fue nombrando—. Arrayán para la ilusión, eufrasia para el control, y belladona —levantó las hojas secas para inspeccionarlas— para la proyección espiritual.

Proyección espiritual.

¿Cuál era el libro que tenía tu tía en su tienda?

Su grimorio.

¿Sabes lo que hay dentro?

Maldiciones, posesiones, enfermedades y cosas por el estilo. Solo un tonto se enemistaría con mi tía.

Oh, mierda.

—Un colmillo de víbora —canturreó Nicholina, que seguía mirándome con malicia—. Ojo de búho.

La Voisin se puso a aplastar las hierbas, el colmillo, el *ojo* sobre la mesa para obtener un polvo.

—¿Por qué haces esto? —Le di un rodillazo a Nicholina en el estómago, pero ella se acercó más a mí, riéndose—. He aceptado *ayudarte.* Queremos las mismas cosas, queremos…

—Tú eres más fácil de matar que Morgane. Aunque el plan era entregarte en La Mascarade des Crânes, somos flexibles. En vez de eso, te entregaremos en Chateau le Blanc.

Vi con horror cómo se abría la muñeca, cómo vertía su sangre en una copa. Cuando añadió el polvo, un penacho de humo negro se enroscó en el líquido asqueroso.

—Entonces mátame. —Me atraganté al decirlo—. No… No hagas *esto.* Por favor.

—Por decreto de la diosa, Morgane ya no puede cazarte. No puede obligarte a hacer nada en contra de tu voluntad. Debes ir hasta ella de buena gana. Debes *sacrificarte* de buena gana. Sería sencillo darte de beber mi sangre para asumir el control, pero la sangre pura y sin adulterar de un enemigo mata. —Señaló la sangre de Nicholina que yo tenía en la cara, mi piel destrozada—. Por fortuna, tengo una solución alternativa.

Todo es gracias a ti, Louise. Las reglas de la vieja magia son absolutas. Un espíritu impuro como el de Nicholina no puede tocar a uno puro. Esa oscuridad de tu corazón... nos llama.

Nicholina me dio un golpecito en la nariz.

—Ratoncita bonita. Saborearemos a tu cazador. Conseguiremos nuestro beso.

Le enseñé los dientes.

—Ni hablar.

Se rio cuando La Voisin cruzó la habitación para llevarle la copa a los labios. Bebió con avidez, relajó las manos, y yo me alejé de ella, abalanzándome hacia la puerta...

La Voisin me atrapó por la muñeca herida. Intenté zafarme, llamando a gritos a Reid, a Coco, a *cualquiera,* pero ella me agarró del pelo y me hizo echar la cabeza hacia atrás. Mi boca se abrió. Cuando el líquido negro tocó mis labios, me desplomé y no vi nada más.

CAPÍTULO 50

EL MAL BUSCA

DONDE AFIANZARSE

Reid

El rostro de Deveraux estaba inusualmente sombrío cuando se sentó al otro lado de la mesa en el Léviathan. Al menos era *humano*. El rostro del hombre salvaje había resultado... inquietante. Sacudí la cabeza y contemplé mi jarra de cerveza. Había perdido la espuma hacía una hora. Jean Luc me trajo otra.

—Bebe. Tengo que irme pronto. El rey nos quiere en las catacumbas dentro de una hora.

—¿Qué le dirás? —preguntó Deveraux.

—La verdad. —Se bebió su propia jarra de cerveza antes de asentir con la cabeza en dirección a Beau, que abrazaba a Coco en la mesa de al lado. Tenía los ojos enrojecidos e hinchados, y daba vueltas a una copa de vino en la mano sin verla. Beau la convenció de que tomara un sorbo—. Ya va detrás de todos vosotros —continuó Jean Luc—. Esto no cambia nada.

Deveraux frunció el ceño.

—¿Y tus hombres? ¿No revelarán tu participación?

—¿Que consistió en qué, exactamente? —Jean Luc entrecerró los ojos—. Aproveché una mala situación para rescatar a la hija de un aristócrata. —Soltó su vaso sobre la mesa sin ningún cuidado y se puso de pie, arreglándose el abrigo—. No os equivoquéis, no somos aliados. Si no os habéis ido para cuando regrese, os arrestaré a todos y no perderé el sueño esta noche.

Deveraux bajó la mirada para ocultar su sonrisa.

—¿Por qué no ahora? Estamos aquí. Tú estás aquí.

Jean Luc frunció el ceño, se acercó y bajó la voz.

—No hagas que me arrepienta de esto, viejo. Después de lo que presencié allí abajo, pude ver cómo te quemabas. Es el destino que aguarda a toda bruja. Tú no eres diferente.

—Después de lo que presenciaste ahí abajo —meditó Deveraux, que seguía examinándose las uñas—, asumo que tienes muchas preguntas. —Cuando Jean Luc abrió la boca para discutir, Deveraux no se lo permitió—. Tus hombres ciertamente las tendrán. No te equivoques. ¿Estás preparado para responderlas? ¿Estás preparado para pintarnos a todos igual que a Morgane?

—Yo...

—Louise arriesgó su vida anoche para salvar a una joven inocente, y lo pagó caro.

Los dos a la vez, se giraron para mirar a Célie. Estaba sentada a mi lado en la mesa, pálida y temblorosa. No había hablado desde que habíamos abandonado La Mascarade des Crânes. Cuando le sugerí amablemente que volviera a casa, se echó a llorar. No lo había vuelto a mencionar desde entonces. Aun así, no sabía qué hacer con ella. No podía quedarse con nosotros. Sus padres debían de estar muy preocupados, y aunque no lo estuvieran... El camino a seguir sería peligroso. No era lugar para alguien como Célie.

Se sonrojó bajo las miradas de Deveraux y Jean Luc y cruzó las manos sobre el regazo. La suciedad aún manchaba su vestido de luto. Y algo más. Algo... pútrido.

Todavía no sabía lo que le había pasado allí abajo. Lou se había negado a decírmelo, y Ansel...

Mi mente rechazó aquel pensamiento con agresividad.

—Louise es la *razón* por la que secuestraron a Célie —respondió Jean Luc con los dientes apretados—. Y no puedo seguir discutiendo el asunto. Debo irme. Célie —extendió una mano hacia ella, con la expresión suavizada—, ¿podrás ponerte en pie? Te acompañaré a casa. Tus padres te están esperando. —Las lágrimas brotaron de los ojos de Célie, pero esta se las enjugó. Enderezó los hombros y puso su temblorosa mano en la de él. Jean Luc se movió para irse pero se detuvo en seco, aferrándome el hombro en el último segundo. Sus ojos eran impenetrables—. Espero de verdad no volver a verte, Reid. Deja el reino. Llévate a Louise y Coco contigo si debes hacerlo. Llévate al príncipe. Solo... —Con un suspiro pesado, se dio la vuelta—. Cuídate.

Los vi salir por la puerta con una extraña sensación punzante. Aunque ya no amaba a Célie en el sentido romántico, era... extraño. Ver su mano en la de Jean Luc. Incómodo. Aun así, les deseé toda la felicidad del mundo. Alguien debería tenerla.

—¿Cómo está ella? —preguntó Deveraux después de un momento. Nadie le preguntó a quién se refería—. ¿*Dónde* está?

Me tomé mi tiempo para responder, contemplando mi cerveza de nuevo. Después de un enorme trago, y otro más, me limpié la boca.

—Está en el comedor con La Voisin y Nicholina. Están... haciendo planes.

—¿La Voisin? ¿Nicholina? —Deveraux parpadeó y pasó la mirada de mí a Coco, horrorizado—. Esas son las mismas mujeres que nos abandonaron en los túneles, ¿no es así? Por todo lo salvaje, ¿qué tiene que planear Lou con ellas?

Coco no levantó la vista de su copa de vino.

—Lou quiere marchar hacia Chateau le Blanc. Es de lo único de lo que ha hablado desde que escapamos. Dice que tiene que matar a Morgane.

—Ay, Dios mío. —Deveraux abrió los ojos como platos, y se quedó sin aliento—. Ay, Dios mío, ay, Dios mío, ay, Dios mío. Debo admitir que es... preocupante.

Coco aferró su copa con fuerza. Levantó la vista con brusquedad, sus ojos ardían con emoción contenida.

—¿Por qué? Todos queremos venganza. Lou está asegurándose de que consigamos cobrárnosla.

Deveraux pareció elegir sus próximas palabras con cuidado.

—Pensamientos como esos podrían invitar a algo muy oscuro a vuestras vidas, Cosette. Algo muy oscuro, de hecho. El mal siempre busca donde afianzarse. No debemos permitírselo.

El tallo de la copa se rompió entre sus dedos, y una lágrima chisporroteó contra la mesa.

—Ella lo apagó como una *vela*. Tú estabas allí. Tú lo *viste*. Y él... —Cerró los ojos para recuperar la compostura. Cuando los abrió de nuevo, estaban casi negros. Beau la miró con una expresión impenetrable. Sin emoción. En blanco—. Era el mejor de todos nosotros. El mal tiene más de un lugar donde afianzarse, Claud, gracias a ti. Anoche la soltaste. La dejaste libre. Ahora todos debemos sufrir las consecuencias.

La puerta del comedor se abrió de golpe y Lou entró por ella. Cuando nuestras miradas se encontraron, sonrió y comenzó a acercarse a mí. Yo fruncí el ceño. No había visto su sonrisa desde que...

Sin decir una palabra, me dio un beso apasionado.

AGRADECIMIENTOS

La gente me advirtió sobre los segundos libros. Dijeron que la segunda novela, ya fuera una secuela o una historia independiente, era una bestia totalmente diferente a un debut. Después de un intenso período de revisión con *La bruja blanca*, creí que podría lidiar con cualquier dificultad que *Los hijos del rey* hiciera aparecer en mi camino. La vida no viene con una narración en *off*, pero si así fuera, mi narrador ya se habría reído, quizás Jim se habría quedado paralizado ante la cámara, y habría dicho: «Qué equivocada estaba». Por alguna razón, este libro me ha exigido sangre, sudor y lágrimas. Me ha provocado pesadillas; mi primer ataque de pánico. Casi tuve un brote psicótico en el pasillo del café del supermercado. (No tomo café. Empecé a tomar café mientras reescribía este libro). Ahora, por otro lado, no puedo evitar sentirme orgullosa de esta historia. Es una prueba de que somos capaces de hacer cosas difíciles, aunque a veces necesitemos pedir ayuda para conseguirlo, lo cual hice mientras escribía este libro. Mucho.

RJ, creo que nunca te perdonaré por esa referencia al *airball*, pero aparte de eso... Me hiciste reír cuando quería llorar. Fue un regalo. También es la razón por la que me casé contigo. Gracias por ser padre soltero los últimos meses mientras escribía y reescribía y revisaba y volvía a revisar. Te quiero.

Beau, James y Rose, espero que cuando leáis esto algún día, sepáis que aunque no le debéis a nadie amor incondicional, lo que es seguro es que tenéis el mío. Incluso cuando discutís. Incluso cuando gritáis. Incluso cuando pintáis el baño con mi pintalabios favorito la mañana en que tengo un vuelo a las 7.

Mamá y papá, las palabras no bastan cuando pienso en cómo agradecéroslo. Incluso como escritora, no puedo describir todas las emociones que me invaden el pecho por todo lo que habéis hecho por mí, así que ni siquiera lo intentaré. Solo quiero que sepáis que os adoro a ambos y sois mis héroes.

Hay un pasaje cerca del final de *La bruja blanca* en el que Lou describe el paraíso de su infancia como estar rodeada de familia y risas. Jacob, Brooke, Justin, Chelsy y Lewie, vosotros inspirasteis ese paraíso. Lo viví entonces y lo vivo ahora.

Pattie y Beth, esos días que pasasteis con los niños son de un valor incalculable. Dedicasteis mucho tiempo y energía, y probablemente comida, para que yo escribiera este libro, y os lo agradezco. De verdad.

Jordan, Spencer, Meghan, Aaron, Courtney, Austin, Adrianne, Chelsea, Jake, Jillian, Riley, Jon y Aaron, la escritura se ha convertido en una gran parte de mi vida, pero nunca me lo habéis reprochado. Me habéis mantenido con los pies en la tierra mientras me permitíais crecer, sin juzgarme. Ni siquiera por el pintalabios negro. No podría vivir sin vosotros.

Jordan, si hay una sola persona a la que tengo que agradecer por ayudarme a escribir *Los hijos del rey*, eres tú. El tiempo y la energía que has invertido en mí y en esta historia… Sinceramente, me abruma un poco. Gracias por escucharme mientras lloraba en el pasillo del café del supermercado. Gracias por hablarme de mi ataque de pánico, por sugerir el próximo chiste de Beau, por querer a estos personajes tanto como yo, por mandarme vídeos de TikTok para hacerme reír, por soportar horas y horas de mensajes de Voxer cuando no podía desentrañar la trama. Lo más importante, sin embargo, es que te agradezco que seas mucho más que mi compañero de crítica. Nuestra amistad es un tesoro para mí.

Katie y Carolyn, vuestro apoyo a lo largo de los años significa más de lo que creéis. Abrochaos el cinturón. Nunca dejaré que ninguna de las dos os vayáis.

Isabel, gracias por recibirme en tu casa y en tu vida con los brazos abiertos. También por prepararme una comida tan deliciosa. Adalyn, te has convertido en el ángel y el diablo sobre mis hombros, susurrándome lo que valgo al oído. Tu perfil de Instagram también es estupendo. Adrienne, tu empuje, ética de trabajo y conocimiento me inspiran a diario. Literalmente me inspiraste para comprar un palito de zanahoria para mis ojos el otro día. Eso no sucede así como así. Kristin, tienes un pelo genial. Y una piel genial. Y una lealtad inquebrantable por la gente a la que quieres. Soy muy afortunada de tenerte en mi equipo. Rachel, el apoyo que me has dado, a alguien que no conocías y que se coló en el chat del grupo un martes cualquiera, es abrumador. Además, me muero de ganas de colarme en tu próximo retiro de escritura.

A mi extraordinaria agente, Sarah, nada de esto sería posible sin tu conocimiento, guía y calidez. Erica, tu visión de esta serie sigue siendo infalible. Gracias por mantenernos a Lou, a Reid y a mí a raya, sobre todo cuando tendemos a desviarnos hacia la mitad. Tienes la paciencia de una santa. Louisa Currigan, Alison Donalty, Jessie Gang, Alexandra Rakaczki, Gwen Morton, Mitch Thorpe, Michael D'Angelo, Ebony LaDelle, Tyler Breitfeller, Jane Lee, y a todos los demás de HarperTeen, si alguien me hubiera preguntado cómo era el equipo de mis sueños antes de vender *La bruja blanca*, ese equipo sería exactamente igual al vuestro. No puedo agradeceros lo suficiente el tiempo y la energía que habéis dedicado a esta saga.

¿TE GUSTÓ
ESTE LIBRO?

Escríbenos a

puck@uranoworld.com

y cuéntanos tu opinión.

ESPAÑA /MundoPuck /Puck_Ed 📷 /Puck.Ed

LATINOAMÉRICA ▶ 📘 🐦 📷 /PuckLatam

▶️ /PuckEditorial

¡Gracias por vivir otra
#EXPERIENCIAPUCK!